퍼스널

PERSONAL BY LEE CHILD

퍼스널

PERSONAL
잭 리처 컬렉션

리 차일드 지음
정경호 옮김

오픈하우스

훌륭한 작가이자 훌륭한 인간미를 지닌
앤드루 그랜트와 타샤 알렉산더에게
이 책을 바칩니다.

1

8일 전, 그때까지만 해도 나는 별일 없이 무난한 하루하루를 보내고 있었다. 좋은 일들도 있었고 그다지 반갑지 않은 일들도 있었다. 하지만 특별한 일은 없었다. 아주 가끔씩 신경이 쓰이는 사건이 벌어졌을 뿐, 전반적으로 보자면 지루할 만큼 평범한 나날들의 연속이었다. 마치 군 생활처럼. 그래서 그들은 나를 찾아낼 수 있었다. 군인은 군대를 떠날 수 있다. 하지만 군대는 군인이었던 자를 떠나지 않는다. 잠시 동안이라면 몰라도 영원히, 그리고 완전히 떠나는 경우는 결코 없다.

프랑스 대통령 저격 사건이 발생한 이틀 뒤부터 그들은 나를 찾기 시작했다. 나는 신문 기사를 통해 그 사건을 알게 되었다. 라이플을 이용한 장거리 저격이었다. 장소는 파리. 나와는 아무 관계없는 사건이었다. 그 당시 나는 파리에서 9,600킬로미터 떨어진 캘리포니아에 있었으니까. 버스에서 만난 어떤 여자와 함께였다. 그녀는 배우 지망생이었고 나는 아니었다. LA에서 이틀을 함께 보낸 뒤 우리는 각자 제 갈 길로 떠났다. 나는 버스를 타고 샌프란시스코로 갔다. 거기서 이틀을 지내고 나서는 오리건의 포틀랜드로 올라갔다. 그 사흘 뒤엔 시애틀 행 버스에 몸을 실었다. 가는 도중에 나와 통로를 사이에 두고 앉아 있던 여군 두 명이 하차했다. 그들이 떠난 좌석 위에는 하루 전에 발행된 『아미 타임스』가 놓여 있었다.

『아미 타임스』는 묘한 구석이 있는 주간지이다. 제2차 세계대전이 발발하기 전에 창간되었으니 그 역사는 인정한다 치자. 하지만 창간 이후, 매주 그 위세를 더해 오고 있는 현상은 이해하기가 힘들다. 한발 느린 특종과

잡다한 기사들이 늘 지면을 메우고 있기 때문이다. 그날의 헤드라인도 마찬가지였다.

새로운 규칙들! 배지와 기장에 일어나는 변화들! 아울러 조만간 군복에 일어날 네 가지 변화!

『아미 타임스』의 특종이 늘 한발 느린 이유를 설명하는 소문도 있다. 연합통신사의 기사를 재탕하기 때문이라고 한다. 그럼에도 불구하고 내가 묘한 구석이 있다고 얘기한 데에는 나름의 이유가 있다. 잡다한 기사의 행간에서 가끔씩은 서늘한 냉소가 느껴지고 사설란에서는 가끔씩 통쾌한 파격을 즐길 수 있기 때문이다. 『아미 타임스』의 독자층을 감안하면 그건 아주 위험한 모험이다. 그리고 그들이 그런 모험을 하는 이유에 관해서는 어떤 소문도 없다.

하지만 그날 내가 여군들이 놓고 내린 『아미 타임스』를 집어든 것은 냉소와 파격을 기대했기 때문이 아니었다. 단순히 부고란 때문이었다. 매일같이 사람들이 죽는다. 대개의 죽음들은 안타깝다. 반면에 누군가의 죽음이 반가울 때도 있다. 안타깝든, 반갑든 일단은 누가 죽었는지 확인해야 한다. 하지만 난 그날 누구의 죽음도 확인하지 못했다. 기사를 훑어내려 가던 내 눈길이 개인 광고란에서 멈춰버렸기 때문이다. 『아미 타임스』의 개인 광고는 전우가 전우를 찾는 내용이 대부분이다. 그 광고란 중앙에 내 이름이 박혀 있었다. 조그만 박스 안에 굵은 글씨체로 인쇄된 열네 글자.

잭 리처, 릭 슈메이커에게 연락 바람.

톰 오데이가 쳐 놓은 그물이 분명했다. 입맛이 씁쓸했다. 그가 대단한 두뇌의 소유자라는 사실은 유감없이 인정할 수 있다. 그래서 그는 오랫동안 살아남을 수 있었다. 아주 오랫동안. 느낌상으로는 영원히. 20년 전에도 그는 백 살은 되어 보였었다. 송장 같은 인상, 큰 키에 말라빠진 몸매, 망가진 사다리처럼 휘청거리는 걸음걸이. 혹시 대학교수나 인류학자라면 모를까, 누구의 눈에도 육군 장성으로 비쳐질 리 없는 모습이었다. 그런 오데이가 나를 엮기 위해 다시 한 번 그 명석한 두뇌를 굴린 것이다.

'리처는 음지에 숨어드는 법이 없다. 오히려 쉽게 눈에 띄는 곳, 그리고 대중교통수단을 선호한다. 이를테면 대중식당이나 대합실, 그리고 버스나 기차. 모두 사병들 역시 자주 드나드는 곳이고 주로 이용하는 교통수단들이다. 사병들이 PX 신문판매대에서 가장 먼저 집어드는 건 『아미 타임스』이다. 그리고 그들은 그 주간지를 여기저기 흘리고 다닌다. 새들이 과일 씨앗을 퍼뜨리는 것처럼.'

오데이는 내가 조만간, 어디에서든, 사병들이 흘린 『아미 타임스』를 집어들 것이라고 예상한 것이다. 나로선 그럴 수밖에 없다. 군대에서 일어나는 일, 특히 누가 죽었는지 확인해야 하니까. 군인은 군대를 떠날 수 있다. 하지만 군대는 군인이었던 자를 떠나지 않는다. 잠시 동안이라면 몰라도 영원히, 그리고 완전히 떠나는 경우는 결코 없다.

내 입맛이 씁쓸했던 건 바로 그래서였다. 자신의 습성을 빤히 읽히는 게 기분 좋은 사람은 없지 않은가.

예측 가능한 인간.

물론 오데이도 놀라긴 했을 것이다. 10주나 12주 정도를 예상하고 있었을 터, 광고를 내고 단 하루 만에 내가 걸려들었으니 말이다.

릭 슈메이커는 톰 오데이의 최측근이다. 지금쯤은 오데이 아래에서 2인자의 지위를 누리고 있을 것이다. 나는 그들의 광고를 무시해버릴 수도 있었다. 하지만 그러지 못했다. 슈메이커에게 빚을 지고 있었기 때문이다. 오데이도 그 사실을 알고 있었을 것이다. 그래서 광고에 슈메이커의 이름도 박아 넣었던 것이다.

예측 가능한 인간.

버스에서 내렸을 때 비는 내리지 않았다. 외려 건조하고 따뜻한 날씨였다. 시애틀은 두 가지 측면에서 내게 사뭇 부산스러운 느낌으로 다가왔다. 첫 번째는 엄청난 양의 커피가 소비된다는 사실이다. 그건 아주 마음에 들었다. 두 번째는 눈길 닿는 곳마다 휴대폰을 비롯한 각종 전자기기, 그리고 그에 연관된 광고 문구 따위가 넘쳐난다는 사실이다. 그건 아주 싫었다. 그 때문에 공중전화를 찾기가 쉽지 않아서 더욱 싫었다. 다행히 수산시장 근처에서 하나를 발견했다. 나는 소금기 머금은 바람을 맞으며 번호를 눌렀다. 이 세상 어느 전화번호부에도 나와 있지 않은 번호, 하지만 아주 오래전에 내 머릿속에 새겨진 번호, 25센트짜리 동전이 필요 없는 수신자 부담 번호. 펜타곤과의 비상연락망이었다.

교환원의 목소리가 들리자 나는 슈메이커를 부탁했다. 딸깍대는 소리와 찌직대는 소리가 몇 차례 번갈아 들리고 나더니 한동안 정적이 지속됐다. 펜타곤 내에 있는 그의 사무실일 수도 있었고 미국 내 모처의 임시 사무실일 수도 있었다. 혹은 외국의 지부 사무실일 수도 있고. 어디가 됐든 마침내 통화가 연결되어 수화기 저쪽 편에서 슈메이커의 목소리가 들려왔다.

"날세."

"잭 리처입니다."

"지금 어딘가?"

"주변에 널린 첨단장비들을 통해 이미 확인했을 텐데 뭘 물으십니까?"

"시애틀이군. 수산시장 근처 공중전화. 하지만 전화를 건 쪽에서 먼저 위치를 밝히는 게 바람직하거든. 먼저 밝히는 건 협조적이라는 뜻이고 협조적인 상대방에게는 자격이 주어지지."

"무슨 자격 말씀이십니까?"

"대화에 참여할 자격."

"단지 대화를 나누고 싶어서 나를 찾은 겁니까?"

"딱히 그런 건 아니네만. 지금 자네 정면에 뭐가 보이지?"

나는 고개를 들어 확인한 뒤 대답했다.

"큰길."

"왼쪽에는?"

"수산물 가게들."

"오른쪽엔?"

"신호등 건너 커피숍."

"상호는?"

나는 커피숍 간판을 읽어주었다.

그가 말했다. "거기 들어가서 기다리게."

"뭘 기다리라는 겁니까?"

"그냥 한 30분쯤 기다려 봐." 그 얘기를 끝으로 전화가 끊겼다.

시애틀이 미국 커피산업의 중심지로 떠오른 이유를 정확히 알고 있는 사람은 없다. 다만 항구도시라는 지리적 여건이 크게 작용했으리라는 추측은 가능하다. 원두를 하역한 항구에서 최대한 가까운 곳에서 로스팅을 하게 됐을 테고 로스팅 장소에서 최대한 가까운 곳에 시장이 형성됐을 것이다. 그 뒤로는 자동차 제조업체들이 디트로이트에 모여들 때와 똑같은 수순을 밟으면서 현재에 이르렀을 테고. 지리적 여건 말고도 수질이나 고도, 혹은 습도나 기후도 긍정적 변수로 작용했을 수 있다. 이유야 어찌됐든

간에 오늘날 시애틀에는 구역마다 커피숍이 들어서 있다. 1년에 커피 값으로만 수천 달러를 지출하는 커피 애호가들의 숫자도 만만치 않다고 한다. 신호등 건너의 커피숍은 시애틀식 커피전문점의 전형이었다. 벽돌과 생채기 난 목재가 주종을 이룬 인테리어, 적갈색 페인트로 칠한 한쪽 벽에는 칠판이 걸려 있었다. 그 칠판 위에 분필로 적어 놓은 메뉴들의 90퍼센트는 엄밀히 말해서 커피의 범주를 벗어나 있었다. 커피가 아니라 우유나 아이스크림을 즐기려는 사람들을 위한 것 같은 음료들이 주종을 이루고 있었다. 견과류나 정체불명의 알갱이들을 잔뜩 첨가한 탓에 음료보다는 음식 쪽에 가까운 것들도 눈에 띄었다. 아무려나 나로선 상관할 바 없었다. 어차피 내 메뉴는 정해져 있었으니까. 블랙커피 중간 사이즈. 종이컵에 담아줄 것을 부탁하며 레몬 파운드케이크 한 조각도 함께 주문했다.

나는 2인용 테이블의 딱딱한 나무 의자에 앉아 5분 만에 케이크 조각을 해치웠다. 5분 뒤 커피가 담긴 종이컵도 깨끗이 바닥을 드러냈고 거기서 다시 18분이 흐르자 슈메이커의 부하가 모습을 나타냈다. 28분 만의 도착. 군복 차림은 아니었지만 해군 소속이 분명했다. 시애틀의 해군기지. 열심히 밟아댔다면 시간상으로 얼추 들어맞았다. 사내의 차는 군청색 미제 세단이었다. 누구의 시선도 끌지 못할 중저가 모델이었지만 정성들여 광을 낸 차체가 반짝거렸다. 30대 초반의 강인해 보이는 사내였다. 푸른색 재킷에 푸른색 폴로셔츠, 그리고 카키색 치노 바지 차림이었다. 재킷은 얇게 닳았고 셔츠와 바지도 세탁기를 천 번쯤 들락거린 것 같았다. 네이비실(Navy SEAL, 미국 해군 특수부대-옮긴이) 소속의 상사일 게 거의 확실했다. 물론 톰 오데이가 지휘하는 모종의 합동특수작전 팀원일 확률은 100퍼센트였고.

사내는 가게 안으로 한발 들어서는 동시에 빈 눈길로 실내를 한 번에 훑었다. 단 0.2초 내에 적군과 아군을 식별한 뒤, 방아쇠를 당기는 훈련을 수없이 받은 베테랑. 그는 해묵은 인사 파일 속의 불충분한 정보를 토대로 내 신상에 관해 브리핑 받았을 것이다. 하지만 195센티미터에 110킬로그램짜리 사내는 아무 커피숍에서나 만날 수 있는 게 아니다. 더구나 다른 손님들은 모두 동양인이었고 그들 대부분이 작은 체구의 여성들이었다. 사내가 곧장 나를 향해 걸어왔다. 그가 말했다.

"잭 리처 소령님이십니까?"

내가 말했다. "지금은 아니오."

"잭 리처 씨, 맞습니까?"

"그렇소."

"슈메이커 장군님의 지시를 받고 모시러 왔습니다."

"어디로?"

"멀지 않습니다."

"별이 몇 개요?"

"무슨 말씀이십니까?"

"슈메이커 장군 어깨 위의 별 말이오."

"한 개입니다. 리처드 슈메이커 준장님이십니다."

"언제?"

"뭐가 언제라는 겁니까?"

"언제 진급했소?"

"2년 전입니다."

"이례적인 진급인 것 같은데 당신 생각은 어떻소?"

사내는 잠시 뜸을 들인 뒤 대답했다. "잘 모르겠습니다."

"오데이 장군은 어떻게 지내시오?"

사내가 또다시 뜸을 들인 뒤 대답했다. "처음 듣는 이름입니다."

군청색 자동차는 쉐보레 임팔라였다. 차체에 바른 광택제 빼고는 인테리어며 부품이며 하나같이 낡고 오래된 것들뿐이었다. 차는 시내를 빠져나가 5번 주간고속도로를 타고 남쪽을 향해 달려 내려갔다. 버스를 타고 지나왔던 보잉필드와 시택 공항을 이번에는 역순으로 지났다. 운전대를 잡은 사내는 아무 말이 없었다. 커피숍을 나선 뒤로는 내내 침묵이었다. 나역시 한 마디도 하지 않았다. 말하지 않기 대회에 참가해서 우승을 겨루는 형국이었다. 나는 창밖만 바라보았다. 산등성이도, 바다도, 나무들도, 온통 초록빛 물결에 잠겨 있었다.

타코마를 지났다. 조금만 더 가면 버스에서 여군 둘이 『아미 타임스』를 두고 내렸던 지점이었다. 어느 순간, 사내가 속도를 줄이더니 곧이어 나타난 출구를 타고 고속도로를 빠져나갔다. 지나치는 표지판들은 세 개의 소도시와 대규모 군사기지 한 곳의 존재를 알려주었다. 대규모 군사기지. 그렇다면 사내는 나를 포트(Fort, 기지) 루이스로 데려가고 있는 것이 분명했다.

포트 루이스가 아니었다. 아니, 맞았다고 할 수도 있었다. 우리의 목적지는 루이스-맥코드 합동기지였다. 보병기지 포트 루이스가 맥코드 공군기지와 통합된 사실을 나는 모르고 있었던 것이다. 개혁이라는 미명 아래 정치인들은 예산을 줄이는 일이라면 무엇이든 하는 법이다.

나는 기지 정문에서 어느 정도 지체가 될 것을 예상하고 있었다. 운전자는 해군, 조수석엔 민간인, 따라서 육군과 공군 소속의 보초병들이 까칠하게 굴 것이 당연했다. 해병대와 유엔군이 함께 타고 있지 않았던 게 다행이었다. 하지만 내 예상은 또다시 빗나갔다. 사내는 속도조차 거의 줄이지 않은 채 정문을 통과했다. 오데이의 파워. 영내로 들어가 좌회전과 우회전을 한 차례씩 하고 나자 나타난 두 번째 정문, 즉 통합기지의 절반인 공군기지 출입구에서도 마찬가지였다. 머리 높이로 치켜든 한 팔을 바깥에서 안쪽으로 연신 쓸어대는 보초병을 지나 기지로 진입하자 곧장 활주로였다. 그 초입에 어마어마한 크기의 C-17 수송기들이 늘어서 있었다. 우리가 타고 있는 임팔라가 마치 숲 속에 들어간 생쥐처럼 느껴졌다. 어느 C-17의 거대한 회색 날개 밑을 지나자 전망이 툭 트였다. 사내는 전방 멀리에 서 있는 하얀색 소형 비행기를 향해 차를 몰았다. 민간 항공기였다. 갑부들이 선호하는 리어나 걸프스트림의 자가용 제트기. 꼬리에 새겨진 기체 등록번호 말고는 아무런 표식이 없었다. 글자도, 로고도 없었다. 그저 순백으로 빛나며 탑승구 계단을 늘어뜨린 채 엔진을 낮게 그렁거리고 있었다.

사내는 능숙한 운전 솜씨를 발휘해서 조수석 문과 탑승구 계단 발치 사이의 거리가 1미터쯤 떨어진 위치에 차를 세웠다. 나는 차에서 내려 잠시 햇볕 아래 서 있었다. 완연한 봄, 날씨는 더없이 좋았다. 사내는 여전히 입을 굳게 다문 채 차를 몰고 떠났다. 타원형 탑승구 안쪽에서 승무원 유니폼 차림의 사내가 나타났다. 그가 나를 내려다보며 말했다.

"탑승해 주십시오."

내 몸무게 탓에 계단이 미세하게 출렁거렸다. 나는 자세를 낮추고 기내로 들어갔다. 승무원이 내 오른쪽 뒤편으로 물러섰다. 왼쪽에서는 조종사 유니폼을 업은 사내가 조종석 문을 비집고 나타났다. 그가 말했다.

"어서 오십시오. 공군 최고의 운항 팀이 지체 없이 모셔다드리겠습니다."

내가 물었다. "어디로 가는 건가?"

"가셔야 할 목적지까지입니다."

사내는 다시 조종실 문을 비집고 들어가 부조종사 옆에 앉았다. 두 사람은 이내 분주한 손놀림으로 계기판을 체크하기 시작했다. 나는 승무원을 따라 객실 구역으로 들어갔다. 연갈색 가죽과 적갈색 베니어로 꾸며진 공간이었다. 고급스럽고 편안해 보이는 팔걸이좌석은 여러 개였지만 탑승객은 나 혼자뿐이었다. 나는 좌석 하나를 고민 없이 고른 뒤, 엉덩이를 내려놓았다. 승무원이 계단을 끌어올리고 나서 탑승구를 닫은 뒤 조종석 뒤쪽의 접이식 보조의자에 앉았다. 30초 후, 비행기는 창공으로 솟구쳤다.

2

동쪽을 향해 날아가고 있는 것 같았다. 최소한 서쪽은 아니었다. 그쪽엔 러시아와 아시아가 있지만 그렇게 작은 비행기로는 태평양을 건널 수 없다. 나는 승무원에게 목적지를 물었다. 운항 일지를 확인하지 못했다는 대답이 돌아왔다. 거짓말. 하지만 추궁하진 않았다. 그 밖의 화제에 관해서는 솔직하고 수다스러운 사내였다. 그 비행기가 걸프스트림 IV 모델이라는 것도, 불법을 저지른 어느 헤지펀드로부터 압류되었다가 공군에 넘겨졌다는 것도, 공군에서 완전히 뜯어고친 뒤 의전용 항공기로 사용하고 있다는 것도 모두 그의 입을 통해 알게 된 사실이었다. 어쨌든 그 비행기를 이용하는 VIP들은 하늘을 나는 기분을 몇 배는 더 누리게 되었다. 견고한 기체, 완벽한 방음 설비, 아늑한 객실, 편안한 좌석, 무엇보다도 기내 주방에 비치된 고성능 커피추출기. 나는 승무원에게 그 기계를 작동시켜달라고 부탁했다. 리필은 내가 직접 할 테니 신경 쓰지 말라는 얘기도 덧붙였다. 상당히 고마워하는 양으로 미루어 그는 내 얘기를 자신에 대한 존중의 표현으로 받아들인 모양이었다. 사실 그가 진짜 승무원일 확률은 제로였다. 기관 요원까지는 몰라도 최소한 이번 임무를 위해 특별히 선발된 보안 요원이었다. 내가 그 사실을 알아챈 것을 그도 알고 있었다. 그래서 못내 뿌듯한 모양이었다.

나는 창밖을 내려다보았다. 산악지대였다. 기슭엔 초록색 삼림, 봉우리엔 만년설, 로키산맥이었다. 이어서 황갈색의 농경지대가 펼쳐졌다. 사우스다코타 남서쪽 변두리의 평야지대가 분명했다. 이제 곧 네브래스카 북동쪽 언저리를 살짝 타면서 아이오와 남서쪽 언저리 상공을 지날 것이다. 그렇다면 목적지는 남동쪽 어느 곳이다. 지표면에 위치한 두 지점 간의 최단 거리를 잇는 대권항로, 평면 지도상으로는 고개가 갸웃거려지만 지구가 둥글다는 점만 염두에 두면 쉽게 이해할 수 있다. 따라서 예상 가능한 목적지는 가까이로는 켄터키나 테네시, 멀리로는 노스캐롤라이나, 혹은 사우스캐롤라이나, 아니면 조지아일 것이다.

비행은 몇 시간째 계속되고 나는 두 번째 커피포트를 비웠다. 어느 순간 비행기가 완만한 각도로 하강하기 시작했다. 도시 두 개가 창 아래로 펼쳐졌다. 윈스턴세일럼과 그린즈버러, 노스캐롤라이나의 도시들. 잠시 후 두 도시가 왼쪽 뒤편으로 멀어져 갔다. 그렇다면 다음에 나타날 도시는 페이엣빌. 그제야 내 머릿속에 불이 켜졌다. 포트 브래그. 페이엣빌 인근에 자리 잡은 특전사령부. 톰 오데이의 왕국.

하지만 이번에도 아니었다. 그렇다고 내가 큰 착오를 한 것도 아니었다. 포트 루이스와 똑같은 경우였다. 예전의 포트 브래그가 아니라 포트 브래그 통합기지. 개혁이라는 미명 아래 정치인들은 예산을 줄이는 일이라면 무엇이든 하는 법이다. 저녁의 어스름 속에서 우리가 탄 비행기는 한때는 포프 공군기지였다가 통합된 뒤부터는 그냥 포프 필드로 불리는 비행장에 내려앉았다.

광활한 활주로를 한참 동안 마치 한 마리 개미처럼 발발거리며 구르던 비행기가 마침내 어느 작은 건물 근처에 멈춰 섰다. 건물에 붙은 현판이 내 눈길을 사로잡았다.

제47보급대 전략지원 사령부

엔진이 완전히 꺼지자 승무원이 탑승구를 열고 계단을 내렸다.

"어느 문인가?" 내가 물었다.

"빨간색 문입니다." 그가 대답했다.

나는 비행기에서 내려 어두운 공기를 가르며 건물 쪽으로 걸어갔다. 빨간색 문은 하나뿐이었다. 2미터 앞까지 다가갔을 때 문이 열렸다. 안쪽에서 검정색 스커트 정장 차림의 여자가 걸어 나왔다. 스커트 아래로는 짙은 색 스타킹과 고급 구두를 신고 있었다. 아주 젊은 여성이었다. 20대일 게 분명했다. 금발머리, 녹색 눈동자, 작고 갸름한 얼굴. 그 얼굴은 진심 어린 환영을 뜻하는 미소를 짓고 있었다.

그녀가 말했다. "케이시 나이스라고 합니다."

내가 말했다. "케이시 누구?"

"나이스."

"잭 리처요."

"알고 있어요. 저는 국무부에서 일하고 있습니다."

"D.C.에서 근무하시나?"

"아뇨. 여기서 근무합니다."

내심 수긍이 갔다. 국무부와 CIA, 그리고 특전사는 공조 체제를 이루고 있다. 그래서 중요한 사안은 3자 협의를 통해 결정하곤 한다. 하지만 위계상으로는 수직적 상하관계이다. 따라서 국무부의 새파란 여성 공무원이 CIA의 노련한 중견 요원들, 그리고 특전사의 백전노장들과 동등한 입장에서 업무를 협의하는 경우가 얼마든지 있을 수 있다. 그렇다면 케이시 나이스는 국무부 내에서 촉망받는 인재일 수도 있다. 굳이 한 단어로 표현하자면 '정책 기획 영재'라고나 할까?

내가 물었다. "슈메이커가 이곳에 있소?"

그녀가 말했다. "일단 안으로 들어가시죠."

그녀는 나를 철망유리창이 나 있는 작은 방으로 안내했다. 실내에는 팔걸이의자가 세 개 놓여 있었다. 스타일은 제각각이면서도 왠지 음울한 분위기를 뿜어내는 것은 똑같았다. 그녀가 말했다. "앉으시죠."

19

내가 물었다. "내가 지금 이곳에 있어야 하는 이유를 말해주면 고맙겠소."

"먼저, 이 시각 이후로 듣게 되는 모든 얘기는 일급기밀에 해당한다는 사실을 주지하셔야 해요. 기밀 누설이 중범죄라는 사실은 이미 알고 계실 테니 새삼스럽게 강조하지는 않겠습니다."

"내 어디를 믿고 일급기밀을 얘기하겠다는 거요? 오늘 처음 본 사이인데. 나에 관해선 아무것도 모르잖소?"

"당신의 인사 기록을 검토했어요. 기밀 정보 취급 허가를 받으셨더군요. 취소되지 않았으니 아직 유효합니다."

"내 맘대로 여기서 나갈 수 있소?"

"그러지 않으셨으면 합니다만."

"이유는?"

"우린 당신과 얘기를 나누고 싶으니까요."

"우리라면, 국무부?"

"기밀 유지 사안에 관해서는 동의하신 거죠?"

나는 고개를 끄덕였다. "국무부가 나한테 무슨 볼일이 있다는 거요?"

"우리 정부가 신속하면서도 적극적으로 대처해야 될 문제가 발생했어요."

"구체적으로?"

"누군가가 프랑스 대통령을 저격했습니다."

"파리에서."

"프랑스가 국제사회에 협조를 요청했습니다. 범인 검거를 위해서요."

"난 아니오. 사건 당시 LA에 있었으니까."

"알고 있습니다. 당신 이름은 용의자 명단에 올라 있지 않아요."

"용의자 명단이 있다는 얘기요?"

그녀는 내 질문에 대답하지 않았다. 대신 재킷과 블라우스 사이로 손을 집어넣더니 접힌 종이 한 장을 꺼내 내게 건넸다. 그녀의 체온 때문에 따뜻했고 그녀의 굴곡진 가슴 때문에 가운데 부분이 약간 솟아 있었다. 하지만 용의자 명단이 아니었다. 파리 주재 미국대사관에서 보내온 사건 경위 보고서였다. 물론 실제 작성자는 CIA 파리 지부일 것이다.

일단 특기할 만한 것은 총알이 날아온 거리였다. 밝혀진 바에 따르면 저격범의 위치는 어느 아파트 발코니였고, 거기서부터 프랑스 대통령이 서 있던 야외 연단까지의 거리는 무려 1300미터. 연단 양옆에는 최첨단 소재의 두꺼운 방탄유리막이 세워져 있었다. 총알이 발사되는 순간을 목격한 단 한 사람이 바로 프랑스 대통령 본인이었다는 사실도 흥미로웠다. 그의 증언에 따르자면 자신의 왼쪽 멀리에서 작은 불꽃이 한 차례 번쩍였다 사라졌다고 한다. 그 시점에서부터 3초보다는 길고 4초보다는 짧은 듯싶은 시간이 흐른 뒤 왼쪽 방탄유리 위에 흰색의 아주 작은 별 문양이 생겨났다고 한다. 방탄유리는 그렇게 제 몫을 해냈다. 그리고 총탄이 유리에 부딪히는 소리가 공기를 가르는 것과 거의 동시에 대통령을 향해 몸을 날린 경호원들에 의해 이번에는 인간 방패막이 둘러처졌다. 한편 현장감식반이 수거한 파편들을 분석한 결과 총탄의 정체는 50구경 장갑탄으로 밝혀졌다.

내가 말했다. "내 이름이 용의자 명단에 올라 있지 않은 이유를 이제야 알겠군. 그건 내 사격 솜씨가 신통치 않아서요. 사람 머리 크기만 한 표적을 명중시키기에 1300미터는 멀어도 너무 먼 거리요. 총알이 공중을 날아가는 시간만 3초 이상. 아주 깊은 우물 속에 돌멩이를 던져본 적이 있소? 그럼 3초가 얼마나 긴 시간인지 알 거요."

케이시 나이스가 고개를 끄덕이고 나서 말했다. "그래서 용의자 리스트가 아주 짧아요. 그리고 프랑스 정부는 바로 그 점을 우려하고 있는 거예요."

사실 프랑스 정부가 사건 즉시 불안에 떨게 된 건 아니었다. 그건 확실했다. 미 대사관, 아니 CIA 보고서에 따르면 사건 발생 이후 만 24시간 동안 프랑스 당국은 그 사건을 통해 그들의 우수성이 두 가지나 입증된 것을 자축하는 분위기였다고 한다. 한 가지는 저격범이 사격 위치를 1300미터 밖으로 잡아야 할 만큼 광범하고 철통같은 경호시스템, 다른 한 가지는 50구경 장갑탄을 막아낸 신소재 방탄유리. 그들은 그렇게 꼬박 하루를 보낸 뒤에야 심각한 현실을 깨닫게 되었다. 이내 세계 각국으로 연결되는 핫라인은 불이 나기 시작했다. 최고의 저격술을 지닌 범인을 찾아달라고.

　내가 말했다. "이건 말이 안 되는 상황이오."

　케이시 나이스가 말했다. "어떤 부분에서요?"

　"우리 정부는 원래부터 프랑스에 그다지 관심이 없소. 최소한 지금처럼 난리를 피울 만큼은 아니지. 협조를 약속하고 나서 열심히 하는 척, 요란한 소리만 내다가 대충 마무리하는 게 보통이었소. 하지만 이번 사건은 톰 오데이의 책상에 올라갔소. 최소한 5초 이상. 이례적으로 중요한 사건이라는 얘기지. 그래서 특전사 요원이 28분 만에 나를 찾아왔고 VIP용 비행기가 대륙을 사선으로 횡단해서 나를 이리로 데려다 놓았소. 그 요원과 비행기는 시애틀에서 미리 대기 중인 상태였소. 하지만 내가 전화를 하기 전까지 당신들은 내 소재가 그곳이라는 사실을 모르고 있었소. 그건 곧 다른 지역에도 또 다른 요원과 비행기가 대기 중이었다는 얘기요. 그 숫자는 물론 한둘이 아닐 테고. 게다가 당신들이 행방을 추적한 사람이 나 혼자일 리는 없소. 그렇다면 요원들과 비행기의 숫자는 엄청날 것이오. 따라서 당신들이 이번 사건에 총력을 기울이고 있다는 결론을 내릴 수 있소. 프랑스에서 벌어진 사건에 말이지. 이게 말이 되는 상황이라고 생각하오?"

　"범인이 미국인이라면 상황이 아주 골치 아파질 수 있어요."

"그렇다고 생각하는 거요?"

"아니길 바랄 뿐이죠."

"그 비싼 비행기 값 대신 내게 원하는 게 뭐요?"

그때 그녀의 주머니 속에서 전화벨이 울렸다. 그녀가 통화를 끝낸 뒤 휴대폰을 주머니 속에 다시 넣었다. 그녀가 말했다. "그 대답은 오데이 장군께서 직접 해주실 거예요. 그분이 보자고 하시네요. 자, 일어나시죠."

3

케이시 나이스는 한 층 위에 있는 사무실로 나를 데려갔다. 조악한 인테리어에 허름한 공간이었다. 짧은 기간 동안만 사용할 요량으로 급하게 꾸민 흔적이 역력했다. 오데이의 임시 사무실. 그와 같은 위치에 있는 인물들은 한두 달 단위로 사무실을 옮겨 다닌다. 그런 공간들은 최대한 수수하게 꾸민다. 현판 또한 '제47보급대 전략지원 사령부'처럼 애매한 명칭을 내건다. 보안 조치의 일환이다. 오데이의 얘기에 따르자면 그의 행적을 예의 주시하고 있는 눈들이 있다. 과민반응이라고 일축할 수만은 없는 얘기다. 오데이는 아주 오랜 시간 동안 살아남은 인물이다.

오데이는 책상 앞에 앉아 있었다. 그의 옆으로 조금 떨어진 의자에는 슈메이커가 충직한 2인자의 표상이 될 만한 자세를 취하고 앉아 있었다. 그는 20년쯤 더 늙어 보였다. 당연했다. 내가 그를 마지막으로 본 게 20년 전이었으니까. 그때보다 몸이 많이 불었고 모래색 머리칼엔 회색빛이 감돌았다. 불그스름한 얼굴에 축 늘어진 두 볼, 그래도 입고 있는 전투복에는 별이 자랑스럽게 박혀 있었다.

오데이는 전혀 늙지 않았다. 세월이 그를 비껴갔다는 의미가 아니다. 그는 여전히 백 살처럼 보였다. 옷차림도 예전 그대로였다. 빛바랜 검정색 블레이저에 검정색 브이넥 스웨터. 스웨터는 얼마나 많이 기워댔는지 성한 부분을 찾기 힘들 정도였다. 오데이의 아내가 아직 몸 건강히 살아 있는 게 분명했다. 그를 위해 기꺼이 바늘을 손에 쥘 사람이 달리 누가 있겠는

가. 오데이는 숱 많은 눈썹 아래 깊숙이 자리 잡은 두 눈을 내게 고정시켰다. 텅 빈 눈길이었다. 그가 희끗한 수염에 덮인 길고 홀쭉한 턱을 몇 차례 씰룩거리고 나서 입을 열었다.

"다시 만나서 반갑네, 리처."

내가 말했다. "나한테 다른 급한 일이 없었던 걸 다행으로 생각하십시오. 아니면 순순히 따라오지 않았을 테니까."

오데이는 대꾸하지 않았다. 나는 철제 의자에 앉았다. 해군 보급품인 것 같았다. 케이시 나이스도 내 옆의 비슷한 의자에 앉았다.

오데이가 물었다. "저 숙녀분에게서 이 모든 게 철저한 기밀이라는 얘기는 들었나?"

내가 대답했다. "네."

케이시 나이스는 열심히 고개를 끄덕였다. 임무를 충실히 이행한 공로를 인정받고 싶은 모양이었다. 오데이의 파워.

오데이가 내게 물었다. "요약된 보고서는 읽어 봤나?"

내가 대답했다. "네."

케이시 나이스도 다시 고개를 끄덕였다.

"자네 생각은 어떤가?"

"대단한 사격 솜씨를 가진 자입니다."

오데이가 말했다. "당연하지. 1300미터나 떨어져 있는 표적을 정확히 맞혔으니까. 단 한 발로 말이야."

오데이 특유의 화법. 유식한 표현으로는 소크라테스식 문답법. 이성적인 사람들에 의해 막연하게 인지되고 있는 사실이 명징하게 드러날 때까지 질문과 대답을 이어가는 대화 기술.

내가 말했다. "그자의 원래 의도는 한 발이 아니었습니다. 두 발을 쏠 계획이었겠죠. 첫 번째 총탄으로는 방탄유리를 부수고, 두 번째 총탄으로는 대통령을 쓰러뜨리는 계획. 방탄유리 때문에 첫 번째 총탄은 산산이 부서집니다. 만에 하나 방탄유리를 꿰뚫는다고 해도 각도가 완전히 틀어져 버립니다. 따라서 첫 발을 쏜 뒤에도 그자의 손가락은 여전히 방아쇠에 걸려 있었을 겁니다. 만일 방탄유리가 깨진다면 다시 한 번 당기려고 말이죠. 순식간에 판단을 내렸을 겁니다. 한 발 더 쏘느냐, 자리를 뜨느냐. 사격 솜씨만이 아니라 판단력도 대단한 자입니다. 장갑탄이었습니까?"

오데이가 고개를 끄덕였다. "가스 크로마토그래프 분석을 했네."

"우리 대통령도 그런 종류의 방탄유리를 사용합니까?"

"앞으론 그래야겠지."

"50구경이었습니까?"

"수거한 파편들로 볼 때 거의 확실하네."

"그자의 솜씨가 그냥 대단한 정도가 아니군요. 50구경 라이플은 크기가 엄청난데 말입니다."

"50구경 라이플로는 1600미터 거리에서도 목표물을 맞힐 수 있어. 2400미터 떨어진 표적을 맞힌 적도 있었지, 아프가니스탄에서. 그러니 1300미터 거리쯤이야 대단할 것도 없네."

소크라테스식 화법.

내가 말했다. "1300미터 이상의 거리에서 한 발을 명중시키는 것보다 1300미터 거리에서 두 발을 연속해서 명중시키는 게 더 어렵습니다. 확률적으로 말이지요. 그자는 타고난 저격수입니다."

"내 생각도 그래. 군 출신인 것 같은가?"

"물론입니다. 다른 어디서 그런 실력을 키울 수가 있겠습니까?"

"현역일 것 같나?"

"현역이라면 시간과 행동에 상당한 제약이 따르지 않겠습니까?"

"그렇지."

"그자가 청부업자라고 100퍼센트 확신하십니까?"

"사회 전체나 대통령에게 앙심을 품은 일반 시민이 한때는 특등사수였을 확률이 얼마나 되겠나? 암시장에서 청부업자를 고용할 확률이 훨씬 높겠지. 다만 이번 사건은 개인적 앙심이 아니라 특정 집단의 음모일 가능성이 크다고 보네. 물론 그렇다면 저격범의 보수는 상당한 액수에 달할 거고."

"사건의 배경이 어떻든 우리가 신경 쓸 일이 아니잖습니까. 프랑스에서 벌어진 일이고 표적도 프랑스 대통령이었는데 말입니다."

"총탄이 미제였네."

"그걸 어떻게 압니까?"

"역시 가스 크로마토그래프 분석 결과야. 여러 해 전에 실탄 제조업체들 사이에 합의가 체결되었네. 일반에는 거의, 아니, 전혀 알려지지 않았지. 각 업체마다 합금 비율을 달리 하자는 게 합의 내용의 골자였어. 극미한 차이지만 전문가들은 충분히 구별할 수 있네. 육필 사인의 경우처럼 말이야."

"미제 총탄을 구입하는 자들은 온 세상에 널렸잖습니까."

"리처, 이 사건의 범인은 전혀 새로운 인물이야. 암살 청부업자 명부를 아무리 뒤져도 나오지 않을 이름이지. 이번 사건은 그자의 첫 번째 임무였어. 그것도 불가능에 가까운 임무. 1300미터 거리에서 50구경 라이플로 두 발을 연속해서 명중시켜야 하니 말이지. 엄청난 판돈이 걸린 도박이었다고나 할까. 성공한다면 남은 평생 동안 메이저리거로 살게 될 것이고, 실패한다면 영원히 잔챙이 신세를 벗어나지 못하게 되는 도박. 하지만 그는 그 도박판에 뛰어들었고 방아쇠를 당겼어. 성공할 자신이 없었다면 감히 시도하지도 못했겠지. 1300미터 거리에서 두 발을 정확히 갖다 꽂을 자신이 있었다는 얘기야. 그 정도 실력을 지닌 저격수가 우리 쪽에 몇 명이나 있겠나?"

좋은 질문이었다. 내가 말했다. "진심으로 물어보시는 겁니까? 범인이 미국인일 가능성을 염두에 두고 있다는 건가요? 그 정도 실력이라면 현역들 가운데 최대한으로 잡았을 때 네이비실에 한 명, 해병대에 두 명, 그리고 육군에 두 명, 그렇게 다섯 명쯤?"

"하지만 방금 전엔 그자가 현역이 아닐 거라고 했잖나."

"그 이전 세대 예비역 중에 다섯 명이 있다는 얘깁니다. 전역할 만큼 나이는 먹었지만 아직 실력이 녹슬지 않은 친구들 말입니다. 그 다섯 명을 주목하셔야 됩니다."

"자네 얘기는 그 다섯 명이 미국 측 용의자들이라는 건가? 이전 세대 예비역들?"

"그들 말고는 없으니까요."

"현재 몇 개국에서 우리처럼 자국의 용의자들을 파악하려는 시도를 하고 있겠나?"

"글쎄요, 대략 5개국?"

"5개국 곱하기 각각의 용의자 다섯 명, 그러면 모두 스물다섯 명. 맞나?"

"대략 그렇겠군요."

"대략이 아니라 실제로 그러하네. 각국 정보기관들의 자료에 따르자면 그 정도 실력을 지닌 예비역 저격수들의 숫자가 정확히 스물다섯 명이야. 자네 생각엔 각국 정부가 그들의 움직임을 면밀히 주시해왔을 것 같은가?"

"당연하죠."

"그렇다면, 그 스물다섯 명 가운데 어느 시점에서든 알리바이가 확실한 사람들이 몇이나 될 것 같은가?"

감시와 추적이 철저하다고 가정한다면…… 내가 말했다. "스무 명?"

"스물한 명." 오데이가 말했다. "따라서 현재 용의선상에는 네 명만이 남아 있네. 외교적으로 아주 골치 아프게 됐지. 네 나라가 한 공간에 모여 앉아서 서로서로 노려보고 있는 형국이니까. 총탄이 미제라는 사실은 더 이상 크게 중요하지 않아. 어차피 우리도 그 넷 중에 하나가 되었으니 말이야."

"우리 쪽 용의자의 알리바이가 입증되지 않았다는 말씀입니까?"

"완벽하질 않아."

"누굽니까?"

"그 정도 실력을 지닌 저격수를 얼마나 알고 있나?"

"전혀요. 나는 저격수들과는 놀지 않거든요."

"과거에도 없었나?"

"하나 있었습니다. 하지만 그놈은 아닙니다."

"그걸 어떻게 알지?"

"감옥에 있으니까요."

"그걸 어떻게 알지?"

"내 손으로 집어넣었으니까요."

"15년형을 받았지. 맞나?"

"내 기억으론 그렇습니다."

"언제였지?"

소크라테스식 화법. 나는 암산을 해 보았다. 아주 오래전이었다. 돌이킬 수 없는 수많은 일들, 그간 거쳐 온 수많은 장소들, 수많은 사람들, 갑자기 나도 모르게 탄성이 새어나왔다. "젠장!"

오데이가 고개를 끄덕였다.

"16년 전." 그가 말했다. "삶을 즐기다 보면 시간이 쏜살같이 흐르는 법이지."

　"그놈이 출소했군요."

　"1년 전에."

　"지금 어디 있죠?"

　"집엔 없어."

4

존 콧트. 과거 공산 치하의 체코를 탈출해서 아칸소에 정착한 이민자 부부의 맏아들. 부모로부터 물려받은 철의 장막 출신 특유의 강퍅한 인상이 미국 변두리의 빈민촌에서 자라나면서 더욱 두드러져, 한 번 본 사람이면 뇌리에서 쉽게 지워지지 않는 인물이었다. 기형적으로 돌출된 광대뼈와 콧트라는 성만 아니었다면 대대로 미국 빈민가를 벗어나지 못한 집안의 후예라는 오해를 살만한 인상이었다. 그는 열여섯 살 때 이미 보통 사람들 눈에는 너무 멀어서 보이지도 않는 숲 속 나뭇가지 위의 다람쥐를 쏘아 떨어뜨릴 수 있는 사격술을 익혔다. 열일곱 살 때는 자신의 부모를 살해했다. 적어도 카운티 보안관은 그가 범인이라고 확신했다. 물증은 없었지만 여러 정황상, 그의 범행일 가능성이 높았다. 그 사실은 육군 모병관에겐 그다지 중요하지 않았던 모양이다. 그 1년 뒤, 존 콧트가 무사히 입대한 걸 보면.

마른 체구에 강퍅한 인상이었음에도 존 콧트는 아주 침착하고 끈질겼다. 심박수를 1분당 30회대 초반까지 떨어뜨릴 수 있었으며 몇 시간이고 꼼짝 않고 엎드려 있을 수도 있었다. 게다가 초인적인 시력의 소유자였다. 그는 저격수에게 요구되는 모든 조건을 갖춘 사내였다. 무사안일주의가 팽배한 군에서조차 일찌감치 그의 자질을 알아봤을 정도였다. 군은 즉시 콧트를 여러 곳의 특수훈련소로 돌렸고 그 과정이 끝나자 델타 포스에 배속시켰다. 그는 타고난 재능에 자만하지 않고 혹독한 훈련을 누구보다 열심히 소화한 결과 델타 포스의 최정예 대열에 합류하게 되었고 비밀리에 진행된 특수작전에 투입되어 상당한 성과를 올렸다.

하지만 그에게는 치명적인 약점이 있었다. 특수부대원은 임무와 일상생활을 철저히 구분해야 한다. 하지만 그 두 가지 삶의 경계를 가르는 존 콧트의 두뇌 속 칸막이는 너무도 부실했다. 1킬로미터 떨어져 있는 누군가를 꺼꾸러뜨리기 위해서는 단지 실력과 체력만이 필요한 것이 아니다. 태곳적에 개발된 인간 두뇌 깊숙한 부위, 충동의 억제를 관장하는 그 부위에서 실행을 허가하는 명령이 떨어져야 하는 것이다. '너는 지금 마땅히 해야 할 일을 하고 있다. 저 목표물은 너의 적이다. 너는 세상에서 가장 뛰어난 저격수다. 너한테 덤비는 놈은 누구든 죽어 마땅하다.' 실전 임무에 투입된 저격수는 정말로, 진심으로, 한 치의 의심도 없이 그렇게 믿을 때만 방아쇠를 당길 수 있고, 또 그래야만 한다. 대부분의 저격수들은 일상생활로 돌아오면 임무 수행 때 켜 놓았던 두뇌 속 스위치를 끈다. 하지만 존 콧트의 스위치는 완전히 꺼지는 법이 없었다.

내가 콧트를 만난 것은 목에 칼침을 맞은 사내의 시체가 발견된 후 3주가 지나서였다. 사건 현장은 남미 콜롬비아의 어느 외진 술집 뒤편의 덤불 속이었다. 피살자의 신원은 특전사 소속 하사관, 그 술집은 CIA 직속 특전대원들의 단골집이었다. 정글을 누비며 마약조직들과 총격전을 벌이는 임무에서 이따금씩 놓여날 때마다 특전대원들이 즐겨 찾는 곳. 따라서 용의자 그룹의 규모는 상당히 작은 반면 진술을 확보하기가 아주 어려운 상황이었다. 당시 99헌병대 소속이었던 내가 그 사건을 맡게 되었다. 피살자가 미군이라는 것 말고는 다른 이유가 없었다. 만일 현지인이었다면 펜타곤은 비행기 값을 아꼈을 것이다.

자진해서 진술한 사람은 단 한 명도 없었다. 하지만 결국엔 내게 많은 것을 털어놓았다. 나는 우선 사건 당일, 술집에 있었던 사람들의 신원을 파악했다. 그리고 그들의 입을 통해 그러모은 정보를 토대로 대략적인 밑그림을 그렸다. 그 그림 속에서 한 사내는 이런 짓을 하고 있고 다른 사내는 저런 짓을 하고 있다. 이 사내는 11시에 술집을 나서고, 저 사내는 자정에 떠난다. 또 다른 사내는 첫 번째 사내 옆에 앉아 있고 그 첫 번째 사내는 맥주가 아니라 럼주를 마시고 있다. 나는 그 그림이 완성될 때까지 계속해서 수정을 가했다. 하지만 애초에 완성될 수 없는 그림이었다.

존 쿳트가 빠져 있었기 때문이다. 대기 속에 뚫린 구멍처럼.

그들의 진술 속에 쿳트에 관한 내용은 없었다. 그가 앉았던 자리, 그가 했던 행동, 그가 대화를 나눴던 사람, 그 어느 것도 없었다. 거기에는 다양한 이유가 있을 수 있었다. 그 가운데 나는 한 가지 이유를 물고 늘어졌다. 부대원들이 존 쿳트에 관해 증언을 하지 않는다는 건 그를 직접적으로 지목하고 싶지 않아서이다. 하지만 동시에 그를 감싸고 싶지도 않아서가 아닐까. 사내로서의 의리와 자존심 때문일 수도 있었다. 혹은 상상력이 부족했기 때문일 수도 있었다. 어느 쪽이든 그들이 입을 다문 건 현명한 선택이었다. 꾸며낸 이야기는 결국 들통이 나게 돼 있다. 차라리 입을 꾹 다물어주는 편이 낫다. 예를 들어 쿳트와 피살자 간에 한참 동안 격렬하게 오갔던 말다툼을 그들이 실토했다고 한들 그게 범행의 직접적인 증거가 될 수는 없다. 오히려 여러 입을 거치는 동안 부풀려지면서 증거로서의 신빙성만 떨어졌을 것이다. 그렇게 되면 존 쿳트는 살인 혐의를 벗게 될 수도 있었다. 대기 속에 뚫린 구멍처럼.

범행을 입증할 증거가 너무나 부족했다. 반면에 현지 CIA 지휘부에서는 특전사 최정예 요원으로서 존 쿳트의 중요성과 그의 활약 덕분에 성공한 특수작전, 심지어 동정론까지 들고 나왔다. 하지만 육군으로서는 명예 차원에서라도 반드시 규명해야 할 사건이었다. 방법은 오직 하나, 존 쿳트의 자백을 받아내는 것뿐이었다.

나는 상부의 명령에 따라 일단 그를 본국으로 끌고 왔다.

질문의 첫 번째 목적은 대답을 듣는 것이다. 나는 그 원칙에 따라 쿳트에게 질문을 던지고 그의 대답에 귀를 기울였다. 그 과정을 장시간 되풀이한 끝에 나는 강인하고 용맹한 겉모습에 가려져 있던 그의 내면을 들여다볼 수 있었다. 건방이 하늘을 찌르는 탓에 세상에 무서운 게 없고 심사가 뒤틀리면 상대가 누구든 끝장을 봐야 직성이 풀리는 꼴통이었다. '나한테 도전하는 놈은 누구든 죽어 마땅하다.' 전장에서의 각오를 일상생활에까지 고스란히 적용할 만큼 분별력을 상실한 반미치광이.

하지만 그런 종류의 인간들을 나는 수없이 만나왔다. 수사관으로서 내가 익히게 된 취조 기술의 상당 부분은 사실 콧트와 같은 인간들 덕분이었다. 무의식중에 그들은 자신들이 저지른 범죄 행각을 밝히고 싶어 한다. 그들은 그 과정을 이해받고 싶어 한다. 그리고 그들은 그 결과를 인정받고 싶어 한다. '좋습니다. 어디 엿 같은 규범들을 들이대면서 나를 추궁해 보십시오. 나는 아무렇지도 않습니다. 왜? 나는 그깟 일시적인 규범 따위보다 훨씬 더 소중하니까요. 안 그래요? 내 말이 틀렸습니까?'

나는 콧트의 말허리를 자르기는커녕 오히려 가끔씩 부추겨주기까지 하면서 계속 지껄이게 놔두었다. 그러다가 어느 순간 결정적인 기회를 잡고서 그가 피살자와 말다툼을 한 사실을 시인하게 만들었다. 사소한 시비가 곧장 내리막길, 아니, 양은 냄비에 물이 끓듯, 혹은 자전거 바퀴에 자동차용 펌프로 바람을 넣듯 크게 불거졌으니 오르막길이라는 비유가 더 맞으려나? 아무튼 걷잡을 수 없이 치달은 끝에 참극으로 막을 내린 것이었다.

두 시간 뒤, 존 콧트는 길고 세세한 자술서에 서명을 하고 있었다. 피살자가 그에게 '계집애 같은 새끼'라고 놀렸다고 했다. 그 사내로서는 저승의 문을 여는 주문을 외친 셈이었다. 단순한 욕 한마디에 불과했지만 상황은 곧장 극단으로 치달았다. '어떻게든 갚아줘야 하는 거 아닙니까? 절대 용서할 수 없는 일도 있잖습니까. 그런 걸 용서할 수 있습니까? 내 말이 틀렸습니까?'

최정예 요원인 데다가 특수작전에 투입된 상황을 참작한 군 검찰이 양형 거래를 제안했다. 존 콧트는 그 제안을 받아들였다. 15년형. 나로선 그 결과에 불만이 없었다. 군법회의가 열리지 않은 덕분에 일주일 동안 뜻밖의 휴가까지 누릴 수 있었다. 그때 놀러간 피지에서는 호주 아가씨도 만났다. 나는 그녀를 아직도 기억하고 있다. 나로선 그 모든 결과에 절대 불만이 없었다.

오데이가 말했다. "현 시점에서 섣부른 가정은 절대 금물이야. 그자가 총을 흘깃거렸다는 증거조차 없으니까."

"하지만 용의자 명단에 올라 있잖습니까?"

"오를 만한 자니까 올랐겠지."

"놈이 범인일 확률은?"

"당연히 25퍼센트."

"확실합니까?"

"그자가 범인이라는 얘기가 아니잖나. 그럴 확률이 25퍼센트라는 사실을 명심해야 한다는 얘기일세."

"나머지 용의자들은?"

"러시아인, 이스라엘인, 그리고 영국인 각 한 명씩."

"콧트는 15년 동안 수감되어 있었습니다."

오데이가 고개를 끄덕이고 나서 말했다. "우선 그 긴 시간이 그자를 어떻게 변화시켰는지 생각해 보게."

또 한 차례의 좋은 질문. 저격수가 감방에서 15년을 보낸다면 어떤 변화가 일어날까? 일단 근육 조절력이 떨어질 것이다. 뛰어난 저격수는 유연함과 강인함을 동시에 갖춰야만 한다. 긴장에서 비롯된 미세한 떨림들을 흡수할 수 있을 만큼 유연해야 하고 발사 순간의 강한 충격을 컨트롤 할수 있을 만큼 강인해야 한다. 호흡과 심장 기능에도 문제가 생길 것이다.

낮은 심박수와 안정적인 호흡이 절대 조건인 저격수로서는 치명적인 결함.

하지만 잠시 생각을 정리한 후 내 입에서 튀어 나온 대답은 근육조절력도, 호흡도, 심장 기능도 아니었다.

"특히 시력이 극도로 저하됐을 겁니다."

"이유는?"

"놈은 15년 동안 가까운 곳에 있는 사물들만 보며 살아야 했습니다. 일단 눈앞을 가로막고 있는 벽들이 그렇고, 교도소 운동장 또한 그렇습니다. 아마 먼 곳에 있는 대상에는 초점을 맞춰 본 적이 없었을 겁니다."

얘기를 하면서도 지극히 적절한 대답이라는 생각이 들었다. 머릿속에는 콧트의 현재 모습이 저절로 그려졌다. 원래 작았던 체격이 훨씬 더 쪼그라든 채 안경을 걸치고 두 손, 두 발을 가늘게 떨고 있는 모습.

그때 오데이가 콧트의 출소 보고서를 소리 내어 읽기 시작했다. 요약하자면 대충 이런 내용이었다.

존 콧트는 체코슬로바키아, 혹은 아칸소, 아니면 그 두 곳 모두에 정신적 뿌리를 두고 있다. 하지만 복역하는 15년 동안 그는 동방의 신비로운 현자처럼 지냈다. 요가와 명상 수련은 그의 일상이었다. 요가는 힘과 유연성을 유지하기 위해 하루 한 차례 짧게, 그 반면에 명상은 하루에도 여러 차례, 그것도 매번 수 시간씩 수련했다. 가만히 앉아 호흡수를 최저로 유지하면서 텅 빈 시선으로 1킬로미터쯤 떨어진 곳에 있는 가상의 무언가를 응시하는 것이 그의 명상 수련법이었다. 주위 사람들에겐 자신에게 꼭 필요한 훈련이라고 했다.

오데이가 말했다. "내가 좀 더 알아보고 난 뒤 전문가들에게 자문을 했네. 콧트의 요가 수련법은 마음의 안정을 유지하고 집중력을 키우는 게 목적이라고 하더군. 자아를 지우고, 지우고, 지우다가 한순간에 빵 터뜨리고 다음 자세로, 뭐 그런 식이래. 그자의 명상 수련법도 목적은 마찬가지라고 들었네. 마음을 비운 상태에서 성공을 이룬 자신의 모습을 눈앞에 떠우는 훈련이라더군."

"그렇다면 들어갈 때보다 더 나은 상태가 되어서 출소했다는 얘깁니까?"

"15년 동안 이를 악물고 노력한 거야. 오로지 한 가지 목적만 생각하면서. 어차피 총이라는 건 쇳덩어리일 뿐이잖나. 결국 성공과 실패는 심신 상태에 따라 좌우되는 것이지."

"파리까지는 무슨 수로 갔을까요? 여권을 발급받지 못했을 텐데 말입니다."

"음모 집단의 연루 가능성을 잊지 말게. 그들이 이번 음모에 투자한 돈이 얼마겠나? 여권을 마련하는 것쯤은 일도 아니었을 걸세."

"내가 그놈을 마지막으로 본 건 자술서에 서명할 때였습니다. 그것도 16년 전에. 그런데 내가 무슨 도움이 된다는 겁니까?"

"모든 경우를 감안해 만반의 준비를 해야 하니까."

"내게 어떤 역할을 원하시는 겁니까?"

"자넨 그자를 한 번 잡아넣었어." 오데이가 말했다. "그러니 필요하다면 다시 한 번 잡아넣을 수 있을 걸세."

5

그 시점에서 슈메이커가 끼어들었다. 개괄적인 검토 과정은 끝났으니 이제 세부적인 논의로 들어갈 모양이었다. 첫 번째로 대두된 문제는 범행 동기였다. 어떤 집단들은 결코 이스라엘 출신 청부업자를 고용하지 않는다. 그렇다면 용의자는 세 명으로 좁혀진다. 하지만 문제의 이스라엘 사내는 아일랜드 사람처럼 생겼고 게다가 출신 성분을 짐작할 수 없는 암호명을 사용하고 있었다. 따라서 음모 집단이 그자의 정체를 모르고 고용했다면? 애초에 거론할 가치가 없어진다. 결국 우리는 범행 동기 부분은 포기하기로 합의했다. 프랑스에 대해 적개심을 품고 있는 인물들에 관한 미 국무부 파일은 두툼하다. 따라서 애초의 네 명 모두 용의선상에 그대로 놓아두는 것이 옳았다. 편향적인 잣대질은 자칫 큰 실수로 이어질 위험이 컸다.

내가 케이시 나이스를 보며 말했다. "이건 아무래도 말이 안 되는 상황이오."

그녀가 다시 한 번 물었다. "어떤 부분에서요?"

"아까 말했잖소. 너무 지나치단 말이지. 프랑스 전역이 불바다가 된다 해도 당신들은 눈 하나 깜짝하지 않을 사람들이잖소. 그런데 지금은 마치 진주만 공격 때처럼 난리를 치고 있거든. 대체 이유가 뭐요? 프랑스가 미국에 대해 보복 조치라도 취할까 봐 그러는 거요? 이런, 프랑스에서 치즈 수출을 중단하면 정말 큰일 나겠군."

"우리가 능장 부리는 모습을 보여서는 안 되니까요."

"그런 모습을 누가 본다고? 아리송한 현판들 뒤에 숨어서 여기저기 옮겨 다니는 당신들을? 물론 그건 잘하고 있는 일이라고 생각하오. 어떤 대사관의 염탐꾼들도 당신들이 누군지, 또 무슨 일을 하고 있는지 알아내지 못할 테니까. 프랑스 대사관조차도 말이오. 반면, 당신들이 자신들을 돕고 있다는 사실도 알아내지 못할 거 아니오? 그런 판국에 왜 이렇게 야단법석을 떠는지 나는 이해가 가지 않소."

"국제사회의 평판을 고려해야죠."

"달랑 미국인 전과자 하나가 총 쏘는 재주를 팔아먹는답시고 세상 어딘가를 돌아다니고 있는 것뿐이잖소. 실제로 그럴 확률도 고작 25퍼센트에 불과한 상황이오. 그자가 처음도 아니고 마지막도 아니겠지. 그 정도 사건으로 미국이 국제사회에서 망신을 당할 거라는 얘기를 하고 싶은 거요? 게다가 프랑스 대통령은 무사히 살아 있소. 그걸로 된 거 아니오?"

오데이가 말했다. "국가 정책을 결정하는 건 우리 몫이 아니잖나."

"의원들이 결정한 정책들을 언제 그렇게 잘 지키셨다고."

"그럼 난 누구 말을 따라야 한다는 건가?"

"대통령." 나는 짧게 말을 끊었다.

오데이가 말했다. "모두가 프랑스에 대해 앙심을 품고 있다는 건 결국 아무도 앙심을 품은 사람이 없다는 얘기가 되네. 그 프랑스 양반을 암살할 만한 이유를 가진 사람이 아무도 없다는 거지. 더군다나 올해엔 그럴 만한 구실이 없어. 프랑스 측에서 특별히 무리수를 둔 적이 없으니 말일세. 따라서 현재로선 일종의 오디션으로 간주하는 게 옳을 거야. 더 큰 표적을 노리기 전에 청부업자의 실력을 검증하려는 테스트였다는 말이지. 그럼 더 큰 표적은 뭘까? 구체적이지만 않을 뿐 답은 이미 나와 있네. 세계에서 가장 중요한 인물들. EU 회담과 G8, 그리고 G20 회담이 차례로 개최될 예정이네. G20의 경우 우리 대통령을 포함해서 이십 명의 국가수반들이 단체 사진을 찍게 돼. 어느 공공건물 앞 계단에 모여 서겠지. 하지만 여느 때처럼 미소를 짓긴 힘들 거야. 1300미터 거리에서 표적을 명중시킬 수 있는 저격수가 검거되지 않은 상황이라면 말이지."

"그럼 이 모든 게 제 목숨을 부지하려는 그 양반들 때문이라는 얘깁니까?"

"당연하지. 세계 각국의 정상들."

"우리 대통령도 포함해서요?"

"그 양반의 개인적인 생각은 중요하지 않아. 정부 당국에 초비상이 걸린 상황일세. 저격범 검거에 대통령 안전 확보까지, 필요하다면 어떤 조치든 취하고 있는 중이야."

"그래서 내가 VIP용 제트기까지 타게 된 거군요."

"돈을 따질 때가 아니니까."

"하지만 나만 불러들인 건 아니겠죠? 나 하나에만 의존해서 이 상황을 해결하려는 게 아니라고 말씀해 주십시오."

"필요한 모든 조치를 취하고 있는 중이라고 말했잖나."

내가 말했다. "콧트는 범인이 아닌 것 같습니다."

"어차피 범인은 하나야. 나머지 셋은 아니고. 그 하나가 누군지 점이나 치고 앉아 있을 텐가, 아니면 임무를 맡을 텐가?"

나는 대답하지 않았다.

슈메이커가 근처에 내 숙소를 마련해 두었다고 일러주었다. 기지 안에서의 행동반경은 숙소가 있는 구역 내로 제한되며 공식적으로든 우연히든 누군가가 신원을 물으면 민간인이며 화물운송업체 관계자라고 대답하라는 얘기도 덧붙였다. 상대방이 보다 구체적인 대답을 강요하면 터키에서 발생한 모종의 문제를 해결하기 위해 제47보급대를 방문했다는 핑계를 대라고도 했다. 좋은 아이디어였다. 내 입에서 터키라는 말이 나오는 순간 상대방은 머릿속에 미사일을 떠올릴 것이다. 아군이면 내게서 떨어질 것이고 적군이면 그릇된 정보를 상부에 보고할 테니 일석이조 아닌가. 물론 슈메이커가 아닌 오데이의 아이디어일 것이 틀림없었다.

내가 물었다. "다른 세 명의 용의자들은 누가 추적하고 있습니까?"

오데이가 대답했다. "당국 요원들이 각각 국내를 뒤지고 있네."

"프랑스에서 프랑스 요원들이 추적하고 있어야 되는 거 아닙니까?"

"프랑스 당국은 범인이 모국으로 돌아가 납작 엎드려 있을 거라는 판단을 내렸네."

"국외 거주자일 수도 있잖습니까. 프랑스에 거주하는 러시아인, 혹은 영국인이나 이스라엘인. 어느 낡은 농장이나 해변 빌라에 숨어 있을 수도 있죠."

"그 가능성은 고려하지 않는 것 같아."

"콧트는 어떻습니까? 출소하고 나서 프랑스로 이주했습니까?"

오데이가 고개를 가로저었다. "아칸소로 돌아갔어."

"그다음에는?"

"콧트가 출소한 첫 달에 그 집 상공에 감시용 드론을 몇 차례 띄웠네. 수상한 점은 없더군. 그래서 드론을 다른 급한 곳으로 보냈지. 그자는 요주의 관리 대상에서 잠시 제외시켰고."

"지금은?"

"드론을 다시 배치했네. 현재 그 집은 비어 있어. 사람이 살고 있는 기척이 전혀 없네."

나는 케이시 나이스와 숙소 구역까지 함께 걸어갔다. 주거용으로 개조된 철제 컨테이너들이 줄을 지어 서 있는 구역이었다. 가로 길이 16미터에 높이와 너비가 각각 2.5미터짜리 컨테이너에는 출입문과 창문들이 제대로 나 있고 냉난방장치, 송수관, 전기선 등이 모두 연결돼 있었다. 그 가운데 노란 페인트칠이 된 컨테이너가 내 숙소였다. 이라크에서 사용되던 것 같았다. 아무렴 어떤가. 그보다 훨씬 끔찍한 공간에서 보낸 적이 어디 한두 번이던가. 쾌적한 밤이었다. 노스캐롤라이나의 봄. 덥지도 춥지도 않은 날씨, 구름 몇 줄기가 스산한 그림자로 떠 있는 밤하늘엔 별이 총총했다.

우리는 내 컨테이너의 철제 출입문 앞에 멈춰 섰다. 내가 물었다. "당신 숙소도 이 구역이오?"

케이시 나이스의 손가락이 옆에 늘어선 컨테이너 대열 어딘가를 가리켰다. "흰색 컨테이너예요."

그녀가 1번가라면 나는 2번가.

내가 물었다. "이번 임무에 자원한 거요?"

"그럼요. 실전이잖아요." 그녀가 말했다. "즐겁게 일하는 중이에요."

"콧트는 아닌 것 같소." 내가 다시 말했다. "통계적으로 볼 때 러시아에서 양성한 저격수들의 수준이 가장 높소. 50구경은 특히 이스라엘 저격수들이 애용하지. 따라서 그 둘 중 하나가 범인일 것 같소."

"하지만 우리가 걱정하는 건 콧트가 요가와 명상 수련을 했다는 사실이에요. 뚜렷한 목표가 있었을 거예요. 출소한 다음에 저격수로 이름 한번 날려 보겠다든지 뭐 그런 목표 말이에요."

거기까지였다. 자신의 임무를 모두 마쳤다는 듯, 그녀가 고갯짓을 한 차례 건넨 뒤 내게서 떠나갔다. 나는 문을 열고 안으로 들어갔다.

물결 모양으로 주름진 철제 벽면, 윤이 나는 흰 페인트, 거실, 주방, 욕실, 그리고 침실이 일렬로 배치된 구조, 몇 개의 창문에는 좁은 방들을 일렬로 들인 싸구려 아파트에서 흔히 볼 수 있는 접이식 판때기가 달렸고 바닥엔 합판이 깔려 있었다. 일단 휴대용 칫솔을 주머니에서 꺼내어 욕실 양치 컵에 꽂았다. 그걸로 짐 풀기는 끝이었다. 다음엔 샤워를 할 생각이었다. 하지만 그 생각을 실천에 옮길 수는 없었다. 문 두드리는 소리가 들렸기 때문이다. 나는 좁은 통로를 되걸어가서 문을 열었다.

검정색 스커트 정장, 검정색 스타킹, 그리고 복장과 어울리는 고급 구두 차림의 여성이었다. 나와 거의 비슷한 또래였다. 연배와 분위기로 미루어 거물급이 분명했다. 염색을 하거나 모양을 내지 않고 단정하게 다듬은 희끗한 머리카락이 퍽 인상적이었다. 젊었을 땐 미인이라는 얘기를 수없이 들었을 얼굴이었다. 물론 그 미모가 완전히 사라졌다는 얘기는 아니고.

그녀가 말했다. "리처 씨? 조앤 스캐런젤로라고 합니다."

그녀가 손을 내밀었다. 나는 그 손을 맞잡고 가볍게 흔들었다. 야윈 손이었지만 힘이 느껴졌다. 단정하게 다듬은 손톱에 매니큐어는 칠하지 않았고 손가락엔 반지가 없었다.

내가 물었다. "CIA?"

그녀가 웃으며 말했다. "이렇게 쉽게 정체가 드러나면 안 되는데."

"국무부와 특전사 사람들은 이미 만났으니 이번엔 CIA일 거라고 짐작했을 뿐이오."

"들어가도 될까요?"

거실은 가로 길이 4미터에 높이와 너비가 각각 2.5미터였다. 짤막한 소파 한 개와 작은 의자 두 개가 가구의 전부였고 그것들 모두 바닥에 볼트로 고정되어 있었다. 나는 소파에, 조앤 스캐런젤로는 의자에 앉았다. 공간이 좁아서 정면으로 마주 보기 위해서는 우리 두 사람 모두 몇 차례씩 자세를 고쳐야 했다.

그녀가 말했다. "도움을 주셔서 대단히 감사합니다."

"난 아직 아무것도 한 게 없소."

"하지만 필요할 땐 반드시 도와주실 거잖아요."

"FBI는 폐업했습니까? 미국에 있는 미국 시민을 찾는 건 그 사람들 일인 걸로 알고 있소만."

"콧트가 현재 미국에 없을 가능성도 있어요."

"그렇다면 당신들이 나서야겠군."

"이미 노력 중입니다. 그 노력에는 가능한 모든 도움을 확보하는 것도 포함되죠. 여유를 부릴 때가 아니니까요. 그리고 당신은 용의자를 아는 분이고."

"16년 전에 체포했던 살인범이라는 것 말고는 아무것도 아는 게 없소."

"EU, G8, G20." 그녀가 말했다. "유럽연합, 세계의 8개 경제대국, 그리고 20개 경제대국. 그 회원국 수반들이 한날한시에 한 장소에 모이는 행사들이에요. 그들 가운데 한 명만 빼고 모두 남의 나라를 방문한 거죠. 만일 그 수반들 가운데 한 사람이라도 흉탄에 쓰러진다면 그건 재난이에요. 두 사람 이상이 당한다면 그때는 재앙이 되죠. 파리의 저격범이 두 발을 쏠 의도였다는 당신의 분석을 나는 믿어요. 그리고 그 두 발이 서너 발, 아니 그 이상이 될 가능성도 믿고요. 그 가능성이 현실이 되어서 참가국 정상들 가운데 세 사람, 혹은 네 사람이 암살당한다면 전 세계는 공황 상태에 빠지게 될 거예요. 시장이 붕괴되고 경기는 내리막길로 줄달음질치겠죠. 사람들이 기아에 허덕이고 전쟁이 일어날 수도 있어요. 다 함께 몰락하는 거죠."

"그 회담들을 취소한다면?"

"그건 해결책이 될 수 없어요. 국제사회의 질서는 정상들 간의 전화 통화만으로 유지될 수 있는 게 아니에요."

"한두 달쯤은 그럭저럭 유지되지 않겠소?"

"그렇다 쳐도 누가 회담 취소를 제안할 수 있겠어요? 우리가 먼저 러시아에게? 아니면 러시아가 우리에게? 중국이 다른 어떤 나라에게? 천만에요. 국제사회에서의 위신을 생각하면 엄두도 못 낼 일이에요. 곧장 겁쟁이라는 낙인이 찍힐 테니 말이에요."

"결국 담력 싸움이란 얘기군."

조앤 스캐런젤로가 말했다. "늘 그런 거 아닌가요?"

내가 말했다. "국제사회의 질서 얘기가 나왔으니 하는 말인데 나는 휴대폰조차 없는 사람이오."

그녀가 말했다. "한 대 장만해 드릴까요?"

"내 얘기는 그런 뜻이 아니오. 당신들은 16년 전에 존 콧트와 잠깐 얼굴을 맞댄 악연을 들이대며 자꾸만 나를 이번 사건과 엮으려 하고 있소. 하지만 내겐 통신장비는 물론 데이터베이스, 시스템, 활동 자금, 그 어느 것도 없소."

"우린 그 모든 걸 갖고 있어요. 필요한 모든 걸 지원할게요."

"그 모든 걸 지원하는 이유는? 존 콧트를 잡아오라고? 정말 그러길 바라는 거요?"

그녀는 아무 말도 하지 않았다.

내가 말했다. "이보시오, 스캐런젤로 요원님. 내 얘기 똑바로 들으시오. 여기 와서 고작 몇 시간을 보낸 게 전부지만 난 이미 알 만큼은 알게 됐소. 내가 세상 물정 모르는 풋내기는 아니니까. 설사 콧트가 범인이라고 해도 당신들은 내가 그자를 잡아오기를 바라는 게 아니오. 그냥 앞에 나서서 여기저기 섣부르게 쑤셔대는 게 당신들이 기대하는 내 역할이라는 걸 알고 있소. 그러면 콧트의 자금줄, 오데이의 표현을 빌자면 그자를 고용한 음모 집단이 나를 제거하려 들 것이 빤하니까. 당신들의 속셈은 나를 이용해서 그자들의 정체를 밝히는 것이오. 결국 난 미끼에 불과한 거고."

그녀는 아무 말이 없었다.

내가 말을 이었다. "혹은 콧트가 제 발로 나를 찾아오기를 바라거나. 15년 동안 감방에서 썩은 것 때문에 나에 대한 원한이 사무친 놈이오. 애초에 제 잘못을 돌아볼 줄 모르는 인간이니 그 오랜 세월 동안 나에 대한 앙심만을 키워왔겠지. 감옥에서 요가와 명상 수련에 정진한 것도 암흑세계에 화려하게 데뷔하기 위해서라기보다는 내게 제대로 복수하기 위해서였을 거요. 따라서 당신들 바람대로 놈이 나를 찾아올 가능성은 아주 높소. 그 경우에도 나는 역시 미끼에 불과한 거고."

"당신을 미끼로 사용하려는 사람은 없어요."

"웃기는 소리. 톰 오데이는 목표를 달성하기 위해 뭐든 할 수 있는 인물이오. 일단 여러 가지 수단을 강구한 뒤, 그중에서 가장 수월하고 효과적인 걸 선택하는 게 그의 방식이지."

"콧트가 두려운가요?"

"보병들 가운데 아는 사람 있소?"

"이 기지에서 밤낮으로 마주치는 게 보병이에요."

"그들과 얘기를 나눠보시오. 보병은 온갖 끔찍한 것들을 견뎌내야 하오. 차갑고 축축한 진흙투성이 참호, 배고픔, 적의 공습과 포격, 하지만 그들이 가장 두려워하는 게 뭔지 아시오?"

"저격수." 그녀가 말했다.

"맞소." 내가 말했다. "어느 때, 어디서든, 예고도, 경고도 없이 날아오는 총알. 한순간도 마음 편히 쉴 수가 없소. 그로 인한 스트레스는 민간인이라면 상상조차 할 수 없지. 실제로 그것 때문에 미쳐버리는 경우도 종종 있소. 나 역시 그 두려움과 스트레스를 충분히 겪어본 사람이오. 그래서 지금 이 철제 깡통 속에 앉아서 당신으로서는 도저히 이해가 가지 않을 편안함을 느끼고 있는 중이오."

스캐런젤로가 말했다. "젊었을 때 당신 형을 만난 적이 있어요."

"그랬소?"

그녀가 고개를 끄덕였다. "조 리처, CIA 신참 시절, 난 군 정보기관과의 공조를 관리하는 부서에서 일했어요. 당신 형은 정보장교였고, 어떤 사건에 둘이 함께 투입됐었죠."

"그래서 지금 '형이 당신 칭찬을 많이 했다, 세상에서 가장 터프한 녀석이라고 하더라' 뭐 그런 얘기를 하려는 거요? 이젠 죽은 사람까지 이용해서 나를 엮으려 드는군."

"그의 죽음은 나도 안타까워요. 하지만 그는 정말로 당신 칭찬을 많이 했어요."

"만일 형이 지금 내 곁에 있다면 이 상황으로부터 최대한 신속하게, 그리고 최대한 멀리 도망치라고 말했을 거요. 당신도 알다시피 우리 형은 한때 정보장교였고 그래서 톰 오데이가 어떤 위인인지 잘 알고 있었으니까."

"당신은 오데이 장군을 싫어하는군요, 그렇죠?"

"누군가가 그의 머리통에 총알을 박아 넣으면 좋겠소. 명예훈장 몇 개, 그리고 그의 이름을 따라 명명된 교량 하나면 보상은 될 테고."

"당신에게 도움을 요청한 게 잘못일 수도 있다는 생각이 드네요."

"그가 아직까지도 현장에서 뛰고 있다는 게 나는 믿기질 않소."

"계속 사건이 터지니까요. 특히 이번엔 그의 존재감이 더욱 부각되고 있어요. 그가 총사령관이자 선봉장이에요."

나는 아무 말도 하지 않았다.

스캐런젤로가 말했다. "우리로선 당신을 억지로 붙잡아둘 수는 없어요."

나는 어깨를 한 차례 으쓱거렸다.

"나는 릭 슈메이커한테 빚이 있소." 내가 말했다. "그러니 떠나지 않을 거요."

예측 가능한 인간.

6

스캐런젤로는 희미한 향수 냄새를 남기고 떠났다. 나는 샤워를 하고 잠자리에 들었다. 하루 일과를 회의로 시작하는 게 오데이의 오랜 습관이다. 나는 아침을 먹은 뒤, 오데이의 회의에 참석할 계획이었다. 하지만 아침을 먹을 도리가 없다는 걸 나는 모르고 있었다. 다음 날 동이 트고 나서야 비로소 나는 내 숙소 구역이 광활한 포프 필드의 한쪽 귀퉁이에 위치하고 있다는 사실을 알게 되었다. 최소한 1.5킬로미터 이내에는 식당 비슷한 것도 없었다. 아침 허기를 때우기 위해서는 어쩌면 8킬로미터를 걸어가야 할지도 몰랐다. 그리고 내 행동반경은 숙소 구역 내로 제한되어 있었다. 허가 없이 군 기지를 돌아다니는 건 그리 좋은 생각이 아니다. 브래그 통합기지 같은 곳에서는 더욱 아니다. 어떤 상황에서도 결코 아니다.

결국 빈속으로 '제47보급대 전략지원 사령부'까지 걸어갔다. 케이시 나이스가 먼저 와 있었다. 그녀는 휴게실의 테이블 앞에 앉아 있었다. 그 테이블 위에는 머핀과 페이스트리 접시들이 놓여 있었다. 그리고 커피 잔들을 담은 커다란 테이크아웃 박스 여러 개. 그 박스에는 '던킨 도너츠'의 로고가 새겨져 있었다. 장교식당이나 PX에서 염가에 판매하는 것들이 아니었다. 이젠 군대에서도 외부음식 반입이 얼마든지 가능하다. 물론 제 돈으로 사먹어야 한다. 개혁이라는 미명 아래 정치인들은 예산을 줄이는 일이라면 무엇이든 하는 법이다.

케이시 나이스가 말했다. "잠자리는 편안했나요?"

"속이 빈 통나무 안에서 자는 것보다는 낫더군."

"평소에 그런 데서 자요?"

"말하자면 그렇단 거요."

"잠은 잘 잤고요?"

"누가 업어 가도 모를 만큼."

"어젯밤에 누구 만난 사람 있어요?"

"조앤 스캐런젤로라는 여자가 찾아 왔었소."

"그랬겠죠."

"그 여자를 알고 있소?"

"CIA 작전 담당 D-DDO(Deputy to the Deputy Director of Ope-rations, 부국장보)예요."

D-DDO. 얼핏 들으면 한참 낮은 직급인 것 같지만 천만의 말씀. D-DDO는 실무적으로만 따지면 CIA 최고위직 가운데 하나이다. 한마디로 정보 세계 피라미드의 정점이라고 할 수 있는 요직. 따라서 스캐런젤로는 지구상에서 가장 많은 정보를 꿰고 있는 세네 명 중의 한 사람이었다. 그녀의 랭글리 본부 사무실은 내 컨테이너 크기의 여덟 배쯤은 될 것이며 그녀의 책상 위에는 내가 지금껏 보아온 숫자를 모두 합친 것보다 더 많은 전화기들이 놓여 있을 것이다.

내가 말했다. "CIA가 이번 사건을 정말로 심각하게 받아들이고 있는 모양이군."

"정말로 심각한 사건이니까요. 안 그래요?"

나는 대꾸하지 않았다. 잠시 후 스캐런젤로가 휴게실로 들어왔다. 그녀는 우리를 향해 가볍게 목례를 보낸 후 머핀과 커피를 집어 들고선 다시 방을 나갔다. 나는 머핀 두 개와 빈 컵, 그리고 테이크아웃 커피 박스 하나를 통째로 집었다. 그 박스를 회의실 탁자 끝에 세워 놓고 회의가 진행되는 동안 빈 컵에 조금씩 따라 마실 요량이었다. 마치 바에 앉은 주정뱅이처럼.

회의실은 오데이의 2층 사무실 옆방이었다. 역시 임시로 꾸민 공간이었다. 테이블 네 개를 붙여서 만든 커다란 회의 탁자 주위에 의자 여덟 개가 놓여 있었다. 슈메이커와 오데이, 그리고 스캐런젤로는 이미 자리를 잡고 앉아 있었다. 케이시는 스캐런젤로 옆에 앉았고 나는 양쪽에 두 개의 빈 의자를 두고 자리 잡았다. 그리고 탁자 끝에 커피 박스를 올려놓은 뒤 머핀을 한입 베어 물었다.

슈메이커가 먼저 나섰다. 여전히 전투복 차림이었다. 그의 브리핑을 듣다 보니 그 전투복 위에 별이 붙을 만하다는 생각이 들었다.

"폴란드 정부가 조기 총선 계획을 발표할 것으로 보입니다. 그리스 정부도 같은 조치를 취할 것 같습니다. 물론 국민주권을 보장하기 위한 민주적 조치로 받아들일 수도 있겠습니다. 하지만 여기서 유럽연합 헌법의 단서 조항 한 가지를 주지해야 합니다. 2개국, 혹은 그 이상의 회원국가에서 선거가 실시되는 경우, 정상회담을 연기할 수 있다는 조항입니다. 결국 조기 총선 실시는 일단 자국 수반들의 안전부터 도모하려는 고육책이라고 판단됩니다. 유럽연합 회담은 개최되지 않을 겁니다. 따라서 우리는 3주 후로 예정된 G8 정상회담으로 시선을 돌려야 합니다. 그 일정에는 아직 변동 사항이 없습니다. 우리로서는 최소한 시간과 표적에 관한 정보는 확보하고 있는 셈이죠."

나는 입을 열기 전에 먼저 숨을 한 번 들이마셨다. 그 순간, 오데이가 길고 앙상한 팔을 손바닥을 세운 상태로 내 쪽을 향해 쭉 뻗었다. 집에서 기르는 개한테 기다리라는 지시를 내릴 때 취하는 동작이었다. "우리의 걱정이 지나치다는 얘기를 하고 싶은 모양이군. 혹은 진짜 표적은 다른 어떤 것일 수도 있다는 얘기를 하고 싶거나. 물론 일리 있는 의견일세. 하지만 우리는 다른 어떤 표적에도 관심이 없다는 사실을 명심해 주게. 만일 다른 어떤 표적에 총탄이 박힌다면 우리는 기뻐서 춤이라도 출 거야. 하지만 그 전까지는 국가수반들에 대한 암살 기도를 절대적 전제로 삼고 모든 작전을 구상하고 실행해야 해."

내가 말했다. "나는 G8의 회원국들이 어디인지 물어보려던 것뿐입니다."

기막히게 무식한 질문으로 받아들여진 것이 분명했다. 순간 방 안에 어색한 분위기가 흘렀고 한동안 아무도 대답을 하지 않았다. 마침내 케이시 나이스가 말했다. "미국, 캐나다, 영국, 프랑스, 독일, 이탈리아, 일본, 러시아예요."

"실제 1위부터 8위까지의 경제대국들이 아닌 것 같은데?"

조앤 스캐런젤로가 말했다. "한때는 그랬어요. 한번 정해지고 나면 결코 바뀌지 않는 것들도 있는 법이죠."

"범인이 양심을 품은 개인이거나 국수주의자라면 그들 가운데 누구라도 표적이 될 수 있을 겁니다. 하지만 상당한 규모의 테러 집단이 연관된 범행이라면? 그 경우, 모든 점을 고려할 때 이탈리아는 아닙니다. 한 달도 채 안 돼서 총리가 바뀌어 대니 말입니다. 캐나다 역시 아닙니다. 캐나다 총리는 식료품점에서 마주쳐도 알아보지 못할 테니까요. 비슷한 맥락에서 일본, 프랑스, 영국도 제쳐놓아야 합니다. 총을 맞고 죽어도 세상이 돌아가는 데 별 다른 지장이 없는 국가수반도 있지 않습니까. 다만 독일이라면 얘기가 조금 달라질 수도 있습니다."

스캐런젤로가 고개를 끄덕였다. "독일은 유럽 최강의 경제대국이며 재정 수지 성장세를 유지하고 있는 유일한 유럽 국가예요. 민생이 안정되면서 국민 정서가 고취된 덕분에 정치인들이 저격당할 위험도 아주 낮아요. 하지만 상황은 얼마든지 바뀔 수 있죠. 어쨌든 독일일 가능성도 배제할 수 없어요."

"그렇다면 미국과 러시아와 독일만 남는다? 뭐, 간단하네요. 세 나라 정상들을 꼭꼭 숨겨놓으면 되잖습니까. 바깥바람을 절대로 못 쐬게 하는 겁니다. 나머지 다섯 나라 정상들만 마음대로 돌아다니게 하고요. 아니면 부통령들도 같이 참석시켜서 단체 사진 촬영 때 대신 내세우는 방법은 어떻겠습니까? 부수적인 효과도 기대할 수 있으니까요. 저격당해서 죽을 수도 있는 현장에 대통령과 부통령이 함께 나서다니 과연 큰 나라들은 배짱도 두둑하다는 칭찬이나 그 비슷한 거 말이죠."

오데이가 말했다. "그건 플랜 B일세. 실제로 고려 중이지. 하지만 당연히 플랜 A가 먼저야. 존 콧트를 찾아내는 것. 아울러 런던과 모스크바, 그리고 텔아비브에서도 자국의 용의자들을 검거하는 것. 그게 우선이란 얘길세."

"그쪽 용의자들에 관한 정보가 있습니까?"

"그자들에 관해서는 모든 정보를 입수했네. 영국인은 전직 SAS 요원이야. 이름은 카슨. 현역 시절, 세계 각지를 돌며 오십 명 이상을 해치웠더군. 공식적으로 확인된 자료에 따르자면 한 번은 사거리가 1800미터였어. 러시아인의 이름은 다체프. 빡세기로 유명한 스탈린그라드 훈련소 출신이야. 이스라엘인은 로잔. 이스라엘 방위군이 즉각적으로 지목한 용의자 1순위야. 50구경 배럿(Barrett, 대물용 저격 소총-옮긴이)에 관한 한 타의 추종을 불허하는 전문가니까."

"얘기로만 듣자면 셋 다 콧트보다 뛰어난 것 같은데요."

"아니, 콧트만 한 실력자라는 표현이 더 적절할 걸세. 콧트에게 1300미터는 아무것도 아니었네. 자네한테 체포당하기 전까지는 말이야."

"마치 내가 체포하지 말았어야 했다는 얘기처럼 들리는군요."

"그가 살해한 미군 병사보다는 콧트가 더 쓸모 있었다는 얘기일 뿐일세."

내가 말했다. "G8 정상회담이 열리는 장소는?"

"런던." 오데이가 말했다. "런던 교외의 어느 대저택인데, 오래된 성 같은 곳인 모양이야."

"주변에 해자(垓字)가 둘러져 있나요?"

"그건 모르겠군."

"없다면 지금부터라도 파기 시작하는 게 좋을 텐데."

"그게 필요할 만한 상황까지 가지 않기 위해서 우리가 지금 이러고 있는 거잖나."

"어쨌거나 나는 영국에선 도움이 못 될 겁니다. 여권이 만료됐으니까."

오데이가 말했다. "그 문제는 국무부에 알아봐."

오데이가 빈 눈을 들어 케이시 나이스를 바라보았다. 그 즉시, 케이시 나이스의 손이 다시 한 번 재킷 안쪽으로 들어갔다. 잠시 후, 밖으로 나온 그녀의 손에는 얇은 군청색 수첩이 들려 있었다. 그녀가 수첩을 탁자 위로 밀어서 나에게 건넸다. 따뜻했다. 지난번처럼.

여권이었다. 내 이름과 사진이 정확히 박혀 있는 여권. 발행일자는 그 전날이었고 유효기간은 10년이었다.

7

오데이와의 아침 회의가 끝난 후 릭 슈메이커가 나를 자기 사무실로 데려갔다. 거기서 그는 아칸소에 다녀오기 위한 전략을 구체적으로 작성하라고 지시했다. 전략? 그것도 구체적으로? 고작 아카소를 다녀오는 데에?

내가 말했다. "콧트는 계속 유럽에 머물러 있을 겁니다. 어쩌면 벌써 런던에 가 있을 테고. 물론 그놈이 범인일 경우에 말이지만."

슈메이커가 말했다. "조앤 스캐런젤로의 얘기로는 자네가 자네 역할을 충분히 이해하고 있다던데."

미끼.

내가 말했다. "진심으로 하는 말입니까?"

그가 말했다. "물론이야. 자네가 얘기했듯이 콧트가 범인이라면 거기 없겠지. 하지만 그자의 배후에서는 우리 쪽 움직임을 감시하기 위해 누구든 박아 놓았을 거야. 상식적으로 생각할 때 우리가 가장 먼저 뒤질 곳이니까. 우리는 콧트가 거기서 사격 연습을 했는지 확인해야 해. 만일 그런 흔적이 없다면 존 콧트의 이름은 용의자 명단에서 깨끗이 지워지는 거야. 요가와 명상만으로는 한계가 있잖나. 실제 사격 연습도 반드시 필요해. 아무튼 거길 감시하고 있는 놈들은 잔챙이들일 거야. 자네라면 간단히 해치울 수 있겠지. 하지만 그자들에게서 어떤 정보든 얻어내야 하네."

"그건 콧트가 범인일 때 해당되는 얘기 아닙니까?"

"그자가 범인이 아니라면 전혀 신경 쓸 일이 없으니 그냥 한번 다녀오면 되잖나."

"왜 하필 납니까? 연방 요원들이 널리고 널렸는데. 미끼 역할은 그들이 더 잘해낼 수 있을 겁니다. 조명도 켜고 사이렌도 울리면서 등장하면 되니까."

"현재 일급기밀 취급 허가를 받은 미국인이 몇 명인지 아나?"

"모릅니다."

"거의 백만 명이야. 그중 절반은 민간인이고 대기업 중역, 비즈니스맨, 이런저런 청부업자들. 어느 집단이든 구성원이 백만 명쯤 되면 그 가운데 배신자가 이백 명은 되는 법이지."

"오데이와 얘기하고 있는 것 같은 기분이 드는군요."

"그 양반 얘기는 대부분 옳지."

"병적으로 의심이 많고."

"좋아, 그럼 절반이라고 치세. 그래도 배신자가 백 명이나 돼. 사실 우리의 보안 상태는 완전히 구멍투성이야. 10년 전부터 그래. 이번 작전은 기밀 중에서도 기밀이야. 밖으로 새어나갔다가는 큰일이 나지. 오데이 장군은 자신이 철저히 신뢰할 수 있는 사람들만을 원하고 있어."

"나는 자동차도 렌트할 수가 없습니다. 운전면허증도, 신용카드도 없으니까."

"케이시 나이스가 같이 갈 걸세." 슈메이커가 말했다. "그녀도 운전할 수 있는 나이는 넘었어."

"그녀 역시 미끼인 셈이군요."

"케이시는 이번 임무에서 자신의 역할이 무엇인지 잘 알고 있어. 보기보다는 야무진 여자야."

욕실에서 내 칫솔을 챙기고 콧트의 마지막 주소지를 메모하는 게 구체적 전략의 전부였다. 콧트의 마지막 주소지는 오클라호마, 텍사스, 그리고 루이지애나와 맞닿은 아칸소 남서부 끝자락의 어느 임대 주택이었다. 케이시 나이스는 검은색 치마 정장 차림으로 흰색 컨테이너에 들어갔다가 5분 뒤, 청바지와 갈색 가죽 재킷 차림으로 다시 나왔다. 아칸소 남서부와 어울리는 복장이었다.

나를 태워왔던 비행기가 우리를 기다리고 있었다. 승무원들도 그대로였다. 나는 케이시 나이스를 먼저 올려 보냈다. 한 명은 청바지를 입은 20대 여성이고 다른 한 명은 아니라면 그게 마땅한 탑승 순서이다. 나는 먼젓번 좌석에, 그녀는 내 맞은편 좌석에 앉았다. 이번에는 승무원이 목적지를 확실히 알고 있었다. 텍사캐나. 렌터카 업체가 있는 민간 공항. 대권 항로도 필요 없었다. 조지아, 앨라배마, 그리고 미시시피 상공을 차례로 통과하는 남서쪽 항로. 케이시 나이스가 한 컵 빌붙지 않는다면 커피포트는 하나면 충분할 것이다.

내가 그녀에게 말했다. "슈메이커 얘기로는 당신이 자신의 역할을 잘 알고 있다더군."

그녀가 말했다. "그런 것 같아요."

"정확히 어떤 역할이오?"

"가까운 미래에 국무부와 CIA, 그리고 특전사가 완전히 통합될 거예요. 물론 비공식적으로. 나는 그때를 대비해서 경력을 쌓아야 해요. 그래서 이번이 내겐 좋은 기회라고 생각해요. 내 앞에 남아 있는 긴 미래를 내 것으로 만들 토대를 쌓을 수 있는 기회란 얘기죠. 그러려면 내가 자격을 갖춘 인재라는 사실을 드러내야 해요. 난 그게 이번 작전에서 내가 완벽하게 수행해야 할 역할이라고 생각해요."

"적 앞에 자신을 드러내 본 적은 있소?"

"난 두렵지 않아요. 혹시 그런 뜻으로 물어보신 거라면."

"물어보길 잘했군."

"내가 두려워해야 하는 건가요?"

"커다란 침대가 있는 호텔에 묵어 본 적이 있소? 2미터 10센티미터쯤 되는 침대. 탁 트인 공간에 나서게 되는 경우에는 반드시 그 침대 길이만큼 나와 거리를 두어야 한다는 걸 명심하시오. 콧트가 이번 사건과 아무 관련이 없다면 당신들에게는 참 다행스러운 일이오. 하지만 내겐 아니지. 자, 한번 생각해 봅시다. 감시용 드론을 띄웠을 때는 어디 멀리로 낚시여행을 떠나 있느라 보이지 않던 그자가 이젠 집에 돌아와 있다. 장전된 라이플을 부엌 창가에 세워 놓고 틈틈이 창밖을 살핀다. 어느 순간 직선으로 길게 뻗은 집 앞 진입로에 철천지원수인 잭 리처가 나타난다. 그자가 흥분한 정도에 따라 차이는 있을 수 있겠지만 부엌 창문에서 날아온 첫 번째 총알의 오차 범위는 1.8미터 안팎일 거요. 그러니 나로부터 2미터 10센티미터 이상 떨어져 있으면 분명 안전할 거요."

"콧트는 집에 없어요. 런던에 있을 거예요."

"다들 왜 콧트를 유력한 용의자로 보고 있는지 나로선 이해가 가지 않소. 내가 들은 것만으로 따지자면 나머지 세 녀석의 실력이 더 나은 것 같은데 말이오."

"젊은 시절 다체프는 구소련의 붉은군대 소속이었어요. 러시아군이 창설된 이후에도 상당 기간 복무하다가 5년 전에 전역했죠. 로잔이 이스라엘 방위군에서 제대한 지는 더 오래됐고요. 그리고 영국인 카슨은 로잔보다 훨씬 먼저 SAS를 떠났어요. 이번 파리 사건의 범인은 청부업계의 신성이에요. 만일 범인이 다체프나 로잔, 혹은 카슨이라면 그동안의 긴 공백을 설명하기가 어려워요. 은퇴한 직후가 아니라 최소 5년 이상을 기다렸다가 그쪽 세계에 데뷔했다는 게 선뜻 이해되지 않는다는 얘기예요. 따라서 1년 정도의 준비 기간을 거친 뒤 신장개업을 한 자가 범인일 가능성이 높은 거죠."

"아무튼 나와 2미터 10센티 이상 거리를 유지해야 하오. 다체프, 로잔 그리고 카슨은 전역한 뒤 다른 직업을 가졌을 수도 있소. 사병집단이나 경호업체 같은 곳일 수도 있겠고 또 어쩌면 책방 같은 걸 운영했을 수도 있겠지. 그러다가 망했든지 연금이 바닥났든지 아니면 감옥에서 썩다 나왔을 수도 있고. 따라서 비록 1년의 경력에 불과하지만 콧트가 다른 놈들보다 먼저 그쪽 시장에 뛰어들었을 가능성도 배제할 수 없소."

"그렇다면 배후의 음모집단은 콧트를 먼저 선택했을 거예요. 그가 가장 오랜 경력자니까요. 그는 지금 런던에 있어요. 확실해요. 아칸소에는 아무것도 없을 거예요."

나도 그럴 거라고 생각했다. 처음에는.

8

렌터카 업체는 항공 관련 사업체들이 들어서 있는 건물 맨 끝에 자리 잡고 있었다. 케이시 나이스가 하자 없는 메릴랜드 주 운전면허증을 꺼내 들었다. 본의 아니게 엿보게 된 그녀의 생년월일. 머릿속으로 계산해 보니 스물여덟 살이었다. 그녀는 메릴랜드 은행 비자카드도 함께 제시했다. 이어서 두꺼운 서류뭉치 곳곳에 사인을 하고 나서 자동차 키를 받았다. 빨간색 포드 F-150 픽업트럭, 텍사캐나 공항에 내린 사람들이 선호할 만한 차량이었다.

시가 라이터 구멍에 내비게이션 잭이 꽂혀 있었다. 그녀가 내비게이션에 주소를 찍었다. 엄청난 양의 지역도로 정보를 간추리고 있는 듯, 잠시 어지럽게 움직이던 화면이 마침내 정지했다. 목적지까지 80킬로미터. 나는 공항을 떠나면서 뒤를 한번 돌아다보았다. 우리가 타고 온 비행기가 보였다. 다시 고개를 돌려 전방을 쳐다보았다. 좁고 구불구불한 도로와 신록이 돋기 시작한 나무들이 눈에 들어왔다.

내가 말했다. "중간 어디쯤에서 점심을 먹읍시다."

그녀가 말했다. "일부터 먼저 해야 하는 거 아닌가요?"

"먹을 수 있을 때 먹는다, 그게 내 철칙이오."

"어디서 먹죠?"

"처음 눈에 띄는 식당."

하지만 처음 눈에 띈 식당은 내가 기대했던 것과는 거리가 멀었다. 그곳을 그냥 지나쳐 잠시 더 달리고 나자 사거리를 중심으로 형성된 작은 마을

이 나타났다. 깔끔한 느낌을 주는 소규모 상업구역의 한쪽 끝에는 쉘 주유소가 영업 중이었다. 우리는 약국과 옷가게를 비롯해 생필품을 저가에 판매하는 상점들을 지나 다른 쪽 끝에 자리 잡은 패밀리 레스토랑 앞에 차를 세웠다. 수수한 원목 테이블 위에 차려진 식기들은 서로 짝이 맞지 않았지만 메뉴는 제법 튼실하게 구성되어 있었다. 나는 계란과 베이컨을 곁들인 팬케이크와 커피를 주문했다. 케이시 나이스는 샐러드와 물만 먹었다. 그녀가 밥값을 계산했다. 물론 지출은 오데이의 몫이었을 것이다.

식사를 마치고 옷가게에 잠깐 들렀다. 속옷, 양말, 바지, 셔츠, 그리고 방수 골프웨어 같은 재킷을 샀다. 모두 카키색에 싸구려들로만 골랐다. 내 것보다 나아 보이는 게 없어서 신발은 그대로 신고 피팅룸으로 갔다. 새 옷으로 싹 갈아입은 뒤, 헌 옷들은 쓰레기통에 던져 넣었다. 다른 모든 사람들처럼 케이시 나이스 역시 그런 내 행동이 흥미로웠던 모양이었다. 그녀가 말했다. "브리핑 받을 때 이 얘기도 듣긴 했지만 설마 했었어요."

내가 말했다. "나에 관해 브리핑도 했었소?"

"오데이 장군은 당신을 '셜록 홈리스(Sherlock Homeless)'라고 부르더군요."

"그 양반이야말로 새 스웨터 하나 장만해야겠던데."

우리는 다시 픽업트럭에 올라 북서쪽으로 달렸다. 오클라호마와의 주 경계선을 향해 텍사스의 북동쪽 언저리를 따라 달리는 노선이었다. 우리의 목적지는 내비게이션 화면에 마치 자동차 경주 결승점 표식처럼 흑백의 바둑무늬 위에 깃발로 나타나 있었다. 그 깃발 주위가 텅 비어 있는 게, 아주 외진 곳 같았다. 허허벌판일 수도 있었다. 거리가 좁아지고 나서 화면이 좀 더 복잡해지기를 바랄 수밖에.

한 시간 후. 화면이 실제로 복잡해졌다. 가늘고 꼬불꼬불한 회색 선들 사이사이로 호수와 강과 개울들도 푸른빛으로 나타났다. 허허벌판이 아니라 계곡과 봉우리가 연이어진 구릉지대인 것 같았다. 나는 눈을 들어 자동차 앞 유리 너머의 실제 세상을 확인했다. 예상대로였다. 숲이 우거진 나지막한 구릉들과 움푹한 계곡들이 마치 빨래판처럼 굴곡을 이루며 펼쳐져 있었다. 케이시 나이스가 바둑무늬 깃발로부터 1.6킬로미터 못 미친 지점에서 차를 세우더니 휴대폰을 꺼냈다. 하지만 신호가 잡히지 않았다. 그런 지역에서 로드 뷰를 기대한 것이 잘못이었다. 결국 의지할 것은 내비게이션뿐이었다. 바둑무늬 깃발은 우리가 타고 있는 도로변에서 북쪽으로 약 800미터 떨어진 지점에 꽂혀 있었다. 주변은 온통 초록색, 콧트의 집은 도로에서 800미터 떨어진 울창한 숲 속이었다.

"진입로가 꽤 길군." 내가 말했다.

"직선으로 뻗어 있지 않기만을 바라야죠." 그녀가 말했다.

그녀가 천천히 차를 몰기 시작했다. 마침내 오른쪽 전방에 진출입로 입구가 나타났다. 좁은 돌길이 바윗덩이들을 쌓아 만든 두 개의 돌기둥 사이에서 시작되다가 이내 굽어지면서 나무숲 속으로 사라졌다. 갓길에는 잔뜩 녹이 슨 우체통이 하나 서 있었다. 그 위에는 어떤 이름도 쓰여 있지 않았다. 그 바로 맞은편, 그러니까 도로의 왼편에 집 한 채가 서 있었다. 콧트의 가장 가까운 이웃.

내가 말했다. "저기부터 시작합시다."

멋들어진 전원주택은 아니었지만 그렇다고 누추한 시골집도 아니었다. 갈색 나무판자를 주자재로 삼아 길고 낮게 지어진 구조였다. 집 앞 자갈밭에는 픽업트럭 한 대가 서 있었다. 집 뒤에는 자그마한 정원이 딸려 있을 것 같았다. 현관 한쪽 벽에는 중형 자동차 크기의 접시안테나가 달려 있었고, 다른 쪽 벽 앞에는 잔뜩 녹이 슨 세탁기가 흙바닥에 호스를 늘어뜨린 채 놓여 있었다. 사용하지도 않고 사용할 수도 없는 고물이었다.

나는 현관으로 다가가 주먹 쥔 손으로 초인종을 눌렀다. 문 안쪽에서 시골집 특유의 차임벨 소리가 들렸다. 아무 반응이 없었다. 다음 순간, 발걸음 소리를 앞세우고 어떤 사내가 집 뒤에서 세탁기 있는 쪽으로 돌아 나왔다. 마흔쯤 되어 보이는 나이, 짧게 깎은 머리에 역시 짧게 민 수염, 두꺼운 목, 의심 어린 눈빛. 대문니 바로 왼쪽 이가 하나 빠진 것 말고는 특별할 것 없는 인상이었다.

사내가 말했다. "무슨 일이요?"

감정이 전혀 섞이지 않은 어조였다. 그가 우리의 대답 여하에 따라 적극적으로 협조할 수도 있고 반면에 총을 뽑아들 수도 있다는 걸 나는 경험을 통해 알고 있었다. 내가 말했다. "존 콧트를 찾고 있소."

그가 말했다. "난 아니오."

"존 콧트가 어디 사는지 알고 있소?"

사내가 대답 대신 손을 들어 자기 집 성긴 나무울타리와 도로 너머 맞은편의 진출입로 입구를 가리켰다.

내가 말했다. "그 사람, 지금 집에 있소?"

"댁은 누구신지?"

"존의 친구요."

"어떤 친구?"

"감방 동기."

"저 길로 차를 몰고 올라가서 직접 확인해 보시오."

"우리는 렌터카를 몰고 왔소. 타이어라도 펑크 나면 고스란히 내가 물어내야 하오. 저 길은 상태가 꽤 안 좋아 보이는데."

사내가 말했다. "그가 집에 있는지 없는지 난 모르오."

"그가 저 집에 얼마나 오래 살았소?"

"1년쯤."

"그가 직업을 갖고 있소?"

"그런 것 같진 않소."

"그럼 집세를 어떻게 낼까?"

"낸들 알겠소?"

"그가 드나드는 걸 종종 보시나?"

"가끔씩, 우연히."

"마지막으로 본 게 언제요?"

"잘 모르겠소."

"오늘? 아니면 어제?"

"모르겠소. 내가 저 집만 지켜보고 있는 것도 아니니까."

"한 달 전? 두 달 전?"

"모르겠소."

내가 물었다. "그가 타고 다니는 차는?"

"파란색 고물 픽업이오. 구닥다리 포드."

"저 위쪽에서 총소리가 난 적이 있소?"

"저 위쪽?"

"숲 속, 혹은 산등성이 어디에서든."

"여긴 아칸소요." 사내가 말했다.

"그를 찾아오는 사람들이 있소?"

"모르겠소."

"주변을 배회하는 수상한 사람들은?"

"수상한 사람이라면?"

"이를테면 수상한 외국인이라든가."

"오랫동안 보지 못했는데 오늘 당신이 나타났소."

"나는 수상한 외국인이 아니오. 수상한 사람도 아니고 외국인도 아니지."

그가 물었다. "고향이 어디요?"

마땅한 대답이 떠오르지 않았다. 내 말투로 미루어 남부 출신이 아니라
는 것쯤은 사내 역시 알아차렸을 것이다. 하지만 그에게 있어서 남부 위쪽
지역은 뉴욕이든 시카고든, 아니면 샌프란시스코든 다 똑같을 터였다. 그래
서 사실대로 말했다. "서베를린."

사내는 아무 대꾸가 없었다.

"해병대 집안이라서." 내가 말했다.

"나는 공군 출신이오." 그가 말했다. "나는 해병대가 싫소. 명예만 따라
다니면서 폼만 잡는 작자들. 물론 내 생각일 뿐이오."

"모욕으로 받아들이진 않겠소."

사내가 케이시 나이스를 향해 몸을 돌렸다. 그의 눈길이 그녀의 얼굴
에서 발끝까지 천천히 훑어 내려갔다가 다시 천천히 훑어 올라와 얼굴에
머물렀다. 그가 말했다. "당신은 교도소 근처에도 가보지 못한 사람 같은
데?"

케이시가 말했다. "멍청한 경찰들이 나를 잡아넣지 못한 덕분이에요."

사내가 볼을 허물며 이가 빠진 틈새로 혀끝을 내밀었다. 그가 말했다.
"이렇게 예쁜 아가씨가 뭔 짓을 하셨을까?"

케이시 나이스가 말했다. "앞니부터 해 넣지 그래요? 그러면 웃는 모습
이 멋져 보일 거예요. 그리고 저 세탁기는 치우는 게 어때요? 꼭 필요한 것
도 아니잖아요?"

"지금 날 놀리는 거요?" 사내가 한 걸음 다가서며 그녀를 노려보았다.
잠시 후 그가 나를 향해 몸을 돌렸다. 나는 흘깃거리는 그의 두 눈을 무표
정한 눈빛으로 마주 쳐다보았다. 그가 탐색을 끝내고 덤벼온다면 선택은
두 가지. 일주일 동안 절뚝거리게 만들 것인가, 평생 휠체어 신세를 지게

64

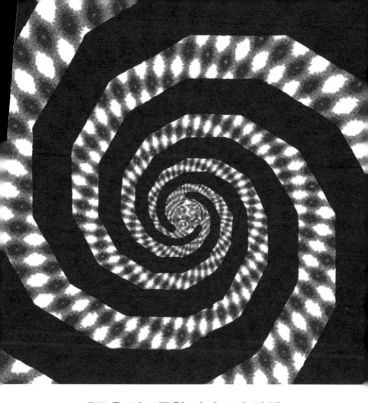

새로운 장르문학 시리즈의 탄생

VERTIGO

매듭과 십자가 존 리버스 컬렉션 이언 랜킨 지음 | 최필원 옮김 | **열차 안의 낯선 자들** 퍼트리샤 하이스미스 지음 | 홍성영 옮김

올빼미의 울음 퍼트리샤 하이스미스 지음 | 홍성영 옮김 **테러호의 악몽 1, 2** 댄 시먼스 지음 | 김미정 옮김

퍼스널 잭 리처 컬렉션 리 차일드 지음 | 정경호 옮김 **숨바꼭질** 존 리버스 컬렉션 이언 랜킨 지음 | 최필원 옮김

레드 스패로우 1, 2 제이슨 매튜스 지음 | 박산호 옮김 **레버넌트** 마이클 푼케 지음 | 최필원 옮김

다음 질문에 답을 적어 출판사로 보내주세요.
추첨을 통해 소정의 사은품을 드립니다.

1 가장 좋아하는 장르소설 작가와 그 이유는?

2 내 인생 최고의 장르소설 BEST 3를 꼽는다면?

3 미래의 버티고 리스트로 추천하고 싶은 좋은 걸작이 있다면?

보내는 사람
성명 :

이메일 :

연락처 :

받는 사람
서울시 마포구 동교로13길 34 우) 121-896
(주)오픈하우스 버티고 담당자 앞

facebook.com/vertigo.kr

VERTIGO

만들 것인가. 한동안 머뭇거리던 사내가 다시 입을 열었다.

"친구 잘 만나고 가쇼."

사내가 이번에는 접시안테나 쪽으로 돌아서 집 뒤로 사라졌다. 우리는 따갑지 않은 봄 햇살 아래 잠시 더 서 있다가 픽업트럭으로 돌아갔다. 잠시 후, 우리를 태운 트럭은 2차선 도로의 갓길 턱을 넘어 콧트의 돌투성이 진출입로를 향해 돌진했다.

9

가뭄에 드러난 강바닥보다 나을 게 없는 상태였지만 그나마 직선으로 뻗은 길은 아니었다. 처음에는. 하지만 2차선 도로를 밑변으로 쳤을 때 각이 좁은 사선으로 시작된 길은 이내 오른쪽으로 급하게 꺾어졌다. 그렇게 가파른 등성이를 피해 돌아간 다음에는 왼쪽으로 꺾이며 계곡과 나란해졌다. 거기서 더 나아가면 다시 오른쪽 급커브였다. 나무들 탓에 그 너머의 상태는 확인할 수 없었다. 케이시 나이스는 상체를 잔뜩 구부린 채 자꾸만 헛돌아가려는 핸들을 두 손으로 움켜쥐고 있었다.

내가 말했다. "몸을 뒤로 젖히시오. 의자도 뒤로 빼고."

"왜요?"

"만일 사격이 시작되면 운전석 아래 공간으로 몸을 숨겨야 하니까. 이 차 엔진이 철제인지 알루미늄제인지는 모르겠지만 어쨌든 총알은 막아줄 거요. 제때 몸을 웅크리지 못하면 곧바로 황천행이고."

"콧트는 런던에 있어요."

"넷 중에 한 놈은 분명히 런던에 있소. 나머지 셋은 아니고."

"콧트가 그 한 명이에요."

"녀석은 감옥에서 15년간을 썩었소."

"그냥 썩은 게 아니라 계획을 가지고 복역했어요. 계획이 성공했다면 그는 예전의 사격 솜씨를 그대로 유지하고 있을 거예요. 그 정도 실력이면 파리 사건의 범인으로 지목되기에 충분해요. 아니 어쩌면 예전보다 훨씬 더 나아졌을 수도 있어요. 그럴 가능성을 생각해 봤어요? 그건 완전히 초인적 차원일 거예요."

"그게 당신들 내부의 공식적인 분석이오? 그렇다면 국무부는 오로지 여권과 비자 업무에만 전념하는 게 나을 거요."

픽업은 급커브 지점을 향해 천천히 굴러 올라갔다. 지켜보는 눈초리는 느껴지지 않았다. 진입로와 나란한 계곡은 상공에서는 연인과의 잠자리에서 생긴 등짝의 손톱자국처럼 가늘게 보이겠지만 가까이에서는 거대한 갈퀴가 파헤친 길고 깊은 상처처럼 보였다. 한마디로 장관이었다. 길에서부터 거의 9미터 아래에 자리 잡고 있는 계곡 바닥에는 부서진 암석들과 휩쓸려 내려온 돌멩이들이 가득 널려 있어서 강인한 잡초와 끈질긴 덤불만이 사이사이 자라고 있을 뿐이었다. 나무들은 계곡의 양쪽 둔덕 위로 물러나서야 다시 뿌리를 내리고 있었다. 이제 갓 가지를 뚫고 나온 신록들은 제 크기로 자라기엔 멀었지만 그 수가 아주 많아서 그 너머의 시야를 가리기에는 충분했다.

내가 말했다. "여기서부터는 걸어가는 게 낫겠소."

"서로 2미터 10센티 이상 떨어져서요?"

"최소한."

픽업트럭의 속도가 줄어들더니 덜컥 멈춰 섰다. 트럭 한 대가 겨우 지나갈 만한 너비의 산길이었기에 픽업을 돌리거나 옆으로 뺄 만한 공간적 여유는 전혀 없었다. 잘된 일이었다. 내가 말했다. "만일 그자가 장을 봐서 돌아오는 길이라면 즉시 알 수 있을 거요. 이 차가 길을 막고 서 있으니 경적을 울릴 수밖에."

"그자는 런던에 있다니까요."

"그러고 싶다면 트럭에 남아 있어요."

"그러고 싶지 않아요."

"그럼 당신이 앞장서시오. 백과사전 외판원처럼 행동하시오. 그자는 절대 당신을 쏘지 않을 거요."

"그걸 어떻게 확신하죠?"

"당신은 그자와 맞닥뜨려본 적이 없어서 말해줘봐야 이해하기 힘들 거요."

"거봐요. 당신은 그자에 관해서 분명히 뭔가를 알고 있잖아요."

"나는 18미터쯤 뒤에서 따라가겠소. 뭐든 문제가 생기면 소리를 지르시오."

나는 그녀가 앞서 가는 모습을 지켜보았다. 그녀는 커다란 돌멩이들을 차례차례 사뿐히 밟아가며 길 한가운데를 따라 전진했다. 발을 적실세라 조심스레 징검다리를 건너는 소녀 같았다. 나는 18미터 거리를 두고 뒤따라갔다. 그녀보다 보폭은 더 넓게, 속도는 더 느리게. 완만한 비탈길이었지만 급경사를 오를 때처럼 한 걸음 한 걸음 확실하게 내디뎠다. 그녀가 급커브 지점 직전에 멈춰 서서 뒤를 돌아봤다. 나는 어깨를 한 차례 으쓱해 보였다. 그녀가 다시 걸음을 옮겼고 이내 시야에서 사라졌다. 나는 잠시 멈춰 서서 귀를 기울였다. 그녀의 발밑에서 자그락거리는 돌 소리 말고는 아무 소리도 들리지 않았다. 나는 18미터 거리를 유지하기 위해 아까보다 좀 더 빠르게 걸음을 옮겼다.

급커브를 돌고 나자 길은 산꼭대기까지 계곡과 평행을 유지하며 곧장 뻗어 있었다. 왼쪽 전방의 숲 속 어딘가에 좁게나마 트여 있는 공간이 있는 것 같은 느낌이 들었다. 아니, 단순히 느낌만이 아니었다. 2차선 도로 건너의 이웃집처럼 짙은 색 나무판자로 지어진 집이 빽빽한 나뭇잎들 사이로 언뜻 모습을 보인 것 같았다. 꼬질꼬질한 파란색 물체도 어른거린 것 같았다. 구닥다리 픽업. 내 위치에서 거기까지의 거리는 대략 90미터였다.

내 18미터 앞에서 케이시 나이스는 진입로의 한쪽 가장자리를 따라 전진하고 있었다. 속도는 느려지지만 가장자리가 더 안전하다고 판단한 모양이었다. 올바른 판단이었다. 나 역시 옆걸음으로 그녀와 반대편 가장자리로 건너갔다. 일렬종대로 적진에 접근하는 건 금물이다. 앞사람을 겨눴다가 빗나간 총탄에 뒷사람이 맞거나 반대로 뒷사람을 노린 총탄에 앞사람이 맞을 위험이 크기 때문이다.

사선 대열을 유지하며 한동안 전진한 끝에 드디어 그녀가 숲 속 빈 터의 가장자리에 도착했다. 그녀가 뒤를 돌아보았다. 나는 '그대로 있으라'는 의미의 보병 수신호를 보냈다. 그녀가 한 걸음 뒤로 물러서서 나무들 사이에 몸을 감췄다. 나는 비스듬히 크게 세 걸음을 떼어서 길을 가로질러 그녀 곁으로 갔다.

그녀가 말했다. "내가 문을 두드려 볼까요?"

내가 말했다. "그래야만 할 것 같소."

"개가 있을까요?"

"그랬다면 진즉에 짖어댔을 거요."

그녀는 고개를 끄덕이고 나서 한 차례 심호흡을 한 뒤, 빈터로 들어섰다. 그녀의 발밑에서 나는 소리가 달라졌다. 지금까지는 모난 돌맹이들, 이제는 동글동글한 자갈들. 잠시 후, 문 두드리는 소리가 들려왔다. 초인종이 없는 모양이었다. 그녀의 손가락 관절과 나무문이 세 차례 연속해서 세게 부딪혔다. 도시에서라면 다급한 용무나 불청객의 횡포로 해석될 수도 있겠지만 집과 멀찍이 떨어진 텃밭이나 헛간 같은 곳에서 일하는 시골 사람들에게는 오히려 고마운 소란일 것이다.

하지만 어떤 기척도 없었다.

안에서 걸어 나오는 발소리도, 마룻바닥이 삐걱거리는 소리도 없었다. 집 밖 어딘가에서 달려오는 발소리도, 질질 끄는 걸음걸이 소리도 없었다.

아무 소리도 없었다.

그녀가 다시 문을 두드렸다.

똑똑똑.

정적. 무반응. 집 안에 사람이 없는 것이다. 집 주변에 감시자도 없었다. 어떤 감시 시스템도 없었다.

나는 숲을 나서서 케이시 나이스와 합류했다. 창문들 대부분은 안쪽에서 커튼이 단단히 쳐져 있었다. 그래도 두어 개의 창문은 커튼 틈이 벌어져 있었다. 그 안쪽은 수수한 방들이었다. 여러 해 묵은 것 같은 싸구려 가구들 외에는 별 다른 게 없었다. 집 자체는 길고 낮은 구조의 견고한 농장 가옥이었다. 산 아래의 이웃집과 쌍둥이 같았다. 두 채 모두 같은 시기에, 같은 사람들에 의해 지어진 모양이었다. 땅을 다진 뒤, 아무렇게나 자갈을 뿌려놓은 빈터 곳곳에서 잡초들이 푸릇푸릇하게 자라 올라오고 있었다. 하지만 현관 앞, 뒷문 앞, 그리고 그 두 곳에서 파란색 트럭으로 이어지는 자갈길에는 다른 곳보다 풀들이 성기게 나 있었다. 사람의 발길.

파란색 차는 포드가 맞았다. 현찰 100달러면 충분히 구입할 수 있는 골동품이었다. 리븐워스 군 형무소에서 갓 출소한 사내에게 제대로 어울리는 물건이었다. 꽤 오랫동안 그 자리에서 움직이지 않은 것 같았지만 워낙에 낡은지라 장담할 수는 없었다.

케이시 나이스는 열쇠가 감춰져 있을 만한 곳을 찾기 시작했다. 하지만 뒤질 곳이 없었다. 화분도 없었고 장식 조각품도 없었다. 그녀가 말했다. "부수고 들어갈까요?"

나는 대답하지 않았다. 또 다른 오솔길에 주의를 빼앗겼기 때문이다. 사실 오솔길이라기보다는 지나다닌 발길이 만들어낸 좁고 긴 자국이었다. 주변의 잡초들보다 키가 작고, 상한 이파리가 수두룩한 잡풀들이 성기게 자라나 있었기에 내 눈에도 띄었던 것이다. 파란색 픽업 뒤쪽에서 시작된 그 자국은 또 다른 계곡을 향해 길게 뻗어 있었다.

내가 말했다. "이쪽부터 살펴봅시다."

이번에는 내가 앞장을 섰다. 그 자국을 따라 숲 속으로 들어가 오른쪽, 왼쪽으로 한 번씩 방향을 틀고 나자 또 다른 계곡의 동쪽 끝에 이르렀다. 진입로 옆의 계곡과 아주 비슷했다. 산속에 패인 엄청난 웅덩이, 지표에서부터 거의 9미터 내려가는 깊이, 거대한 욕조와 같은 모양새. 태곳적 지각변동이 빚어낸 장관. 어쩌면 100만 년 전, 상상을 초월하는 크기의 빙하속에 갇혀 있던 모난 바위들이 얼음이 녹아내리자 서서히 산 아래로 미끄러져 내려오면서 갈퀴질하듯 땅을 파헤치는 바람에 형성된 지형일지도 모른다. 진입로 옆 계곡과 마찬가지로 바닥에는 부서진 돌멩이들 천지였기에 식물이라고는 잡초와 관목뿐이었다. 계곡의 양쪽 둔덕 위로 물러나서야 뿌리를 내린 나무들은 그 대신 아주 높게 자라나 계곡의 깊이와 길이를 강조해주고 있었다.

그 나무들 가운데 세 그루는 이미 사람의 손에 의해 뿌리를 잃은 상태였다. 모두 아름드리 소나무들이었다. 두 그루는 계곡 위를 가로질러 걸쳐져 있었다. 두 나무 사이의 거리는 대략 3미터, 그 공간을 메운 건 세 번째 나무였다. 3미터 길이로 잘린 통나무들이 밧줄로 단단히 묶여 발판 구실을 하고 있었다. 누가 봐도 계곡을 건너가기 위해 만들어진 다리였다. 하지만 이상했다. 그 발판 위에 가로세로 각각 2.5미터, 1.2미터의 외장용 합판이 못으로 고정되어 있었기 때문이다.

케이시 나이스가 말했다. "왜 이렇게 해놓았을까요?"

우리는 주변의 나뭇가지들에 의지해서 그 발판, 정확히는 그 합판 위로 올라가 사방을 둘러보았다. 뒤쪽은 숲, 왼쪽도 숲, 오른쪽도 숲, 삼면이 온통 나무들의 바다였다. 하지만 앞쪽으로는 계곡이 멀리까지 곧게 뻗어 있었다. 그 가물거리는 끝자락에 회색빛 물체들이 보였다. 워낙에 먼 거리라 얼룩처럼 느껴졌지만 아무래도 바위들인 것 같았다. 계곡이 형성되고 나서 다시 오랜 세월이 흐른 뒤 느닷없이 굴러 떨어진 바위들, 그것 때문에 계곡은 더 이상 뻗어나가지 못했을 것이다.

나는 합판을 내려다보았다. 타조알만 한, 혹은 미식축구 공의 4분의 1 크기쯤의 타원형 자국 두 개가 나란히 희미하게 찍혀 있었다. 은빛이 살짝 도는 회색이었다. 합판에 금속을 문질렀을 때 나는 색깔이다. 흑연 입자들도 확인할 수 있었다. 윤활용 그리스가 묻은 것이다. 의심의 여지가 없었다. 그리스는 끈적거린다. 먼지가 그 자국 위에만 달라붙어 있는 것으로 미루어 그리스가 분명했다.

나는 쪼그리고 앉아 그 자국들의 외곽선을 손가락으로 따라 그리며 말했다. "50구경 라이플에는 대개 두 발 지지대가 앞부분에 부착되어 있소. 물론 높이를 조절한 뒤 고정시킬 수 있지. 적어도 프로라면 조절 가능한 부분과 고정 장치가 녹슬거나 빡빡해지지 않도록 윤활제로 늘 닦아주어야 하오. 콧트가 그랬던 것처럼. 놈은 넘쳐흐르는 윤활제를 수건으로 훔친 뒤, 부식을 방지하기 위해 그걸로 지지대의 다리, 특히 두 발에 해당하는 부분을 공들여 닦았을 거요. 그 부분이 이렇게 큰 자국을 남긴 것은 놈이 이곳에 수없이 나와 매번 미세한 각도로 총구를 옮겨 가며 사격 연습을 했기 때문이오."

"역시 셜록 홈리스네요."

나는 멀리 가물거리는 계곡의 끝자락에 눈길을 던지곤 혼잣말처럼 중얼거렸다. "저 바위들이 표적을 올려놓는 받침대 구실을 한 걸까?"

그녀가 말했다. "저 끝에 바위들이 있어요?"

우리는 걸음짐작으로 거리를 쟀다. 계곡과 정확히 평행선을 유지하며 걸어가되 나무나 그 밖의 장애물을 피해 돌아가는 만큼은 계산에서 빼기로 했다. 나는 1미터의 보폭을 유지하며 걷고 그녀는 옆에서 따라오며 내

걸음 수를 세었다. 처음엔 속으로만 숫자를 헤아리던 그녀가 1250부터는 소리를 내어 꼽아나가기 시작했다. 그 소리는 숫자가 늘어가면서 더욱 들뜨고 또렷해졌다. 마침내 평행선상으로 내가 그 바위들과 가로로 정확히 일직선을 이루는 지점에 다다랐을 때, 그녀는 너무 놀란 나머지 오히려 낮게 중얼거렸다.

"1300미터."

10

아주 오래전에 굴러 떨어진 바위들인 게 분명했다. 표적 받침대로 쓰인 바위는 한눈에 알아볼 수 있었다. 30센티미터 높이에 가장 평평한 부분의 너비가 고작 1.2미터에 불과했지만 맥주 캔이나 병이라면 몇 박스라도 올려놓을 수 있었을 것이다. 그 주변은 자디잔 금속 파편과 유리 조각 천지였다. 흰색 종이 쪼가리들도 드문드문 섞여 있었다. 가끔씩 종이로 만든 표적도 사용한 모양이었다. 그 받침대 뒤쪽의 바위들은 만신창이였다. 수없이 많은 구멍이 파이고 심지어 여기저기 금이 간 것들도 있었다. 최소한 수백 발, 많게는 천 발쯤 되는 총탄이 남긴 흔적이었다.

내가 말했다. "뭐든 담을 게 필요하오."

케이시 나이스가 말했다. "어떤 거요?"

"그냥 작은 용기." 나는 흠집투성이 바위들의 아래쪽을 가리켰다. "저 가루들을 가져가야 하오. 가스 크로마토그래프 실험을 위해서 말이오. 파리에서 사용된 것과 같은 종류의 총탄인지 확인해야 하니까."

그녀가 호주머니들을 툭툭 치듯 더듬었다. 내 주문에 맞는 게 있는 모양이었다. 하지만 선뜻 꺼내기가 망설여지는 눈치였다. 그녀의 손이 한쪽 주머니 주위를 겉돌고 있었다. 그녀가 약간 난처한 표정을 지으며 나를 쳐다보았다.

내가 말했다. "왜 그러시오?"

그녀가 말했다. "알약 통이 하나 있어요."

"그거면 충분하오."

그녀가 주머니에서 라벨이 붙은 작은 오렌지색 통을 꺼냈다. 이어서 뚜껑을 튕겨 열고서는 알약들을 모두 손바닥 위에 쏟았다. 그것들을 주머니에 집어넣은 뒤 빈 통의 뚜껑을 눌러 닫은 다음 내게 건넸다.

"고맙소." 나는 먼지와 티끌과 돌조각들을 손으로 쓸어 모아 무더기를 만든 뒤 엄지와 검지를 집게처럼 사용해서 그것들을 약통에 담기 시작했다. 나는 가스 크로마토그래프가 정확히 뭔지는 모른다. 하지만 대단히 정교한 분석 방법이라는 것과 아주 소량의 샘플만으로도 충분하다는 것 정도는 알고 있다. 하지만 우리에게 필요한 것은 총탄 파편이었다. 그 가루 무더기 속에 그 파편들이 포함될 가능성을 높이기 위해 나는 약통이 반 이상 찬 뒤에야 집게질을 멈췄다. 뚜껑을 닫은 약통을 주머니 속에 넣고 나서 내가 말했다. "오케이. 이제 놈의 집으로 쳐들어갑시다."

나는 발로 문을 여는 방법을 선택했다. 그건 아주 쉬운 방법이다. 힘은 질량 곱하기 속력의 제곱, 즉 운동에너지 공식에 따라 그 값이 계산된다. 이때 질량이 아니라 속력이 제곱된다는 사실에 주목해야 한다. 헬스클럽에서 땀 흘린 덕분에 근육의 중량이 10킬로그램 늘었다면 당연히 힘이 더 세어진다. 그만큼의 질량이 추가됐으니까. 하지만 발의 속력을 20퍼센트 올리는 것이 훨씬 더 효율적이다. 20퍼센트의 제곱, 즉 400퍼센트가 증가되기 때문이다. 야구에서의 배팅을 생각해보면 쉽게 이해가 간다. 무거운 배트를 천천히 휘둘렀을 때는 공이 제대로 맞아도 외야의 워닝트랙 근처에서 플라이아웃 당하는 경우가 많다. 하지만 가벼운 배트를 빠르게 휘둘렀을 때는 홈런의 가능성이 훨씬 높아진다. 이 간단한 원리를 우리는 실생활에서 제대로 활용하지 못하고 있다. 사람들은 잠겨 있는 문짝을 너무나 공손하게 대한다. 발바닥이 땅을 딛는 힘보다 약간 세게 건드려보고는 포기하고 뒤돌아선다.

그건 내 방식이 아니다. 나는 뒷문을 택했다. 일반 주택의 뒷문은 앞문보다 여러 면에서 허술한 법이다. 그 집의 뒷문 쪽은 도움닫기를 할 수 있는 공간도 앞쪽보다 넉넉했다. 하기야 그리 넓은 공간이 필요한 것도 아니다. 크게 세 걸음만 내딛을 수 있을 정도면 충분하다. 특별한 기술도, 특별한 각도도 필요 없다. 그 세 걸음을 내딛는 동안 허벅지와 종아리와 발의 속력이 증가되면서 그 증가된 값의 제곱으로 늘어난 힘을 온전히 실은 발꿈치가 뒷문의 잠금장치를 아예 처음부터 없었던 물건으로 만들어버릴 테니까.

잠시 후, 나는 너덜너덜해진 문짝을 잡고 서서 케이시 나이스를 먼저 들여보냈다. 뒷문 바로 안쪽은 주방이었다. 조리대, 수납장, 금속제 싱크대, 초록색 냉장고, 조리용 레인지 등 제법 구색을 갖췄지만 그 상태는 집 앞에 서 있는 파란색 픽업보다 나을 게 없었다.

아무 소리도 들리지 않았다. 그리고 냄새도 없었다. 하다못해 음식물쓰레기 냄새도 없었다. 그냥 퀴퀴한 것이 환기가 되지 않은 지 꽤 오래인 것 같았다.

케이시 나이스가 복도로 나가는 문으로 다가가며 말했다. "준비됐죠?"

"잠깐." 나는 케이시의 행동을 저지한 뒤 문 앞으로 바짝 다가가 귀를 가져다 댔다. 모든 생명체는 오감으로 감지할 수 있는 진동을 발산하는 법이다. 하지만 어떤 소리도, 어떤 진동도 감지할 수 없었다. 텅 비어 있는 게 분명했다. 예상대로였다. 문 반대편의 공간은 그냥 텅 빈 정도를 넘어 황량한 수준이었다. 오랫동안 비어 있었던 게 틀림없었다.

내가 말했다. "나는 거실을 둘러보겠소. 당신은 침실을 맡아요."

그녀가 먼저 복도로 나섰다. 진흙색 합판이 잇대어진 복도 끝에서 그녀가 잠시 주위를 둘러보더니 왼쪽으로 방향을 틀었다. 그렇다면 나는 오른쪽. 역시 거실이었다. 공을 들인 흔적이 역력한 공간이었다. 비율이 딱 들어

맞는 구조에 한쪽에는 L자형의 식사 공간까지 마련되어 있었다. 다만 너무 어두운 색깔의 목재를 사용한 탓에 분위기가 무거운 게 흠이었다. 목재를 사용하지 않은 부분에는 중급 호텔에서처럼 수수한 비닐 벽지가 발라져 있었다. 가구는 소파 하나, 오토만(ottoman, 위에 부드러운 천을 댄 기다란 상자 같은 가구. 상자 안에는 물건을 저장하고 윗부분은 의자로 씀-옮긴이) 하나, 그리고 안락의자 두 개, 모두 갈색 코르덴 소재였고 형편없이 낡아 있었다. 그 밖에 두 개의 사이드 테이블, 그게 전부였다. 텔레비전도, 오디오 시스템도, 책장도, 전화기도 없었다. 그 밖에도 없는 것들이 많았다. 신문도, 잡지도, 책도 없었다. 의자 팔걸이에 걸쳐 놓은 낡은 스웨터도, 빈 맥주잔도, 담배꽁초가 절반쯤 찬 재떨이도 없었다. 소파 한가운데가 푹 꺼져 있는 걸 제외하고는 사람이 지낸 흔적이 전혀 없었다.

집 안 반대편에서 케이시 나이스가 나를 소리쳐 불렀다. "리처?"

나도 소리쳐 대답했다. "무슨 일이오?"

"이리 와서 이걸 좀 보세요."

심상치 않았다.

"뭔데 그러시오?"

"직접 보셔야 해요."

나는 그녀의 목소리를 따라 거실 반대편에 있는 방으로 들어갔다. 그리고 거기서 나 자신과 맞닥뜨렸다.

11

사진이었다. 내 얼굴을 찍은 흑백사진. 편지지 사이즈 종이에 여백까지 거의 꽉 차도록 실물 크기로 확대된 내 얼굴 사진이 압정 여러 개로 벽에 단단히 고정돼 있었다. 바닥에서부터 사진 속 내 정수리까지 정확히 195센티미터. 사진 아래에는 같은 사이즈의 종이들이 직선과 사선으로 덕지덕지 붙어서 내 목과 양어깨, 가슴, 그리고 두 팔과 두 다리 역할을 하고 있었다. 그 밖의 부위들은 그 종이들 위에 검정색 마커 펜으로 그려져 있었다. 신발은 물론 신발 끈까지 세세하게.

전체적으로 꽤 그럴 듯한 솜씨였다. 물론 우리 어머니까지 속이지는 못하겠지만. 아무튼 또 다른 잭 리처가 그렇게 벽에 서서 정확하게 내 눈을 응시하고 있었다.

그 가슴팍, 심장 부위에 칼이 꽂혀 있었다. 그림이 아니라 실제 칼, 그것도 25센티미터쯤 되는 부엌칼이었다. 얼마나 모질게 꽂았는지 칼날이 12센티미터가량 벽에 푹 박혀 있었다.

케이시 나이스가 말했다. "이게 전부가 아니에요."

그녀는 방 한쪽에 우묵하게 조성된 벽감 안에 서 있었다. 사이즈로 미루어 볼 때 침대를 염두에 둔 공간이었다. 하지만 침대는 없었다. 대신 그 안쪽 벽에 사진과 서류들을 복사한 종이들이 가득 붙어 있었다. 모두 나와 관련된 것들이었다. 맨 위에는 역시 실물 크기의 내 얼굴 사진이었다. 그 바로 아래는 군 인사고과 파일에 첨부돼 있는 내 이력서였다. 그제야 나는 확대된 내 얼굴 사진의 출처를 알 수 있었다. 그 이력서 오른쪽 상단에 붙어 있는 손톱만 한 내 증명사진. 이력서 아래에는 내 파일의 다른 페이지들이 압정으로 단단히 고정되어 있었다. 하지만 그 파일의 모든 페이지가 고스란히 낱장으로 붙어 있는 것은 아니었다. 특별한 의도를 지닌 자가 일정한 기준을 세워 놓고 발췌한 자료들이었다.

모두 현역 시절 내가 저질렀던 업무상의 시행착오와 실패한 임무들에 관한 기록들이었다.

결정적인 단서를 미처 깨닫지 못했던 착오, 사건의 전말을 혼동했던 착각, 무모한 작전에 따른 응분의 실패. 특히 '도미니크 콜'과 관련된 기록은 무려 30장이나 붙어 있었다.

도미니크 콜.

뼈저린 실패.

케이시 나이스가 물었다. "도미니크 콜이 누구예요?"

내가 대답했다. "내 부하 대원이었소. 내가 어떤 놈의 체포 임무를 그녀에게 맡겼소. 하지만 오히려 붙잡혀서 온몸을 난도질당한 채 살해됐소. 내가 직접 갔어야 했소."

"정말 유감이네요."

그녀가 족히 1분 동안 그 자료들을 살펴보고 나서 말했다. "당신도 어쩔 수 없는 상황이었네요."

"도미니크는 딱 당신 나이였소."

그녀가 말했다. "그런데 있잖아요, 이거 말고도 더 있어요."

나는 그녀를 따라 또 다른 방으로 들어갔다. 방 안 탁자 위에 수작업으로 제작한 틀이 하나 놓여 있었다. 종이 표적을 단단히 고정시킬 수 있고 라이플 총구로부터 1300미터 떨어진 바위 위에 올려놓아도 무게중심을 잃지 않을 만한 장치였다. 아이디어가 참신한 데다 솜씨까지 정교해서 그걸 만든 사람에게 경의를 표하고 싶을 정도였다. 하지만 그럴 수는 없었다. 종이 표적이 내 얼굴 사진이었기 때문이다. 편지지 사이즈의 복사용지를 거의 가득 메운 실물 크기의 내 사진들이 두 무더기로 나뉘어 쌓여 있었다. 하나는 사용한 것들, 나머지 하나는 사용하지 않은 것들. 사용하지 않은 것들은 말짱하긴 했지만 거무튀튀해서 보기 싫었다. 사용한 것들은 아예 보기조차 힘들었다. 대부분이 너덜너덜해진 상태였기 때문이다. 어떤 것들은 50구경 총탄, 어떤 것들은 뒤쪽 바위들의 파편, 또 어떤 것들은 그 두 가지 모두에 의해 그 지경이 되었을 것이다. 하지만 상대적으로 말짱한 사진들도 있었다. 오른쪽 광대뼈에 1센티미터 남짓한 구멍만 깔끔하게 뚫려 있는 것도 있었고 오른쪽 입꼬리에 역시 그만한 크기의 구멍이 뚫려 있는 것도 있었다.

1300미터.

조준이 왼쪽으로 약간 낮았지만 그래도 대단한 솜씨였다.

놈의 실력이 옛날보다 향상된 것일까?

나는 계속해서 사용한 표적들을 뒤적거렸다. 그러다가 정말로 상태가 좋은 사진 석 장을 찾아냈다. 석 장 모두 내 미간에 구멍이 나 있었다. 하나는 약간 왼쪽, 다른 하나는 약간 오른쪽, 그리고 나머지 하나는 정중앙.

1300미터.

놈의 실력이 옛날보다 향상된 것이다.

케이시 나이스가 물었다. "언제 사진이에요?"

"20년쯤 전일 것 같소."

"그렇다면 그자가 감옥에 들어가기 전에 이 모든 자료들을 입수했다는 얘기군요."

나는 고개를 가로저었다. "놈이 감옥에 있을 때 일어난 일들도 있소. 따라서 출소한 후에 파일을 입수한 거지."

"당신을 향한 증오심이 엄청난 것 같아요."

"그래서 당신 생각은?"

"그자는 지금 런던에 있어요."

"아닐 수도 있소." 내가 말했다. "콧트가 왜 거기 가 있겠소? 나에 대해 이 정도로 앙심을 품고 있는 놈이 외국에서 시간을 낭비하고 있을 리가 없잖소."

"이유야 여러 가지겠죠. 첫 번째는 돈이에요. 암살 청부업은 엄청난 돈이 뒤따르죠. 더구나 표적이 한 나라의 대통령일 경우, 그 보수는 천문학적일 거예요. 두 번째는 당신을 찾을 수가 없기 때문이에요. 당신은 정말로 찾아내기 힘든 사람이잖아요. 남은 인생을 몽땅 바친다 해도 당신을 찾아내지 못할 수도 있어요. 당신에 대한 원한이 아무리 사무친다고 해도 그 정도까지 매달리진 않을 거예요."

"그럴 수도 있겠지. 하지만 지금 상황을 생각해 보시오. 놈이 나를 찾아다닐 필요가 없잖소. 내가 제 발로 찾아왔으니까. 그리고 존 콧트가 범인일 확률은 여전히 25퍼센트에 불과하오. 따라서 놈이 미국에 있을 확률은 75퍼센트가 되는 거지."

"그래요. 지금 상황을 생각해 봐요. 오늘 그자가 당신을 꺼꾸러뜨릴 수 있는 기회가 열두 번은 됐을 거예요. 하지만 그자는 총을 쏘지 않았어요. 왜? 지금 이곳에 없으니까."

"놈이 이 집에 머무르기는 했던 걸까? 놈의 물건들이 전혀 보이지 않으니 말이오."

"내 판단으로는 그자는 가진 게 별로 없을 거예요. 기껏해야 침낭과 배낭 하나씩이겠죠. 15년 동안 명상 수련을 해왔으니 수도승 같은 생활을 즐길 수도 있잖아요. 간단하게 짐을 꾸려서 파리로 날아갔다가 거기서 다시 런던으로 건너간 거예요."

지극히 합리적인 판단이었다. 나는 고개를 끄덕였다. 15년 동안 아무것도 소유하지 않고 살아온 놈이다. 따라서 그런 삶에 익숙해져 있을 수도 있다. 나는 미간 정중앙에 구멍이 뚫린 사진을 한참 동안 바라보았다. 그리고 말했다. "갑시다."

우려했던 것과는 달리 빨간색 픽업트럭까지 걸어서 돌아가는 길은 사뭇 안심이 되었다. 울창한 나무들 덕분이었다. 어느 방향에서 총탄이 날아오든 나무가 막아줄 터였다. 충분히 안전했다.

길이 너무 좁아서 차를 돌릴 수가 없었다. 그렇다고 후진으로 내려가는 건 너무나 위험했다. 결국 콧트의 집까지 올라갔다가 자갈밭에서 유턴을 해서 내려오는 방법뿐이었다. 입구까지 내려가는 동안 올라오는 차는 없었다. 걸어서 올라오는 사람도 없었다. 마침내 다시 올라선 2차선 도로마저 텅 비어 있었다. 내비게이션에 텍사캐나 공항을 찍었다. 이번에도 80킬로미터.

내가 말했다. "사과하겠소."

"뭣 때문에요?"

"내가 잘못 판단했소. 나는 당신이 국제적 범죄에 관한 현장 경험을 쌓기 위해 CIA에 파견된 국무부 공무원이라고 생각했었소. 그래서 이번 사건을 다룰만한 역량이 안 된다고 얕잡아보았소. 그런데 그 반대였던 거요. 안 그렇소? 당신은 국무부에 파견된 CIA 요원이오. 여권과 비자 발급을 포함해서 국무부 고유의 제반 업무들에 관한 현장 경험을 쌓기 위해서 말이오. 따라서 이번 사건을 다룰만한 역량은 이미 갖추고 있었던 거요. CIA 요원이니까."

"어떻게 알아챘죠?"

"몇 가지 단서 덕분이오. 보병의 수신호를 알고 있는 것부터 해서."

그녀가 고개를 끄덕였다. "포트 베닝에서 수도 없이 봤죠."

"프로 근성도 확실하고."

"슈메이커에게서 내가 보기보다 야무지다는 얘기 못 들으셨어요?"

"풋내기를 붙여 주면서 날 안심시키려고 하는 말인 줄 알았소."

"그리고 말이 나와서 얘긴데, 국무부의 업무는 단지 여권이나 비자 발급만이 아니에요. 실제로 온갖 일에 관여하고 있어요. 이번과 같은 작전들을 감독하는 업무를 포함해서 말이죠."

"그건 이해가 가지 않는군. 이번 작전은 오데이와 두 명의 CIA 요원이 주축이잖소. 당신과 스캐런젤로. 국무부 쪽 사람은 없는 걸로 아는데?"

"내가 국무부 쪽 사람이에요. 당신이 좀 전에 말했듯이 파견 근무 중이니까요. 임시로나마 현재는 국무부 소속인 거죠."

"그렇다면 당신은 국무부에 모든 걸 보고하고 있는 중이오?"

"꼭 그렇진 않아요."

"어째서?"

"국무부기 전면에 나서기엔 너무 예민한 사안이니까요. 만일 영국인이나 러시아인, 혹은 이스라엘인이 범인으로 밝혀진다면 그동안의 수고와 공로는 모두 국무부에 돌릴 거예요. 하지만 그 전까지는 이건 철저한 비공개 프로젝트예요."

"비공개 프로젝트? 어째 표현이 달라진 것 같군."

"일급기밀이라는 표현은 이미 써먹었으니까요."

"모두 다 알고 있는 뉴스인데 더 이상 일급기밀일 수가 없잖소."

"오늘의 뉴스는 내일이 되면 어제의 뉴스가 되는 법이에요. 프랑스 당국에서 곧 범인을 검거할 거예요. 그러면 일단 분위기가 잠잠해지겠죠."

"누구를 검거한다는 거요?"

"돈독이 오른 데다 인상이 더러운 얼간이. 상당한 보상을 받는 대신 한

"3주 동안 테러리스트 역할을 해줄 인간은 얼마든지 있어요. 내 생각에는 지금쯤 가장 적합한 배우를 고르고 있는 중일 거예요. 덕분에 우리에겐 시간과 공간적 여유가 생겼어요."

"1300미터." 내가 말했다. "중요한 건 사거리요. 누가 쏘느냐가 아니라. 정상들의 안전을 위해서는 경호 범위를 광범위하게 잡고 시스템을 강화해야 하오. 최소한 반경 1600미터는 돼야겠지."

"그런다 하더라도 진범이 검거되지 않으면 정상들이 회담 자체를 취소할 수도 있어요. 그러니 발 빠르게 움직여야 해요. 우리로선 존 콧트의 신병을 확보하는 게 급선무예요. 미국이 자국 용의자를 못 잡는 유일한 나라가 되어서는 안 될 일이잖아요."

"다른 세 나라 상황은 어떻소?"

"오전 회의에서 오데이의 설명을 들었잖아요. 세 나라 모두 자국 용의자들의 이름과 사진, 그리고 이력을 확보한 상태예요."

"실제로 그게 전부요?"

"그들과 우리의 정보는 동일해요. 아직까지는 경쟁의 장이 공평한 셈이죠."

텍사캐나 공항에 도착해서 렌터카를 반납하고 철망 울타리에 뚫린 철망 게이트까지 걸어가자 골프 카트가 우리를 태워 비행기까지 데려다 주었다. 두 시간 후, 우리는 다시 포프 필드에 내려섰다. 그리고 경쟁의 장이 더 이상 공평하지 않다는 사실을 알게 되었다.

12

이스라엘이 자국 용의자를 찾아냈기 때문이었다. 로잔의 행적이 확인된 것이다. 파리 사건 당시 로잔은 홍해로 휴가를 떠나 있었다. 여러 해 전부터 그를 감시해오던 요원들이 그가 출국한 사실을 알아채지 못했을 뿐이었다. 현재 그는 귀국한 상태였다. 휴가지의 바텐더와 식당 종업원들이 입을 모아 로잔의 진술을 사실로 확인해주었다. 완벽한 알리바이였다. 그는 파리에 가지 않았다. 그가 범인일 가능성은 제로. 그의 이름은 용의자 명단에서 지워졌다.

"이거 슬슬 초조해지는군." 오데이가 말했다. 그는 오후 회의도 좋아했다. 우리는 탁자 네 개를 한데 붙여놓은 2층 방에 다시 모였다. 오데이, 슈메이커, 스캐런첼로는 아침처럼 나와 케이시 나이스보다 먼저 자리를 잡고 앉아 있었다. 내 귓가에서는 여전히 제트기 엔진 소리가 그르렁대고 있었다. 우리는 아칸소에서 보고 겪은 일들을 상세히 보고했다. 계곡에서 가져온 가루는 약통에서 증거물 봉투로 옮겨 담아 제출했다. 슈메이커는 아칸소에 감시자가 없었다는 보고에 적이 실망한 기색이었다. 미끼 작전이 성공하기를 잔뜩 기대했던 모양이었다. 이어서 오데이는 나에 대한 콧트의 원한이 당연하다고 말했다.

내가 말했다. "그자가 내 인사고과 파일을 어떻게 입수했을까요?"

오데이가 말했다. "공무원 친구가 있는 모양이지. 그런 파일들은 미주리 소재의 연방 서류창고에 보관돼 있으니까."

"놈에게 공무원 친구가 있을 리 없습니다. 특수부대에서조차 친구가 없던 놈이니까. 그 자식을 위해 거짓말을 하려는 대원이 한 명도 없었단 말입니다."

"그렇다면 돈을 주고 샀겠지."

"무슨 돈으로요? 리븐워스 교도소에서 갓 출소한 시점이었는데. 그다음엔 자기 집 뒷산에서 사격 연습을 하느라 50구경 총탄을 한 천 발쯤 소비했습니다. 총포류 가격이 저렴한 아칸소에서도 한 발에 5달러는 할 텐데 말입니다. 그만한 돈이 대체 어디서 났을까요?"

"조사하면 나오겠지."

"조사요? 아직도 모르겠습니까? 국가 안보 어쩌고 하는 소리는 이제 그만하십시오. 이건 적대 세력의 테러가 아니라 단순 범죄 사건입니다. 그러니 경찰들이 하는 식으로 캐들어 가면 되는 겁니다. 1300미터짜리 사격연습장을 가진 놈이 엄청난 대가를 약속 받고 1300미터 거리에서 프랑스 대통령을 저격했다, 이게 우연의 일치겠습니까? 파리의 그 아파트 발코니는 오래전에 미리 봐둔 게 분명합니다. 그리고 이번 범행을 위해서 아칸소 산골에서 특별히 훈련을 한 겁니다. 그렇다면 이번 사건은 거의 1년 전에 모의가 된 거예요. 지금 우리에게 필요한 건 더 많은 정보입니다. 당장에 그 아파트 주인이 누구인지부터 알아야 해요."

"자네가 경찰 역할을 자원하겠다는 얘긴가?"

"내 역할은 미끼 아닙니까?"

"두 역할을 모두 맡아도 문제될 건 없네."

"난 어떤 역할이든 자원해 본 적이 없습니다. 그게 군인의 기본자세 아니겠습니까?"

"이번엔 나서야 할 걸? 불안에 떨며 살 수는 없잖나. 콧트의 집에서 목격한 것들 때문에 말이지."

"나한테 그 정도 앙심을 품고 있는 놈들이 열댓 명은 될 겁니다. 내가 그깟 놈들을 신경 쓸 것 같습니까? 천만에요. 어떤 놈도 나를 찾아내지 못할 텐데?"

"우리는 자네를 찾아냈어."

"그건 차원이 다르잖습니까. 내가 콧트가 낸 신문광고를 보고 연락할 것 같습니까?"

"그럼 그자를 그냥 내버려둘 셈인가?"

소크라테스식 문답법.

"나는 놈의 가석방 감찰관이 아닙니다."

"자네의 신체 상태는 나이에 비해 아주 훌륭해, 리처. 자네가 선택한 생활방식 덕분에 운동량이 많아서 그럴 거야. 특히 많이 걸어 다니니까. 걷는 게 가장 좋은 운동이라고들 하더군. 하지만 내 생각에는 걷는다는 게 그저 단순한 운동만은 아닌 것 같네. 마음이 내켜야 하게 되는 취미활동이라고 보는 게 옳을 거야. 안 그런가? 탁 트인 길, 쏟아지는 햇살, 멀리 보이는 지평선. 혹은 현란한 도시의 불빛, 그 분주한 풍경과 살아 있는 것들의 소음. 그 모든 것을 즐기기 위해 자네는 걷고 또 걷는 거야. 자네는 걷는 걸 좋아해. 그 자유를 마음껏 누리고 있는 거지."

내가 말했다. "대체 무슨 얘길 하고 싶은 겁니까?"

오데이가 말했다. "저격수가 활개를 치고 있는 상황에서도 그럴 수 있을까?"

스캐런젤로가 나를 빤히 쳐다보았다. 그래서 오데이에게 반발하고 싶은 마음이 더욱 솟구쳐 올랐다.

오데이가 말했다. "특히 15년 동안 요가 수련을 하고 나서 자기 침실에 모종의 그림을 그려놓은 자가 그 저격수라면?"

나는 아무 말도 하지 않았다.

오데이가 말했다. "자네가 경찰이라면 어떻게 추리를 해 나가겠나?"

"콧트의 집 앞에 그의 픽업트럭이 세워져 있었습니다. 즉, 다른 누군가의 차를 타고 집을 나선 겁니다. 콜택시는 아닙니다. 놈의 집에는 전화기도 없고, 그 일대에선 휴대폰 신호도 잡히지 않으니까요. 따라서 사전에 미리 약속이 돼 있었던 겁니다. 그렇다면 수개월에 걸쳐서 그 진출입로를 들락거린 자들이 반드시 있다는 얘깁니다. 그리고 누군가는 분명히 그 상황을 보았을 겁니다."

"이웃집 사내는 보지 못했다지?"

"돈을 받고 각본상의 대사를 친 것뿐입니다."

"각본이라고 확신할 수 있나?"

나는 고개를 끄덕였다. "한 마디 한 마디가 각본상의 대사였습니다. 그자는 자기 이웃을 알고 있다는 것까지는 인정했습니다. 황량한 아칸소 산골에서 달랑 하나뿐인 이웃인데 모른다고 하면 즉시 의심받을 테니까요. 하지만 드나드는 사람들에 관해서는 철저히 잡아떼라는 귀띔을 받은 상태였습니다. 내가 외국인에 관해서 묻자마자 화제를 돌려버리더군요. 해병대를 엿 먹이더니 나이스 양을 기분 나쁜 시선으로 훑었습니다."

오데이가 케이시 나이스를 보며 물었다. "정말 그랬나?"

그녀가 대답했다. "제가 적당히 처리했어요."

"그자가 해병대에 대해 뭐라고 했지?"

"명예나 쫓아다니면서 폼만 잡는 작자들."

"해군 출신이던가?"

"공군 출신이었습니다."

오데이가 현자 같은 폼으로 고개를 한 번 끄덕이더니 내게로 시선을 돌렸다. 그가 말했다. "결론은?"

내가 말했다. "그 이웃집 벽장 깊숙한 곳에 돈 가방이 있을 겁니다."

"있다고 해도 이미 세탁된 돈이겠지."

"그거야 조사하면 나오는 거고, 최소한 그 돈을 건넨 상대방은 알고 있겠죠. 그리고 같은 주머니에서 나온 더 많은 현찰이 어느 총 가게의 계산기 속에 쌓여 있을 겁니다. 그 가게 주인은 50구경 실탄 천 발을 판매한 사실과 구입한 사람을 뚜렷이 기억하고 있을 거예요. 그만한 양을 구입하는 고객은 흔치 않을 테니."

"흔적을 남기지 않기 위해 여러 가게에서 소량으로 구입했을 수도 있네."

"바로 그겁니다. 흔적을 남기지 않기 위해서. 그렇다면 여러 놈이 나눠서 구입했을 가능성도 클 겁니다. 동원된 인원이 많을수록 리틀록과 텍사캐나를 왕복하는 빈도수는 늘어납니다. 더 많은 렌터카가 동원됐을 테고 인근 주유소들의 휘발유 판매량도 늘었을 겁니다. 과속 딱지나 주차위반 딱지가 몇 장 더 발부됐을 수도 있겠죠. 동선 내에 있는 식당들은 아침이든 점심이든 저녁이든 몇 그릇씩은 더 팔았을 테고요. 모텔들의 공실률도 줄어들었을 겁니다. 이 모든 걸 조사해야 합니다. 이웃집 사내를 적극적으로 심문하는 건 물론이고요."

오데이의 입술이 달싹거렸다. 빈틈을 찾아내서 반박을 하려는 기색이었지만 결국 그의 입에서 튀어나온 건 단 한 마디뿐이었다. "알았네."

내가 말했다. "물론 내가 할 수는 없습니다. 공식적인 권한이 없으니까. 내 질문에 협조적으로 응할 사람이 있겠습니까?"

"그건 FBI에게 맡겨야지."

"대외비라고 알고 있는데요. 여기 우리 말고는 아무도 몰라야만 할 일급기밀, 아니 비공개 프로젝트라고 해야 하나?"

"분할 정복." 그가 말했다. "임무를 분담시키면 돼. 다른 기관들이 이번 프로젝트의 전체 그림을 보지 못하는 한 비밀은 지켜질 걸세."

"그럼 당장에 협조를 요청하십시오."

"내일." 오데이가 종이에 뭔가를 적었다. 그가 말했다. "러시아 당국은 아직 헤매고 있네. 다체프 동지가 종적을 감췄거든. 영국 측은 카슨이 위조 여권을 소지하고 여기저기 돌아다닌다는 정보를 입수한 모양이야. 그래서 총격이 일어나기 전까지 상당 기일 동안 신규로 발급받은 여권을 가지고 파리를 방문한 자국인들을 중점적으로 조사하고 있는 중일세. 공항, 항구, 철도역 할 것 없이 말이야. 조사 대상이 천 명에 육박한다더군."

"카슨이 마지막으로 목격된 장소는 어딥니까?"

"자기 집. 런던 경시청 특수부에서 쭉 감시해오고 있었는데 한 달 전에 사라졌어."

"다체프는?"

"비슷해. 모스크바에서였어. 약 한 달 전에. 아무튼 그 두 녀석은 1300미터 거리에서 사격 연습을 한 적이 없네. 느낌이 좋지 않아. 아무래도 콧트가 범인일 확률이 높은 것 같아."

"카슨이나 다체프가 해외에서 연습을 했을 수도 있습니다. 콧트처럼 장거리 사격 연습이 필요 없었을 수도 있고요. 존 콧트는 녹슨 실력을 단기간에 닦아야 했으니까요. 세 놈이 어디선가 미리 모임을 가졌을 가능성도 배제할 수 없습니다. 파리 사건이 일종의 오디션이었다면 그 이전에 또 다른 오디션이 있었을지도 모릅니다. 그 세 놈이 실력을 겨뤄 우승자가 파리 사건을 맡게 된 게 아닐까요?"

오데이가 말했다. "글쎄, 여러 가지 추측이 가능하겠지."

"용의자들 사진이 있습니까?"

오데이가 붉은 파일 안에서 네 장의 얼굴 사진을 꺼냈다. 전부 컬러 사진이었다. 그가 그중 한 장을 뽑아 한쪽으로 밀어놓았다. 그 사진의 주인공은 가무잡잡한 피부에 밝은 미소를 띤 곱슬머리 사내였다. 이스라엘의 로잔이었다. 오데이가 나머지 사진 석 장을 나를 향해 탁자 위로 밀었다.

맨 위 사진은 50세가량의 사내였다. 스킨헤드, 전혀 표정이 없는 얼굴, 살짝 처진 눈꼬리, 몽골 인종의 피가 섞인 듯한 검은색 눈동자.

"표도르 다체프." 오데이가 말했다. "52세, 시베리아 출생."

두 번째는 백인이었다. 하지만 주름이 많은 얼굴색이 거뭇거뭇했다. 햇빛과 바람에 오랜 시간 노출된 결과일 것이다. 짧은 갈색머리, 경계심이 가득한 눈빛, 주저앉은 콧등, 비꼬는 듯 혹은 위협하는 듯 반쯤 머금은 냉소.

"윌리엄 카슨." 오데이가 말했다. "48세, 런던 출생."

마지막은 존 콧트였다. 어떤 사람들은 나이가 들면서 살이 붙는다. 슈메이커가 대표적인 예다. 하지만 콧트는 그 반대였다. 근육과 힘줄만 남은 얼굴에 원래부터 튀어나온 체코인 특유의 광대뼈가 더욱 두드러져 보였다. 입 주변에도 살이 전혀 없는 탓에 굳게 다문 입술이 그냥 선 하나를 그어놓은 것 같았다. 다만 두 눈만은 예전보다 훨씬 커져 있었다. 그 두 눈이 나를 잡아먹을 듯 노려보고 있었다.

오데이가 말했다. "출소할 때 찍은 걸세. 가장 최근의 사진이지."

더러운 인상의 삼총사. 나는 석 장의 사진들을 간추려서 다시 오데이 쪽으로 밀어 보냈다.

내가 말했다. "영국 친구들은 해자를 파고 있습니까? 어떤 식으로 경호선을 구축한답니까?"

스캐런젤로가 말했다. "반경 1600미터 범위의 경호 구역은 조성되지 않을 거예요. 영국의 인구 밀도를 생각해 보세요. 맨해튼 주민 전체를 소개시키는 것과 마찬가지예요. 절대 불가능한 일이죠."

"그럼 다음 단계는?"

오데이가 말했다. "자네가 파리로 가."

"언제요?"

"지금 당장."

"미끼로서? 아니면 경찰로서?"

"둘 다. 일단 사건 현장을 직접 확인해야 하네. 프랑스 경찰이 뭔가 놓쳤을 수도 있으니까."

"내가 무슨 수로 현장을 확인합니까? 나 같은 민간인한테 그쪽에서 뭐든 보여주겠습니까?"

"자네 이름만 정확히 대면 돼. 내가 이미 전화로 얘기해 뒀네. 최소한 이번 사건에 관해서는 나를 대하듯 자네를 대할 거야. 뭐든 내게 보여줄 수 있는 건 자네에게도 보여줄 거라는 얘기지. 오데이라는 이름이 지니고 있는 파워를 외국에서도 한번 느껴 보게."

나는 대꾸하지 않았다.

슈메이커가 말했다. "자네 불어 할 줄 아나?"

내가 말했다. "네."

"영어는?"

"조금 할 걸요?"

"러시아어는?"

"왜 그러십니까?"

"영국과 러시아에서도 사람을 보낼 거야. 자네는 그들과 만나야 해. 그들에게서 얻을 건 얻고 줄 건 주지 마."

"그들도 똑같은 지시를 받았을 겁니다."

오데이가 말했다. "CIA도 동행해야 하는데."

케이시 나이스가 앉은 자리에서 상체를 앞으로 뺐다.

조앤 스캐런젤로가 말했다. "제가 갈게요."

13

이번에도 같은 비행기였다. 하지만 운항 팀은 교체되어 있었다. 조종사와 부조종사는 낯선 얼굴이었고 승무원은 아예 여성이었다. 그리고 세 사람 모두 공군 전투복 차림이었다. 나는 샤워를 끝내고 아칸소에서 산 옷을 걸치자마자 곧장 비행기에 올랐다. 스캐런젤로는 5분 뒤에 탑승했다. 검은색 치마 정장 차림이었다. 짐은 바퀴 달린 작은 여행용 가방과 손가방 하나. 일곱 시간의 야간 비행이 우리를 기다리고 있었다. 도착 시각은 프랑스 현지 시각으로 아침 9시. 내 단골 좌석의 등받이가 뒤로 눕혀져 있었다. 맞은편 좌석 역시 같은 상태였다. 간이침대인 셈이었다. 통로 건너편의 좌석 두 개도 마찬가지였다. 베개와 얇은 담요도 준비되어 있었다. 내게는 꽤 만족스러운 잠자리였다. 스캐런젤로는 그렇지 않아 보였다. 나이로나 경력으로나 모든 것에 주관이 뚜렷한 여성이었다. 최소한 프라이버시가 좀 더 보호될 수 있는 잠자리를 원했을 것이다.

물론 즉시 잠자리에 든 건 아니었다. 우리는 일단 등받이를 세운 다른 좌석 두 개에 마주 보고 앉아야 했다. 이륙 준비를 위해서였다. 비행기가 날아오르고 나서도 그 자리에 머물러 있어야 했다. 저녁식사. 연갈색 가죽과 적갈색 베니어로 꾸며진 고급스러운 객실과 어울리지 않는 메뉴였다. VIP용 식단이 아니었다. 일반 기내식도 아니었다. 육군식당의 음식이 아니었다. 그렇다고 공군식당의 음식도 아니었다. 그냥 햄버거였다. 골판지 테이크아웃 박스째로 기내 주방의 전자레인지에 데운 햄버거. 박스에는 낯선 상호가 새겨져 있었다. 포프 필드 정문 앞, 아마도 던킨 도너츠 근처의 어느 햄버거 가게일 것이다.

나는 내 햄버거를 다 먹은 뒤 스캐런젤로가 남긴 절반도 해치웠다. 이제 잠자리에 들어도 좋을 시각이었다. 스캐런젤로의 눈길이 객실 곳곳을 훑었다. 프라이버시를 최대한 보장받을 수 있는 방법과 자세를 궁리하기 시작한 것이다. 조명과 각도, 내가 선택할 침대, 특히 침대에 누운 내 시선의 범위를 어림하고 싶었을 것이다. 하지만 그건 내 맘이었으니 그녀로서는 어쩔 도리가 없었다.

내가 말했다. "그럼 나 먼저."

나는 기내 주방을 지나 화장실로 갔다. 스캐런젤로의 가방이 보관된 짐칸 바로 앞이었다. 머리에 대충 물을 묻히고 양치질을 한 뒤, 객실로 돌아왔다. 내 선택은 당연히 내 단골 좌석이 눕혀진 오른쪽 침대였다. 조금이라도 편히 자기 위해 신발과 양말을 벗은 뒤 침대 위에 담요를 깔고 그 위에 올라가 몸을 눕혔다. 그러고 나선 곧장 몸을 반쯤 굴려 기내 벽을 보고 모로 누웠다.

스캐런젤로는 즉시 내 의중을 알아차렸다. 울과 나일론 옷감이 스치는 소리가 들렸다. 그녀가 화장실로 가는 것이다. 돌아올 때는 소리가 달라져 있었다. 훨씬 부드러운 소리, 면 소재의 잠옷으로 갈아입은 것이다. 이어서 침대에 올라가 시트를 추스르는 소리도 들려왔다. 이윽고 모든 게 조용해지더니 나른한 신음인지 가벼운 기침인지 애매한 소리가 들렸다. 나는 그 소리를 일종의 신호로 받아들였다.

'이제 됐어요. 고마워요. 덕분에 잠잘 준비를 끝냈어요.'

나는 다시 몸을 굴려 이번에는 똑바로 등을 대고 누웠다.

그녀가 말했다. "원래 시트를 그냥 깔고 자나요?"

내가 말했다. "날씨가 따뜻할 때는 그렇소."

"옷도 입은 채로?"

"이런 상황에서는 어쩔 수 없잖소."

"잠옷이 없으니까 그런 거죠? 집도, 가방도, 소지품도 없죠? 당신에 관한 브리핑 때 들었어요."

"브리핑 얘긴 케이시 나이스한테 들었소." 나는 벽 쪽으로 약간 돌아누웠다. 가장 편안한 자세를 취하기 위해 몸을 들썩이는데 뭔가가 엉덩이를 찔렀다. 한쪽 뒷주머니 속에 들어 있는 물건. 칫솔은 아니었다. 그건 다른 쪽 주머니에 들어 있었으니까. 나는 엉덩이를 쳐들고 그 물건을 주머니에서 꺼냈다.

약통. 나는 그걸 손바닥 위에 올려놓고 흐릿한 기내등 불빛에 의지해서 라벨을 살펴보았다. 단순히 호기심 때문이었다. 봄철의 아칸소 숲 속에서 꽃가루가 날릴 것을 대비한 알레르기 약, 혹은 치과에서 처방받은 진통제 정도일 것이라고 짐작했었다. 하지만 라벨 위에 적힌 이름은 '졸로프트'였다. 내가 아는 한 그건 알레르기 약도 진통제도 아니다. 졸로프트는 스트레스, 혹은 불안 장애 환자들을 위한 약이다. 우울증, 공황 발작, 혹은 심리적 외상 후 스트레스 장애나 강박 장애에도 쓰인다. 성분이 강한 약이기 때문에 처방전 없이는 구입할 수 없다.

그런데 그녀가 처방받은 것이 아니었다. 라벨에 적힌 환자의 이름은 케이시 나이스가 아니었다. 남자 이름이었다. 안토니오 루나.

스캐런젤로가 말했다. "우리 나이스 양은 어땠나요?"

나는 약통을 다시 주머니에 집어넣었다.

내가 말했다. "이름처럼 천성도 나이스한 아가씨 같았소."

"너무 나이스한 건 아니고?"

"그게 걱정이오?"

"어느 정도는."

"그녀는 아칸소에서 썩 잘해냈소. 그 이웃집 사내도 그녀를 어찌 해보지 못했소."

"만약에 당신 없이 나이스 혼자였다면 어땠을까요?"

"마찬가지였을 것 같은데. 방식은 달랐겠지만 결과는 비슷했을 거요."

"잘 알겠어요."

"당신이 아끼는 후배요?"

스캐런젤로가 말했다. "이번 작전에서 처음 만났어요. 내가 최종 결정권자였다면, 글쎄요, 그녀를 선택하지 않았을 수도 있어요. 하지만 그녀는 국무부에 파견된 CIA 요원이고 따라서 이번 사건의 적임자로 낙점된 거예요."

"이 세상의 지도자들은 어느 시대이든 늘 암살의 위협에 시달려왔소. 그건 최고 권력자이기에 치러야 할 대가라고도 할 수 있소. 그리고 요즘의 경호시스템은 완벽에 가깝소. 그런데 왜 이렇게 야단법석인지 나는 이해가 가지 않소."

"브리핑 때 당신이 뛰어난 수학자라는 얘기도 나오더군요."

"브리핑 내용이 잘못됐군. 난 고등학교에서 배운 수학이 전부요."

"반지름이 1300미터인 원의 넓이가 얼마죠?"

나는 어둠 속에서 혼자 미소를 지었다. 원주율 곱하기 반지름의 제곱. "2제곱마일을 조금 넘는 넓이요."

"서구 대도시 중심 지역의 평균 인구 밀도는?"

산수도, 수학도 아니고 일반 상식?

내가 말했다. "1제곱마일(약 3제곱킬로미터-옮긴이) 당 4만 명?"

"정보에 뒤처져 있으시군요. 요즘은 5만 명에 가까워요. 런던이나 파리의 일부 지역은 이미 7만 명이고. 따라서 2제곱마일을 철통같이 경호하려면 최소한 10만 명을 통제해야 하고 수만 개의 건물 옥상과 창문들을 봉쇄해야 해요. 그건 현실적으로 불가능한 얘기예요. 결국 뛰어난 장거리 저격수는 경호 책임자들에게는 악몽과도 같은 존재예요."

"방탄유리가 있잖소."

스캐런젤로가 어둠 속에서 고개를 끄덕였다. 머리가 베개를 스치는 소리가 들렸다. 그녀가 말했다. "방탄유리로 양옆은 보호할 수 있어요. 하지만 앞쪽과 뒤쪽은 아니에요. 게다가 정치인들은 방탄유리를 달가워하지 않아요. 겁을 집어먹었다는 인상을 풍기게 되니까. 실제로 겁을 먹는 건 사실이지만, 대중 앞에서는 숨기고 싶은 거죠."

'저격수가 활개를 치고 있는 상황에서도 그럴 수 있을까?'

내가 물었다. "그 방탄유리가 깨지지 않을 거라고 확신했던 사람이 있었소?"

스캐런젤로가 말했다. "제조업체 측에서는 당연히 끄떡없을 거라고 주장했죠. 일부 전문가들은 회의적인 의견을 표하기도 했고요."

이번에는 어둠 속에서 내가 고개를 끄덕였다. 나라도 회의적이었을 것이다. 50구경 총탄은 정말 강력하다. 원래 나무도 쓰러뜨릴 수 있는 브라우닝 기관총을 위해 개발된 총탄이다. 내가 말했다. "잘 자요."

스캐런젤로가 말했다. "그럴 수 없을 것 같네요."

우리를 태운 비행기는 봄 햇살을 받으며 프랑스 르부르제 공항에 내려앉았다. 승무원의 설명에 따르면 유럽에서 가장 이용객이 많은 민간 공항이라고 했다. 비행기는 두 대의 검은색 차량을 향해 천천히 활주로를 굴러갔다. 시트로엥인 것 같았다. 리무진 급은 아니었지만 길고 낮은 차체가 반짝거리고 있었다. 두 대의 자동차 주위에는 남자 다섯 명이 바람에 펄럭이는 옷자락을 잡아 누르고 고막을 울리는 비행장의 소음에 가끔씩 움찔거리기도 하면서 우리를 기다리고 서 있었다. 한 명은 고급 양복 차림의 은발 신사, 두 명은 제복 차림의 경찰관, 그렇다면 나머지 두 명은 기사들. 마침내 비행기가 멈춰 서고 엔진이 꺼지자 다섯 명 모두 허리를 똑바로 세우고 몇 걸음 앞으로 다가왔다. 객실 승무원이 탑승구를 잰 손놀림으로 여는 동안 스캐런젤로가 통로로 나서며 내게 휴대폰을 내밀었다.

"필요할 때는 이걸로 내게 연락하세요." 그녀가 말했다.

"당신 번호는?"

"안에 저장돼 있어요."

"우리의 행선지가 다른 모양이군."

"물론이에요. 당신은 사건 현장, 나는 DGSE."

내가 고개를 끄덕였다. DGSE는 프랑스 해외안보총국, 한마디로 프랑스의 CIA. 그리고 CIA와 견주어도 전혀 손색이 없는 조직. 스캐런젤로로서는 일종의 예방일 것이다. DGSE 고위급과의 회동에서는 고급 정보도 교환될 것이다. 그런 게 없다면 말고.

내가 말했다. "나는 사건 현장도 확인하고 미끼 역할도 하고?"

"미끼를 노리고 있는 포식자가 있다면 그래야겠죠." 그녀가 말했다.

"케이시 나이스는 나와 아칸소에 동행했소."

"2미터 10센티 이상 거리를 두고 다녔죠."

내가 고개를 끄덕였다. "아파트 복도에서는 그만한 거리를 확보하기가 어려울 거요."

"범인은 런던에 있어요." 스캐런젤로가 말했다. "누가 범인이든."

탑승구가 열리자 신선한 아침 공기가 기내로 몰아쳐 들어왔다. 그 공기 속에 비행기 연료 냄새가 옅게 배어 있었다. 승무원이 뒤로 조금 물러섰다. 먼저 탑승구를 빠져나간 스캐런젤로가 계단 꼭대기에서 잠시 멈춰 섰다. 외국을 방문한 거물들의 의례적 포즈. 잠시 후 계단을 내려선 그녀를 은발 신사가 반갑게 맞았다. 아는 사이인 게 분명했다. 프랑스 정보기관에서 스캐런젤로 직급에 해당하는 인물일 것이다. 어쩌면 과거에 함께 일한 적이 있는지도 모르고. 두 사람이 첫 번째 시트로엥 뒷좌석에 함께 탔다. 기사한 명이 운전석에 오르고 나서 차는 곧장 출발했다. 이내 경찰관 두 명이 내게 다가왔다. 아무 말 없이 공손하게 기다리고 있는 그들에게 나는 알아서 내 빳빳한 새 여권을 건네주었다. 한 명이 엄지로 내 여권을 펼친 뒤, 내 이름과 사진, 그리고 내 얼굴을 차례로 둘이 함께 확인했다. 여권을 펼쳤던 사내가 마치 상장이라도 수여하듯 두 손으로 그걸 내게 돌려주었다. 경례도 없었고 구두 뒤꿈치 부딪히는 소리도 없었지만 태도만큼은 아주 정중했다.

해외에서 느끼는 오데이라는 이름의 파워.

두 번째 기사가 두 번째 시트로엥의 문을 열어주었고 나는 그 차의 뒷좌석으로 미끄러져 들어갔다. 자동차는 검은색 철망 게이트를 통과해서 공항 터미널 건물을 지나친 뒤 곧장 도로에 올라섰다.

르부르제 공항은 샤를 드골 공항보다 파리 시내와 더 가깝다. 하지만 북동쪽의 샤를 드골 공항에서 시내로 들어오기 위해서는 같은 도로를 이용해야 하기 때문에 교통체증이 심했다. 그날 아침도 마찬가지였다. 앞머리를 파리 시내로 향한 일반 차량과 택시들이 꼬리에 꼬리를 물어 도로자체가 거북이처럼 움직이는 주차장이었다. 택시기사들은 대부분 베트남 사람들이었고 그들 가운데 상당수가 여성이었다. 달랑 손님 한 명만 태운 택시도 있었고, 공항 터미널에서 반갑게 다시 만났을 여러 명을 태운 택시도 있었다. 연이어 지나가는 도로 위의 전광판에서 반짝이는 문구들은 대부분 전방의 정체 상태를 알리고 있었다. 그 밖에 '아탕시옹 오 방 엉 라팔(attention aux vents en rafales)'이라는 문구도 종종 눈에 띄었다. 바람을 주의하라는 것까지는 알겠는데 라팔의 정확한 뜻이 떠오르지 않았다. 도로를 달리던 자동차들이 갑자기 흔들리거나 건물 위의 깃발들이 갑자기 세차게 펄럭이는 장면을 몇 차례 보고난 뒤에야 비로소 그 의미가 떠올랐다. 돌풍.

기사가 말했다. "혹시 필요한 건 없으십니까, 선생님?"

실존적인 의미에서 보자면 엄청난 질문이다. 하지만 그 당장엔 딱히 필요한 게 없었다. 그래서 백미러를 향해 고개를 끄덕이고는 조용히 앉아 있었다. 사실은 배가 고팠다. 커피도 너무나 그리웠다. 하지만 그 두 가지는 곧 해결할 수 있었다. 런던 발 아침 비행기는 우리 비행기보다 조금 늦게, 모스크바 발 아침 비행기는 그보다 조금 더 늦게 도착한다는 걸 이미 들어서 알고 있었다. 파리 경찰 당국은 세 나라 요원들을 따로따로 현장으로 안내하는 번거로움을 절대 환영하지 않을 터, 따라서 세 사람을 함께 데려갈 수 있도록 일정을 맞춰 두었을 것이다. 그렇다면 영국과 러시아 친구들이 합류하기 전에 나는 아침을 먹을 수 있는 시간적 여유를 갖게 된다. 기사는 나를 합류 장소인 호텔로 데려가고 있을 것이다. 파리 시 경찰국 예산에 크게 흠집을 내지 않을 만한 호텔일 것이다. 근처에는 물론 그럴 듯한 카페들이 수두룩할 것이다. 카페들의 도시, 파리. 나는 파리를 좋아한다. 그래서 이후에 펼쳐질 일정들도 고대하고 있었다.

그리고 그 일정은 곧 펼쳐졌다. 내 기대대로. 처음에는.

14

자동차는 페리페리크(PÉRIPHÉRIQUE)를 가로질러 도심으로 진입했다. 파리의 페리페리크는 D.C.의 벨트웨이에 해당하는 외곽순환도로이다. 페리페리크를 경계로 파리는 유럽 전역에서 몰려온 한량들이 북적대는 외곽과 과거가 살아 숨 쉬는 박물관인 도심으로 구분된다. 도심은 정말로 거대한 박물관 같았다. 가로수가 줄지은 거리를 따라 공들여 보존된 옛 건물들과 금속 수공예 작업장들이 고풍스러운 자태를 자랑하며 늘어서 있었다. 자동차는 플랑드르(Flandre) 거리를 달려 파리 북역과 동역의 중간 지점에 이르렀다. 거기서부터 기사의 운전 스타일이 도심 모드로 바뀌었다. 두 발을 번갈아 밟았다 떼어가며 핸들을 요령 있게 조작해서 폭 좁은 샛길들을 거푸 헤쳐 나가더니 몽시니(Monsigny)라는 이름의 도로에서 짧게 가지 친 어느 골목으로 들어가 초록색 문 앞에 차를 세웠다. 내 머릿속에 내장된 추측 항법 장치에 따르자면 루브르 박물관 뒷문과 오페라극장 정문 사이의 어느 지점인 것 같았다. 초록색 문 옆에는 '팡시온 펠티에(Pension Pelletier)'라고 적힌 작은 황동 명판이 붙어 있었다. '팡시온'은 프랑스 중저가 숙박 시설의 통칭이다. 파리 시 경찰국 예산에는 물론 크게 흠집이 나지 않을 것이다.

기사가 말했다. "선생님의 도착을 기다리고 있습니다."

내가 말했다. "고맙소." 나는 차문을 열고 인도로 내려섰다. 햇살은 따갑지 않았고 대기는 적당히 따뜻했다. 나를 내려놓은 시트로엥은 곧장 떠나갔다. 나는 초록색 문을 두들기지 않았다. 그 대신 좁고 짧은 골목을 빠져

나와 몽시니 거리로 나섰다. 내 바로 맞은편에 좁은 도로 하나가 몽시니 거리와 예각을 이루고 나 있었다. 그 덕분에 인도에는 여분의 공간이 생겨나 삼각주를 이루었고 파리 시내에 있는 모든 잉여 공간이 그렇듯이 그 삼각주도 카페가 점령하고 있었다. 조화롭게 배치된 파라솔 테이블들은 오전 그 시간대의 파리 시내의 여느 카페들과 마찬가지로 3분의 1쯤 손님이 들어차 있었다. 그들 대부분은 빈 커피 잔과 크루아상 부스러기가 남아 있는 접시를 앞에 둔 채 조용히 신문을 읽고 있었다. 나는 그리로 걸어가서 빈 테이블 하나를 차지하고 앉았다. 잠시 후 흰 셔츠에 까만 나비넥타이, 그리고 희고 긴 앞치마 차림의 나이 지긋한 웨이터가 다가왔다. 일단 커피가 급했다. 큰 포트 째로 부탁한 뒤, 햄과 치즈를 넣은 토스트 위에 계란프라이를 올린 크로크 마담과 쌉쌀한 초콜릿 스틱이 들어간 사각형의 크루아상, 팽 오 쇼콜라 두 개를 주문했다. 아침식사로는 약간 부담스러운 분량일 수도 있겠지만 내 위장의 명령을 따를 수밖에 없었다.

내게서 두 테이블 떨어져 앉은 사내가 조간신문을 펼쳐든 채 읽고 있었다. 마침 1면이 내 쪽을 향하고 있었다. 헤드라인은 대통령 저격 사건으로 인해 크게 동요됐던 사회 분위기가 진정된 국면을 알리고 있었다. 케이시 나이스의 예언대로였다.

'오늘의 뉴스는 내일이 되면 어제의 뉴스가 되는 법이에요.'

범인이 검거되었고 사건은 해결되었으며 국내 및 국제사회의 동요가 진정되었다는 내용까지는 알아볼 수 있었다. 하지만 그 밑의 작은 활자들은 거리가 멀어서 보이지 않았다. 하기야 군이 읽지 않아도 그 내용은 뻔할 터였다. 발음하기도 힘든 이름의 어느 북아프리카 정신이상자가 저지른 우발적 사건, 어떤 배후 세력도 없는 단독 범행, 그 정도 수준일 것이다.

'덕분에 우리에겐 시간과 공간적 여유가 생겼어요.'

나는 음식을 먹고 커피를 마시는 동안에도 한눈으로는 팡시온 펠티에로 들어가는 골목 어귀를 지켜보고 있었다. 도로 전광판의 경고대로 이따금씩 돌풍이 일었다. 그때마다 파라솔이 세차게 펄럭거리다가 잠잠해졌다. 거리는 오가는 사람들로 제법 붐비고 있었다. 출근하는 사람, 야간 일을 마치고 퇴근하는 사람, 빵 봉지를 품에 안은 사람, 개를 산책시키는 사람, 우편물을 배달하는 사람. 웨이터가 빈 접시를 치우고 커피를 더 가져다주었다. 그때 나를 태웠던 시트로엥과 비슷한 검은색 승용차 한 대가 좁은 골목으로 들어가더니 초록색 문 앞에서 멈춰 섰다.

잠시 후 '선생님의 도착을 기다리고 있습니다'라는 말을 들었을 게 분명한 승객이 뒷좌석에서 인도로 내려섰다. 보통 체격에 쉰 살쯤 되어 보이는 사내였다. 깔끔하게 면도한 턱, 짧고 단정하게 빗질한 반백의 짧은 머리, 체크무늬 머플러에 황갈색 버버리 트렌치코트. 코트 안쪽으로 회색의 고급 정장 바지가 언뜻거렸다. 갈색의 고급 신사화는 반짝거렸고.

옷차림으로 미루어 러시아 요원이 틀림없었다. 영국 요원은 절대 그런 식으로 입지 않는다. 제임스 본드 영화에 엑스트라로라도 출연하고 싶어 안달이 났다면 또 모르겠지만 말이다. 새로워진 모스크바에는 고급 의류점이 수두룩하다. 요즘의 러시아 기관 요원들은 그들의 선배들에 비해 정말 복 받은 사람들이다. 트렌치코트 사내를 내려놓은 자동차가 떠났다. 사내는 초록색 문에 눈길을 한 차례 주고 나서는 내가 그랬던 것처럼 곧장 돌아섰다. 사내가 카페를 향해 걸어오기 시작했다. 그의 눈길이 신속하고 은밀하게 파라솔 테이블 주인들의 면면을 훑었다. 사내가 곧장 내게 다가왔다. 그가 영어로 말했다. "미국에서 오셨습니까?"

내가 고개를 끄덕인 뒤 말했다. "영국 요원이 먼저 도착할 줄 알았소만."

"난 내가 먼저 도착할 걸 알고 있었습니다." 사내가 말했다. "모스크바에서 밤비행기를 탔거든요." 그가 손을 내밀어 악수를 청했다. "예브게니 켄킨이라고 합니다. 만나서 반갑습니다. 그냥 '유진'이라고 불러요. 영어로 직역하면 그렇게 되니까. 줄여서 '진'이라고 불러도 좋고."

내가 그의 손을 맞잡으며 말했다. "잭 리처요."

그가 내 왼편 의자에 앉고 나서 말했다. "이 거지같은 상황을 어떻게 보십니까?"

탄복할 만한 영어 실력이었다. 일단 억양이 중립적이었다. 영국식도, 그렇다고 미국식도 아니라는 뜻이다. 어느 경우, 어느 나라에서도 사용할 수 있는 국제적 영어 발성법을 익힌 모양이었다. 게다가 아주 유창했다. 내가 말했다. "그쪽, 아니면 나, 혹은 영국 요원, 셋 중에 한 사람은 아주 심각한 문제에 봉착한 것 같소."

"CIA 요원이십니까?"

나는 고개를 가로저었다. "예비역 군인이오. 우리 쪽 용의자를 내가 체포했던 적이 있소. 당신은? FSB 아니면 SVR?"

"SVR." FSB는 러시아 연방보안국이고, SVR은 해외정보국이다. 미국 CIA와 프랑스 DGSE, 그리고 영국 해외정보국인 MI6의 러시아 버전. 그가 말을 이었다. "하지만 본질적으로는 옛날의 KGB 그대로지요. 옛 술을 새 부대에 담았다고나 할까요?"

"당신네 용의자인 다체프에 관해 잘 알고 있소?"

"물론이죠."

"어떻게?"

"내 부하였습니다."

"그자가 KGB 출신이었소? 군인이었다고 들었는데? 붉은군대, 그 이후엔 러시아 군에 복무했고."

"공식적으로는 그랬다고 할 수 있죠. 최소한 월급 명세서에는 그렇게 적혀 있었을 겁니다. 붉은군대에서도 가끔씩은 월급을 줬다는 거 알고 있습니까? 하지만 그렇게 사격 실력이 뛰어난 인재를 그냥 썩히는 나라는 없을 겁니다. 유용하게 활용하려고 하지."

"활용이라면?"

"사라져야 할 사람들을 저격하는 일."

"아무튼 그자가 지금은 당신 밑을 떠난 거요?"

켄킨이 물었다. "축구 좋아하십니까?"

"조금."

"일류 선수들은 엄청난 제안을 받습니다. 시골 마을에서 찢어지도록 가난하게 살던 청년이 어느새 백만장자가 되는 경우가 허다하죠. 바르셀로나, 마드리드, 런던, 혹은 맨체스터 유니폼을 입자마자 말입니다."

"다체프도 그런 제안을 받았소?"

"본인 말로는 수없이 받았다고 했습니다. 그런 대우를 해주지 않는 나에게 늘 불만을 품고 있었죠. 그러더니 갑자기 사라져버렸어요. 그래서 우리가 만나게 된 거고."

"다체프의 실력은?"

"인간의 한계를 넘어서는 수준."

"50구경 총탄을 즐겨 사용하오?"

"상황에 따라 다르겠지만 이번 정도의 사거리라면 당연히 사용했을 겁니다."

나는 아무 말도 하지 않았다.

켄킨이 말했다. "하지만 다체프는 범인이 아닙니다."

"이유는?"

"놈이 오디션에 응했을 리가 없어요. 실력을 입증할 필요가 없으니까."

"그렇다면 누가 범인일 것 같소?"

"내 생각엔 당신네 용의자. 그자는 실력을 입증할 필요가 있었으니까. 15년 동안 감옥에서 썩었잖습니까."

그 순간 휴대폰이 울렸다. 나는 켄킨이 호주머니에서 전화를 꺼내기를 기다렸다. 하지만 그런 일은 일어나지 않았다. 그제야 나는 내 주머니 속에서 벨이 울리고 있다는 걸 알아차렸다. 스캐런젤로가 건네준 전화기. 나는 그걸 꺼내 화면을 확인했다.

발신번호 차단.

나는 녹색 버튼을 눌러 전화를 받았다. "여보세요?"

스캐런젤로의 목소리가 들렸다. "지금 혼자인가요?"

"아니."

"누구든 엿듣는 사람이 있나요?"

"세 나라 정부가 엿듣고 있지 않겠소?"

"이 라인은 도청이 불가능해요. 그 점은 걱정 말아요."

"무슨 일이오?"

"방금 오데이한테 연락을 받았어요. 당신이 아칸소에서 담아온 파편들의 크로마토그래프 실험 결과가 나왔대요."

"그런데?"

"동일한 총탄이 아니에요. 장갑탄이 아니란 거죠. 명중률을 높여주는 매치 그레이드(match grade, 정밀사격, 사격 경기 등을 위한 고정밀탄의 통칭-옮긴이)예요."

"미제였소?"

"유감스럽게도."

"매치 그레이드는 한 발에 6달러는 할 텐데. 오데이가 지금 풀린 돈들을 추적하고 있답니까?"

"FBI가 수사 중이에요. 아무튼 같은 총탄이 아닌 건 잘된 일이죠?"

"그 반대일 수도 있소." 내가 말했다. 그녀가 전화를 끊었다. 나는 휴대폰을 다시 주머니에 넣었다.

켄킨이 물었다. "뭐가 미제고 하나에 6달러라는 겁니까?"

'그들에게서 얻을 건 얻고 줄 건 주지 마.'

내가 말했다. "미제와 6달러, 코미디 대사 같이 들리는군."

"대체 무슨 소립니까?"

나는 대답하지 않았다. 그때 예의 나이 든 웨이터가 다가왔다. 켄킨이 버터와 살구 잼을 곁들인 빵과 커피를 주문했다. 불어도 유창했다. 역시 중립적인 억양이었다. 웨이터가 물러간 뒤 켄킨이 나를 보며 말했다. "오데이 장군은 잘 지내십니까?"

내가 말했다. "그를 알고 있소?"

"직접적으로 아는 건 아닙니다. 하지만 그에 관해서는 잘 알고 있습니다. 우리는 학과시간에 그에 관한 모든 걸 배웠어요. 아니, 연구했다는 표현이 더 정확하겠네요. KGB에게 오데이 장군은 롤 모델이었습니다."

"새삼스러운 사실도 아니군. 그는 잘 지내고 있소. 예전과 다름없이."

"그가 돌아와서 다행입니다. 당신도 물론 같은 생각이겠지만."

"그가 언제 군대를 떠나기라도 했소?"

켄킨이 예스도 노도 아닌 애매한 표정을 지었다. 그가 말했다. "우리는 그의 명성이 빛을 잃어가고 있다고 생각했습니다. 상대적으로 평화로운 시기는 오데이 같은 백전노장에게는 오히려 좋을 게 없죠. 이번 같은 사건이 발생하면 세상은 다시 그의 존재를 기억하게 마련이에요. 사건 자체는 불행한 일이지만 불행한 일에도 밝은 면이 있는 것 아니겠습니까?"

그때 또 다른 검은색 시트로엥 한 대가 북적이는 행인들 틈을 뚫고 골목으로 들어갔다. 뒷좌석에 승객이 한 사람 타고 있었다. 차는 초록색 문 앞에 멈춰 섰다. 하지만 뒷문이 열리기까지 약간의 시간이 흘렀다. '선생님의 도착을 기다리고 있습니다.' 승객이 내려섰다. 다부진 체격의 사내였다. 마흔에서 마흔다섯 살 사이. 햇볕에 살짝 그을린 피부, 짧게 친 금발머리에 사각턱. 청바지와 스웨터, 짧은 캔버스 재킷 차림에 신발은 황갈색 스웨이드 부츠. 시트로엥이 떠나고 사내는 초록색 문을 한 차례 바라본 뒤 돌아섰다. 이어서 전방과 좌우를 훑고 나서는 몽시니 거리를 가로질러 우리를 향해 곧장 다가왔다.

그가 말했다. "리처 씨와 켄킨 씨, 맞죠?"

"정보를 제대로 갖추셨군." 켄킨이 말했다. "이미 우리 이름까지 알고 있다니."

"우리는 언제나 최선을 다합니다." 사내가 말했다. 단조로운 억양, 웨일즈 사투리. 사내가 한 손을 내밀며 말했다. "베넷입니다. 만나서 반갑습니다. 이름은 말씀드릴 필요가 없을 것 같군요. 어차피 두 분에겐 발음하기도 어려울 테니까요."

내가 물었다. "이름이 어떻게 되시는데?"

그가 마치 폐질환을 앓는 광부처럼 후두에서 나오는 소리로 자기 이름을 밝혔다. 내가 말했다. "알겠소, 그냥 베넷이라고 부르는 게 낫겠군. MI6 소속이오?"

"그렇다고 해두죠. 비행기 티켓도 MI6이 사줬으니까요. 하지만 현재로선 모든 게 유동적입니다."

"당신네 용의자, 카슨에 대해 잘 알고 있소?"

"수없이 만난 사이입니다."

"어디에서?"

"이곳저곳에서. 좀 전에 말했듯이 현재로선 모든 게 유동적입니다."

"카슨이 범인인 것 같소?"

"아니요."

"이유는?"

"카슨이었다면 그 프랑스 양반이 살아 있을 수 없으니까요. 내 생각엔 그쪽 용의자가 범인인 것 같습니다."

베넷이 내 오른편에 있는 의자에 앉았다. 나를 가운데 두고 두 사람이 얼굴을 마주 보는 구도가 되었다. 웨이터가 켄킨이 주문했던 음식을 들고 다가왔다. 베넷은 켄킨과 같은 메뉴를 주문했다. 나는 커피를 좀 더 부탁했다. 웨이터는 손님이 늘어 신이 난 모양이었다. 나는 켄킨이든 베넷이든 현지 화폐를 넉넉히 갖고 있었으면 싶었다. 나는 없었으니까.

켄킨이 베넷을 보며 물었다. "G8 정상회담 개최 장소를 잘 알고 있습니까?"

베넷이 고개를 끄덕였다. "일반적인 기준으로 보자면 아주 안전한 곳입니다. 하지만 콧트가 검거되지 않은 상황에서는 그렇지 않을 수도 있겠지요."

내가 말했다. "콧트가 범인이 아닐 수도 있소. 마음을 열고 모든 가능성을 염두에 두시오. 선입견은 우리 같은 사람들의 적이오."

"안 그래도 마음을 너무 활짝 열어서 골이 흔들릴 지경입니다. 그래도 카슨은 아닙니다. 다체프일 가능성은 있겠지만."

켄킨이 말했다. "다체프가 범인이라면 이번 사건은 오디션일 수가 없습니다. 이런 갑론을박은 시간낭비일 뿐이에요. 다체프는 오디션 따위에 응할 놈이 아닙니다. 왜? 아주 오만하니까. 그래도 다체프가 쐈다? 그런데 방탄유리 때문에 암살에 실패했다? 그렇게 결론이 나도 역시 시간낭비일 뿐입니다. 왜? 놈이 벌써 종적을 감췄으니까."

웨이터가 베넷의 커피와 빵, 그리고 내 세 번째 커피포트를 들고 돌아왔다. 그때 경찰 미니밴 한 대가 골목으로 들어가서 초록색 문 앞에 멈춰 섰다. 푸른 제복에 케피(kepi, 위가 평평한 프랑스의 군모-옮긴이) 모자를 쓴 경관 한 명이 내리더니 초록색 문을 두드렸다. 잠시 후 홈드레스 차림의 여자가 문을 열었다. 들리진 않았지만 안 들어도 빤한 질문과 대답이 오갔다.

'여기 남자 셋이 투숙했죠?', '그런 손님들은 안 계신데요.' 경관이 뒤로 물러서서 골목 안쪽과 바깥쪽, 그리고 몽시니 거리 건너까지 주위를 두리번거렸다. 그가 모자 뒤쪽을 살짝 들어 올리고 뒤통수를 긁적거렸다. 방황하던 그의 눈길이 우리에게 머물렀다. 이내 다른 곳을 향하던 그 눈길이 잽싸게 다시 돌아와 우리에게 꽂혔다. 그가 홈드레스 차림의 여자에게 감사의 인사를 건넨 뒤, 우리를 향해 걸음을 떼었다. 나는 그의 표정에서 잠시도 혼란스러웠던 적이 없었으며 카페에 앉아 있는 우리를 한눈에 알아챘다고 스스로에게 우겨대고 있는 알량한 자존심을 읽어낼 수 있었다.

우리 테이블로 다가온 그가 불어로 말했다. "일단 경찰서로 가셔야 합니다." 예전 뉴욕 브루클린, 혹은 런던 이스트엔드 억양의 파리 버전, 즉 파리 빈민가 억양이었다. 하지만 뉴욕과 런던 사투리에서 느낄 수 있는 매력은 없었다. 불공평한 세상의 무게에 짓눌린 말단 경찰공무원의 불만만 가득 배어 있는 목소리였다.

베넷이 말했다. "먼저 경찰서로 가야 한다는군요."

"알아들었습니다." 켄킨이 말했다.

나는 아무 말도 하지 않았다.

켄킨이 빳빳한 유로화 지폐 뭉치를 꺼내더니 음식 값을 지불했다. 혹시 위조지폐일 수도 있다고 생각한 사람이 나 혼자는 아니었을 것이다. 우리는 자리에서 일어나 옷에 묻은 빵 부스러기를 털어낸 뒤 경관을 따라 길 건너편의 미니밴으로 향했다. 태양은 눈이 시리도록 푸르른 아침 하늘에 아까보다 더 높게 떠 있었다. 잠시 따뜻하다고 느낀 순간 갑자기 또 한 차례 돌풍이 일었다. 누군가가 차가운 손으로 내 어깨를 짚은 것 같은 느낌이었다. 켄킨의 값비싼 코트 끝자락이 그의 무릎께에서 펄럭거렸다. 돌풍은 일어날 때와 마찬가지로 갑자기 사라졌고 주위에는 다시 따사로운 기운이 감돌았다.

베넷, 켄킨, 그리고 나의 순서로 미니밴에 올라탔다. 그 시점에서는 아무 걱정 없이 즐거운 마음이었다. 휴가를 나와 클럽이나 바, 혹은 어디든 여자들이 기다리고 있는 곳으로 찾아갈 때처럼.

15

미니밴이 우리를 데려간 곳은 실제로는 경찰서가 아니었다. 일반 시민이 잃어버린 고양이나 지갑을 신고하기 위해 부담 없이 드나드는 곳이라기보다는 정보기관의 벙커 쪽에 더 가까웠다. 우리는 국회의사당 근처, 센 강 왼쪽 기슭에 늘어선 정부청사들의 대열 중간에 나 있는 회색 문을 통해 그곳으로 들어갔다. 이어서 계단을 타고 지하 2층, 좁은 복도들이 방사상으로 나 있는 공간으로 내려갔다. 마치 토끼굴의 로비 같은 곳이었다. 갑갑할 만큼 낮은 천장, 온통 회색 페인트로만 칠해진 벽들, 바닥에 깔린 회색 리놀륨, 느낌상 DGSE의 파리 벙커인 것 같았다. 실내 인테리어에 들이지 않은 돈이 실제로 유용한 정보활동에 쓰이고 있기만을 바랄 뿐이었다.

우리는 회의실인 것 같은 방으로 안내되었다. 의자는 하나도 보이지 않았고 탁자 위에는 노트북 열두 대가 열 맞춰 놓여 있었다. 열두 대 모두 정확히 똑같은 각도로 모니터가 올라가 있었다. 스크린 위에는 '경찰청'이라는 프랑스 단어가 한 덩어리로 떠다니다가 마치 386 컴퓨터 게임의 탁구공처럼 사방의 테두리에 부딪혀서는 각도를 바꿔 다시 부유를 계속하고 있었다. 그 속도와 움직임 하나하나가 열두 대 모두 정확히 일치하고 있었다. 한 여자가 우리 뒤를 따라 들어왔다. 가녀린 체구에 나이는 마흔다섯쯤? 부드러운 검은 머리칼과 검은 눈동자. 다른 장소, 다른 상황에서 만났다면 점심식사에 초대하고 싶었을 여자였다. 하지만 그녀는 내게 아무런 느낌도 받지 못한 게 분명했다. 그녀가 우리 셋 모두에게 지극히 사무적으로 말했다. "우리가 보유하고 있는 자료들은 모두 디지털화되어 있습니다.

왼쪽에서부터 오른쪽으로 이동하면서 확인하세요."

우리 세 사람은 맨 왼쪽 노트북 앞에 모여 섰다. 켄킨이 손가락으로 터치패드를 건드리자 화면보호기가 해제되었다. 곧이어 동영상이 재생되기 시작했다. 프랑스 TV 방송국에서 대통령의 연설을 실황으로 중계한 영상이었다. 행사 시간은 저녁이었다. 대통령은 환한 조명 속에서 널찍한 대리석 계단 앞에 놓인 연단에 올라서 있었다. 그 뒤쪽에 프랑스 국기들이 보였다. 대통령 양쪽에 세워진 방탄유리막도 희미하게나마 식별이 가능했다. 백조의 목처럼 굴곡진 지지대 끝에 검정색 뭉텅이가 달린 마이크 여러 개가 연단 탁상 위로 솟아올라 있었다. 소리로 미루어 지향성이 강한 마이크들이었다. 각각 연설자의 입과 목, 그리고 가슴을 향해 조절되어 있어서 주변의 소리를 감지하는 기능은 상대적으로 떨어지는 마이크들. 하지만 당시 방송국 스태프들이 다른 곳에 설치된 마이크들이 잡아내는 소리 역시 섞어서 내보냈던 게 분명했다. 군중들이 웅성거리는 소리와 거리의 소음도 생생히 들렸기 때문이다. 프랑스 대통령은 프랑스 대통령이 할 만한 얘기들을 하고 있었다. '프랑스는 앞으로 더욱 발전할 것이다, 우리 정부가 내놓은 올바른 정책들을 끝까지 추진하면 21세기는 반드시 프랑스의 것이 될 것이다.' 그러다 어느 순간, 그가 말을 더듬으면서 자신의 왼쪽 허공에 잠깐 눈길을 주었다. 찰나의 순간이었지만 그 눈빛에 가득한 당혹감을 분명히 확인할 수 있었다. 그의 연설이 다시 이어지고 나서 3초 후, 그의 시선이 또다시 왼쪽을 향했다. 이번에는 훨씬 가까운 지점에 초점이 모아져 있었다. 그가 다시 한 번 말을 더듬었다. 그로부터 2초 후, 검정 양복에 이어폰을 낀 한 무리의 사내들이 그를 바닥에 쓰러뜨린 뒤 그 위를 자신들의 몸으로 덮쳐눌렀다. 이어서 그들은 마치 한 마리 거대한 거북이처럼 한 덩어리를 유지하며 느낌으로는 빠르게, 실제로는 천천히 현장에서 빠져나갔다.

켄킨이 되돌리기 버튼을 조작해서 대통령이 처음 말을 더듬은 장면, 그의 눈이 왼편 허공을 흘깃거린 장면을 스크린에 띄웠다. 그가 말했다. "번쩍이는 불꽃을 목격한 순간입니다. 틀림없어요." 이어서 3초 후, 다시 시선이 왼쪽으로 향하는 장면. "그리고 이때 총탄이 방탄유리에 부딪힌 걸 본 겁니다."

동영상에서 총소리는 들을 수가 없었다. 최고 수준의 디지털 전문가가 달라붙는다면 음향 파일에서 발포 소리를 분간해낼 지도 모르겠지만 그렇다고 해도 별반 도움이 되지는 않을 터. 총알이 발사됐다는 사실이 중요하고 또 그 사실을 모두 알고 있기 때문이었다.

"이만하면 충분하지 않습니까?" 켄킨이 물었다.

베넷이 고개를 끄덕였다. 나는 가만히 있었다. 켄킨이 마우스를 클릭하자 파리의 거리 지도가 스크린에 떠올랐다. 앵발리드(Les Invalides) 박물관 전면 계단에 A자 표기와 함께 빨간 화살촉이 그려져 있었고 거기서 멀리 떨어진 생제르맹(St-Germain) 가 근처, 작은 길들이 복잡하게 얽혀 있는 지역 한가운데에 B자 표기와 함께 역시 빨간 화살촉이 그려져 있었다. 그 두 개의 빨간 화살촉을 빨간 직선이 연결하고 있었다. 그 직선 아래에는 1300미터라고 표기되어 있었다.

베넷이 말했다. "앵발리드는 예전에 상이군인 병원이었어요."

"알고 있습니다." 켄킨이 말했다. "현재는 박물관이고 아주 웅장한 건물이죠."

그리고 중대한 정치 연설을 하기에 안성맞춤인 장소다. 일단 국민들에게 정서적으로 중요한 곳이고, 전면이 탁 트여 있다. 상당수의 군중을 수용할 만큼 넓은 장소인 동시에 군중이 적게 모인 경우에도 민망하지 않을 만큼 좁은 장소이다. 물론 취재 차량과 위성접시들을 위한 공간은 충분하다. 생제르맹 가의 B지점은 아파트인 것 같았다. 아주 긴 사거리, 정서(正

西)라고 할 수 있는 방향. 센 강과 거의 평행선을 그리며 낮은 건물들과 공터 위를 날아온 총탄. 우리가 노트북을 보고 있던 지하 회의실에서 900미터도 떨어지지 않은 발사 지점. 프랑스 보안 당국은 허를 찔린 기분이었을 것이다.

켄킨이 다시 마우스로 화면 위의 어떤 표식을 클릭하자 사건 발생 후에 찍은 대통령 연단과 방탄유리막 사진이 떠올랐다. 연단은 견고하면서도 조립과 해체, 그리고 보관이 용이하도록 제작된 것이었다. 반투명한 방탄유리막은 두 개 모두 높이 210센티미터, 폭 120센티미터에 두께는 12센티미터였다. 연단의 좌우에 적당한 거리를 두고 평행하게 세워진 모양이 마치 널찍한 공중전화 부스의 양쪽 유리벽 같았다.

"다음 화면으로?" 켄킨이 말했다.

베넷이 고개를 끄덕였다. 나는 가만히 있었다. 켄킨이 다시 마우스를 클릭했다. 이번에는 총탄이 방탄유리에 남긴 흔적을 클로즈업한 사진이었다. 흰색의 아주 작은 탄흔 주위로 2.5센티미터 정도 길이의 가느다란 균열들이 마치 거미 다리처럼 뻗어 있었다. 켄킨이 확대 버튼을 연속으로 눌러서 전자현미경으로 들여다보는 수준에 이를 때까지 화면을 키웠다. 첨부된 데이터에 따르면 채 2밀리미터 깊이도 안 되는 탄흔이 마치 그랜드 캐니언처럼 보였다. 잠시 후 그 사진은 원래 크기로 돌아왔다. 하지만 이번에는 움직이기 시작했다. TV 스포츠 쇼에서 빈번하게 사용되는 기법, 그러니까 특정한 장면에서 정지시킨 뒤 여러 각도에서 관찰할 수 있도록 피사체를 회전시키는 기법이었다. 스크린 위의 사진이 회전하자 우리는 측면에서 방탄유리막을 관찰할 수 있었고 그다음에는 관측점이 약간 위로 이동하면서 우리가 그 유리막을 비스듬히 내려다보게 되었다. 저격수가 1300미터 떨어진 아파트 발코니에서 조준경을 통해 확보했을 관측점이었다.

사진 속의 흰색 탄흔은 육안으로 겨우 식별이 가능한 정도였다. 하지만 어느 순간 빨간 점 하나가 나타나 그 탄흔 위에 겹쳐졌다. 그 점에서부터 빨간색 직선들이 뻗어 나오더니 그 탄흔의 좌표를 수치로 제시해 주었다. 방탄유리의 왼쪽 가장자리까지는 50센티미터가 약간 넘고 상단 가장자리까지는 70센티미터를 약간 넘어서고 있었다.

그 수치를 확인한 켄킨의 얼굴 표정이 일그러졌다.

그가 상체까지 앞으로 바짝 기울이고 화면을 응시하더니 말했다. "지금 내가 보고 있는 걸 당신들도 보고 있는 게 맞습니까?"

베넷은 아무 말이 없었다. 내가 말했다. "당신이 뭘 보고 있는지 난 모르겠소."

켄킨이 몸을 돌리고 급히 좌우를 살피다가 검은 머리의 여성을 발견하고서는 말했다. "지금 그 아파트에 가 봐도 되겠습니까?"

그녀가 대답했다. "나머지 자료들은 마저 안 보세요?"

"무슨 내용이죠?"

"과학수사팀이 제출한 보고서, 탄도학 및 금속공학 관련 자료 등등이에요."

"그 자료들이 범인을 말해주고 있습니까?"

"그렇진 않죠."

"그럼 됐어요." 켄킨이 말했다. "그런 것들은 안 봐도 그만입니다. 우린 아파트를 봐야겠어요."

16

우리는 예의 경찰 미니밴을 타고 아파트로 갔다. 이번에도 그 불만 가득한 표정의 경관이 운전대를 잡았다. 노트북 두 대를 챙겨 든 검은 머리 여성과 푸른 전투복 차림에 지긋한 나이의 경찰청 요원도 동행했다. 가까운 거리였다. 노선도 복잡하지 않았다. 7구에서 출발해서 생제르맹 대로를 타고 6구까지 가서 보나파르트(Bonaparte) 가 뒤쪽의 좁은 길로 접어드니 금세 목적지였다. 고풍스러운 건물이었다. 양옆으로 비슷한 건물들이 늘어서 있었다. 건물마다 높이가 상당한 자동차 출입구들이 거리를 향해 입을 벌리고 있었다. 그리로 진입해서 관리실을 지나면 안뜰이 나오고 그곳에 주차한 뒤 계단이나 철제 엘리베이터를 타고 건물 안으로 들어가게 되는 구조일 것이다. 전에도 그런 건물에 들어가 본 적이 있었다. 퀴퀴한 먼지와 왁스 냄새가 음식 냄새와 뒤섞여 풍겨 나고 뚱땅거리는 그랜드 피아노 소리 중간 중간에 까르륵 대는 아이들 웃음소리가 들려오곤 하는 곳. 금박을 입힌 벚나무 바닥 위엔 올이 풀린 오뷔송 카펫이 깔려 있고 공들여 광을 낸 오래 묵은 가구들이 옛 시절의 향수를 불러일으키는 곳.

운전석 경관의 호출에 관리인이 출입문을 열어주었다. 우리는 안뜰에 차를 세우고 나서 엘리베이터 대신 뒤편 왼쪽 모퉁이에 있는 계단을 타고 5층으로 올라가 어느 문 앞에 멈춰 섰다. 문은 잠겨 있었다. 하지만 예상과는 달리 어떤 표식도 없었다. 경찰의 접근 금지 테이프도, 검찰의 봉인도, 그 밖에 범죄 현장임을 알리는 어떤 표시도 없었다.

내가 물었다. "이곳 주인은 누굽니까?"

나이 든 요원이 말했다. "그녀는 2년 전에 사망했습니다."

"현재 소유주가 있을 거 아닙니까?"

"물론 그래야겠죠. 하지만 상속인이 아무도 없어요. 조금 복잡합니다."

"저격수가 어떻게 안으로 들어갔습니까?"

"굴러다니는 열쇠가 있었던 모양입니다."

"그가 들어가는 걸 관리인이 보지 못했답니까?"

요원이 고개를 가로저었다. "이웃 사람들도요."

"전면 도로에 카메라들이 있습니까?"

"건질 만한 게 없었습니다."

"저격수가 다시 밖으로 나오는 걸 목격한 사람도 없니까?"

"다들 뉴스 속보를 보고 있었을 겁니다."

그가 새로 만든 것으로 보이는 열쇠를 꺼내 문을 열었다. 우리는 천장이 높은 현관 로비를 지나 역시 천장이 높은 복도로 들어섰다. 바닥엔 검고 흰 대리석이 체스판처럼 깔려 있었다. 윤기가 없고 군데군데 약간씩 들떠 있었다. 오랜 세월 그 위를 지나다닌 수많은 발길들 탓일 것이다. 실내 공기는 차고 무거웠다. 복도 양쪽 벽에는 두 짝 여닫이문들이 여러 개씩 나 있었다. 모두 높이가 3.5미터는 되는 것 같았다. 몇 개는 반쯤 열려 있어서 어둑한 방들의 모습을 보여주고 있었다. 나이 든 요원이 응접실을 통해 식당으로 우리를 데려갔다. 길이가 12미터쯤 되는 공간이었다. 흰색의 낡은 식탁보가 부분적으로 덮여 있는 대형 마호가니 식탁이 놓여 있었고 식탁 양쪽으로 각각 열 개씩, 모두 이십 개의 의자가 배치되어 있었다. 한쪽 벽에는 영주의 성에 어울릴 법한 타일 장식의 벽난로가 들여져 있었고 그쪽 벽과 그 맞은편 벽에는 세월의 때가 묻은 대형 거울들과 대리석 흉상들, 그리고 금색 액자에 담긴 어두운 분위기의 풍경화들이 곳곳에 걸려 있었다. 식당 입구와 정면으로 마주 보는 벽에는 바닥에서 천장까지 이어진 두 짝 유리문 세 개가 나 있었다. 서쪽을 향해 나 있는 그 유리문들 모두 안으로 열게 돼 있었다. 가운데 유리문과 대형 마호가니 테이블이 나란히 배치되고 양옆의 유리문 근처에는 위판을 대리석으로 마감한 뷔페 테이블이 하나씩 놓여 있는 구도였다. 전통적인 스타일의 대칭 구도가 차분하고 아늑한 분위기를 조성하고 있었다.

유리문 밖은 발코니였다.

식당과 똑같은 길이에 2.5미터 너비의 공간이었다. 석재 난간, 판석 깔린 바닥, 그리고 그 위에 열을 지어 놓은 석재 화분들. 그 화분들은 바짝 마른 흙으로 채워져 있었고 그 흙 위에는 말라비틀어진 제라늄의 잔해가 널려 있었다. 유리문들 사이사이 두 개의 외벽 앞에는 철제 테이블이 하나씩 놓여 있었고 두 개씩 딸린 철제 의자들은 벽에 등을 지고 있었다.

난간 너머 아주 멀리 앵발리드 전면 계단의 옆모습이 보였다. 1300미터. 육안으로는 간신히 식별이 가능한 거리.

베넷이 물었다. "이곳을 어떻게 찾아내셨죠?"

나이 든 요원이 대답했다. "대통령께서 총구의 불꽃을 목격하셨습니다. 그래서 일단 방향을 잡을 수 있었습니다. 탄도학으로 계산을 해 보니 네 곳이 추려지더군요. 네 곳 모두 이 건물의 아파트들이었습니다. 세 곳은 평범한 가족들이 거주하는 아파트이고 빈 곳은 이 아파트 하나뿐이었습니다. 게다가 최근에 누군가 침입한 흔적이 있었고요. 그래서 확신하게 됐습니다."

검은 머리 여자가 말했다. "모두 노트북 자료에 담겨 있는 내용이에요. 아까 보셨어야 했는데."

켄킨이 고개를 짧게 한 번 끄덕였다. 미안한 마음과 조급한 마음을 반반씩 표현하는 듯한 동작이었다. 그가 물었다. "그자가 총을 쏜 정확한 위치를 찾아냈나요?"

여자가 말했다. "전자현미경 시야로 확대한 화면에서부터 역으로 추적했어요. 장갑탄은 머리 부분이 엄청 단단해요. 덕분에 방탄유리막에 부딪혔을 때의 정확한 각도를 잡아낼 수 있었죠. 그다음엔 속도를 계산해서 사거리를 알아냈고, 이어서 낙하 거리를 계산해서 정확한 발사 지점을 짚어낼 수 있었어요. 바로 이 발코니 중앙이에요. 앉아쏴 자세였어요. 두 발 지지대를 저 가운데 화분 위에 세우고요. 흙 위에 지지대 자국이 나 있었고 바닥 판석에도 긁힌 자국이 있었어요."

켄킨이 다시 고개를 끄덕였다.

"어디 한번 봅시다." 그가 말했다.

우리는 모두 발코니 한가운데의 난간 앞으로 다가갔다. 층간 높이가 높은 건물의 5층이었다. 대기는 신선했고 전망은 압권이었다. 정중앙의 화분은 웬만한 힘으로는 꿈쩍도 않을 만큼 무겁고 단단했다. 키는 높지 않았지만 너비는 상당했다. 고대 그리스 유물은 아니었지만 문양은 비슷했고 곳곳에 이끼가 잔뜩 끼어 있을 만큼 오래된 물건이었다. 아무튼 지지대를 올려놓기에는 안성맞춤이었다. 표적을 약간 하향각도로 조준해야 한다는 점을 고려할 때 그 화분 위에 지지대를 올려놓으면 평균 키의 남성이 앉아쏴 자세를 편안하고 안정적으로 유지할 수 있을 터였다. 범인은 그렇게 안정적인 자세를 취하고 몸통이 불룩한 이끼투성이 난간 기둥 두 개 사이로 조준했을 것이다.

내가 물었다. "다체프의 키는?"

켄킨이 말했다. "173센티미터."

대략 남성 평균 신장.

나는 베넷을 바라보며 물었다. "카슨은?"

"175센티미터." 베넷이 말했다.

역시 대략 남성 평균 신장.

16년 전 내가 마지막으로 봤을 때 콧트의 키는 170센티미터, 역시 평균 신장에 해당된다.

켄킨이 비싼 옷이 더러워지는 걸 개의치 않은 채 정중앙의 화분 앞에 책상다리를 하고 앉았다. 그의 한쪽 눈이 감겼다. 다른 쪽 눈은 가늘어졌다. 그가 물었다. "이 위치에서 찍은 사진이 있습니까? 연단과 방탄유리막이 찍힌 사진?"

검은 머리 여자가 말했다. "물론이죠. 그것도 노트북에 들어 있어요. 아까 보셨어야 했는데."

"미안해요." 켄킨이 말했다. "혹시 가져왔나요?"

"그럼요." 그녀가 노트북 한 개의 전원을 켜고 마우스를 몇 차례 조작한 뒤, 켄킨의 얼굴 바로 앞, 화분 속 흙더미 위에 올려놓았다. 그녀가 말했다. "이 위치에서 조준경을 통해 보이는 장면의 시뮬레이션이에요."

나도 몸을 구부리고 켄킨과 함께 스크린을 들여다보았다. 화면 중앙에 상당히 가깝고, 상당히 큰 크기로 연단이 잡혀 있었다. 양옆의 방탄유리막들도 분명히 형체를 인식할 수 있었다. 모두들 황급히 대피한 후 접근이 차단된 상태라는 사실을 이미 알고 있었기 때문에 연단과 방탄유리막이 쓸쓸해 보였다.

켄킨이 말했다. "흰색 탄흔은 보이지 않는군."

검은 머리 여자가 그와 나 사이를 비집고 들어왔다. 내 코끝에 샤넬의 향기가 스쳤다. 그녀가 마우스를 클릭하자 방탄유리막 위에 붉은 점이 다시 나타났다. 왼쪽 가장자리에서부터 50센티미터, 상단 가장자리에서부터 70센티미터.

켄킨이 물었다. "대통령의 몸집이 정확히 얼마나 됩니까?"

검은 머리 여자가 다시 클릭하자 연단과 왼쪽 방탄유리막이 그려내고 있는 직각 안쪽에 한 사람이 나타났다. 프랑스 대통령 본인이 아니라 대역이었다. 대통령과 키와 몸무게가 똑같은 경찰이나 경호원일 터였다.

붉은 점은 그 사람의 목에서 15센티미터 떨어진 지점에 찍혀 있었다.

"봤어요?" 켄킨이 말했다. "이럴 줄 알았어. 놈이 일부러 빗맞힌 겁니다. 왼쪽 약간 아래로."

켄킨이 벌떡 일어나서는 버버리 코트에 묻은 먼지를 털어내더니 난간으로 바짝 다가갔다. 그의 시선은 회색빛 옥상들 너머 앵발리드를 향해 있었다. 베넷이 다가가 켄킨의 오른편에 어깨를 나란히 하고 섰다. 나도 다가가 켄킨의 왼편에 어깨를 나란히 하고 섰다. 라스파일 대로를 비롯해서 폭 넓은 도로들과 그 위를 오가는 자동차들이 보였다. 단정하게 가지 친 가로수들이 열을 지어 선 인도들과 그 위를 오가는 행인들도 보였다. 탁 트인 녹지들과 검은색 철재로 장식된 외관을 뽐내는 벌꿀색 건물들도 보였다. 그 건물들이 이고 있는 슬레이트 지붕들 위에는 축 늘어진 깃발들이 꽂혀 있었다. 화려하게 장식된 가로등 대열 너머에 앵발리드 박물관이 흐릿한 흰 덩어리로 서 있었고 다시 그 너머 멀리 에펠탑의 꼭대기가 솟아 있었다.

바로 그때 세 가지 상황이 벌어졌다. 마치 낡은 괘종시계의 초침이 한 번, 그리고 두 번, 그리고 세 번 쩔걱거린 것처럼 정확한 리듬에 맞춰 연이어 일어난 세 가지 상황.

첫 번째, 멀리서 아주 작은 불빛이 한 차례 반짝였다. 두 번째, 건물 지붕 위에 늘어져 있던 깃발들이 갑자기 일어난 돌풍에 의해 일제히 펄럭거렸다. 세 번째, 내 오른쪽에 서 있던 켄킨의 머리가 박살났다.

17

나는 영혼이 떠나간 켄킨의 몸뚱이가 바닥에 닿기도 전에 이미 납작 엎
드려 있었다. 그의 파열된 뇌에서 흘러나온 내용물이 내 재킷 한쪽 어깨
부위를 물들였다. 그 순간 '빌어먹을, 새 옷인데'라는 생각이 머리를 스쳐
갔던 기억이 난다. 나는 베넷이 내 바로 옆 바닥에 몸을 던지는 것을 보았
다. 하지만 다음 순간, 마술처럼 사라지고 없었다. 비밀 요원이라는 사실을
감안해도 대단한 몸놀림이었다. 영국에는 '신중하면 벌을 피할 수 있다'라
는 속담이 있다. 내 해석으로는 영웅 심리에 취해 봉변을 당하는 것보다는
몸을 사릴 땐 확실히 사리라는 의미이다.

검은 머리 여자는 고개를 바짝 숙인 채 비명이라기보다는 신음에 가
까운 소리를 내며 네발로 기어서 식당 안으로 몸을 피했다. 나이 든 요원
은 원래 서 있던 자리에 그대로 얼어붙어 있었다. 허리 위쪽은 난간 위로
고스란히 노출된 상태였다. 내 판단으로는 그래도 무방했다. 저격수가 곧
장 자리를 떴을 게 분명하니까. 파리 한가운데였으니 더욱 더 그랬을 것
이다. 나는 무릎을 꿇은 자세로 난간 너머를 살폈다. 하지만 총구의 화염
이 번쩍였던 장소를 정확히 짚을 수 없었다. 그래서 눈을 감았다. 그 지점
이 떠올랐다. 앵발리드 박물관의 바로 왼쪽. 하지만 거기엔 건물이 없다.
따라서 뒤쪽으로 좀 더 멀리 떨어져 있는 어느 지붕 창문, 대략 6층 높이.
다시 눈을 떴다. 앵발리드 박물관의 왼쪽 멀리에 라투르 모부르(Latour
Maubourg) 가가 보였다. 그 거리, 아니면 그 이면 도로에 있는 어느 건물
이었다. 회색빛 2단 지붕, 창틀에 복잡한 문양을 새긴 타원형의 다락방 창

문, 거리는 1500미터쯤. 보통 속도로 걸으면 17분쯤 걸리는 거리. 나는 몸을 뒤채어 벌떡 일어나 실내로 들어가서는 여전히 무릎을 꿇고 있는 검은 머리 여자를 훌쩍 뛰어넘었다. 이어서 식당, 응접실, 복도 현관 로비를 지나 계단을 달려 내려간 뒤, 안뜰을 통해 거리로 나갔다.

앵발리드로 가는 건 의미가 없었다. 저격수는 이미 자리를 떴을 것이고 내가 그리로 가는 시간만큼 그자는 더 멀리 도망갈 것이다. 멀리서 사이렌 소리가 들려왔다. 단조롭고 애처롭게 반복되는 '삐뽀삐뽀'. 프랑스 경찰은 왜 그 소리를 고수하고 있는지, 아무튼 한두 대에서 나는 소리가 아니었다. 범인은 어디로 가고 있을까? 북쪽은 아닐 것이다. 그쪽은 강이다. 사이렌 소리로 미루어 많은 경찰차들이 그리로 모여드는 중이었다. 강을 건너는 다리들은 병목현상을 빚고 있었다. 거기서 벗어날 방법은 강물로 뛰어드는 것뿐이다. 그래봤자 경찰보트들이 즉시 달려들 것이다. 남동쪽도 아니다. 그쪽에는 몽파르나스(Montparnasse) 기차역이 있다. 기차역에도 다리만큼이나 많은 경찰들이 지키고 있을 것이다. 지하철역들도 마찬가지다. 따라서 그자는 남쪽, 혹은 남서쪽을 향해 걸어서 이동 중일 것이다. 지금쯤이면 200미터가량 걸어서 프랑스 육군사관학교인 에콜 밀리테르(Ecole Militaire)를 지나고 있을 것이다. 그다음에는 모트피케(Motte-Picquet)가, 혹은 로웬들(Lowendal) 가로 들어설 것이다.

나는 일단 세브르(Sévres) 가로 접어들었다. 달릴 수는 없었다. 경찰들의 눈길을 끌어서 좋을 게 없었다. 대신 보폭을 넓혔다. 저격수 역시 의심을 사지 않기 위해 천천히 걷고 있을 것이다. 손에는 무엇을 들고 있을까? 내가 아는 한 50구경 라이플 가운데 조립식 모델은 없다. 따라서 톱과 용접기를 동원하지 않는 한 해체가 불가능하다. 평균적으로 13.5킬로그램 정도에 1.5미터 길이. 페르시아 양탄자에 둘둘 말았을까? 혹은 포목? 아니면 어딘가에 숨겨놓고 빈손일까?

나는 가리발디(Garibaldi) 대로로 꺾어 들었다. 그자는 약 270미터 전방에서 그 거리를 가로지르고 있을 것이다. 나는 걸음을 재촉했다. 3분 뒤, 크루아 니베르(Croix-Nivert) 가를 만났다. 로웬들 가와 이어지는 길이다. 거기서 길게 한 블록을 더 가면 코메르스(Commerce) 가를 만난다. 모트피케 가와 이어지는 길이다. 그자의 목적지는 남서쪽, 15가일 것이다. 가장 붐비고 그래서 가장 안전한 곳이기 때문이다. 15가로 가기 위해서는 크루아 니베르와 코메르스, 두 길 가운데 하나를 타야 한다.

그자가 로웬들 가를 타고 내려올 확률이 높았다. 그러면 에펠탑 부근에서부터 달려오는 첫 번째 경찰차 무리와 에콜 밀리테르를 사이에 둘 수 있기 때문이다. 그래서 나는 크루아 니베르 가를 선택했다. 나는 정면을 응시하며 빠르게 걸음을 옮겼다. 어느 순간 반대편에서 고개를 숙이고 걸어오던 작은 체구의 사내와 세게 부딪혔다. 동양인이었다. 베트남 사람인 것 같았다. 힘찬 걸음걸이와 부딪힐 때 느껴졌던 강한 힘의 소유자라고 믿기 힘들 만큼 나이 든 사내였다. 나는 걸음을 늦추었다. 그러면 당연히 그가 내게서 떨어지며 몸의 균형을 추스른 뒤 사과를 하리라고 예상했다. 하지만 그는 사과하지 않았다. 내게서 떨어지지도 않았다. 다리에 힘이 풀린 듯, 내 재킷의 양쪽 깃을 두 손으로 잡고 매달렸다. 그 무게 때문에 나는 상체를 구부리며 한 발을 앞으로 내디뎌야 했다. 그 와중에 사내의 발을 피하느라 잠깐 몸의 균형을 잃을 수밖에 없었다. 그 틈에 사내가 나를 시계 반대 방향으로 잡아당겨 거리를 등지게 만든 다음 자기 몸을 밀착시키더니 나를 밀어대기 시작했다.

그리고 나를 때렸다.

사내가 내 재킷에서 오른손을 떼더니 말아 쥔 주먹을 내 사타구니를 향해 날렸다. 잽싸게 하체를 뒤튼 덕분에 치명타는 면할 수 있었다. 하지만 빗나간 사내의 주먹이 내 골반 뼈 안쪽에 꽂히는 것까지는 어쩔 수 없었

125

다. 사타구니만큼 급소는 아니지만 그 충격으로 인해 잠시 그쪽 다리에 힘이 풀렸다. 사내가 그 틈을 노려 온 힘을 다해 다시 나를 밀어대기 시작했다. 계속해서 밀리면 위험한 상황이었다. 등 바로 뒤에서 도로를 지나는 차들의 소리가 들렸다. 파리의 좁은 도로, 평균 시속 65킬로미터, 핸들을 잡은 사람들 열 명 가운데 아홉은 휴대폰 사용 중.

더 이상 참아줄 수는 없었다.

나는 한손으로 사내의 멱살을 쥐고 그쪽 팔을 쭉 뻗었다. 이제 사내는 내게 주먹을 날릴 수 없었다. 그래도 발로 공격해 올 수는 있었다. 만일 그랬다면 내 손아귀 안에서 목이 부러졌을 것이다. 사내도 감히 발길질을 하려 들지는 않았다. 나는 그 상태에서 그를 밀어붙이기 시작했다.

바로 그때 경찰이 나타났다.

18

작은 순찰차에서 젊은 경관 둘이 내렸다. 환경미화원 유니폼보다 별로 나을 게 없는 푸른 제복 차림이었다. 하지만 그 앞가슴에 매달린 배지도, 허리춤에 찬 권총도 모두 진짜였다. 그 두 사람은 거인 급의 백인이 왜소한 동양계 노인의 멱살을 움켜쥐고 인도 안쪽으로 밀어붙이고 있는 장면을 보았다. 딱 그 장면만. 나로선 걸음을 멈추고 사내를 놓아줄 수밖에. 사내는 잽싸게 달아났다. 경관들은 그자를 뒤쫓지 않았다. 당연했다. 그 사내는 가해자가 아니라 피해자니까. 가해자는 바로 그들 눈앞에 서 있었다. 피해자의 증언도 필요 없었다. 그들 자신이 목격자였으니까. 반론의 여지가 없었다. 나로선 선택을 해야 했다. 그대로 있느냐, 도망가느냐. 물론 어떤 선택을 하든 오데이라는 이름이 가진 파워가 나를 보호해줄 터였다. 하지만 저격수는 이미 종적을 감췄을 것이다. 따라서 경찰을 따돌려가며 그를 찾으려 헤맨다는 건 체력 낭비에 불과했다. 그래서 나는 그대로 있었다.

경찰은 담배 가게 앞 보도에서 나를 현행범으로 체포했다. 죄목은 폭력, 인종범죄, 노인 학대. 나는 경찰차 뒷좌석에 실려 르쿠르베(Lecourbe) 가에 위치한 경찰서로 연행되었다. 거기서 몸수색을 당한 뒤 갖고 있던 모든 걸 압수당했다. 그런 다음 유치장에 갇혔다. 그 안에는 이미 두 사내가 갇혀 있었다. 한 명은 술에, 다른 한 명은 약에 취한 상태였다. 나는 의자에 앉아 있던 술 취한 사내가 그 자리를 포기하게 만들었다. 어디서든 서열은 일찌감치 정해두어야 한다. 물론 나만이 아니라 상대방을 위해서라도. 나는 의자에 앉아서 벽에 등을 기댄 채 기다렸다. 20분이면 충분하지 싶었다. 스캐런젤로가 나를 미친 듯이 찾고 있을 테니까.

　스캐런젤로가 나를 찾아내는 데에는 한 시간이 걸렸다. 그녀는 비행장의 은발 신사를 대동했다. 경찰계통에서는 유력자인 게 분명했다. 그의 등장에 앉아 있던 경관들은 벌떡 일어섰고 서 있던 경관들은 차렷 자세를 취했다. 잠시 후, 소지품을 돌려받은 나는 그 두 사람과 함께 경찰서 문을 나섰다. 무죄, 그리고 자유. 해외에서 느끼는 오데이의 파워. 르브루제 공항에서 그녀를 태웠던 시트로엥이 우리를 기다리고 있었다. 스캐런젤로가 먼저 뒷좌석에 올라탔다. 나도 그녀를 따라 차에 올랐다. 은발 신사는 인도에 서서 차문을 닫아주었다. 그가 기사에게 불어로 말했다. "곧장 공항으로 모시게." 기사는 곧장 출발했다. 나는 목을 빼서 뒤를 돌아보았다. 은발 신사가 잠시 차 꽁무니를 지켜보다가 경찰서 안으로 들어갔다.
　스캐런젤로가 물었다. "왜 그렇게 뛰었던 거죠?"
　내가 대답했다. "뛰지 않았소. 뛰는 건 원래 좋아하지 않소. 조금 빠르게 걷고 있었소."
　"왜요?"
　"나더러 경찰 역할도 맡으라고 하지 않았소? 그래서 총을 쏜 놈을 찾고 있었소. 그게 경찰이 하는 일이니까."
　"헛짚었어요. 전혀 엉뚱한 곳에서 헤매셨더군요."
　"나는 놈이 저격 장소를 즉시 떠날 거라고 생각했소."
　"당신이 틀렸어요."
　"틀렸다니?"
　"놈을 체포했어요. 라이플도 찾았고."
　"체포했다고?"
　"그자는 거길 떠나지 않고 있었어요."

"셋 중 누구였소?"

"셋 다 아니에요. 20세가량의 베트남 청년이에요."

"라이플 종류는?"

"AK-47."

"말도 안 되는 소리."

그녀가 말했다. "그거야 당신 생각이죠."

내가 뭔가 말하려고 하자 그녀가 한손을 들어 보였다. 그녀가 말했다. "내게 아무 말도 하지 말아요. 검증되지 않은 주장은 사절이에요. 내일부터는 본격적인 수사가 개시될 거예요. 그러니 날 혼란스럽게 만들지 말아요. 난 공식 수사 발표를 기다릴 거예요."

내가 말했다. "어디 좀 들렀다 가도 괜찮을지 물어보려던 것뿐이었소."

"비행기가 기다리고 있어요."

"설마 우리를 두고 떠나기야 하겠소?"

"들르고 싶은 곳이 어디죠?"

나는 상체를 앞으로 기울이고 기사에게 불어로 말했다. "바스티유로 간 다음 거기서 우회전 해주시오."

기사가 잠시 생각한 뒤 말했다. "로케트(Roquette) 가를 타라는 말씀이십니까?"

"그 길 끝까지 쭉." 내가 말했다. "그리고 정문 앞에서 대기해 주시오."

"알겠습니다."

스캐런젤로가 내 쪽을 향해 고개를 돌렸다. 내 눈을 똑바로 쳐다보며 불만 어린 질문을 던질 모양이었다. 하지만 그녀는 그러지 못했다. 도중에 내 어깨에 시선을 빼앗겼기 때문이다. 빨간 피와 회색빛 뇌수가 묻었던 부분이 이제는 짙은 갈색과 자줏빛으로 변해 있었다. 자세히 들여다보면 아주 작은 뼛조각도 군데군데 붙어 있었다. 그녀가 물었다. "이게 뭐죠?"

내가 말했다. "내가 알고 있던 어떤 남자의 일부분이오."

"역겹네요."

"이건 확실히 검증된 건데?"

"재킷 하나 새로 사야겠군요."

"이것도 새 거요."

"그건 버려요. 우리가 한 벌 사줄게요. 당장."

"비행기가 기다리고 있소."

"옷 한 벌 사는 거야 잠깐이면 되겠죠."

"여긴 프랑스요." 내가 말했다. "내 몸에 맞는 옷을 파는 가게가 쉽게 눈에 띌 것 같소?"

그녀가 말했다. "우리가 지금 어디로 가고 있는 거죠?"

"파리를 떠나기 전에 하고 싶은 일이 있소."

"그게 뭐죠?"

"좀 걷고 싶소."

"어디에서?"

"곧 알게 될 거요."

우리는 오스테를리츠 다리(Pont d'Austerlitz)를 타고 센 강을 건넌 후 왼쪽으로 빠져 바스티유 가로 접어들었다. 거기선 바스티유 광장을 향해 곧장 달렸다. 도로가 상당히 붐비고 있었지만 기사는 마치 경광등을 켜고 사이렌을 울리기라도 하는 듯 빠른 속도로 매끄럽게 차를 몰았다. 기념비를 중심으로 형성된 원형의 바스티유 광장은 파리의 어느 중심지 못지않게 교통이 혼잡하다. 그곳에서 뻗어나가는 열 개의 출구들 가운데 네 번째가 로케트 가이다. 그 길을 타고 동쪽으로 달리면 그 공동묘지 정문에 이르게 된다.

"페르 라쉐즈(Pére Lachaise)." 스캐런젤로가 말했다. "쇼팽도 그곳에 묻혔죠. 그리고 몰리에르도."

"에디트 피아프와 짐 모리슨도." 내가 말했다. "도어스의 멤버, 짐 모리슨."

"한가하게 관광할 시간이 없어요."

"오래 걸리진 않을 거요."

기사가 정문 앞에 차를 세웠다. 나는 차에서 내려섰다. 스캐런젤로도 따라 내렸다. 유명인들의 무덤 위치를 표시한 지도를 판매하는 부스가 앞에 있었다. 할리우드에서는 유명 연예인들의 집 위치를 알려주는 지도도 판다. 우리는 정문을 지나 모래가 깔린 넓은 보도로 들어섰다. 나는 공들여 만든 무덤들과 흰 대리석 묘비들을 지나치며 왼쪽, 오른쪽으로 방향을 틀었다. 방향을 정확히 알고 있는 건 아니었다. 의지할 것은 그 수십 년 전, 어느 궂었던 회색빛 겨울 아침의 기억뿐이었다. 천천히 걸으며 가끔씩은 멈춰 서서 주변을 확인해야 했다. 그러다 마침내 내 기억과 일치하는 구역을 찾아냈다. 좁고 짧은 직사각형의 뗏장들이 줄을 지어 조성된 구역, 그곳에도 어김없이 봄은 찾아와 뗏장들은 푸릇푸릇 되살아나 있었다. 그 뗏장마다 하나씩 머리에 이고 있는 묘비들, 그것들 가운데 하나. 세월의 흔적 없이 깨끗한 모습을 간직하고 있는 어느 묘비의 회백색 표면 위에 또렷하게 새겨져 있는 두 줄의 문구.

조세핀 무티에 리처
1930-1990

60년을 이어왔던 삶. 그 인생 여정이 딱 절반에 이르렀을 때 내가 이 세상에 태어났다. 나는 양손을 가지런히 늘어뜨리고 그 묘비 앞에 멈춰 섰다. 어떤 사내의 피와 뇌수를 어깨에 묻힌 채.

"가족인가요?" 스캐런젤로가 물었다.

"내 어머니." 내가 대답했다.

"왜 여기 묻혀 계신 거죠?"

"파리에서 태어나셨고, 파리에서 돌아가셨소."

"그래서 당신이 파리를 잘 아는 거군요?"

내가 고개를 끄덕였다. "형하고 종종 들렀었소. 아버지가 돌아가신 뒤로 어머니는 파리에서 사셨소. 라프(Rapp) 가. 앵발리드 반대편. 시간 날 때마다 찾아뵙곤 했었소."

스캐런젤로가 고개를 끄덕였다. 그녀는 고인에 대한 예를 갖추려는 듯, 나와 어깨를 나란히 하고 서서 입을 꼭 다물었다. 잠시 후 그녀가 물었다. "어떤 분이셨어요?"

내가 말했다. "아담한 몸집에 검은색 머리칼, 파란 눈동자. 아주 여성스러우면서도 고집이 센 분이셨소. 하지만 행복한 삶을 사셨소. 늘 최선을 다하셨소. 외출했다가 해병대 관사로 돌아올 때면 즐겁게 웃으며 '옴 스위트 옴'을 주문처럼 외치셨소. 프랑스 분이라 'H' 발음이 안 되셨거든."

"예순이면 돌아가실 나이는 아니었는데, 유감이에요."

"운명인데 어쩌겠소." 내가 말했다. "어머니도 연연하지 않으셨소."

"뭣 때문에 돌아가셨죠?"

"폐암. 골초셨소. 프랑스 여인네잖소."

"여긴 페르 라셰즈예요."

"그래서?"

"어떻게 여기 계신 거죠? 원한다고 묻힐 수 있는 곳이 아니잖아요."

"물론이오." 내가 말했다. "그랬다간 이렇게 서 있을 땅도 안 남아날 거요."

"난 이곳에 잠드는 게 영예라는 뜻으로 한 얘기예요."

"참전하셨으니까."

스캐런젤로가 묘비를 바라보았다. "어떤 전쟁에요?"

"2차 세계대전."

"종전 당시에 겨우 열다섯 살이셨잖아요."

"전황이 급박하게 돌아가던 시기였소."

"참전이라면, 어떤 식으로요?"

"레지스탕스 활동. 네덜란드나 벨기에에서 격추된 연합군 조종사들을 파리를 통해 남쪽으로 빼내야 했소. 그 임무를 전담하는 네트워크가 있었소. 어머니의 역할은 그들을 어떤 역에서 그다음 역으로 안전하게 이동시키는 것이었소."

"활동 시기는 언제였죠?"

"1943년도에 중점적으로 활동하셨소. 듣기로는 그 임무를 80차례나 수행하셨다고 했소."

"열세 살 소녀가?"

"전황이 급박하게 돌아가던 시기였소." 내가 다시 말했다. "어린 여학생이 아주 바람직한 위장막이 됐던 거요. 조종사들이 시골에서 다니러 온 삼촌이나 사촌오빠라고 자연스럽게 대답하도록 훈련을 받으셨소. 조종사들은 대개 농부나 가게 종업원으로 변장을 했고."

"목숨을 걸으셨군요. 본인만이 아니라 가족의 목숨까지."

"그런 위험 속에서 하루하루를 지내셨소. 하지만 당신에게 주어진 임무를 기꺼이 받아들이고 완벽하게 수행하셨소."

"당신의 인사 파일에서 그런 내용을 본 기억은 없어요."

"아무도 몰랐으니까. 어머닌 전혀 말씀을 안 하셨소. 아버지도 모르셨지 싶소. 우린 어머니가 돌아가신 뒤 유품 속에서 훈장 하나를 발견했소. 그

리고 장례식에 참석했던 어떤 노신사로부터 모든 얘기를 듣게 되었소. 그
노신사는 어머니의 훈련을 담당했던 레지스탕스 대원이었소. 그분도 지금
쯤은 고인이 되셨을 거요. 어머니를 여기 모신 뒤, 한 번도 와 보지 못했소.
이 묘비도 오늘 처음 보는 거요. 형이 세워드린 모양이오."

"아주 잘 골랐네요."

내가 고개를 끄덕였다. 수수한 삶을 살았던 여인에게 어울리는 수수한
묘비. 나는 두 눈을 감았다. 그리고 어머니 생전의 마지막 모습을 머릿속에
떠올렸다. 라프 가의 아파트에서 장성한 두 아들과 함께 식탁에 앉아 계시
던 모습, 베를린 장벽이 무너지기 직전의 어느 아침이었다. 그 즈음 병세가
심각해졌지만 어머니는 정신력으로 버티셨다. 옷도 곱게 차려입고 평소와
다름없이 행동하셨다. 우리는 커피를 마셨고 크루아상을 먹었다. 아니, 정
확히 말하자면 우리가 아니라 형과 나만 먹고 마셨다. 어머니는 식욕이 없
는 것을 숨기려고 말을 많이 하셨다. 우리가 아는 사람들, 우리가 갔던 곳
들, 거기서 일어났던 일들에 대해 어머니는 쉴 새 없이 얘기를 꺼내셨다.
어느 순간 잠시 입을 닫았다가 마침내 두 아들에게 각각 마지막 메시지를
주셨다. 특별할 것 없이 여느 때와 똑같은 메시지였다. 예전부터 이어져왔
던 어머니만의 의식. 어머니는 힘겹게 일어나 형의 의자 뒤로 다가가서 맏
아들의 양어깨 위에 가만히 두 손을 올려놓으셨다. 의식의 시작이었다. 이
어서 어머니는 몸을 굽히고 형의 볼에 입을 맞춘 뒤 물으셨다. "조, 네가
할 필요가 없는 게 뭐지?"

형은 대답하지 않았다. 우리 형제의 침묵도 그 의식의 일부였으니까. 어
머니가 말했다. "네가 세상의 모든 문제를 해결할 필요는 없단다. 그중에
일부만 해결하면 돼. 그 정도만으로도 네 삶은 충분히 의미가 있는 거란
다."

어머니는 한 번 더 형의 볼에 입을 맞춘 뒤 무거운 걸음을 끌고 내 뒤로

다가오셨다. 그리고 내 뺨에도 키스를 하셨다. 이어서 작은 두 손으로 내 어깨의 너비를 재셨다. 작은 핏덩이가 거대한 사내로 자라난 것에 대한 놀라움을 다시 한 번 즐기고 싶으셨던 것이다. 그때 내 나이 서른에 가까웠지만 어머니는 이렇게 말씀하셨다. "너는 힘이 보통 남자애들 두 명이랑 맞먹잖니. 그 힘을 어디다 쓸 거니?"

나 역시 대답하지 않았다. 우리 형제의 침묵도 그 의식의 일부였으니까. 어머니가 여느 때처럼 내 대답을 대신하셨다. "옳은 일에 쓸 거예요."

나는 그 대답을 실천하기 위해 노력해왔다. 덕분에 곤경에도 처했고, 훈장도 받았다. 나는 내가 받았던 은성무공훈장을 어머니와 함께 묻었다. 그 것은 지금 바로 내 발 밑, 파리의 흙속 1.8미터 깊이에 여전히 묻혀 있다. 리본은 형체도 없어졌겠지만 몸체는 어머니 옆에서 아직도 반짝이고 있을 것 같았다.

나는 눈을 뜨고 한 걸음 뒤로 물러났다. 내가 스캐런젤로를 쳐다보며 말했다. "됐소. 이제 갑시다."

19

비행기 객실은 따뜻했다. 스캐런젤로가 거북해 하는 것 같아 나는 얼룩진 재킷을 벗어 안감이 겉으로 오게 접은 다음 빈 좌석에 던져놓았다. 40분 뒤, 프랑스 영공을 벗어난 비행기는 13킬로미터의 고도를 유지하며 영국 영토를 비스듬하게 가로질렀다. 이제 먼 북대서양 상공의 하늘 길을 따라 날아가는 긴 비행이 우리 앞에 기다리고 있었다. 대권 항로. 승무원이 르부르제 공항에서 반입한 음식으로 식사를 한 뒤 우리는 통로를 사이에 두고 등받이를 눕힌 좌석에 각자 길게 누웠다. 가까웠다. 하지만 너무 가깝지는 않았다.

내가 그녀에게 물었다. "정장 차림의 그 신사는 누구였소?"

"DGSE의 대테러 부서 책임자예요."

"AK-47을 소지한 베트남 똘마니는 그 사람 작품이오?"

"그 사람 작품이라뇨?"

"그 똘마니가 대가를 약속 받고 죄를 뒤집어 쓴 것 아니오? 언론용으로."

"아니에요. 이번엔 진짜예요. 그자는 다락방 창문 앞에 그대로 머물러 있었어요."

나는 아무 말도 하지 않았다.

그녀가 말했다. "뭐죠, 이 침묵은?"

"이 사건에 관해서는 내 주장을 듣고 싶지 않다고 했잖소."

"오데이가 이 사건의 진상을 파악해낼까요?"

"이미 파악했을 거요."

"그렇다면 당신의 주장을 들어보는 것도 나쁘진 않겠네요. 왜 AK-47이 말이 안 된다는 거죠? 근거를 확실히 들어서 얘기해 봐요."

"당신은 소련에 대해 얼마나 기억하고 있소?"

"많은 걸 기억하고 있죠."

내가 말했다. "소련군의 수뇌부는 특히 인간의 본성과 자기네 병사들의 자질에 관해 지극히 현실적인 안목을 지니고 있었소. 소련군의 인적 규모는 엄청났소. 그건 곧 정예화되지 않았다는 걸 의미하오. 따라서 일반 병사들은 게으른 데다 무능했소. 즉, 군인으로서의 자질을 갖춘 병사들이 드물었다는 얘기요. 그들은 그 사실을 정확히 파악하고 있었소. 하지만 대대적인 변화가 불가능하다는 사실 또한 알고 있었소. 그래서 신형 무기에 맞춰 병사들을 업그레이드하는 방식 대신, 병사들의 수준에 맞춰 무기를 다운그레이드하는 방식을 선택했소. 그 접근 방법 자체는 지극히 현실적이며 또한 획기적이었소."

"그런데요?"

"그래서 AK-47이 탄생하게 된 거요. 한번 생각해 보시오. 적군의 총알이 날아오면 병사들이 어떤 행동을 취하겠소? 일단 발사조절장치를 조작한 뒤 방아쇠를 당기지 않겠소? 미군이 사용하는 총들은 발사조절장치가 안전, 단발, 자동의 순서로 돼 있소. 지극히 상식적이고 논리적인 순서 아니오? 하지만 소련군 수뇌부는 현실을 직시하고 있었소. 자기네 병사들 백 명 가운데 아흔아홉이 겁을 집어 먹은 나머지 엉겁결에 조절 레버를 끝까지 밀어버릴 것을 알고 있었던 거요. 혹시 라이플을 다뤄본 적이 있소? 숙련되지 않은 상태에서 자동으로 놓고 방아쇠를 당기면 순식간에 탄창이 비게 되오. 대부분의 경우, 총신도 허공을 향하게 되고. 소련군 수뇌부는 그런 상황을 예방하기 위해 AK-47의 발사조절장치 순서를 바꿨던 거요.

안전, 자동, 단발. 전혀 비상식적이고 비논리적이긴 하지만 지극히 현실
적인 순서요. 단발은 무의식적인 선택이고 자동은 의식적인 선택이니 말
이오."

"그런데요?"

"소련군 수뇌부는 전장에서 총기를 제대로 정비하기가 힘들다는 사실
에도 주목했소. 그래서 AK-47을 그 어떤 상황에서도 작동할 수 있도록
만들었지. 방아쇠를 당기면 총알이 나가도록. 오랫동안 땅속에 묻혀 있던
AK-47들을 본 적이 있소. 나무로 만들어진 부분은 벌레들이 다 먹어치웠
지만 나머지 부분은 제대로 작동하고 있었소."

"그런데요?"

"그들은 또한 일반 병사들의 실력으로는 60미터 이상 떨어진 표적을 명
중시킬 수 없다는 사실도 알고 있었소. 그 정도 떨어져 있는 표적은 제대로
분간하지도 못할 거라고 판단했지. 그렇다면 명중률이 높은 총기를 만들
필요가 없지 않겠소? AK-47의 경우, 첫째도 실용성, 둘째도 실용성, 셋째
도 실용성이오. 애초에 정확성은 고려 사항이 아니었던 거요. AK-47은 근
거리 사격에 적합하도록 설계된 총기요. 그런 면에서는 권총과 비슷하다고
볼 수 있지. 도로 하나, 블록 한 개, 혹은 폭이 넓지 않은 강을 사이에 두고
벌어지는 전투에서 유용한 무기인 거요."

"켄킨을 쏜 총이 절대로 AK-47일 수 없다는 얘긴가요?"

"지옥에 희망의 빛이 한 점도 없는 것과 마찬가지로 그럴 가능성은 전
혀 없소. 콧트나 카슨, 혹은 다체프의 손에 최고 성능의 AK-47을 쥐어준
다고 해도 1300미터 떨어진 표적을 맞춘다는 건 불가능하오. 켄킨을 맞
힌 총알은 그보다 더 먼 1500미터를 날아왔소. 그 정도 거리에서는 그 세
놈이라고 해도 사람 머리는커녕 건물도 맞힐 수 없을 거요. 게다가 AK-47
에 사용되는 총탄은 힘이 약하오. 추진력 말이오. 물론 1500미터를 날아

올 수는 있소. 하지만 그러려면 30도쯤 총구를 들어 올리고 발사해야 하오. 커브 전문 투수가 최상의 컨디션에서 던지는 공이나 대륙간 탄도미사일처럼 포물선을 그려야 한다는 얘기지. 하지만 라이플로는 불가능한 사격이오. 백 번 양보해서 그게 가능하다 한들 표적에 이를 때쯤엔 탁구 라켓으로 쳐낼 수 있을 정도로 힘이 떨어진 상태일 거요. 켄킨의 헤어 젤에도 튕겨나갈 만큼. 하지만 그런 일은 벌어지지 않았소. 총알은 그의 머리를 박살내버렸소."

"그래서요?"

"AK-47을 소지한 스무 살의 베트남 똘마니가 범인일 순 없다는 얘기요."

"그렇다면 그자가 왜 거기 있었을까요?"

"그놈이 발사 현장에 있었던 건 전체 작전의 한 부분일 거요. 콧트든 카슨이든 다체프든, 아니면 그 누구에게든 고용된 게 분명하오. 파리엔 베트남 사람들이 많이 살고 있소. 그들 대부분은 택시 운전을 하거나 이런저런 생업에 종사하며 열심히 살지만, 음지를 기웃거리는 인간들도 반드시 있지 않겠소? 그런 인간들 열 몇 명쯤이 거리 이곳저곳에서 일종의 유동적인 저지선을 구축하고 있었던 거요. 저격범을 무사히 빠져나가게 하기 위해서. 길거리에서 내게 부딪혀 왔던 늙은이도 그들 가운데 하나인 게 틀림없소. 발사 현장의 베트남 똘마니는 수사에 혼선을 불러일으키기 위한 목적으로 저격범 대신 그 자리에 투입된 미끼에 불과하오. 그 녀석은 단단히 다짐을 받았을 거요. 체포된 뒤, 끝까지 입을 다물고 있으면 똘마니 딱지를 떼게 해준다는 약속 정도겠지. 내 장담하건대 놈의 AK-47에는 아예 공이가 없을 거요. 작동이 되지 않는 총을 들고 있는 놈이 진범일 수 없으니 형을 살면 몇 년을 살겠소? 그 똘마니 녀석은 오히려 신이 나 있을 거요."

스캐런젤로는 침묵에 잠겨 있었다. 잠시 후 그녀가 말했다. "범인은 다 체프겠죠, 안 그래요? 콧트나 카슨은 켄킨을 노릴 이유가 없잖아요?"

내가 말했다. "그 부분에 관해서는 오데이에게 여러 편의 시나리오가 있을 거요."

하지만 오데이의 소크라테스식 문답법에도 한계가 있었다. 나중에 안 일이지만 그 시각 현재 '제47보급대 전략지원 사령부'에서는 오데이와 슈메이커, 그리고 나이스가 한데 모여 열띤 토론을 벌이고 있었다. 하지만 이성을 지닌 사람들에 의해 막연히 인지되는 진실이 명징하게 드러나는 일은 벌어지지 않았다. 파리, 모스크바, 런던의 정보 당국에서 보내준 브리핑 자료들, 온갖 도표와 사진 및 영상물들, 거기다 파리 주재 미국 기관원들의 보고서들까지 여러 차례 꼼꼼하게 검토했지만 그들 세 사람은 어떤 결론에도 이르지 못했다. 그래서 그들은 나의 귀환을 고대하고 있었다.

우리를 태운 비행기가 포프 필드에 착륙한 것은 늦은 오후였다. 프랑스와의 시차가 여섯 시간이니 결국 하루도 채 안 되어 돌아온 셈이었다. 스캐런젤로는 회의에 참석하기 전에 샤워부터 하고 싶어 했다. 당연한 바람이었다. 오데이가 30분을 주었다. 내게도 고마운 시간이었다. 나는 먼저 내 재킷에서 켄킨의 얼룩을 씻어냈다. 어렵지 않은 일이었다. 방수 재질이었기 때문이다. 흘러내린 물이 맑아질 때까지 센 물줄기를 한동안 갖다 댄 뒤 방울져 남아 있는 물기는 타월로 가볍게 두드려 말렸다. 이어서 머리를 감고 비누칠을 한 다음 물줄기로 내 몸을 씻어 내렸다. 서둘렀던 터라 옷을 다시 걸친 뒤에도 시간이 약간 남아 있었다. 나는 간단하게 요기를 할 양으로 휴게실에 먼저 들렀다. 하지만 테이블 위에 던킨 도너츠 박스들은 없었다. 다행히도 커피는 있었다. 나는 커피 한 잔을 집어 들고 위층으로 올라갔다.

오데이는 자기 자리에 앉아 있었다. 슈메이커도 그의 옆에 앉아 있었다. 케이시 나이스가 웃는 얼굴로 나를 맞이했다. 내가 자리에 앉자 스캐런젤로가 들어왔다. 뜨거운 물로 씻은 모양이었다. 얼굴이 발그레했다. 머리는 채 다 말리지 못했지만 옷은 여전히 검정색 치마 정장이었다.

오데이가 말했다. "일단 그 베트남 녀석은 전혀 거론할 가치가 없어."

내가 말했다. "모든 일에는 처음이라는 게 있기 마련입니다. 이제 막 시작인데 그 녀석도 좀 존중해줘야 하는 거 아닙니까?"

오데이가 여든 살 정도로 보였던 시절, 그는 처음으로 특전사의 작전권을 부분적으로나마 장악하게 되었다. 그와 나 사이에 갈등의 골이 깊어진 것도 그때의 일이었다. 오데이는 내가 그 당시의 상황을 넌지시 지적하고 있다는 걸 분명히 알아차린 기색이었다. 하지만 그는 웃지 않았다. 그때의 앙금이 아직 남아 있는 모양이었다. 나도 그가 웃으라고 던진 얘기는 아니었다. 잠시 어색한 침묵이 흘렀다. 그 침묵을 깨뜨린 건 케이시 나이스였다. "저격범, 혹은 그자의 배후가 파리의 베트남 갱단으로부터 지원을 받은 거예요. 아니면 활동 허가를 받는 대신 일거리를 던져준 거든지. 물론 그 두 가지 다일 수도 있고요."

"가능한 얘기요." 내가 말했다. "베트남 갱단이 그 저격수를 고용한 게 아니라면 말이오. 어쩌면 정치적 계산이 깔린 프랑스 정부의 자작극일 수도 있소. 이번 일을 문제 삼아 러시아를 침공할 계획인 것 같소."

"진담이에요?"

"농담." 나는 오데이를 한 번 쳐다보았다가 다시 케이시 나이스에게 말했다. "나도 당신 의견에 동감이오. 현지 인력을 고용한 게 맞다고 생각하오."

"그렇다면 그 베트남 녀석을 비롯해서 그 행동대원들은 끝까지 입을 열지 않을 거예요. 우리로선 답답한 상황이에요. 혼란스럽고 불완전한 시나리오를 어떤 도움도 없이 우리 힘으로만 해석해야 하니 말이에요."

"불완전한 시나리오는 아니오. 최소한 켄킨에게는."

"켄킨이 파리로 갔던 건 다체프가 범인이 아니라는 사실을 우리와 영국 측에 납득시키기 위해서였던 것 같은데, 당신 생각은 어때요?"

내가 고개를 끄덕였다. "켄킨은 다체프가 절대 오디션에 응할 놈이 아니라고 했소."

"DGSE의 브리핑 자료에 따르자면 대통령을 노린 조준이 아니었다는 걸 입증하기 위해 켄킨이 안달을 냈다고 하더군요. 실제로도 빗나간 조준이었어요. 왼쪽 약간 아래를 겨눈 거죠. 모스크바의 얘기로는 다체프가 표적을 빗맞히는 일은 절대 있을 수가 없다네요. 게다가 왼쪽 약간 아래라면 아칸소에서 확인했던 콧트의 특징이에요. 우리가 보았던 그 종이 표적들 말이에요."

내가 말했다. "아파트 발코니에 있었던 건 콧트가 아니었소."

오데이가 그제야 나를 똑바로 바라보았다. "그렇게 말하는 근거는?"

"우리와 동행했던 DGSE 여직원은 저격수가 화분 뒤에서 앉아쏴 자세를 취했다고 말했습니다. 하지만 콧트가 거의 1년 동안 연습한 건 엎드려쏴 자세였습니다. 배를 깔고 잠을 자는 것 같은 자세 말이죠. 저격수마다 익숙하고 편안한 스타일이 있는 겁니다. 화분 뒤에서의 앉아쏴 자세는 콧트의 스타일이 아닙니다."

오데이가 고개를 끄덕이며 말했다. "그렇군."

케이시 나이스가 말했다. "하지만 켄킨은 그 사실을 몰랐던 게 분명해요. 그는 다체프라면 표적을 빗맞힐 리가 없다는 주장만 거듭했어요. 총에 맞기 전까지는 아주 가벼운 마음이었겠죠. 바로 여기서부터 혼란스러워지기 시작해요. 다체프가 범인이 아닌 것 같았는데 갑자기 유력해 보이니까요. 다체프는 켄킨과의 사이에 얽힌 게 있지만, 콧트나 카슨은 전혀 없잖아요."

내가 말했다. "일어나요."

나이스가 물었다. "뭐라고요?"

"일어나서 구두를 벗어 보시오."

"왜요?"

"아무 말 말고 내 얘기에 따라주시오."

나이스는 내 얘기에 따라주었다. 그녀가 일어난 뒤 말했다. "어느 쪽 구두요?"

"아무 쪽이나." 내가 말했다. 나도 일어섰다. 그녀가 허리를 굽히고 왼쪽 구두를 벗었다. 나는 방을 가로질러 문 앞으로 걸어갔다. 그 건물 안의 다른 모든 문들과 마찬가지로 회의실 문 역시 직사각형의 나무문이었다. 높이는 약 2미터, 폭은 75센티미터 정도.

내가 말했다. "이제 세 가지 가정을 해봅시다. 첫째, 이건 나무문이 아니라 유리창이다. 둘째, 이 유리창이 아주 견고하다는 사실을 당신이 알고 있다. 셋째 당신은 그 구두 굽으로 단 한 번만 찍어서 이 유리문을 깨야 한다. 자, 당신은 어느 부분을 찍겠소? 물론 아주 힘껏 찍어야 할 거요."

그녀가 잠시 머뭇거리더니 절뚝거리며 문 앞으로 다가왔다. 그녀가 굽이 앞쪽을 향하도록 구두를 돌려 잡았다. 그녀가 말했다. "내 전문 분야가 아니라서 잘 모르겠네요. 유리나 도자기를 깨뜨리는 건 자신 있지만 글쎄요, 아주 견고하다니 고민이네요. 내가 견고한 물건에 대한 과학적 지식이 없어서."

"다체프, 콧트, 카슨도 과학자가 아니오. 그냥 직감대로 찍어보시오."

그녀의 시선이 문의 여러 지점을 옮겨 다녔다. 그녀가 주춤주춤 구두 쥔 손을 들어 올렸다. 마음속에서 여러 가지 경우의 수를 그리고 있는 듯, 그녀의 손이 허공에서 몇 차례 움직였다.

내가 말했다. "자, 말해보시오."

그녀가 말했다. "가장자리에서 가까운 지점들은 아니에요. 그런 곳을 찍으면 가장자리만 부서져 나갈 것 같아요. 커다란 쿠키의 한쪽만 조금 베어 먹은 것처럼."

"그렇다면?"

"정중앙도 아니에요. 충격이 전체 표면에 균등하게 흡수되어 균일한 파장으로 퍼져나가다가 네 가장자리에 이른 뒤에는 반동으로 되돌아올 것 같아요. 결국 한가운데가 잠깐 출렁이는 게 전부일 거예요. 북을 칠 때처럼 말이죠."

"그럼 어디?"

"정중앙에서 떨어지되 너무 멀리 떨어지지는 않은 지점이요. 그래야 충격이 균등하게 흡수되지 않을 거예요. 그래서 파장의 균형이 무너지면 유리가 깨질 것 같아요."

"직접 보여주시오."

그녀가 한 번 더 문을 바라본 뒤 팔을 뒤로 한껏 젖혔다가 문 위에 구두 굽을 살짝 찍었다. 왼편 위쪽 사분면의 한 지점이었다. 문의 크기를 파리의 방탄유리막과 똑같은 크기로 확대한 다음 비율을 계산할 때 왼쪽 가장자리로부터는 50센티미터가 약간 넘고 상단 가장자리로부터는 70센티미터가 약간 넘는 지점.

내가 말했다. "두 번째 총탄으로 대통령을 쓰러뜨릴 계획이었던 겁니다. 첫 번째 총탄은 방탄유리막을 부수기 위해 발사된 것이고. 따라서 빗나간 조준이 아닙니다. 목적에 정확히 부합하는 사격이었습니다."

케이시 나이스가 문 앞에서 깡충거리며 다시 구두를 신었다. 그녀와 나는 함께 탁자로 돌아와 앉았다. 내가 말했다. "켄킨은 한눈에 이 모든 걸 알아챘던 것 같습니다. 조준이 빗나갔음을 지적하는 DGSE의 자료들을 확인한 뒤 오히려 다체프가 범인일 가능성이 높다고 판단한 것이죠. 그는 다체프가 이번 사건에 연루돼 있지 않다는 걸 우리와 영국 측에 입증할 생각으로 파리 출장에 나섰습니다. 하지만 다체프가 연루되었다는 사실을 알게 되었습니다. 그래서 당황했던 겁니다."

슈메이커가 말했다. "하지만 나머지 두 놈 가운데 하나가 범인일 수도 있지 않은가."

"2차 사격을 생각해 보십시오. 켄킨 역시 거기까지 생각이 미쳤던 것 같습니다. 그래서 그는 서둘러 현장을 확인하고 싶었던 겁니다. 1차 사격으로 왼쪽 가장자리에서 50센티미터, 상단 가장자리에서 70센티미터 되는 지점을 맞혀서 방탄유리막을 부순 다음, 대통령을 향해 2차 사격을 하기 위해서는 재조준을 해야 합니다. 1차 조준은 대통령의 목에서 왼쪽으로 15센티미터 떨어진 지점이었습니다. 1300미터라는 거리를 감안할 때 그 오차를 바로잡아서 머리를 정통으로 맞히려면 총구를 아주 살짝, 거의 표 나지 않을 정도로 들어 올리면서 오른쪽으로 약 0.2밀리미터를 옮겨야만 합니다. 그것도 아주 유연하고 침착하게. 그다음엔 숨을 고를 짬도 없이 방아쇠를 당겨야 합니다. 더구나 만일에 방탄유리막이 깨졌다면 그 프랑스 양반은 당연히 자세를 수그렸을 겁니다. 어쩌면 연단 위에서 깡충거렸든지, 어쨌든 움직이는 표적이 되는 겁니다. 게다가 경호원들은 가만히 있겠습니까? 실제로도 그들은 첫 번째 총탄이 방탄유리막에 부딪히고 나서 2초 만에 대통령을 덮쳤습니다. 여기서 우리는 다시 거리를 생각해야 합니다. 1300미터, 총탄이 날아가는 시간만 대략 3초입니다. 자, 정리해 보죠. 1차 사격을 한다, 총구를 오른쪽 위로 미세하게 들어 올리고 재조준한다, 방아쇠를 당긴다, 그 모든 과정이 빛의 속도로 진행되어야 합니다. 그것도 움직이는 표적을 향해 말이지요. 결국 인간의 능력으로는 불가능한 일입니다. 여기서 다시 켄킨의 얘기를 떠올려야 합니다. 다체프가 인간의 한

계를 넘어섰다는 얘기."

오데이가 말했다. "좋았어. 이제 좀 가닥이 잡히는군. 범인은 다체프야."

내가 말했다. "켄킨도 분명 그렇게 생각했습니다. 나는 그를 유심히 지켜봤습니다. 상당히 터프한 사내였습니다. 하지만 부드러운 구석도 있더군요. 오전에 처음 만났을 땐 기분이 안 좋아 보였습니다. 밤비행기를 타고 오느라 잠을 제대로 자지 못했을 테니 당연했겠죠. 하지만 파리의 오전을 즐길 만큼은 편안한 상태였습니다. 그것 역시 당연했겠죠. 그때까지만 해도 다체프가 범인이 아니라는 확신을 갖고 있었으니까요. 모든 게 남의 문제, 그의 생각으로는 내 문제였던 겁니다. 밥값까지 자기가 내더군요. 하지만 DGSE의 디지털 자료를 보는 순간 확신이 흔들리기 시작했습니다. 더 이상 파리의 즐거운 하루가 아니었지요. 이제 자기 문제가 되어버렸으니 말입니다. 러시아로 돌아가서 그 상황을 보고해야 하는 상황이 그로서는 끔찍했을 겁니다. 평생을 엄격한 관료체제 속에서 보낸 사람이라면 누구라도 그렇지 않겠습니까?"

"다체프가 그를 쐈으니 그 문제는 해결해준 셈이군."

"아뇨." 내가 말했다. "다체프가 쏜 게 아닙니다."

20

내가 말했다. "좀 전에도 말씀드렸듯이 2차 사격에 대해 생각해야 합니다. 내 말만 무조건 믿으라는 얘기가 아닙니다. 지금 당장 전화기를 들고 미군 최고의 저격수 다섯 명과 얘기를 나눠 보십시오. 해병 수색대, 네이비실, 델타포스, 어디든 좋습니다. 충분히 가능하실 테니까요. 직통라인도 있잖습니까. 그 친구들 모두 장군님 한마디면 바로 움직일 텐데. 다체프가 KGB를 위해 일했던 것처럼 말입니다."

슈메이커가 말했다. "KGB는 없어진 지 오래야. 이제는 SVR이지."

"옛 술을 새 부대에 담은 것뿐입니다."

오데이가 말했다. "전화를 걸어서 무슨 얘기를 하라는 건가?"

"그들에게 2차 사격에 관해 물어보십시오. 조건을 먼저 제시한 다음에요. 1300미터, 15센티미터의 오차, 웬만한 철봉 무게의 1.5미터짜리 라이플, 0.01초를 다투는 시간 등등."

"그러면 어떤 대답을 들을 수 있겠나?"

"모두 다 '물론입니다, 장군님' 할 겁니다. '눈을 가리고도 가능합니다'라는 얘기도 덧붙일 테고."

"그렇다면 뭐가 문제지?"

"장군님 성격. 쓸 데 없는 얘기 덧붙이지 말고 사실만 정확히 말하라고 다그치실 테니까요. 그러면 그들 다섯 명 모두 절대 불가능하다고 말할 겁니다."

"켄킨의 생각은 달랐던 것 같은데?"

"켄킨은 자신이 만들어낸 신화를 그대로 믿었던 것뿐입니다. 다체프도 인간입니다. 장군님이나 나와 똑같은, 아, 기분 상하셨다면 장군님은 빼고 그냥 나와 똑같은 인간이라고 정정하겠습니다. 아무튼 다체프로서도 불가능한 사격이라는 의미입니다. 다체프만이 아니라 지구상의 어떤 저격수도 그런 사격은 할 수 없습니다."

"그래서 자네가 말하고 싶은 건?"

"저격수는 두 명이었습니다."

일순 방 안이 조용해졌다. 나는 그 틈을 이용해 내 커피 컵을 비웠다. 내가 말했다. "한 놈은 다체프 혹은 카슨, 그리고 다른 한 놈은 존 콧트."

오데이가 천천히 고개를 들었다. 모래 속에서 기어 나오는 늙은 거북이 같았다. 그가 말했다. "좀 전엔 아파트 발코니에 있었던 게 콧트가 아니라고 했잖나."

"그걸 범인이 아니라는 뜻으로 해석하셨습니까? 난 콧트가 그 발코니에 없었다고 말했을 뿐입니다. 그놈은 부엌 안에 있었습니다. 그 안에 놓인 대형 식탁 위에서 엎드려쏴 자세를 취하고 있었던 거죠. 그 테이블의 한쪽 끝부분이 가로 2.4미터, 세로 1.2미터의 외장용 합판 크기와 비슷했습니다. 놈은 파트너의 머리 너머로 조준을 하고 있었습니다. 자, 생각해 보십시오. 각각 화분 뒤에서 앉아쏴 자세와 테이블 위에서 엎드려쏴 자세를 취한 채 30분 동안 숨을 고르고 있는 톱클래스 저격수 둘. 통유리문까지 열어젖혀져 있으니 모든 준비가 끝난 상태였죠. 화분 뒤 저격수의 표적은 방탄 유리막. 그의 라이플에는 장갑탄이 장전되어 있었고, 그의 조준경에는 나이스 양이 찍었던 지점과 똑같은 좌표가 떠올라 있었을 겁니다. 물론 그자도 나이스 양과 마찬가지로 직감에 의해 선택한 것일 테고요. 그자의 머리 높이, 혹은 그보다 약간 높은 뒤쪽의 테이블에 배를 깔고 누운 두 번째 저격수의 표적은 프랑스 대통령. 그의 라이플에는 매치 그레이드 탄환이 장전되어 있었고, 그는 대통령의 관자놀이를 조준하고 있었을 겁니다. 그자의 손가락은 방아쇠에 걸려 있었고, 방탄유리막이 깨지기를 기다리고 있었겠죠."

"하지만 깨지지 않았어."

"그래서 그 두 놈이 잽싸게 도망쳐서 종적을 감춘 겁니다. 하지만 최소한 콧트는 파리에 남았습니다. 놈은 곧 전개될 경찰 수사의 맥을 끊어버리고 싶었을 겁니다. 그래서 적당한 곳에 진을 치고 매일같이 그 발코니를 지켜보고 있었습니다. 아니면 프랑스 경찰 내부의 어느 배신자로부터 지속적으로 정보를 얻어내고 있었든지. 그 부분은 장군님이 확인하시고. 아무튼 놈의 인내는 마침내 보상을 받았습니다. 조사관 셋이 발코니에 나타난 겁니다. 조준경으로 나를 확인했을 때 그놈은 복권에라도 당첨된 기분이었을 겁니다. 그 콩알만 한 심장이 터질 듯 쿵쾅거렸겠죠. 하지만 놈은 역시 프로였습니다. 이내 마음을 가라앉히고 방아쇠를 당겼습니다."

"그런데 실수로 켄킨을 맞혔다?"

"실수가 아니었습니다. 놈은 나를 정확히 조준했습니다. 올림픽에 나가면 금메달은 따 논 당상인 놈입니다. 그 자식이 방아쇠를 당기는 순간 나는 이미 죽은 목숨이었죠. 하지만 변수가 발생했습니다. 돌풍. 총탄은 공중을 4초간 날아왔습니다. 그 4초의 어느 시점에선가 돌풍이 일어난 겁니다. 내 두 눈으로 그 모든 과정을 똑똑히 목격했습니다. 난 총구의 불빛을 봤습니다. 그리고 깃발들이 펄럭이는 걸 봤습니다. 그리고 켄킨의 머리가 날아가는 걸 봤습니다. 돌풍 때문에 탄도가 바뀐 겁니다. 오차 범위가 크지는 않았습니다. 1500미터 거리에서 날아와 약 45센티미터가 빗나갔으니까요. 날아오면서 오른쪽에서 왼쪽으로 약간 방향이 틀어진 겁니다. 그래서 내 가슴에 박힐 총알이 대신 켄킨의 머리통을 박살낸 겁니다."

"그건 증명할 수 없는 가설일 뿐이야."

"증명할 수 있습니다." 내가 말했다. "만일 저격수가 다체프였고 그가 켄킨을 조준했다면, 베넷이 죽었을 겁니다. 그가 켄킨의 바로 오른쪽에 서 있었으니까요. 돌풍에 관해서는 따지고 자시고 할 게 없습니다. 실제로 확 불어왔으니까요. 깃발들이 갑자기 미친 듯 펄럭이다가 다시 갑자기 축 늘어졌습니다. 사실 오전 내내 돌풍이 불어댔습니다. 확인해 보십시오."

오데이가 입을 다물었다. 잠시 후 그가 말했다. "저격수 두 명이라, 맙소사." 그가 말을 이었다. "런던과 모스크바에도 그 가능성을 알려줘야 해. 물론 우리 모두 그 가능성을 인정한다면 말이지. 릭, 자네 생각은 어떤가?"

슈메이커가 잠시 뜸을 들인 뒤 고개를 끄덕였다. "네, 인정합니다."

"조앤?"

스캐런젤로가 말했다. "실제로는 둘인데 한 명으로 착각하는 것보다는 실제로는 한 명인데 둘로 착각하는 게 더 나을 것 같네요. 신중해서 나쁠 건 없겠죠."

오데이는 케이시 나이스에게는 묻지 않았다.

내가 말했다. "당장 런던으로 가야겠습니다."

오데이가 말했다. "당장?"

"놈의 침실에 있던 내 사진은 상관없습니다. 그 쥐새끼 같은 놈이 발코니에 서 있던 나를 조준했다는 사실도 상관없고요. 경찰이라면 그 정도쯤은 당연히 감수해야죠. 하지만 놈은 주의를 게을리 했고, 그래서 표적을 맞히지 못했습니다. 바람이 거세게 부는 날을 택하지 말았어야 했습니다. 놈은 무고한 사람을 죽였어요. 그건 얘기가 다릅니다. 용서해선 안 될 실수예요. 장군님 말씀처럼 나는 그놈을 한 번 잡아넣었습니다. 그러니 다시 잡을 수도 있을 겁니다."

"그다음엔?"

"놈의 오른팔을 어깨에서부터 잡아 뽑은 뒤 그걸로 뒈질 때까지 두들겨 팰 겁니다."

"안 돼." 오데이가 말했다. "내가 지시할 때 런던으로 가게. 이건 복잡한 사건이야. 만반의 준비가 필요해."

"나한테 이래라저래라 명령하실 순 없습니다. 난 민간인이니까요."

"조국의 부름에 나선 민간인이지. 그러니 제대로 처리하자고."

나는 아무 말도 하지 않았다.

그가 말했다. "켄킨은 무고한 사람이 아니야. KGB였으니까. 나쁜 짓을 많이 한 인물이지."

나는 아무 말도 하지 않았다.

그가 말했다. "내가 말했잖나."

"뭘 말입니까?"

"저격수가 활개를 치고 돌아다니는 상황에서는 조심해야 한다고 말일세."

스캐런젤로가 물었다. "런던에서도 두 놈이 공동작전을 펼까요?"

"아마도." 내가 말했다. "이번엔 표적이 많기 때문에 그럴 가능성이 더욱 높소. 두 놈이 함께하면 두 배를 더 쓰러뜨릴 수 있을 테니 말이오."

"그렇다면 콧트의 파트너는 누구일 가능성이 높을까요? 카슨? 다체프?"

"난 도박꾼이 아니오."

"그래도 내기를 건다면요?"

"그렇다면 카슨. 켄킨은 다체프가 오디션에 응할 놈이 아니라고 말했소. 그건 그가 만들어낸 신화의 일부가 아니었소. 진심이 느껴졌으니까."

"모든 준비가 끝날 때까지 기다리게." 오데이가 말했다. "그다음엔 런던에 가도 좋아."

21

회의가 끝난 후 나는 아래층으로 내려가서 빨간 문을 열고 밖으로 나왔다. 내 컨테이너 숙소로 곧장 갈 생각이었다. 하지만 케이시 나이스가 바로 나를 뒤쫓아 와서 말했다. "저녁식사 안 할래요?" 듣던 중 반가운 소리였다. 내가 마지막으로 먹은 따뜻한 음식은 파리 카페의 크로크 마담이었다. 켄킨이 값을 치러준 음식.

내가 물었다. "어디서?"

"기지 밖이요." 그녀가 말했다. "바비큐 어때요?"

"자동차가 있소?"

"그렇다고 할 수 있어요."

"무슨 뜻이오?"

"보면 알아요."

"갑시다." 내가 말했다.

"옷 좀 갈아입고 올게요." 그녀가 말했다. 그녀는 치마 정장을 입고 있었다. 검은색 나일론 소재, 세련된 구두. D.C.나 버지니아에 어울리는 차림이다. 페이엣빌 외곽의 시골 식당과는 그다지 어울리지 않을 것이다.

내가 말했다. "기꺼이 기다리겠소."

"5분이면 돼요." 그녀가 말했다.

실제로는 거의 10분이었다. 하지만 충분히 기다릴 가치가 있었다. 그녀가 내 숙소 문을 노크했다. 문을 열자 머리를 포니테일 스타일로 묶고 아칸소 방문 때와 비슷하게 차려입은 그녀가 서 있었다. 흰색 티셔츠 위에 걸친 갈색 가죽 재킷은 똑같았고 청바지는 달랐다. 색깔은 같았지만 허리선이 골반 바로 위에 걸쳐 있고 온통 긁힌 자국과 찢어진 곳투성이였다. 로우컷에 디스트레스드 스타일. 디스트레스드(distressed), 괴롭고 속상하다는 뜻. 이름 붙이는 거야 디자이너들 마음이지만 최소한 케이시 나이스의 경우에는 잘못 갖다 붙인 이름이었다. 그 미끈한 다리와 볼륨 있는 힙을 감싸고 있는 청바지가 괴롭고 속상할 리가 있겠느냐는 말이다.

케이시 나이스의 손가락에는 자동차 키가 매달려 있었다. 그녀가 그걸 들어 올리며 말했다. "미리 사과할게요."

"뭘 말이오?"

"보면 알아요."

잠시 후, 나는 알게 되었다. 주차장은 내 숙소에서 180미터쯤 떨어져 있었다. 포프 필드 영내 도로 근처에 담을 둘러쳐 조성된 그 공간에는 온갖 종류의 차량들이 세워져 있었다. 각종 픽업트럭들, 20년쯤 돼 보이는 미제 머슬카들, 독일에서 주인을 따라온 낡은 메르세데스와 BMW들. 그녀와 어울릴 만한 차는 두 대 있었다. 라벤더 컬러의 앙증맞은 미니쿠퍼, 그리고 흉물스런 고물차 뒤에 숨어 반쯤 몸을 내보이고 있는 노란색 폭스바겐 신형 비틀. 그녀가 미리 양해를 구한 걸로 미루어 비틀일 가능성이 높았다. 나 같은 거구의 사내를 여성 취향의 소형차에 태우는 게 미안했을 것이다. 계기판 위쪽에는 노란색 데이지가 앙증맞은 병에 꽂혀 있으리라.

내 예상이 또 빗나갔다. 비틀이 아니었다. 그 비틀을 가리고 있는 흉물스러운 자동차였다. 내가 말했다. "이게 대체 뭐요?"

그녀가 말했다. "일부분은 구형 포드 브롱코예요. 나머지 부분은 원래의 차체가 떨어져 나간 곳에 용접한 금속판이고요. 갈색이 나는 건 녹과 진흙 때문이에요. 진흙은 씻어내지 말래요. 부식이 방지되고 차체도 더 튼튼해진다나 봐요."

"어디서 났소?"

"포트 베닝의 어떤 병사가 나한테 넘겼어요."

"얼마에?"

"22달러."

"맙소사."

"타세요. 문 열려 있어요. 원래 안 잠그고 다녀요. 보시다시피 그럴 필요
가 없으니까."

조수석 문의 경첩이 심하게 녹이 슬어 있어서 힘주어 당겨야 했다. 문
짝이 금속성의 비명을 길게 올렸다. 나는 비스듬히 몸을 우겨넣을 수 있는
공간만 확보하고 나서 손잡이를 놓아주었다. 운전석 쪽에서는 케이시 나
이스도 나와 똑같이 하고 있었다. 둘이 서로 마주 보고 림보 춤을 추고 있
는 형상이었다. 안전벨트도 없었다. 좌석마저 없었다. 다 해진 초록색 캔버
스 포대를 철제 프레임에 덮어 씌워 놓은 게 좌석이라고 우긴다면 몰라도.

한참 동안 꿀렁거린 뒤에야 시동이 걸렸다. 변속기는 역마차 시대의 우
편물 배달 속도보다도 느렸다. 그녀가 덜거덕거리는 레버를 후진에 놓았다.
그러자 차 내부에서는 후진위원회가 소집되었다. 후진에 필요한 부품들이
선발되고 각자의 역할과 활동에 대한 토론이 시작되었다. 소란스럽고도 긴
회의였다. 몇 초씩이나 덜덜거린 뒤에야 차가 덜컥 뒤로 움직였다. 그녀가
용을 써가며 핸들을 돌렸다. 이어서 덜거덕거리는 레버를 전진에 놓았다.
이제 후진위원회는 해산이었다. 대신 전진위원회가 소집되었다. 전진에 필
요한 부품들이 선발되고 그것들의 역할과 활동에 대한 토론이 시작되었다.
역시 소란스럽고도 긴 회의였다. 몇 초씩이나 덜덜거린 뒤에야 차가 천천
히 구르기 시작했다. 그렇게 얼마를 구른 후에 비로소 속도를 내며 주차장
출구를 향해 달리기 시작했다.

내가 말했다. "존 콧트의 픽업트럭을 훔쳐오지 그랬소. 이 차보다는 훨씬 낫던데."

그녀가 말했다. "그래도 지금 당장 서 버리진 않을 거예요."

"내 생각엔 그럴 것 같은데?"

"아름다운 저녁이네요. 이런 날씨에는 걷는 재미가 훨씬 쏠쏠하겠죠?"

우리는 포트 브래그의 수많은 중문 가운데 하나를 통해 기지 바깥으로 나가서 곧장 노스캐롤라이나의 평범한 2차선 도로에 올라섰다. 도로 양옆에는 군인들의 취향과 경제적 여력에 초점을 맞춘 물건과 서비스를 제공하는 점포들이 늘어서 있었다. 대부업체, 패스트푸드점, 중고차 대리점, 무약정 휴대폰 판매점, 초저가 잡화점, 비디오게임 대여점, 다양한 수준의 바와 선술집 등. 1.6킬로미터 정도를 천천히 달리고 나자 상점들이 뜸해지더니 공터와 소규모 소나무 군락지가 눈에 띄기 시작했다. 잠시 후 본격적인 숲지대가 시작되었다.

차는 계속 달려주었다. 기름 냄새가 나고 속도도 내지 못했지만 아무튼 앞으로 나가기는 했다. 어느 지점에선가 차가 오른쪽으로 꺾어져 숲 속으로 깊숙이 들어갔다. 케이시 나이스가 방향을 잘 알고 있길 바랄뿐이었다.

그녀가 말했다. "콧트는 당신이 실패한 기록들을 벽에 붙여 놓고 고소해했어요. 약 오르지 않아요?"

"딱히 그렇진 않소." 내가 말했다. "어차피 공식적인 기록이니까."

"나라면 분통이 터졌을 거예요."

"난 아파트 베란다 바닥에 납작 엎드렸소. 날 맞히진 못했지만 놈은 그게 고소했을 거요. 난 그래서 약이 오르고."

"돌풍이 아니었다면 어쩔 뻔했어요?"

"난 운을 타고났소."

"당신이 바람 반대쪽에 서 있었던 것도 다행이었고요."

"그것도 운이었소."

"의도적이 아니라?"

"몸에 밴 습관이오. 하긴 그것도 의도라고 할 수 있겠군."

전방의 나무들 사이로 꼬마전구들의 흐릿한 불빛이 보였다. 잠시 후 드디어 빈터가 나타났다. 그 한가운데에 다 쓰러져가는 오두막이 위태롭게 서 있었고 그 주변, 자갈이 엉성하게 깔린 흙바닥 위에 테이블과 의자들이 널려 있었다. 오두막 지붕 위로 솟은 굴뚝에서는 연기가 피어오르고 있었다. 약한 불에 구워지고 있는 고기 냄새가 짙게 풍겨왔다.

케이시 나이스가 말했다. "여기 어때요?"

내가 말했다. "딱 내 스타일이오."

그녀가 차의 속도를 늦추는 작업에 돌입했다. 브레이크 페달을 꾹 밟았는데도 속도가 줄어들지 않았다. 그녀가 그쪽 발을 미친 듯이 굴러대며 핸들을 꺾고 빈터로 진입했다. 시동을 끄고 키를 뺀 뒤에도 정지위원회는 곧바로 해산되지 않았다. 엔진은 뭐가 그리 억울한지 족히 1분 동안 툴툴거리다가 한 차례 부르르 떨더니 마침내 잠잠해졌다. 우리는 차에서 내려 테이블 하나를 차지하고 앉았다. 식당 간판은 눈에 띄지 않았다. 메뉴판도 없었다. 메인 메뉴는 고기 요리 몇 가지, 사이드 메뉴는 식빵과 삶은 콩, 단 두 가지, 음료수는 달랑 세 종류뿐이었다. 폴리스티렌 접시, 플라스틱 포크, 종이 냅킨을 제공하면서 신용카드는 사절이었다. 거기다 웨이트리스는 열한 살쯤 돼 보이는 소녀였다. 그 모든 게 나로서는 오히려 익숙하고 편안할 뿐 전혀 불만일 게 없었다.

우리는 음식을 주문했다. 케이시 나이스는 갈비 요리와 빵, 나는 돼지고기 요리와 삶은 콩, 곁들여 코카콜라 두 캔. 맑은 밤하늘에 별들이 총총했다. 공기도 맑고 선선할 뿐, 차갑지는 않았다. 식당은 손님들로 반쯤 차 있었다. 나는 주머니를 뒤져 약통을 꺼내서는 라벨이 그녀 쪽을 향하도록 고쳐 잡은 뒤 테이블에 올려놓았다.

내가 말했다. "이게 필요할 거요. 주머니 속 먼지와 알약을 함께 먹어선 안 되잖소."

그녀는 잠시 머뭇거리다가 주머니에서 알약들을 꺼냈다. 일곱 알. 아칸소에서보다 개수가 줄어 있었다. 그녀가 손바닥 위로 입바람을 불어 먼지들을 날린 뒤, 약통 뚜껑을 엄지로 튕겨 열고 알약들을 집어넣었다.

내가 말했다. "안토니오 루나가 누구요?"

"친구예요." 그녀가 말했다. "난 토니 문이라고 부르죠."

"직장 동료?"

"그냥 아는 사람이에요."

"빈 약통을 갖고 다니다가 당신이 필요할 때 내어주는 친구?"

그녀는 대답하지 않았다.

"아니면 아프지도 않은 증상을 호소하고 처방전을 받아서 당신에게 건네는 친구? 당신이 직접 의사와 상담할 수 없는 상황이라서?"

그녀가 말했다. "그게 당신과 상관있는 일인가요?"

"물론 절대 아니오."

그녀가 약통을 주머니에 집어넣었다.

그녀가 말했다. "내겐 어떤 문제도 없어요."

내가 말했다. "알겠소."

드디어 음식이 나왔다. 이제 그 약통의 내력은 정말로 나와는 상관없는 일이었다. 삶은 콩은 콩 맛이었고 콜라도 콜라 맛이었다. 하지만 고기 요리는 기가 막혔다. 노스캐롤라이나 숲 속 공터의 간판도 없는 오두막이었지만, 그 순간만큼은 이 세상에서 최고의 식당이었다. 케이시 나이스도 나와 같은 생각인 것 같았다. 가끔씩 입술까지 핥아가며 뼈에 붙은 살점들을 흡입하듯 발라먹고 있었다. 우리 두 사람 모두에게 최고의 만찬이었다. 그녀의 전화벨이 울리기 전까지는.

그녀가 냅킨에 손을 닦고 전화를 받았다. 한동안 귀를 기울이고 있던 그녀가 마침내 통화를 끝냈다. 그녀가 말했다. "당장 기지로 돌아가야 해요. 런던에서 일이 터졌어요."

22

그 일이란 누군가의 죽음이었다. 그 자체로는 특별할 게 없다. 런던의 인구는 약 팔백 만이고 영국의 연간 사망률은 1천 명 당 아홉 명이 넘는다. 따라서 매일같이 대략 이백 명의 영국 시민들이 죽음을 맞이한다. 노령, 약물 과다 복용, 퇴행성 질환, 각종 암, 자동차 사고, 화재, 산재, 자살, 심장 마비, 혈전증, 뇌졸중 등등. 죽음의 원인은 많고도 많다. 그 모든 사인들은 어쩌면 정상적이라고도 할 수 있다.

하지만 고성능 라이플에 의해 머리를 저격당해서 사망하는 건 그다지 정상적이 아니다.

우리는 누더기 포드 브롱코를 타고 급히 포트 브래그로 복귀했다. 오데이, 슈메이커, 스캐런젤로, 세 사람 모두 회의실에서 우리를 기다리고 있었다. 슈메이커가 사건의 전말을 설명해 주었다. 피살자는 카렐 리보. 런던을 무대로 활동하는 대규모 알바니아 갱단 두목. 마약 및 무기 밀매, 그리고 매춘을 통해 엄청난 부를 일군 잔인한 악당. 암흑가의 거물들이 흔히 그렇듯 병적일 만큼 의심이 많은 사내. 24시간 수많은 경호원들에게 둘러싸여 지냈으며 미리 안전이 확인되기 전에는 어떤 곳도 가지 않았다. 심지어 자기 집 현관에서 자동차까지 가는 동안에도 경호원들을 대동했다. 하지만 그랬던 그도 900미터 거리에서 발사된 50구경 총탄은 어쩔 수 없었다. 리보의 머리는 박살났고, 그가 막 올라타려던 방탄 레인지로버의 차체는 피범벅이 됐다.

"결론은?" 오데이가 물었다.

슈메이커가 의자 등받이에 등을 기댔다. 자기가 대답할 질문이 아니라는 몸짓이었다. 스캐런젤로가 케이시 나이스를 바라보았다. 그녀는 어깨만 한 차례 으쓱거렸을 뿐, 아무 말도 하지 않았다. 내가 말했다. "콧트와 카슨이 이미 런던으로 간 모양입니다. 파리에서와 마찬가지로 현지 갱단의 힘을 빌리고 있을 겁니다. 하지만 돈만 오고간 거래는 아닙니다. 갱단이 돈 말고도 다른 대가를 원한 거죠. 일종의 기술제휴라고나 할까요? 그 두 놈이 뛰어난 사격술을 발휘해서 라이벌 갱단의 두목을 제거해주길 바란 겁니다."

오데이가 고개를 끄덕였다. "다른 방법으로는 제거하기가 어려웠던 라이벌이었지. 특히 땅 위에서는 접근조차 불가능했을 걸세. 하지만 눈길을 위로 들어 올리면 얘기가 달라져. 런던은 고층빌딩 천지니까. 900미터 거리에서 저격이 가능한 위치가 널려 있다는 얘기야. 게다가 콧트에게 900미터는 아무것도 아니지. 사실상 제로 사거리나 마찬가지일 테니."

"카슨에게도." 내가 말했다.

"다체프일 수도 있네." 그가 말했다. "카슨이 파트너라는 건 자네의 짐작일 뿐이야. 우리는 열린 관점을 유지해야 해."

"이번과 비슷한 사건이 파리에서도 일어난 적이 있습니까?"

오데이가 다시 고개를 끄덕였다. "그랬던 것 같아. 아주 똑같은 유형은 아니네만. 그때는 라이플이 사용되지 않았거든. 프랑스 대통령 저격 사건이 발생하기 일주일 전쯤에 알제리 갱단 두목이 몽마르트르에서 칼에 찔려 살해당했네. 프랑스 쪽 얘기로는 상당한 거물이었다더군. 그자의 죽음으로 인해 가장 득을 볼 집단이 누구였을까? 바로 베트남 갱단이야."

케이시 나이스가 물었다. "그렇다면 리보의 죽음으로 인해 가장 득을 볼 집단은 누굴까요?"

"조만간 구체적인 보고서가 올라올 거야." 오데이가 말했다. "짚이는 갱단이 두 개 있기는 하네. 런던 서부에서 활동하는 세르비아 갱단과 오래전부터 동부를 장악하고 있는 토종 갱단. MI5의 자료에 따르면 카렐 리보는 그 두 조직 모두에게 눈엣가시였네."

내가 말했다. "G8 정상회담 장소는 정확히 어딥니까?"

"런던 동부."

"조직들의 구역이 확실히 구분돼 있다면 콧트 일당이 토종 갱단과 손을 잡은 거군요."

스캐런젤로가 물었다. "정확히 뭘 위해서 손을 잡는 건가요?"

슈메이커가 말했다. "다른 나라, 혹은 다른 구역의 범죄자들이 현지 범죄 집단에게 돈을 지불하거나 용역을 제공하는 건 아주 오래된 불문율이야. 거기에는 두 가지 이유가 있지. 하나는 활동할 수 있는 허락을 받기 위해서. 일종의 통행료나 세금이라고 할 수 있어. 나머지 하나는 보급선을 확보하기 위해서. 숙소나 은신처를 제공받고 범행 당일에 필요한 인력을 빌리는 거지. 보초나 경호원, 혹은 파리에서처럼 추적자를 따돌릴 움직이는 저지선 등. 범죄 규모가 클수록 필요한 인력도 당연히 많아지지."

"그러면 그자들을 찾아내기가 더 힘들어지겠네요."

나는 고개를 가로저었다.

"그 반대요." 내가 말했다. "그 두 놈만 찾으려고 애를 쓸 필요가 없어지니까. 동원된 똘마니들이 오십 명은 넘을 거요. 그중에 한 놈만 찾아내도 그 두 놈을 추적할 수 있소. 놈들은 그 똘마니들을 현지 지원군이라고 여기겠지만 난 빵가루들이라고 부르고 싶소. 헨젤과 그레텔을 집으로 인도하는 빵가루."

오데이가 말했다. "그나저나 콧트의 이웃집 사내에 대한 자네의 얘기가 맞았네. FBI가 1만 달러 가까이 되는 현금을 찾아냈어. 하지만 벽장 속은 아니었네."

"그럼 어디였습니까?"

"집 앞 세탁기."

"그자가 머리 좀 썼군요." 내가 말했다. "그 속을 확인했어야 했는데. 누구한테 받았답니까?"

"입을 안 열어. 요즘 같은 시대에 물고문을 할 수도 없고."

"입을 열면 끔찍한 보복을 당할 거라는 협박을 받았을 겁니다. 제법 배짱이 있어 보이던데 그렇게 겁을 집어먹었으니 보통 놈들이 아닐 겁니다. 그 점도 염두에 두고 계십시오."

"그리고 또 한 가지, 프랑스 측에서 퀜킨을 쏜 총탄을 찾아냈어. 오늘 아침에. 아파트 벽에 부딪혀서 심하게 변형된 상태지만 자네가 아칸소에서 수거해 온 파편들과 똑같은 화학 반응을 보였네. 동일한 종류일 가능성이 높아."

나는 고개를 끄덕였다. "그렇다면 놈이 어떻게 이동했는지가 의문이군요. 민간 항공편을 이용하지는 않았을 겁니다. 그렇다면 기록이 남아 있을 테니까. 게다가 50구경 라이플과 탄약통을 들킬 수밖에 없었겠죠."

슈메이커가 말했다. "두 가지 가능성이 있네. 첫째, 모빌이나 갤버스턴에서 출항하는 화물선. 둘째, 개인 전용기. 유럽의 사설 비행장들은 세관 검사가 거의 전무한 수준이니까."

"개인 전용기가 분명해." 오데이가 말했다. "콘트의 자금줄은 돈을 물 쓰듯 뿌리려대고 있어. 아칸소 산골의 이빨 빠진 촌뜨기한테도 1만 달러나 줬잖나. 지나쳐도 한참 지나친 액수야. 그 촌뜨기는 200달러만 받아도 이게 웬 떡이냐 했을 텐데 말이지. 그자들에게 돈은 문제가 아니야. 쉽고 빠른 해결 방법을 찾는 게 문제인 거지. 그걸 위해서는 얼마든지 돈을 질러댈 놈들일세."

케이시 나이스가 물었다. "오늘 콘트 일당이 런던까지는 어떻게 갔을까요?"

스캐런젤로가 말했다. "아마 기차였을 거야. 해저터널을 통해서. 파리에서 여권 심사대만 통과하면 그게 빠르고 쉬우니까. 파리 도심에서 런던 도심까지 직방이거든."

"라이플들은 어떻게 옮겼을까요?"

"골프 가방이나 스키 가방이겠지. 그런 걸 메고 기차여행을 하는 사람들은 흔하니까."

"현지 갱단과는 어떻게 접촉했을까요?"

"사전에 조사를 했을 거야. 이미 계약도 체결된 상태였을 거고"

"내일 아침이면 좀 더 많은 사실이 밝혀지겠지." 오데이가 말했다. "이제 그만들 쉬고 내일 아침에 다시 모이도록."

나는 계단을 내려와 빨간 문을 향해 걸음을 옮겼다. 이번에도 등 뒤에서 또각또각 고급 구두 소리와 사각사각 나일론 스치는 소리가 들려왔다. 돌아보니 조앤 스캐런젤로였다. 나를 바라보는 그녀의 두 눈에 암울한 그림자가 드리워져 있었다. 그녀가 말했다. "우리 얘기 좀 해요."

내가 말했다. "뭐에 관해서 말이오?"

"당신."

"나에 관해 뭘 말이오?"

"여기서 얘기하긴 좀 그러네요."

"그럼 어디서?"

"당신 숙소. 누구도 진짜 주인이 아니니 중립지대라고 할 수 있겠죠."

우리는 함께 내 숙소로 갔다. 거실에서 자리를 잡는 과정은 지난번과 똑같았다. 나는 소파, 조앤 스캐런젤로는 의자.

역시 각자 몇 차례씩 자세를 고쳐 앉아 얼굴을 마주 보게 된 다음 스캐런젤로가 말했다. "저녁식사는 어땠어요?"

"나쁘진 않았소." 내가 말했다. "당신은?"

"저녁 먹는 내내 두 분 장군 나리들과 입씨름만 했어요."

"음식이 형편없어서?"

"아뇨. 런던에서 당신이 맡게 될 역할 때문에."

"좀 더 자세히 말해주겠소?"

"런던은 파리와 다를 거예요. 영국 측의 태도가 다를 거라는 얘기예요. 그들은 우리가 끼어드는 걸 달가워하지 않아요. 필요한 조언이나 정보는 받아들이겠지만, 그 이상의 간섭이나 그들의 통제를 벗어난 행동은 방관하지 않을 게 분명해요. 자기네 영역 안에서는 안 된다 이거죠. 물론 우리는 그들의 방침을 따를 수밖에 없어요. 영국은 여러 모로 우리에게 중요한 국가니까."

"그런데?"

"당신이 공식적인 신분으로 파견되어야 한다는 게 내 생각이에요."

"하지만 오데이가 반대했군. 그러면 내 행동에 제약을 받을 수밖에 없으니까."

스캐런젤로가 고개를 끄덕였다. "그는 당신이 일반 시민의 신분으로 가야 한다는 입장이에요. 그건 곧 공식적인 신분에 따르는 치외법권적 특혜를 누릴 수 없다는 얘기죠. 예를 들어 당신이 인도에서 어느 노인네의 멱살을 쥐고 있다가 경찰에 붙잡혀도 우리가 당신을 도울 방법은 전혀 없어요."

"조심하겠소."

"내 얘기를 대충 들어 넘겨선 안 돼요." 그녀가 말했다. "오데이 장군은 철저하게 불법적인 작전을 구상하고 있는 거예요. 당신이 런던에 가는 것부터가 노골적인 불법 행위에 해당돼요. 자기네 영토에서 신분을 위장한 동맹국의 기관원이 암암리에 활동하는 걸 달가워할 나라가 어디 있겠어요? 실제로도 그건 간첩 행위예요. 그러니 신중하게 행동해야 해요. 파리에서와 비슷한 이유로 영국 경찰에 체포될 경우 당신은 일반 범죄자 취급을 받게 될 거예요. 아니, 그보다 못한 취급이라고 해야 맞겠죠. 일반 범죄자라면 미국 대사관에서 신원이라도 보증해주겠지만 당신의 경우에는 어떤 도움도 주지 않을 거예요. 왜? 우리가 그러라고 미리 통보할 테니까."

"조심하겠소." 내가 다시 말했다.

"존 콧트의 파일을 읽었어요."

"그런데?"

"자백을 끌어낸 당신의 수완에 정말 놀랐어요."

"고맙소."

"당신이 건넨 밧줄에 그자 스스로 목을 맸더군요. 아주 오만한 타입이라 당신이 자기에게 도전해 오는 상황을 참아낼 수가 없었던 거죠."

내가 고개를 끄덕였다. "핵심을 제대로 짚었소."

그녀가 말했다. "지금 내 눈앞에 있는 당신도 그 당시의 콧트만큼 오만해요."

나는 아무 말도 하지 않았다.

그녀가 말했다. "뭐죠, 이 침묵은? 누가 도전해 오든 그자의 목을 따는 일은 없을 거라고 맹세해야 할 타이밍인 것 같은데?"

"목을 따야 할 경우가 생기면 그럴 수밖에 없소."

"신분과 상관없이 당신을 런던에 보내는 것 자체를 다시 생각해봐야 할 것 같군요. 사고를 칠 위험이 너무 크니까."

"그럼 보내지 말든가."

"우리가 안 보내도 당신이 알아서 가겠다는 뜻인가요?"

"미국은 자유국가요."

"내가 당신의 여권을 압수할 수도 있어요."

"내 호주머니 속에 있소. 가져가시오."

"컴퓨터를 통해서 여권을 취소할 수도 있어요. 그러면 공항에서 바로 체포될 거예요."

"마음대로 하시오." 내가 말했다. "난 아무 상관없소. 콧트는 조만간 미국으로 돌아올 거요. 나로선 그때 놈을 잡아도 그만이오. 당신이 얘기하지 않았소? 정상회담에서 몇 명이 꺼꾸러지면 시장이 붕괴되고 세계 경제가 침체의 늪에 빠진다고 말이오. 사람들이 기아에 허덕이고 전쟁이 발발할 수도 있다는 얘기도 했지. 결국 모두 다 몰락할 거라는 결론도 내렸고. 하지만 나는 그 모든 게 전혀 겁나지 않소. 어떤 상황이 벌어지든 내 몸 하나는 건사할 자신이 있으니까. 더구나 나는 잃을 게 없는 사람이거든."

그녀는 아무 말이 없었다.

내가 말했다. "당신들은 가능한 최선의 도움을 필요로 하고 있소. 그 밖에 다른 모든 조건들은 부차적일 뿐이오. 이 비슷한 얘기도 들은 기억이 있는데."

"그래서 당신이 그 최선의 도움이다?"

"그거야 모를 일 아니겠소? 누군가가 임무를 완수하거나 못하거나, 둘 중 하나요. 그 누군가가 나일 수도 있고 아닐 수도 있고, 앞일을 어떻게 알겠소? 하지만 내 이력은 꽤 괜찮은 편이잖소. 내 앞가림도 못하고 일을 망치진 않을 거 같은데."

"당신은 작전 개시 5분 내에 영국 경찰에 체포될 수도 있고 그렇게 되면 모든 걸 망치게 돼요. 우리는 기존의 안보 문제에다가 당신 때문에 외교 문제까지 떠안게 되는 거죠. 당신을 믿어도 될지 솔직히 확신이 서지 않네요."

"그렇다면 나와 같이 갑시다." 내가 말했다. "뭐든 당신의 허락을 받고 움직이면 되지 않겠소? 모든 걸 함께 의논하면서 임무를 수행합시다. 2미터 10센티 떨어져서가 아니라 바짝 붙어서."

그녀가 고개를 끄덕였다. "그 부분은 이미 오데이와 합의를 봤어요."

"잘됐군."

"내가 아니에요." 그녀가 말했다. "케이시 나이스가 당신과 함께 갈 거예요. 역시 비공식적인 신분으로. 그녀는 그자들의 레이더에 잡히지 않아요. 그러기엔 이 바닥 경력이 너무나 짧으니까. 게다가 현재로서는 어디까지나 CIA가 아니라 국무부 소속이고요."

"교전 수칙은?"

"케이시 나이스의 말만 그대로 따르면 돼요."

스캐런젤로는 희미한 비누 향과 따뜻한 살 냄새를 남겨 두고 떠났다. 1분 뒤, 나도 숙소 문을 나서서 곧장 빨간 문을 향해 걸어갔다. 슈메이커는 자기 사무실 책상 뒤에 앉아 있었다. 내가 말했다. "스캐런젤로가 저녁식사 때 나눈 얘기들을 전해주더군요."

그가 말했다. "만족스러운가?"

"네, 아주 펄쩍 뛸 만큼 기쁜지 말입니다."

"밝은 면을 봐. 자네에겐 지속적으로 업데이트되는 정보들이 필요해. 우리가 나이스에게 정보를 전달하면, 그녀가 자네에게 알려줄 걸세. 그녀 없이는 어둠 속을 헤매는 꼴이 될 거야."

"케이시 나이스가 해외 작전에 참여한 적이 있습니까?"

"없어."

"어디든, 어떤 식으로든 작전에 참여한 적은?"

"그런 적 없어."

"그런데도 이게 옳은 결정이라고 생각합니까?"

"CIA와의 절충안이야. 스캐런젤로와 타협을 하지 않고서는 자네를 런던에 보낼 길이 없는 걸 어쩌겠나. 아무튼 나이스의 지시에 일일이 따를 필요는 없어."

"하지만 그녀의 안전까지 책임져야 하잖습니까."

"그녀는 자신의 역할을 잘 알고 있네. 보기보다 야무진 여자야."

"그 얘긴 전에도 하셨습니다."

"내 얘기가 틀렸던가?"

내 머릿속에 토니 문의 약통이 떠올랐다. 하지만 아무 말도 하지 않았다.

슈메이커가 말했다. "리처, 원한다면 이 일에서 손을 떼도 좋아. 자네는 내게 어떤 빚도 없어. 공소시효는 이미 여러 해 전에 만료됐네. 그 광고에 내 이름을 박아 넣은 건 오데이의 아이디어였어. 그 양반 표현으로는 일종의 심리적 통찰이라더군. 그게 자네를 찾을 수 있는 유일한 방법이라고 했네."

"그 양반 얘기가 틀렸습니까?"

"원한다면 이 일에서 손을 떼도 좋아." 그가 다시 말했다. "이 사건에 매달려 있는 인원이 수백이야. 영국에서도 대단히 심각하게 받아들이고 있어. 다른 것도 아니고 G8 정상회담이야. 안보업계의 슈퍼볼이 열리는 상황이라고 할까? 우승컵을 차지하기 위해서 우리를 비롯한 8개국의 안보 당국들이 총력을 쏟을 거야. 자네가 빠진다고 해도 아쉬울 게 없네. 수많은 인력 중에 한 명일 뿐이니까. 크게 달라질 건 없는 거지."

"그 얘기도 또 다른 심리적 통찰입니까?"

"물론 나는 자네가 런던에 갔으면 해. 자네만이 아니라 모두들 그리로 몰려갔으면 한다고. 필요하다면 인간방패막이라도 세우고 싶으니 말이야. 미국 국적의 저격범이 G8을 G4로 만들어버리는 사건이 발생한다면 우린 국가적 위기에 직면하게 될 거야."

"또 심리적 통찰이군요. 내 애국심을 자극하려는 속셈으로. 인간심리 조종술 개론이라도 배우셨습니까? 오데이한테서?"

"가서 오데이를 붙들고 얘기하게." 그가 말했다.

나는 슈메이커의 사무실을 나와 회의실을 지나친 뒤, 오데이의 사무실로 들어갔다. 오데이도 책상 뒤에 앉아 있었다. 여전히 검정색 블레이저와 검정색 스웨터 차림. 고개를 숙이고 앉아 있던 그가 내가 들어서는 기척에 눈만 쳐들어 나를 올려다보았다. 마치 목이 어깨에 붙어버린 사람처럼.

내가 말했다. "내게 케이시 나이스를 딸려 보내는 건 역대급 전략 착오입니다."

그가 말했다. "그렇다고 해도 이건 자네가 존 콧트를 잡을 수 있는 최고의 기회야. 나는 나이스 양에게 내가 아는 모든 정보를 전달할 걸세. 그건 곧 미국 정부가 온 힘을 다해 자네 뒤를 받쳐주는 것과 마찬가지야. 자네는 이번 기회에 콧트와의 악연을 완전히 정리해야 해. 그러기 전까지는 잠도 편히 못잘 테니까."

"난 매일 밤 편히 잡니다."

"그렇다면 자네의 아픈 상처를 치유하는 기회로 삼든지. 우리 모두 자네 파일을 읽었네. 특히 콧트가 방 벽에 붙여 놓은 페이지들을 보고 자네가 어떤 느낌을 가졌는지 충분히 이해하고 있어. 우연히도 나이스 양은 도미니크 콜이라는 이름의 아가씨와 똑같은 나이더군. 어떤 미치광이를 잡아오라는 자네의 명령을 받고 출동했다가 부엌칼로 양쪽 젖가슴이 도려진 채 살해된 아가씨 말이야."

"네." 내가 말했다. "그 페이지들이 분명히 밝히고 있는 사실입니다."

"자넨 미신을 믿는 사람이 아니잖나. 스물여덟이라는 건 우리네 인생의 한 시점일 뿐이야. 스물아홉 이상의 사람이라면 반드시 거쳤던 나이지. 어떤 의미를 부여할 만한 연관성이 없어. 게다가 자네가 나이스 양에게 체포 임무를 맡길 일도 없잖은가. 런던에서는 누굴 체포할 일이 아예 없으니 말이지. 나는 자네가 런던에 가줬으면 해. 내겐 자네뿐이야. 가서 승전보를 안고 돌아오게. 놈들의 귀를 잘라 와도 좋고."

"왜 하필 납니까? 이 사건에 매달려 있는 인원이 수백 명인데."

"쉬운 일이라면 그들 가운데 누구라도 해내겠지. 하지만 이건 결코 쉽지 않은 임무일세. 마치 산사태 같은 상황이야. 그 친구들의 능력으로는 그 밀려 내려오는 힘을 버텨낼 수 없어. 그래서 내겐 든든한 제방이 필요해. 내가 전적으로 신뢰할 수 있는 존재."

오데이의 심리적 통찰.

23

다음날 아침, 나는 케이시 나이스와 만났다. 그녀도 이미 모든 걸 들어서 알고 있는 상태였다. 그녀의 얼굴이 상기돼 있었다. 그녀가 세부적인 사항들을 내게 설명해주었다. 그녀가 말했다. "우리 두 사람의 휴대폰에 GPS 칩이 삽입돼 있어요. 따라서 본부에서는 우리의 일거수일투족을 지켜볼 거예요. 그리고 필요할 때마다 음성메시지, 문자, 이메일을 통해 실시간 정보가 나한테 전달될 거예요. 우리 각자의 휴대폰에는 서로의 번호가 저장돼 있어요. 비상시를 대비해서 오데이 장군의 번호도 입력돼 있고요. 모든 통화는 암호화되어서 추적이 불가능해요."

내가 말했다. "교전 수칙에 관해서도 들었소?"

"네, 들었어요."

"누구에게?"

"세 분 모두에게."

"개별적으로? 아니면 함께?"

"개별적으로."

"그들에게서 들은 내용이 모두 똑같았소?"

"아뇨. 그렇진 않았어요."

"그렇다면 당신은 그들 중 누구의 얘기에 따를 생각이오?"

그녀가 말했다. "오데이 장군."

슈메이커가 작전에 필요한 보급품들을 챙겨주었다. 휴대폰 충전기, 신용카드, 현지 지폐 다발, 호텔 예약 영수증, 애틀랜타 발 히드로 행 델타 항공 티켓. 조지아 애틀랜타까지는 이번에도 걸프스트림을 타고 갈 예정이었다. 하지만 정부가 제공하는 항공편은 그게 마지막이었다. 그다음부터는 일반 시민들과 똑같이 민간 항공을 이용해야만 했다.

보급품을 챙긴 뒤, 다섯 사람이 다시 회의실에 모였다. 거기서 오데이가 우리 두 사람에게 두 가지 정보를 전해주었다. 새로 입수된 것들이었다. 첫 번째는 사진이었다. 파리 북역의 보안용 비디오 시스템에서 따온 스틸 사진. 그 위에 찍힌 시각은 퀜킨이 저격당한 시점에서 50분이 지나 있었다. 초점이 제대로 잡히지 않았고 약간의 얼룩마저 번져 있었지만 사진의 주인공은 충분히 알아볼 수 있었다. 비쩍 말랐지만 근육과 힘줄이 두드러져 있어 힘이 느껴지는 평균 키의 남성. 카메라로부터 반쯤 몸을 돌리고 선 자세였고 수많은 사람들에 둘러싸여 있었지만 기형적으로 솟은 광대뼈가 그의 정체를 분명히 말해주고 있었다. 존 콧트. 시선은 아래쪽을 향했고 입술은 하나의 가는 선으로 굳게 다물어져 있었다. 스틸 사진이라 단정하기는 어려웠지만 그의 자세와 표정에서 북적거리는 주변 상황을 못내 불안해하는 기색이 느껴졌다. 당연했다. 파리 북역은 부산하기로는 세계에서 손꼽히는 기차역이다. 감방에서 15년을 썩은 뒤 다시 아칸소 산골에서 1년을 처박혀 살았던 인간이라면 낯설고 불안할 수밖에.

오데이가 말했다. "유로스타 플랫폼 바로 앞에 위치한 중앙 홀이네. 런던 행 열차가 사진에 표시된 시각으로부터 10분 후에 출발했어. 콧트가 그 열차에 탔다고 가정해야만 해."

케이시 나이스가 말했다. "카슨은 왜 함께 있지 않은 거죠?"

오데이가 말했다. "따로 움직이고 있을 거요. 그편이 훨씬 안전하니까. 둘이 있다가 함께 검거되는 위험을 무릅쓸 리가 있겠소?"

오데이가 서류철을 열고 두 번째 자료를 꺼냈다. 제법 두툼한 종이뭉치,

MI5에서 보내준 갱단의 파일이었다. 그가 말했다. "영국 측에서는 연루된 범죄조직이 런던을 무대로 활동하는 토종 갱단이라고 확신하고 있네. 일단 G8 정상회담이 열리는 장소 주변이 그 갱단의 구역이야. 그리고 그들은 카렐 리보가 제거되자마자 그자가 장악하고 있던 구역을 접수했어. 그자의 사망 소식이 신문에 나기도 전에 말이야. 리보가 죽을 걸 미리 알고 있었던 거지. 자기네가 꾸민 일이니까."

오데이가 네 개의 이름을 소리 내어 읽었다. 화이트, 밀러, 톰슨, 그리고 그린. 그 토종 갱단의 두목과 부두목 세 명. 이어서 그는 그 네 명에게 잘 보이기 위해 안달이 나 있는 삼십여 개의 소규모 조직들에 관해서도 언급했다. 토종 갱단과 소규모 조직들이 대기업과 하청업체의 관계와 흡사한 구도를 이루고 있다는 설명이었다. 그들이 이루고 있는 세력의 명칭은 '롬포드 보이즈'였다. 이름 그대로 롬포드라는 지역이 그들의 본거지이기 때문이었다. 롬포드는 런던의 동쪽 변두리 지역이다. 템스 강을 기준으로는 북쪽이며 그 위로는 런던 외곽순환도로가 테두리를 치듯 지나고 있다. 오데이의 설명에 따르면 롬포드 보이즈의 조직원들은 대부분 백인이고 현지 토박이였다. 그들 역시 리보의 갱단과 마찬가지로 마약 거래, 매춘, 그리고 무기 밀매로 엄청난 부를 쌓아오고 있었다. 보호비 갈취와 고리대금업은 물론이고. 오데이는 그자들이 저질러온 살인, 보복, 고문 등 끔찍한 범죄 사례들을 일일이 열거하지는 않았다. 다만 오랜 세월 동안 롬포드 보이즈가 수많은 범죄를 저질러왔으며 그 피해자들은 흔적도 없이 사라져 다시는 모습을 드러내지 않았다는 얘기만 넌지시 던졌을 뿐이다.

케이시 나이스가 자기 숙소에서 짐을 꾸리는 동안 나는 다시 한 번 샤워를 했다. 옷을 입은 뒤에는 칫솔을 주머니에 챙겨 넣었다. 우리는 걸프스트림의 객실에서 다시 만났다. 그녀는 아칸소 때와 똑같은 차림이었다. 그

173

녀가 말했다. "오데이 장군은 당신이 이번 임무에 대해 회의적이라더군요."

나는 아무 말도 하지 않았다.

그녀가 말했다. "정확히 말하자면 나와 함께 가게 된 것에 대해서."

나는 아무 말도 하지 않았다.

그녀가 말했다. "도미니크 콜에게 일어났던 일은 당신 잘못이 아니에요."

"오데이가 당신에게 그 파일을 보여줬소?"

"진즉에 봤죠. 콧트의 집에서. 그건 당신 탓이 아니에요. 당신으로서는 도저히 막을 수 없었던 일이었어요. 예상조차 불가능했겠죠."

나는 아무 말도 하지 않았다.

그녀가 말했다. "난 누구도 체포하겠다고 나서지 않을 거예요. 당신 뒤로 빠져 있을게요. 그러면 그런 일이 다시 일어날 리가 없잖아요."

"당신 말이 맞소." 내가 말했다. "다만 이렇게 위험한 임무에 당신을 투입한다는 게 우리 두 사람의 안전을 고려하지 않은 조치 같아서 몇 마디 해줬던 것뿐이오."

"우리가 런던에 도착하기 전에 상황이 종료될 가능성도 있잖아요. 영국 측에서 총력을 기울이고 있으니 말이에요."

"영국 친구들은 그러고 있겠지."

"오데이 장군이 어떤 정보든 입수하자마자 곧장 우리에게 전해주겠다고 다짐했어요. 우리에겐 아무 일 없을 거예요."

"이제는 당신이 회의적인 것처럼 들리는군."

"솔직히 어떤 상황이 벌어질지 감을 못 잡겠어요."

"그건 나도 그렇소. 사실 누구라도 마찬가지요. 그것은 곧 우리의 적들도 감을 잡지 못한다는 얘기요. 잘된 일이지. 가장 빨리 생각하고 올바른 판단을 내리는 사람이 승리할 테니까. 그걸 명심해야 하오."

"우리 두 사람이 동시에 가장 빠를 수는 없잖아요."

"당신 말이 맞소." 내가 말했다. "당신이 제대로 능력을 발휘하면 내가 두 번째가 될 수도 있겠군. 그럴 경우엔, 누군가가 나를 향해 총을 쏘아댈 거요. 그러니 나와 2미터 10센티 이상 거리를 유지해야 하오."

"내가 두 번째가 되면 그들이 나를 쏠까요?"

"그럴 경우에도 마찬가지요. 2미터 10센티 이상의 거리. 그래야 내가 당신을 맞히지 못한 총탄에 맞지 않을 테고, 또 그래야만 우리가 이길 확률을 반이라도 확보할 수 있으니까."

애틀랜타 공항은 엄청나게 넓었다. 그래서 일반 항공센터에서부터 승객 대합실까지 택시를 타고 가야 했다. 케이시 나이스는 현금인출기처럼 생긴 기계에서, 나는 데스크에서 따로따로 탑승 수속을 했다. 담당 직원은 내 새 여권을 한 번 훑어보고 나서 판지에 인쇄된 옛날식 탑승권을 건네주었다. 우리 두 사람의 좌석 모두 프리미엄 코치였다. 프리미엄 코치? 각각 고급과 일반을 의미하는 두 단어의 조합? 나로서는 선뜻 이해가 가지 않았다. 나이스가 내 이해를 도와주었다. 발을 뻗을 공간이 넉넉한 좌석. 이어서 그녀는 우리가 비즈니스 석은 아니지만 그나마 프리미엄 코치에 앉아 여행을 하게 된 까닭을 설명했다. 결국 그 모든 게 정부의 편협한 예산 집행 원칙 때문이었다. 특별한 이유가 없는 한 모든 공무원, 혹은 그에 준하는 자들의 항공 여행은 일반석이 원칙이다. 얼핏 들어서는 지극히 타당하면서도 모범적인 방침이다. 하지만 '특별한 이유'에 주목해야 한다. 그 이유 가운데 가장 우선하는 건 물론 직급, 혹은 계급이다. 따라서 그녀 같은 하급 공무원과 나 같은 임시직은 당연히 일반석에 앉아야 했다. 하지만 히드로 공항에 내리자마자 곧장 활동을 개시해야 한다는 점이 참작되어 프리미엄 코치의 특혜가 베풀어진 것이었다.

그나마 내게는 고마울 것도 없는 특혜라는 사실을 나는 곧 알게 되었다. 우리는 신발과 코트를 벗고 주머니도 비운 뒤 보안 검색대를 통과했다. 탑승객 라운지로 이어지는 통로는 마치 쇼핑몰 같았다. 우리는 나를 위해 커피 판매대 앞에 잠깐 멈춰 섰고 잠시 후에는 그녀를 위해 주스 바 앞에 또 한 번 멈춰 섰다. 바퀴 달린 작은 여행가방과 크지도 작지도 않은 손가방 덕분에 그녀는 빈손인 나보다 훨씬 평범해 보였다. 우리는 충전재가 얇아 딱딱하게 느껴지는 의자에 앉아 기다렸다. 프리미엄 코치 승객의 탑승 순서는 일반석 승객 다음이었다. 좌석 자체는 일반석과 똑같았다. 다만 발을 움직일 공간이 좀 더 여유로웠다. 케이시 나이스는 실제로 발을 쭉 뻗을 수 있었다. 하지만 나는 아니었다. 등받이에 등을 한껏 밀착시킨 상태에서 무릎이 이루는 각이 90도를 조금 넘어선 것뿐이었다.

기장이 기내 방송을 통해 자기소개와 인사를 했다. 이어진 그의 얘기에 따르면 우리는 여섯 시간 사십 분을 날아가야 했다.

두 시간 후 우리는 기내식으로 요기를 했다. 잠시 후 승무원이 기내 온도를 약간 높였다. 승객들의 취침시간, 승무원들에게는 고대하던 휴식시간. 승무원들은 그 시간을 코싱(coshing)이라고 부른다. 언젠가 그들끼리 나누는 대화 속에서 그 단어를 들은 적이 있다. 내 사전에 따라 직역하자면 곤봉으로 후려 팬다는 의미이다. 물론 사람을 잠재우는 효과적인 방법이다. 의미는 살벌하지만 까탈스런 승객들로부터 잠시라도 벗어나고픈 승무원들의 애환 어린 단어이다. 어쨌든 나도 자고 싶었다. 자세는 상관없었다. 훨씬 더 불편한 자세에서 잠을 청했던 적이 어디 한두 번이던가. 머리받침대에는 사이즈 조절이 가능한 헤드 밴드가 부착되어 있었다. 머리를 어느 정도 고정시켜주는 장치. 나는 마치 정형외과 환자처럼 그걸 구부려 이마에 두르고 두 눈을 감았다.

케이시 나이스가 말을 걸어왔다. "난 불안해질 때면 그 약을 먹어요."

나는 감았던 눈을 떴다.

내가 말했다. "효과가 있소?"

"그럼요."

"지금 몇 알이나 남았소?"

"다섯 알."

"어제 저녁에는 일곱 알이었잖소."

"개수를 세어봤나요?"

"그런 건 아니었소. 그냥 알아챘던 것뿐이오. 일련의 인지 과정이라고나 할까? 노란색이구나, 작구나, 케이시 나이스의 주머니에 들어 있구나, 일곱 알이구나, 그렇게 말이오."

"어젯밤하고 오늘 아침에 각각 한 알씩 먹었어요."

"불안해져서 먹었소?"

"네."

"뭐가 그렇게 불안했소?"

"지시받은 내용을 숙지하는 거, 그리고 임무를 완수하는 거."

"지금도 불안하오?"

"아뇨."

"아침에 약을 먹어서?"

"약효는 벌써 다 떨어졌을 시간이에요. 하지만 지금은 괜찮네요."

"다행이군." 내가 말했다. "지금이 제일 쉬운 과정이니까."

"나도 알아요."

"토니 문의 주치의가 그에게 차도가 전혀 없는 걸 걱정하진 않소?"

"이런 약은 대개들 몇 년씩은 복용해요. 어떤 환자들은 죽을 때까지도 복용하고."

"당신도 그럴 것 같소?"

"모르겠어요."

"당신을 불안하게 만드는 원인이 또 있소?"

그녀가 잠시 머뭇거린 뒤에 말했다. "내 생각엔 잠재된 위험, 그러니까 이번과 같은 사건들에 잠재된 위험 때문에 불안해요. 그런 일이 또다시 일어나게 내버려둬서는 안 돼요."

"그런 일이라면?"

"9·11 테러."

"그때 몇 살이었소?"

"한창 자랄 나이였어요."

"그 사건 때문에 CIA에 지원하게 됐소?"

"나 자신이 세상을 위해 뭔가 이뤄내기를 원하고 있다는 걸 그때 깨달았어요. 결국 나 자신을 위해 내린 결정인 거죠. CIA는 대학을 다니는 도중에 들어가게 됐고요."

"어느 대학에 다녔소?"

"예일."

내가 헤드 밴드에 허술하게 고정된 머리를 앞뒤로 끄덕였다. 예일은 한마디로 CIA의 유치원이다. 영국의 케임브리지가 MI6의 요람인 것처럼. 미국의 국제첩보망을 와해시키고 싶은 테러리스트라면 일단 예일의 졸업생 명단을 입수해야 한다. 거기 적힌 순서대로 한 명씩 제거해 나가면 그의 목적은 금세 달성될 것이다. 아니면 동창회 자리를 폭파하거나.

내가 말했다. "예일에 다녔으니 머리는 명석할 테고."

그녀는 아무 말도 하지 않았다.

내가 말했다. "열심히 노력하는 편이오?"

그녀가 말했다. "항상 최선을 다하려고 하죠."

"집중력이 있소?"

"언제나."

"그리고 간신히 굴러가는 고철덩어리를 22달러에 샀고."

"그 얘긴 너무 뜬금없네요."

"천만에. 그건 당신이 기존의 틀에 얽매이지 않는 사람이기에 가능한 행동이었소. 그리고 그것은 당신이 갖춰야 할 네 가지 자질 중에 네 번째에 해당하오. 이제 보니 당신은 그 네 가지 자질을 모두 갖추고 있는 인재였군. 미국이 절실히 필요로 하는 인재. 명석한 두뇌, 끈질긴 노력, 강한 집중력, 참신한 사고방식."

"그해 9월 10일에도 그런 인재들이 많았어요. 하지만 바로 그다음 날 일어난 참극을 막진 못했죠."

"아니, 그렇지 않소." 내가 말했다. "정말로 인재가 부족했소. 1941년도에 병력이 턱없이 부족했던 것처럼 말이오. 미국은 아주 오랫동안 인재 기근에 허덕여 왔소. 시대에 뒤떨어진 꼰대들이 시대에 뒤떨어진 짓들만 오랫동안 반복해 왔소. 하지만 9·11을 계기로 상황이 급격히 호전되었소. 바로 당신 같은 젊은 인재들이 출현하게 된 거지. 이제 그런 참극은 다시는 일어나지 않을 거요."

"그렇게 단정 지을 수는 없어요."

"일어나지 않는다니까."

"그건 모르는 일이에요."

"일어나지도 않은 일을 걱정하느라 그런 약까지 먹는다는 건 우습잖소. 지금까지처럼 집중력을 유지하면서 열심히 노력하는 한편 발상의 전환을 계속하시오. 그 모두 당신이 잘할 수 있고 또 잘해야만 하는 일들이오. 그리고 사실 당신 혼자만 있는 것도 아니오. 당신과 같은 자질을 갖춘 인재들이 수천 명은 될 거요."

"그렇다 해도 또다시 당할 가능성은 있어요."

"마음을 편하게 먹어요." 내가 말했다. "앞으로 2~3주만이라도 그런 걱정은 잊으시오. 이건 9·11과는 다르오. 스캐런젤로가 회의적이고 또한 비관적이라는 사실은 나도 알고 있소. 하지만 그녀의 예상과는 정반대되는 상황이 전개될 수도 있소. 어떤 위정자들의 경우엔 만일 암살을 당한다면 그 나라 국민의 절반이 거리로 몰려나와 축제를 벌일지도 모르오. 국기까지 흔들어가면서 말이지. 그 암살을 계기로 기적적인 경제 부흥이 일어날 수도 있고."

"그럴 가능성도 타진됐을 거예요. 하지만 나는 스캐런젤로 부국장보님의 견해가 다수의 입장을 대변한다고 생각해요."

"스캐런젤로를 그렇게 부르오?"

"직함이 그러하니까요."

"호텔에 당신 총이 준비돼 있소?"

그녀가 말했다. "어떤 호텔에요?"

"우리가 묵을 곳 말이오. 아니면 어디 다른 곳에서 건네받기로 돼 있소?"

"총 같은 건 없어요. 난 비공식적인 신분이니까. 우리 정부에서 무기를 지원해줄 수가 없어요. 당신도 마찬가지고요."

"그럼 어떻게 하면 좋겠소?"

"현지에서 조달해야 한다고 들었어요."

나는 머리를 왼쪽, 오른쪽으로 한 번씩 세게 눌러 머리띠를 양옆으로 젖혔다. 내가 말했다. "그건 아주 쉬울 수도 있소. 롬포드 보이즈는 콧트와 카슨을 보호하기 위해 여러 겹의 방어선을 구축해 놓았을 게 분명하오. 조만간 우리는 가장 외곽의 방어선과 접촉하게 될 거요. 거미줄의 가장자리를 건드리는 것처럼 말이오. 그 방어선을 담당한 똘마니는 무장한 상태일 거요. 그건 우리에게 곧 무기가 생긴다는 걸 뜻하오. 그 똘마니를 해치우고 무기를 빼앗을 거니까."

"본부에서도 고려했던 방법이에요. 하지만 그게 최선은 아니라고 하더군요. 슈메이커 장군 역시 우리가 그자들의 1차 방어선과 접촉해야 한다고 말하긴 했어요. 하지만 그들을 해치우고 무기를 뺏는 것보다는 좀 더 효과적일 수 있는 전술을 일러주더군요. 사업상의 거래를 내세워 접촉하는 거예요. 그렇게 하나하나 방어선을 뚫고 들어가다 보면 그들의 본거지를 알아낼 수 있지 않겠어요? 콧트와 카슨이 있는 곳 말이죠. 내 생각엔 아주 훌륭한 전술이에요."

"물어보고 싶은 게 있는데, 솔직하게 대답해 주겠소?"

"질문에 따라 다르겠죠."

"미국에서 파견하는 비공식 요원이 우리 빼고 정확히 몇 명이오?"

"다섯 명."

"영국의 첩보 요원들은?"

"가장 최근에 들은 바로는 열세 명."

"나머지 여섯 나라는?"

"각각 두 명씩 보낼 거예요. 러시아만 제외하고. 그들도 우리처럼 일곱 명이에요."

"그들이 런던에 도착하는 시점은?"

"다들 우리보다 먼저일 거예요. 우리가 파티에 늦었어요."

"롬포드 조직원들이 얼마나 바쁠 것 같소?"

"뭘 하느라고 바쁘다는 거죠?"

"사업상의 거래 때문에 말이오. 공급책, 도매상, 소매상 등등. 사업상으로 만나야 할 사람들이 얼마나 될 것 같소?"

"글쎄요, 잘 모르겠는데요."

"최소한 어느 정도는 바쁠 거요, 안 그렇소? 그들의 사업 아이템은 마약, 창녀, 무기이고 거래 방식은 지극히 단순하오. 그냥 사고파는 거지. 그런 거래에서는 무조건 싸게 사서 비싸게 파는 게 장땡이오. 그리고 어느 거래에서와 마찬가지로 보다 나은 조건을 제시하는 뉴 페이스는 늘 나타나게 마련이오. 그러니 롬포드 패거리로서는 낯선 사람들과 거래하는 걸 꺼림칙하게 여기진 않을 거요. 어느 정도 익숙해진 일이니까. 따라서 새로운 얼굴이 한 사람 나타나서 모종의 거래를 제안한다고 해도 놈들은 의심하지 않을 거요. 옷만 그쪽 세계 건달처럼 차려입는다면 말이지. 그건 두 번째까지도 마찬가지일 거요. 여기서 한번 생각해 봅시다. 각국의 요원들을 다 합치면 서른일곱 명이오. 그들 모두가 슈메이커와 똑같은 전술에 착안해서 놈들에게 접근한다면 어떻게 될 것 같소? 세 번째, 혹은 네 번째로 접근하는 친구는 벌집 신세가 되고 말 거요. 따라서 우리는 슈메이커의 전술을 선택해서는 안 되오. 뭔가 다른 방식으로 접근해야 하는 거지."

"다른 방식이라면?"

"나중에 얘기해 주겠소." 내가 말했다. 아직 아무 계획도 없었기 때문이다. 그녀에게 남은 알약은 다섯 개뿐이었다. 내 빈 머릿속을 그대로 보여줘서 그걸 모두 입 안에 털어 넣게 만들 수는 없었다.

  나는 모범생 자세로 앉아서 세 시간쯤 잤다. 도착을 한 시간 반 남겨 두고 기내 조명이 다시 환해졌다. 기내 주방에서는 승무원들이 분주하게 움직이는 소리가 들려왔다. 케이시 나이스는 전혀 잠을 자지 않은 모양이었다. 약간 창백해보였지만 두 볼이 발그레한 게 표정만은 밝았다. 밤샘 비행까지도 즐겁기만한 청춘. 그녀가 말했다. "런던에 가본 적이 있나요?"

  "여러 번." 내가 말했다.

  "내가 미리 주지해야 할 사항이 있나요?"

  "런던이 처음이오?"

  "일 때문에 가는 건 처음이에요."

  "이건 일이 아니오. 우리는 비공식 요원이오. 그걸 잊지 마시오."

  "맞아요." 그녀가 말했다. "나는 이제 다른 나라에 들어가 국제법과 조약에 규정된 사항들을 수없이 위반하게 될 사람이에요. 영국으로서는 절대로 반가운 존재가 아니죠."

  "스캐런젤로도 그런 얘기를 했소."

  "그녀 말이 맞아요."

  "그렇다면 공항이 당신에겐 가장 큰 고비가 될 거요. 영국의 보안 당국은 바짝 경계를 하고 있을 게 분명하오. 원래 의심이 많은 사람들이긴 하지만 말이오. 공항엔 감시카메라가 다닥다닥 붙어 있고 세관으로 이어지는 통로의 한쪽 벽면은 처음부터 끝까지 유리로 되어 있소. 그들은 우리가 비행기 밖으로 한 발짝 내딛는 순간부터 지켜보기 시작할 거요. 브리지에서부터 쭉. 불안한 표정이나 수상쩍은 행동을 집어내려고 눈에 불을 켜겠지. 공항이 범죄자들을 검거할 수 있는 첫 번째이자 최적의 기회니까. 만일 입국을 거부당하거나 조사실로 끌려가게 되면 그땐 모든 게 끝이오. 그러니 불안한 표정을 짓지도 말고 의심을 살 만한 행동도 하면 안 되오. 국제법이나 조약 따위는 머릿속에서 말끔히 지워버리시오. 대신 전혀 차원이 다른 생각들을 채워 넣으시오."

"어떤 생각이요?"

"런던에서 가장 해보고 싶은 일이 뭐요? 마음속으로 꿈꿔왔지만 너무나 황당해서 입 밖으로 꺼내지 못했던 비밀 같은 거."

"정말로 그 비밀을 듣길 원해요?"

"난 당신이 그 비밀을 실천에 옮기고 있는 상상을 하길 원하는 것뿐이오. 그 비밀이 어떤 장소라면 그리로 가고 있는 중이라고 자기최면을 걸어보시오. 자, 당신은 그래서 런던에 온 거요. 공항을 나가는 즉시 택시를 잡아타고 곧장 그곳으로 가는 거고, 맞소?"

"알겠어요."

"공항만 무사히 빠져 나가면 훨씬 수월해질 거요. 다만 공공장소마다 감시카메라들이 수두룩하게 매달려 있다는 사실을 명심해야 하오. 사적인 공간들도 대부분 마찬가지요. 이 지구상에서 작동하고 있는 폐쇄회로 카메라 전체 숫자의 4분의 1이 런던, 이 한 도시에 몰려 있소. 따라서 우릴 지켜보고 있는 렌즈를 피할 방법은 없소. 우린 그 점을 의식하고 움직여야 하오. 좋든 싫든 영화를 찍게 된 셈이지. 우리가 선택할 수 있는 유일하면서도 최선의 전략은 신속하게 치고 빠지는 거요. 영국 경찰이 테이프에 담긴 내용을 확인하기 전에 말이오."

"우리가 콧트와 카슨을 찾아낸다면 서둘러 빠질 필요가 없지 않나요? 버킹엄 궁전에 초대돼서 훈장을 받을지도 모르는데."

184

"그건 놈들을 찾아낸 뒤 우리가 어떻게 할 것이냐에 따라 달라질 거요. 그 처리 방법도 변수가 될 테고. 영국 보안 당국의 책상귀신들은 미국의 꼰대들만큼이나 깔끔한 마무리를 원하고 있소. 그 두 놈을 지금 내가 마음먹고 있는 대로 처리한다면 그들은 즉시 우리에게 등을 돌릴 거요. 그리고 나선 방패막이로 삼을 게 틀림없소. 국회에서 빗발치게 될 책임 추궁과 적대적인 언론 보도의 제물로서 우리를 이용할 거라는 얘기지. 자신들은 합법적인 체포를 지시했으며 미란다 원칙도 준수할 것을 당부했다. 물론 범인들을 공정한 재판에 회부할 계획이었다 등등. 자신들에게는 이런 상황을 예방하지 못한 관리 책임만 있을 뿐이라는 식으로 죄다 빠져나가겠지. 우리를 불법 입국한 외국용병이며 살인자라고 매도하면서 말이오. 결국 우리의 명예는 철저히 실추될 것이고 어쩌면 사법 처분까지도 각오해야 하오. 그래서 내가 신속하게 치고 빠지는 전략을 선택한 거요. 게다가 나는 버킹엄 궁전에 가고 싶은 마음이 눈곱만큼도 없소."

"영국 여왕을 만나보고 싶지 않아요?"

"딱히. 여왕도 인간이오. 인간은 모두 평등하고. 혹시 그 양반이 날 만나고 싶어 한다면 모를까."

"공항에서는 그런 생각들을 당신 머릿속에서 깨끗이 지워야 해요. 안 그러면 반드시 체포될 거예요. 여왕을 저격하기 위해 입국하려는 줄 알 테니까."

히드로 공항은 오전에 특히 붐빈다. 그 시간대에 항공 교통량이 가장 많기 때문이다. 우리가 탄 비행기는 런던 도심 상공에서 천천히 선회하며 40분이 넘도록 착륙 허가를 기다려야 했다. 승객들 중에는 다 왔는데도 내려앉지 않는 상황을 못 견뎌하는 사람들도 더러 있었다. 반면에 창밖의 풍경을 유유히 감상하는 승객들도 있었다. 구불구불 흐르는 템스 강, 그리고 그 강을 중심으로 광대하게 펼쳐져 있는 세계 역사의 중심. 눈길 닿는 곳마다 솟아 있는 유서 깊은 건물들의 이름을 맞추는 재미도 쏠쏠했을 것이다. 마침내 착륙 허가가 떨어진 모양이었다. 비행기가 바퀴를 내렸다. 잠시 후 우아하게 내려앉은 기체는 앞으로 천천히 구르다가 부드럽게 멈춰 섰다.

내릴 준비에 돌입한 승객들 때문에 객실이 부산스러워졌다. 일어나서 스트레칭을 하는 사람들, 꺼두었던 휴대폰을 켜는 사람들, 짐칸에서 짐을 꺼내는 사람들, 좌석 아래를 거듭 확인하는 사람들. 거의 모든 사람들이 그 모든 동작을 이어서 하고 있었다. 우리는 어수선한 대열 틈에 끼어 터미널로 들어섰다. 혼자, 혹은 두셋씩 고립된 집단들의 대열이었지만 전체적으로는 질서가 확실히 잡혀 있었다. 모두의 목적지가 똑같았고 걷는 속도도 얼추 비슷했으니 말이다. 내 앞쪽에서 걸어가고 있는 승객들 가운데에는 짜증스럽거나 피곤해하는 기색을 보이는 사람들은 많았지만 수상쩍은 사람은 한 명도 없었다. 뒤쪽은 돌아보지 않았다. 괜히 뒤를 흘깃거렸다가는 지켜보고 있던 눈초리들이 즉시 내게 모아질 테니까.

길게 늘어선 줄에 끼어 긴 시간을 기다린 끝에 우리는 무사히 여권 심사대를 통과했다. 케이시 나이스가 먼저였다. 그녀가 여권과 함께 깔끔하게 기재한 입국 서류를 제출했다. 직원이 그녀에게 물었다. 내 귀에는 거의 들리지 않았지만 입술 모양을 읽어낼 수 있었다.

"입국하려는 목적이 무엇입니까?"

나는 이번엔 그녀의 입술을 지켜보았다. "휴가 왔어요." 그러고 나서 마치 통역하듯 덧붙였다. "그러니까 놀러온 거예요." 밝은 표정. 자기최면.

다음은 내 차례. 하지만 직원은 내게 아무것도 묻지 않았다. 내 빳빳한 새 여권에 첫 번째 스탬프가 찍혔다. 기다리고 있던 나이스와 합류한 뒤 함께 짐 찾는 곳을 지나 영국 세관 앞에 이르렀다. 그곳 역시 아무 문제없이 통과했다. 아무래도 인적 자원보다는 감시카메라에 대한 의존도가 높은 모양이었다. 거기까지 걸어오는 동안 우리가 지나쳐 온 한쪽 유리벽의 총면적은 무려 4000제곱미터를 넘어선다. 하지만 보안 요원은 단 한 명도 볼 수 없었다.

입국 게이트 앞은 마중 나온 사람들로 붐비고 있었다. 물론 우릴 마중 나온 사람은 없었다. 건물 밖으로 통하는 문들이 열릴 때마다 차가운 아침바람이 불어 들어왔다. 교통수단을 안내하는 표지판들이 일정한 간격을 두고 매달려 있었다. 열차, 지하철, 버스, 택시. 히드로 공항은 런던 도심에서 서쪽으로 멀찍이 떨어져 있다. 반면에 슈메이커가 예약한 호텔은 동쪽으로 뚝 떨어져 있었다. 만일 택시를 탄다면 기사는 횡재를 안겨준 장거리 손님을 쉽게 잊지 못할 것이다. 돈도 문제였다. 슈메이커가 건네준 돈다발이 두툼하기는 했지만 그렇다고 펑펑 질러댈 만큼은 아니었다.

그래서 우리는 지하철을 선택했다. 부수적으로 여행의 경험도 쌓을 수 있는 선택이었다. 낯선 도시의 분위기를 익히기 위해서는 지하철 여행이 최고인 법이다. 반복되는 리듬에 마음이 안정되는 건 보너스다.

도중에 두 차례 환승까지 해야 하는 장거리 여행이었다. 전동차는 제 몸뚱이보다 그다지 넓을 게 없는 터널 속을 요란한 소리를 내며 달렸다. 나는 딱딱한 의자에 앉아서 객실 안의 분위기를 계속 살폈다. 흘깃거리는 눈초리는 없었다. 수상한 행동도 눈에 띄지 않았다. 그저 출근길에 오른 서민들의 소소한 불안과 먹먹한 걱정들만이 느껴질 뿐이었다. 우리는 바킹 (Barking)이라는 이름의 정거장에서 내렸다. 지상으로 올라오니 늦은 오전의 햇살이 우리를 맞았다. 케이시 나이스의 모습은 영락없는 노숙자였다. 피곤에 절어 있는 부스스한 얼굴, 바퀴 달린 여행 가방, 게다가 배경은 지하철 출구. 호텔은 거기서도 상당히 떨어져 있었다. 그 상태로 케이시 나이스가 걷기에는 너무 먼 거리였지만 지나다니는 택시가 없었다. 도심에서 한참 떨어진 변두리라 그런 모양이었다.

그녀가 말했다. "타운카(Town Car, 유리문으로 앞뒤 자리를 칸막이한 문이 네 개인 자동차-옮긴이)라도 부르면 안 될까요?"

내가 말했다. "이 동네엔 그런 게 없을 것 같군."

하지만 그 비슷한 건 있었다. '바킹 콜택시'라는 간판이 걸린 벽토 건물이 내 눈에 들어왔다. 건물 앞에는 낡은 세단 두 대가 서 있었다. 우리는 그곳으로 걸어갔다. 건물 안으로는 나 혼자 들어갔다. 키 높은 합판 카운터 뒤에 한 사내가 서 있었다. 나는 그에게 택시 한 대를 부탁했다. 길거리에서 소리를 질러 택시를 잡아타는 것은 불법이라는 대답이 돌아왔다. 사전 예약이 필수라는 것이다.

내가 말했다. "지금 나는 소리를 지르고 있지 않소. 조용히 말하고 있잖소. 게다가 길거리에 서 있는 것도 아니고."

사내가 말했다. "사전 예약을 해야만 이용하실 수 있습니다. 규칙을 어기면 사업 허가를 취소당할 수도 있어요."

"내가 함정단속을 나온 경찰이나 시공무원처럼 보이시오?"

그가 말했다. "전화로 예약하셔야만 한다니까요." 그가 벽에 붙은 커다란 안내판을 가리켰다. 그 위에는 '사전 예약 필수'라는 문구와 전화번호가 박혀 있었다.

내가 말했다. "끝까지 답답하게 굴 거요?"

그가 말했다. "사업 허가를 취소당할 수 있다고요."

전화 말고 다른 통신수단을 찾아보려는 순간 내 주머니에 전화기가 있다는 사실이 퍼뜩 떠올랐다. 스캐런젤로가 파리에서 내게 주었고 이번에 떠나올 때 오데이가 GPS 칩을 심어 놓은 전화기. 나는 그걸 꺼내어 안내판에 적힌 번호를 눌렀다. 뭔가를 긁어 대는 소리가 몇 차례 들리고 나서는 한동안 정적이 이어졌다. 국제 로밍 서비스에 필요한 여러 단계를 거치고 있는 모양이었다. 이윽고 내 팔꿈치에서 1미터쯤 떨어진 데스크 위의 전화기가 울렸다. 사내가 그걸 집어 들었다.

내가 말했다. "차 한 대 부탁합시다."

사내가 말했다. "네, 감사합니다. 언제 이용하실 건가요?"

"지금부터 30초 후에."

"어디로 모시러 갈까요?"

"바로 여기."

"목적지는 어디죠?"

내가 호텔 이름을 대주었다.

"몇 분이시죠?"

"두 사람."

사내가 말했다. "1분 뒤에 기사가 도착할 겁니다."

1분이면 내가 요청한 것보다 두 배나 긴 시간이었다. 하지만 나는 그냥 넘어갔다. 통화를 끝낸 뒤 밖으로 나가 케이시 나이스에게 가게 안에서 있었던 일을 얘기했다. 그녀가 말했다. "처음부터 하자는 대로 하지 그랬어요? 그 사람은 당신 얼굴을 기억할 거예요. 이 가게도 롬포드 패거리에게 보호비를 바치고 있을 가능성이 높아요. 아주 사소한 일들도 고스란히 고해바칠 테고."

낡고 지저분한 데다가 내부도 좁아터진 차량이었다. 그래도 우리를 목적지까지 데려다 주기는 했다. 주차장이 딸린 싸구려 호텔이었다. 호텔 주위에는 이런저런 업소들이 무질서하게 들어서 있었고 그 상업지역을 중심으로 마을이 형성돼 있었다. 아주 오랜 옛날에는 외딴 마을이었을 것 같았다. 지금도 곳곳에 그런 분위기가 남아 있었다. 여기저기 오래된 벽돌 무더기가 방치되어 있는 풍경 속에서 주위와는 도무지 어울리지 않는 웅장한 저택이 내 눈에 들어왔다. 건물 규모에 비해서 대지가 너무나 비좁았다. 그래서 건물이 마치 철창에 갇힌 채 꿈쩍도 않는 커다란 짐승같이 느껴졌다. 한 200년쯤 전에는 당시의 런던에서부터 하루를 꼬박 말을 타고 달려야 닿을 수 있었던 마을. 그곳에서 넓디넓은 과수원과 아름다운 정원을 뽐내던 영주의 저택이었을 것이다. 세월이 흘러 그 마을에도 철도가 들어왔고 그 탓에 과수원을 4만 제곱미터쯤 포기해야 했을 것이다. 그 이후로도 찔끔찔끔 땅을 양보하다가 마침내 도로가 닦이고 나서는 과수원은 물론 대부분의 정원도 사라졌을 것이다. 그래서 이제는 건물 바로 앞, 고작 자동차 두 대도 빠듯한 판석 깔린 주차장만 남았을 것이다.

우리 호텔은 애초에 호텔로 사용할 목적으로 지어진 건물이었다. 호텔의 기능, 즉 잠을 자는 용도에만 초점을 둔 건물이었기에 웅장한 멋도 아기자기한 맛도 없이 그저 밋밋하기만 했다. 대형 크레인을 사용해서 포프필드의 숙소용 컨테이너를 4층 높이로 쌓아올리기만 해도 대충 비슷한 외양이 나올 것 같았다. 우리는 체크인을 하고 키를 건네받았다. 그녀와 나는 각자의 방으로 흩어졌다. 심할 정도로 수수한 방이었지만 내게 필요한 건 모두 있었고 내게 필요 없는 건 없었다. 나는 세수를 하고 손가락을 빗 삼아 대충 머리를 정리한 다음 다시 로비로 내려갔다. 외출 준비를 마친 나이스가 나를 기다리고 있었다.

그녀가 말했다. "자, 다음 계획은?"

내가 말했다. "가서 둘러봅시다."

"뭘요?"

"G8 정상회담 장소."

25

데스크 직원이 전화 예약의 규칙에 충실히 따라 콜택시를 불러주었다. 택시는 놀랄 정도로 빨리 나타났다. 나이스가 기사에게 주소를 일러주자 차는 곧장 출발했다. 도로는 왠지 부산스러운 느낌이었다. 교외 특유의 한 가롭고 탁 트인 느낌이 없었다. 그런 도로들을 몇 차례 바꿔 타고 가로지르면서 기사는 오직 한 방향을 향해 차를 몰았다. 내 느낌으로는 북동쪽인 것 같았다. 이윽고 롬포드 진입을 알리는 표지판이 차창 밖으로 지나갔다. 기사는 여전히 방향을 바꾸지 않았다. 차는 롬포드의 서쪽 변두리를 한동안 달리다가 어느 작은 도로에 들어섰다. 그 도로를 따라 롬포드 도심의 북쪽 외곽을 원호를 그리며 돌고 나자 난데없이 상당한 규모의 녹지가 나타났다. V자 모양으로 퍼져나간 녹지는 M25고속도로, 즉 런던 외곽 순환도로에 의해 가로막히며 끝나 있었다. 기사가 곧장 녹지 안으로 차를 몰고 들어갔다. 그 한가운데에 멋들어진 벽돌 건물이 서 있었다. 외벽과 지붕에 정연한 질서를 이루며 돌출돼 있는 베이(bay, 기둥과 기둥 사이의 한 구획-옮긴이)와 박공들, 그것과 조화를 이루며 솟아 있는 굴뚝들, 가파르게 경사진 지붕, 반짝이는 수백 개의 납틀 창문들. 엘리자베스 시대의 건축물이 거의 확실했다. 빅토리아 시대의 특징들이 살짝 가미된 건 후대의 개보수 작업 결과일 테고. 건물을 빙 둘러 약간 비탈진 자갈마당이 단정하게 조성되어 있었고 그 주위를 다시 평평한 잔디마당이 넓게 에워싸고 있었다. 아주 단순하고 절제된 구도였다. 하지만 세상에서 돌아앉은 고즈넉함은 느껴지지 않았다. 전체적으로 고풍스러우면서도 세속적인 요소들이 어느 정도 가미된 곳이었다.

높은 벽돌담이 잔디마당 주위에 직사각형으로 둘러쳐져 있었다. 건물
의 전후좌우가 그 벽에 의해 완전히 막혀 있었다. 하지만 바킹의 호텔에서
보았던 대저택처럼 갑갑한 느낌은 전혀 없었다. 넓은 잔디밭 때문이었다.
우연이 아니라 면밀히 계산된 구도였다. 건물에서 내다보면 벽돌담이 아주
멀게 느껴질 터였다. 실제로도 아주 넓게 둘러쳐진 벽이었다. 특히 양쪽 벽
은 V자 모양의 빗변에 해당하는 녹지의 양쪽 가장자리에 거의 닿을 듯 가
까웠다. 왼쪽 벽 바깥의 얼마 되지 않는 녹지 너머는 곧바로 런던 시민들
의 터전이었다. 오른쪽도 마찬가지였다.

두 줄기 자투리 녹지 사이에 자리 잡은 고택을 도시의 건물들이 양쪽
에서 바라보고 있는 구도.

내가 물었다. "여기요?"

케이시 나이스가 말했다. "네, 윌리스 코트. 수백 년 동안 다비 가문(18
세기 영국에서 철공업을 선도했던 가문-옮긴이)의 보금자리였어요. 건물은
1500년대에 지어졌고 벽돌담은 빅토리아 시대에 세워졌죠. 지금은 컨퍼런
스 센터로 쓰이고 있고."

내가 고개를 끄덕였다. 바킹의 대저택과 마찬가지로 200여 년 전까지
는 넓디넓은 과수원과 아름다운 정원을 뽐내던 영주의 성. 다행히 철창
안에 웅크린 짐승 신세는 면하게 된 건물. 빅토리아 시대의 미스터 다비는
앞날의 변화를 내다볼 수 있는 예지력의 소유자였을 것이다. 혹은 철도 회
사의 대주주였을 수도 있고. 어쨌든 그는 조만간 철로가 놓이게 될 것을
알고 있었던 게 틀림없다. 그래서 정원만이라도 보호하기 위해 공들여 벽
돌담을 쌓았을 것이다. 그 뒤로 긴 세월이 흐르는 동안 과수원은 형체도
없이 사라졌지만 벽돌담 덕분에 저택과 정원만은 무사할 수 있었다. 하지
만 절대적인 변수가 등장했다. M25고속도로가 개통된 것이다. 나로선 정

확한 시점은 알 수 없지만 100년 전에서 몇 십 년 전 사이일 것이다. 아무튼 밤낮없이 그 위를 달리는 차량들의 소음을 20세기의 미스터 다비네 가족은 더 이상 견딜 수가 없었을 것이다. 결국 그들은 저택을 포기했고 그 이후 어느 시점에선가부터 그 건물은 비즈니스를 위한 공간으로 쓰이게 되었다. 지극히 세속적인 용도, 그런 공간에서는 고속도로의 존재 자체와 차량들의 소음이 오히려 활력소로 작용하는 법이다.

내가 말했다. "G8 정상회담 장소로는 그다지 적합하지 않은 것 같군."

케이시 나이스가 말했다. "맞아요. 그래서 말이 많았어요. 역대로 G8 정상회담은 대부분 여기보다 훨씬 한적한 장소에서 개최돼 왔어요. 하지만 영국 측에서 이곳을 강하게 밀어붙였죠. 올림픽 개최지와 가깝다는 이유를 들어서. 하지만 이곳이 선정된 진짜 이유는 아무도 몰라요."

우리는 차가 멈춰 선 뒤에도 한참 동안 그대로 앉아 있었다.

'저격수가 활개를 치고 다니는 상황에서도 그럴 수 있을까?'

하지만 자세히 살펴보기 위해서는 가까이 다가가야만 했다. 우리는 한 차례씩 심호흡을 하고 난 뒤, 차에서 내렸다. 3미터 높이의 벽돌담은 아주 견고했다. 두께 자체도 상당한 데다가 버팀벽들까지 일정한 간격을 두고 덧대어져 있었다. 담 위에는 눈길 닿는 곳마다 절제미가 돋보이는 문양들이 장식돼 있었다. 돈을 엄청나게 쏟아 부었을 것이다. 소요된 벽돌의 개수는 헤아릴 엄두도 나지 않았다. 그것들만 가지고도 마을 하나쯤은 세울 수 있을 것 같았다. 나는 빅토리아 시대의 미스터 다비를 머릿속에 다시 떠올렸다. 두 뺨을 둥그렇고 두툼하게 덮은 구레나룻의 소유자였을 것이다. 시대가 시대이니만큼 최소한 턱수염은 길렀을 것이다. 외모야 어떻든 고집불통이었던 것만은 틀림없었다. 벽돌담을 쌓을 돈으로 웬만한 섬 하나는 살 수도 있었을 텐데, 끝까지 집과 정원을 지키려 했으니 말이다.

전면의 벽돌담 한가운데에는 정문이자 유일한 문이 나 있었다. 금 이파리 장식이 곳곳에 솟아 있는 검정색 철문이었다. 그 안쪽으로 길고 곧게 뻗어 들어간 진출입로 끝의 현관문도 크기만 작을 뿐, 화려하고 견고해 보이기는 마찬가지였다.

가까이에서 확인하고 난 결과 최소한 외면적으로는 정상회담 장소로서 낙제점을 받을 만한 곳이 아니었다. 물론 여기다 싶은 곳은 아니었고 따라서 말들도 많았겠지만 적어도 평균점은 받을 만했다. 벽돌담 외곽을 빙 둘러서 무장군인들을 10미터 간격으로 배치하고 하나뿐인 출입문에 첨단보안장비를 갖춘 초소를 설치한다면 외부에서의 침입은 사실상 불가능했다. 버팀벽까지 설치된 벽돌담은 장갑험비를 동원한다고 해도 쉽게 무너질 염려가 없었다. 그래서 나머지 7개국의 안보 담당자들도 영국 측의 주장을 수긍했을 것이다.

하지만 그건 프랑스 대통령 저격 사건이 일어나기 전이었다.

G8 정상회담까지는 거의 3주나 남아 있는 시점이었지만 이미 준비 작업이 진행되고 있었다. 그건 분명했다. 멀리에서 소형 밴 몇 대가 짐을 부리고 있었다. 정문 앞에는 경찰이 한 명 버티고 서 있었다. 그가 우리를 유심히 바라보고 있었다. 각진 모자에 푸른 제복 차림의 경찰이 아니었다. 방탄조끼 차림에 헤클러 앤드 코흐 기관단총을 든 다부진 체격의 경찰특공대원이었다.

케이시 나이스가 속삭였다. "아까부터 우리를 보고 있어요."

"그러려고 저기 서 있는 사람이잖소."

"그냥 돌아서면 안 될 것 같아요. 수상하게 여길 테니 말이에요."

"그렇다면 가서 말을 건네 봅시다."

나는 경찰을 향해 다가가다 적당한 거리를 두고 멈춰 섰다. '총을 든 사람을 불안하게 만들지 말라.' 항상 기억해야 할 교훈이다. 내가 말했다. "관람이 가능할 거라 생각하고 찾아왔습니다만."

총을 든 사내가 말했다. "그러십니까, 선생님."

전형적인 영국식 억양에 감정이 배어 있지 않은 어조였다. 특히 일부러 더 무덤덤하게 발음한 '선생님'에서는 사내의 속내를 읽을 수 있었다. '근무 규칙상 어쩔 수 없이 당신에게 경칭을 붙이는 거요.'

내가 말했다. "와서 보니 내 정보가 잘못된 것 같습니다. 내가 갖고 있는 안내책자가 워낙 오래된 것이라서."

"어떤 책자입니까?"

"아버지한테 물려받은 겁니다. 아버지는 할아버지한테 받으셨고요. 우리 집안의 가보 같은 거죠. 이곳이 연중 일정 기간 동안은 일반에게 개방되며 정문에서 6펜스를 내고 들어가면 저택과 정원을 구경할 수 있다고 그 책자에 나와 있습니다."

"골동품상에 가져가서 감정을 한번 받아보시죠. 아주 오래된 것 같으니 말입니다."

"입장료가 상당히 올랐을 거라고만 생각했습니다. 아무튼 입장할 수 없는 겁니까?"

"이곳은 이미 30년 전부터 개인 주택이 아닙니다. 그리고 현재는 일반에게 폐쇄된 상태입니다. 그러니 이제 떠나주시면 감사하겠습니다."

"알겠습니다." 내가 말했다. 우리는 마치 아쉬워서 그런 것처럼 노골적으로 두리번거리며 천천히 돌아 나왔다. 왼쪽, 오른쪽, 뒤쪽, 나무들, 단층집들, 이층집들, 저층 아파트들, 주유소들, 편의점들, 그리고 도로 위의 차량들과 하늘까지.. 콜택시는 우리가 내리자마자 곧장 떠나버려서 우리는 계속 걸어야 했다. 케이시 나이스가 말했다. "다음 계획은요?"

피곤해 보였다. 그래서 내가 말했다. "일단 호텔로 돌아가서 눈 좀 붙입시다."

하지만 낮잠은 자지 못했다. 쉬지도 못했다. 아예 객실로 올라가지도 못했다. 우리가 로비에 들어서자마자 오데이에게서 전화가 걸려왔기 때문이다. 런던으로 떠나오기 전, 회의석상에서 스캐런젤로는 콧트의 파트너가 누구일지 내기를 하듯 찍어보라는 주문을 했었다. 오데이와 통화하면서 나는 그때 실제로 내기를 할 걸 그랬다는 생각이 살짝 들었다. 내 짐작이 맞았기 때문이다. 콧트의 파트너는 카슨이었다. 오데이는 다체프의 소재가 파악됐다고 했다. 정확히 말하자면 모스크바 당국에 의해 체포된 상태라고 했다. 구체적인 전말은 이랬다. 20여 일 전, 다체프는 어느 나이트클럽 지하 차고에서 대기하고 있던 차량의 트렁크에 숨어서 도시를 빠져나갔다. 차가 도착한 곳은 교외의 어느 민간 비행장. 그는 거기서 비행기를 타고 동쪽으로 6400킬로미터를 날아갔다. 그곳에서 모든 준비를 마친 뒤, 프로저 격수답게 끈기 있게 기다렸다. 마침내 기회가 오자 그는 방아쇠를 당겼다. 총알이 명중시킨 표적은 보크사이트(bauxite, 알루미늄 원광) 제련업체를 운영하는 어느 사업가의 머리였다. 사거리는 1100미터. 러시아에서는 천연자원 사업의 민영화가 급격히 진행되어 오고 있다. 그 와중에서 협상테이블이 아니라 총구를 통해 이권을 다투는 일들이 심심치 않게 벌어진다. 이번 사건도 마찬가지였다. 다체프가 손가락을 제대로 한 번 놀려준 덕분에 그의 고용주는 일약 러시아 알루미늄 업계의 2인자로 부상하게 되었다.

하지만 그 인간에게는 불행하게도 그게 끝이 아니었다. 불안해진 업계의 1인자가 가장 안전하고도 합법적인 해결 방법을 모색한 것이다. 오랫동안 꾸준히 뇌물을 먹여 온 덕분에 그에게는 정계 친구들이 많았다. 결국 러시아 경찰들이 상부의 무조건적인 명령에 의해 다시 한 번 출동하게 되었다. 체포 작전이 비교적 손쉽게 성공을 거두게 된 데에는 날씨도 크게 한몫 거들었다. 러시아 극동 지역의 봄은 노스캐롤라이나, 파리 혹은 런던의 봄과는 다르다. 걸핏하면 수은주가 0도 이하로 떨어지고 폭설까지 퍼부어대곤 한다. 새로운 2인자의 비행기도 악천후 때문에 예정대로 이륙할 수가 없었다. 그래서 일행들과 함께 호텔에 묵으며 날씨가 풀리기를 기다리고 있던 중, 갑자기 들이닥친 경찰들에 의해 전원 체포된 것이다. 다체프 역시 그 일행 중에 끼어 있었다. 새 부대에 담았을 뿐 술은 그대로 옛날 술이었던 러시아 경찰의 KGB식 심문에 그들은 지체 없이 범행 일체를 자백했다. 오데이는 다체프에게 두 가지 선택이 주어졌을 거라고 했다. 하나, 군말 없이 SVR로 복귀해서 조국에 봉사하는 것. 둘, 감방에서 푹 썩는 것. 오데이는 러시아 감옥을 너무나 잘 알고 있는 다체프에게 그건 말이 선택이지 사실상 여지가 없는 강요라고 덧붙였다. 그래서 프리랜서 저격수 칸에 보관 중이던 다체프의 파일을 이미 SVR 저격수 칸으로 옮겨 놓았다고 했다.

다체프의 앞날이 어떻게 전개될지는 누구도 모른다. 하지만 그의 최근 행적은 누구나 알게 되었다. 그는 프랑스 대통령 저격 사건이 일어나던 당시, 파리에 없었다. 켄킨 사건 때도 파리에 없었다. 그리고 현재 런던에도 없다.

오데이는 그렇게 결론을 내리고 전화를 끊었다. 케이시 나이스와 나는 여전히 호텔 로비에 서 있었다. 그녀가 말했다. "상황이 더 어렵게 됐어요. 카슨은 영국인이고 콧트도 영어를 하니까 말이에요."

"커피 생각 있소?" 내가 말했다.

"아뇨."

"따뜻한 차는?"

"음, 카페인이 없는 걸로 한잔 할까요?"

우리는 다시 거리로 나왔다. 길 건너편 아래쪽에 커피숍이 하나 있었다. 세계적인 프랜차이즈가 아니었다. 시애틀의 커피전문점과도 사뭇 다른 분위기였다. 그냥 런던식 커피숍이었다. 화려한 인테리어도, 공들인 장식도 없었다. 천장에는 푸르스름한 형광등 몇 줄, 홀에는 눅눅한 합판 테이블 몇 개. 그게 전부였다. 나는 커피를, 나이스는 카페인 함량이 없는 차를 주문했다.

내가 말했다. "눈을 감으시오."

그녀가 미소를 지으며 물었다. "신발은 신고요, 아님 벗고요?"

"월리스 코트의 정문 앞에서 되돌아 나오며 보았던 것들을 생각해 보시오. 제일 먼저 떠오르는 게 뭔지 말해 보시오."

그녀가 눈을 감고 말했다. "하늘."

내가 말했다. "나도 그렇소. 주변의 건물들이 키가 낮았기 때문이오. 3층짜리 연립주택이나 4,5층짜리 아파트들도 있긴 했지만 대부분은 평범한 2층 주택들이었소. 그 가운데에는 다락방을 들이면서 창문을 밖으로 돌출되게 만든 집들도 있었고."

"그렇다면 1300미터 반경 내에 2층 창문이 1만 개쯤은 될 수도 있겠네요."

"1만 개까지는 아니오. 여긴 맨해튼이나 홍콩이 아니라 롬포드니까. 하지만 몇 천 개는 되겠지. 그 가운데 저격 포인트의 조건을 갖춘 곳은 몇 백 개쯤 될 테고. 만일 당신이 보안 책임자라면 어떤 조치를 취하겠소?"

그녀가 말했다. "국토안전부 기밀수사국의 지침을 따라야겠죠."

"만약 당신이 국토안전부 기밀수사국장이라면?"

"관례를 따라야겠죠. 보안 팀에게 지금까지 해오던 대로 하라고 지시할 거예요."

"지금까지 해오던 대로가 어떻게 하는 거요? 당신은 우리 대통령이 외국의 공식 행사장에 도착하는 장면을 본 적이 있소?"

"물론이에요. 일반 차량의 운행이 통제된 도로를 타고 달려온 방탄리무진이 행사가 열리는 건물 옆에 바짝 붙여서 설치된 흰색 대형 천막 안으로 진입해요. 리무진이 들어가고 나면 천막 입구는 봉쇄되죠. 따라서 대통령은 절대 노출되지 않아요. 방탄리무진에 타고 있는 동안에도, 천막 안에서도 안전하죠. 최소한 저격수의 총구로부터는 말이에요. 저격수는 대통령이 정확히 어느 지점에서, 언제 리무진에서 내리는지 알 수가 없어요. 천막 때문에요. 대충 감을 잡아서 쏠 수도 있겠지만, 그렇게 해서 성공할 확률이 얼마나 되겠어요? 세상에서 가장 감이 좋은 저격수라고 할지라도 6,7미터는 빗나갈 거예요. 시간상의 오차도 2초는 될 테고.'

내가 말했다. "그렇다면 당신 생각에는 국토안전부 기밀수사국이 이번에도 똑같은 방법을 선택할 거라는 얘기군, 내 말이 맞소? 어디 한번 정리해 봅시다. 공군 수송기로 방탄리무진과 천막을 공수해 온다, 영국 보안 당국이 어떤 지침을 정해 놓았든 상관없다, 미합중국 대통령을 초대했으면 미국 보안 당국의 관례를 수용하라고 요구한다, 당신네 마음에 들든 안 들든 우리 대통령은 우리 리무진을 이용할 것이며 윌리스 코트 한쪽 외벽에 설치한 천막을 통해서 건물 안으로 들어가게 될 거라고 잘라 말한다. 대충 그 정도라고 보면 되겠소? 물론 우리 대통령은 다른 나라 정상들도 그 천막을 이용할 수 있도록 배려해줄 거요. 그 양반 입에서 이런 얘기는 설마 나오지 않겠지. '이보시게들, 미안한 얘기지만 당신들은 내 천막 말고 배달원들이 사용하는 출입구를 이용하시게.'"

"회담에 참석하는 정상들이 모두 리무진을 공수해오는 건 아니에요."

"그건 문제가 아니오. 창문을 새까맣게 칠한 메르세데스 세단 두 대만 있으면 해결되니까. 둘 중 어떤 차에 정상이 탔고 어떤 차에 참모들과 수행원이 탔는지 알 수가 없잖소."

"도대체 무슨 얘길 하고 싶은 거죠?"

"만약에 내가 존 콧트라면 이 상황이 마음에 들지 않을 거라는 얘기요. 카슨도 마찬가지일 테고. 주변에 높은 건물도 없지, 그래서 수평 조준을 해야지, 그나마 쓸 만한 저격 포인트는 몇 백 개뿐이지, 아, 내 말은 몇 백 개가 적다는 게 아니고, 그 정도 숫자면 영국 보안 당국이 경찰병력을 동원해서 포인트마다 보초를 세울 수 있다는 얘기요. 물론 금전적인 출혈은 상당하겠지. 특근수당을 지급해야 하니 말이오."

"그럼 당신은 저격이 아예 불가능하다는 생각인가요?"

"가능할 수가 없잖소. 방탄리무진이 곧장 천막 속으로 들어가 버리는데?"

그녀가 말했다. "사진을 깜빡하셨네요."

26

내가 사진에 관해서 묻자 그녀가 자세하게 설명해주었다. 정치와 외교 세계의 모든 일이 그렇듯이 세계 정상들이 사진을 찍는 이유도 표면적으로 보이는 것처럼 단순하지가 않다. 정상회담에서의 사진 촬영이 단순히 의례적인 행사가 아니라는 얘기다. 정상들 각자의 이미지 관리와 서로의 동맹관계를 확인하는 수단이며 상대적으로 국력이 약한 국가의 정상에게는 강대국의 정상들과 대등한 자격을 과시할 기회이기도 하다. 또한 그런 사진들은 정상들 개개인의 위상과 역량을 판단하는 하나의 잣대가 될 수 있으며 그 결과에 따라 고국 언론의 헤드라인은 얼마든지 바뀔 수 있다. 다시 말해서 정상회담에서 촬영된 사진에는 실제 모습만이 아니라 이야기, 그것도 얼마든지 다양한 해석이 가능한 이야기까지 담겨 있는 것이다. 야외 사진 촬영은 그래서 중요하다. 담소를 나누는 장면, 파안대소하는 장면, 진지하게 대화하는 장면, 어깨동무를 하는 장면 등 그 한 장, 한 장 속에서 대중들은 많은 이야기들을 짐작하기 때문이다.

나이스는 정상들이 야외로 나오는 이유가 단순히 사진 촬영 때문만은 아니라고 했다. 그들은 둘씩 혹은 셋씩 짝을 지어 잔디밭을 걷곤 한다. 가령 국가 부채 때문에 골머리를 앓고 있는 이탈리아 총리는 독일 총리와 단둘이 진지한 대화를 나누며 함께 걷고 있는 모습을 언론에 노출시켜야 한다. 그들의 대화가 단지 자녀문제, 혹은 축구경기에 관한 것들일 수도 있다. 하지만 그 이미지는 이탈리아 국민들에게 엄청난 영향을 끼친다. 미국 대통령이 러시아 대통령과 함께 거니는 모습도, 영국 총리와 프랑스 대통령이 함께 있는 모습도, 일본 총리가 캐나다 총리와 이야기를 나누는 모습도, 모두 각자가 안고 있는 문제를 해결하려는 노력의 일환으로 받아들여지게 된다. 물론 국제 정세와 각국의 이해관계는 늘 유동적이며 따라서 정상들의 산책 파트너 조합은 그 경우의 수가 무한하다. 한편 회의석상에서 정상들 간에 갈등이 빚어지는 경우도 얼마든지 있다. 그럴 경우, 정상들은 대개 함께 산책을 하며 갈등을 풀게 된다. 그런가 하면 애연가이면서도 그 사실이 일반에 알려지는 걸 꺼려하는 정상들도 있다. 그렇듯 여러 가지 이유로 회담 기간 중에 정상들은 야외에 나오게 된다.

나이스가 말했다. "콧트와 카슨은 얼마든지 기회를 잡을 수 있어요."

내가 물었다. "정상회담이 취소될 가능성은 없소?"

그녀가 말했다. "없어요."

그때 나는 김이 서린 카페 창문을 통해 검정색 밴 한 대가 우리 호텔 앞에 멈춰 서는 걸 보았다.

내가 물었다. "건물 내부에서만 사진 촬영을 하도록 조치하면 어떨까?"

"조치야 내릴 수 있겠죠. 하지만 그분들이 밖으로 나가는 걸 제지할 방법은 없어요."

"자신들의 안전을 위한 조치인데 받아들이지 않을까?"

"아뇨. 겁쟁이라는 인상을 주게 될까 봐 받아들이지 않을 거예요."

"돌겠군."

"그게 정치예요. 정상들은 이런 회담을 지도자로서의 역할을 충실히 수행하고 있는 모습을 전 세계에 과시할 수 있는 기회로 간주하고 있어요. 게다가 일부 정상들은 선거를 앞두고 있어요. 그들에겐 호의적인 언론 보도가 반드시 필요하겠죠."

건너편 길가에 멈춰 선 검정색 밴 주위에서는 어떤 움직임도 없었다. 내리는 사람도, 타는 사람도 없었다.

내가 말했다. "만일 비가 오면?"

"그칠 때까지 기다리겠죠."

"계속해서 내릴 수도 있잖소. 여긴 영국이니까."

"영국이라고 매일 비가 오나요? 지금도 비가 내리지 않고 있잖아요. 정 궁금하다면 일기예보를 알아볼까요?"

나는 고개를 저었다. "희망은 최선을 기대하며 품는 것이고 계획은 최악을 대비해서 세우는 거요. 단체 촬영 장소는 이미 정해져 있소?"

그녀가 말했다. "뒤뜰 패티오(patio, 보통 집 뒤쪽에 만드는 테라스—옮긴이). 거기에 낮은 계단이 있어요. 키가 작은 정상들은 단체 촬영 때 계단을 이용하고 싶어 하죠."

"건물 뒤쪽은 고속도로를 면하고 있소. 도시를 면하고 있는 것보다는 훨씬 안전하오."

"하지만 건물 양옆으로는 저격 포인트가 수백 개예요."

"단체 촬영 때도 방탄유리막을 설치하오?"

"아뇨." 그녀가 말했다. "방탄유리막은 연단에 선 한 사람을 보호하기 위한 거니까요. 한데 모여 서성대는 여덟 명에게는 소용이 없죠."

나는 고개를 끄덕였다. 내 머릿속에 일련의 상황이 떠올랐다. 여덟 명의 정상이 건물 뒷문을 통해 패티오로 나온다. 시대의 현안을 진지하게 논의하는 범세계적 모드에서 '고작' 사진 촬영이라는 세속적 모드로 갑자기 바뀐 상황에 짐짓 당황한 듯한 얼굴들이다. '이런, 사진이라? 지금 꼭 찍어야 되나? 아무튼 빨리 끝냅시다. 회의가 급하니까.' 겸연쩍은 미소를 지어 보이려고 애를 쓰며 서로 앞줄을 양보하는 제스처도 취한다. 그들은 촘촘하게 모여 설 게 분명하다. 평등과 돈독한 동맹관계를 전 세계에 과시해야 할 필요성 때문이다. 물론 여덟 개의 별이 한데 모여 발산하는 발광 효과 자체도 엄청나다. 누구도 무리에서 떨어지려는 사람은 없다. 일곱 명이 이루고 있는 무리, 그리고 뚝 떨어져 있는 한 명, 만일 그런 구도의 사진이 보도된다면 이만저만한 낭패가 아니다. 본국의 신문에는 이런 헤드라인이 뜰 것이다. '우리 대통령은 왕따, 타국 정상들과 어울리는 법조차 모른다.'

카메라 스태프들의 촬영 준비가 끝나면 계단 위에서 한 덩어리가 된 정상들은 각자 가슴을 활짝 편 자세로 미동도 없이 카메라 렌즈를 응시할 것이다. 자신들을 겨누고 있는 또 다른 렌즈가 있다는 사실도 모른 채, 눈가리개조차 없이.

검정색 밴은 여전히 그 자리에 서 있었다.

내가 말했다. "약을 또 먹었소?"

그녀가 말했다. "그대로 다섯 알이에요."

"기분은 괜찮소?"

그녀가 고개를 끄덕였다. "아주 좋아요."

"지시받은 내용을 모두 숙지했고 임무도 아직까지는 잘해내고 있는 것 같아서?"

"이제는 해결할 길이 보이는 것 같아요. 막막하던 상황이 간추려진 느낌이랄까? 콧트와 카슨은 뒤뜰과 패티오의 전망을 확보할 수 있는 포인트를 선택할 거예요. 그건 곧 전체 저격 포인트들 가운데 60퍼센트는 걱정하지 않아도 된다는 얘기예요. 그러니 한결 쉬워진 거죠." 검정색 밴은 여전히 그 자리에 서 있었다.

내가 말했다. "도중에 장애물을 만난다면?"

그녀가 말했다. "어떤 장애물이요?"

"예상치 못했던 상황. 그래도 잘해낼 수 있겠소?"

"글쎄요, 그때 가봐야 알 것 같네요."

"갑자기 자신이 없어진 이유는?"

그녀는 한참 동안 말이 없었다. 내 질문을 아주 심각하게 받아들인 모양이었다. 마침내 그녀가 말했다. "아니, 자신 있어요. 난 잘해낼 거예요. 이 세상에 완벽한 장애물이라는 건 없어요."

"문제가 생기면 신속하고 과감하게 정면 돌파를 할 것이다, 그런 뜻으로 받아들여도 되겠소?"

"네." 그녀가 말했다. "장애물을 만나더라도 곧장 돌파해서 전진해야죠. 물론 피해갈 길이 있다면 그걸 택하겠지만 굳이 기대는 하지 않을래요. 간신히 찾아낸 길이 다시 닫히게 내버려둘 수는 없어요."

검정색 밴은 여전히 그 자리에 서 있었다.

"알겠소." 내가 말했다. "이제 호텔로 돌아갑시다."

27

검정색 밴은 우리에게 꽁무니를 보인 상태로 서 있었다. 소형 SUV와 크기도 모양새도 비슷했다. 앞 유리와 앞좌석 유리창 두 개를 제외하고는 나머지 부분에는 유리창이 없었다. 화물용 밴일 수도 있었다. 하지만 그러기엔 너무나 깨끗했다. 어떤 글자도, 어떤 로고도 없는 검은색 차체가 왁스로 광을 내어 거울만큼이나 반짝거렸다. 시애틀에서 나를 태우러 왔던 해군 특수부대 차량도 그랬었다. 내 머릿속에 질문이 하나 떠올랐다. 검은색 차량을 이렇게 티 하나 없이 깨끗하게 타고 다니는 건 누굴까? 곧바로 떠오른 답은 두 개. 리무진 회사, 그리고 정부기관. 아니, 리무진 회사는 아니다. 뒤 칸에 창문이 없는 차량에 고객들을 태울 리는 없으니까.

하지만 이곳은 런던이다. 나로서는 알 수가 없는 문화적 관행이 얼마든지 있을 것이다. 깨끗한 차량 유지를 권장하는 사회문화 운동이 일고 있는지도 모를 일이다. 그 경우라면 6개월쯤 뒤엔 미국도 그 물결에 휩쓸릴 것이다. 비틀즈가 그랬던 것처럼 말이다. 하지만 그럴 일은 없을 것 같았다. 런던에 도착한 이후로 내가 보았던 다른 모든 차량들은 더러웠으니까.

케이시 나이스가 말했다. "경찰일까요?"

내가 말했다. "그런지 아닌지는 곧 밝혀질 거요."

우리는 길을 건너서 밴을 향해 걸어갔다. 우리가 가까이 다가가자 운전석과 조수석 문이 동시에 살짝 열렸다. 몇 걸음 더 다가가자 문들이 활짝 열렸다. 사내 둘이 양쪽에서 내려섰다. 조수석에서 인도로 내려선 사내가 우리를 향해 천천히 몸을 돌렸다. 운전석에서 도로로 내려선 사내가 그 사이에 재빨리 보닛을 돌아 인도로 올라왔다. 서로 속도를 맞추는 품새가 한두 번 해본 게 아니었다.

둘 다 검정색 정장 위에 검정색 레인코트를 걸쳐 입고 있었다. 둘 다 흰 피부였다. 아니, 정확히 말하자면 핑크빛. 길고 추운 겨울 내내 밖에서 지 낸 사람들처럼 그 핑크빛 얼굴들 여기저기가 터 있었다. 둘 다 키는 나보다 작았지만 몸무게는 별 차이가 없을 것 같았다. 손들은 무식하게 컸고 목에 는 근육들이 덩굴처럼 두드러져 있었다.

두 사내가 우리에게로 다가와 앞을 가로막았다.

"무슨 일이오?" 내가 말했다. 아칸소의 이웃집 사내가 그랬던 것처럼.

인도에 내렸던 사내가 말했다. "지금 내가 아주 천천히 주머니에 손을 넣은 다음 정부 소속 신분증을 꺼내 보여드릴 겁니다. 아시겠습니까?"

빤한 속임수일 수도 있었다. 주머니에 들어가서 잠시 머물렀다가 다시 빠져 나오는 그의 손놀림에 우리가 정신을 팔고 있는 사이, 다른 사내가 신형 헤클러 앤드 코흐 자동소총을 조립할 수도 있었다.

하지만 그럴 염려는 없었다. 만일 무기가 필요하다고 판단했다면 그들 은 뭐든 하나씩 들고 내렸을 것이다.

내가 말했다. "알겠소."

사내가 케이시 나이스에게 시선을 던지며 말했다. "숙녀분도?"

나이스가 말했다. "그러세요."

사내가 주머니에서 가죽으로 된 신분증 지갑을 꺼냈다. 천천히. 검정색 의 낡은 지갑이었다. 그가 엄지와 네 손가락 끝만을 사용해서 그걸 펼쳤 다. 양쪽 다 누르스름한 반투명 비닐 창이었다. 한쪽엔 런던 경찰청 배지 가 들어 있었다. 근사한 입체감을 자랑하는 실제 배지가 아니라 종이에 인 쇄된 것이었다. 다른 한쪽엔 신분증이 들어 있었다.

사내가 지갑을 우리 앞으로 내밀었다. 엄지손가락이 사진을 덮고 있었다.

내가 말했다. "엄지손가락이 사진을 가리고 있소."

"미안합니다." 그가 말했다.

그가 엄지손가락을 치우자 사내의 얼굴이 틀림없는 사진이 드러났다. 그 얼굴 위에 '런던 경찰청'이라는 글자가 가로로 인쇄되어 있었다.

사내가 말했다. "두 분께 몇 가지 질문이 있습니다."

내가 말했다. "무슨 질문?"

"일단 차에 타십시오."

"당신은 어디 앉을 거요?"

사내가 한 박자 쉬고 난 뒤 말했다. "두 분이 뒤 칸에 타셔야 합니다."

내가 말했다. "나는 어두운 게 싫소."

"앞 칸과의 사이에 철망이 있습니다. 뒤쪽도 충분히 밝습니다."

"알겠소." 내가 말했다.

사내는 내 순순한 반응에 약간 놀란 모양이었다. 다시 한 박자 쉬고 나서야 고개를 끄덕였다. 사내가 뒤돌아서서 파트너와 함께 차를 향해 걸음을 옮겼다. 우리는 그들의 뒤를 따라가다가 차 꽁무니 앞에 이르러 도로로 내려섰다. 거기서 어느 한 사내가 뒷문을 열어주기를 조용히 기다렸다.

인도에 내렸던 사내가 나섰다. 그가 손잡이를 돌렸다. 그다음엔 오른쪽 문짝을 잡아당겨 열었다. 이어서 왼쪽 문짝도 잡아당겨 열었다. 두 개의 문짝이 90도 각도 이상으로 벌어졌다. 짐을 싣는 공간이었다. 하지만 텅 비어 있었다. 검은색 페인트로 칠해진 철제 내벽 역시 공들여 왁스를 한 덕분에 티 하나 없이 깨끗했다. 잔물결처럼 이랑이 진 철제 바닥도 마찬가지였다. 사내의 얘기대로 철망도 있었다. 바닥부터 천장까지, 그리고 한쪽 벽에서 다른 쪽 벽까지 꽉 차는 크기의 두꺼운 철망이 단단히 용접돼 있었다. 두 개의 문짝 어디에도 안에서 열 수 있는 손잡이가 달려 있지 않았다.

사내가 왼쪽 문짝의 고정 장치를 조작하느라 굽히고 있던 상체를 일으키면서 동시에 우리를 향해 몸을 돌렸다. 순간, 나는 한쪽 발로 사내의 허리를 내질렀다. 이어서 한쪽 팔꿈치를 곤봉처럼 사용해서 사내의 콧등을 비스듬하게 내려찍었다. 사내의 무릎이 꺾이고 머리가 둔탁한 소리를 내며 차체에 부딪혔다. 그다음엔 어떻게 됐는지 모른다. 내 상체가 이미 시계 반대 방향으로 돌아갔기 때문이다. 나는 그렇게 상체를 뒤튼 상태에서 케이시 나이스를 밀쳐 낸 뒤 곧장 두 번째 사내에게 같은 쪽 팔꿈치를 날렸다. 상당한 몸집에 힘이 좋은 사내였지만 싸움꾼은 아니었다. 덩치와 이름만으로 한 가닥 해왔던 게 분명했다. 몇 년 동안 두 주먹이 개점휴업 상태였을 것이다. 갑자기 날아오는 팔꿈치는 몸을 뒤틀면서 앞으로 나아가 어깨 바로 밑, 살집 두툼한 위팔로 막아내야 한다. 때로는 감각이 마비될 만큼 충격이 크기 하지만 그래야 쓰러지지 않고 버틸 수 있다. 하지만 사내는 잘못된 선택을 했다. 내 팔꿈치를 피해 보겠답시고 상체를 뒤로 젖힌 것이다. 당연히 턱이 들릴 수밖에. 사내의 훤히 드러난 목에 내 팔꿈치가 정확히 수평선을 그리며 꽂혔다. 시속 50킬로미터 속력으로 휘두른 쇠몽둥이에 맞은 것과 같은 충격이었을 것이다. 야구 배트를 휘두를 때든 문을 부술 때든, 혹은 누군가에게 팔꿈치를 날릴 때든 중요한 건 속력이다. 인간의 목 부위에는 수많은 연골과 자잘한 뼈들이 자리 잡고 있다. 그것들 중 상당수가 으스러지는 느낌이 팔꿈치를 통해 전해져 왔다. 나는 재빨리 운전석 사내를 향해 몸을 돌렸다. 하지만 확인사살은 필요 없었다. 바닥에 주저앉아 열어 젖혀진 문에 등을 기대고 있는 사내의 코에서 피가 철철 흘러내리고 있었다. 나는 다시 조수석 사내를 향해 돌아섰다. 사내는 배수로에 하늘을 보는 자세로 널브러져 있었다. 두 손으로 연신 목 부분을 잡아 뜯어대는 사내의 입과 코에서는 바람 빠지는 소리가 쉬지 않고 새어나왔다.

나는 사내 옆에 무릎을 꿇고 앉아 손으로 툭툭 쳐가며 몸수색을 했다. 총은 없었다. 칼도 없었다. 이어서 차에 기대 앉아 있는 사내의 몸도 수색했다. 총은 없었다. 칼도 없었다. 런던의 백주대낮이었다. 없는 게 당연할 수도 있었다.

케이시 나이스가 비틀거리며 다가왔다. 얼굴이 하얗게 질려 있었다.

그녀가 말했다. "대체 무슨 짓을 하고 있는 거예요?"

내가 말했다. "장소가 장소인 만큼 얘기는 나중에 하고, 일단 이놈들을 밴에 실읍시다."

배수로에 널브러진 사내는 간신히 숨을 이어가고 있었다. 나는 사내의 레인코트 앞깃을 양손으로 그러쥐고 몸뚱이를 들어 올린 다음 반 바퀴 돌려서 머리와 어깨부터 짐칸에 밀어 넣었다. 앉아 있던 사내도 똑같은 방법으로 실었다. 다만 이번에는 코트 앞깃이 아니라 뒷깃과 허리 뒤춤을 그러쥐었다. 앞부분은 피로 흠씬 젖어 있었기 때문이다. 고정 장치는 발로 차서 해제하고 양쪽 문을 닫은 다음에는 손잡이를 살짝 틀어 보았다.

이상 무.

케이시 나이스가 물었다. "대체 왜 그런 거예요?"

"피해가지 않겠다고 말했던 건 당신이잖소."

"이 사람들은 장애물이 아니라 경찰이에요. 하느님 맙소사."

"조수석에 올라타시오. 어딘가에 이 짐들을 부려야 하니까."

"짐이라고요? 당신 정말 미쳤군요!"

나는 사방을 둘러보았다. 차들도 있었고 사람들도 있었다. 하지만 모두 각자의 일에만 충실한 모습이었다. 밴을 향해 몰려드는 사람들은 없었다. 벌어진 입을 손바닥으로 가리고 있는 사람도 없었고 휴대폰을 더듬는 사람도 없었다. 그들에게 우리와 밴은 철저히 그림 밖의 존재들이었다. 이 세상 어느 곳에서나 흔히 볼 수 있는 의식적인 외면.

내가 말했다. "당신이 그랬잖소. 문제가 생기면 신속하고 과감하게 정면 돌파하겠다고."

나는 보닛을 시계 방향으로 돌아서 운전석에 올라탔다. 차 안으로 비집고 들어간 다음에는 좌석을 최대한 뒤로 밀었다. 하지만 그 최대한은 얼마 되지 않았다. 철망 때문이었다. 오른쪽에 붙은 핸들, 좌측 주행, 수동 변속기, 디젤 엔진, 그것만으로도 익숙지 않아서 버거운데 양 무릎이 귀에 닿을 듯한 자세로 운전을 해야 할 판이었다.

케이시 나이스가 조수석에 올라탔다. 여전히 하얗게 질린 얼굴이었다. 자동차 키는 제자리에 꽂혀 있었다. 나는 키를 돌리고 클러치를 밟으며 기어 스틱을 시험 삼아 흔들어보았다. 후진을 포함해서 최소한 7단은 되는 것 같았다. 나는 흐릿한 기억 속의 경험을 토대로 스틱을 왼쪽으로 꺾었다가 밀어 올렸다. 이어서 깜빡이 레버의 위치를 확인했다.

케이시 나이스가 말했다. "내 얘기는 경찰까지도 정면 돌파하자는 게 아니었어요."

내가 말했다. "경찰도 장애물인 건 마찬가지요. 사실은 가장 큰 장애물이라고 할 수 있지. 우리 손목에 수갑을 채워서 공항으로 되돌려 보낼 수도 있으니까. 경찰이 아니면 누구도 그렇게 할 수 없소."

"이젠 정말로 그 꼴이 나게 생겼네요. 경찰들은 복수를 하기 위해서라도 눈에 불을 켜고 우리를 찾아 나설 거예요. 당신이 자기네 동료를 둘씩이나 곤죽으로 만들었으니까요. 지금 이 시간 부로 우리는 도망자 신세로 전락한 거예요. 당신이 상황을 천 배는 더 힘들게 만들어놨어요. 아니, 백만 배. 이젠 다 틀렸어요."

나는 깜빡이를 켜고 사이드 미러를 확인한 다음 출발했다. 곧장 그랬다는 건 아니다. 클러치에 익숙지 않은 왼발 때문에 한 차례 덜컥거리고 나서였다.

내가 혼잣말처럼 중얼거렸다. "저자들이 경찰이 아니라면 얘기가 달라지겠지."

내가 기어를 바꿔 넣었다. 한 번, 두 번, 세 번. 느낌이 한결 부드러워졌다. 밴은 곧 왼쪽 차선 한가운데를 똑바로 달리기 시작했다.

케이시 나이스가 말했다. "경찰 배지를 확인했잖아요."

"내 판단으론 컴퓨터로 뽑은 가짜 배지요."

"지금 판단이라고 했나요? 당신의 자의적인 판단이 모든 행동의 기준인가요? 당신은 경찰 백 명 가운데 한 명이 가짜일 수도 있다는 판단이 서면 그 백 명 모두를 두들겨 패겠군요?"

나는 도로 위의 흐름에 맞추기 위해 기어를 바꿔 넣고 속도를 약간 높였다.

내가 말했다. "자기 배지를 '정부 소속 신분증'이라고 부르는 경찰은 세상 어디에도 없소. 경찰은 정부를 위해서 일하지 않소. 행동으로는 몰라도 마음으로는 아니오. 그들은 경찰 조직을 위해 일을 하는 것이오. 같은 경찰서에 근무하는 동료들, 더 나아가 푸른 제복을 입고 있는 이 세상의 모든 동료들을 위해서 일하는 것이지 정부를 위해서는 절대 아니오. 물론 자기네 지역 사회를 위해서 일을 할 수는 있소. 하지만 거기까지요. 그들은 정부를 증오하고 있소. 그들에겐 모든 면에서 정부가 최대의 적이오. 중앙 정부, 주 정부, 카운티 정부, 그 어떤 정부도 경찰들의 고충과 애환을 배려하지 않기 때문이오. 사건사고가 해결되면 지네 덕, 안 풀리고 꼬이면 경찰 탓, 그러니 경찰들이 정부를 증오하지 않을 수 있겠소? 따라서 진짜 경찰이라면 정부 소속이라는 표현을 절대로 입에 담지 않았을 거요."

"여기는 미국이 아닌 다른 나라잖아요."

"세계 어느 나라든 경찰은 똑같소. 나도 한때는 경찰이었소. 그래서 장담할 수 있는 거요. 게다가 나는 여러 나라의 경찰들을 수없이 만나왔소. 이 나라 경찰을 포함해서 말이오. 경찰에 관한 한, 이 나라는 다른 나라가 아니오."

"여기 경찰들은 자기 신분증을 그렇게 부를 수도 있잖아요."

"다른 이름으로 부르는 건 맞소. 미국은 폴리스 아이디, 영국은 워런트 카드, 물론 내가 알고 있는 상식으로는 그렇다는 얘기요."

"워런트 카드라는 표현을 우리가 알아듣지 못할까 봐 그랬을 수도 있어요. 그래서 다른 표현을 사용한 거겠죠."

"그랬다면 그냥 '나는 경찰관입니다. 지금 내가 아주 천천히 주머니에 손을 넣은 다음 신분증을 꺼내 보여드릴 겁니다'라고 했어야 맞소. 신분증 대신 '내 신분증' 또는 '경찰 배지'라는 단어를 사용할 수도 있었겠고 심지어 '증명서'라고 했어도 난 의심하지 않았을 거요. 경찰이 신분을 밝힐 때는 경찰이라는 단어가 문장 속 어딘가에 반드시 들어가 있어야 하오. 하지만 '정부'라는 단어는 절대로 들어갈 수 없소."

그녀는 아무 말이 없었다. 잠시 후, 그녀가 안전벨트를 풀었다. 이어서 몸을 몇 차례 뒤채더니 등받이를 안은 자세로 무릎을 꿇고 앉아서는 철망 안쪽을 유심히 살폈다.

그녀가 말했다. "리처, 한 사람이 숨을 안 쉬어요."

28

나는 뒤쪽을 돌아보았다. 하지만 얼핏 보아서는 확인할 수 없었다. 나는 다시 고개를 돌리고 전방을 주시했다. 사내는 실제로 호흡이 멎었을 수도 있고 혹은 아주 천천히 숨을 쉬고 있을 수도 있었다.

케이시 나이스가 말했다. "리처, 어떻게 좀 해봐요."

"내가 뭘 어쩌겠소? 의사도 아닌데."

"어서 병원을 찾아야 해요."

"병원은 버튼 하나만 누르면 경찰이 달려오는 곳이오."

"병원 정문 앞에 차를 버려놓고 도망치면 안 될까요?"

나는 묵묵히 차를 몰았다. 특별한 목적지는 없었다. 많기도 많은 교차로가 나타날 때마다 마음 가는 대로 핸들을 틀면서 차들의 흐름을 따라갔다. 느낌상으로는 대충 북쪽을 향해 가면서 템스 강으로부터 멀어지고 있는 것 같았다. 내 느낌이 맞다면 롬포드는 오른쪽 어디쯤일 것이다. 도로 양쪽으로 수많은 건물과 점포들이 지나쳐갔다. 케밥, 프라이드치킨, 피자, 햄버거 가게들, 이런저런 보험 업체들, 휴대폰 가게, 카펫 상점. 하지만 병원은 눈에 띄지 않았다. 만약 출발하고 나서 곧장 사내의 호흡이 멎었다면 그는 이미 몇 분 전에 사망했을 것이다.

도로변에 차량들이 일렬로 주차돼 있었다. 나는 빈 칸을 찾아 차를 그곳에 들이댔다. 주위엔 아무도 없었다. 나는 기어를 중립에 놓고 상체를 뒤로 틀었다.

그리고 지켜보았다.

그리고 기다렸다.

사내는 숨을 쉬지 않았다.

다른 사내가 나를 노려보고 있었다. 코 아래쪽에 빨간 마스크를 쓰고 있는 것 같았다. 그 위쪽은 창백했다. 이제야 진짜 백인이 된 셈이다. 코는 완전히 박살나 있었다. 하지만 부릅뜬 눈으로 미루어 목숨에는 지장 없는 부상이었다.

내가 말했다. "이제 뒷문을 열겠다. 허튼짓할 생각은 마라. 네 친구처럼 되고 싶지 않다면."

사내는 대답하지 않았다.

내가 말했다. "내 말 알아들었나?"

사내가 말했다. "네."

사내의 입가에 피거품이 뽀글거렸다.

나는 보닛을 돌아 뒷문으로 다가갔다. 케이시 나이스도 차에서 내려 나를 따라왔다. 나는 손잡이를 돌리고 양쪽 문을 열어젖혔다. 숨을 쉬고 있는 사내는 왼쪽, 숨을 쉬지 않는 사내는 오른쪽이었다. 나는 오른쪽 사내를 향해 한쪽 팔을 불쑥 밀어 넣었다. 그 팔을 잡아채려고 올라오는 손목은 없었다. 그래서 내가 직접 그자의 손목을 더듬어 찾아 쥐었다.

맥박이 느껴지지 않았다.

나는 상체를 오른쪽으로 비스듬히 수그리고 짐칸 바닥에 오른쪽 무릎을 꿇고서는 그의 목을 만져보았다. 온기가 있었다. 나는 사내의 옷깃을 약간 잡아당겨 내린 뒤 경동맥에 손가락을 갖다 대었다. 혹시나 해서 한동안 그 손을 떼지 않았다. 눈으로는 사내의 이곳저곳을 살펴보았다. 한쪽 귀에 두 군데 피어싱을 했고, 목 아래에는 작은 문신이 옷깃 위로 머리를 내밀고 있었다. 뒤틀린 나뭇잎 모양이었다.

사내는 죽었다.

내가 말했다. "이자의 주머니를 뒤져봅시다. 저자의 주머니도."

내가 살아 있는 녀석을 뒤지기 위해 옆걸음으로 이동했다.

그녀가 말했다. "못하겠어요."

내가 말했다. "뭘?"

"죽은 사람을 뒤지는 거."

"왜?"

"너무 소름 끼쳐요."

"바꾸고 싶소?"

"당신이 둘 다 하면 안 돼요?"

"그러지." 내가 말했다. 그리고 그렇게 했다. 살아 있는 사내는 수상쩍을 만큼 지니고 있는 게 거의 없었다. 그리고 그 적은 소지품은 정말로 수상쩍었다. 바지 주머니들의 수색이 끝날 때쯤엔 나는 내 판단에 100퍼센트 확신을 갖게 되었다. 그자는 경찰이 아니었다. 일단 지니고 있는 현찰이 너무 많았다. 바지 주머니에서 나온 돈다발이 최소한 수백 파운드, 아니 수천 파운드는 될 것 같았다. 경찰관은 공무원이다. 그게 가난해야 한다는 얘기는 물론 아니다. 하지만 집이며 차며 대출금을 갚아가면서 빠듯하게 살아가야 하는 건 사실이다. 따라서 사내의 돈다발은 상식을 크게 벗어나 있었다. 그리고 비상식적인 것이 한 가지 또 있었다. 사내의 주머니 어디에서도 통신장비가 나오지 않은 것이다. 휴대폰도, 무전기도 없었다. 근무 중인 경찰이라면 있을 수 없는 일이었다.

나는 사내의 돈다발을 내 주머니에 쑤셔 넣은 다음 신분증 지갑을 나이스에게 건네며 말했다. "확인해 보시오."

이제 죽은 사내 차례였다. 똑같았다. 소지품은 똑같이 적었고 돈다발은 똑같이 두툼했다. 내 다음 행동도 똑같았다. 돈다발을 주머니에 쑤셔 넣고 나이스에게 신분증 지갑을 건넸다. 그녀는 먼저 받은 지갑을 이미 해체해

놓은 상태였다.

"당신 말이 맞는 것 같아요. 가짜예요. 비닐 창은 일부러 긁어 놓았고 누런 빛깔은 오래돼서 변색된 게 아니라 형광펜으로 칠한 거예요. 경찰 신분증은 워드 프로그램으로 위조했네요. 종이 배지는 웹사이트에서 저해상도 이미지로 인쇄했고."

나는 죽은 사내의 문신을 다시 들여다보았다. 뒤틀린 나뭇잎이 아닐 수도 있었다. 덩치 크고 험상궂은 사내에게 뒤틀린 나뭇잎 문신은 어울리지 않는다. 어떤 나뭇잎이라도 마찬가지다. 환경운동가라면 혹시 모를까. 그리고 사내가 환경운동가일 확률은 경찰일 확률만큼이나 낮았다.

뭔가 다른 문양일 것이다.

내가 케이시 나이스에게 말했다. "여기 좀 보시오."

나는 상체를 수그리고 사내의 넥타이를 풀어서 잡아 뺐다. 이어서 위쪽 단추 네 개를 뜯어내듯 푼 다음 셔츠를 양쪽으로 젖혔다. 까마득한 시절, 디스코텍을 주름잡던 패션.

나뭇잎이 아니었다. 어떤 알파벳 대문자의 왼쪽 윗부분을 장식하고 있는 소용돌이 문양이었다. 그 대문자는 두 단어로 된 어구의 첫 번째 철자였다. 사내의 가슴 상단, 여자들의 목걸이 라인처럼 아래로 불룩한 포물선을 그리며 새겨져 있는 두 단어.

롬포드 보이즈

내가 말했다. "이놈들이 교도소에 들어가도 이 문신만 있으면 다른 죄수들이 건드리지 못할 거요."

나는 문들을 닫고 손잡이를 재차 확인했다.

이상 무.

케이시 나이스는 아무 말이 없었다.

"또 왜?" 내가 말했다.

"만일 당신 판단이 틀렸으면 어쩌죠? 문신만으로 확신할 수는 없잖아요."

"사람들이 시선을 돌리고 있던 걸 당신도 보았잖소. 어떤 처신이 자신들에게 이로운지 알고 있기 때문이오. 그 사람들은 그런 광경에 익숙해져 있을 거요. 그 동네에서 시커먼 밴이 의미하는 건 단 한 가지 뿐이오. 그게 나타나면 사람들이 사라지고 두 번 다시 모습을 보이지 않는다는 것."

그녀는 아무 말도 하지 않았다.

"게다가 놈들은 단 둘이었소. 우리가 외국인 비공식 요원으로 수배된 상태였다면 런던 경시청의 공안부에서 체포 작전을 지휘했을 거요. 그들에겐 엄청난 예산을 올바로 집행하고 있다는 걸 증명할 수 있는 기회가 온 셈이오. 게다가 그들은 매번 극적인 상황을 연출하고 싶어 하오. 따라서 그들이라면 SWAT 팀을 여섯 개 분대는 출동시켰을 거요. 어림잡아 50대 1의 수적 열세이니 우리로선 빠져나갈 방법이 없었겠지. 호텔 앞에서는 전쟁을 방불케 하는 장면이 벌어졌을 거요. 영화 속의 주인공들은 그만 잊어요. 요즘 세상엔 레인코트를 입고 돌아다니는 특수 요원은 없으니까."

"언제 알아챈 거죠?"

"이자들은 세단을 타고 왔어야 했소. 그리고 자신들을 MI5라고 소개했어야 했소. 워낙에 별별 짓을 다 해대는 친구들이니 나로서는 뭐든 그러려니 했을 거요."

우리는 다시 밴에 탔다. 나는 케이시 나이스 쪽으로 몸을 기울이고 사물함을 열었다. 휴대폰 두 개가 들어 있었다. 요금 선납 휴대폰. 포장도 뜯지 않은 상태였다. 현찰로 구입했다면 추적이 아예 불가능한 물건. 물론 그자들은 현찰로 샀을 것이다. 롬포드 보이즈는 최소한 보안에 관해서는 확실하게 체계가 잡힌 조직인 게 분명했다. 그들은 언제나 최악의 경우를 전제로 하고 작전을 진행한다. 싸구려 호텔 앞에서 절대로 의심을 품지 않을 이방인 둘을 데려오는 작전에서도 마찬가지다. 그들은 모든 가능성을 염두에 두고 계획을 짰다. 우리가 반항할 가능성, 뇌물을 먹지 않은 경관이 때마침 순찰을 돌고 있을 가능성. 그래서 총이나 칼을 지니고 있지 않았던 것이다. 사용하던 휴대폰도 두고 왔고. 놈들의 주머니는 그래서 거의 비어 있었던 것이다. 일이 틀어져 체포됐을 땐 비어 있는 만큼 유리할 테니까.

나는 기어를 넣고 다시 차선에 진입했다.

우리는 남쪽으로 1.6킬로미터쯤 달려 내려가다가 롬포드로 가기 위해 동쪽으로 방향을 틀었다. 나는 싸움을 좋아하는 사람이 아니다. 언제나 이길 자신은 있지만 어쩔 수 없는 경우가 아니면 피를 보고 싶지 않은 사람이다. 대신 상대방의 기를 죽여 싸움을 포기하게 만드는 걸 훨씬 선호한다. 이번 경우도 그 방법이 최선이었다. 그러려면 일단 적합한 장소를 찾아야 했다. 첫째, 놈들이 하루쯤 똥줄이 탄 뒤에야 밴을 발견할 수 있는 곳이어야 했다. 둘째, 찾으러 오는 놈들을 들킬 염려 없이 지켜볼 수 있는 은신처가 가까이 있어야 했다. 우리는 한참을 돈 끝에 마침내 그 두 가지 조건을 충족시킬 수 있는 장소를 찾아냈다. 어느 작은 슈퍼마켓 뒤편, 콘크리트 바닥이 여기저기 갈라진 주차장이었다. 주차장 한쪽 벽 바로 옆에는 게스트하우스가 등을 보이고 서 있었다. 나란히 서 있던 연립주택 두 채를 대대적으로 개축해서 하나로 만든 건물이었다. 따라서 창문이 아주 많았다. 케이시 나이스가 휴대폰에 지도를 띄워 그 일대를 확인했다. 입지적으로도 아주 바람직했다. 도시의 남북간선도로상에 위치한 건물이었다. 동쪽과 서쪽으로 빠지는 도로들과도 아주 가까웠다.

그녀가 말했다. "하지만 여기에도 그자들의 눈과 귀가 심어져 있을 거예요. 콜택시 회사처럼 말이에요. 수상한 자를 신고하면 보호비를 깎아준다고 했을 거예요. 이번엔 왕창 깎아줬겠죠. 데스크 직원, 호텔까지 우리를 태워다 준 기사, 특히 월리스 코트까지 데려다 준 기사는 우리를 내려놓자마자 보고했을 테니까요."

"월리스 코트는 놈들이 예의 주시하고 있는 곳이니 그럴 수도 있겠지. 하지만 여기는 아니오. 게다가 놈들은 우리를 이미 붙잡았다고 생각하고 있을 거요. 이 밴을 찾고 난 뒤에야 다시 우리를 찾으러 나설 것이오. 그러니 당분간은 안전하오."

나는 주변을 한 바퀴 더 돌고 나서 주차장 입구에서부터 100미터가량 떨어진 곳에 차를 세웠다. 내가 케이시 나이스에게 잠시 후 길모퉁이에서 만나자고 말했다.

그녀는 즉시 내리지 않았다. 그녀가 말했다. "주차장에도 CCTV가 있을 거예요."

내가 말했다. "고개를 숙이고 다니겠소."

"그건 소용이 없어요. 당신은 어디서나 눈에 띄지 않을 수가 없는 사람이에요."

"그들이 테이프 내용을 확인하기 전에 우리는 이 나라를 뜨게 될 거요."

그녀는 대답하지 않았다. 그냥 차에서 내려 모퉁이를 향해 걸어갔다. 나는 우리 두 사람의 손이 닿았던 곳들을 정확히 기억하고 있었다. 그 모든 곳을 죽은 사내의 넥타이로 닦았다. 바깥쪽 손잡이들, 안쪽 손잡이들, 운전대, 기어 스틱, 깜빡이 레버, 좌석 조절 장치, 안전벨트 걸쇠, 조수석 사물함 손잡이까지 열심히 문질러댄 뒤, 넥타이는 배수로에 버렸다. 그리고 나선 상체를 털어서 내 재킷 옷깃이 양쪽 어깨 끝에 걸쳐지게 만든 다음 손끝까지 내려온 소매로 핸들과 기어를 잡았다. 그렇게 남은 100미터를 몰고 가서 주차장에 들어간 다음 슈퍼마켓 뒷벽의 화물 전용문 가까운 곳에 차를 댔다. 시동을 끄고 키를 뺀 다음 차에서 내려 뻑 소리 나게 문을 잠근 뒤 주차장 밖으로 걸어 나왔다. 걷는 내내 고개를 푹 숙이고 콘크리트 바닥만 바라보았다.

나이스는 약속대로 모퉁이에서 기다리고 있었다. 우리는 한 블록을 더 걸어가서 한 번 더 방향을 틀었다. 곧바로 케이시 나이스가 휴대폰 지도로 확인했던 남북간선도로가 나타났다. 버스와 트럭이 다니는 4차선 도로였다. 도로는 차량들이 꼬리에 꼬리를 물 정도로 붐비고 있었다. 우리는 정문을 통해 게스트하우스 안으로 들어갔다. 30년쯤 전에는 산뜻하고 깨끗했을 것 같은 로비였다. 지금은 아니고. 우리는 뒤쪽 방을 달라고 했다. 도로의 소음이 싫다는 이유를 댔다. 항공사에서 우리 짐을 분실했고 찾는 대로 가져다 줄 것이라는 얘기도 덧붙였다. 죽은 사내의 돈으로 방값을 계산한 뒤 큼지막한 황동 열쇠를 건네받았다. 우리는 곧장 위층으로 올라갔다.

방은 냉기가 돌았고 약간 눅눅했다. 하지만 큼지막한 창문 덕분에 전망은 완벽했다. 주차장과 창문은 약 45도의 경사를 이루고 있었다. 꽁무니가 우리를 향하고 있는 밴이 한눈에 들어왔다. 케이시 나이스가 침대에 걸터앉았다. 나는 창에서 상당히 떨어진 지점에 화장대 의자를 끌어다 놓고 앉았다. 누군가 위를 쳐다봤을 때 창문에 이마를 들이대고 있는 두 개의 얼굴이 포착되는 일은 없어야 했다. 창가에서 멀리 떨어져 어둑한 그늘속에 몸을 숨기는 것이 잠복의 기본이다. 파리에서 콧트가 부엌 탁자 위에 엎드려 있었던 것처럼.

우리는 기다렸다. 나는 수많은 시간을 기다리면서 보냈다. 기다림은 경찰 임무에서 큰 몫을 차지한다. 그건 군 생활에서도 마찬가지다. 기다리는 건 내 전문이다. 그 점에서는 케이시 나이스도 만만치 않았다. 그녀는 잠을 자지 않고 버티는 요령을 알고 있었다. 정신을 집중해서 지켜보는 대신 편안히 휴식을 취하고는 있었지만 주시해야 할 범위를 자신의 시야 속에

221

담고 있었다. 도중에 한 차례 그녀가 화장실에 다녀왔다. 내 머릿속에 약통이 떠올랐지만 아무 말도 하지 않았다.

마침내 그녀가 벼르던 질문을 던졌다. "그 남자에 대해 죄책감이 드나요?"

내가 말했다. "어떤 남자?"

"죽은 그 남자."

"당신이 볼 땐 내가 냉혹하게 살해한 그 사내 말이오?"

"네. 그렇게 죽은 남자."

"뒷골목 인생이었지."

"죄책감이 안 들어요?"

"그렇소." 내가 말했다.

"정말로?"

"당신은 죄책감이 드는 거요?"

"조금요."

"당신은 그자한테 아무 짓도 하지 않았소."

"그래도요."

"그자에게는 선택할 수 있는 기회가 있었소." 내가 말했다. "할머니들이 차도를 건너는 걸 도울 수도 있었고 도서관에서 자원봉사를 할 수도 있었소. 이 지역에 할머니들이 살지 않고 도서관이 없어서 못했던 건 분명 아닐 거요. 그 밖에도 아프리카라든지 도움의 손길이 필요한 지역을 위해 모금 활동을 할 수도 있었겠지. 아무튼 세상에 유익한 일을 하면서 하루하루를 보내는 삶을 선택할 수 있었소. 하지만 그는 그러지 않았소. 그런 일을 하지 않는 삶을 선택한 거요. 사람들에게 돈을 갈취하고 해코지하는 인생. 그러다 마침내 최후를 맞이하게 되었소. 그 결과는 본인 탓이지 내 탓이 아니오. 이 세상에 전혀 도움이 되지 않는 인간이었소. 밥이 아까울

만큼 가치 없는 인간. 삶을 누릴 자격이 없는 멍청이였소."

"멍청한 게 목숨을 내놓아야 할 만큼 중범죄는 아니잖아요. 그리고 이
나라엔 사형 제도도 없고요."

"오늘부로 새로 생겼소."

그녀는 더 이상 대꾸하지 않았다. 방 안에 침묵이 내려앉았다. 오후의
햇살이 약해져가고 있었다. 주차장의 노란 수은등에 불이 들어왔다. 키 높
은 기둥에 달린 그 불빛 아래 검은색 밴의 차체 대부분이 환히 드러났다.
이따금씩 차가 들어와 자리를 잡고 세웠다가 어느 정도 시간이 지난 후
다시 나가곤 했다. 운전자들은 하나같이 검정색 밴을 흘깃거렸다가 시선
을 돌렸다. 처음에 나는 그들이 밴의 정체를 알고 겁을 먹어서 외면하는
것이려니 생각했었다. 하지만 이내 다른 이유가 있다는 걸 깨닫게 되었다.

내가 말했다. "살아 있는 녀석이 안에서 차벽을 두드리며 고함을 지르
고 있는 게 틀림없소."

내 실수였다. 소란을 피우면 가만두지 않겠다고 단단히 을러놓았어야
했다. 아니면 테이프로 입을 막아 놓았어야 했다. 계획이 틀어질 판이었다.
롬포드 패거리들이 사라진 밴 때문에 똥줄을 태울 시간이 하루가 되기는
글렀다. 기껏해야 두어 시간에 지나지 않을 것이다. 롬포드의 선량한 주민
들은 걱정할 필요가 없었다. 그들은 최소한 이 경우에만은 착한 사마리아
인의 정신을 발휘할 리가 없었다. 실제로도 그때까지 주차장을 들고 난 운
전자들 가운데 짐칸에 갇힌 사내를 어떤 식으로든 도우려 한 사람은 단
한 명도 없었다. 그저 밴을 한 번 흘깃거린 뒤 시선을 돌리고 그곳을 빠져
나갔을 뿐. 독재자는 국민의 사랑도 충성도 얻지 못한다는 명언을 여기에
적용한다면 무리일까? 하지만 문제는 롬포드가 선량한 시민들만의 특별시
가 아니라는 데 있었다.

케이시 나이스가 말했다. "배고파요."

내가 말했다. "이 블록에만도 음식점이 여러 개 있을 거요. 케밥, 프라이드치킨, 피자, 햄버거 등등. 패스트푸드 천국인 것 같더군."

"그럼 뭘 좀 사다 먹을까요?"

"먹을 수 있을 때 먹는다. 그게 내 철칙이오."

"당신도 배가 고파요?"

"조금."

"뭘 사올까요?"

"피자." 내가 말했다. "플레인 치즈. 쥐나 비둘기 고기가 들어갈 확률이 가장 낮으니까."

"마실 거는요?"

"공장에서 만들어 밀폐된 용기에 담긴 거라면 뭐든 괜찮소."

"안전할까요?"

"당신이 뭘 주문하느냐에 따라 다르겠지."

"아니, 음식 얘기가 아니라 이 주변을 걸어 다니는 거 말이에요."

"강도라도 만날까 봐?"

"롬포드 조직원들의 눈에 띨까 봐."

"놈들은 현재 우리를 찾고 있지 않소. 우리를 붙잡은 줄 알고 있을 테니까."

"우연히 눈에 띨 수도 있잖아요."

"현재 당신 자신을 네 가지 특징으로 묘사하라고 한다면, 뭐라고 말할 거요?"

"신체적 특징이요, 아니면 심리적 특징이요?"

"당신이 그 콜택시 기사라면 롬포드 패거리에게 일러바칠 때 당신의 인상착의를 어떻게 설명할 것 같소?"

"글쎄요."

"여성, 보통 키, 포니테일, 갈색 가죽재킷. 그 기사는 그렇게 설명했을 거요. 그 네 가지 특징 가운데 성별과 키는 어쩔 수가 없소. 하지만 포니테일은 풀 수 있고 가죽재킷은 벗을 수 있소. 그러고 나면 청바지에 티셔츠 차림의 젊은 아가씨로 변신하는 거지. 이 근처에 그런 인상착의의 여자들은 널려 있소. 마음 푹 놓아도 될 거요."

그녀가 손을 뒤로 올려 고무줄 비슷한 걸 풀고 머리를 양옆으로 털었다. 머리칼이 자연스럽게 나부끼며 늘어뜨려졌다. 이어서 양어깨를 재킷에서 차례로 빼낸 뒤 그걸 침대에 올려놓았다. 그녀가 나를 향해 돌아섰다.

그녀와 도미니크 콜이 닮았던가? 아무래도 아니었다. 유전자적 특징으로 볼 때 케이시 나이스는 스칸디나비아 계통이었고 도미니크 콜은 지중해 쪽이었다. 콜의 피부, 머리칼, 그리고 눈동자는 나이스에 비해 사뭇 색이 짙었다. 콜이 내 밑에서 일했던 몇 주 동안은 더운 날씨가 계속되었다. 여름철의 D.C.였음을 감안하더라도 너무나 무더웠다. 그녀의 피부는 날이 갈수록 색깔도 짙어지고 잡티도 많아졌다. 당시 그녀는 거의 언제나 반바지와 티셔츠 차림이었다. 티셔츠, 그랬다. 내가 케이시에게서 언뜻 도미니크 콜의 모습을 보았던 건 티셔츠 때문이었다. 콜의 티셔츠는 녹황색이었고 나이스의 티셔츠는 흰색이었다. 그 얇은 한 겹 천이 한창 때의 날씬하고 유연하면서도 영글어 터질 듯한 여인의 육체를 감싸고 있다는 점에서는 똑같았다. 하지만 거기까지였다. 두 사람의 성격은 아예 정반대라고 할 수 있었다. 나이스는 소심했다. 반면에 콜은 대담했다. 자신의 능력을 철저히 확신했고 자신감에 넘쳤으며 그래서 세상과 맞서 싸워 이길 준비가 완벽하게 갖춰진 여성이었다.

그랬는데도 그녀는 목숨을 잃고 말았다.

내가 말했다. "조심하시오."

나이스가 말했다. "10분이면 충분할 거예요."

그녀가 방을 나갔다. 그녀의 발걸음 소리가 멀어져갔다. 나는 창문에서 잠시 눈을 떼고 나이스의 재킷 주머니에 손을 넣었다. 그리고 오렌지색 플라스틱 약통을 꺼냈다.

세 알이 남아 있었다.

29

나는 혼자 남아서 창밖만 지켜보고 있었다. 주차장에서는 똑같은 광경이 반복되고 있었다. 차가 진입한다, 운전자가 차에서 내린다, 검정색 밴을 쳐다본다, 흠칫 놀란 뒤 잠시 불안해한다, 시선을 돌린다, 서둘러 슈퍼마켓 안으로 들어간다, 얼마 후 밖으로 다시 나온다, 서둘러 차를 몰고 주차장을 빠져나간다.

10분이 지났다. 케이시 나이스는 돌아오지 않았다.

가로등 뒤의 하늘은 이미 완전히 어두워져 있었다. 밤안개도 엷게 내려앉았다. 검정색 밴의 차체 표면에 이슬이 송글송글 맺혔다. 차 지붕에 맺힌 이슬방울들이 이따금씩 이리저리 굴러다녔다. 이곳저곳으로 튀기도 했다. 살아 있는 사내가 몸부림을 치고 있기 때문이다. 어쩌면 화장실이 급해졌는지도 모른다.

15분이 지났다. 케이시 나이스는 돌아오지 않았다.

그때 자동차 한 대가 주차장에 들어섰다. 운전자가 차에서 내렸다. 검정색 밴을 쳐다보았다. 하지만 눈길을 돌리지 않았다. 서둘러 슈퍼마켓 안으로 들어가지도 않았다. 스무 살가량의 젊은 사내였다. 오일을 발라서 공들여 맵시를 낸 바가지 모양의 헤어스타일이 특이했다. 사내가 밴을 향해 조심스럽게 한 걸음 다가간 뒤 고개를 비스듬히 누이고 귀를 기울였다. 다시 한 걸음을 내딛고 나서는 운전석 창문에 얼굴을 대고 안을 들여다보았다. 이어서 길게 뺀 목을 옆으로 구부려 앞 유리를 통해 안을 들여다보았다.

그가 주머니에서 휴대폰을 꺼내들었다. 조직으로부터 쓸모 있는 존재라는 걸 인정받고 싶어서 안달이 난 동네 똘마니일 가능성이 높았다. 그가 귀를 다시 한 번 바짝 기울였다. 살아 있는 사내가 안에서 번호를 불러주고 있는 게 분명했다. 녀석의 손가락이 번호판 위에서 꼼지락거렸다.

내 등 뒤에서 열쇠로 문을 따는 소리가 들렸다. 이어서 나이스가 안으로 들어왔다. 쫙 편 한쪽 손바닥 위에는 피자 박스 두 개가 포개져 있었고 다른 쪽 손에는 물기 묻은 음료수 캔들을 담은 비닐봉지가 들려 있었다.

"아무 일 없었소?" 내가 말했다.

그녀가 말했다. "지금까지는 이상 무예요."

나는 고갯짓으로 창문을 가리켰다. "어떤 녀석이 방금 전화를 걸었소."

나이스는 우리의 저녁거리를 화장대 위에 내려놓고 창문 밖을 내려다보았다. 똘마니는 통화 중이었다. 그가 허리를 굽히고 밴의 번호판을 큰 소리로 읽었다. 이어서 휴대폰을 입에서 멀찍이 떼어내고는 운전석 문틈에 대고 뭔가를 소리쳐 물었다. 그다음엔 문틈에 귀를 바짝 가져다 대었다. 살아 있는 사내의 이름을 묻고 그 대답을 들은 게 분명했다. 똘마니가 이름인 것 같은 단어를 전화기에 대고 중얼거렸다.

케이시 나이스가 물었다. "어째서 창문을 깨거나 문을 부수지 않는 걸까요?"

내가 말했다. "저 녀석이 그 방법을 알 것 같소?"

"알고말고요. 생긴 걸 보세요. 난 외모로 사람을 판단하지는 않지만 저 친구는 그러고도 남을 인상이네요."

"통화 상대방이 그러지 말라고 지시했을 거요. 밴 안에 갇힌 놈들은 영웅들이 아니오. 일을 망친 등신들이지. 조직의 입장에서는 차까지 부숴가며 구해줄 만한 가치가 없는 놈들이오. 누군가가 예비키를 갖고 나타날 거요."

"그때까지 얼마나 걸릴까요?"

"5분." 내가 말했다. "아니면 10분. 아무튼 오래 안 걸릴 거요. 밴 안에 있는 녀석들이 걱정돼서가 아니라 자초지종을 빨리 듣고 싶을 테니까."

나는 의자에서 일어나 피자 박스를 열었다. 오븐 안에서 부풀어 오르다 그대로 구워진 반죽 거품이 흰 도우 위에 여기저기 둥글고 거뭇하게 도드라져 있는 플레인 치즈 피자. 미국 피자보다는 조금 작은 것 같았다. 내가 말했다. "저녁 고맙소. 잘 먹겠소." 어머니는 그렇게 감사 인사를 해야 한다고 내게 가르치셨다.

그녀가 말했다. "별말씀을요." 그녀도 자기 몫의 상자를 열었다. 우리는 둘 다 한 조각씩 먹었다. 음료수는 코카콜라였다. 무척 차가웠다. 주차장의 똘마니는 이미 통화를 끝내고 누군가가 도착하기를 기다리고 있었다. 가끔씩 발로 땅을 구르는 모습이 이만저만 신난 게 아니었다. 당연했다. 가끔씩 심부름이나 하던 똘마니 신세를 벗어나게 생겼으니 말이다.

그때 케이시 나이스의 휴대폰이 한 차례 짧고 맑게 울렸다.

"문자가 왔네요." 그녀가 말했다. "오데이 장군에게서. 우리가 왜 움직이지 않고 있는지 궁금해 하는데요."

내가 말했다. "쉬는 중이라고 답하시오."

"우리가 호텔에 없다는 걸 알고 있어요. GPS 덕분에요."

"그럼 극장에 있다고 해요. 아니면 오페라든 박물관이든 이 나라 문화를 익히는 중이라고 둘러대시오. 스파에서 손톱 손질을 받고 있다고 해도 좋고."

"그런 거짓말은 소용없어요. 분명히 구글 맵스로 확인할 테니까. 거리 뷰까지도 띄울 거예요. 본부에서는 우리의 위치를 알고 있어요."

"알면서 왜 묻는 거지?"

"장소가 아니라 움직이지 않고 있는 이유를 묻는다니까요."

"마음 푹 놓고 그냥 쉬라고 해요. 수천 킬로미터 떨어져 있는데 그렇게 시시콜콜 간섭해서 뭘 어쩌겠다고."

"그렇게 말할 수는 없어요. 그는 우리에게 실시간으로 정보를 업데이트 해주고 있어요. 나 역시 그에게 실시간으로 보고할 의무가 있고. 그래야만 우리 임무를 제대로 수행할 수 있어요."

나는 주차장을 내려다보았다. 변화는 없었다. 움직이지 않고 있는 밴, 기다리고 있는 똘마니. 내가 말했다. "알겠소. 그럼 슈메이커의 전술대로 작전을 진행 중이라고 하시오. 롬포드 패거리의 최전방 방어선과 접촉을 시도하고 있다고."

"아뇨, 모든 걸 사실대로 보고해야 할 것 같아요. 비즈니스 거래를 위장하고 접근하는 전술을 포기했다는 것부터 말이죠."

"그럼 그렇게 하시오. 오데이는 개의치 않을 거요."

"그거야 모르죠. 본부에서는 당신이 돌발 행동을 할까 봐 불안해했어요."

"스캐런젤로는 그랬지. 슈메이커도 그랬을지 모르고. 하지만 오데이는 눈 하나 깜짝하지 않을 거요."

"장담할 수 있어요?"

"해보면 알 거 아니오." 내가 말했다. "지금까지 벌어진 일들을 있는 그대로 전하시오."

그녀의 엄지손가락들이 휴대폰 자판 위에서 분주하게 움직이기 시작했다. 나는 다시 창밖으로 시선을 돌렸다. 여전히 그대로였다. 가로등, 밤안개, 검정색 밴, 똘마니. 나는 다시 나이스를 향해 눈길을 돌렸다. 문자 전송을 끝낸 그녀가 휴대폰을 침대에 올려놓고 두 번째 피자 조각을 집어 들었다. 나도 한 조각을 더 먹고 콜라를 마셨다. 2,3분 동안 도로를 지켜보고 있던 똘마니가 차체에 손을 짚고 허리를 구부린 채 문틈에 대고 소리를 질렀다. 살아 있는 사내를 안심시키려는 것 같았다.

'네. 전화했어요. 이리로 온다고 했어요. 이제 곧 도착할 거예요.'

그러고 나선 다시 허리를 펴고 도로를 향해 고개를 돌렸다.

나이스의 휴대폰이 다시 가볍게 한 번 울렸다. 오데이의 답장. 나이스가 내용을 거듭 확인하고 나서 말했다. "진심으로 축하한대요. 이런 식으로 계속 진행하라는 당부도 있고."

내가 고개를 끄덕였다. "사람의 목숨 같은 건 그에게 아무 의미도 없소. 그에게 중요한 건 오직 결과뿐이오."

나이스는 대꾸하지 않았다.

내가 말했다. "롬포드 패거리들에 관해 그가 MI5로부터 입수한 정보를 보내달라고 부탁하시오. 사진, 조직 역사, 전과 기록. 뭐든지 달라고 해요. 우리가 정확히 어떤 놈들을 상대하고 있는지 알아야 하니까."

그녀가 다시 문자를 보내기 시작했다. 똘마니는 다시 문틈에 대고 소리치고 있었다. 그의 한쪽 손이 공중에서 나비춤을 추고 있었다. 살아 있는 사내를 달래는 모양이었다.

'곧 도착할 거예요. 날 믿어요.'

그리고 그들이 도착했다.

자동차 두 대. 둘 다 검은 차체, 까맣게 틴팅한 창문들. 첫 번째 차량은 문 네 개짜리 재규어 세단, 두 번째 차량은 문 두 개짜리 벤틀리 쿠페였다. 벤틀리는 길고 낮은 차체가 아주 고급스러웠다. 속도를 줄이지 않고 입구를 통과한 두 차량이 주차장 한가운데에 차례로 멈춰 섰다. 재규어의 문 네 개가 모두 열리고 사내 넷이 내렸다. 모두 검은색 정장 차림의 백인이었다. 그들이 각자 적당한 자리를 잡고 서서는 고개를 쳐든 얼굴을 바깥쪽으로 향하고 두 손은 양옆으로 내린 자세를 취했다. 경호 대형이었다. 똘마니가 뒤로 주춤주춤 물러섰다. 벤틀리의 운전석에서도 백인 사내가 내려섰다. 역시 검은색 정장 차림이었다. 그가 전후좌우를 골고루 살핀 후 크게 원을 그리며 차 앞을 돌아가서 조수석 문을 열었다. 운전기사였다.

이어서 기이한 장면이 펼쳐졌다.

먼저 잔뜩 수그린 고개 위에 얹힌 엄청난 크기의 머리통이 밖으로 나왔다. 허리춤에서 접어진 언덕 같은 등짝이 그 뒤를 이었다. 그와 거의 동시에 무릎에서 접힌 서까래만 한 한쪽 다리도 나타났다. 이어서 나머지 부분도 차 안에서 완전히 빠져나왔다. 수그린 고개가 바로 섰다. 접혔던 허리와 꺾인 무릎이 펴졌다. 그 일련의 과정이 동물적이라기보다는 기계적이었다. 장난감 트럭이 철컥거리며 이 부분 저 부분 펴지고 늘어나면서 마침내 로봇으로 변신하는 과정. 그 과정을 거쳐서 주차장 콘크리트 바닥에 버티고 선 것은 거인, 엄청난 몸집의 사내였다. 팔은 보통 사람들의 다리보다 길었다. 손은 삽 대가리보다 컸다. 몸통은 석유 드럼통만 했다. 그 석유 드럼통을 타이트하게 감싸고 있는 쓰리버튼 양복 윗도리는 보통 사람이 입으면 발목까지 내려올 것 같았다. 발은 강에 떠 있는 바지선만 했다. 어깨 폭은 1미터가 넘었고 그 중앙에 통나무처럼 박혀 있는 목은 30센티는 될 것 같았다. 둘레가 아니라 지름이. 그 목 위에 얹혀 있는 머리는 농구공보다 컸다. 그 양쪽에 붙어 있는 귀는 갓난아이 머리만 했다. 기괴하게 돌출된 이마는 어른 주먹보다 큰 짱돌 두 개를 갖다 붙여 놓은 것 같았고 그래서 더욱 깊숙이 파고들어 자리 잡은 두 눈은 오히려 보통 사람보다 작았다. 양쪽 광대뼈는 피부를 뚫고 나오려는 듯 모나게 돌출되어 있었다. 그런가 하면 아래턱은 거의 발달이 되지 않아서 아랫입술이 바로 목 위에 붙어 있는 것 같았다. 자연사 박물관에 전시돼 있는 네안데르탈인 밀랍 인형을 보고 있는 기분이었다. 다만 약간 모래빛이 도는 흰 피부와 지금까지 알려진 어떤 원시 인류보다 두 배는 더 큰 몸집이 그가 전혀 다른 인종이라는 걸 말해주고 있었다. 210센티미터에 135킬로그램, 아니, 그 이상일 것 같았다. 거인이 움직이기 시작했다. 120 내지 150센티미터의 보폭으로 한 걸음을 뗄 때마다 어깨가 들썩이며 양손이 흔들거리는 것이 이번엔 로봇이 아니라 마치 어마어마한 크기의 연체동물 같았다.

케이시 나이스가 말했다. "오, 예수님!"

"저자를 보고 예수님이라니. 턱수염도 없고 샌들도 안 신었구만."

거구의 사내는 그렇게 흔들거리며 단 두 걸음 만에 밴의 꽁무니로 다가 갔다. 보통 사람이라면 네 걸음은 필요한 거리였다. 그가 한 팔을 들어 올려서 밴을 가리키며 아래위로 몇 번 흔들었다. 막 날아오르려는 커다란 백조의 날갯짓 같았다. 운전사가 주머니를 뒤져서 키를 꺼냈다. 거구의 사내가 반걸음 뒤로 물러났다. 운전사가 키를 구멍에 꽂고 돌린 뒤 문을 열었다. 오른쪽, 그리고 왼쪽. 재규어에서 내린 사내 넷이 신속하게 경호 대형을 바꿨다. 이번에는 모두 밴을 향해 돌아서서 마치 싸움판의 구경꾼들처럼 촘촘한 반원을 이뤘다.

그들 모두 더 이상 움직이지 않고 가만히 서서 기다렸다.

열린 문 안쪽에서 두 다리가 밖으로 먼저 빠져나왔다. 살아 있는 사내가 배를 깔고 두 손으로 바닥을 밀면서 거꾸로 나오기 시작한 것이다. 사내의 두 발이 콘크리트 바닥에 닿았다. 아주 느린 동작이었다. 갇혀 있는 동안 뻣뻣하게 굳었을 테니 당연했다. 이어서 사내가 문턱에 배를 대고 양 손을 지지대 삼아 상체를 일으켰다. 간신히 일어선 사내가 거구의 사내를 향해 몸을 돌렸다. 피범벅이 된 앞섶이 수은등 불빛 아래 거무죽죽하게 보였다. 얼굴빛은 누리끼리했다. 거구의 사내가 한 발짝 다가가서 살아 있는 사내 너머로 어두운 차 안을 들여다보았다. 그의 얼굴은 보이지 않았지만 짧게 질문을 던지는 것 같았다. '대체 어떻게 된 거야?'

살아 있는 사내는 제대로 대답을 못했다. 그저 고개를 가로젓고 크게 숨을 내쉬더니 양 손바닥을 하늘로 향한 채 어깨를 한 차례 으쓱거렸다. 거구의 사내가 질문을 반복했다. 이번에는 살아 있는 사내가 대답을 했다.

하지만 피 칠을 한 입술을 힘겹게 움죽거리며 서너 마디를 내뱉은 게 전부였다. '그자가 우리를 덮쳤습니다.' 혹은 '그자들이 우리를 이렇게 만들었습니다.' 또는 '그것들이 도망쳤습니다.' 아니면 '그것들을 놓쳤습니다.'

거구의 사내의 농구공만 한 머리가 아래로 약간 숙여졌다가 이내 다시 제자리로 돌아왔다. 방금 들은 대답을 씹어 삼켜버린 듯한 제스처였다. 거구의 사내는 잠시 후 다시 뭔가를 얘기하기 시작했다. 소리도 들을 수 없었고 표정도 볼 수 없었지만 팔꿈치를 반쯤 접고서 들어 올린 두 팔을 연속해서 부드럽게 위아래로 흔들어대는 양으로 미루어 살아 있는 사내를 조롱하고 있는 것 같았다. 아니, 그게 분명했다. 살아 있는 사내를 추궁해봐야 더 얻어낼 정보도 없었으니까. '너희는 둘이었어. 안 그래? 그자들도 둘이었다고? 둘 중 하나는 계집이었고? 계집한테 그렇게 얻어맞은 거냐?' 내 위치에서는 살아 있는 사내의 얼굴이 뚜렷이 보였다. 그의 표정이 갈수록 참담해졌다. 그 표정은 이내 불안감으로, 그리고 다시 공포감으로 바뀌었다. 자신에게 다가올 결과를 예감한 듯이.

그리고 그 결과는 곧바로 다가왔다.

엄청난 몸집을 감안할 때 거구의 사내의 몸놀림은 놀라울 만큼 빨랐다. 허리와 어깨가 출렁거리더니 어느새 말아 쥔 볼링공만 한 주먹이 살아 있는 사내의 곤죽이 된 얼굴 한가운데에 꽂혔다. 사내는 뒤쪽으로 날아가 밴의 왼쪽 문에 부딪친 다음 앞으로 되튕기며 얼굴을 바닥에 찧고서 뻗어버렸다.

"대단하군." 내가 말했다. "저런 식으로 부하를 다스리는 기술은 웨스트포인트(West Point Academy, 미국 육군사관학교)에서도 가르쳐 주지 않던데."

사내는 바닥에 널브러진 채 꼼짝도 하지 않았다. 똘마니의 입이 쩍 벌어져 있었다. 케이시 나이스도 입을 벌린 채 그 광경을 보고 있었다. 그때 그녀의 핸드폰이 다시 가볍게 울렸다. 문자 메시지 도착. 그녀가 창밖에서 시선을 떼고 핸드폰을 확인했다. "오데이 장군이 MI5에서 입수한 정보를 이메일로 보낼 거래요. 1분 뒤면 확인할 수 있을 거예요."

잠시 후 거구의 사내가 농구공만 한 머리로 벤틀리를 가리켰다. 운전사가 잽싸게 차로 다가가 조수석 문을 잡고 섰다. 거구의 사내가 벤틀리로 흐느적흐느적 두 걸음 걸어가더니 다시 몸을 접기 시작했다. 로봇이 다시 덤프트럭으로 돌아가고 있었다. 무릎, 허리, 팔꿈치가 차례로 접히고 어깨와 등이 구부러지더니 고개까지 숙여지고 나서 엉덩이를 시작으로 사내의 몸이 차례차례 차 안으로 구겨져 들어갔다. 운전사가 문을 닫은 후 보닛 앞을 빙 돌아서 운전석에 올라탔다. 벤틀리는 뒤로 약간 빠졌다가 방향을 돌려 곧장 주차장을 빠져나갔다. 네 명의 경호원들 가운데 둘이 다시 재규어를 타고 벤틀리 꽁무니를 따라 떠났다. 남은 두 사내가 뒤처리를 했다. 우선 바닥에 뻗어 있는 사내를 앞뒤에서 함께 들어 올린 뒤 밴의 짐칸에 던져 실었다. 한 명이 문을 닫고 잠근 뒤 키를 뺐다. 그가 밴의 운전석에 올라탔다. 다른 한 명은 주머니에서 상당한 크기의 핑크빛 지폐 한장을 꺼냈다. 50파운드짜리인 것 같았다. 그가 그 돈을 똘마니에게 건넨 뒤 밴의 조수석에 올라탔다. 밴이 후진하면서 방향을 바꾼 뒤, 곧장 재규어가 사라진 방향을 향해 출발했다. 똘마니는 혼자 가로등 불빛 아래 우두커니 서서 손에 쥔 화폐를 내려다보고 있었다. 서운한 모양이었다. 조직원으로 받아주겠다는 다짐을 기대했을 것이다. 최소한 고개를 끄덕여주거나 등을 두드려주는 것 정도는 기대했을 것이다. 그의 머릿속에는 이런 생각이 떠올라 있을 지도 몰랐다. '제기랄. 할망구 하나만 털어도 50파운드는 쉽게 챙길 텐데.'

케이시 나이스의 휴대폰이 울렸다. 먼젓번과는 벨소리가 달랐다. 좀 더 먹먹한 울림이었다. 그녀가 말했다. "오데이 장군에게서 이메일이 왔어요."

휴대폰 화면에는 달랑 첨부파일 링크 하나만 떠올라 있었다. 나이스가 그걸 콕 찍자 빡빡하게 채워진 문서창이 열렸다. 우리는 침대에 나란히 앉았다. 그녀가 팔을 뻗어 자신과 나 사이에 휴대폰을 세워 들었다. 제목은 여러 줄을 차지할 만큼 길었다. 문구도 딱딱하고 지나치게 학술적이었다. 영국 정보기관에서는 제목부터 그렇게 작성해야 하는 모양이었다. 케임브리지대학 스타일. 예일대학과 비슷한지는 모르겠지만 웨스트포인트와는 전혀 달랐다. 최소한 미국에서는 일상에서 사용되지 않는 문구들이었다. 아무튼 그 제목은 문서의 내용이 에섹스 주, 롬포드 지역의 조직 범죄 활동에 관한 것임을 알려주고 있었다.

그 아래 두 단락으로 나뉘어 수록된 내용 역시 케임브리지 스타일이었다. 서두에 해당하는 첫 번째 단락은 대충 다음과 같이 요약할 수 있었다.

'이 문서의 내용은 법적 증거가 될 수 없고, 따라서 여기 수록된 정보에 의해 체포된 사람도 없고 유죄 판결을 받은 사람도 없다. 하지만 이 내용은 모두 사실이다. 법적 증거가 될 수 없는 것은 첫째, 강요에 의한 진술일 가능성이 있기 때문이며 둘째, 명확히 언급할 수 없는 모종의 이유가 있기 때문이다.'

'모종의 이유?' 웃기는 소리. 롬포드 공무원들의 뇌물 수수를 그렇게 얼버무린 게 틀림없었다. 내 생각에는 그랬다.

두 번째 단락은 롬포드 보이즈에 관한 정보였다.

'에섹스 주, 롬포드 지역의 조직 범죄 활동은 오래전부터 롬포드 보이즈라는 별칭으로 불려온 일부 현지 주민들의 체계적인 조직에 의해 전적으로 자행되고 있다.'

그렇게 단도직입적인 첫 번째 문장의 행간에서 나는 문서를 작성한 사람의 유감을 느낄 수 있었다. 그 사람은 분명 케임브리지 출신일 것이다. 그래서 천박하고 야비한 갱단에 관해 기록하고 있는 자신의 현실이 못내 유감스러웠을 것이다. 이어지는 내용은 롬포드 보이즈의 활동 내역이었다. 떠나오기 전, 오데이에게 들었던 내용과 별 차이가 없었다. 마약 및 무기 밀거래, 인신매매 및 매춘, 구역 내의 소규모 업체들 대부분으로부터 보호비 갈취, 이자율이 상상을 초월하는 고리대금업. 그런 범죄 활동을 통해 놈들이 벌어들이는 돈은 연간 수천만 파운드에 달했다.

그다음 내용은 롬포드 보이즈 조직 계보였다.

제일 먼저 수록된 인물, 즉 보스의 이름은 찰스 앨버트 화이트, 일명 찰리. 나이는 77세. 롬포드에서 출생. 15세에 공립학교 중퇴. 복역한 기록 전무. 은행 대출 없는 주택 소유. 결혼 생활에서 얻은 네 자녀 모두 성인으로서 런던에 거주, 다들 찰리와 따로 살고 있으며 부친의 범죄 활동에는 연루되지 않았다고 추정.

정보 당국이 비밀리에 촬영한 찰리 화이트의 최근 사진도 첨부되어 있었다. 숱이 성긴 흰머리에 살집이 두둑하고 등이 약간 굽은 노인네였다. 감자처럼 생긴 코만 아니면 평범한 얼굴이었다.

찰리 다음은 부두목 급에 해당하는 세 명이었다. 첫 번째는 토머스 밀러, 일명 토미, 65세. 그다음은 윌리엄 톰슨, 일명 빌리, 64세. 그리고 마지막으로 조셉 그린, 일명 리틀 조이. 38세.

리틀 조이가 바로 그 거인이었다. 틀림없었다. 그의 사진은 동료들의 것보다 족히 2.5센티미터는 길었다. 그 사진 아래에 키 210센티미터, 몸무게 140킬로그램이라고 적혀 있었다. 리틀 조이는 롬포드 보이즈의 행동대장이었다. MI5는 그 대목에서 다시 한 번 첫 단락에서 언급했던 내용을 강조하고 있었다. 정보의 법적 효력 부재. 하지만 리틀 조이가 아버지뻘 되는 거물들과 동등한 지위로 급부상한 데에는 다른 이유가 있을 수 없었다. 한마디로 범죄조직원으로서의 역량이 출중했기 때문이었다. 바꿔 말하면 다른 누구보다도 강하면서 악랄하다는 얘기였다. MI5는 11건의 살인 사건에 그가 직간접적으로 연루된 사실을 확신하고 있었다. 부지기수인 리틀 조이의 폭행치상 혐의는 전문용어인 '중상해죄'로 기록되어 있었다. 정확한 표현이었다. 방금 전 내 눈으로 똑똑히 확인했으니까.

케이시 나이스가 말했다. "왜 리틀 조이라고 부를까요?"

"영국인들이니까." 내가 말했다. "일종의 반어법. 만일 '빅 조이'라는 별명이 붙었다면 난장이였을 거요."

그녀가 손가락으로 화면을 그었다. 하지만 더 이상은 없었다. 리틀 조이가 마지막이었다.

내가 말했다. "이 정도로는 부족하오. 중간 보스들과 똘마니들의 신상정보, 그리고 그 패거리들과 관련된 모든 장소와 그 주소들도 필요하오. 오데이에게 다시 요청하시오."

"지금요?"

"빠를수록 좋소. 정보가 생명이니까. 그리고 서쪽의 세르비아 갱단에 관한 자료도 같이 부탁하시오."

"그건 왜죠?"

"총이 있어야 하오. 코끼리 사냥총이면 더 좋을 것 같군. 리틀 조이를 직접 보고 나니 말이오. 아무튼 롬포드 패거리에게서 총을 산다는 건 불가능하지 않겠소? 그러니 대안을 찾아야지."

"지금은 그럴 시간이 없어요. 이곳도 그자들에게 보호비를 바치고 있을 거예요. 지금쯤은 그자들이 여기저기 전화를 넣고 있을 테고."

내가 고개를 끄덕였다. "알았소. 피자나 마저 먹어요. 그런 후에 움직입시다."

"밥맛은 이미 떨어졌어요. 어서 일어나요."

그녀가 문서창을 닫고 휴대폰 화면을 복구시켰다. 나를 재촉하기 위한 몸짓이었다.

내가 말했다. "어디로 가고 싶소?"

"호텔로 돌아갈 순 없어요. 거긴 놈들이 이미 다녀갔잖아요. 본격적인 수색이 시작되면 거기부터 뒤질 거예요."

"호텔에 당신 짐이 있잖소."

그녀는 아무 말도 하지 않았다.

내가 말했다. "단 5분 동안만 모험을 해보는 건 어떻소? 재빨리 들어가서 짐만 갖고 나오면 될 텐데."

"아뇨."

"그 물건들 없이도 지낼 수 있겠소?"

"당신도 소지품 없이 다니잖아요."

"나야 그런 생활에 익숙하니까."

"나도 그런 생활에 익숙해질 수 있겠죠. '셜록 홈리스'의 방식. 까짓 거 불편하면 얼마나 불편하겠어요? 칫솔이야 아무 가게나 들러서 하나 사면 되고."

내가 말했다. "아침에 일어나서 깨끗한 옷으로 갈아입을 수 없는 것, 그게 셜록 홈리스 생활의 가장 불편한 점이오."

"지금 같아서는 그것도 견딜 수 있을 것 같은데요. 놈들에게 잡히는 것보다는 낫죠."

"잠옷도 없소."

"그것쯤이야 상관없어요."

"좋소." 내가 말했다. "일단 시내로 갑시다. 리츠나 사보이 호텔이 있는 중심가. 놈들 덕분에 주머니가 두둑해졌소. 설마 그런 호텔까지도 깡패들에게 보호비를 바치진 않겠지."

"거기까진 어떻게 가죠? 콜택시를 부를 수도 없고."

"버스를 탑시다." 내가 말했다. "런던의 대중교통기관 역시 그놈들에게 보호비를 바치진 않을 테니까."

우리는 방을 나왔다. 빈손으로. 잠시 후, 우리는 프런트에 방 키를 반납한 뒤 밤거리로 나섰다.

30

빨간색 대형 버스들이 도로 양쪽을 오가고 있었다. 우리는 남쪽으로 내려가다가 첫 번째 만나는 교차로에서 서쪽으로 꺾어져 도심으로 가는 노선의 버스를 타기로 결정했다. 우리가 지니고 있는 돈은 모두 고액권이었다. 버스기사가 좋아할 리 없었다. 그래서 편의점에 들어가 교통카드를 샀다. 가장 가까운 버스정류장의 위치를 확인한 뒤에는 으슥한 곳에 몸을 숨기고 차가 오는 방향을 지켜보았다. 기다리던 버스가 모습을 보이자 정류장으로 잽싸게 걸어가서 올라탔다. 저녁 7시가 넘은 시각. 피곤했다. 나이스는 완전히 녹초가 된 표정이었다. 당연했다. 하루 하고도 한 나절을 안 자고 버텼으니.

런던의 변두리는 아주 넓게 느껴졌다. 반면에 버스는 느렸다. 그래서 우리는 바킹에서 내렸다. 지하철이 훨씬 빠를 것 같았기 때문이다. 노선도를 확인한 후 디스트릭트 노선을 탔다. 경유하는 정거장 중에 '세인트 제임스 파크'라는 이름이 눈에 들어왔다. 생소한 이름이었지만 근처에 그럴듯한 장소들이 있을 것 같았다. 실제로도 그랬다. 밤거리로 올라서자 선선한 밤 공기가 우리를 맞았다. 이정표 위에는 각각 웨스트민스터 사원과 버킹엄 궁전을 가리키는 화살표가 반대 방향으로 그려져 있었다. 길 건너편에 대형 호텔이 보였다. 5성급이었다. 리츠나 사보이는 아니었지만 그들에 뒤지지 않는 세계적인 브랜드였다.

프런트 직원은 특급 객실만 비어 있다고 말했다. 사실일 수도 있었고 우리의 피곤한 표정을 이용하려는 속셈일 수도 있었다. 투숙료는 포프 필드

인근이라면 수영장 딸린 집을 한 달간 빌릴 수도 있는 액수였다. 하지만 어차피 롬포드 보이즈가 계산해 주는 것이니 상관없었다. 직원은 우리에게 키 카드를 건네준 뒤에도 룸서비스, 식당, 클럽, 비즈니스 센터, 와이파이 패스워드 등에 관해 장황하게 설명을 늘어놓았다. 엘리베이터를 타고 객실로 올라가기 전에 케이시 나이스가 로비 숍에서 칫솔을 샀다. 나는 그녀가 자기 방으로 들어가서 문을 잠그는 것까지 확인한 뒤 내 방을 찾아들어갔다. 특급이라는 수식어가 붙을 정도로 특별한 공간은 아니었다. 그리 넓지도 않았고 공을 들여 꾸민 흔적도 없었다. 두툼한 베개들이 침대 위에 가득 널려 있는 공간이 영국에서는 특급 객실로 꼽힌다면 모를까. 나는 그것들을 죄다 바닥에 내려놓고 옷도 홀홀 벗어서 아무 데나 던져 놓은 뒤 침대로 올라갔다. 그리고 곧장 잠에 빠져들었다.

깨어나 보니 열한 시간이 지나 있었다. 그것도 내 의지로 일어난 게 아니었다. 케이시 나이스가 객실 전화로 깨웠기 때문이었다. 밝고 명랑한 목소리였다. 열한 시간의 수면 덕분일 수도 있겠고 약효 때문일 수도 있었다. 그녀가 말했다. "아침 먹으러 갈래요?"

머리맡 시계가 아침 8시가 막 지난 시각을 가리키고 있었다. 창밖은 이미 환하게 밝아 있었다. 내가 말했다. "좋지. 준비되는 대로 내 방으로 오시오."

샤워를 끝내고 옷을 챙겨 입은 뒤 10분쯤 지나자 노크 소리가 들렸다. 당연히 전날과 같은 옷차림이었지만 그녀는 그다지 찜찜해하지는 않는 눈치였다. 우리는 식당으로 내려가 제일 안쪽 구석의 2인용 테이블에 앉았다. 식당 안은 세련된 옷차림의 신사숙녀들로 가득했다. 어떤 사람들은 얼굴을 마주 보고, 또 어떤 사람들은 휴대폰에 대고 뭔가 중요한 듯싶은 주제나 비즈니스에 관한 이야기를 나누고 있었다. 나는 설탕이 듬뿍 들어간 기름기 많은 영국음식을 주문했다. 차 대신 커피는 물론이었고. 케이시 나이스는 한결 가벼운 메뉴를 선택했다. 그녀는 언제라도 들여다볼 수 있도록 휴대폰을 냅킨 옆에 내려놓았다.

그녀가 말했다. "오데이 장군의 얘기에 따르면 오늘 아침 현재 MI5도, 지역 경찰서도 롬포드 조직원 한 명이 사망한 사실을 모르고 있대요. 찰리 화이트가 입단속을 철저히 시킨 모양이에요."

내가 고개를 끄덕였다. 당연했다. 암흑세계의 불문율. 죽은 사내는 지난밤 내가 침대에 누울 때쯤엔·무허가 폐차장의 차량 압축기나 에식스 주어느 시골의 돼지 여물통 속으로 들어갔을 것이다.

그녀가 말했다. "지금까지 8개국 가운데 여섯 개 나라에서 거래를 위장하고 롬포드 보이즈의 최전방 방어선과 접촉을 시도했다고 하네요. 하지만 전부 실패했대요."

내가 다시 고개를 끄덕였다. 역시 당연했다. 롬포드 보이즈는 바짝 긴장한 채 아주 조심스럽게 움직이고 있을 것이다. 콧트의 자금줄과 약속한 대로 콧트와 카슨을 보호하기 위해서는 진짜일 수도 있는 거래 하나쯤 놓치는 손해는 충분히 감수할 것이다.

그녀가 말했다. "롬포드 보이즈의 조직원 명단은 오늘 오후에 넘겨주겠대요. 그들과 관련된 장소들의 정보도 함께요. 하지만 데이터를 추리기가 쉽지 않을 거예요. 뚝 떨어진 시골까지 포함해서 활동 구역이 워낙에 넓은 데다 지금쯤은 카렐 리보의 옛 구역도 접수했을 테니 말이에요. 본부에서는 진땀 꽤나 빼겠죠."

나는 세 번째로 고개를 끄덕였다. 콧트와 카슨은 백 개의 건초더미 가운데 하나 속에 감춰진 바늘이나 마찬가지다. 놈들은 당분간 그 상태로 지낼 것이다.

그녀가 말했다. "세르비아 갱단에 접근하는 가장 좋은 방법은 얼링이라는 지역의 어느 전당포를 통하는 거예요. 얼링은 런던의 서쪽 외곽이에요. 시내에서 공항까지 가는 거리의 중간에서 조금 못 미치는 위치. 지도에서 확인했어요."

"꽤 바쁘셨군. 나는 당신이 푹 자기를 바랐는데."

"잠은 잘 잤어요." 그녀가 말했다. "기분도 아주 좋고요."

나는 약에 대해선 묻지 않았다.

그녀가 말했다. "당신은 그 콜택시 회사가 수상쩍다는 걸 알고 있었어요, 그렇죠? 처음부터, 맞죠?"

내가 말했다. "경험에서 비롯한 추측이었소."

"당신은 그들을 이용해서 주의를 끈 거예요. 그들이 우리를 호텔에서 픽업해서 윌리스 코트까지 싣고 가도록 말이에요. 비행기에서 내릴 때 이미 세워둔 계획이었어요. 롬포드 보이즈의 최전방 방어선이 오히려 우리에게 다가오게 만드는 계획, 아닌가요?"

지나친 칭찬이었다. 사실 계획이랄 것까지는 없었으니 말이다. 내가 말했다. "그땐 나도 일이 어떻게 전개될지 몰랐소. 사실 그건 아무도 알 수 없소. 상황에 맞춰 어떻게 대응하느냐에 따라 결과가 달라지는 것뿐이오."

그녀가 잠시 머뭇거렸다. "그건 앞으로도 계획 같은 건 없다는 뜻인가요?"

"전체적인 전략적 목표는 있소."

"그게 뭐죠?"

"영국 경찰이 비디오테이프 내용을 확인하기 전에 이 나라를 뜨는 것."

그녀가 말했다. "얼링으로 가죠."

우리는 세인트 제임스 파크 역에서 다시 출발했다. 거기서 디스트릭트 노선을 타고 서쪽으로 한참을 가다 보면 '얼링 브로드웨이'라는 역이 나온다. 케이시 나이스가 다시 한 번 휴대폰에서 위치를 확인했다. 그 역이 틀림없었다. 지하철에 올라타고 나서 내가 말했다. "나한테 얘기해 보시오."

그녀가 말했다. "무슨 얘기를 하라는 거죠?"

"어디서 태어났는지, 어디서 자랐는지, 또 당신 집에서 키우던 조랑말의 이름이 뭐였는지."

"조랑말은 키운 적 없어요."

"그럼 개는?"

"늘 키웠다고 봐야죠. 때로는 여러 마리씩."

"개들의 이름은?"

"그런 것들은 알아서 뭐하게요?"

"당신의 말투를 제대로 들어보고 싶어서."

"나는 일리노이 주 남부에서 태어났어요. 어린 시절도 거기서 보냈고요. 우리 집은 농장이었어요. 거기서 키웠던 개들은 대개 민주당 대통령 이름을 따라 붙였고요."

내가 말했다. "내 고향은?"

"서베를린. 아칸소의 이웃집 남자한테 그렇게 말했잖아요."

"내가 자라난 곳은?"

"이 세상 방방곡곡. 당신 파일 내용대로라면."

"내 말투에서 그 사실을 집어낼 수 있겠소?"

"당신 말투만 들으면 아예 이 세상 사람이 아닌 것 같은 걸요? 지금도 무슨 말을 하는지 도무지 종잡을 수가 없으니 말이에요."

"그러니 당신이 전당포 주인과 얘기를 나눠야 하오. 당신 말투가 나보다 훨씬 유리하니까. 세르비아 패거리들은 늘 함정수사를 경계하고 있을 거요. 따라서 영국식 억양은 비상벨이나 마찬가지요. 손님으로 위장한 경찰일 수도 있으니까. 반면에 외국 억양의 손님에게는 경계심을 누그러뜨릴 거요. 당신은 전형적인 미국인 말투요. 세르비아 친구들이 그 차이를 구분할 수 있어야 의미가 있겠지만."

"알겠어요." 그녀가 말했다. 아주 쾌활한 목소리였다. 약효 덕분이든 아니든, 아직까지는 잘 버텨주고 있었다.

지하철은 규칙적으로 덜커덩거리면서 계속해서 달렸다. 어느 순간 전동차가 지하를 벗어났다. 밝은 햇살이 창문으로 쏟아져 들어왔다. 지상의 철로를 한동안 달린 뒤 마침내 얼링 브로드웨이 역에 도착했다. 지상의 여느 역과 다를 게 없는 곳이었다. 우리는 길거리로 나섰다. 서쪽과 동쪽이라는 점만 다를 뿐 같은 변두리였기에 분위기는 롬포드와 비슷했다. 오랫동안 외딴 시골이었다가 갑자기 진행된 도시화의 물결에 휩쓸린 곳, 그래서 과거의 유물들과 현대의 구조물들이 서로 어색하게 섞여 있는 곳. 신흥 상업구역이 상당히 길게 조성되어 있었고 군데군데 공공건물들도 높이를 자랑하며 솟아 있었다. 그런가 하면 세월에 찌든 건물들이 초라한 간판들을 달고 웅크려 있는 허름한 상업구역도 있었다. 그중에 '얼링 콜택시'라고 적힌 간판이 있었다. 그 옆에 있는 가게가 우리가 찾던 곳이었다. 귀중품을 담보로 돈을 빌려주는 가게. 창문마다 쇠창살이 촘촘히 질러져 있는 허름한 건물에 '얼링 캐시론'이라고 적힌 간판이 달려 있었다. 가게 앞에 설치된 검정색 가로대에 매달린 금색 공 세 개. 내 상식으로는 그것이 영국의 전통적인 전당포 표식이었다. 하지만 그 가게 앞에 그런 건 없었다. 그 대신 그 표식을 본 딴 네온사인이 창문 높이 붙어 있었다.

"준비 됐소?" 내가 물었다.

"준비야 늘 돼 있죠." 그녀가 대답했다.

내가 문을 열었다. 그녀가 나를 지나쳐 문 안으로 들어갔다. 나도 그녀를 따라 들어갔다. 영화 속에서 흔히 보는 전당포와는 사뭇 달랐다. 밋밋한 직사각형 공간이었다. 때가 탄 흰 벽면 위에 합판이 빼곡히 덧대어져 있었고 낮은 천장에는 갓을 씌우지 않은 형광등이 몇 개 매달려 있었다. 입구 쪽을 제외한 삼면에 허리 높이의 유리 진열장이 둘러쳐져 말굽모양의 구도를 이루고 있었다. 주인이 찾으러 온다는 약속을 지킬 것 같지도 않고, 싼값에라도 사갈 손님이 없을 것 같은 물건들이 값어치 없는 몸뚱이를 숨기려는 듯, 진열장 안에 뒤죽박죽 섞여 있었다.

카운터 뒤에 한 사내가 서 있었다. 입구에서 11시 방향이었다. 마흔에서 쉰 사이의 나이에 피부가 까무잡잡하고 수염이 텁수룩한 보통 체격의 사내였다. 굵은 나무 바늘로 뜬 게 분명한 올 성긴 적갈색 스웨터 차림이었다. 사내는 허리를 잔뜩 구부린 채 팔찌처럼 보이는 작은 물건을 닦고 있었다. 그가 자유형 선수가 호흡할 때처럼 고개를 비스듬히 들어 올리고 우리를 쳐다보았다. 적대적이진 않았지만 호의적이지도 않은 눈빛이었다. 1분이 족히 지난 뒤에야 우리는 그게 환영 인사의 전부라는 걸 깨달았다. 케이시 나이스가 카운터로 다가가서 말했다. "내가 좀 둘러봐도 될까요?"

사내의 관심이 케이시 나이스에게만 쏠렸다. 그녀가 '우리'가 아니라 '내'가로 물었기 때문이다. 이제 사내에게 나는 손님이 아니었다. 그녀의 운전사쯤으로 여길 것이다. 사내는 아무 말도 하지 않았다. 대신 비스듬히 누인 고개를 뒤로 한 번 까딱거렸다. 두 가지 해석이 가능한 고갯짓이었다. '편안히 둘러봐요.' 혹은 '댁이 보고 있는 게 전부요.'

나는 제자리에 서 있었고 나이스는 상체를 수그린 자세로 진열장을 들여다보면서 천천히 걸음을 옮겼다. 이따금씩 유리 덮개를 손가락으로 짚는 동작도 잊지 않았다. 누가 봐도 마음에 둔 물건을 찾고 있는 손님이었다. 그녀가 진열장을 왼쪽에서 오른쪽으로, 다시 오른쪽에서 왼쪽으로 두 차례 살피고 난 뒤, 자세를 펴면서 말했다. "내가 찾고 있는 물건이 눈에 띄지 않네요."

사내는 대꾸하지 않았다.

그녀가 말했다. "시카고에 사는 친구가 여길 이용했다고 그랬어요."

사내가 말했다. "뭣 때문에요?"

영국인이 아니었다. 그건 분명했다. 프랑스인, 네덜란드인, 독일인도 아니었다. 러시아인, 우크라이나인, 폴란드인도 아니었다. 세르비아인이 거의 분명했다.

케이시 나이스가 말했다. "그 친구는 굉장히 불안했대요. 사장님도 아시겠지만 외국에 처음 나오면 다들 그렇잖아요. 확실하게 안전을 지킬 수 있는 수단을 찾지 못하면 그냥 집으로 돌아가려고 했다는군요."

사내가 말했다. "미국에서 왔어요?"

"네, 시카고에서."

"이봐요, 아가씨. 여긴 무술 도장이 아닙니다. 호신술은 다른 데 가서 배워요."

"내 친구 말이 여기서 어떤 물건을 판다고 하던데요."

"금시계를 찾는 겁니까? 그럼 두어 개 사 가시든가. 위태로운 상황에서 목숨을 흥정할 수 있을 테니."

"그 친구는 시계를 사지 않았어요."

"그럼 뭘?"

나이스가 늘어뜨리고 있던 한쪽 손을 옆구리에서 멀찍이 떼고는 엄지와 중지를 맞대고 튕겨서 '딱' 소리를 냈다. 보스가 비서나 운전사, 혹은 짐꾼에게 보내는 사인, 알아서 나서라는 신호. 나는 그렇게 받아들였다. 주인 사내 역시 나와 같은 생각이었을 것이다. 나는 카운터로 다가갔다. 그리고 사내가 보는 앞에서 돌돌 말린 죽은 사내의 지폐 다발을 엄지와 검지로 끄집어낸 뒤 툭 소리 나게 카운터 덮개 위에 세워놓았다. 사내가 빽빽하게 말린 채 위스키 잔 크기로 서 있는 돈 다발을 유심히 바라보았다. 이어서 내 얼굴을 한 번 홀깃거린 뒤 케이시 나이스에게 얼굴을 돌렸다.

그가 말했다. "이 사람은 누굽니까?"

"내 보디가드." 그녀가 말했다. "그런데 공항 검색대에서 총을 압수당했어요."

"아무렴, 이 나라에도 법이 있으니까."

"어느 나라든 법이 있는 건 똑같아요. 그걸 피해가는 방법도 똑같죠."

사내가 돈 뭉치를 다시 쳐다보았다.

그가 말했다. "콜택시 사무실로 가서 기다려요. 바로 옆 가게예요. 누군가 태워다 줄 겁니다."

"어디로?"

"그런 물건은 여기에 보관하지 않아요. 경찰들 때문에 안 될 일이죠. 허구한 날 여길 들쑤셔 대니까요. 하긴 이 나라에도 법이 있으니까."

"그럼 어디에 보관하죠?"

사내는 대답 대신 전화기를 꺼내 번호를 눌렀다. 그가 낮은 목소리로 몇 마디를 지껄였다. 외국어였다. 불어도, 네덜란드어도, 독일어도, 러시아어도, 우크라이나어도, 폴란드어도 아니었다. 세르비아어가 거의 분명했다. 전화를 끊은 사내가 우리를 향해 손등을 털었다. 그가 말했다. "가 봐요. 누군가 태워다 줄 테니."

31

우리가 콜택시 사무실의 문을 열고 안으로 들어섰을 때 이미 어떤 사
내가 카운터를 돌아 문을 향해 걸어 나오고 있었다. 전당포 주인과 비슷한
인상이었다. 까무잡잡한 피부에 텁수룩한 수염, 다만 좀 더 젊고 좀 더 몸
집이 컸으며 좀 더 자세가 곧을 뿐이었다. 둘이 사촌간일 수도 있었고 고
향 선후배 사이일 수도 있었다. 그가 도로변에 주차돼 있는 스코다 세단으
로 우리를 안내했다. 사내는 운전석에, 나이스와 나는 뒷좌석에 올라탔다.
사내가 시동을 걸고 출발했다. 차에 어느 정도 속도가 붙고 나자 잠금장치
들이 일제히 딸깍 소리를 내며 잠겼다.

목적지를 묻는 것은 헛수고였다. 대답을 듣지 못할 게 뻔했다. 내내 침
묵을 지키고 있는 운전석의 사내가 최소한 그 차 속에서만은 주인공이었
다. 물론 그 역할이 탐난 건 아니었고. 자동차는 북쪽으로 달리고 있었다.
어디로 가는지는 중요하지 않았다. 그곳이 어떤 곳인지가 중요했다. 나는
그곳을 머릿속으로 대충 그려보았다. 북쪽 변두리 어느 쇠락한 산업단지
의 허름한 창고, 혹은 시내 공터의 헛간 같은 건물, 아니면 북쪽으로 한 시
간 넘게 떨어진 시골의 진짜 헛간. 어쩌면 장시간 자동차 여행을 해야 할
수도 있었다. 엔진의 소음으로 미루어 스코다는 디젤 차량이었다. 나는 상
체를 앞으로 약간 기울이고 유량계를 확인했다. 가득 차 있었다.

도로 위의 흐름은 더뎠다. 창밖으로 한동안 한적한 교외의 풍경이 이어
졌다. 어느 순간 대형 축구경기장의 아치형 구조물이 눈에 들어왔다. 웸블
리 스타디움. 그렇다면 계속해서 북쪽으로 달려온 것이다. 하지만 우리의

목적지가 북쪽 멀리 떨어진 시골 동네 헛간은 아닌 것 같았다. 장시간 자동차 여행도 필요 없을 것 같았다. 스코다가 이내 둥글게 휘도는 도로로 올라섰기 때문이다. 이어서 지금까지와 거의 반대 방향으로 앞머리를 향하고 달려 내려갔다. 웜우드 스크럽스 방향임을 알리는 이정표가 스쳐 지나갔다. 런던의 유명한 교도소. 우리가 가는 곳의 주변 풍경을 대충 짐작할 수 있었다.

내 짐작대로 창밖 풍경이 갈수록 음산하고 삭막해지기는 했다. 하지만 우리의 목적지는 교도소 부근이 아니었다. 스코다는 교도소에서 한참 못 미치는 지점에서 왼쪽으로 빠졌다. 잠시 후 다시 한 번 왼쪽으로 꺾고 나서는 곧장 벽돌담 사이에 뚫린 출입구를 통해 커다란 벽돌 건물 안으로 들어갔다. 100년 전쯤에는 전차 차고였을 수도 있었다. 당시는 런던 시내에도 공장이 있던 시절이었으니 어쩌면 가내 수공업 공장이었을 수도 있었다. 아무튼 지금은 자동차 정비소였다. 폐타이어들이 허옇게 먼지를 뒤집어 쓴 채 군데군데 무더기를 이루고 있었고 여기저기 우그러지고 고장난 차량들이 속살을 내보이며 곳곳에 세워져 있었다. 그 가운데 한 대는 호이스트(hoist, 화물을 들어올리기 위한 승강 장치-옮긴이) 위에 얹혀 있었다. 훤히 드러난 바닥이 아주 더러웠다. 눈에 띄는 차량들 모두 우리가 타고 들어온 스코다 급이었다. 콜택시 수리 전문 업체가 분명했다. 모두 허가 규정을 위반하는 하자들을 수리하기 위해 입고된 차량들인 것 같았다. '사업 허가를 취소당할 수도 있어요.' 바킹 콜택시의 데스크 직원은 그렇게 말했었다. 콜택시 사업에는 사전 전화 예약 원칙 말고도 규제 사항이 많은 모양이었다.

사내가 비어 있는 베이에 스코다를 세웠다. 기왕 정비소에 들른 김에 오일을 교환하거나 차체 밑바닥을 정비하려는지도 몰랐다. 벽에 울리는 엔진 소리가 시끄러웠다. 우리 뒤쪽 어딘가에서 나타난 한 사내가 출입구 쪽으로 걸어가더니 커다란 녹색 버튼을 눌렀다. 그러자 체인 구동식 보안 셔터가 덜커덩거리며 내려오기 시작했다. 햇빛이 비치던 사각 면적이 점점 좁아지다가 셔터 아랫부분이 바닥에 닿는 소리와 함께 완전히 사라졌다. 이제 조명이라고는 높은 천장의 철제 서까래에 매달린 전구들의 흐릿한 불빛뿐이었다.

운전석의 사내가 시동을 끄고 바닥에 내려섰다. 이어서 케이시 나이스쪽으로 다가가더니 문을 열어주었다. 두 가지로 해석할 수 있는 행동이었다. 숙녀를 존중하는 기사도, 혹은 어서 내리라는 재촉. 나이스가 차에서 내렸다. 나도 내 쪽 문을 열고 내렸다. 나는 바닥에 널린 공구들과 공기 호스들을 피해가며 정비소 중앙의 깨끗한 공간으로 걸어갔다. 나이스도 내 뒤를 따라왔다. 셔터를 내렸던 사내가 우리 쪽으로 걸어왔다. 또 다른 사내 둘이 칸막이 사무실에서 걸어 나와 셔터 사내와 합류했다. 우리를 태우고 온 사내까지 합쳐서 모두 네 명. 모두 비슷한 인상착의였다. 늙지도 젊지도 않은 나이, 까무잡잡한 피부, 텁수룩한 수염, 상당한 체격, 기름때 범벅인 정비복, 각자 하나씩 들고 있는 큼지막한 렌치, 꾹 다문 입, 경계하는 눈빛. 그들 말고 다른 사람은 없었다. 작업 중인 정비공은 한 사람도 눈에 띄지 않았다. 비밀리에 거래를 진행하기 위해 모두 내보낸 모양이었다.

칸막이 사무실에서 나온 두 사내 중 하나가 두목인 것 같았다. 그가 우리를 위아래로 훑어보고 나서 말했다. "당신들이 누군지부터 알아야겠어."

케이시 나이스가 말했다. "우린 미국인이에요. 돈을 갖고 왔어요. 당신들한테서 뭔가를 사려고."

"돈은 얼마나 갖고 왔지?"

"충분할 만큼."

"사람을 잘 믿는 성격이시군." 두목이 말했다. "여기까지 따라오다니. 우리가 돈만 뺏으면 어쩌려고?"

"한번 해보시든가."

"도청 장치를 달고 있는 건 아니겠지?"

"그런 건 없어요."

"증명할 수 있나?"

"옷이라도 벗으란 건가요? 절대 그런 일은 없을 걸요."

두목은 그 말에 대꾸하지 않았다. 대신 입술에 약간 물기가 돌면서 입
주변이 씰룩거렸다. 그자의 머릿속에 어떤 그림이 떠올라 있는지 충분히
알 수 있었다. 내가 말했다. "우리 여권을 보여주겠소. 영국 경찰이 함정수
사를 위해 외국인을 끌어들일 가능성이 있는지 생각해 보시오. 그다음엔
돈을 보여주겠소. 돈을 확인한 뒤 물건을 보여주시오. 그게 순서인 것 같
소."

"그렇게 생각하시나?"

"물론."

두목이 내 눈을 똑바로 쳐다보았다. 나도 그의 눈을 똑바로 마주 보았
다. 그자는 눈싸움에서 한 번도 져본 적이 없을 수도 있었다. 그렇다면 이
번이 첫 번째 패배가 될 것이다. 내게 눈싸움은 식은 죽 먹기다. 나는 하루
종일이라도 상대의 눈을 쳐다보고 있을 수 있다. 마음만 먹으면 그 시간
내내 한 번도 눈을 깜빡이지 않을 수 있다. 그 비결은 상대의 눈이 아니라
그 너머 10미터 뒤쪽에 초점을 모으는 것이다. 그곳엔 아무것도 없으니 자
연히 내 시선은 텅 비게 된다. 그러면 상대방은 마음이 불안해지기 마련이
다. 내 텅 빈 시선 뒤에서 일어나는 생각들을 지레짐작하기 때문이다.

그가 말했다. "좋아. 여권을 확인하지."

내가 빳빳한 여권을 건넸다. 스탬프 한 개만 달랑 찍혀 있는 새것이었지
만 의심의 여지없는 진짜 여권. 사내가 페이지를 앞뒤로 뒤적이며 살펴보
았다. 손끝으로 종이의 질감을 확인하고 사진과 내 얼굴도 대조했다. 기재

된 내용도 꼼꼼히 읽은 게 틀림없었다. 나를 올려다보며 이렇게 말했기 때문이다. "미국에서 태어나지 않으셨구만."

내가 말했다. "미국에서 태어나지 않은 건 사실이오. 하지만 미국 헌법과 관련 법규들은 해외에 파병된 군인들이 현지에서 낳은 자녀들은 속지법에 따르지 않는다고 규정하고 있소. 쉽게 말해서 어디서 태어났든 미국 시민으로 인정한다는 얘기요."

"해외 파병 군인?"

"당신도 분명히 기억할 텐데. 코소보에 파병된 우리 군대가 제대로 한 방 먹여줬던 거 말이오."

그가 한 박자 쉬었다가 말을 이었다. "이 숙녀분의 경호원이라고 했나?"

나는 고개를 끄덕였다.

내가 말했다. "믿어도 좋소."

그가 내게 여권을 돌려주었다. 케이시 나이스의 여권은 요구하지 않았다. 하나로 충분한 모양이었다. 그가 말했다. "사무실로 들어가서 얘기하지."

수십 년 전에 삼면에 벽돌을 한 줄로 쌓아 올려 작업장과 구분을 지은 공간이었다. 나머지 한 면은 건물 벽이었다. 귀퉁이에 자리 잡아 벽돌을 한 면 더 절약하지 않은 것은 기존의 전기 배선 때문인 듯했다. 가로세로 각각 4.5미터가량 되는 것 같았다. 회반죽으로 마감한 벽에는 완두콩 수프처럼 칙칙한 녹색의 공업용 페인트가 칠해져 있었다. 건물 벽을 겸하는 안쪽 벽에는 철제 창틀이 둘러쳐진 유리창이 하나 나 있었다. 그 창문 아래에는 의자 딸린 책상이 놓여 있었다. 책상 앞에 놓인 의자는 세 개, 모두 팔걸이의자였다. 총기가 보관되어 있을 만한 캐비닛은 없었다. 벽장 같은 것도 없었다. 중고차 판매장 뒤편에 마련된 영업사원의 사무실처럼 단출했다.

사내가 말했다. "앉으쇼." 우리가 그의 얘기에 따르지 않자 사내가 먼저 앉았다. 앉는 법을 가르치려는 듯, 혹은 안심시키려는 듯.

우리도 남은 의자 두 개를 차지하고 앉았다.

사내가 말했다. "어떤 물건을 원하시는지?"

내가 말했다. "어떤 물건을 갖고 있소?"

"권총?"

"두 자루. 내 거 하나, 내 보스 거 하나. 내 보스가 권총을 차고 있다고는 누구도 예상하지 못할 거요."

"어떤 모델로?"

"작동만 한다면 상관없소. 구경에 맞는 총탄까지 함께 살 수 있어야 하는 건 물론이지만."

"우리 물건들은 대부분 9밀리짜리요. 유럽에서는 9밀리가 가장 흔하니까."

"그걸로 하겠소."

"글록으로?"

"다른 모델은?"

"대부분이 글록인데. 글록 17, 완전 새 거. 두 양반이 같은 걸로 하실 거 아뇨? 다른 모델들은 한 자루씩밖에 없어서 권하지 않은 거요."

"총탄은 각각 백 발씩 주시오."

사내가 한 박자 쉰 뒤에 고개를 끄덕였다. 그가 말했다. "견적을 뽑아올 테니 잠깐 기다리쇼."

그가 의자에서 일어나 방을 나갔다.

그가 등 뒤로 문을 닫았다.

그리고 문을 잠갔다.

32

첩보물이든 스릴러든 영화 속에서는 열쇠꾸러미와 잠긴 문이 반드시 등장하게 돼 있다. 아마 내 무의식이 그런 장면에 익숙해 있었던 모양이다. 그래서 나는 찰칵 하고 문이 잠기는 소리를 첫 순간엔 아무렇지도 않게 들어 넘겼다. 하지만 두 번째 순간, 내 의식이 퍼뜩 깨어났다. 사내가 왜 문을 잠근 것일까? 그때까지 그와 우리는 동등한 입장에서 협상을 진행해왔다. 양측 모두 마치 중고차를 사고 팔 때처럼 적당한 수준의 경계심을 품고 적절하게 행동했다. 적어도 피차 예의는 지켰다. 그가 계산서든 총이든 가져오기 위해 사무실을 나가면서 문을 잠글 이유가 없었다.

고객을 방 안에 가두는 장사꾼은 없다. 이제 막 거래가 시작된 시점에서는 더욱 그럴 수 없다.

세 번째 순간, 상황이 완전히 잘못 돌아가고 있다는 사실을 내 몸이 머리보다 먼저 깨달았다. 위기가 닥치면 늘 그래왔듯이 얼굴과 목, 그리고 가슴에 찌르는 듯한 냉기가 번져온 것이다. 나는 케이시 나이스 쪽으로 얼굴을 돌렸다. 그리고 이미 나를 보고 있던 그녀의 눈길과 마주쳤다. 불안이 가득 담긴 눈빛이었다. 그녀 역시 느꼈다면 위기가 분명했다. 내 두뇌 뒷부분이 자동적으로 주변의 지형지물을 살폈다. 벽, 창문, 문, 그 문밖의 네 사내.

네 번째 순간, 내 의식이 그 네 사내의 정체와 그들이 우리를 가둔 이유에 대한 분석을 끝냈다. 단순한 위기가 아니었다. 절체절명의 위기였다.

세르비아 패거리들만 놓고 보자면 우리는 고객 이상도 이하도 아니었다. 그들은 우리가 미국인이라는 사실을 분명히 확인했다. 최소한 두목은 미국식 억양을 구분할 수 있는 자였다. 그래서 케이시 나이스에게는 여권을 요구하지 않았던 것이다. 그들이 우리를 외국에서 경험을 쌓으려는 FBI 수습 요원이라고 판단한 걸까? 대신 MI5의 수습 요원은 뉴욕이나 LA에서 함정수사를 펼치고 있고? 일종의 교환학생 프로그램? 아니, 그들이 그런 판단을 내렸을 가능성은 거의 없었다. 따라서 그들은 가격을 흥정하는 마약쟁이나 늘씬한 창녀를 고르려는 호색한과 똑같은 고객으로서 우리를 대우해야 했다. 그런 고객을 방에 가두는 건 사업을 접을 마음 없이는 엄두도 내지 못할 실례였다.

그렇다면 왜? 가능한 답은 딱 두 가지다. 다섯 번째 순간에 내가 정리한 그 첫 번째 대답은 롬포드 패거리가 런던의 모든 범죄조직에게 날렸을 현상수배였다. 찰리 화이트의 사무실 책상 위에는 백악관 대통령 집무실처럼 핫라인이 설치되어 있을 수도 있다. 자존심을 굽히고 집어 드는 보스끼리의 직통 전화. 이번 경우 같으면 찰리 화이트는 자존심을 아예 씹어 먹어 버리고 전화를 들었을 것이다.

여섯 번째 순간에 내가 정리한 그 두 번째 대답은 오데이의 얘기 속에 들어 있었다. 바비큐 파티 도중에 부랴부랴 참석해야 했던 긴급 회의석상에서 그가 했던 얘기. '런던 서부에서 활동하는 세르비아인 갱단과 오래전부터 동부를 장악하고 있는 토종 갱단. MI5의 자료에 따르면 카렐 리보는 그 두 조직 모두에게 눈엣가시였네.'

'두 조직 모두에게.'

그렇다면 두 조직 모두 이번 사건에 처음부터 개입했을 가능성이 컸다. 합작투자, 한시적 동맹, 일시적 휴전, 공동의 목표, 공동의 이익, 공동의 의무, 공동의 정보. 그렇다면 콧트와 카슨은 절대적으로 안전할 것이다. 런던 지하철의 디스트릭트 노선처럼 동쪽 끝에서 서쪽 끝까지 이어지는 방어선이 구축되었으니 말이다. 그 두 놈은 그 대가로 무엇을 지불했을까? 침착한 손, 침착한 눈, 그리고 50구경 총탄 한 발. 하지만 돈도 지불했을 것이다. 아주 많은 돈. 오데이는 이런 얘기도 했었다. '콧트의 자금줄은 돈을 물 쓰듯 뿌려대고 있어. 그자들에게 돈은 문제가 아니야. 쉽고 빠른 해결 방법을 찾는 게 문제인 거지. 그걸 위해서는 얼마든지 돈을 질러댈 놈들이야.'

현상금을 노렸든, 동맹 관계이든 세르비아 패거리가 우리를 가둔 건 미리 세워둔 계획의 전반부일 것이다. 그 계획의 후반부는 우리를 롬포드 보이즈의 소굴로 압송하는 것일 테고. 찰리 화이트로부터 우리를 잡아 놓고 있으면 곧 누군가를 보내서 데리고 가겠다는 다짐을 받았을 것이다. 그 누군가는 리틀 조이일 확률이 높았다. 이제 곧 벤틀리가 재규어 여러 대의 호위를 받으며 출발할 것이다.

우리를 실을 검정색 밴을 꽁무니에 매단 채.

위기. 절체절명의 위기.

나이스가 말했다. "우리 지금 놈들의 그물에 곧장 걸려든 거죠, 그렇죠?"

"빠져나갈 시간은 있소."

"얼마나요?"

"정확히는 모르겠소. 하지만 런던은 대도시고 도로들은 정체를 빚고 있소. 그리고 여기와 롬포드는 끝에서 끝이요. 차량 여러 대를 모아서 출동하려면 그 준비에 10분은 소요될 거요. 그러고 나서 런던 시내 북쪽 외곽을 크게 돌거나, 아니면 시내 중심을 관통해서 이리로 올 거요. 이스트엔드에서 웨스트민스터, 그다음엔 패딩턴을 거쳐서. 우리한텐 한 시간쯤 여유가 있을 거요. 또는 그 이상. 한 시간 반까지도 기대할 수 있소."

"그동안 뭘 해야 하죠?"

"필요한 거라면 뭐든지."

"저 문을 발로 차서 부술 수 있겠어요?"

원래부터 재질이 견고한 나무문이었다. 오랜 세월 동안 더욱 단단해진 데다가 문틀과 빈틈없이 맞물려 있었다.

내가 말했다. "밖에서라면 몰라도 안에서 부수기는 힘들 것 같소."

"창문을 깨고 나가는 건 어떨까요?"

빅토리아 시대의 창문이 아니었다. 1930년대에 유행했던 디자인이었다. 기존에 있던 걸 창틀째 떼어내고 더 널찍하게 짜 넣은 창문이었다. 관리비를 절감하기 위해서 일조량을 늘린 것이다. 창틀은 알루미늄 재질이었다. 아니면 아연 도금한 철재일 수도 있었다. 정중앙에도 세로로 틀을 질러놓아서 양쪽에 대형 판유리가 하나씩 끼워져 있었다. 한쪽만으로도 보통 사람이 기어나갈 수 있는 크기였다. 유리는 특수하게 가공하지 않은 보통 제품이었다. 내가 말했다. "그럽시다. 아무래도 창문을 깨야겠소."

"창문 밖은 어디로 이어질까요?" 그녀가 질문을 던지고는 직접 대답을 찾아 나섰다. 그녀가 창가로 바짝 다가가 코를 유리에 밀착시킨 채로 왼쪽, 오른쪽을 번갈아 살펴보았다. 앞은 살펴볼 필요가 없었다. 밋밋한 벽돌담이 완전히 가로막고 있었기 때문이다. 그녀가 말했다. "골목이에요. 상당히 좁고 길어요. 그런데 양쪽 끝이 막혀 있을 거 같아요. 이리로 나간다 해도 골목에 갇히겠어요. 다른 건물 뒷벽에 창문이 나 있다면 모를까."

내가 말했다. "걱정은 일단 접어둡시다. 지금 당장은."

"그럼 언제 걱정할까요?"

"일단 기다려 보자는 얘기였소. 5분만. 우리 판단이 틀렸을 수도 있으니까. 우리가 지나치게 예민한 걸 수도 있소. 그 사내가 정말로 견적을 뽑아올 지도 모르잖소."

우리는 기다렸다. 5분이 흘렀다. 사내는 돌아오지 않았다. 문 바깥쪽은 쥐 죽은 듯 조용했다. 차량을 정비하는 소음은 들리지 않았다. 내 짐작이 또다시 틀렸다. 처음에 나는 거래를 비밀에 붙이기 위해 정비공들을 내보냈다고 생각했었다. 하지만 다시 생각해 보니 놈들이 비밀에 붙이려는 건 우리 두 사람의 감금이었다.

결정적인 단서를 미처 깨닫지 못한 착오, 사건의 전말을 혼동했던 착각, 무모한 작전에 따른 응분의 실패.

나의 실수들.

도미니크 콜.

내가 말했다. "이 방 안에 뭐가 있는지 정확히 파악해야 하오."

"뭘 찾는 거죠?"

"뭐든지. 우리가 뭘 갖고 있는지 정확히 파악한 후에 그걸 활용할 방법을 궁리해야 하오."

우리가 가진 건 그리 많지 않았다. 쉽게 눈에 들어오는 큰 물건은 팔걸이의자 세 개, 책상 한 개, 책상용 의자 한 개였다. 팔걸이의자들은 한 30년 전쯤 회사 로비에 놓여 있었음직한 종류였다. 덴마크나 스웨덴 제품이었다. 심플한 디자인에 짧고 뭉툭한 나무다리, 푹 꺼진 쿠션은 기름때로 반질거렸다. 책상은 훨씬 더 낡아 있었다. 가운데 하나, 양쪽에 세 개씩 서랍이 모두 일곱 개 달린 책상이었다. 양쪽 맨 아래 서랍 두 개는 커다란 파일을 보관할 수 있을 만큼 속이 깊었다. 책상용 의자는 일반 주방용이었다. 바퀴도, 팔걸이도 없었고 등받이가 뒤로 넘어가지도 않았다. 허리지지대를 비롯한 인체 공학 터치는 전혀 없었다. 견고한 네 다리, 엉덩이 자국이 희미하게 나 있는 딱딱한 시트, 그리고 그 시트와 직각을 이루고 있는 등받이, 그게 전부였다.

전화기도 없고 책상용 램프도 없었다. 벽에는 아무것도 걸려 있지 않았다. 황급한 점심식사 뒤에 남겨진 나이프와 포크 따위도 없었다. 전기선도, 휴대폰 충전기도, 편지 개봉용 칼도, 문진도 없었다. 책상 가운데 서랍에는 클립 세 개가 들어 있었다. 얼마나 묵었는지 원래의 은빛이 꺼멓게 변해 있었다. 그 밖엔 나무 연필 부스러기와 먼지뿐이었다. 나머지 서랍 여섯 개 중 다섯 개도 역시 먼지뿐이었다. 하지만 왼쪽 맨 아래 서랍 안에는 스웨터가 들어 있었다. 냄새가 영 퀴퀴한 것이, 갑자기 더워진 어느 날 낮에 벗어놓고 찾아가지 않은 것 같았다. 약간 회색빛이 도는 흰색 울 제품이었다. 양쪽 어깨와 팔꿈치 부분에 얇은 데님 천이 덧대어져 있었다. 미디엄 사이즈에 전혀 낯선 브랜드였다.

우리는 책상에서 물러나 잠시 서 있었다.

케이시 나이스가 물었다. "뭘 찾고 싶었던 거죠?"

내가 대답했다. "원래는 기갑사단. 좀 더 소박한 바람은 헤클러 앤드 코흐 MP5 기관단총 두 자루와 실탄을 꽉 채운 여분의 탄창 열두 개. 농담이고, 사실은 성냥 한 갑이라도 나오길 기대했었소."

"그런데 아무것도 없네요."

"가진 것만으로 어떻게 해봐야지."

"뭘 어떻게 하겠다는 거죠?"

나는 뭘 어떻게 할지 그녀에게 설명했다. 그런 다음 함께 수차례에 걸쳐 연습했다. 그리고 마침내 뭘 어떻게 하기 시작했다.

33

나는 팔걸이의자 하나를 부드러운 천 커버에 손가락들이 깊이 박힐 만큼 단단히 쥐었다. 그러고 나서 짧고 뭉툭한 다리가 45도 각도로 위를 향해 내밀어지도록 내 눈높이까지 뒤집어 들어올렸다. 이어서 크게 두 걸음을 내딛으며 창문을 향해 힘껏 내던졌다. 네 다리로 판유리 두 장을 모두 깨뜨린 의자는 가운데 틀에 맞고 튕겨 나와 책상 위로 떨어진 뒤 다시 튕겨 올랐다가 바닥으로 떨어져 옆으로 누웠다.

와장창, 쿵쾅쾅.

케이시 나이스가 창문에 바짝 다가섰다. 나는 책상 의자를 왼손으로 집어 들고 문 왼쪽 벽에 붙어서 기다렸다.

연습할 때 내가 말했었다. '창문으로 나가봐야 아무 소용이 없소. 좁은 골목에 갇힐 뿐이니까. 저 네 놈을 이 방으로 유인해야 하오.'

놈들이 걸려들었다. 인간의 본성. 창문이 박살나는 소리가 났는데 확인하러 오지 않고 배기겠는가? 황급히 문을 열고 들이닥칠 것이다. 방 안을 둘러본 뒤 유리가 깨져 있는 창문으로 달려갈 것이다. 창틀 밖으로 고개를 내밀고 좌우를 살펴볼 것이다. 그게 순서였다. 하지만 그 순서대로 진행될 수 있을까?

문을 따는 소리가 들렸다. 이내 문이 오른쪽 벽에 부딪힐 정도로 활짝 열어젖혀졌다. 첫 번째 사내의 몸뚱이가 반쯤 문턱을 넘었다. 두목이었다. 나는 놈의 뒷목을 오른손으로 힘껏 움켜쥐고 나머지 몸뚱이를 안으로 끌어들인 다음 백핸드 스윙으로 놈을 나이스에게 밀쳐 보냈다. 연습할 때 내가 말했었다. '두 번째, 세 번째, 그리고 마지막 놈은 내가 맡겠소. 하지만 첫 번째 놈은 당신이 처리해야 하오. 바닥에 떨어진 유리 조각 가운데 가장 날카로운 걸 고르시오. 서랍 속 스웨터를 손에 둘둘 감고 그 조각을 꽉 움켜쥔 뒤 그걸 놈의 눈구멍에 찔러 박으시오.'

나는 그녀가 제대로 해내기를 간절히 바랐다. 하지만 그녀 쪽을 지켜보고 있을 수가 없었다. 두목이 비척거리며 그녀에게 다가가는 장면을 마지막으로 몸을 돌려야 했다. 두 번째 사내가 뛰어 들어오고 있었기 때문이다. 나는 책상 의자로 놈의 대가리를 찍었다. 서부 영화의 술집 패싸움 장면에서처럼 내려친 게 아니었다. 사자 조련사들이 그러듯 수평으로 누인 의자 다리로 힘껏 찌른 것이다. 실제 싸움에서는 그게 훨씬 효과적이다. 추진력이 더해진 몸무게가 가로세로 2.5센티미터의 의자 다리 끝에 온전히 실리기 때문이다. 야구방망이를 휘두를 때나 문을 부술 때와 마찬가지로 의자로 공격할 때도 질량과 속력이 관건이다. 최소한 두개골 파열, 잘하면 즉각적인 뇌사까지도 기대할 수 있다. 나는 가로세로 2.5센티미터 크기의 두개골 파편이 그대로 밀려들어가 놈의 부드러운 뇌 조직 속에 푹 꽂히기를 바랐다. 그랬을 것이다. 하지만 확인은 부검의의 몫이었다. 즉사했든 기절했든 사내는 속이 빈 자루처럼 힘없이 꼬꾸라졌다. 스코다에 우리를 태워 온 사내였다. 나는 의자를 내려놓고 널브러진 사내의 몸뚱이를 뛰어 넘어 문밖으로 나갔다. 이제 남은 건 두 놈.

'한 번에 두 놈을 상대하는 건 내겐 일도 아니오.' 연습할 때 내가 말했었다. '내 걱정은 말고 첫 번째 놈이나 확실히 처리하시오. 만일 유리 조각으로 눈을 찔러도 놈이 죽지 않고 반항을 하려 하면 책상서랍으로 놈을 내리치시오. 서랍 모서리로 콧마루를 힘껏 가격하는 거요. 전혀 반응이 없어질 때까지 치고 또 치시오.'

세 번째 사내는 주춤거리고 있었다. 앞의 두 놈이 당하는 꼴을 눈앞에서 목격했기 때문이다. 네 번째 사내는 뒤쪽에서 황급히 달려와서 동료와 나란히 섰다. 하지만 당황한 행동은 거기까지였다. 얼간이들이 아니었다. 놀란 마음을 다잡고 본능적으로 뒤로 약간 빠지면서 전열을 가다듬었다. 둘 다 총은 들고 있지 않았다. 그렇다면 내가 당할 확률은 제로에 가까워 졌다. 런던은 미국의 대도시들과는 다르다. 그곳에서 총은 아주 특별한 경우에만 등장한다. 나로서는 칼이 약간 걱정이긴 했다. 나는 칼을 좋아하지 않는다. 하지만 런던의 뒷골목에서는 늘 칼부림이 일어난다. 하지만 두 놈의 손에는 칼이 들려 있지 않았다. 최소한 아직까지는 아니었다. 물론 놈들의 주머니 속에 무엇이 들어 있는지 나로선 모를 일이었다.

농구 코트보다 더 널찍한 작업장 바닥은 온통 어질러져 있었다. 각종 연장과 호스들이 널렸고, 성치 않은 차량들과 호이스트들이 곳곳을 막고 있었다. 조명은 천장의 전등뿐, 셔터는 여전히 내려져 있는 상태였다. 두 사내가 자기들끼리의 간격을 6미터로 벌린 다음 주위를 두리번거렸다. 세 번째 사내가 왼쪽으로 상체를 푹 기울이고 바닥에서 쇠 지렛대를 집어 들었다. 네 번째 사내는 오른쪽으로 상체를 약간 기울이고 벤치 위에 놓인 렌치를 집어 들었다. 세 번째 사내는 칸막이 사무실에서 두목과 함께 나왔던 놈이고 네 번째 사내는 보안 셔터를 내렸던 놈이었다. 두 사내가 동시에 나를 향해 한 걸음 다가왔다. 텅 빈 채 흔들림 없는 시선을 내게 고정시키고 팔을 앞으로 약간 내밀어 몸의 균형을 잡으며 발끝에 힘을 주어 내딛는 품새가 제법이었다. 만만한 상대들은 아니었다. 폭력으로 점철된 삶을 살아온 사내들이었다. 그들의 DNA 속에는 조상 대대로 내려온 전투 인자가 박혀 있을 것이다. 군대나 게릴라 집단에서 실전 경험을 쌓았을 수도 있었다. 그들의 보스 역시 찰리 화이트나 카렐 리보와 비슷한 차원의 인간일 것이다. 그런 인간이 이끄는 범죄조직에 가담해서 낯선 이국의 음지에서 삶을 이어올 만큼 천성도 잔인하고 배짱도 두둑한 놈들이었다. 으름장을 놓는다고 해서 꼬리를 내릴 놈들이 아니었다.

내 머릿속에 리틀 조이의 벤틀리가 속력을 내며 달려오는 모습이 떠올랐다. 하지만 아직 시간은 충분했다. 그러니 서두를 필요가 없었다. 싸움판에서는 서두르면 안 된다. 상대방이 먼저 움직이게 만들어야 한다. 그래서 그들의 동작을 지켜봐야 한다. 그래야 그들의 약점을 간파할 수 있다.

나와 두 사내는 1분 가까이 대치 상태를 유지했다. 잠시 후의 폭풍을 예고하는 침묵의 삼각 구도. 놈들은 내게서 잠시도 눈을 떼지 않은 채 몸을 조금씩 움직여 근육을 풀고 있었다. 나는 놈들 사이의 허공에 눈길을 꽂은 채 조금도 움직이지 않았다. 마치 10분처럼, 아니 한 시간처럼 느껴졌던 그 1분 동안 나는 주변의 지형지물을 옆눈으로 살펴보며 머릿속으로는 전투가 개시된 뒤의 동선들을 그려보았다. 내 왼편에 우리가 타고 온 스코다, 그 뒤쪽에는 호이스트, 그 호이스트 위에는 망가진 차량 한 대. 훤히 드러난 더러운 바닥, 그리고 차량이 세워져 있지 않은 베이 하나 더. 한쪽 구석에는 먼지를 뒤집어 쓴 세단 한 대, 타이어는 모두 바람이 빠져 주저앉았고 양쪽 펜더는 달아난 상태. 놈들의 뒤편 멀리에 세워져 있는 선반, 그 위에 놓인 판지 상자들, 그 속에 담긴 잡다한 부품들. 휠 얼라인먼트 기계 한 대, 오일 깔때기들, 기름걸레가 가득 담긴 드럼통들, 폐기 처분을 기다리고 있는 녹슨 머플러들. 내 뒤쪽 풍경도 대충 비슷했다. 다만 칸막이 사무실이 있다는 것만 다를 뿐. 그 칸막이 사무실 속에서 갑자기 낮은 신음소리가 새어나왔다. 남자 소리인지 여자 소리인지 분간할 수는 없었다. 나는 뒤돌아보지 않았다.

네 번째 사내가 먼저 움직였다. 그의 렌치는 큼지막했다. 45센티 길이에 앞대가리가 5센티가량 벌어져 있었다. 서스펜션 부시(suspension bush, 노면으로부터의 진동이 차에 전달되는 것을 막아주는 부품-옮긴이) 같은 크고 무거운 부품들을 다룰 때 쓰는 종류인 듯했다. 나는 자동차에 대해선 아는 게 없다. 전문 용어들이야 몇 개쯤 알고 있지만 그 정확한 의미는 알지 못한다. 네 번째 사내는 렌치를 망치처럼 사용하고 있었다. 그가 렌치를 한손으로 치켜들고 한 발짝 걸어 나왔다. 하지만 세 번째 사내는 제자리에 가만히 서 있었다. 렌치에 시선이 뺏긴 나를 향해 그가 돌진해오는 것이 정석이었다. 팀워크를 제대로 연습할 기회가 없었던 모양이었다. 각자 알아서 공격하기. 나로선 대환영이었다. 나이스에게 말했던 대로 두 놈을 한 번에 상대하는 건 어렵지 않았다. 하지만 필요 이상으로 땀을 빼는 수고는 가능하면 하지 않는 게 좋지 않은가.

네 번째 사내가 한 발짝 더 다가왔다. 렌치를 여전히 망치처럼 치켜들고 있었다. 나도 한 발짝 앞으로 나갔다. 육박전 상황에서는 앞으로 나가는 게 뒷걸음치는 것보다 더 낫다. 상대방을 조금이나마 불안하게 만들 수 있기 때문이다. 지금도 마찬가지다. 네 번째 사내의 머릿속에는 이런 생각이 스쳐가고 있을 것이다. '저놈이 지금 뭐하자는 거지? 내가 렌치를 망치처럼 쳐들고 다가가고 있는데 왜 뒤로 물러나지 않는 거지?'

나는 속으로 대꾸했다. '그 이유를 알고 싶으면 어서 덤벼보시게나, 친구.'

네 번째 사내는 계속해서 다가왔다. 얼굴 표정에는 불안한 심경이 살짝 드러나 있었다. 세 번째 사내도 드디어 앞으로 한 발짝 내디뎠다. 자, 이제 쇼 타임. 나는 렌치를 든 사내를 지켜보면서 공격 개시 직전에 일어날 작은 변화들을 기다렸다. 마침내 변화가 일어났다. 두 다리로 단단히 버티고 선 사내의 팔꿈치가 2.5센티가량 올라갔다. 그의 의도는 빤했다. 렌치를 높이 쳐들고 나를 향해 돌진한 다음 그걸 손도끼처럼 내려찍을 것이다. 내 정수리를 노린 일격이겠지만 빗맞는다고 해도 한쪽 어깨부터 머리를 지나 다른 쪽 어깨까지 장장 1미터나 되는 표적이니 최소한 쇄골 하나쯤은 부셔버릴 수 있을 거라는 헛된 꿈을 꾸고 있을 게 분명했다.

망상에서 빨리 깨어나게 해주기 위해 내가 먼저 그를 향해 돌진했다. 휘청대고 있는 상대방을 끝장내려는 복서처럼 폭이 넓고 잽싼 스텝이었다. 순식간에 자신감을 모두 잃어버린 사내의 자세가 공격 모드에서 공포에 질린 방어 모드로 전환됐다. 등이 뒤로 약간 젖혀지면서 팔꿈치가 좀 더 높이 올라갔다. 마치 보다 강한 일격을 가하려는 자세 같아 보이지만 그저 엉겁결에 취하게 된 행동일 뿐이었다. 그리고 그 행동으로 인해 그는 치명적인 약점을 드러내게 되었다. 묵직한 도구를 내리치려면 백스윙이 필요하다. 하지만 지금 사내에게 백스윙은 전혀 득이 되지 않는 동작이었다. 결정적인 순간에 그의 무기가 오히려 반대 방향으로 움직이고 있었으니 말이다.

나는 왼쪽 손바닥을 활짝 펴서 사내의 팔꿈치를 강하게 쳐올렸다. 기존의 추진력에다가 내 힘까지 보태어지자 사내의 팔은 그의 의도보다 훨씬 뒤쪽으로 넘어가게 되었다. 그의 위팔이 수직선 너머까지 젖혀지자 제 무게를 못 견딘 렌치가 커다란 낫 모양을 그려내면서 대가리로 그의 엉덩이를 때렸다. 그 순간, 나는 오른손을 사내의 등 뒤로 돌려 뻗어서 렌치를 잡은 다음 거칠게 비틀어 그의 손아귀에서 빼냈다. 그 빼내는 동작 자체가 내게는 백스윙이었다. 나는 곧바로 위에서 아래로 사선을 그으며 렌치를 휘둘렀다. 엄청난 힘이 실린 렌치는 사내의 왼쪽 광대뼈 바로 아래 부분에 정확히 꽂혔다. 위턱에 박혀 있던 어금니들이 우수수 떨어지고 턱 관절이 박살났다. 그 충격의 여파가 뇌 속까지 파고 들어간 게 분명했다.

사내는 헉 하는 소리와 함께 숨을 내뿜더니 오른쪽 어깨가 기울어지며 벌목장의 나무처럼 꼿꼿이 쓰러졌다. 그의 오른쪽 관자놀이가 바닥에 부딪히는 소리가 작업장에 울려 퍼질 때쯤 나는 이미 세 번째 사내를 향해 돌진하고 있었다. 사내가 스스로를 지킬 수 있는 유일한 행동을 하지 않을 거라는 확신은 이미 서 있었다.

세 번째 사내는 나를 향해 쇠 지렛대를 힘껏 던져야 했다. 그에겐 그것만이 유일한 희망이었다. 하지만 그는 내 예상대로 그걸 던지지 않았다. 그저 쇠 지렛대를 꼭 쥔 채 그의 동료처럼 겁에 질린 방어 자세를 취했을 뿐이었다.

게임 오버. 사내와 나 단둘, 일대일. 나는 손 안에서 렌치를 살짝 미끄러뜨렸다가 그 끝을 단단히 잡았다. 그리고 그걸 칼처럼 사용해서 사내를 향해 찔러갔다. 내 어깨에서 렌치 끝까지의 길이는 1.5미터. 이 세상의 모든 열대 우림을 샅샅이 뒤져서 팔다리가 가장 긴 개코원숭이나 오랑우탄을 찾아낸다고 해도 그 팔 길이는 나보다 짧을 것이다. 사내가 쇠 지렛대를 휘둘러대도 내 몸엔 이를 수 없었다.

내가 말했다. "쿳트와 카슨은 어디에 있지?"

사내는 대답하지 않았다.

"롬포드 보이즈가 숨겨주고 있는 두 남자 말이야. 어디 있냐니까?"

사내는 대답하지 않았다.

나는 렌치로 사내의 가슴을 재빨리 찔렀다가 신속하게 뒤로 뺐다. 렌치 아가리는 꽤 날카로웠다. 사내가 비명을 지르면서 뒤로 1미터쯤 물러났다. 나는 앞으로 1미터쯤 다가갔다. 내가 말했다. "말해. 어디 있나?"

사내는 내가 무슨 얘기를 하고 있는지 모르고 있었다. 그건 분명했다. 그의 눈빛이 증거였다. 그저 텅 비어 있을 뿐, 알고 있으면서 감추고 있는 기색은 읽을 수 없었다. 두 조직의 동맹은 한시적일 뿐만 아니라 부분적이며 정보 또한 각자 관리하고 있는 건지도 몰랐다.

내가 말했다. "총은 어디 있지?"

사내는 대답하지 않았다. 하지만 알고 있었다. 이번에도 그의 눈빛이 증거였다. 뭔가 감추고 있는 기색과 동시에 모종의 각오를 읽을 수 있었다. 알면서 말하지 않기로 마음먹은 것이다.

칸막이 사무실에서 낮은 신음소리가 다시 새어나왔다. 이어서 케이시 나이스의 고함소리도 들려왔다. "리처, 어서 끝내요!"

나는 다시 한 번 렌치로 사내를 찔렀다. 사내는 쇠 지렛대를 휘둘러 내 공격을 막아냈다. 쇠끼리 부딪치는 소리가 작업장 안에 울려 퍼졌다. 나는 또다시 찔렀다. 사내는 이번에도 막아냈다. 이제 사내는 허리 위로 들어오는 공격에만 집중하게 되었다. 내가 계획했던 대로였다. 한 발짝 더 내딛으며 전혀 무방비 상태로 노출된 녀석의 불알을 정통으로 걷어찰 수 있게 된 것이다.

발차기는 제대로 들어갔다. 야구에서처럼, 그리고 다른 모든 경우에서처럼, 불알을 차는 데도 질량과 속력이 관건이다. 사내의 손에서 쇠 지렛대가 떨어졌다. 그의 몸이 반으로 접히면서 털썩 무릎을 꿇었다. 그 자세로 숨을 껄떡거리면서 간간이 헛구역질을 해댔다. 이젠 두 손으로 감싸고 있는 불알을 제외한 나머지 모든 부분이 무방비 상태가 되었다. 나는 렌치로 사내의 옆머리를 내리쳤다. 중상을 입을 만큼 강하게, 죽지는 않을 만큼 약하게, 테니스 선수가 실전에 앞서 워밍업을 하는 정도로. 사내는 옆으로 픽 쓰러지더니 그대로 뻗어버렸다.

나는 곧장 칸막이 사무실로 달려 들어갔다.

34

첫 번째 사내는 30센티미터 길이의 유리 조각이 한쪽 눈에 박힌 채 거의 반듯한 자세로 바닥에 누워 있었다. 숨은 이미 끊어져 있었다. 그건 분명했다. 사지가 축 늘어져 있었다. 출혈량은 많지 않았다. 천천히 흘러나오다 이젠 완전히 멎은 뺨 위의 핏물 자국은 마치 한 마리의 몸통 굵은 빨간 벌레가 붙어 있는 것 같아 보였다. 그 몸통을 뒤덮고 있는 투명한 액체는 사내의 눈이 터지면서 튀어나온 것들이었다.

신음소리를 내고 있던 것은 두 번째 사내였다. 내가 의자로 가격한 사내. 그는 문 바로 앞에 쓰러져 있었다. 머리카락은 피에 잔뜩 젖어 떡이 졌고 머리 주변에는 핏물이 흥건히 고여 있었다. 사내의 두 눈은 꼭 감겨 있었다. 그가 벌떡 일어나 우리를 공격해올 가능성은 제로였다. 최소한 한동안은 불가능했다.

케이시 나이스는 책상에 몸을 기대고 서 있었다. 불안과 결연함이 뒤섞인 표정이었다. 내가 슈메이커에게 물은 적이 있었다. '케이시 나이스가 해외 작전에 투입된 적이 있습니까? 어디든, 언제든 작전에 투입된 적은 있습니까?' 이제 그녀에게도 경력이 생겼다. 내가 말했다. "당신 괜찮소?"

그녀가 말했다. "그런 것 같아요."

"멋지게 해냈소."

그녀는 대답하지 않았다.

내가 말했다. "이곳 전체를 샅샅이 수색해야 하오."

그녀가 말했다. "구급차를 불러야 해요."

"그래야지. 수색을 끝마친 뒤에. 우리에겐 총이 필요하오. 여기도 그래서 온 거잖소."

"여기엔 총이 없을 거예요. 우리를 유인하기 위한 미끼였을 뿐이에요."

"그자들이 안전하다고 여길 만한 장소가 얼마나 될 것 같소? 총은 여기에 있을 거요. 내가 마지막으로 처치한 놈에게 물어봤소. 뭔가 숨기는 기색이 역력하더군."

"시간이 없어요."

내 머릿속에 벤틀리를 타고 달려오는 리틀 조이의 모습이 다시 떠올랐다. 빨간 신호들과 교통체증 때문에 시간이 걸릴 것이다. 아니 그걸 장담할 수만은 없다. 내가 말했다. "서두릅시다."

그녀가 말했다. "그래야 해요."

우리는 두목의 호주머니부터 뒤지기 시작했다. 그의 주머니에서 열쇠가 나온다면 거기에 맞을 법한 잠금장치를 추측할 수 있을 것이고, 그러면 그 잠금장치가 있는 곳까지도 알 수 있게 될 것이다. 문 열쇠는 라커 열쇠와 생김새가 다르고 보안 잠금장치의 열쇠는 문 열쇠와 또 다르다. 하지만 그의 주머니에서 나온 열쇠라곤 자동차 키뿐이었다. 기름때가 번질거리는 낡은 키였다. 주름진 가죽 손잡이에 금색 나뭇잎 모양이 새겨져 있었고 그 안에는 '얼링 택시'라는 글자가 박혀 있었다. 정비소 안의 고물 세단들 가운데 한 대가 사내의 것인 모양이었다. 나는 그 키를 있던 주머니에 도로 쑤셔 넣었다. 다른 주머니들에서는 꽤 많은 현찰과 휴대폰이 나왔다. 전리품. 나는 돈과 휴대폰을 내 주머니에 쑤셔 넣었다. 거기까지였다. 더 이상은 없었다.

우리는 작업장으로 나갔다. 멀리 떨어진 구석에 화장실이 있었다. 그 안엔 가장 기본적인 화장실 설비와 수십억 마리의 세균뿐이었다. 화장실 벽은 그냥 벽이었다. 문 달린 가구도 없었고 손으로 두드렸을 때 소리가 울리는 부분도 없었다. 바닥도 그냥 바닥이었다. 작은 고리가 달린 지하실 문짝도 없었고 발을 굴렀을 때 소리가 울리는 빈 공간도 없었다.

칸막이 사무실과 화장실을 제외하고는 별도로 분리된 시설이 없었다. 눈길 닿는 곳마다 난장판 그 자체였다. 하지만 중요한 걸 숨겨둘 만한 곳은 눈에 띄지 않았다. 벽에는 다른 문이 없었다. 벽장도 없었다. 큼지막한 철제 사각 박스도 없었다. 잠겨 있는 가구라곤 아무것도 없었다. 그 위에 스코다가 세워져 있는 베이의 길쭉한 직사각형 홈 속에도 공구들과 호스들만 어지럽게 널려 있을 뿐이었다. 비어 있는 베이의 홈 속도 마찬가지였다. 여기저기 쌓아올려진 타이어들이 만들어낸 원형의 수직 터널 속마저 텅비어 있었다.

나이스가 말했다. "총은 여기 없어요. 여긴 그냥 자동차 정비소예요. 지금 우리가 보고 있는 게 전부인 거예요."

나는 아무 말도 하지 않았다.

그녀가 말했다. "빨리 여길 떠야 해요."

나는 리틀 조이를 다시 한 번 떠올렸다. 그의 벤틀리는 지금쯤 도심을 벗어나 서쪽을 향해 넓고 한산한 도로를 달려오고 있을 것이다.

"빨리 여길 떠야 해요." 그녀가 다시 말했다.

'리틀 조이와 벤틀리?'

"잠깐!" 내가 말했다.

"뭐죠?"

'큼지막한 철제 사각 박스? 잠겨 있는 가구?'

내가 말했다. "사무실에 죽어 자빠져 있는 녀석이 이 정비소의 사장이 틀림없소. 그렇다면 세르비아 패거리에서 최소한 중간보스 급은 되는 놈이오. 그런 놈이 고물 택시를 몰고 다닐 리가 없소. 절대로. 카렐 리보의 차는 레인지로버였고, 롬포드 보이즈는 경호원들도 재규어를 타고 다니고 있소. 세르비아 갱단도 마찬가지 아니겠소? 다른 조직들에게 꿀리고 싶진 않을 테니까."

"그런데요?"

"저자는 왜 고물차의 키를 갖고 있었을까?"

"여긴 고물차를 수리하는 곳이니까요. 그게 정비사들 일이잖아요. 저자가 변장을 했다면 그 열쇠는 그냥 소품이겠죠."

"정비해야 할 자동차의 키들을 사장이 관리하는 경우는 없소." 나는 서둘러 칸막이 사무실로 돌아가 죽은 사내의 주머니 속에서 자동차 키를 꺼내 들고 나왔다. 고급 승용차 키와는 달리 손잡이가 볼록하지 않았다. 어떤 기능도 내장되어 있지 않은 플라스틱 손잡이였다. 잠금과 해제 버튼조차 없었다.

나는 주위를 둘러보았다. 바람 빠진 타이어에 양쪽 펜더가 달아난 채 한구석에 세워져 있는 먼지투성이 세단. 정비소에 들어온 자동차가 타이어에 바람이 빠져 주저앉을 만큼 오랫동안 세워져 있는 건 흔한 일이 아니다. 자동차는 도로 위를 달려야 제 구실을 하는 물건이다. 만일 수리가 불가능하다면 견인해가서 폐차시키는 게 당연하다. 정비소도 제 구실을 하려면 차 한 대 들이는 공간마다 일정한 수익을 올려야 한다.

나는 먼지투성이 세단의 트렁크를 쳐다보았다. 큼지막한 철제 박스, 잠겨 있는 가구. 등잔 밑이 어둡다고 했던가.

나는 키를 트렁크 구멍에 꽂아 보았다.

맞지 않았다.

나이스가 말했다. "리처, 어서 여길 떠야 해요."

나는 그다음 차량, 그리고 또 다음 차량의 트렁크도 확인했다. 키는 맞지 않았다. 아닐 줄 알면서도 우리가 타고 들어온 스코다까지도 확인해 보

273

았다. 역시 아니었다. 나는 정비소 안의 다른 모든 차들도 확인했다. 어느 트렁크에도 열쇠는 맞지 않았다.

나이스가 말했다. "시간이 얼마 없어요."

나는 주위를 다시 한 번 돌아보았다. 포기할 수밖에 없었다.

"알겠소." 내가 말했다.

나는 칸막이 사무실로 돌아가서 문턱 앞에 자빠져 있는 사내 옆에 무릎을 꿇고 앉았다. 신음소리는 더 이상 새어나오지 않았다. 하지만 아직 숨은 붙어 있었다. 두개골이 콘크리트만큼이나 단단한 모양이었다. 나는 사내의 주머니에서 스코다의 키를 꺼냈다. 내가 나이스에게 키를 건넨 뒤 말했다. "시동을 걸어요. 나는 셔터를 올릴 테니."

셔터는 스위치 박스에 부착된 손바닥 크기의 버튼을 누르면 작동하게 되어 있었다. 스위치 박스는 거위 목처럼 생긴 기다란 금속 도관에 의해 감김 장치와 연결되어 있었다. 내가 버튼을 꾹 눌러 모터를 작동시켰다. 느슨히 풀려 있던 체인이 감기면서 셔터가 덜커덕거리며 올라가기 시작했다. 바깥의 햇빛이 사각형의 영역을 넓혀갔다. 이내 바닥 전체를 점령한 햇빛은 입구 맞은편 벽을 타고 올라가기 시작했다. 나는 케이시 나이스 쪽을 돌아보았다. 그녀는 스코다의 운전석에 앉아 대시보드를 들여다보고 있었다. 이윽고 시동이 걸리는 소리와 함께 스코다가 꽁무니로 검은 연기를 뿜었다.

나는 올라가고 있는 셔터를 향해 고개를 돌렸다. 그러다가 보았다. 또 다른 스위치 박스. 하나가 아니었다. 셔터의 스위치 박스와 한참 떨어져 있는 벽면에 스위치 박스 세 개가 나란히 붙어 있었다. 그 세 개 모두에는 역시 손바닥 크기의 버튼이 하나씩 부착돼 있었다. 호이스트 작동 버튼. 위아래로 움직이는 유압식 장치. 세 개의 호이스트 가운데 두 개는 비어 있었다. 나머지 하나, 들어올 때 보았던 호이스트, 그 위에 올려진 차. 훤히 드러난 바닥이 아주 더러웠다. 트렁크의 위치는 내 머리 높이였다. 눈에서 멀어지면 마음에서도 멀어진다고 했던가. 그 호이스트를 생각 못하다니 이젠 나도 한물간 모양이었다.

나는 호이스트 스위치 박스들이 붙어 있는 벽면으로 재빨리 다가갔다. 일단 나이스에게 기다리라는 신호를 보낸 다음 문제의 호이스트 작동 버튼을 눌렀다. 호이스트가 쇠 갈리는 소리를 내며 하강하기 시작했다. 천천히, 천천히, 내 눈높이를 지난 다음 더 아래로 천천히, 천천히. 연식이 아주 오래된 자동차였다. 타이어는 주저앉았고 각이 진 차체는 먼지에 뒤덮여 있었다. 차체가 한 차례 덜컹거렸다. 마침내 호이스트가 멈춰선 것이다. 쇠 갈리는 소리도 그쳤다. 출입구의 셔터도 끝까지 다 올라갔다. 덜커덩 소리도 그쳤다. 스코다 디젤 엔진의 공회전 소리만 그르렁대고 있을 뿐이었다.

나는 트렁크 앞으로 다가갔다. 트렁크 덮개 위는 차체의 다른 부분들에 비해 먼지가 적었다. 열쇠 구멍 주위에는 손가락 자국이 수없이 찍혀 있었다. 구멍 아래, 덮개와 본체 사이의 가는 틈 주위에는 손바닥 자국이 수없이 찍혀 있었다. 차에 달린 다른 문들이 마지막으로 닫히고 난 뒤로도 트렁크 문은 백 번쯤 열렸다 닫히기를 반복한 것 같았다.

열쇠는 딱 들어맞았다.

스프링이 튕겨 오르는 소리와 함께 트렁크 덮개가 열렸다.

차는 보통 크기의 세단이었지만 트렁크는 상당히 깊고 널찍했다. 여행용 가방 여러 개, 혹은 골프 가방 두세 개쯤은 너끈한 공간이었다. 그 공간이 가득 차 있었다.

안에 들어 있는 것은 여행용 가방도, 골프 가방도 아니었다.

권총들과 탄약 박스들.

비닐에 포장된 채 차곡차곡 쌓여 있는 권총들은 대부분 오리지널 글록 17이었다. 그것들 사이에 보다 긴 총신의 글록17L들도 끼어 있었다. 보다 총신이 짧은 글록19도 몇 자루 눈에 띄었다. 두목의 말대로 모두 9밀리짜리들이었다. 그 옆에 가지런히 쌓여 있는 박스들 속에는 패러벨럼 총탄이 백 발씩 들어 있었다.

케이시 나이스가 스코다에서 내렸다. 트렁크 안을 들여다보고 나서 그녀가 말했다. "역시 셜록 홈리스답네요."

"당신 손에는 글록19가 더 편할 거요. 총신이 짧아도 괜찮겠소?"

그녀가 한 박자 쉬고 나서 말했다. "물론이죠."

나는 글록19 한 자루의 비닐 포장을 벗겼다. 나를 위해서는 오리지널 글록17 한 자루를 집었다. 이어서 총탄 박스 하나를 개봉해 우리의 글록 두 자루를 장전하고 총탄 박스 두 개를 더 챙겼다. 호이스트와 트렁크 덮개는 각각 내려앉고 젖혀진 대로 내버려 둔 채 스코다에 올라탔다. 나이스가 차를 후진시키면서 앞머리를 돌린 뒤 출구를 향해 나아갔다.

내가 말했다. "잠깐만."

그녀가 브레이크를 밟았다. 출입구로 들어오는 햇빛에 보닛을 절반쯤 적신 상태로 차가 멈춰 섰다.

내가 물었다. "지금 이 지역은?"

"웜우드 스크럽스."

"미국으로 치자면 어느 지역과 비슷할 것 같소?"

"사우스 브롱크스?"

"그렇소. 하지만 영국이니까 매일같이 총소리가 나는 건 아니오."

"그렇겠죠."

"총소리를 들으면 여기서도 주민들이 경찰에 신고할 거요. 그러면 SWAT 팀과 장갑차량들, 그리고 형사들도 한 백 명쯤 출동하겠지?"

"그렇겠죠."

"그리고 난 제대로 작동하는지 알 수 없는 무기는 가지고 다니기 싫소."

"그게 무슨 뜻이죠?"

"우리 글록들을 테스트해야 한다는 얘기요. 한 발이라도 쏴 봐야 제대로 작동하는지 알 수 있으니까."

"어디서요?"

"바로 여기서. 그러면 경찰들이 출동할 거요. 사상자 수송을 위해 구급차도 쫓아올 테고. 그들은 결정적인 증거들을 수없이 찾아내게 될 거요. 그 증거들을 가지고 세르비아 패거리들을 줄줄이 엮어 넣겠지. 이 지역의 골칫거리였던 범죄조직을 와해시킬 수 있는 기회가 아니겠소? 게다가 바닥에 누워 있는 네 놈 중에 셋은 숨이 끊어지기 전에 치료를 받게 될 거요. 한두 놈은 살아나겠지. 다 죽어도 할 수 없고. 아무튼 우리는 공공 봉사 정신과 인류애를 동시에 실천하는 셈이오. 총 몇 발 쏘고서 말이오."

"그런 억지가 어디 있어요? 당신은 확실히 정상이 아니에요."

"저 똥차들이 우리의 표적이오. 한 번쯤 해보고 싶었는데 잘됐군. 각자 두 발씩 쏘고 나서 신속하게 빠져 나갑시다."

우리는 양쪽 창문을 내린 다음 양어깨까지 창밖으로 빼고 정비소 안에 있는 차량들을 겨눴다. 그러고 나선 각자 두 발씩 모두 네 발을 차례로 발사했다. 엄청난 총성과 함께 똥차 네 대의 앞 유리가 차례로 깨졌다. 마지막 총성의 메아리가 채 가시기도 전에 우리의 스코다는 다시 천천히 구르기 시작했다. 누구의 눈에도 그저 평범한 그 동네 콜택시였다. 사전 전화예약 규칙을 지키는 콜택시.

우리는 서쪽에서부터 뻗어 나와 있는 큰 도로에 진입해서 시내 중심가를 향해 달렸다. 채 1.6킬로미터도 달리기 전에 반대편에서 달려오던 차량한 무리가 빠르게 우리 곁을 지나쳐 갔다. 검정색 대형 벤틀리 쿠페가 선두였고, 그 뒤를 검정색 재규어 세단 네 대가 따라가고 있었다. 맨 꽁무니는 검정색 소형 밴이었다.

35

우리는 패딩턴 역 근처의 도로변에 차를 세웠다. 주차 금지 구역이었다. 거기다 차를 버리고 갈 작정이었다. 교통의 중심지답게 대중교통수단이 지천이었다. 기차, 버스, 택시 등 선택의 폭은 넓었다. 지하철역도 가까이에 두 군데나 있었다. 물론 걸어갈 수도 있었다. 남쪽으로 가면 하이드 파크, 북쪽으로 가면 세인트 존스우드. 하지만 걷는 동안 CCTV에 수십 차례 잡힐 게 분명했다. 물론 그렇다 해도 우리가 누구인지, 어디서 왔고, 어디로 갔는지, 그리고 우리의 목적이 무엇인지를 알아내기 위해서는 수많은 인력이 수백 시간 동안 스크린 앞을 지켜야 할 것이다. 나는 일단 내 모습을 점검했다. 내 생각에는 평범한 산책객처럼 보일 것도 같았다. 다만 골프웨어 같은 재킷이 문제였다. 재질이 너무 얇아서 주머니 속 물건의 윤곽이 훤히 드러나기 때문이었다. 골프공으로 착각해주면 고맙겠지만 그게 글록이라는 걸 알아볼 수 있는 사람이 왜 없겠는가. 그렇다고 그걸 손에 들고 다닐 수는 없으니 일단은 주머니에 넣어야 했다. 잘 들어가지 않았다. 주머니가 작아서가 아니었다. 그 속에 이미 다른 물건이 있었기 때문이다. 정비소 사장의 전화기, 어디서나 쉽게 구할 수 있는 요금선납 휴대폰. 롬포드 패거리 행동대원 두 녀석의 밴에서 찾아냈던 것과 똑같은 기종이었다. 나는 그걸 케이시 나이스에게 건네며 말했다. "통화 기록을 확인해 보시오."

한동안 분주하게 손가락들을 놀리고 난 뒤 그녀가 말했다. "어딘가와 30초 동안 통화한 기록이 있네요. 지역번호는 런던인 것 같아요. 그리고 나서 3분 뒤에 그 번호로부터 전화가 걸려왔어요. 통화 시간은 1분, 그게 마지막 기록이에요."

내가 고개를 끄덕였다. "어젯밤 어느 시점에선가 우리 둘에 대한 현상 수배가 떨어졌소. 오늘 아침 무렵엔 런던의 모든 나쁜 놈들이 이미 우리의 용모를 파악하고 있었겠지. 그래서 정비소 사장이 우리를 사무실에 가둔 거요. 그러곤 즉시 롬포드에 전화를 한 거지. '어이, 그쪽에서 찾고 있는 남녀 말이야, 내가 붙잡아 놨어.' 하지만 전화를 받은 상대방은 기껏해야 중간보스 급이었을 거요. 결정을 내릴 권한이 없는 그자는 즉각 보고를 했겠지. 3분 뒤, 찰리 화이트, 혹은 리틀 조이가 직접 전화를 걸어서 정비소 사장과 약속을 정한 거고."

"통화 시간은 고작 1분이었어요. 그 짧은 시간 동안에 모든 약속을 정할 수 있었을까요?"

"롬포드 보이즈에게 필요했던 건 오직 주소뿐이었소. 놈들의 벤틀리에는 내비가 장착되어 있을 테니까. 아칸소 시골의 트럭에도 그런 장치가 달려 있는데 설마 런던의 벤틀리에 없겠소?"

"그렇군요."

"그런데 그 사무실에 갇혀 있는 동안 왜 전화벨 소리를 듣지 못했을까?"

그녀의 손가락들이 다시 휴대폰 위에서 춤을 주었다.

"묵음으로 조절돼 있어요."

나는 다시 고개를 끄덕였다. "그랬군."

"여기 떠 있는 롬포드 보이즈의 전화번호를 오데이 장군에게 알려드려야겠어요. 그러면 MI5가 추적할 수 있을 거예요."

"그건 부츠 더 케미스트(Boots the Chemist)에서 판매하는 요금선납 휴대폰이오. 현찰로 샀다면 누구도 추적할 수 없는 물건이지. 물론 현찰로 샀을 테고."

"부츠 뭐라고요?"

"영국 프랜차이즈. 부츠 더 케미스트. 드럭스토어 같은 거요. 19세기 중반에 존 부트라는 사람이 창립했소. 이것 때문에 엄청난 부를 축적했다지. 아마 월리스 코트에 담장을 쌓아올린 미스터 다비보다도 돈이 많았을 거요. 여기서 북쪽으로 한참 떨어진 노팅엄에서 작은 약초가게로 시작했다더군."

"그래도 MI5라면 그 휴대폰을 추적해서 위치를 알아낼 수 있을 거예요."

"전원이 계속해서 켜져 있다면 가능할 수도 있소. 하지만 곧 사라지게 될 거요. 좀 전에 우리 옆을 지나간 벤틀리가 정비소에 도착하고 나서 곧바로. 놈들은 현장 상황을 파악하자마자 그 휴대폰을 버릴 거요. 번호가 노출됐다는 사실을 모를 턱이 없으니까."

"지금쯤이면 상황을 파악했을 거예요."

내가 그녀의 손에서 전화기를 뺏어 들었다.

"그거야 알아보면 될 일이고."

나는 재발신 버튼을 찾아 엄지손톱으로 그 버튼을 눌렀다. 스크린에 번호가 떴다. 이번에는 녹색 버튼을 눌렀다. 그리고 귀에 가져다 댔다.

신호가 갔다. 짧게 끊어지는 두 박자 톤, 영국식 벨소리. 꼬리를 길게 끄는 미국식 벨소리보다 다급하게 들렸다. 기다렸다. 세 차례, 네 차례, 다섯 차례, 그리고 여섯 차례 울리고 나자 누군가가 전화를 받았다. 벨이 여섯 번 울리는 동안 스크린을 확인하고 질문을 준비한 게 분명했다. 그가 다짜고짜 물었다. "대체 그쪽에서 무슨 일이 벌어진 거냐? 사이렌을 울리면서 우리 앞을 지나간 필스(filth)가 지금까지 백 명은 될 거다."

런던 사투리. 필스는 경찰을 의미하는 런던 뒷골목 은어다.

내가 말했다. "너희는 지금 어딘데?"

목소리가 말했다. "너희 정비소에서부터 세 블록 떨어진 곳에 차를 대고 서 있다."

내가 말했다. "리틀 조이?"

그가 말했다. "누구냐, 넌?"

"네 똘마니들을 해치운 사람. 어젯밤에 그 밴에 타고 있던 놈들 말이야. 네가 발작하는 모습도 재밌게 지켜봤지."

"지금 어디냐?"

"네 바로 뒤."

그가 몸을 뒤채는 소리가 들렸다.

"속았지?" 내가 말했다.

"대체 넌 누구냐?"

"도전자라고 해두지, 조이. 아주 겸손하게 표현하자면 그렇다는 거야."

"넌 이제 뒈졌어."

"내가? 천만에. 네 똘마니들과 나를 같은 급으로 보면 쓰나. 세르비아 패거리들과도 혼동하지 말아줘. 걔들 몇 명은 심하게 상했을 거야. 한 놈은 영영 일어나지 못할 거고. 그건 확실해."

"그 친구들 얘기로는 너희 둘을 가둬 놓았다던데?"

"뭐든 영원한 건 없어, 이 친구야."

"원하는 게 뭐냐?"

"존 콧트." 내가 말했다. "그리고 윌리엄 카슨. 난 그 두 놈을 반드시 잡을 거야. 내가 네게 원하는 건 한 발짝 뒤로 물러서는 것뿐이야. 날 방해하지 말라는 얘기지. 그것도 다 너를 위해서야. 만일 내 앞을 가로막는다면 곧장 깔아뭉개 버릴 테니까."

"전혀 생각이 없는 놈이군."

"내가 무슨 생각을 해야 되는데?"

"네놈이 어떤 문제에 봉착했는지 아무 생각이 없다는 얘기야."

"그래? 솔직히 말하자면 나는 지금 기분이 매우 좋아. 똘마니들을 잃게 될 사람은 내가 아니야. 바로 너지, 조이. 그러니 상식적으로 판단하는 게 좋을 거야. 두목답게 말이야. 콧트와 카슨에 대한 미련은 버려. 그러면 널 가만히 내버려 두마. 그 두 놈은 써먹을 만큼 써먹었잖아. 카렐 리보가 사라졌으니 말이야. 게다가 돈도 왕창 챙겼겠지? 그러니 더 이상 아쉬울 게 없을 텐데."

"어떤 놈도 내게 개길 순 없어."

"상황을 똑바로 파악해. 네 얘긴 틀렸어. 난 이미 너한테 개기고 있으니까. 그리고 앞으로도 계속해서 개길 거고. 네가 콧트와 카슨을 포기할 때까지 말이야. 선택은 네 자유야."

"넌 뒈졌어."

"그 얘긴 아까도 했잖아. 바란다고 해서 모든 게 이루어지는 게 아니야. 그게 세상 이치거든."

아무 대꾸가 없었다. 전화를 끊어버린 것이다. 나는 전화기 반대편의 상황을 그려보았다. 똘마니 하나가 조이의 휴대폰을 들고 차에서 내린다. 그걸 분해한 뒤 첫 번째 쓰레기통에 배터리를 버린다. 두 번째 쓰레기통엔 몸체, 그리고 세 번째 쓰레기통엔 손끝으로 네 조각 낸 심 카드를 던져 넣는다.

'불이 날 만한 것은 미리 태워 없애야 하는 법이다.'

나는 전화기를 내 셔츠에 문질러 닦은 뒤 뒷좌석에 던져 놓았다. 케이시 나이스가 말했다. "그자가 말귀를 알아듣는 것 같던가요? 그 두 사람을 내놓겠대요?"

내가 말했다. "그러진 않을 것 같소. 뭐든 제 방식대로 처리하는 습관이 몸에 밴 놈이오. 그런 놈에게는 누군가의 협박을 받고 뒤로 물러선다는

282

건 있을 수도 없고 참을 수도 없는 일 아니겠소."

나는 글록을 주머니에 찔러 넣었다. 이젠 주머니가 비어서 충분히 들어갔다. 케이시도 나를 따라했다. 그녀의 주머니는 작았지만 권총도 작았다. 짧은 총신이 약통에 부딪히는 소리가 들렸다.

내가 말했다. "약통은 다른 주머니에 넣는 게 낫지 않겠소? 자꾸 걸리적거릴 테니 말이오."

그녀가 머뭇거렸다. 약통을 꺼내고 싶지 않은 것이다. 내게 보여주기 싫어서.

내가 말했다. "몇 알이나 남았소?"

그녀가 말했다. "두 알."

"오늘 아침에 한 알 먹었소?"

그녀가 말없이 고개만 끄덕였다.

"먹지 마시오." 내가 말했다.

"왜요?"

"처방이 잘못 됐으니까. 당신은 불안해할 이유가 없소. 지금까지 너무나 잘해내고 있소. 당신은 타고난 특수 요원이오. 오늘 활약은 정말 대단했소. 전당포에 들어갔던 시점부터 쭉. 그리고 유리 조각으로 정점을 찍었소."

용기를 북돋워주려고 던진 얘기였다. 하지만 마지막 말은 하지 말았어야 했다. 그녀가 손을 들어 올리더니 뭔가를 잡는 동작을 취했다. 내가 보기에는 거의 무의식적인 행동이었다. 상상 속에서 스웨터로 둘둘 감은 유리 조각을 다시 잡은 것이다. 그녀의 몸은 과거의 행동을 재연하고 있었지만 그녀의 마음은 진저리를 치고 있었다. 두 눈이 감기고 가슴이 크게 한 차례 들썩이더니 급기야 울음을 터뜨렸다. 긴장과 쇼크와 공포가 한꺼번에 터진 것이다. 그녀가 눈물이 펑펑 솟고 있는 눈을 뜨고 사방을 둘러보았다. 내가 그녀를 향해 상체를 돌리자 그녀의 상반신이 내게로 무너져 왔다. 나는 그녀를 단단히 보듬었다. 참 묘한 포옹이었다. 운전석과 조수석에 떨어져 앉아 둘 다 상체만 틀어서 부둥켜안고 있었으니 말이다. 그녀가 내 어깨에 얼굴을 묻었다. 재킷이 금세 젖어왔다. 켄킨의 피와 골수로 물들었던 바로 그 부분이었다.

이윽고 그녀의 숨소리가 편안해지기 시작했다. 그녀가 말했다. "미안해요." 아직 얼굴을 파묻고 있어 그런지 먹먹한 목소리였다.

내가 말했다. "미안해할 것 없소."

"내가 살인을 했어요."

"그렇게만 생각할 것 없소." 내가 말했다. "자신의 목숨을 구하기 위해 그랬던 거잖소. 덕분에 나도 살았고."

"그래도 나와 같은 인간을 내 손으로 죽였어요."

"그렇게만 생각할 건 없다니까." 내가 다시 말했다. "내 외할아버지가 한번은 이런 얘기를 들려주셨소. 남프랑스로 휴가를 가셨을 때의 얘기요. 할아버지는 어느 포도밭 근처의 산기슭에 앉아 도시락을 드시고 계셨소. 호두 껍데기를 까기 위해 주머니칼을 꺼내셨는데 마침 뱀 한 마리가 아주 빠르게 당신을 향해 기어오고 있는 걸 보셨소. 할아버지는 뱀의 대가리 한가운데에 주머니칼을 박으셨소. 발목에서 고작 15센티미터 거리였소. 그 사내는 뱀이었소. 아니, 뱀보다 더 흉악한 존재였소. 뱀은 자신이 뱀이라는 사실을 인식하지 못하오. 그냥 본능대로 사람을 물려고 덤빈 것뿐이오. 하지만 그 사내는 자신의 선택을 충분히 인식할 수 있었소. 어제 내가 보내버린 놈과 똑같이 쓰레기에 불과한 인간이오. 할머니를 도와 길을 건네주는 일, 아동도서관에서 책을 찾아주는 일, 혹은 아프리카 난민들을 위해 기금을 모으는 일들은 그자들의 관심 밖이었소."

그녀가 내 어깨에 머리를 비벼댔다. 끄덕인 건지 가로저은 건지 알 수 없었다. 어쩌면 그저 눈물을 닦은 건지도 몰랐다. 그녀가 말했다. "그래도 여전히 기분이 거지같아요."

"슈메이커는 당신이 이번 임무를 제대로 파악하고 있다고 말했소."

"그때는 분명히 알고 있었어요. 해야 한다면 뭐든 하겠다는 각오도 있었고요. 하지만 실제로 하고 나니까 전혀 기분이 다른 걸 어떡해요."

"모든 일에는 처음이 있는 법이오."

"살인을 자주 하다 보면 아무 느낌도 없게 될 거라는 얘기인가요?"

나는 그 질문에는 대답하지 않았다.

내가 말했다. "그 약은 더 이상 먹지 마시오. 당신에게 필요 없는 약이오. 설사 필요하다고 해도 아끼는 게 좋을 거요. 이제 시작일 뿐이오. 앞으로는 더욱 힘들어질 테니."

"그 얘길 들으니 더 먹고 싶어지네요."

"당신은 아무것도 걱정할 게 없소. 잘해내고 있잖소. 우리 두 사람 모두 말이오. 우린 반드시 이길 거요."

그녀는 아무 말이 없었다. 잠시 후 그녀가 내게서 떨어져 나갔다. 그녀가 자세를 바로잡았다. 나도 다시 똑바로 앉았다. 그녀가 몇 차례 훌쩍이고 나더니 가죽 소매 끝으로 눈언저리를 훔쳤다. 그녀가 말했다. "호텔로 돌아가면 안 될까요? 샤워하고 싶어요."

내가 말했다. "새 호텔을 찾아야겠소."

"왜요?"

"야전 수칙 하나, 매일 숙소를 바꿀 것."

"새로 산 칫솔이 거기 있어요."

"야전 수칙 둘, 칫솔은 항상 소지하고 다닐 것."

"아무튼 새 걸로 사야 해요."

"나도 새 칫솔이 필요하던 참이오."

"난 옷도 사고 싶어요."

"그럽시다."

"그런데 가방이 없어요."

"그건 문제될 게 없소. 난 가방이란 걸 가져본 적이 없소. 옷가게 안에서 새 옷으로 갈아입고 입던 옷은 버리면 되니까."

"아니, 옷을 넣을 가방이 아니라 실탄 박스들을 담을 가방 말이에요."

"주머니들이 있잖소."

"너무 커서 안 들어가요."

그녀 말이 맞았다. 내가 직접 시도해 보았지만 절반도 채 들어가지 않았다. 내가 말했다. "하지만 여긴 런던이오. 이게 뭔지 알아볼 사람이 없을 거요."

"그래도 천 명 중에 한 명은 알아보지 않겠어요? 그리고 그 한 명이 경찰이라면? 얼마든지 가능한 얘기예요. 윌리스 코트에서도 경찰을 만났잖아요. 방탄조끼에 기관총을 들고 있던 경찰. 다른 사람은 아무도 만나지 못했는데 말이에요. 그러니 실탄 박스들을 주머니에 이런 상태로 지니고 다닐 수는 없어요."

내가 고개를 끄덕였다. "알겠소. 가방을 하나 삽시다."

나는 사방을 둘러보았다. 내가 말했다. "이 동네엔 가방 가게가 없는 것 같군."

"저기 모퉁이 상가에 편의점이 있네요. 프랜차이즈 점포인 것 같아요. 가서 아무거나 사오세요. 껌이든 사탕이든."

"얇은 비닐에 담아줄 텐데? 어젯밤에 당신도 그런 데에 음료수 캔들을 담아왔잖소. 거기다 넣으나 주머니에 넣으나 내용물이 훤히 드러나는 건 마찬가지요."

"튼튼하면서 투명하지 않은 쇼핑백도 있어요."

"껌이나 사탕 같은 걸 사는데 거기에 넣어준단 말이오?"

"공짜로는 절대 안 주죠. 파는 물건이니까요. 여기서 판다는 건 당신이 물건을 고르고 그 값을 치러야 한다는 뜻이에요. 이제 이해가 가시나요?"

"가게에서 물건을 사면서 그걸 담는 쇼핑백 값까지 치러야 한다는 얘기요?"

"미국에서야 말이 안 되는 얘기죠. 하지만 가게에서 쇼핑백 값을 받는 나라들은 많아요. 잡지에서 봤어요."

"대체 우리가 어느 행성에 불시착한 거요?"

"환경오염을 생각해 보세요. 내구성이 강한 쇼핑백을 구입한 후 장 볼 때마다 들고 다니자는 취지예요."

나는 대꾸하는 대신 차에서 내렸다.

대형 슈퍼마켓의 가난한 사촌 같은 가게였다. 카운터 근처에 튼튼해 보이면서도 투명하지 않은 쇼핑백들이 무더기로 쌓여 있었다. 나는 한 개를 집어 들었다. 고동색이었다. 대마 실을 재활용해서 만든 것 같았다. 겉에는 편의점 브랜드가 흐릿하게 인쇄되어 있었다. 식물성 염료인 게 분명했다. 벌건 색깔로 미루어 당근일 것 같았다. 비를 쫄딱 맞았던 것처럼 후줄근했다. 하지만 노끈이 단단히 묶인 아가리를 벌리면 사각으로 모양이 잡히는 것이 웬만한 무게는 거뜬히 지탱할 것 같았다.

껌이나 사탕은 필요 없었다. 그래서 카운터 직원에게 쇼핑백만 살 수 있느냐고 물었다. 그녀는 대꾸하지 않았다. 대신 한동안 나를 훑어보았다. 어느 행성에서 불시착한 외계인을 보는 듯한 눈길이었다. 그녀는 여전히 아무 말 없이 쇼핑백의 바코드를 계산대 위에 눌러 찍었다. '삑' 하는 소리와 함께 마침내 그녀가 입을 열었다. "2파운드예요."

예상했던 것보다 훨씬 저렴한 가격이었다. 3달러가 채 안 되다니. 미국 서해안의 팬시점이었다면 50달러짜리였다. 이번에도 롬포드 보이즈가 계산을 했다. 나는 잔돈을 뒷주머니에 쑤셔 넣고 가게 문을 나섰다.

스코다가 사라지고 없었다.

36

나는 주머니에 손을 집어넣어 글록의 손잡이를 쥐었다. 내 두뇌 뒷부분이 앞부분으로 메시지를 전해왔다.

'탄창에 열일곱 발, 약실에 한 발, 세르비아 패거리 소굴에서 발사했던 두 발을 빼면 열여섯 발.'

역시 두뇌 뒷부분의 지시에 따라 나는 상가 유리벽에 바짝 붙어 섰다. 저격당할 위험이 2분의 1로 줄었다. 계산을 하고 지시를 내리면서도 내 두뇌는 한 사람의 이름을 외쳐대고 있었다.

'도미니크 콜!'

나는 한 차례 심호흡을 한 뒤 왼쪽과 오른쪽을 차례로 살폈다. 교통경찰의 모습이 그렇게 간절했던 건 그때가 처음이었다. 그래야 스코다의 실종을 '안전'하게 설명할 수 있을 테니까. 거긴 주차 금지 구역이었다. 어디선가 나타난 경찰을 발견하고는 즉시 스코다를 빼 어딘가로 이동한 나이스. 하지만 수첩을 빼들고 어슬렁거리는 푸른 제복은 어디에도 없었다. 결국 스코다는 잠시 자리를 피한 게 아니었다. 그렇다고 견인된 것도 아니었다. 그건 분명했다. 약간의 소동을 구경한 뒤 발길을 돌리는 사람들이 없었다.

물론 나이스가 순순히 당할 리는 없었다. 스코다의 문짝들에는 잠금장치가 있고 그녀의 주머니 속에는 글록이 있었다. 실탄은 나와 똑같이 열여섯 발. 롬포드 보이즈든, 세르비아 갱단이든, 혹은 그 누구든 그녀를 쉽게 제압할 수는 없었다.

도로는 부산스러웠다. 하지만 하루 그 시간대의 정상적인 분주함 그 이상도, 이하도 아니었다. 큰 사건이 벌어진 건 아니었다. 그건 분명했다. 나는 여전히 유리벽에 등을 댄 채 옆걸음을 치다가 상가의 복도로 들어갔다. 저격당할 위험은 4분의 1로 줄어들었다. 하지만 내 시야 역시 90도로 줄어들었다. 차들은 내 오른쪽에서 왼쪽으로 지나가고 있었다. 흐름은 꾸준히 이어졌다. 소형 해치백, 검정색 택시, 중형 세단, 소형 밴, 그 어느 차량의 운전자도 좌우를 두리번거리지 않았다. 라이플을 치켜든 조수석 탑승객도 없었다. 나는 복도 입구로 다가가서 목만 빼고는 상가 양쪽 모퉁이를 차례로 확인했다. 삐죽이 내밀어진 얼굴은 양쪽 어디에도 없었다.

'그녀는 자기 역할을 잘 알고 있어. 보기보다 야무진 여자야.'

'그녀는 붙잡혀서 난자당한 채 살해됐소. 내가 직접 갔어야 했소.'

'난 뒤로 한 발짝 물러서 있을 거예요. 그러면 그런 일이 일어날 리 없어요.'

나는 인도로 나가서 차량의 흐름을 거슬러 걷기 시작했다. 양쪽 인도는 행인들로 북적거렸다. 접은 우산을 든 우비 차림의 사내들, 내 것과 비슷한 쇼핑백을 든 여자들, 백팩을 멘 젊은이들. 모두 왼쪽으로, 혹은 오른쪽으로 가야할 곳을 향해 가고 있을 뿐, 수상쩍은 사람은 없었다. 도로변에 멈춰 서서 엔진을 낮게 그르렁거리고 있는 검정색 밴도 없었다. 주위를 살피는 덩치 큰 사내들도 없었다. 순찰차도 없었다. 나는 스캐런젤로에게서 받은 핸드폰을 꺼냈다. 연락처에서 나이스의 번호를 찾아 버튼을 눌렀다. 뭔가가 긁히는 듯한 소리에 이은 한동안의 정적, 바킹 콜택시 사무실에서도 경험했던 일. 내가 알 수도 없고 알 필요도 없는 국제 로밍 서비스 절차. 마침내 꼬리가 긴 미국식 전화벨이 부드럽게 울렸다. 이역 하늘 아래에서, 그것도 갑갑한 상황에서 그 소리를 들으니 반가웠다. 나는 멈춰 서서 고향의 소리를 여섯 번까지 헤아렸다. 나이스는 응답하지 않았다. 누구도 응답하지 않았다.

'희망은 최선을 기대하며 품는 것이고 계획은 최악을 대비해서 세우는 것이다.'

우선 최선의 시나리오. 그녀는 운전 중일 것이다. 불법 정차 딱지를 피하기 위해, 혹은 롬포드 수색조의 의심을 피하기 위해 사각형을 그리며 블록을 돌고 있을 것이다. 이제 내가 인도에 나와 있으니 이번이 마지막 바퀴가 될 것이다.

나는 전방의 교차로 모퉁이를 지켜보았다.

돌아 나오는 스코다는 없었다.

그렇다면 최악의 시나리오. 그녀는 납치된 것이다. 그녀의 휴대폰은 범인의 손에 쥐어져 있을 것이다. 스크린에 떠오른 내 이름, 나를 낚을 찬스. 연락을 받은 패거리들이 인근에 쫙 깔린다. 미끼는 케이시 나이스, 나로선 걸려들 수밖에 없는 그물이다.

나는 휴대폰 스크린을 한동안 지켜보았다. 아무런 변화가 없었다.

이젠 최악을 대비한 계획을 세울 수밖에 없었다. 내 휴대폰에 저장된 번호는 달랑 두 개, 하나는 케이시 나이스, 나머지 하나는 오데이.

'우리 휴대폰 속에 GPS 칩이 삽입돼 있어요. 그러니 본부에서는 우리의 일거수일투족을 지켜볼 거예요.'

오데이라면 나를 그녀에게 데려다 줄 수 있을 것이다. 한 발, 한 발. 놈들은 그녀의 휴대폰을 절대 버리지 않을 것이다. 나를 유인하기 위해.

나는 버튼을 눌렀다. 이젠 익숙해진 긁히는 소리, 그리고 이어지는 정적. 하지만 이번엔 그 정적이 오래가지 못했다. 내가 전화를 끊었기 때문이다.

스코다가 전방의 모퉁이를 돌아 나오고 있었다.

운전석에 앉은 나이스의 모습이 보였다. 하지만 혼자가 아니었다. 운전석 뒷자리에 누군가가 타고 있었다. 그늘이 져 있어서 얼굴은 보이지 않았지만 형체만은 뚜렷했다. 운전석을 향해 상체를 기울이고 앉은 사내의 형체. 나는 차를 향해 달려가지 않았다. 뒤돌아서서 뛰지도 않았다. 다시 상가 복도로 숨지도 않았다. 그냥 인도에 선 채 다가오는 스코다를 지켜보고 있었다. 거리가 가까워지자 나는 그 형체의 정체를 확인할 수 있었다. 마흔에서 마흔다섯 살 사이, 볕에 살짝 그을린 얼굴, 짧게 친 금발머리와 사각턱, 스웨터와 캔버스 재킷, 거기까진 눈에 보였고 그 아래 청바지와 영국 사막전투부대용 스웨이드 부츠는 보지 않고도 알 수 있었다.

베넷, 발음이 불가능한 이름을 가진 웰시 사내. 파리의 아파트 베란다에서 마술처럼 자취를 감춘 MI6요원, 아니 MI5, 혹은 같은 라인의 다른 기관 소속일 수도 있고.

'현재로서는 모든 게 유동적입니다.'

특유의 단조로운 목소리로 그가 말했었다.

스코다가 내 앞에 멈춰 섰다. 나이스와 베넷 모두 고개를 묘하게 꺾고 앞 유리를 통해 나를 올려다보았다. 크게 뜬 네 개의 눈동자가 빤한 메시지를 담고 있었다.

'아무것도 묻지 말고 어서 타요.'

내가 조수석 문을 열고 올라탔다. 환경 친화 쇼핑백은 무릎 위에 올려놓았다. 나이스가 액셀을 밟으며 핸들을 돌렸다. 그녀가 말했다. "베넷이에요."

"기억하고 있소." 내가 말했다.

"전에 만난 적이 있습니다." 베넷이 나이스에게 말했다. "파리에서. 돌풍 덕분에 리처 씨가 목숨을 건졌죠."

내가 말했다. "이제 당신이 그곳에 있었다는 사실을 인정하시는군."

"공식적으로는 아닙니다."

"왜 이 차를 납치한 거요? 애 먹었잖소."

"두 블록 떨어진 곳에서부터 주정차 단속반이 훑어 올라오고 있었습니다. 사진을 찍고 나서 티켓을 발부하는 게 그들의 원칙이죠. 나이스 양이 사진에 찍혀서야 좋은 일이 있겠습니까?"

"당신이 원하는 게 뭐요?"

"일단 차를 세우시죠." 그가 말했다.

나이스가 차의 속도를 줄였다. 하지만 마땅한 곳이 눈에 띄지 않았다. 결국 버스정류장에 반을 걸친 상태로 차를 댔다. 불법 정차. 베넷은 지적하지 않았다.

내가 다시 물었다. "대체 원하는 게 뭐요?"

그가 말했다. "하루나 이틀쯤 동승하고 싶습니다."

"동승? 우리와 함께 이 차를 타고 다니겠다는 얘기요?"

"그렇습니다."

"이유는?"

"오늘 아침에 긴급 브리핑을 받았습니다. 이번 사건에 투입된 각국 비밀 요원들의 활동을 면밀히 주시하되 우리보다 앞서 나갈 시에는 즉시 견제하라는 내용이었습니다."

"우리가 앞서 나가고 있다는 얘기요?"

"아닙니다. 하지만 두 분은 재미 좀 보고 있잖습니까."

"천만에."

"일은 좀 한 게 사실이잖습니까."

"우리가?"

"겸손하시군요."

"지금 도청장치를 달고 있소?"

"왜요, 몸수색이라도 하게요?"

"내가 할게요." 나이스가 어깨 너머로 말했다. "그래야 할 필요가 있다면 당연히 해야죠. 우리 세계에도 룰이 있으니까."

"동맹국의 사법권 내에서 신분을 감춘 채 작전을 수행하고 있는 외국의 기관 요원께서? 게다가 최근에 발생한 두 건의 살인사건에 연루되신 분이?"

내가 말했다. "그 사건들은 둘 다 내가 한 짓이오."

"무슨 말씀." 베넷이 말했다. "웜우드 스크럽스의 사건 현장을 어떻게 설명하려고요? 당신이 한 놈을 저세상으로 보내는 동안 나이스 양이 나머지 세 놈을 곤죽을 만들었다 이겁니까? 차라리 놈들을 좀 옮겨 놓고 떠나실 걸 그랬습니다. 그대로 놓아두었으니 당시 상황이 빤히 드러나지 않습니까. 유리 조각을 휘두른 건 나이스 양입니다. 어제 목이 부러져 죽은 사내는 당신 작품이고요. 현재 두 분의 스코어는 1대 1인 거죠."

"대체 원하는 게 뭐요?" 내가 세 번째로 물었다.

"걱정 마십시오." 그가 말했다. "우린 NHI 사건에는 그다지 관심이 없습니다. 그래서 도청도 하지 않습니다."

케이시 나이스가 말했다. "NHI 사건이 뭐죠?"

"No Humans Involved. 즉, 인간 같지 않은 쓰레기들과 연관된 사건을 말합니다. 그런 놈들이 떼로 죽어 자빠져 있어도 절대 간섭하지 않는 게 우리의 원칙입니다. 그건 다른 기관, 다른 부서들의 소관입니다. 하지만 이번의 두 놈에게는 관심을 기울일 수밖에 없습니다. 두 분이 연루돼 있으니까요. 잘 아시겠지만 지금 두 분은 극도로 위험한 처지입니다. 런던의 대규모 범죄조직이 둘씩이나 당신들을 쫓고 있으니 말입니다."

"걱정은 고맙소. 그런데 그다지 관심이 없다는 건 정확히 어떤 수준을 얘기하는 거요?"

"NHI 사건들 말입니까? 기록은 합니다만 수사는 하지 않는다는 얘깁니다."

"서류로 남겨두긴 한다는 얘기군."

"그 정도는 해야죠."

"그렇다면 우리는 그곳에 간 적이 없소."

그가 말했다. "그곳이라면?"

내가 말했다. "어디든 인간 같지 않은 쓰레기들이 죽어 자빠져 있는 곳."

"우리가 보유하고 있는 첨단장비들은 그 반대의 사실을 얘기해주더군요. 이미 눈치챘겠지만 우리는 두 분의 행적을 손금 보듯 주시하고 있습니다. GPS라는 건 정말 대단한 발명품입니다. 지금만 해도 보십시오. 두 분은 사건 현장에서 수 킬로미터 떨어진 곳에 차를 세워놓고 숨어 있었습니다. 내가 어떻게 찾아낼 수 있었겠습니까?"

내가 말했다. "우리 휴대폰에는 암호가 걸려 있어서 추적이 불가능할 텐데?"

그가 씩 웃으며 말했다. "오, 저런."

"저런, 뭐요?"

"귀국의 정보 당국이 번번이 우리에게 저자세를 취하는 이유가 뭔지 생각해 봤습니까? 독일 같은 나라 앞에서는 그렇게 당당하면서 말입니다. 당신 생각엔 우리가 어떤 카드를 쥐고 있을 것 같습니까?"

"GCHQ." 내가 말했다.

GCHQ, 영국 정보통신부. 그가 고개를 끄덕였다. "영국 정보 당국의 귀 역할을 하는 곳이죠. 미국에 NSA가 있다면 우리에겐 GCHQ가 있습니다. 하지만 NSA보다 청각이 훨씬 발달돼 있다고 보면 됩니다. 자랑처럼 들렸다면 미안합니다만."

"우리 정보 당국의 통화 내용을 죄다 도청하고 있다는 얘기군."

"도청이 아닙니다. 말 그대로 듣고 있는 것뿐입니다." 그가 말했다. "청취한 정보는 어떤 목적으로도 사용하지 않습니다. 그냥 기록실에 쌓아두는 거죠. 다시 꺼내는 경우도 없습니다. 단 한 가지 예외만 제외하고는. 정보기관의 업무 수행 능력 테스트가 그 예외에 해당합니다. 순전히 기술적인 차원에서의 활용인 셈이죠."

"그래도 CIA의 암호망은 뚫을 수 없을 거요."

"물론 CIA는 그렇게 자위하고 있겠죠."

"당신들이 그들의 암호까지도 풀어낸다는 얘기요?"

"내 생각입니다만 CIA가 우리에게서 그들의 암호체계를 구입한 것 같습니다. 물론 간접적인 경로를 통해서겠죠. 극도로 은밀하면서도 아주 복잡한 절차를 밟았을 겁니다."

"지금 같은 세상에서 그런 거래는 이루어질 수 없소."

"지금이 아니라 아주 옛날에 이루어진 거래였습니다."

"그 얘긴 이제 됐고. 한 가지 물어봅시다. 우리가 영국을 위해 공공 봉사 정신을 실천한 사실은 인정하오? 세르비아 패거리들을 손봐준 거 말이오."

"두 분이 놈들에게 타격을 준 건 사실입니다. 하지만 소탕한 건 아니잖습니까. 문어의 다리 하나를 잘라낸 정도라고 할까요? 물론 고맙습니다. 여덟 개보다는 일곱 개 다리를 가진 문어와 싸우는 게 더 쉽긴 할 테니 말입니다. 하지만 큰 차이는 없을 것 같은데요."

"다리 몇 개를 더 원하시는군."

"두 조직이 혈안이 된 채 두 분을 찾고 있습니다. 내가 아는 당신이라면 이 기회를 반가워할 것 같은데 내 생각이 틀렸습니까? 떼로 죽어 자빠져 있어도 영국사회가 크게 동요하지 않을 놈들도 있습니다. 물론 순전히 내 개인적인 의견입니다만."

"우리와 하루 이틀 함께하겠다고 했잖소. 함께 싸우기라도 하겠다는 거요?"

"난 지켜보는 걸로 만족하겠습니다. 놈들 가운데에는 영국 시민도 있습니다. 나이스 양이 지적했듯이 우리 세계에도 룰이 있으니까요."

"우릴 도와주겠소?"

"내 도움이 필요합니까?"

"콧트와 카슨이 숨어 있을 만한 곳에 관해 본부에 자료를 요청했소."

베넷이 고개를 끄덕였다. "알고 있습니다."

"아직 답신이 없소."

베넷이 다시 고개를 끄덕였다. "그것도 알고 있습니다. 그리고 소식이 늦어지는 건 당연합니다. 분량이 엄청날 테니까요. 기존의 롬포드 보이즈 구역과 카렐 리보의 옛 구역, 게다가 오늘 아침부터는 세르비아 조직의 구역까지 포함됐으니 말입니다. 세르비아 패거리가 롬포드 보이즈와 손을 잡았다고 가정할 때 두 조직이 콧트와 카슨을 각각 한 놈씩 숨겨주고 있을 가능성이 있습니다. 그 편이 훨씬 안전하니까요. 그럴 경우 두 은신처는 당연히 상당한 거리를 두고 있을 겁니다. 런던은 평야지대입니다. 낮은 구릉지대가 간간이 형성돼 있을 뿐 뺑 뚫려 있다고 봐야겠죠. 세계 최고의 저격수 넷 중에 하나, 혹은 둘이 은신해 있을 외딴 평지의 농장가옥에 접근한다는 건 자살행위입니다."

내가 말했다. "그래도 난 그 정보를 원하오."

"좋습니다. 오늘 중으로 오데이에게 발송하죠. 그러면 그 양반이 두 분에게 이메일을 보낼 겁니다."

"당신은 외딴 농장가옥이 유력하다고 생각하오? 서로 멀리 떨어져 있는 두 채?"

"그 생각을 고집하진 않겠습니다. 다른 가능성도 열어둬야겠죠."

"다른 가능성이라면?"

"롬포드 보이즈는 안가도 여러 채 마련해 두고 있습니다. 세를 놓고 있는 주택들도 많고요. 1,2주 집을 비워주면 한두 달치 월세를 안 받겠다는 제안에 좋아라할 세입자들이 많을 겁니다. 게다가 놈들은 고리대금업도 하고 있습니다. 손님 한둘을 먹이고 재우면서 빚을 조금이라도 갚을 수 있는 기회를 반가워할 사람이 적지 않을 겁니다. 그 누구도 신고하지 않을 거예요. 다들 꿀 먹은 벙어리가 되는 거죠."

"하지만 당신은 외딴 지역일 가능성이 크다고 생각하잖소."

"내가 아니라 누구라도 그 가능성을 염두에 두겠죠. 이 상황은 술래잡기나 마찬가집니다. 안 그렇습니까? 놈들은 일단 전면적인 검문검색을 예상했을 겁니다. 9·11 테러 발발 당시 미국 정부가 그랬듯이 말입니다. 다른 대도시들도 그런 재난을 당한다면 똑같은 조치를 취하겠죠. 어쨌든 놈들은 그 그물에 걸려들진 않을 겁니다. 바보라면 모를까 대형 라이플까지 든 채로 당국의 검문을 통과하려는 시도는 하지 않겠죠. 그 점을 고려할 때 놈들이 진즉에 입국해서 어딘가에 웅크리고 있을 가능성이 대단히 높아집니다."

"우리가 확인한 바로는 월리스 코트 주변의 저격 포인트가 수백 곳은 될 것 같았소."

"가능성이 있는 포인트들을 철저히 수색하고 있는 중입니다. 하지만 사각지대가 얼마든지 있을 수 있다는 게 문제입니다."

"런던 전역에서 검문검색을 실시할 계획인 건 맞소?"

"물론입니다."

"그런데 아직까지 실행하지 않고 있는 이유는?"

"아직까지는 상부의 태도가 낙관적이기 때문입니다."

"그건 정치인들이 늘 하는 얘기고."

"우리는 이번 사건을 조속히 해결하려고 노력 중입니다."

"그것도 많이 듣던 얘기구만."

"우리 연봉을 책정하는 건 정치인들입니다."

"아무튼 우리를 어떤 식으로 도와줄 생각이오?"

"리틀 조이의 집으로 안내하겠습니다. 롬포드 보이즈에서 일어나는 모든 일의 중심에 그자가 있습니다. 그 집 주변의 움직임을 지켜보십시오. 뭔가 윤곽이 잡힐 겁니다."

"영국 경찰은 뭐 하고?"

"진즉부터 감시해왔습니다. 하지만 아직까지는 어떤 수상한 움직임도 포착하지 못했습니다."

"그렇다면 리틀 조이가 중심이라는 판단이 잘못된 것 아니오?"

"찰리 화이트는 현장에서 뛰기엔 너무 늙었습니다. 지위도 있고요. 토미 밀러와 빌리 톰슨도 60대 늙은이들입니다. 게다가 그들은 대기업 중역 놀이에 푹 빠져 있습니다. 그게 요즘 암흑가의 대세입니다. 최소한 표면적으로는 합법적인 투자와 절세 같은 방법들을 통해 수익을 올리는 거죠. 따라서 전통적인 사업들, 즉 불법과 폭력을 자행하는 일들은 리틀 조이가 도맡고 있습니다. 내 말을 믿어도 좋습니다. 리틀 조이는 콧트와 카슨에게 신변 보호와 보급품, 그리고 향응을 제공하고 있을 겁니다. 경호원들과 음식, 그리고 여자들은 일단 조이의 집을 거쳐야 합니다. 따라서 조이의 집 앞에서는 평상시와는 다른 움직임이 규칙적으로 일어나야 합니다."

"하지만 지금까지는 그런 움직임이 포착되지 않았다?"

"아직까지는 그렇습니다."

"상부에서 비관론으로 돌아설 때까지 우리에게 남은 시간은?"

"얼마 남지 않았습니다."

"그때까지 놈들을 잡지 못할 경우, 대안은 있소?"

"대안을 내세워야 할 만큼 상황이 악화되지 않기만을 바랄뿐입니다."

"그럼 이제 우리에게 손을 내미시는 건가?"

"우린 서로를 돕고 있는 겁니다. 그래야만 하는 거 아닙니까?"

"다우닝 가(Downing Street, 영국 총리 관저가 있는 곳으로 영국 총리와 정부를 가리킴-옮긴이)와 백악관 간의 핫라인 역시 도청하고 있소?"

"갑자기 그건 왜 물으십니까?"

"그냥 개인적인 호기심일 뿐이오."

"예우를 갖추기 위해 그 라인만은 건드리지 않습니다."

"잘 알겠소."

그가 말했다. "자, 이제 출발하죠. 두 분이 묵을 호텔을 찾아야 하니까요. 좀 쉬셔야 할 것 같습니다. 리틀 조이의 집으로 출동할 준비를 마치는 대로 문자 넣겠습니다."

내가 말했다. "우리 전화번호를 알고 있소?"

베넷은 대답하지 않았다.

"멍청한 질문을 했군." 내가 말했다.

베넷이 나이스와 자리를 바꿔 앉았다. 그는 하이드 파크의 북쪽 경계를 지나는 베이스워터를 향해 차를 몰다가 방향을 틀어 마블 아치를 지난 뒤 메이페어로 진입했다. 런던 최고의 부촌들 가운데 한 곳이었다. 범죄조직들이 발을 붙일 수 없는 곳.

베넷은 그로스베너 하우스 호텔과 도체스터를 그대로 지나친 뒤 힐튼 앞에 차를 세웠다.

그가 말했다. "놈들의 생각이 이곳까지 미치지는 않을 겁니다. 자기네한테 강탈해간 돈이면 훨씬 비싼 곳에 묵을 거라고 판단하겠죠. 브라운이나 클래리지, 혹은 리츠나 사보이 같은 곳 말입니다."

내가 말했다. "그 돈에 관해서는 또 어떻게 알아냈소?"

"오데이에게 보낸 나이스 양의 보고서."

"그 정보가 당신네 정보기관의 테스트 샘플이었다는 얘기요?"

"테스트 샘플은 무작위로 선택됩니다. 로또나 마찬가지죠. 그게 전부입니다. 일부러 그걸 집어내서 엿본 건 아니었습니다."

"아무래도 우리 전화기들을 버려야겠군."

케이시 나이스가 말했다. "그럴 순 없어요."

베넷이 말했다. "나도 나이스 양의 의견에 찬성입니다. 그걸 버리면 안 됩니다. 오데이와의 규칙적인 교신은 어쩌려고요? 그건 그와 스캐런젤로 사이에 이루어진 합의 내용입니다. 두 분으로부터 연락이 끊기면 미 정보 당국에서는 즉시 발뺌을 할 겁니다. 모르쇠로 일관할 거라는 얘기죠. 그럴 경우 두 분은 자신들을 위해서라도 당장에 이 나라를 떠나야 합니다. 그러지 않으면 공공의 적이라는 수배 딱지가 붙은 채 양국의 요원들로부터 사냥당하는 처지가 될 테니까요."

"스캐런젤로도 알고 있소?"

"메릴랜드의 뉴스를 가장 먼저 듣는 곳이 글로스터셔라는 사실을 기억하십시오. 그 반대의 경우도 마찬가지고."

"이 세상의 모든 전화기를 도청하고 계시는군."

"그렇다고 볼 수 있죠."

"그럼 또 하나 물읍시다. 이번 사건의 배후는 대체 누구요? 거기까진 아직 알아내지 못하셨나?"

"정확히는 파악하지 못하고 있습니다."

"당신은 영국 최정예 팀의 일원이오, 안 그렇소? 영국 최고의 두뇌들을 모아 놓은 A팀. 포트 미드의 얼간이들보다는 나을 거라고 짐작하고 있소만."

"주어진 일은 제대로 해내는 편이죠."

"하지만 이번엔 아닌 것 같소. 그래서 지금 우리 두 사람에게 모든 걸 떠넘기려 하고 있소. 우리가 오데이와 교신을 계속하기를 바라는 것만 봐도 그렇소. 나와 나이스 양이 목숨을 걸고 임무를 수행하는 동안 도청이나 하면서 빈둥거리려고 말이오."

"선의로만 일관했다면 우리는 세계를 지배하지 못했을 겁니다."

"웨일스가 세계를 지배했다는 얘기요?"

"물론 영국이 지배했죠. 하지만 웨일스도 영국입니다. 스코틀랜드나 잉글랜드와 마찬가지로."

나는 대꾸하지 않았다. 나이스가 내게 탄약 상자들을 건넸다. 나는 그것들을 쇼핑백 속에 집어넣었다. 이 세상을 생각하는 선의가 만들어낸 환경 친화 제품.

37

힐튼은 우리의 필요를 넘고도 한참 넘은 선택이었다. 브랜드 네임 대신 자금력으로 승부를 결심한 모양이었다. 로비의 인테리어가 호화스러움 그 자체였다. 프런트 직원들은 싸구려 가방 하나만을 달랑 들고 있는 한 쌍의 고객을 수상쩍어 하는 눈치였다. 현찰 계산 또한 천박하게 여기는 것 같았다. 하지만 내가 주머니에서 꺼낸 돈뭉치의 두께를 어림하고 나서부터는 태도가 180도 달라졌다. 경비가 빠듯한 촌것들을 현찰만 고집하는 졸부쯤으로 격상시켰다고 할까. 억양으로 미루어 우리를 러시아 마피아로 착각했을 리는 없었다. 하지만 극도로 공손해진 건 사실이었다. 특히 벨보이들은 우리를 위해 수고할 기회를 얻지 못한 게 못내 아쉬운 표정들이었다. 50파운드짜리 팁이 냄새만 풍기고 사라졌으니 그럴 만도 했다. 객실은 층이 서로 달랐다. 우리는 일단 나이스의 객실로 함께 갔다. 안전을 확인하기 위해서였다. 그리고 만일의 경우를 대비해 실탄 박스도 나눠야 했다. 호텔 객실에서 장시간에 걸친 총격전이 벌어진다는 건 상상하기 힘든 일이다. 하지만 상상하기 힘든 일이 일어나는 게 현실이다. 그렇다면 백열여섯 발이 열여섯 발보다 훨씬 든든하다. 그녀의 객실은 텅 비어 있었다. 어떤 위협도 느껴지지 않았다. 구조 자체는 그때까지 내가 보았던 수천 개의 모텔 객실들과 별 차이가 없었다. 하지만 인테리어와 가구는 전혀 차원이 달랐다. 전망도 마찬가지였다. 20층 높이에서 공원을 내려다보는 호사를 어떤 모텔에서 누릴 수 있을 것인가. 나는 패러벨럼 백 발이 든 상자를 나이트 스탠드 위에 올려놓고 문을 향해 돌아섰다.

그녀가 말했다. "아직 약이 두 알 남았어요. 지금 졸리지도 않고요."

내가 말했다. "그럼 베넷이 차에 타게 된 경위를 말해주겠소?"

"그냥 올라탔어요. 내가 처음 보았을 때는 맞은편 인도에 서서 핸드폰을 만지고 있었어요. 이어서 그걸 귀에 갖다 댔어요. 그러려니 했죠. 그런데 내 휴대폰이 울리는 거예요. 무조건 받았죠. 전화를 건 사람은 바로 그였어요. 그가 도로를 건너와서 내 뒷자리에 올라탔어요. 그러더니 대뜸 오데이 장군님을 들먹이는 거예요. 그분에게서 내 번호를 받았대요. 슈메이커 장군님이 다시 한 번 확인해 주었다는 얘기도 했어요. 그러고 나선 차를 빼라더군요. 순찰차가 오고 있다면서요. 블록을 돌면서 당신을 기다리면 된다고도 했고요."

"그래서 시키는 대로 따랐소?"

"의심할 여지가 없었으니까요. 두 분 장군님의 이름을 알고 있는 걸로 미루어 우리 편이구나 했죠."

"지금 생각은 어떻소?"

"의심 가는 구석은 있어요. 하지만 그래도 우리 편이 맞는 것 같아요."

내가 고개를 끄덕였다. "나도 같은 생각이오. 그가 하는 얘기가 모두 믿음이 가오?"

"과장된 부분은 있는 것 같아요. 극비에 속하는 정보들을 그렇게 주절주절 늘어놓는 요원이 이 세상에 어디 있겠어요? 그건 자살행위나 마찬가지예요. 보안 당국에서 그런 사람을 가만히 놔둘 리가 없을 테니 말이에요. 가슴에 뭔가를 담아 놓고는 도저히 살아갈 수가 없는 사람이라면 모를까."

"실제로 그런 사람들도 있소. 그런 사람들은 권모술수를 증오하는 법이오. 두고 봐야 알겠지만 설사 베넷이 그런 사람이라고 할지라도 영국 보안 당국에서는 별다른 제재를 가하진 않을 거요. 지나치게 솔직한 사람은 사실 안보에 위협적인 존재가 아니오. 모든 정보를 털어놓는다는 건 어떤 정보도 털어놓지 않는 것과 결국은 마찬가지요. 정보를 털어놓는 것과 사실을 얘기한다는 건 전혀 다른 차원이기 때문이오. 오히려 상대방을 교란시키는 효과를 노릴 수 있소. 사건의 본질과 상관없는 정보들은 더욱 그렇소. 생각해 보시오. 영국 측에서 우리의 교신을 해킹하든 안 하든, 그리고 그 정보를 활용하든 안 하든, 우리의 임무와는 전혀 상관이 없소. 오히려 머리만 복잡해질 뿐이오. 어쩌면 베넷은 그걸 노리고 부풀려서 떠들어댔는지도 모르오."

"그래도 궁금하잖아요. 그들이 우리의 교신을 해킹하고 있는 걸까요?"

"그 문제는 아예 잊어버리시오. 대신 베넷이 부풀려서 얘기하지 않은 부분들을 생각해 보시오. 실컷 자랑질을 하다가 갑자기 겸손해진 부분들 말이오."

"어떤 부분이죠?"

"자신들이 쭉 지켜보았지만 리틀 조이의 집 근처에서 특별한 움직임을 포착하지 못했다고 했소. 또한 이번 사건의 배후도 아직 밝혀내지 못했다고 했소."

"그런데요?"

"그들의 역량에 비해 형편없는 실적이잖소."

"그들이라고 매번 대박을 칠 수는 없잖아요."

"하지만 그들은 세계 최고 수준의 정보기술을 보유하고 있소. 물론 엄청난 투자의 결과이긴 하지만 말이오. 그래도 난 그들이 우리 NSA보다 월등하다는 베넷의 주장을 인정할 수 없소. 물론 우리와 비슷하거나 조금 낫다는 건 인정해야겠지만. 아무튼 그들은 최첨단 기술을 백분 활용해서 지금까지 많은 사건들을 성공적으로 해결해 왔소."

"이번 사건은 워낙에 까다롭잖아요."

"NSA나 GCHQ가 실마리조차 찾을 수 없을 만큼 까다로울까?"

"그렇다고 봐야죠."

"그렇다면 그들이 찾아내지 못한 실마리를 풋내기 정보 분석가와 예비역 헌병이 무슨 수로 찾아내겠소? 그들은 진즉부터 리틀 조이의 집 주변을 감시해왔다고 했소. 그런데도 그들이 놓쳤던 움직임을 우리 둘이서 대번에 포착한다는 게 과연 가능한 일이라고 생각하오?"

"그래도 우리가 포착할 수 있는 움직임은 있겠죠."

"천만에. 어떤 움직임도 있을 리 없소. 베넷은 사실도 아니고 필요하지도 않은 정보들을 자랑삼듯 떠들어대서 우리를 혼란스럽게 만들었소. 리틀 조이의 집에 콧트와 카슨이 숨어 있는지 그리고 놈들의 배후가 누구인지, 그게 우리에게 필요한 정보인데 말이오. 하지만 베넷은 그 부분에서는 갑자기 겸손해지더니 자신들의 부족한 역량을 시인했소. 그런 다음에 우리를 리틀 조이의 집으로 안내하겠다고 제안했소. 우리더러 움직임을 포착하라면서 말이오. 그 모두 베넷의 머리가 오데이의 머리와 똑같이 돌아가고 있기 때문이오. 단지 시차만 있을 뿐."

"무슨 말인지 잘 모르겠어요. 구체적으로 설명해줄 순 없나요?"

"베넷도 파리 아파트 베란다에 함께 서 있었소. 그래서 콧트가 나를 조준했다는 사실을 잘 알고 있소. 그 이유도 물론 잘 알고 있을 테고. 이제 그는 콧트가 런던의 어느 곳에 숨어 있다는 사실을 알고 있소. 외딴 농장 가옥은 개뿔, 그는 처음부터 리틀 조이의 집을 의심하고 있었소. 우리를 그 집으로 안내한다는 건 그 의심을 확인하기 위한 작전일 뿐이오. 그는 우리가, 아니, 내가 그 집 앞에 나서주기를 바라고 있소. 표적으로 말이오. 만일 콧트가 그 집에 숨어 있다면 틀림없이 방아쇠를 당길 테고 그러고 나면 사건은 해결되는 거요. 그는 자기 계산만 하고 있소. 우리 두 사람에게 무슨 일이 일어나든 그는 아무 관심도 없소. 그에겐 오직 결과만이 중요할 뿐이오. 오데이가 그렇듯이 말이오. 간단히 정리하자면 리틀 조이의 집 어느 창문에서 번쩍이는 라이플 총구의 섬광이 베넷이 원하는 전부요. 그러면 그가 좋아하는 정치인들이 공포에 사로잡히기 전에 모든 게 끝나는 거요."

"그래도 당신은 그 집 앞에 나설 작정이잖아요."

"표적이 되겠다는 얘기와는 다르오."

"자의든 타의든 어차피 해야 할 일이잖아요."

"맞소. 어쨌든 우리는 그 집 앞에 나서야만 하오. 우리에겐 선택권이 없소. 전화기 문제도 마찬가지요. 우린 오데이에게 보고해야만 하오. 결국 베넷은 자신이 원하는 걸 모두 얻게 되는 거고."

"우리는 우리가 원하는 걸 얻기 위해서 그 두 가지 일을 하는 거예요. 그게 우리의 목적이에요. 그걸 원하는 누군가가 있건 없건, 그리고 우리의 행동에 의해 그 누군가가 부수적인 이익을 얻건 말건, 우리와는 상관없는 일이에요."

"두 나라 정부 모두 우리를 단지 미끼로만 이용하고 있소. 그리고 우리는 그들이 전해주는 정보에 전적으로 의존하고 있소. 그중에는 거짓 정보도 얼마든지 있을 수 있소. 아울러 그들이 우리를 일개 소모품으로 간주하는 한 터무니없는 지시도 내릴 수 있소. 우리의 안전은 아랑곳하지 않고 말이오. 우리는 그런 정보와 지시를 구분할 준비를 갖춰야 하오."

"그런 준비를 갖춘 다음엔 뭘 어쩌려고요?"

"우리 스스로 냉정하게 판단을 하는 거지. 그래서 따르지 말아야 한다는 결론이 나게 되면 따르지 않는 거요."

그녀가 고개를 돌리고 입을 꼭 다물었다. 하지만 결국엔 고개를 끄덕였다. 과감한 결단일 수도 있고 마지못한 타협일 수도 있었다.

내가 말했다. "기분은 여전히 괜찮소?"

그녀가 말했다. "어쨌든 우린 리틀 조이의 집으로 출동해야 해요."

"그건 내 질문에 대한 대답이 아니잖소."

"내 기분이 여전히 괜찮아야 하는 건가요?"

"초조해하지 말라는 뜻에서 물었던 거요. 배신당할 게 두렵소? 어느 쪽이 배신할지 고민스럽소? 두려워하지도 말고 고민하지도 마시오. 두 나라모두 당신을 배신할 테니까. 그것도 아주 빠른 시일 내에."

"어머, 고맙기도 하셔라. 그 얘길 듣고서 기운이 펄펄 나야 할 텐데 이거어쩌죠?"

"기운 내라고 하는 얘기가 아니오. 우리 두 사람이 공감대를 이뤄야 한다는 얘기요. 그래야만 그들에게 당하지도 않고 임무도 완수할 수 있소."

"어느 쪽도 우리를 배신하지 않을 거예요."

"그들의 신의를 놓고 목숨까지도 걸 수 있소?"

"최소한 내가 알고 있는 사람들은 배신하지 않는다에 내 목숨을 걸겠어요."

"당신이 알고 있는 사람들만? 다른 사람들은 아니고?"

"네."

"결국 집단으로서 그들의 신의는 믿지 못한다는 얘기잖소."

"그들 전체를 믿을 수 없어서 당신이 이렇게 불안해하는 거군요."

"당신은 나보다 더하고."

"당연한 거 아닌가요?"

"당신의 가장 큰 실수가 뭔지 알고 있소?"

"답을 알고 계신 모양인데 어서 말해 보시죠."

"군에 입대해야 했소. CIA 말고."

"이유는?"

"당신은 혼자서라도 국가의 안보를 책임져야 한다는 결심을 늘 다지고 있소. 그건 지나친 책임감이고 그래서 불안한 거요. 하지만 어쩔 수가 없소. CIA라는 집단을 신뢰할 수가 없으니 말이오. 그러니 당신은 외로울 수밖에 없소. 그렇게 늘 불안하고 외롭다 보니 결국엔 약물에 의존하게 되었소. 하지만 군대는 다르오. 일이 잘못되는 경우에도 전우간의 신뢰는 깨어지지 않소. 오히려 더욱 두터워지는 경우가 많지. 군대에서는 그게 전부요. 만일 지금 군복을 입고 있었다면 당신은 훨씬 행복했을 거요."

그녀는 한동안 아무 말이 없었다. 마침내 그녀가 다시 입을 열었다. "난 예일에 진학했어요. 그때부터 내 길은 정해진 거예요."

"당신이 원하기만 하면 지금이라도 늦지 않았소. 내가 입대를 주선해줄 수도 있소."

"여긴 런던이에요. 그리고 우린 지금 베넷의 문자를 기다리고 있는 중이고요."

"나도 당장에 입대하라는 얘기는 아니었소. 마음에만 두고 있다가 귀국한 뒤에 진지하게 생각해 보시오."

그녀가 말했다. "글쎄요, 생각은 해볼게요."

두 시간 뒤, 베넷으로부터 문자가 왔다. 나는 내 방 침대에 혼자 걸터앉아 있었다. 인테리어며 가구 모두 나이스의 객실과 똑같았다. 하지만 층수가 두 층 높았고 방향도 반대였다. 대형 유리창 아래로 펼쳐져 있는 메이페어의 전경, 회색 슬레이트 지붕, 빨간 타일, 멋들어진 굴뚝들이 기막힌 조화를 이루고 있었다. 부자 동네는 위에서 봐도 멋있었다.

창문에서 북쪽으로 멀지 않은 곳에 미 대사관이 있다는 건 알고 있었다. 하지만 창문에서는 보이지 않았다. 어느 순간 나이트 스탠드 위에 올려놓고 충전 중이던 내 휴대폰이 짧게 웅웅거렸다. 스크린에 불이 들어와 있었다.

로비, 10분 후.

나는 객실 전화로 나이스에게 소식을 알렸다. 똑같은 문자를 받았다는 대답이 돌아왔다. 나는 침대 위에 벌렁 드러누웠다. 5분 뒤, 나는 글록을 재킷 주머니에 쑤셔 넣고 객실을 나섰다. 나이스는 이미 로비에 내려와 있었다. 베넷은 현관 앞에 차를 세우고 우리를 기다리고 있었다. 영국 제너럴 모터스 브랜드의 박스홀이었다. 최신 모델이었다. 세차까지 새로 한 모양이었다. 티끌 한 점 없는 차체가 오후의 태양 아래 눈이 부실만큼 반짝거렸다. 공무용이라는 추측 말고는 익명성이 철저히 보장될 수 있는 차량이었다. 스코다는 이미 깨끗이 사라졌을 것이다. 압축기에서 사각의 고철덩어리가 되었든지, 혹은 불태워졌든지.

이른 저녁 시간이었다. 공원 뒤편 하늘에 해가 낮게 걸려 있었다. 나는 나이스를 조수석에 태우고 문을 닫아준 다음 뒷좌석에 올라탔다. 베넷은 곧장 출발했다.

내가 베넷에게 물었다. "어디로 가는 거요?"

그는 대답하지 않았다. 파크 레인 남쪽 차선에서 북쪽 차선으로 갈아타기 위해 신경을 집중해야 했기 때문이다. 더구나 파리의 바스티유 로터리만큼이나 교통이 혼잡한 하이드 파크 코너 부근에서 공사까지 진행 중이었다. 자칫 한눈을 팔다가는 앞차나 바리케이드를 들이받기 십상이었다.

"치그웰입니다." 그가 한참 뒤에 대답했다.

"치그웰?"

"롬포드에서 북서쪽으로 가다보면 첫 번째로 만나게 되는 동네죠. 돈 많은 사람들이 모여 사는 곳. 어느 나라에나 있는 교외의 부자 동네. 공원들이 멋지게 조성된 단지 안에 띄엄띄엄 자리 잡고 있는 저택들이 하나같이 으리으리합니다. 담장과 정문들도 장난이 아니고."

"리틀 조이가 그런 동네에 살고 있다는 얘기요?"

"네. 직접 디자인한 저택입니다."

조이의 디자인 솜씨를 감상하기 전에 우리는 수많은 건물들과 다양한 디자인들을 구경해야 했다. 마침 퇴근 시간이라 길이 엄청 막혔고 거북이처럼 기어가는 차 안에서 할 일이라고는 주변을 둘러보는 것뿐이었기 때문이다. 베넷은 시간 걱정을 하지 않는 것 같았다. 해가 진 다음에 도착하는 것이 낫다고 생각하는 모양이었다. 계속해서 북북동으로 나아가던 차가 어느 지점에선가 램프를 타고 고속도로에 진입했다. 하지만 달랑 한 구간을 달리고 나서는 다시 빠져나왔다. 곧바로 그림 같은 풍경이 우리 눈앞에 펼쳐졌다. 베넷의 설명은 필요 없었다. 치그웰이었다. 저물어가는 햇살 아래 황금빛으로 빛나고 있는 웅장한 저택들, 아름답게 조성된 정원들, 그 정원을 감싸고 있는 담장들은 규모만 작을 뿐 월리스 코트의 벽돌담과 견주어도 손색이 없었다. 진출입로마다 세워져 있는 차량들은 하나같이 최신형 고급 브랜드였다.

내가 말했다. "그 집 앞까지 곧장 차를 몰고 갈 생각이오?"

베넷이 말했다. "아니요. 접근하는 게 그리 간단하진 않습니다."

실제로는 간단하지 않은 정도가 아니라 복잡했다.

베넷이 어느 식당 뒤쪽 자갈밭 주차장에 차를 세웠다. 하지만 식당 안으로 들어가지 않았다. 주인과는 얘기가 돼 있는 모양이었다. '한동안 우리가 이곳에 차를 댈 것이니 견인차를 부르지 말아요. 아무것도 묻지 말고.'

식당 건물을 지나친 뒤 우리는 왼쪽, 오른쪽으로 한 차례씩 꺾어져 가며 가로수 늘어선 도로 위를 한동안 걸었다. 커튼 뒤에서 잠시 지켜본 눈길들은 있었겠지만 우리를 유심히 바라보는 사람들은 없었다. 아예 지나

다니는 사람이 없었다. 마침내 해가 지고 하늘이 어두워졌다. 나무 담장이 도로를 따라 길게 세워져 있었다. 우리는 그 담장을 다 지나갔다. 똑같은 구조의 담장이 다시 시작되기 전에 90센티미터 정도의 틈이 나 있었다. 베넷이 그 틈으로 꺾어져 들어갔다. 나도 나이스를 앞세우고 따라 들어갔다. 그냥 생겨난 틈이 아니었다. 양쪽으로 나무 담장이 높게 세워진 90센티미터 너비의 통로였다. 모래가 깔린 바닥엔 메마르고 짓눌린 잡초들이 널려 있었다. 지나다니는 발길이 잦은 모양이었다. 내 보폭으로 150걸음 정도 되는 길이였다. 그 끝은 자갈이 깔린 공터였다. 그 공터 한편에 오두막이 하나 서 있었다. 새로 칠한 듯, 어둑한 속에서도 녹색이 선명했다. 문에 적힌 두 단어는 흰색이라 더욱 두드러졌다.

볼링 클럽

오두막 뒤쪽으로는 상당한 크기의 잔디밭이 사각으로 조성되어 있었다. 관리 상태가 아주 좋아보였다.

"우리가 알고 있는 그 볼링이 아닌가 봐요." 나이스가 말했다.

"영국에선 상당히 인기 있는 스포츠죠." 베넷이 말했다.

"클럽하우스로 보아선 그럴 것 같지가 않은데." 내가 오두막을 턱으로 가리키며 말했다. "큰 경기를 치를 수 있는 규모가 아닌 것 같으니 말이오."

"클럽들이 아주 많아요." 베넷이 말했다. "이곳의 규모가 가장 작습니다."

그가 허리를 구부리고 돌맹이 하나를 들췄다. 다시 허리를 편 그의 손에 열쇠가 들려 있었다. 새로 만든 게 분명했다. 그의 손놀림이 익숙하지 않았다. 하지만 결국 문을 따는 데 성공했다. 문이 안으로 약간 열리면서 찌들고 눅눅한 냄새가 밖으로 풍겨 나왔다. 나무, 천, 면, 가죽.

베넷이 활짝 편 손바닥으로 문을 밀면서 다른 손으로 우리에게 들어가라는 신호를 보냈다. 내가 말했다. "안에 뭐가 있소?"

그가 말했다. "직접 확인하시죠."

안에는 볼링 클럽하우스에 있을 만한 물건들이 모두 있었다. 하지만 그것들은 한쪽에 무더기를 이루고 쌓여 있었다. 문 맞은편 벽에는 큼지막한 유리창이 나 있었다. 유리창을 통해 잔디 구장의 단정한 모습이 한눈에 들어왔다. 유리창 앞에는 주방용 스툴 세 개가 일정한 간격을 두고 놓여 있었다. 스툴 앞에는 삼각지지대가 하나씩 놓여 있었다. 그리고 지지대 위에는 야간 투시 망원경이 하나씩 얹혀 있었다.

베넷이 말했다. "작년에는 이 지역에 바람이 아주 심했어요. 다행히 큰 피해는 없었습니다. 한 집에선 나무 담장 판때기 하나가 날아갔고, 또 다른 집에선 6미터까지 자라나 있던 침엽수 한 그루가 쓰러진 정도였죠. 우연히도 그 빈자리들 덕분에 이 오두막에서 리틀 조이의 집까지 시야가 확보되었습니다. 운이 좋았던 거죠. 이 오두막이 그 집에 다가갈 수 있는 한계입니다. 그의 이웃들은 모두 그의 부하들이거나 친구로 간주해야 하니까요. 우리를 보는 즉시 전화기를 꺼낼 겁니다."

"이 오두막이 조이의 집 감시본부라는 얘기군."

"그런 셈이죠."

"문에 등을 돌리고 몇 시간씩 앉아 있단 말이오?"

"구조가 이런 걸 어쩌겠습니까. 50년 전에 죽은 목수를 탓해야죠."

"가정집도 아니고 열쇠를 문 앞 돌멩이 아래에 감춰둔 이유는?"

"상부의 지시에 따른 것뿐입니다. 하나만 깎아서 공동으로 사용하라니 어쩌겠습니까."

"감시본부에 녹화 장비가 없는 이유는?"

"저 망원경들에 잡히는 이미지들이 곧장 녹화되고 있습니다. 무선으로요. 흑백이긴 하지만 화질은 좋습니다. 첨단장비죠. 열쇠 값 같은 걸 절약해서 저런 장비들을 구입하는 겁니다."

"볼링 클럽하우스 관계자들이 당신네가 이곳에 진을 치고 있다는 사실을 알고 있소?"

"모르고 있을 겁니다."

"그건 잘됐군." 내가 말했다. 그들의 허락을 받고 오두막을 빌리는 게 물론 합법적인 절차였다. 하지만 그들에게 침묵 선서를 시키는 건 우리 여기 있다고 신문에 광고를 내는 것과 마찬가지다.

나이스가 말했다. "운동하러 나오는 회원들은 어쩌고요?"

베넷이 말했다. "해가 있을 때 저 잔디 구장만 다녀갈 뿐 여기는 들르지 않습니다. 아니, 들를 수 없습니다. 우리가 자물쇠를 바꿨으니까요. 자기네 열쇠에 문제가 있다고 생각하겠죠. 조만간 긴급총회가 소집될 겁니다. 안건은 열쇠업자를 부르는 데 클럽 기금을 쓸 것인가, 말 것인가. 찬반토론이 이어진 다음에 투표로 결정하겠죠. 열쇠 하나에 설마, 하는 생각은 하지 마십시오. 여긴 영국입니다. 열쇠에서 돈을 절약해서 최첨단장비를 구입하는 곳. 아무튼 우리는 그 사이에 시간을 벌 수 있습니다. 성과를 얻자마자 모든 걸 원상복구 해놓고 철수할 겁니다."

내가 말했다. "시야는 충분히 확보돼 있소?"

그가 말했다. "직접 확인하시죠."

내가 창가로 다가갔다. 가운데 스툴에 앉았다. 그리고 렌즈에 눈을 가져다 댔다.

38

첨단장비인 게 확실했다. 한때 내 눈에 익숙했던 흐릿한 녹색 이미지가 아니었다. 렌즈 속에는 360미터 전방에 약 45도 각도로 돌아서 있는 어느 집의 모습이 맑고 선명한 은색 이미지로 담겨 있었다. 무릎 높이의 벽돌 기단 위에 역시 벽돌로 틀을 세우고 그 빈 공간에 쇠막대를 세로로 꽂은 담장이 건물을 에워싸고 있었다. 월리스 코트의 벽돌담처럼 돈을 무지막지 쏟아 붓지 않고도 조형미를 제대로 살린 견고한 담장이었다. 쇠막대들 사이로 건물 전면과 한쪽 벽 전체가 똑똑히 보였다. 큼지막한 벽돌 건물이었다. 정확히는 모르겠지만 조지아 양식 아니면 팔라디오 양식을 모방한 것 같았다. 아무튼 요즘 유행하는 대칭 구도였다. 특이한 점은 없었다. 지붕, 문, 창문이 모두 있어야 할 곳에 있어야 할 숫자만큼 있었다. 평범한 아이가 집이라는 제목으로 그린 그림에 창문 몇 개만 더 그려 넣으면 대충 비슷할 것 같았다. 한마디로 집이라는 고정관념에 충실한 건물이었다. 블록을 깔아 조성한 진출입로는 은빛으로 보였지만 실제로는 벽돌색일 것 같았다. 현관문 근처에 검정색 소형 스포츠카가 서 있었다. 비뚤게 주차된 것으로 미루어 차 주인이 급한 용무가 있는 모양이었다.

내가 앞으로 기울이고 있던 상체를 바로 세웠다.

내가 말했다. "저게 리틀 조이의 집이오?"

베넷이 말했다. "네, 그렇습니다."

"시야가 제대로 확보된 것 같소."

"운이 좋았다고 했잖습니까."

"조이가 저 집을 직접 디자인한 게 맞소?"

"재주가 많은 놈입니다."

"내 눈엔 평범해 보이는데."

베넷이 말했다. "다시 보시죠."

내가 다시 상체를 기울이고 렌즈에 눈을 가져다 댔다. 벽돌, 기와, 문, 창문, 빗물받이 홈통까지 모두 평범한 자재들이었다. 그리고 모두 다 정확히 있어야 할 자리에 있었다. 다만 건물이 대지의 대부분을 차지하고 있어서 정원이나 기타 부지가 너무 좁은 게 약간 어색하긴 했다. 내가 말했다. "뭘 다시 보라는 얘기요?"

베넷이 말했다. "벤틀리부터."

"벤틀리는 보이지 않는데?"

"현관문 근처에 있지 않습니까?"

"무슨 소리. 저건 다른 모델이오. 벤틀리보다 훨씬 작잖소."

"차가 작은 게 아니라 집이 큰 겁니다."

"집이 크다고?"

"보통 집보다 말이죠. 리틀 조이의 키는 210센티입니다. 일반 주택의 천장은 대개 240센티 남짓이고요. 그런 천장 아래에선 리틀 조이가 많이 불편할 겁니다. 문은 또 어떨까요? 일반 사이즈의 문을 지나다니려면 고개를 숙여야 할 겁니다. 정말 불편하겠죠, 안 그렇습니까? 저 집이 평범해 보이는 건 사실입니다. 하지만 설계도 위의 모든 선들이 50퍼센트 더 길게 그려져 있습니다. 즉, 저 집의 모든 부분이 일반 사이즈의 1.5배라는 얘깁니다. 균등하게 부풀어 오른 거죠. 인형의 집이되 실제 크기가 축소된 게 아니라 확대된 겁니다. 방문들의 높이는 270센티미터 이상입니다. 천장 높이는 3.5미터가 넘고요."

나는 다시 렌즈에 눈을 갖다 댔다. 그리고 현관 앞의 검은색 차에 초점을 맞췄다. 그러면서 실제 크기의 벤틀리를 머릿속에 그려보았다. 베넷의 말이 맞았다. 보이는 모든 부분이 똑같은 비율로 부풀어 오른 건물이었다.

인형의 집이 아니라 거인의 집.

내가 다시 상체를 바로 세웠다.

내가 혼잣말처럼 말했다. "저 집을 드나드는 사람들은 어떻게 보일까?"

베넷이 말했다. "인형처럼."

케이시 나이스가 유리창 앞으로 바짝 다가와서 빈 스툴 하나를 차지하고 앉았다. 그녀가 상체를 기울이고 렌즈에 눈을 갖다 댔다.

내가 말했다. "당신들이 지금까지 파악한 움직임은?"

베넷이 말했다. "우선 이 동네의 지리적 위치를 생각해야 합니다. M25 고속도로와 이스트 앵글리아 고속도로가 바로 옆에 있습니다. 따라서 동서, 어느 쪽으로든지 곧장 달려갈 수 있어요. 특히 런던 동쪽 변두리까지는 10분 거리에 불과합니다. 조이가 이곳에 집을 지은 것도 그래서입니다. 하지만 가만히 앉아서 부하들의 보고만 받겠다는 생각은 아닌 것 같습니다. 그 자신도 수시로 출동하니까요. 훌륭한 보스는 모든 현장에 함께해야 한다는 교훈을 알고 있는 놈이죠."

"이곳에 드나든 사람들은?"

"많았습니다. 하지만 모두 신원이 파악됐습니다."

"수상한 사람들이나 의심적은 움직임은 없었다는 얘기요?"

"프랑스 대통령 저격 사건이 벌어지기 얼마 전, 조이의 경호원 수가 갑자기 두 배로 늘어났습니다. 그때는 이유를 몰랐습니다. 그저 무슨 일이 벌어지나 보다 했죠. 하지만 이제 보니 바로 그때 콧트와 카슨의 배후와 롬포드 보이즈가 계약을 했던 겁니다. 계약 내용에 따라 그 둘은 카렐 리보를 처치했고 이제 롬포드 보이즈의 보호를 받으며 런던 어딘가에 숨어 있습니다. 두 놈에겐 경호원들이 필요합니다. 보급품과 여흥, 그러니까 음식과 여자도 필요할 테고요. 그것들 모두 저 집을 거쳐서 놈들의 은신처로 가야 합니다."

"은신처가 아주 먼 곳이라면?"

"조이에게 있어서 아주 먼 곳이란 M25고속도로의 반대편 끝을 의미합니다. 스코틀랜드 하이랜드가 아니라요. 저 집을 중심으로 30분 거리가 그가 아는 세상의 전부입니다. 따라서 모든 움직임은 저 집을 통해야 합니다."

"하지만 아직까지는 그런 움직임을 포착하지 못했다?"

베넷이 고개를 가로저었다. "우린 평상시와는 다른 움직임을 예상했습니다. 그 전엔 없었던 움직임이 규칙적으로 반복될 거라고 생각했죠. 하지만 아직까지 그런 움직임을 포착하지 못했습니다. 가끔씩 낯선 차들이 들락거리긴 했습니다. 우리는 모든 방법을 동원해서 그 차량들을 추적했습니다. 앞머리가 향한 방향을 토대로 컴퓨터 시뮬레이션까지 제작했죠. 하지만 저 집을 떠나서 그 차들이 도착한 곳, 혹은 도착할 만한 곳들은 모두 그 두 사람과는 전혀 상관이 없는 장소들이었습니다."

내 옆에서 케이시 나이스가 말했다. "그 두 사람이 프랑스로 돌아갔을 가능성은 없을까요? 거기가 훨씬 안전할 테니 말이에요. 어쩌면 시간을 맞춰 치고 빠지는 게 그들의 작전일 수도 있어요. 그렇다면 지금 우리는 헛수고를 하고 있는 거예요. 그들은 디데이 직전에야 돌아올 테니까. 그래야 당신들이 지금까지 저 집 앞에서 지켜보았던 모든 것들이 설명이 돼요. 아니, 지켜보지 못했던 것들이라고 해야 하나? 저 집에 없는 사람들을 지켜주거나 먹이고 재울 일은 없으니까요."

베넷이 말했다. "디데이가 임박한 시점에는 검문검색이 극도로 강화됩니다. 그들이 그런 위험을 무릅쓸 리가 없습니다. 아마추어라면 모를까."

내가 말했다. "카슨은 프로요, 안 그렇소?"

"콧트는?"

"콧트는 검문검색을 날씨, 풍향, 고도처럼 하나의 자연적인 조건으로 간주하고 있소. 따라서 예측할 수 없다는 걸 알고 있으니 절대로 모험을 하지 않을 거요. 게다가 검문검색은 저격수의 심리 상태에 큰 영향을 미치는 조건이요. 무사히 통과한다고 해도 안정을 되찾기 위해서는 시간이 필요하오. 콧트는 현재 런던에 있소. 그것도 벌써 며칠째."

"우리 생각도 그렇습니다. 하지만 저 집 앞의 움직임이 평상시와 똑같다는 게 납득이 가질 않습니다."

내가 말했다. "조이가 지금 집 안에 있소?"

"물론입니다. 그의 차가 현관 앞에 세워져 있잖습니까."

내가 다시 상체를 기울이고 렌즈를 들여다보았다. 대형 벤틀리를 소형 스포츠카로 보이게 만드는 거대한 현관문, 당구대만 한 창문들.

내가 말했다. "조이의 부하들이 음식을 배달할 필요가 없는 곳에 콧트와 카슨이 숨어 있을 가능성도 있소. 식당에서 직접 배달시켜 먹을 수도 있다는 얘기요. 어쩌면 금식을 하고 있을 수도 있소. 여자는 둘 다 관심이 없고."

"콧트는 감옥에서 15년을 썩었습니다. 이제 자유의 몸이 되었으니 먹고 싶은 것도 많고 하고 싶은 짓도 많을 겁니다."

"그 15년 동안 꾸준히 명상 수련을 했던 놈이오. 세속적인 쾌락을 멀리하는 경지에 이르렀을 수도 있소."

"음식과 여자는 그렇다 쳐도 경호원들은 있어야 합니다. 첫째는 휴식과 숙면을 위해서, 둘째는 리틀 조이 때문에. 과시욕이 남다른 놈입니다. 게다가 계약에 충실한 모습을 보일 필요가 있으니 두 사람이 설사 싫다고 했어도 경호원들을 붙였을 겁니다. 최소한 4인 1조로 3교대를 돌리겠죠. 콧트와 카슨의 은신처가 어디 다른 곳이라고 해도 하루에 열두 명이 저 집을 들락거려야 합니다. 업무를 보고하고 새로운 지시를 받기 위해서 말이죠. 부하들의 정기적인 업무 보고는 조이의 철칙입니다. 정보의 중요성을 알고 있는 놈입니다. 특히 이번 경우에는 콧트와 카슨에 관해서 모든 걸 알아내고 싶을 겁니다. 그들의 기술이 다시 필요하게 될 때를 대비해서 말이죠. 카렐 리보 암살 사건은 암흑세계의 새로운 유행을 알리는 신호탄이나 마찬가집니다. 앞으로는 모든 범죄조직이 단골 저격수를 갖게 될 겁니다."

내가 말했다. "요즘에 조이가 어떻게 끼니를 해결하고 있소?"

"식자재를 배달시킵니다. 평상시처럼."

"양이 많소?"

"나보다 두 배쯤? 덩치가 내 두 배니까요. 배달 트럭이 건물 뒤로 돌아가서 주방 앞에 식자재를 내려놓습니다. 가끔씩은 하루에 두 번도 오더군요. 갱단 두목들은 슈퍼마켓에 가면 안 된다는 불문율이 있나 봅니다."

"매춘부들은 조이를 먼저 거쳐 가고 있소?"

"마음에 들면 싫증날 때까지 곁에 두는 경우가 있긴 합니다. 하지만 어쩌다 한 번씩입니다. 장사가 우선인 놈이니까요. 신선할 때 많이 팔자는 원칙. 따라서 오히려 그 반대인 경우가 대부분입니다. 상품성이 떨어진 매춘부들을 자기 집으로 불러들이는 거죠. 한 번 들어갔다가 다시 나온 여자는 없습니다."

"여자들이 불려 들어가는 빈도가 최근 들어 잦아졌소?"

"아니요. 평상시와 마찬가집니다."

내 옆에서 케이시 나이스가 말했다. "그런 놈을 진즉에 체포하지 않은 이유가 뭐죠?"

"롬포드 보이즈에게 불리한 진술을 해준 증인이 마지막으로 나타났던 건 당신이 태어나기 전이었습니다."

나는 여전히 렌즈에 눈을 대고 있었다. 어떤 움직임도 없었다. 마치 한

폭의 정물화를 감상하고 있는 것 같았다. 내가 말했다. "그래서 당신들은 이 상황을 어떻게 정리하고 있소?"

"롬포드 보이즈와 세르비아 갱단이 일시적 동맹 조약을 체결한 시점을 한 달 전으로 보는 시나리오가 있습니다. 콧트와 카슨의 배후가 롬포드 보이즈와 처음으로 접촉한 시점과 일치하는 거죠. 그렇다면 삼자대면이었을 가능성이 있습니다. 그 자리에서 모든 계약이 체결된 겁니다. 두 조직 간의 동맹, 카렐 리보의 암살, 은신처 제공 등등. 그게 사실이라면 세르비아 갱단이 콧트와 카슨의 은신처를 제공했을 수도 있습니다. 그게 더 안전하니까요. 심증을 굳힌 우리가 동쪽만 뒤지고 다닐 걸 알고서 그 둘을 서쪽으로 빼돌리는 거죠. 빤한 수법 아니겠습니까?"

"하지만 조이가 보고를 받지 못하게 되잖소."

"그게 이 시나리오의 커다란 약점입니다. 그 둘의 비밀을 알지 못한 상태로도 조이는 편히 지낼 수 있습니다. 겪어보지 못한 건 그리울 수가 없는 법이니까요. 하지만 세르비아 갱단이 그들을 보호하고 있는 상황에서는 잠조차 제대로 자지 못할 겁니다. 그 감정이 쌓이다 못해 폭발하면 상황이 어떻게 전개될까요? 현재 우리 행동심리위원회에서 결과를 토론 중입니다."

"방금 어디라고 했소?"

"행동심리위원회."

"또 다른 시나리오는?"

"시나리오라기보다는 우리가 기대하고 있는 해결책이 있습니다. 간단히 정리하자면 이렇습니다. 어디가 됐든 은신처는 있을 것이다. 우리가 그곳을 찾아내는 순간 모든 문제는 해결된다. 찾아낼 방법은 있다. 런던 전역에 설치된 감시카메라, 첨단 위치 추적 시스템, 그리고 실시간 교통정보. 현재 우리 프로그래머들이 그 기대에 부응하기 위해 열심히 일하고 있습니다. 자료 분석 전문가들도 마찬가지고요."

"다들 머리가 좋은 사람들일 거요, 안 그렇소?"

"대단히 좋죠."

"그런 인적 자원 덕분에 당신네 GCHQ가 우리 NSA보다 청력이 더 좋은 거고, 안 그렇소?"

"예산도 적게 쓰죠."

내가 다시 상체를 바로 세웠다.

내가 말했다. "난 당신이 우리를 이리로 데려온 이유를 모르겠소. 말로 해도 충분했을 텐데 말이오. 조이에게 집이 있다, 그 집 앞에서는 아무 움직임도 없다, 그 정도로 말이오."

"두 분과 생생한 정보를 나누기 위해서입니다."

"당신은 단순한 정보를 오히려 복잡하게 만들고 있소. 연막작전이 의심될 정도로 말이오."

"왜 그렇게 생각하죠?"

"솔직히 당신이 하는 얘기들을 모두 믿지는 못하겠소."

"이유는?"

"올바른 논리가 성립되려면 모든 연결 고리가 참이어야 하기 때문이오. 하지만 당신의 얘기 가운데는 참이 아닌 것 같은 고리가 있는 것 같소."

"이유는?" 그가 다시 말했다.

"지난번에 당신이 했던 얘기들을 기억하고 있소? 인간 같지 않은 쓰레기들과 연관된 사건에는 관심이 없다, 다만 기록은 한다, 우리 휴대폰을 해킹하고 있다, CIA의 교신도 해킹한다, 마음만 먹으면 백악관 핫라인도 도청할 수 있다, 하지만 예우를 갖추기 위해 그러진 않는다. 만일 그 모든 게 사실이라면 모두 극비사항이어야만 하오. 그런데도 당신은 특수 요원의 신분으로 그것들을 발설했소. 그렇다면 런던탑 수준의 교도소에 보내져야 하고 참수형 수준의 처벌을 받아야 하오."

"난 감옥에 갈 일이 없습니다."

"이유는?"

"건물 내에서 얻은 정보를 발설한 적이 없기 때문입니다."

"건물이라면?"

"모든 정부 건물."

"그럼 어디서 얻은 정보일까?"

"당신도 알다시피 하나의 사건이 벌어지면 백만 개의 이야기와 소문들이 떠돌게 됩니다. 거의 대부분 근거 없는 것들이죠. 하지만 그 백만 개 중에 서너 개 정도는 사실일 가능성도 있습니다. 문제는 그 서너 개마저 서로 상충된다는 데 있습니다. 따라서 우리는 경험과 상식, 그리고 판단력을 총동원해서 믿을 만한 것을 가려내야 합니다."

"그럴 필요가 있소? 그냥 다 무시하면 그만이잖소."

"그 가운데 하나는 틀림없는 사실이기 때문입니다."

"당신네가 우리 휴대폰을 해킹하고 있는 건 이야기나 소문이 아니오. 그건 팩트잖소."

"네. 하지만 사소한 팩트입니다. 우리가 알고 있는 사소한 팩트는 우리가 모르고 있는 더 큰 팩트의 단서가 될 수 있습니다. 추론 과정의 모든 단계가 그렇지 않습니까. 우리가 미국의 하급 정보 자산을 공략할 수 있다면 고급 정보 자산 역시 공략할 수 있는 겁니다. 그리고 고급 정보 자산을 공략할 수 있다면 백악관의 핫라인 역시 도청할 수 있는 거죠."

"그러니까 당신이 우리에게 한 얘기들은 모두 당신의 경험과 상식, 그리고 판단력을 동원해서 가려낸 믿을 만한 것일 뿐, 실제 사실이라고는 할 수 없다?"

"난 그 얘기들의 사실성을 객관적으로 입증할 수는 없습니다."

"하지만?"

"나는 그것들이 사실이라는 걸 알고 있습니다."

"근거는?"

"인간의 본성." 그가 말했다. "당신도 잘 알고 있을 겁니다. 의도야 어떻든, 뭔가를 할 수 있는 능력이 있으면 그 뭔가를 반드시 하게 됩니다. 시기의 차이만 있을 뿐이죠. 유혹은 늘 존재하며 우리는 그 유혹에 언젠가는 넘어가게 됩니다. 반론은 사양하겠습니다."

"그렇다면 당신이 했던 다른 얘기들은?"

"어떤 얘기들 말이죠?"

"콧트와 카슨이 런던에 있다는 얘기."

"100퍼센트 확신합니다."

"역시 근거는 당신의 경험과 상식, 그리고 판단력이고?"

"모든 정황이 말해주고 있습니다."

"그들이 경호와 음식, 그리고 향응을 제공받고 있다는 것도?"

"그건 방법론상 당연한 겁니다. 극진하게 대접할 필요가 있는 손님을 극진하게 대우하는 거죠."

"그것도 100퍼센트 확신하고 있소?"

"그 이상입니다."

"경호원들, 음식, 그리고 향응 모두 조이가 직접 제공하고 있다?"

"의문의 여지가 없습니다. 100퍼센트."

"하지만 조이의 집과 모처를 규칙적으로 왕래하는 움직임은 없다?"

"그건 단순히 내 믿음이 아니라 팩트입니다."

내가 말했다. "나이스 양과 얘기를 나눴소. 영국 정부가 총력을 기울이고 있는데도 아무 결실이 없는 게 현재 상황이오. 그런 상황에서 풋내기 전략분석가와 예비역 헌병 달랑 둘이서 어떤 성과를 거둘 수 있겠소? 당신이 자랑하다시피 당신네 인적 자원은 모두 머리가 아주 좋은 사람들이오. 그렇게 똑똑한 사람들이 우리에게 어떤 성과를 기대한다는 것 자체가 말이 안 되는 것 아니오?"

베넛은 아무 말도 하지 않았다.

"내가 판단하기에는 당신은 이미 사실을 알고 있소. 다만 우리, 아니 나를 통해 그 사실이 입증되기를 기다리고 있는 것뿐이오. 놀란 척할 준비를 하고서 말이오. 양심의 가책을 조금이라도 덜기 위해서."

그는 아무 말도 하지 않았다.

"그 사실에 이르는 논리적 연결 고리는 간단명료하오." 내가 말했다. "콧트와 카슨이 런던에 있다, 롬포드 보이즈가 그들에게 은신처를 제공하고 있다, 하지만 조이의 집과 모처를 규칙적으로 왕래하는 움직임은 없다."

베넛이 내 말을 끊었다. "모두 확실합니다."

내가 다시 말을 이었다. "따라서 콧트와 카슨은 리틀 조이의 집에 있다."

베넛은 아무 말도 하지 않았다.

"조이가 경호원 수를 두 배로 늘린 데에는 이유가 있소. 집에 손님을 들일 계획이었던 거요. 경찰은 조심스러워서 그 집에 접근할 수 없고 일반 시민들은 무서워서 다가갈 수 없소. 조이는 콧트와 카슨의 도움이 앞으로도 필요하게 될 거라고 판단했소. 그래서 그 둘과 돈독한 관계를 맺기 위해 자기 집을 은신처로 제공했던 거요. 그들은 환대를 받아가며 원하는 만큼 그 집에 머물러 있을 거요. 그러다 때가 되면 떠나겠소. 윌리스 코트까지는 걸어가도 그만이오. 그들은 당신이 보았던 낯선 차량들 가운데 한 대에 숨어 저 집에 도착했소. 집 안으로는 주방을 통해 들어갔을 테고. 당신은 최선을 다해서 모든 차량을 추적했다고 했소. 하지만 아무 소득이 없었소. 너무나 당연한 일 아니오? 다른 은신처는 없으니까. 당신은 필요한 움직임들을 이미 모두 파악했소. 두 배로 늘어난 경호원들이 2교대로 드나드는 건 눈으로 확인했소. 그리고 반입되는 식자재 양이 몇 배로 늘어난 것도 반드시 확인했을 거요."

베넷은 아무 대꾸가 없었다.

"왜 말이 없는 거요? 그렇다면 내가 당신의 대사를 읊어 주리다. '듣고 보니 당신 얘기가 옳습니다. 이거 미안하게 됐습니다. 본의 아니게 당신을 위험에 빠뜨렸군요. 세계 최고의 저격수 둘이 지키고 있는 창문 앞 360미터 지점에 당신을 데려왔으니 말입니다.'"

"미안합니다." 그가 말했다.

"저 집 어느 창문에서 총구의 섬광이 번쩍이기만 한다면 당신은 동원 가능한 SWAT팀 전부와 장갑차량들을 출동시킬 수 있소. 그 순간 모든 게 해결되는 거지. 하지만 저격수는 표적이 있어야 총을 쏘는 법, 그래서 당신은 나를 여기에 데려온 거요."

"내 아이디어는 아니었습니다." 그가 말했다.

"그럼 누구의 아이디어였소?"

"그들이 선의만으로 세상을 지배했던 건 아니었습니다."

"그들?"

"아니, 우리 영국인으로 정정하겠습니다. 하지만 나는 아닙니다. 나는 그런 지배 논리에 찬성하지 않는 사람입니다. 개인적으로는."

"사과할 필요 없소." 내가 말했다. "난 현재 내가 있고 싶은 바로 그곳에 와 있으니까."

39

나는 내가 있고 싶었던 바로 그곳에 30분쯤 더 머물렀다. 케이시 나이스도 망원경을 앞에 두고 내 옆에 앉아 있었다. 렌즈 속의 풍경은 여전히 정물화였다. 우리는 그 속에 숨어 있는 무언가를 찾아내고 싶었다. 베넷은 내내 우리 뒤에 서 있었다. 자신이 그동안 지켜봤던 것들을 세세하게 일러주기도 하고 가끔씩은 우리의 질문에 대답도 해가면서.

내가 그에게 물었다. "당신들이 저 집에 쳐들어가려면 어떤 구실이 필요할 것 같소?"

그가 말했다. "총구의 섬광 말고요?"

"거기까지는 바라지 맙시다."

"콧트나 카슨이 저 집에 있다는 걸 눈으로 확인해야겠죠."

"아직까지는 확인하지 못했고?"

"네."

1, 2층의 창문들 몇 개에 불이 밝혀져 있었다. 하지만 반투명한 커튼에 비치는 그림자는 없었다. 어떤 움직임도 없었다. TV 화면의 푸르스름한 빛이 너울거리지도 않았다. 주방과 거실을 비롯해서 모든 생활 공간이 우리 눈에 보이지 않는 건물 뒤쪽과 반대편 벽 안쪽에 몰려 있는 모양이었다. 2층 깊숙한 곳에는 객실도 따로 마련돼 있을 것이다. 작은 아파트처럼 갖출 건 모두 갖춘 집 속의 집, 그곳 역시 150퍼센트로 부풀어 있을 것이다. 지금은 손님용이지만 20년쯤 뒤, 본채를 자식들에게 내어주고 조이 자신이 그곳에 살게 될 때를 대비한 디자인.

내가 물었다. "놈들이 월리스 코트로 이동하게 될 시점을 언제쯤으로 보고 있소?"

베넷이 말했다. "아주 중요한 질문이군요."

"그럼 중요한 대답을 들어봅시다."

"우리는 정상회담 개막일 하루나 이틀 전에 도로를 봉쇄할 겁니다. 놈들도 그걸 예상하고 있겠죠. 그러니 만전을 기하기 위해 닷새 전쯤 이동할 것 같습니다."

"닷새 전이라. 저격 포인트에서 잠복하는 시간치고는 너무 긴 것 같지 않소?"

"세계 최고의 저격수들입니다. 그 정도 기다리는 건 일도 아니겠죠."

"놈들이 이동하는 도중에 덮칠 생각이오?"

"할 수 있다면 당연히 그래야죠. 우리가 신호등 고장을 위장한다든지 그 비슷한 방법을 써서 길목을 막고 덮치면 됩니다. 하지만 우리는 정확한 날짜와 시간을 모르니 그럴 수가 없습니다. 따라서 우리가 저 집을 드나드는 모든 차량을 검문검색하는 방법뿐입니다. 정상회담 개막일 일주일 전부터 말이죠. 서너 번 하고 나면 찰리 화이트가 연줄을 동원할 겁니다. 현재 우리가 추정하는 바로는 롬포드의 경찰들과 정치인들 가운데 대여섯 명이 롬포드 보이즈로부터 정기적으로 뇌물과 향응을 제공받고 있습니다. '찰리 화이트가 깡패인 건 맞다. 포주인 것도 맞다. 무기와 마약을 밀매하는 것도 맞다. 하지만 그가 테러리스트는 아니잖은가.' 그런 논리로 무장하고 있는 위인들입니다."

"자꾸 우리, 우리, 하는데 그 우리는 누구를 말하는 거요?"

베넷이 말했다. "현재로서는 모든 게 대단히 유동적입니다."

"이유는?"

"우리는 이번 사건을 조속히 해결하기 위해 최선을 다하고 있습니다."

"또 정치인 같은 말씀. 그들을 위해 일하다 보니 말하는 것까지 닮아가는 모양이시군."

"정치인들은 말만 앞세우지 않습니다. 그들은 국민의 기본권을 무시하는 악법을 폐지하고 국민 경제를 위협하는 지나친 규제를 완화시킵니다. 헌법과 법률이 정한 절차를 통해서 말이죠. 대헌장 이래로 그들은 영국을 수호하기 위해 싸워 왔습니다. 영국 영토 내에서 국제적인 테러가 발생한다는 건 특히 정치인들에게는 크나큰 모욕입니다. 국가적 수치인 것이죠. 그래서 그들은 이번 사건을 막기 위해 최선을 다하고 있는 겁니다."

"정상회담을 취소하면 되잖소."

"안 될 말씀. 그건 더욱 수치스러우니까요."

내가 말했다. "당신들은 윌리스 코트 주변의 저격 포인트를 몇 개쯤으로 추산하고 있소?"

"당신이 파리에서 저격당한 사건 때문에 우리의 생각이 좀 바뀌었습니다. 1500미터. 게다가 조준이 정확했죠. 돌풍만 없었다면 명중했을 테고요. 따라서 우리는 뒤쪽 패티오를 기준으로 반경 1500미터 범위를 철저히 조사했습니다. 그래서 추려낸 포인트가 약 600곳입니다."

나이스가 말했다. "그렇다면 하루에 120곳을 수색해야 한다는 얘긴데 그게 가능할까요?"

베넷이 말했다. "도저히 불가능합니다. 게다가 M25고속도로도 걱정입니다. 우리 생각엔 화물 트럭을 이용하면 충분히 저격 포인트가 될 수 있습니다. 화물칸 속에 경사대를 끼워 넣고 벽에 구멍을 뚫은 트럭을 갓길에 세우는 거죠. 정상들이 사진 촬영을 위해 뒤쪽 패티오로 나오는 타이밍에 맞춰서. 쏘고 빠지는 이동식 저격 포인트가 되는 겁니다."

내가 말했다. "고속도로를 전면 봉쇄할 수는 없소?"

"M25를요? 그랬다간 잉글랜드 남동부 전역의 교통이 마비됩니다. 현재 갓길과 가장 바깥 차선만이라도 봉쇄하는 조치가 논의 중이긴 합니다. 하지만 그 정도라고 해도 부정적인 영향력이 엄청날 겁니다. 그 고속도로에는 대단히 특이한 교통 역학이 작용하고 있습니다. 일종의 카오스 이론이라고 할까요? 나비 한 마리가 다트포드에서 날갯짓을 한 번 했을 뿐인데 65킬로미터 떨어진 히드로 공항에서 이백 명의 탑승객이 비행기를 놓치게 되는 것처럼 말입니다."

나는 망원경에서 눈을 떼고 상체를 바로 세웠다. "결국 놈들이 저 집을 나서기 전에 잡아야 한다는 게 당신들 생각이군."

"그럴 수만 있다면 더할 나위가 없겠죠."

"그리고 당신이 모든 경로를 통해서 얻게 된 믿음에 따르면 놈들은 저곳에 최소한 며칠은 더 머물러 있을 것이다?"

"그런 믿음에 근거한 건 아닙니다만 그럴 확률이 아주 높습니다. 아무튼 놈들이 저 집에 있는 동안 끝을 내야 합니다."

내 옆에서 케이시 나이스가 숨을 들이켰다.

"오늘 밤은 아니오." 내가 말했다.

베넷이 말했다. "준비가 필요하다는 얘깁니까?"

"이왕에 하려면 제대로 해야 하지 않겠소?"

"그렇다면 언제?"

"우리가 문자를 보내겠소. 당신 번호를 알고 있으니까."

베넷이 볼링 클럽의 문을 잠그고 열쇠를 다시 돌멩이 밑에 감췄다. 돌아가는 길은 왔던 길과 순서만 반대였다. 자갈 깔린 공터, 곧게 난 좁은 통로, 조용한 도로, 그리고 식당 뒤편의 주차장. 박스홀은 그 자리에 그대로 서 있었다. 누가 건드린 흔적은 없었다. 옆에 새로 세워진 차도 없었다.

"어디로 갈까요?" 베넷이 물었다.

내가 말했다. "24시간 영업하는 잡화점."

"왜죠?"

"우리 둘 다 칫솔이 필요하니까."

"그다음엔?"

"호텔."

"미국인들은 일을 놔두고는 쉬지 못하는 줄 알았습니다만."

"일은 내일 날이 밝는 대로 시작할 거요." 내가 말했다. "당신도 준비를 해두시오. 우리를 데려다 줘야 할 테니 말이오."

"어디로요?"

"월리스 코트."

"왜죠?"

"뒤쪽 패티오에 한번 서보고 싶어서."

베넷이 말했다. "놈들이 저 집을 떠나기 전에 잡는다면 월리스 코트는 걱정할 일이 없잖습니까."

"혹시라도 놈들이 빠져나갈 경우를 대비해야 하오. 그래서 난 월리스 코트 주변의 지형지물을 다시 한 번 확인하고 싶은 거요. 당신들이 추려낸 600곳 가운데 가장 유력한 저격 포인트를 10곳, 아니 50곳 정도로 다시 추려 놓아야 하오. 마지막 순간에라도 놈들을 잡을 수 있도록 말이오."

"그쪽엔 롬포드 보이즈 조직원들이 쫙 깔렸을 텐데요."

"내가 바라는 바요. 내가 여기저기 쑤시고 돌아다닌다는 정보가 콧트의 귀에 들어가야 하오. 그것도 아주 빨리."

"그 반대되는 상황이 더 유리하지 않을까요? 놈들이 방심하고 있는 틈을 타서 덮치는 작전 말입니다."

내가 고개를 끄덕였다. "허를 찌르는 것도 좋은 방법이오. 하지만 때로는 적을 불안하게 만드는 게 더 유리할 수도 있소."

"콧트와 카슨은 불안을 모르는 놈들입니다."

"1500미터 거리에서 조준을 흔들리게 만드는 데에는 큰 수고가 필요하지 않소. 1분에 두 번 정도만 심장이 벌떡거리게 만들면 되는 일이오. 내 손으로 콧트를 감옥에 보냈소. 그래서 놈은 나를 증오하고 있소. 그리고 내 유도심문에 걸려들었던 자신이 죽고 싶을 만큼 미울 거요. 내가 가까이 다가오고 있다는 사실을 알게 되면 놈의 심장은 벌떡거리게 될 거요. 나를 향한 증오심 때문에 두 번, 자신을 향한 원망 때문에 두 번, 그리고 둘 더하기 둘은 다섯이 될 수도 있소. 그러니 내가 돌아다닌다는 소식이 최대한 신속하게 놈의 귀에 들어가야 하오. 그것만이 내가 살아남을 수 있는 유일한 길이오."

그가 우리를 힐튼 앞에 내려주었다. 그는 곧장 떠났다. 우리는 꼭대기 레스토랑에서 20분 뒤에 만날 약속을 하고 각자의 객실로 흩어졌다. 늦은 저녁식사. 둘만의 시간. 20분 뒤, 우리는 레스토랑 리셉션 데스크 앞에서 다시 만났다. 그녀의 얼굴이 한결 좋아보였다. 단순히 샤워 때문이 아니었다. 내 생각엔 이미 단단히 결심을 굳히고 있었기 때문이었다. 무엇보다 그녀는 스물여덟 청춘이었다. 그 나이 때의 넘치는 에너지, 젊은 육체의 회복력, 그리고 어느새 몸에 배기 시작한 낙관주의.

우리는 창가에 놓인 사각 테이블에 마주 앉았다. 창밖으로는 도시의 야경이 눈 닿는 곳까지 펼쳐져 있었다. 검은 공동으로 남아 있는 공원들을 제외한 나머지 부분들은 모두 휘황한 불빛에 젖은 채 깜빡이고 있었다. 유리창에 비친 실내의 풍경 또한 아름다웠다. 그리고 안전했다. 일석이조. 우리는 마실 것부터 주문했다. 그녀는 생수, 나는 커피. 촛불과 크리스털 조명이 은은한 가운데 피아노의 선율이 감미롭고 나직하게 흐르고 있었다.

그녀가 말했다. "휘황찬란하네요. 마치 영화 속 주인공이 된 느낌이에요."

내가 말했다. "나도 같은 느낌이오."

"이게 영화였다면 당신이 나를 떼어놓으려는 장면일 거예요, 안 그래요?"

"내가 왜 그러겠소?"

"상황이 심각해지고 있으니까요."

"그런 상황에서 머릿수를 줄이면 되겠소? 오히려 늘려야 할 판에 말이오."

"하지만 당신은 내 안전을 염려하고 있잖아요. 당신의 심장도 1분에 두 번씩은 벌떡거리고 있을 거예요. 나를 보면 도미니크 콜이 생각나니까."

"만일 내가 당신을 걱정하지 않는다고 말한다면?"

"그러면 난 걱정해야 한다고 말할 거예요. 이번 일을 완수하려면 먼저 리틀 조이를 처치해야 해요. 반드시. 하지만 처치하기 쉬운 상대가 아니에요. 새로운 매춘부와 거친 섹스를 즐기는 놈이에요. 당신이 잡힌다면 당신 머리에 총알이 박힐 거예요. 하지만 내가 잡힌다면 머리에 총알을 박아달라고 애원하게 될 거예요."

"우리가 잡힐 거라는 생각은 떨쳐버리시오. 우리가 이길 가능성이 더 높으니까. 리틀 조이는 처치하기 어려운 상대가 아니오. 몸집이 크면 클수록 약점도 많은 법이오."

"벤틀리 운전기사와 재규어의 경호원 넷은 어쩌고요. 언제나 그놈 곁에 붙어 있잖아요."

"우리가 실직 상태로 만들면 되는 일이오. 직장을 잃으면 그들은 모두 사라질 거요. 대가 없이 싸우진 않을 놈들이니까."

"내가 함께하기를 정말로 원하는 건가요?"

나는 대답하지 않았다.

'제가 체포하고 싶습니다. 허락해 주십시오.'

도미니크 콜은 그렇게 부탁했다. 그때 내가 했던 대답이 너무나 후회스러웠다.

웨이터가 다가와서 주문을 받았다. 나는 립아이 스테이크, 나이스는 오리 요리. 웨이터가 물러가고 나자 그녀가 다시 물었다. "내가 함께하기를 정말로 원하는 건가요?"

"내가 결정할 수 있는 문제가 아니오." 내가 말했다. "당신이 대장이잖소. 스캐런젤로가 뭐든 당신이 결정하는 대로 따르라고 말했소."

"그건 괜찮은 전략인 것 같아요."

"내 생각도 그렇소."

"하지만 그대로 수행하기가 쉽지 않네요."

"난 뭐든 당신이 결정하는 대로 따르겠소."

그녀가 말했다. "그날, 그 신문을 집어 들지 않았다면 당신은 지금쯤 어디에 있을까요?"

"시애틀, 혹은 그 근처 어딘가에 있겠지."

"당신이 없었어도 어차피 일어날 일이었어요. 그렇지 않나요?"

"꼭 그런 건 아닌 것 같소. 내가 그 신문을 집었으니까."

"전화는 왜 했어요? 궁금해서?"

"꼭 그런 건 아닌 것 같소." 내가 다시 말했다. "나는 오데이가 연관되어 있다는 걸 알았소. 그리고 난 그가 연관된 일은 궁금하지 않소."

"그런데 왜 전화를 했죠?"

"슈메이커에게 신세 진 일이 있기 때문이오."

"언제요?"

"20년쯤 전에."

"어떤 신세를 진 거죠?"

"어떤 사건에 관해서 입을 다물어 주었소."

"구체적으로 말해줄 수 있어요?"

내가 말했다. "개인적으로는 말하고 싶지 않소."

"그런데요?"

"그 사건은 본질적으로 이번 임무와 연관이 있다고 할 수 있소. 그렇다면 당신도 그 전말에 관해 알아둬야 하오."

"그럼 말해줘요."

"간단히 얘기하자면 도주하려는 어떤 사내를 내가 쏴 죽인 사건이오."

"그게 뭐 잘못된 건가요?"

"날조된 기록이니까. 사실은 도주하려고 해서 어쩔 수 없이 쐈던 게 아니었소. 내가 의도적으로 쏴 죽인 거요. 국가 안보에 관한 일들은 표면만 보고는 단정 지을 수가 없소. 똑같은 반역죄도 공개적으로 처벌이 집행되는 경우가 있고 그렇지 않은 경우가 있소. 어떤 반역자들은 체포되어 법정에 서는 반면에 공식적인 처벌이나 재판을 모면하는 반역자들도 있다는 얘기요. 후자들의 경우 도시의 어느 뒷골목에서 노상강도로 추정되는 범인에게 총을 맞고 살해되기도 하고."

"슈메이커 장군이 그 노상강도 사건의 진범을 알고 있었군요?"

"우연히 목격한 것뿐이었소."

"그가 당신의 법적인 처벌을 원했나요?"

"그렇지 않소. 그는 상황을 이해하고 있었소. 군 정보장교였으니까. 선배들에게 물어보시오. CIA에서도 그런 일이 빈번했었소. 당시는 법보다는 국익이 절대적으로 우선되는 시대였소."

"그래서 어떤 식으로 그에게 신세를 진 거죠?"

"나는 반역자와 함께 있던 사내까지 쏴 죽였소."

"이유는?"

"느낌이 왔소. 나중에 확인해 보니 내 느낌이 옳았소. 그자의 주머니 속에 총이 들어 있었던 거요. 그뿐만이 아니었소. 그자의 집을 수색한 결과 엄청난 사실이 드러났소. 알고 보니 그자는 내가 암살한 사내와 접선을 하던 중이었소. 두 사내 모두 간첩이었던 거요. 안보 담당 부서는 쾌재를 불렀소. 단순히 간첩 둘이 제거됐기 때문만이 아니었소. 그들은 두 번째 사내의 집에서 찾아낸 명단을 토대로 반역자들과 간첩들을 줄줄이 엮을 수 있었소. 하지만 감사위원회는 내가 두 번째 사내의 총을 먼저 확인하고 난 뒤에 그를 사살한 것이 분명한지 캐물었소. 법적으로 당연한 심문이었소. 난 끝까지 우겼소. 사실은 내가 그냥 쏴버린 거지만. 모든 걸 목격한 슈메이커는 입을 다물어 주었소."

"그래서 당신이 그를 위해 이번 전쟁에 나선 거군요. 입을 다물어준 대가치고는 너무 큰 거 아닌가요? 형평이 맞지 않잖아요."

"그게 신세의 속성이오. 갱 영화에 흔히 나오는 것처럼 말이오. '지금 내가 이렇게 해주는 대신 언젠가 자네의 힘이 필요할 땐 무조건 나를 도와줘.' 익숙한 대사 아니오? 그리고 이건 이제 내 전쟁이오. 처음엔 슈메이커의 전쟁이었을지도 모르지만 말이오. 오데이의 얘기가 맞소. 세상은 넓소. 난 언제까지나 어깨 너머를 흘깃거리며 살아갈 순 없소. 콧트와 또다시 승부를 보기 전에는 자유롭게 걸어 다닐 수가 없게 된 거요."

"내가 함께 싸워주기를 원하나요?"

"당신이 그러길 원한다면. 하지만 당신의 가치관에 비추어서 이번 임무의 본질을 먼저 파악해야 하오. 신세라는 단어가 힌트요. 나는 그 신세를 반드시 갚아야 하오. 오데이는 범인을 현장에서 처형할 집행인을 원하고 있소. 범인의 검거나 재판은 그의 관심 밖이오."

"이번 임무의 본질이 뭐든 상관없어요. 당신은 내가 함께 싸워주기를 원하나요?"

내가 말했다. "그렇소. 나와 함께하겠소?"

"그럴게요."

"좋소. 함께합시다."

"내 기술로는 힘이 부치는 영역에 한 발을 들이미는 거네요."

"당신 기술에 문제가 있소?"

"내 사격 솜씨는 평균 정도예요. 육박전에는 소질이 없고요."

"상관없소. 서로 부족한 부분을 보완해주면 그만이오. 이번 전쟁에서 물리적 힘은 그다지 중요하지 않소. 가장 빨리 생각하고 가장 정확한 판단을 내리는 쪽이 승리를 차지하게 될 거요. 당신이 자신 있는 분야잖소. 최소한 머리 하나보다는 두 개가 나을 테고."

그녀는 대꾸하지 않았다.

내가 말했다. "내일 아침 7시에 다시 시작합시다. 오늘 밤은 푹 쉬고."

우리는 함께 엘리베이터를 타고 내려왔다. 하지만 내가 그녀보다 먼저 내렸다. 내 객실 층수가 더 높았으니까. 청소부가 다녀간 모양이었다. 나는 드리워진 커튼을 다시 걷고서 도시의 밤풍경을 내다보았다. 내 눈에 들어오는 사물들은 대부분 100미터 어림에 있는 것들이었다. 현재 내 위치에서는 자연스럽고 편안한 눈높이. 나는 시선을 조금 더 높였다. 200미터, 300미터, 400미터, 그리고 마지막으로 1500미터.

나는 아득히 먼 곳에 시선을 고정시켰다. 롬포드가 아니라 메이페어였다면 우리가 수색해야 할 포인트가 1만 곳은 됐을 것이다.

콜이 부탁했었다. '제가 체포하고 싶습니다. 허락해 주십시오.'

나는 대답했다. '자네가 해주길 바라네.'

그녀의 노고에 대한 일종의 보상이었다. 혹은 능력에 대한 인정이나 칭찬이었다. 전장이었다면 내가 그녀의 얼굴에 위장 크림을 직접 발라준 셈이었다. 그만큼 믿음직한 부하였다. 그녀는 모든 일을 도맡아 했다. 모든 아이디어를 기안했다. 모든 기록을 경신했다. 그녀는 그 임무를 원할 만한 자격이 있었다. 내 허락은 포상이나 마찬가지였다. 범인이 대단한 자였기에 더욱 그랬다. 몇 년의 세월이 흐른 뒤, 나는 그자의 머리통에 끌을 쑤셔 박았다. 어려운 상대였다. 덩치가 커서가 아니었다. 막강한 배경을 가졌기 때문이었다. 여자가 해결하기는 특히 힘든 사건이었다. 하지만 그녀는 자원했다. 아주 오래전의 일이다. 능력을 인정받는 건 중요하다. 그녀는 충분히 인정받을 만했다. 임무를 도맡았고 모든 아이디어를 냈으며 온갖 기록을 경신했다. 그녀는 철저했다. 그리고 아주 똑똑했다.

그 모든 조건을 갖췄지만 그녀는 살아남지 못했다.

나는 옷을 벗고 침대에 누웠다. 커튼은 열린 채로 내버려 두었다. 밤거리의 불빛이 오히려 내 잠자리를 편안하게 만들어줄 것 같았다. 여명이 나를 깨워 주리라는 기대도 있었다.

다음 날 아침 7시 1분, 우리는 베넷이 모는 차를 타고 월리스 코트를 향해 달리고 있었다. 익명성이 보장되는 파란색 박스홀이 아니었다. 대신 익명성이 보장되는 은색 박스홀이었다. 색깔만 빼고는 모든 게 똑같았다. 렌터카들처럼. 가는 코스는 지난번과 거의 비슷했다. 하지만 속도는 훨씬 빨랐다. 아침의 교통 체증은 반대편 차선의 일이었다. 그쪽은 안으로 들어가는 길, 우리 쪽은 밖으로 빠지는 길. 그날 아침의 러시아워는 우리가 걱정할 일이 아니었다. 베넷은 피곤해 보였고, 케이시 나이스는 좋아 보였다. 우리는 얘기를 나누지 않았다. 얘깃거리가 없었다. 베넷은 나 때문에 아까운 시간을 허비한다는 생각인 게 분명했다. 그럴 가능성도 있었다. 아니 거의 확실했다. 하지만 어떤 일에든 기회를 잡을 확률은 언제나 존재한다. 사람들의 입에 자주 오르내리는 문구가 하나 있다. '내가 지금 알고 있는 걸 그때도 알았다면.' 기회를 잡을 확률을 늘 유념하는 사람이라면 입에 올릴 일이 없는 문구일 수도 있다. 내 어머니 역시 그 문구를 입에 달고 사셨다. 진심이셨다. 어머니는 발성연습을 하듯 그 문구를 읊으셨다. 외국어를 학습하는 사람처럼. 특히 '내가 지금 알고 있는'을 또박또박 발음하셨다. '그때'는 돌아가실 때까지 '그대'로밖에 발음이 안 되셨다. '내가 지금 알고 있는 것을 그대도 알고 있었다면.'

나는 '지금 알고' 있다. 울리는 북소리처럼. 불길하고 위협적인 전조, 암울한 교향곡의 서두에 울리는 팀파니의 연타음, 쇼스타코비치, 어쩌면,

'나는 지금 알고 있다.'

나는 목적지까지 20분이 남았다는 걸 알고 있었다.

40

거리가 가까워지면서 두 번째 콜택시를 타고, 그러니까 바킹의 프런트 직원이 전화 예약 규칙을 준수하며 불러주었던 택시를 타고 왔을 때 보았던 풍경들이 나타나기 시작했다. 거리는 여전히 부산스러웠다. 양편에 줄을 지어 들어서 있는 휴대폰, 카펫, 치킨, 햄버거, 케밥 가게 등도 눈에 익었다. V자 형태의 녹지는 이번에도 느닷없이 나타났다. 그 녹지 한가운데에 버티고 서 있는 웅장한 고택, 그 주위를 둘러싸고 있는 어마어마한 벽돌담은 지난 200여 년 동안 그래왔던 것처럼 지난 2,3일도 도시의 물결로부터 저택과 정원을 든든히 지켜냈다.

지난번의 경찰특공대원이 그날도 기관단총을 들고 정문을 지키고 있었다. 베넷이 고개를 끄덕이자 그가 정문을 향해 한 걸음을 내디뎠다. 그러다 갑자기 차를 향해 돌아섰다. 나를 알아본 것이다.

"관광 책자, 그분이시군요. 6펜스면 입장할 수 있다고 잘못 아셨던 분. 다시 오신 걸 환영합니다, 선생님."

사내가 다시 문을 향해 돌아섰다. 이번에는 끝까지 걸어가서 정문을 열었다. 어딘가와 무선 통신도 하지 않았고 기재할 서류를 들이밀지도 않았다. 그렇다고 베넷이 배지를 보여준 것도 아니었다. 눈을 찡긋하며 한 차례 고개를 끄덕였을 뿐이었다. 사내는 전투복 차림이었다. 하지만 카키색이 아니라 파란색이었다. 그 유니폼 곳곳에 '런던 경찰청' 소속임을 나타내는 기장들이 붙어 있었다. 방탄조끼 위에도 '경찰'이라는 단어가 실크스크린으로 인쇄되어 있었다. 헬멧도 마찬가지였다. 그 사내는 분명히 경찰이었다.

하지만 베넷은 분명히 경찰이 아니었다. 그런데도 베넷의 고갯짓 한 번에 사내는 아무것도 묻지 않고 잽싸게 정문을 열어주었다.

'현재로서는 모든 게 유동적입니다.'

우리는 진출입로 끝까지 차를 타고 들어가서 현관문 근처의 자갈 마당 위에 주차했다. 가까이에서 보니 건물 이곳저곳에 돌출된 부분들이 많았다. 세월을 두고 조금씩 보수하고 개축해온 흔적이었다. 하지만 전체적으로는 직사각형 건물이었다. 전면이 측면보다 훨씬 길었다. 그렇다고 측면의 길이가 짧은 건 아니었다. 구조상, 네 개의 사각형 공간을 일렬로 이어서 지은 것 같았다. 그럴 만도 했다. 엘리자베스 여왕 시대에 지어진 건물이었다. 끝에서 끝까지 지붕을 받쳐줄 서까래 감을 구하기가 힘들었을 것이다. 선왕 대에 왕실 해군이 창설됐고 따라서 나라 안의 아름드리나무들은 모조리 베어져 함선을 만드는 데에 쓰였을 테니 말이다.

현관 앞에도 무장경찰 한 명이 보초를 서고 있었다. 차에서 내려선 베넷이 그에게 고개를 끄덕였다. 그도 고개를 끄덕였다. 베넷이 우리를 재촉해가며 건물 안으로 데리고 들어갔다. 우리와 함께 있는 걸 남의 눈에 띄고 싶지 않아서였을까, 아니면 라이플의 조준경이 걱정돼서 그랬을까. 만일 후자라면 충분히 이해할 수 있었다. 사방이 뚫려 있는 곳에서는 내 옆에 서 있고 싶지 않았을 것이다. 파리에서는 요행히 살아남았지만 런던에서도 그 행운이 반복된다는 보장은 없었으니까.

거의 500년을 버텨온 나무 재질의 현관문에는 철제 테두리가 둘러져 있었고 일정한 간격으로 골프공만 한 장식 못이 박혀 있었다. 그 문 안쪽은 널찍한 로비였다. 벽면에 덧대어진 나무판자들은 세월이 묵어 검게 변했고 바닥에 깔려 있는 판석들은 닳아서 반질반질 윤이 났다. 한쪽 구석에는 대형 석회석 벽난로가 있었다. 바닥 여기저기에 참나무 탁자와 천 소재의 의자들이 놓여 있었고 높은 천장에서 드리워진 커다란 철제 촛대에는 양초 대신 전구들이 끼워져 있었다. 사람은 보이지 않았고 대신 튜더 시대 복장에 근엄한 표정을 짓고 있는 남자들의 유화 초상화들이 벽면 곳곳에 걸려 있었다. 베넷이 오른쪽 복도로 들어섰다. 우리도 그를 따라갔다. 긴 복도 끝에 방이 하나 있었다. 현대적인 감각으로 꾸며진 공간이었다. 흰 벽과 방음 처리된 천장이 인상적이었다. 그 옆으로 방이 하나 더 있었다. 크기만 작을 뿐, 구조도 인테리어도 옆방과 비슷했다. 다만 안쪽 벽에 큼지막한 문이 나 있었다.

베넷이 말했다. "저게 옆문입니다. 당신네 대통령을 위한 천막이 설치될 곳이죠. 각국 정상들 모두 그걸 이용하실 겁니다. 저 문을 통해서 이 방으로 들어온 다음부터는 건물 내 어디든 안전하게 돌아다닐 수 있습니다. 모든 방들은 자연채광이 됩니다. 하지만 하나같이 큼지막한 데다가 자리들이 모두 중앙에 마련돼 있습니다. 일부러 다가가지 않는 한 창문을 통해 노출될 염려가 없는 거죠. 다만 예정에 없던 잔디밭 산책이나 야외 촬영이 문젭니다."

우리는 복도를 되돌아 걷다가 현관에 못 미친 지점에서 다시 오른쪽으로 꺾어져 또 다른 복도로 들어섰다. 이번엔 삐걱대는 마룻바닥이었다. 그 끝에 방이 하나 있었다. 길이는 길고 폭은 좁은 공간이었다. 문에서 마주 보이는 벽은 통유리로 된 문이었다. 바닥에서 천장까지 이어진 유리문, 엘리자베스 양식은 아니니 후대에 증축한 공간이 분명했다. 그 유리문 너머가 패티오였다.

베넷이 말했다. "정상들의 대기실 역할을 하게 될 공간입니다. 복도를 통해 이리로 와서 인원 점검을 한 뒤 다 함께 패티오로 나가는 거죠."

나는 마치 내가 정상들 가운데 한 명인 것처럼 버티고 서서 유리문 밖의 지형지물들을 살펴보았다. 결과는 기대 이상이었다. 패티오는 대칭 구조를 이루고 있는 건물의 정가운데에서 뒤쪽 잔디 마당을 향해 헛바닥처럼 내밀어져 있다. 실제로 그 가장자리는 완만한 곡선을 그리고 있다. 덕분에 그 위에 모여 선 정상들의 우호적인 관계를 시사하는 효과도 기대할 수 있을 것이다. 잔디 마당으로 내려서는 계단은 높이가 낮고 칸이 촘촘했다. 키 작은 정상들은 키가 큰 파트너와 보폭을 맞추는 수고를 덜 수 있을 것이다. 사진기자들은 오른쪽에 몰려 있을 것이다. 그쪽에서 찍어야 건물과 정원이 배경으로 잡힌다. 왼쪽에서 찍으면 벽돌담이 나오게 된다. 사람들이 정상들의 단체 사진을 보면서 교도소를 연상하게 될 수도 있다.

나는 유리문 손잡이에 내 손을 얹었다. 내가 정상들을 너무 우습게 여기지 않았나 싶었다. 특히 사진 촬영에 나서면서 괜히 겸끄러워하는 표정을 꾸며낸다는 지적은 아무래도 너무하긴 했다. 그들은 방탄리무진과 천막, 그리고 측면 출입구를 차례로 거쳐 건물 내로 들어온다. 그다음에도 창가에조차 다가서지 못하도록 철저하게 통제를 받는다. 이번만이 아니다. 24시간 밀착 경호를 받으며 하루하루를 살아가는 사람들이다. 패티오로 나가 짐짓 고개를 들고 자신감을 보이려 노력하지만 눈에 띄는 건 자신과 같은 처지의 파트너들뿐이다. 그 얼굴들을 보면서 웃으려니 억지웃음일 수밖에. 이윽고 촬영 준비가 끝났다는 신호가 떨어진다. 함께 다정한 대열을 이루어 카메라 렌즈 앞에 선다. 가슴을 활짝 펴고 미소를 짓는다. 그들에게 맞춰진 또 다른 렌즈의 존재를 그들이 모를 수는 있다. 하지만 그 가능성을 의식하지 않을 수는 없다.

'저격수가 활개를 치고 있는 상황에서도 그럴 수 있을까?'

나는 유리문을 열고 밖으로 나갔다.

이른 아침 공기가 차갑고 축축하게 느껴졌다. 패티오 바닥에는 중간 회색의 판석들이 깔려 있었다. 하나같이 세월과 사람의 발길에 의해 닳고 닳아서 반질반질했다. 나는 패티오 한가운데로 걸어 나가 정면을 바라보았다. 이어서 몸을 왼쪽으로 반쯤 틀고 그쪽을 살펴보았다. 다음엔 오른쪽, 그러고 나선 계단이 시작되는 가장자리까지 걸어가서 멈춰 섰다. 도약대에 선 다이빙 선수처럼, 카메라 앞에 선 정상들 가운데 한 사람처럼, 소총수들 앞에 선 사형수처럼.

넓은 잔디밭, 그 끝에는 벽돌담, 그 너머로는 관목이 우거진 공유지, 그 끝에는 방호책, 그 너머로는 M25고속도로. 내 앞의 풍경은 그 순서로 펼쳐져 있었다. 너무 멀어서 가물거리긴 했지만 고속도로는 그 지점에서만큼은 8차선인 것 같았다. 건물 쪽의 편도 4차선은 차량들이 오른쪽에서 왼쪽으로 달리고 있었다. 나는 즉시, 베넷이 제기했던 가능성을 일축해버렸다. 고속도로를 저격 포인트로 삼는다는 건 불가능했다. 차량의 흐름이 끊이지 않는 데다가 속도 또한 엄청났다. 특히 갓길 바로 옆 차선에서 거의 꼬리를 물고 달리는 대형트럭들은 멀리서 보기에도 위협적이었다. 갓길 안쪽의 나무들까지도 그 후류에 휘말려 휘청거릴 정도였다. 갓길에 트럭을 세워놓아도 마찬가지일 것이다. 따라서 트럭 짐칸에서 패티오의 정상들을 저격한다는 건 터무니없는 발상이었다. 사거리는 대략 1200미터. 조준이 10센트짜리 동전의 두께만큼만 흔들려도 실패할 수밖에 없다. 정상들은 커녕 건물도 맞히지 못할 것이다. 결국 고속도로가 저격 포인트일 확률은 제로, 재고의 가치도 없었다.

그렇다면 갓길에 트럭을 세우고 저격수 둘이 방호책을 넘는 방법은?

그 가능성 역시 제로였다. 저택과 고속도로 사이에는 저격 포인트가 될 만한 곳이 단 한 군데도 없었다. 물론 벽돌담에 사다리를 걸쳐놓고 그 위에서 저격을 한다는 시나리오는 가능했다. 하지만 사다리를 걸치기도 전에 경찰특공대원들에 의해 체포되거나 벌집이 될 게 뻔했다.

따라서 전방은 전혀 걱정할 필요가 없었다.

그 점에서 보자면 녹지가 V자 형태인 걸 고마워해야 했다. 단순히 정중앙의 전방만이 아니라 좌전방과 우전방 모두 안전을 보장할 수 있었기 때문이다. 시계판으로 따지자면 최소한 10시에서부터 2시에 해당하는 지역은 안전지대였다. V자 지형의 장점은 또 있었다. 양쪽의 도로들이 서로 평행할 수가 없다는 사실이다. V자의 빗변을 따라 왼쪽 도로는 갈수록 왼쪽으로 떨어져 나가고 오른쪽 도로는 갈수록 오른쪽으로 떨어져 나가고 있었다. 따라서 V자 빗변의 어느 지점 이상을 벗어난 도로변의 건물들은 저격 포인트로서 적합할 수가 없었다. 2층이든 3층이든 혹은 4층이든, 그런 건물의 창가에서 저격을 하려면 창문 밖으로 한껏 내민 상체를 유리창에 바짝 붙이는 자세를 취해야만 하기 때문이다. 안장 옆에 상체를 누이고 말을 타는 것처럼 말이다.

하지만 다시 생각해 보니 꼭 그런 것만도 아니었다. 건물들 옆벽에도 창문이 수두룩할 테니까. 나는 눈을 가늘게 뜨고 대략 700미터에서 1500미터 사이에 위치한 북쪽과 남쪽의 건물들을 차례로 살폈다. 저격 포인트가 될 만한 유리창들이 수천 개는 되는 것 같았다. 서로 각도가 달라 석양 빛을 받은 유리창들이 몇 개씩 혹은 몇 줄씩 차례차례 핑크빛으로 반짝였다. 태양신을 숭배하던 고대인들의 도시 같았다. 저녁마다 빛의 축제를 열기 위해 기하학적 지식을 총동원해서 조성한 도시.

전체적으로 훑어본 결과 남쪽이 북쪽보다 더 위험했다. 상대적으로 건물들의 밀도가 높았고 층수도 더 높았다. 나는 약 1300미터 밖에 있는 건물 하나를 임의로 골랐다. 너무 멀어 엄지손톱으로도 가릴 수 있었다. 하지만 구조와 색깔은 구분할 수 있었다. 높고 좁은 구조의 붉은 벽돌집이었다. 가파른 지붕 아래에는 다락이 있을 것 같았다. 하지만 다락이 있고 없고는 중요하지 않았다. 기왓장 한 개만 떼어내면 얼마든지 저격 포인트가 될 수 있을 테니 말이다.

콧트의 얼굴이 내 머릿속에 떠올랐다. 지붕 틈새로 새어 들어온 햇빛이 그의 얼굴을 적시고 있다. 그는 서까래들 위에 걸쳐진 판자, 그리고 다시 그 위에 펼쳐진 침낭 위에 배를 깔고 누워 있다. 그의 머리 옆에는 지붕에서 떼어낸 기왓장이 놓여 있다. 그 틈새는 밖에서 보아서는 분간하기 어렵다. 너무 높은 데다가 기왓장들이 켜켜이 포개져 있기 때문이다. '지난겨울에는 유난히 바람이 많이 불었습니다.' 베넷은 그렇게 말했었다. 따라서 설사 누군가 그 틈새를 알아챈다 해도 바람 탓을 할 터였다.

이어서 콧트의 눈이 떠올랐다. 조준경 뒤에서 깜빡이지 않고 있는 그의 눈. 지붕의 틈새가 2.5센티미터라면 1300미터 전방에서는 약 20미터 정도의 시야를 확보할 수 있다.

그의 손가락도 떠올랐다. 방아쇠에 느슨하게 얹혀 있는 손가락. 기회를 포착한 그의 뇌가 지시를 내리는 순간 그 손가락이 한 차례 당겨질 것이다. 가벼운 동작이지만 그 결과는 굉음과 화염이다. 그렇게 총구를 떠난 총탄은 긴 여정에 오른다. 체공 시간만 3초. 1천 초처럼 느껴지는 1초들. 1천, 2천, 3천. 지름이 고작 1.75센티미터에 불과한 엄지손가락 모양의 총탄은 직선의 궤적을 그린다. 사람의 힘으로는 더 이상 그 궤적에 어떤 영향도 끼치지 못한다. 중력, 고도, 온도, 습도, 바람 등 자연의 힘만이 간섭할 수 있을 뿐이다. 나는 시선을 그 집에 모은 채, 머릿속으로 총탄의 비행을 그려보며 3초를 헤아렸다. 실제로 총탄이 날아오고 있는 것처럼 느껴졌다. 정확히 나를 향해서. 작은 점 하나였던 것이 점점 커지면서.

'번쩍. 1천, 2천, 3천. 게임오버.'

그때 내가 이미 알고 있던 한 가지 사실이 내 머릿속에서 번개처럼 번뜩였다.

'1300미터 거리에서 발사된 총탄의 체공 시간은 3초가 넘는다.'

나는 천천히 나섰던 대기실로 재빨리 돌아왔다. 베넷은 내내 나를 지켜보고 있었다. 내가 그에게 물었다. "파리에서 사용했던 방탄유리막은 신제품이었소. 맞소?"

"네." 그가 말했다. "어쨌든 품질은 더 좋아졌습니다."

"그 유리에 관해 뭐든 알고 있소?"

"아니요." 그가 말했다. "유리라는 것, 그리고 방탄 기능이 있다는 것밖에 모릅니다."

"그 방탄유리에 관해 자세히 알아야겠소. 누가 디자인했는지, 누가 연구 개발을 담당했는지, 누가 자금을 댔는지, 누가 제작했는지, 누가 테스트했는지, 그리고 누가 승인했는지."

"우리도 이미 고려했던 사안입니다."

"뭘 고려했다는 말이오?"

"프랑스로부터 방탄유리막을 대여해서 이리로 공수해오는 것 말입니다. 패티오 양쪽에 하나씩 세울 계획이었습니다. 아시다시피 그리 크지 않은 물건입니다. 하지만 V자 녹지 양옆으로 도로들이 뻗어나간 형태를 감안할 때 저격 범위를 앞뒤로 대략 10퍼센트씩 줄여줄 수 있다는 계산이 나왔습니다. 하지만 결국 그 계획을 접었습니다. 정치인들은 민간인입니다. 방탄유리막의 보호를 받는다는 생각 자체만으로도 위축이 될 겁니다. 무의식적인 반응일 수는 있겠습니다만 그래도 꼴사나워지는 건 마찬가지입니다. 게다가 그 양반들을 방탄유리막 뒤에 영원히 붙잡아 둘 수도 없는 노릇이고요. 어차피 100퍼센트 보호해주지도 못할 거, 괜한 수고라는 결론을 내렸죠."

"내 말을 잘못 이해했군. 내가 필요로 하는 건 정보요. 가능하면 은밀하게 알아봐 주시오. 소란 떨지 말아달라는 얘기요. 우리 두 사람 사이에 지극히 사적인 거래라고 생각합시다. 아니면 그냥 취미활동이라고 생각해도 좋고. 하지만 빨리 알아봐 주시오."

"빨리라면 얼마나 빨리?"

"최대한 빨리."

"대체 방탄유리가 이번 임무와 무슨 상관이 있는 거죠? 우리가 그걸 사용하지 않기로 했다고 조금 전에 말씀드렸는데?"

"개인적으로 사용할 일이 있을 수도 있잖소. 일반인들에게도 판매하는지 궁금할 수도 있고."

"진심입니까?"

"사적인 거래라고 말했잖소. 그냥 궁금해서 이렇게 부탁하는 거요. 이번 임무와는 아무 상관이 없소. 하지만 서둘러주시오. 아시겠소? 그리고 당신이 내게 직접 전해줘야만 하오. 서류상으로 흔적을 남겨서도 안 되고 상부에 보고해서도 안 되오. 알겠소? 그냥 취미삼아 하는 것처럼 말이오."

베넷은 고개를 끄덕이고는 복도를 흘깃거렸다. 그곳에서 이어지고 있을 또 다른 복도들, 그 복도들 양쪽의 수많은 방들, 그리고 계단들. 그가 말했다. "좀 더 둘러보시겠습니까?"

"됐소. 볼 건 다 봤소." 내가 말했다. "이제 그만 갑시다. 우린 이곳에 다시는 오지 않을 것이오. 저 고속도로가 생기고 나자 여길 떠나서 수십 년이 지나도록 돌아오지 않는 다비 가문 사람들처럼 말이오. 우리에게 월리스 코트는 더 이상 의미가 없소."

"무슨 얘깁니까?"

"이곳에서 절대 저격 사건이 일어나지 않을 거라는 얘기요."

"확신할 수 있습니까?"

"100퍼센트."

베넷은 아무 말도 하지 않았다.

"당신이 말하지 않았소? 그게 가장 바람직한 결과라고. 우리가 서로 도와야 한다고도 말했소. 그래야만 이번 사건을 해결할 수 있다고."

그가 말했다. "실제로 그러니까요."

"그렇다면 이제 마음 푹 놓으시오. 자, 한번 웃어보시오. 윌리스 코트에서는 저격 사건이 절대 일어나지 않을 거요."

베넷은 웃지 않았다.

우리는 호텔로 돌아왔다. 오는 내내 길이 막혔다. 동이 트고 한 시간쯤 지난 때라 아침 러시아워일 수도 있었겠고 러시아워를 갓 넘긴 시점일 수도 있었다. 어느 쪽이 됐든 도로 사정은 말이 아니었다. 계속해서 비대해져 가는 대도시는 끝없이 사람들을 불러들인다. 그러나 누구도 원하는 만큼 빨리 달려갈 수는 없다. 우리는 떠난 지 두 시간 만에 파크 레인에 돌아왔다. 그 두 시간 중에 한 시간 이십 분은 차 안에서 허비해야 했다. LA보다 훨씬 끔찍한 교통지옥이었다.

베넷은 여느 고객들처럼 주차원에게 자동차 키를 건넸고 우리 셋은 함께 꼭대기 층의 레스토랑으로 올라갔다. 아침을 먹어야 했기 때문이다. 우리는 커다란 기둥 뒤에 있는 부스에 앉았다. 전망과 프라이버시를 맞바꾼 셈이었다. 베넷은 쉬지 않고 휴대폰 자판을 두드려댔다. 우리 두 사람을 위해 몇 가지 자료를 마련하는 중이라고 했다. 관할 관청의 택지 개발 조감도와 도시계획부서의 서류 창고에 보관돼 있는 리틀 조이 저택의 설계도면, 그리고 그 저택을 촬영한 세 종류의 항공사진들도 그중에 포함돼 있다고 했다. 첫 번째 사진들은 인공위성에서 찍은 것이고, 두 번째는 실수를 가장해서 항로를 벗어난 헬리콥터에서 찍은 것이며 세 번째 사진들은 출처를 모른다고 했다. 하지만 사실은 미국이 띄운 드론에서 촬영된 것이고 공식적으로는 영국 상공에 미국 정부의 드론이 떠다닐 수 없어 그렇게 분류된 것뿐이라고 했다. 그 모든 자료를 암호가 걸린 태블릿 PC에 담아 자기 부하들이 직접 배달할 것이라고도 했다.

그가 마지막으로 말했다. "무고한 희생자가 나와서는 안 됩니다. 그 동네에도 선량한 사람들이 살고 있습니다. 물론 그 숫자가 많지는 않겠습니다만. 우리로서는 정말 부끄러운 상황입니다. 오래전에 그자를 처리했어야 했는데 말입니다. 그 집에 폭탄이라도 심어 놓아야 했습니다. 그게 터지고 난 다음에는 가스 누출 사고였다고 발표하면 그만이었을 텐데."

베넷이 떠났다. 나이스와 나는 좀 더 앉아 있었다. 나는 커피를 마셨고 나이스는 토스트를 조금씩 떼어 먹었다. 그녀가 물었다. "갑자기 왜 방탄유리에 관심을 갖게 된 거죠?"

"뭔가 짚이는 게 있어서 그렇소." 내가 말했다.

"나도 알아야 하는 일인가요?"

"아직은 아니오. 그리고 그건 우리가 다음에 해야 할 일과는 관계가 없소."

"베넷이 당신에게 정보를 줄까요?"

"그럴 거요."

"왜죠? 이번에 당신에게 신세를 지기라도 한 거예요? 어떤 식으로 진 거죠? 난 모르겠던데."

"신세를 지고 갚고가 아니라 군인들 사이의 동지애 같은 거요. 당신도 그런 감정을 한번 느껴봐야 하오. 삶이 한결 더 행복해질 거요."

"베넷이 영국군 소속인가요?"

"그가 계속해서 반복하는 얘기가 하나 있소. '현재로서는 모든 게 유동적'이라는 얘기. 그 의미가 뭐겠소? 그건 영국 측에서 이번 임무를 위해 특수 팀을 구성했다는 뜻이오. 각 기관에서 최고 중의 최고만을 차출해서 구성한 팀, 마치 올스타 팀처럼 말이오. 그런 팀이라면 어느 기관에서든 차지하고 싶지 않겠소?"

"그렇겠죠."

"그러니 다른 기관에 뺏기면 울화통이 터질 거요. 그러지 않기 위해 다들 기를 쓰고 덤벼들겠지. 당신 생각엔 그 팀을 차지하기 위해 물불을 가리지 않고 덤벼들 1순위 후보가 누구일 것 같소?"

"잘 모르겠어요."

"SAS, 영국 대테러 특수부대. 거긴 원래 상명하복의 규율이 씨알도 먹히지 않는 곳이오. 그만큼 자율적인 분위기라는 얘기요. 대원들 모두 최고의 전문가들이니 사실 이래라저래라 할 필요가 없는 거지. 임무만 주면 알아서 해결하니 말이오. 올스타 팀이 능력을 백분 발휘할 수 있는 환경이라고 할 수 있소. 게다가 그들에게는 반드시 풀어야 할 숙제가 있소. 배신자를 찾아내서 처단하는 일이 그 숙제요. 배신자는 물론 카슨이고, 내가 콧트를 원하는 만큼이나 베넷도 카슨을 원하고 있소."

"베넷이 SAS 소속인가요?"

"의심의 여지가 없소."

"이제 우리가 해야 할 일이 뭐죠?"

"조이의 집에 들어가는 것."

"그자의 집 안으로 들어간다고요?"

"놈들을 집 밖으로 나오게 만드는 게 훨씬 바람직한 건 사실이오. 하지만 그건 아주 힘든 일이오. 웨스트포인트에서 전술전략 수업 시간에 늘 다루고 있는 문제이기도 하오. 하지만 지금까지 만족스러운 대답을 찾지 못하고 있소. 건물 내부에 있는 사람들을 나오지 못하게 만드는 건 아주 쉽소. 하지만 그들을 어떻게 하면 자발적으로 걸어 나오게 만들 수 있을까? 아무도 그 정확한 대답을 모르고 있소. 과거에도 그랬고 지금도 마찬가지요. 내가 어렸을 때 우리 아버지도 그 문제를 연구하셨소. 하지만 해결의 실마리가 도무지 보이지 않자 형과 나까지 끌어들이셨소. 서브 우퍼 스피커처럼 생긴 대형 음향기기로 집 안에 있는 사람들에게 초저주파를 울려대자는 게 형의 아이디어였소. 볼륨을 최대한 높이고 말이오. 초저주파에 대한 현대인의 저항력이 아주 낮다는 일부 과학자들의 연구 결과를 근거로 제시하더군."

"당신의 아이디어는?"

"내가 형보다 더 어렸다는 사실을 감안해 주겠소?"

"알았으니까 어서 말해줘요."

"나는 집에 불을 지르자고 했소. 현대인이 정말 저항할 수 없는 건 화재라는 생각이 들었기 때문이었소. 나오지 않고는 배길 수 없다고 생각했지."

"그럼 이제 조이의 집에 불을 지를 건가요?"

"그것도 옵션 가운데 하나이긴 하오."

"다른 옵션들은 뭐죠?"

"모두 조이를 밖으로 끌어내는 방법들이오. 일단 그자를 집에서 나오게 한 다음 따로 처리해야 하오. 그게 지금으로선 급선무요. 그러고 나면 롬포드 패거리의 지휘부에 공백이 생기게 될 거요. 그 틈을 타서 나머지 일들을 해결하는 거지."

"놈들이 우왕좌왕하는 틈을 타서 콧트와 카슨을 잡자는 얘긴가요?"

"바로 그거요."

"그래도 누군가와는 싸워야겠죠?"

"모험 없이는 얻는 것도 없소."

"놈들이 대가 없는 싸움은 하지 않을 거라고 당신이 말했잖아요. 우두머리가 없으면 모두 뿔뿔이 흩어질 거라고 그러지 않았나요?"

"희망은 최선을 기대하며 품는 것이고 계획은 최악을 대비해서 세우는 거요."

"그럼 희망인가요, 계획인가요?"

"여느 때와 마찬가지일 거요."

"마찬가지라면?"

"중간쯤."

한 시간 뒤, 베넷의 부하 둘이 태블릿 PC를 가져왔다. 최신형인 것 같았다. 베넷의 부하들은 그쪽 사람들이 늘 그렇듯이 예상 밖으로 평범하면서도 뭔가 묘한 구석이 있는 모습들이었다. 한 명은 남자, 다른 한 명은 여자였다. 둘 다 신입딱지는 진즉에 뗀 베테랑들이었다. 과묵하고 신중한 가운데서도 자신감이 배어 있었다. 하찮은 배달 임무를 맡게 된 것에 대해서도 전혀 불만이 없어 보였다. 팀워크의 의미를 정확히 이해하고 있는 프로들, 올스타 팀의 두 멤버. 그들이 우리에게 메시지를 전했다. 중요한 물건인 만큼 당연히 인수증에 사인을 받아야겠지만 그 과정은 생략하라는 베넷의 지시가 있었다고 했다. 이어서 태블릿 PC에 두 개의 암호가 걸려 있다고 했다. 하나는 케이시 나이스 모친의 사회보장번호, 나머지 하나는 탈출을 시도하다가 내 총에 맞은 죄수의 이름이라고 했다. 대소문자를 구별해야 하며 입력 기회는 단 한 번뿐이라고 덧붙였다. 영국 기관의 소프트웨어는 미국처럼 삼진 아웃 룰이 적용되지 않는 모양이었다.

그들이 떠나자 우리는 태블릿 PC를 들고 나이스의 객실로 갔다. 나는 태블릿 PC가 반쪽짜리 노트북처럼 생겼다는 걸 처음으로 가까이에서 확인했다. 스크린만 있을 뿐, 키보드는 없었다. 그 스크린이 텅 비어 있었다. 나이스가 말했다. "그 사람 이름 기억하죠?"

"두 놈의 이름을 모두 기억하고 있소." 내가 말했다.

"하지만 비밀번호는 첫 번째 사람의 이름일 것 같은데요. 그가 더 중요한 인물이니까."

"내가 암살한 놈."

"네, 그 사람. 다른 한 사람도 탈출을 시도했나요?"

"사실은 그 다른 한 명만 탈출을 시도했소. 첫 번째 놈은 이미 쓰러져 있었소. 놈은 내가 다가오고 있는 걸 볼 수가 없었소. 이미 죽었으니까."

"감사위원회의 심문은 받았다고 했죠? 무슨 혐의였죠?"

"기록상으로는 두 번째 사내의 살인 혐의 때문이었소."

"감사위원들 가운데 당신을 법정에 세우겠다는 사람은 없었나요?"

"없었소. 그들 모두 미국 시민이었으니까. 놈들은 미국 땅에서 미국 시민을 암살한 테러리스트들이었고."

"만일 그 사건이 법정에 회부됐다면 사건 명칭이 뭐였을 것 같아요? 그러니까 '아무개 살인사건'의 아무개에 누구의 이름이 들어갔을까요? 첫 번째 사내, 아니면 두 번째 사내?"

"당연히 첫 번째 사내의 이름을 붙였을 거요."

"당신이 의도적으로 암살한 사람을 말하는 거죠? 그렇다면 베넷이 슬쩍 비꼰 것 같네요. 그는 미국인이 아니니까 얼마든지 그럴 수 있어요. 그가 탈출 어쩌고저쩌고 한 것도 장난을 좀 친 것뿐이에요. 결국 당신의 표적을 염두에 두고 암호를 걸은 거예요. 첫 번째 남자의 이름. 그게 암호예요."

"이름일까, 성일까?"

"성이 분명해요. 베넷은 미군 파일을 통해서 그 사건에 관해서 알게 됐을 거예요. 우리 군대에서는 성으로 사람을 부르는 거 맞죠?"

"코드명일 수도 있지 않겠소?"

"그자에게 코드명이 있었나요?"

"두 개 있었소. 하나는 우리가 붙인 것이고, 다른 하나는 이라크인들이 붙인 것이었소."

그녀가 말했다. "그 일로 악몽을 꾸곤 하나요?"

"무슨 일?"

"그자의 암살 작전."

"꾼 적 없소." 내가 말했다.

"그럼 악몽을 꿨다고 가정하고 물을게요. 식은땀에 젖은 채 깨어난 다음에 당신이 그자의 성을 부를까요, 아니면 코드명을 부를까요? '내가 아무개에게 그런 나쁜 짓을 하지 말았어야 했는데'라는 후회를 한다고 가정할 때 그 아무개에 뭐가 들어갈까요?"

"그게 나쁜 짓이었다고 생각하오?"

"아프리카에서 도서관에 가는 할머니들이 길을 건너는 걸 도와준 건 아니잖아요."

"당신 상태가 스캐런젤로만큼이나 심각한 것 같군. 더 늦기 전에 CIA를 그만두고 입대하는 게 좋겠소."

"그 사람 성이 뭐죠?"

내가 말했다. "당신 어머니에 대해 얘기해 보시오."

"엄마에 대해 뭘 얘기하라는 거죠?"

"어머니의 사회보장번호를 알고 있소?"

"엄마가 서류 작성하는 것을 도와드려서 알고 있어요. 지금 아프시거든요."

"유감이오."

"뇌종양이에요. 차도가 없어요. 그래서 생각을 제대로 못하세요. 내가 보험료나 장애 수당에 관련된 서류들을 대신 처리하고 있어요. 엄마의 신상명세를 내 것보다 더 잘 알고 있을 걸요?"

"유감이오." 내가 다시 말했다. "아직 젊은 나이실 텐데."

"이런 일을 겪기에는 너무 젊으시죠."

"형제자매가 있소?"

"아뇨." 그녀가 말했다. "나 혼자예요."

내가 말했다. "사람들이 자기 어머니의 사회보장번호를 알고 있는 게 정상이오?"

"모르겠어요. 당신은 알고 있나요?"

"난 모르고 지냈소. 어머니를 종종 뵈러 가오?"

"짬 날 때마다."

"일리노이 남부로? 비행기로도 꽤 걸릴 텐데."

"그래서 늘 바빠요."

"어디 바쁘기만 하겠소? 어머니를 뵈러 가지 못할 때면 늘 걱정에 싸여 지낼 것 아니오. 지금도 마찬가지일 테고."

"어쩔 수 없죠, 뭐."

"언제 그런 진단을 받으셨소?"

"2년 전에요."

"유감이오." 내가 세 번째로 말했다.

그녀가 말했다. "어쩌겠어요."

"토니 문은 언제부터 의사를 찾기 시작했소?"

"그것과는 아무 상관이 없어요."

"확신할 수 있소?"

"어차피 이곳에 안 계시는 엄마를 걱정만 하면 뭐하겠어요."

"하지만 당신은 어머니를 생각하고 있잖소."

"조금요."

"그건 조금 불안하다는 얘기잖소."

"엄마 때문에 그런 게 아니에요. 그 약과 엄마는 아무 상관없어요."

나는 아무 말도 하지 않았다.

그녀가 말했다. "이제 한 알 남았어요."

"한 알을 먹었소?"

"어젯밤에요. 잠이 안 와서."

내가 말했다. "상부에서 당신 어머니에 대해 알고 있소?"

그녀가 고개를 끄덕였다. "가족들의 근황은 반드시 정기적으로 보고해야만 해요. 다들 나를 도와줘요. 가능하면 주말 근무를 빼주는 것부터 해서요."

"그러니까 당신의 어머니가 투병 중이시다, 당신이 그분의 모든 서류 작업을 대신해 드리고 있다, 그 모든 내용을 담은 인사 파일이 당신네 랭글리 본부 어딘가에 보관돼 있다. 맞소? 그리고 그 내용은 기밀이오, 안 그렇소? CIA는 뭐든지 다 기밀이니까. 그리고 내가 20년 전에 총알 한 방으로 머리통을 날려버린 사내의 이름이 적힌 인사 파일이 펜타곤 어딘가에 보관돼 있소. 그것 역시 기밀이라는 건 내가 누구보다 잘 알고 있소. 그런데도 런던의 MI5는 그 두 파일의 내용을 입수했소. 그리고 우리가 아니면 그 누구도 풀 수 없는 암호를 만들어 냈소. 우리의 DNA나 지문과 마찬가지인 암호를."

나이스가 다시 고개를 끄덕였다. "베넷이 해킹에 관해 말했던 내용이 모두 사실일 수도 있겠군요. 그 경우라면 그가 지금 우리에게 그 사실을 과시하고 있는 거네요."

"오테이가 베넷에게 그 파일들을 건넸을 수도 있고."

"오데이 장군이 왜 그런 일을 하겠어요?"

"그건 베넷에게 물어야 할 질문이오."

"첫 번째 사내의 성이 뭐죠?"

"아치볼드." 내가 대답했다.

"그리 흔한 성은 아니군요."

"로우랜드 스코틀랜드 토박이 성씨들 가운데 하나요." 내가 말했다. "그 뿌리는 고대프랑스어와 고대고지독일어에서 찾을 수 있고. 제3대 더글러스 백작이 '저승사자 아치볼드'라는 별명으로 불렸소. 하지만 내 총에 죽은 놈은 그냥 엿 같은 아치볼드였고."

나이스가 어떤 버튼을 누르자 화면이 환해지면서 대화 상자가 나타났다. 그녀가 손가락 끝으로 톡 건드리자 선 위에서 커서가 깜빡이기 시작했고 아래 부분에 키보드 이미지가 나타났다. 그녀가 첫 번째 알파벳 A는 대문자로, 나머지 여덟 개는 소문자로 입력하고 나서 스펠링을 확인했다. A-r-c-h-i-b-a-l-d. 그녀가 나를 보며 눈썹을 치켜 올렸다. 내가 고개를 끄덕이자 그녀가 입력 버튼을 눌렀다. 이내 녹색 체크 표시가 입력한 이름 끝에 나타났고 대화 상자가 밀려 나가며 똑같이 생긴 두 번째 대화 상자가 그 자리를 차지했다. 나이스가 버튼을 눌러 문자로 된 키보드를 숫자로 바꾼 뒤 세 자리 숫자, 하이픈, 두 자리 숫자, 하이픈, 그리고 마지막으로 네 자리 숫자를 입력했다. 그녀가 다시 한 번 눈으로 확인한 뒤 입력 버튼을 눌렀다. 다시 녹색 체크 표시가 떴다. 이어서 대화 상자가 사라지고 아이콘들이 줄지어 나타났다.

42

우리가 배수관을 고치거나 광섬유 케이블을 설치하려 했다면 그 택지 개발 조감도는 아주 유용했을 것이다. 그 도면 위에는 도로와 보도, 그리고 조이의 집 아래 땅속 사정이 아주 세밀하게 나타나 있었다.

영화에서라면 어땠을까? 내 어깨 넓이의 배수관이 조이의 집 주방 바닥 아래로 나 있는 것을 도면을 통해 알아낸다, 그곳에서 두 블록 떨어진 곳에서부터 내가 맨홀 뚜껑을 열고 배수관 속으로 들어간다, 양 팔꿈치와 두 발로 바닥을 당기고 밀어서 조금씩 전진한다, 그때 천둥 번개를 동반한 폭우가 쏟아진다, 배수관 안으로 물이 쏟아져 들어온다, 나는 용을 쓰면서 기어간다, 수위는 점점 높아져 간다, 관중들은 내가 익사할까 봐 손에 땀을 쥔다.

하지만 현실은 그렇지 않았다. 그만한 배수관은 없었다. 가장 굵은 파이프가 내 손목 둘레 정도였다. 도면 위에는 가스선, 전화선, 배전선, 상수도관, 하수관 등 고만고만한 굵기의 파이프들이 정신없이 얽혀 있었다. 하지만 정작 조이의 집 자체는 안이 텅 빈 직사각형으로만 그려져 있었다.

도시계획부서의 설계도면은 훨씬 유용했다. 작게 인쇄되어 있었지만 나이스가 화면을 여기저기 건드려서 확대시켰다. 게다가 이곳저곳으로 움직일 수 있어서 부분 부분을 상세하게 확인할 수 있었다. 움직이는 게 도면이 아니라 우리 같았다. 그녀와 나는 손톱 크기로 축소된 인형이 되어 계단을 오르내리며 이 방 저 방 돌아다니고 여기저기를 기웃거렸다. 도면은 건축가가 기입한 글씨들로 뒤덮여 있었다. 어느 설계도에서나 접할 수 있는 글씨체였다. 건축학과에서는 손 글씨 과목이 필수인가? 다행히 전문용어들이 아니라 일상적인 단어들이었다. 화장실, 거실, 침실, 주방, 서재, 벽감 등의 단어들 덕분에 집 안 구조를 쉽게 파악할 수 있었고 목재, 금속, 벽돌, 벽토, 유리 등의 단어들 덕분에 집 안 곳곳의 특징들을 쉽게 새길 수 있었다. 도면에 나와 있는 자재들과 부품들은 거의 모두 주문제작된 것들이었다. 당연했다. 너비 90센티미터짜리 문이 필요할 때는 건자재 상점으로 가면 된다. 하지만 너비 140센티미터짜리 문이 필요할 때는 목공소로 가야 한다. 치수는 1.5배에 불과하지만 가격은 몇 배일 것이다.

단출한 2층 가옥이었다. 다락방도 없고 지하실도 없었다. 위층에는 침실들과 화장실들, 그리고 넓은 거실이 있었다. 화장실과 침실이 딸린 객실들도 따로 마련되어 있었다. 아래층에는 주방과 작은 식당, 큰 식당이 있었고 그 밖에 거실, 서재, 도서관, 오피스, 응접실, 벽감 등으로 기재된 공간들이 수두룩했다. 도면을 처음 대했을 때는 친숙한 데다가 아늑한 느낌마저 들었지만 실제 크기에 생각이 미치자 그런 느낌은 씻은 듯이 사라졌다. 수치상으로 보자면 벽감 하나만 해도 웬만한 주택의 거실만큼 넓었다. 높이는 1.5배였다. 박물관 전시실 같은 그 공간에서 소리를 지르면 한동안 메아리가 이어질 것이다.

케이시 나이스가 말했다. "들어갈 수 있는 길이 보여요?"

"장갑차를 동원할 수가 없으니 문과 창문 말고는 방법이 없소."

"경보 시스템이 설치돼 있을 거예요."

"그건 어차피 걱정할 문제가 아니오. 사이렌이 울리지 않아도 놈들은 우리가 침입했다는 걸 충분히 알아차릴 테니까."

"그러니까 경보 시스템조차 필요가 없을 만큼 경계의 눈초리들이 번뜩이는 곳에 꼭 들어가야겠어요? 경호원 넷에 톱클래스 저격수 둘이 지키고 있는 곳을? 수적으로 3대 1의 열세인 데다가 공격은 어렵고 방어는 쉬운 곳인데?"

"질문은 장황한데 전달하려는 요점은 명확하군. 당신 말솜씨가 마음에 드오."

"당신 형이 얘기했던 대형 서브 우퍼 스피커를 만드는 데 시간이 얼마나 걸리죠?"

"저 쇼핑백을 살 때 라이터도 하나 집었어야 했는데."

그녀가 말했다. "난 농담으로 던진 얘기가 아니에요. 포트 베닝에서 훈련받았다는 얘기 내가 한 적 있죠? 이런 문제는 원점으로부터 대략 백 시간 이전에서부터 차근차근 다시 생각해야 한다고 거기서 배웠어요."

"누구한테?"

"교관들한테."

"그렇다면 그 교훈은 즉시 잊어버리시오. 완전히 구라니까. 매순간 임기응변을 발휘했기에 오랫동안 살아남았고 그래서 교관까지 된 친구들이오. 그들은 실전에서만큼은 계획이라는 게 무용지물이라는 사실을 누구보다 잘 알고 있소."

"리처, 우리에겐 계획이 필요해요."

내가 말했다. "항공사진들을 살펴봅시다."

모두 선명한 컬러 사진들이었다. 머나먼 우주에서, 무선 조정된 드론에서, 그리고 흔들리는 헬리콥터에서 찍은 사진들이 그렇게 고화질일 수 있다는 사실은 감탄할 만했다. 하지만 실제로는 소용이 없었다. 우리가 야간 투시 망원경을 통해 확인한 것 이상을 보여주지 못했기 때문이다. 아무것도 없다는 사실을 다른 각도에서 확인한 정도에 불과했다. 헬리콥터에서 찍은 사진들 아래에는 메모가 적혀 있었다. 건물 사진은 부수적이며 원래의 의도는 정원에서 벌어진 패거리들의 회합을 촬영하는 것이라는 내용이었다. 그 사진들도 참고용으로 첨부되어 있었다. 마실 것들을 앞에 늘어놓고 앉은 사내 셋 모두 두 팔을 머리 높이 쳐들고 있었다. 하지만 우연히도 위성이나 드론 사진보다 집 전체가 더 잘 나온 사진이었다. 외벽들, 거기에 뚫린 문과 창문들, 하나같이 견고해 보였다.

내가 말했다. "방법을 찾을 수 있을 거요. 아직 시간은 많소. 어쨌든 일단 조이부터 밖으로 끌어내서 처리해야 하오."

그녀가 말했다. "적어도 계획은 있는 거죠?"

"지난번 방법이 꽤 괜찮지 않았소? 슈퍼마켓 주차장으로 그놈을 유인하는 데 성공했으니까. 만일 그때 게스트하우스가 아니라 근처의 어둠 속에 숨어 있었다면 기회가 있었을 텐데."

"다시 한 번 그런 기회를 만들고 싶어요? 그자와 단둘이 붙어서 때려눕힐 기회?"

"아니, 그것까진 사양하겠소. 그거 말고 다른 방법은 없을까?"

"그 주차장에서와 같은 방법은 더 이상 먹히지 않을 거예요."

"좋은 지적이오. 그때처럼 서열이 낮은 놈들은 더 이상 미끼로서 소용이 없소. 조이는 이미 의심을 품고 있을 거요. 그러니 그가 무시할 수 없는 존재를 미끼로 사용해야 하오."

"이를테면?"

"찰리 화이트가 가장 적당하긴 한데. 경호시스템이 철저하다는 게 문제요. 따라서 토미 밀러나 빌리 톰슨이 적당할 것 같소. 여느 조직과 마찬가지로 놈들 사이에서도 이미 오래전부터 갈등이 존재해왔을 거요. 전리품 분배나 후계자 자리를 놓고 말이지. 둘 중에 한 놈을 감쪽같이 처치하면 다른 한 놈은 조이를 의심할 게 분명하오. 물론 조이는 그놈을 의심할 테고. 그렇게 불신의 골이 깊어지다가 최악의 경우, 형제 간에 전쟁이 일어나게 될 거요. 찰리 화이트는 그런 경우를 막기 위해 중재에 나설 테고. 전쟁이든 타협이든 리틀 조이는 분주하게 돌아다니게 될 거요. 우리에겐 그만큼 기회가 많아지게 되고."

"조이가 가장 유력한 후계자 아닌가요?"

"맞소. 하지만 그가 쓰러진다면 얘기는 전혀 달라질 거요. 우리는 그 상황에도 대비해야 하오."

"오데이 장군에게 보고해야겠어요."

"그렇게 하시오. 하지만 먼저 베넷에게 문자로 밀러와 톰슨의 경호시스템에 관해 물어보시오. 조이와 비슷한 수준인지, 혹은 더 철저한지, 아니면 더 허술한지. 그 정보가 필요한 이유도 설명하시오."

나이스가 휴대폰을 손에 들고 양쪽 엄지손가락들을 분주히 놀리기 시작했다. 그녀가 첫 번째 메시지를 보내는 소리가 울렸다. 만화 속의 캐릭터가 바나나 껍질 위에서 미끄러질 때 나는 소리와 비슷했다. 나이스는 계속해서 손가락들을 놀렸다. 이번에는 오데이에게 보내는 보고서. 철저한 복종, 오데이의 영향력. 내 머릿속에 방탄유리가 다시 떠올랐다. 내가 그녀에게 물었다. "오늘 아침에 월리스 코트에 간다고 오데이에게 보고했소?"

나이스가 말했다. "여기 첫 문장에 썼어요."

"아니, 미리 보고했냐는 말이오. 우리가 그곳에 가기 전에."

나이스의 손가락들의 움직임이 느려졌다. 타이핑과 말을 동시에 하려니 당연했다. "아뇨. 미리 보고하지 않았어요. 그곳에 가지 않을 수도 있다는 생각이 들어서요. 반드시 가야될 필요가 있나 싶더라고요. 그래서 만일 가게 되면, 다녀오고 나서 보고하는 게 낫겠다고 생각했죠."

"알았소." 내가 말했다. 그녀의 손가락들이 다시 빠르게 움직이기 시작했다. 나는 그녀를 지켜보았다. 마침내 그녀가 타이핑을 끝내고 내용을 검토했다. 다시 바나나 껍질 위에서 미끄러지는 소리가 울렸다. 내가 그녀에게 물었다. "우리에게 밀러와 톰슨의 집주소가 있소?"

"그들에 관한 구체적인 정보는 없어요." 그녀가 말했다.

"그럼 베넷에게 다시 문자를 보내시오. 그는 분명히 알고 있을 거요."

그 뒤로 한 시간은 주로 문자 메시지가 오가며 흘렀다. 나이스는 베넷과 오데이에게 이유를 설명해가며 정보를 모았다. 밀러와 톰슨도 치그웰에 살고 있었다. 두 집의 거리는 네 블록, 조이의 집과도 네 블록. 조직 운영과 관련된 이유로 모여 사는 건 아니었다. 롬포드에서 돈 좀 번다 하는 사람들은 모두 치그웰에 집을 마련하기 때문이었다. 최소한 서류상으로 보기에는 밀러와 톰슨의 경호시스템도 조이와 동일했다. 네 명의 경호원과 운전기사 한 사람, 하루 3교대. 밀러의 차는 검정색 신형 레인지로버, 톰슨의 차는 역시 검정색 신형 레인지로버 스포트. 두 대 모두 벤틀리와 동급이었다. 따라서 부두목 셋이 똑같은 대우를 받고 있었다. 하지만 그건 겉모습에 불과했다. 베넷의 얘기로는 경호원을 뽑을 때 쓸 만한 덩치들은 일단 조이가 차지한다고 했다. 그 밖의 많은 부분에서도 조이가 우선적으로 선택권을 갖는다고 했다. 밀러와 톰슨이 관리직이라는 게 가장 큰 이유였다. 관리직 역시 조직 운영에 중요하다. 하지만 범죄 집단이라는 특성상 결정적인 건 아니다. 따라서 행동대장인 조이와의 사이에 불평등한 역학관계가 성립될 수밖에 없었다. 밀러와 톰슨을 표적으로 삼는다면 고르고 자시고 할 게 없었다. 둘 모두 쉬운 표적이었다. 베넷의 얘기에 따르자면.

"상대적으로 그렇다는 거겠죠." 케이시 나이스가 말했다.

내가 말했다. "차가 필요하오."

"슈메이커 장군에게 받은 신용카드가 있잖아요. 그걸로 렌트를 하죠."

"좋은 생각이 아니오. 서류 절차가 너무 복잡하니까."

"베넷이 한 대 빌려주지 않을까요?"

"그가 빌려줄 수 있는 차들은 모두 위성 추적 장치가 달려 있을 거요.

나중에 골치 아픈 문제가 생길까 봐 우리 부탁을 들어주기가 어려울 거요."

"그럼 어떻게 하죠?"

"훔치는 방법도 있소. 하지만 최선의 방법은 또 다른 2인 1조의 롬포드 행동대원들을 찾아내는 거요. 그래서 놈들의 소형 밴을 뺏는 거지. 그렇게 되면 밀러나 톰슨을 칠 때 약간의 시간을 벌 수 있소. 위험이 다가오고 있는 걸 당장에는 눈치채지 못할 테니까. 처음에는 자기네 조직원인 줄로만 알겠지."

"먼저 행동대원들을 치고, 다시 밀러나 톰슨을 친다는 얘기죠? 전투를 두 번이나 벌여야 하는 거네요."

"그러고 나서도 두 번 더 남아 있소." 내가 말했다. "행동대원들, 이어서 밀러나 톰슨, 그다음엔 조이, 마지막엔 그 집 안에 숨어 있는 놈들."

"그러니까 우리는 네 번의 전투에서 모두 살아남아야 하는 거네요. 그럴 가능성이 얼마나 되죠?"

"월드 시리즈를 생각해 보시오. 아주 어려운 일이긴 하지만 매년 누군가는 우승을 하고 있잖소."

"모두 합쳐서 열여덟 명이나 상대해야 해요. 행동대원 둘, 밀러와 톰슨은 한 명으로 치고, 그 경호원 넷, 리틀 조이, 그의 경호원 넷, 콧트와 카슨, 그리고 그들의 경호원 넷."

"스무 명이오. 운전사 둘을 빠뜨렸소. 밀러나 톰슨의 운전사 하나, 조이의 운전사 하나. 하지만 스무 명을 한꺼번에 상대하는 게 아니오. 그건 잘된 일이지. 최고로 많을 경우라야 여섯일 뿐이오. 두목, 운전사, 경호원 넷, 혹은 집 안의 쥐새끼 둘, 그들의 경호원 넷."

"그들 가운데에는 일류급 경호원들도 있어요. 그 뒤에는 210센티짜리 거인이 버티고 서 있고."

"그자들의 머리 위로 주먹만 날리면 되겠군."

"지금 농담이 나와요? 내 생각엔 아무래도 무모한 계획이에요."

"어떤 상황이 벌어질지 확신이 서지 않기 때문이오. 그럴 경우 내가 어떻게 해야 한다고 말했는지 기억하고 있소?"

나이스는 잠시 기억을 더듬고 나서 그대로 반복했다. 기억력까지도 비상한 인재. 그녀가 말했다. "아무도 무슨 일이 벌어질지 예상하지 못한다. 그건 적도 마찬가지다. 그럴 땐 가장 빨리 생각을 정리하고 올바른 판단을 내리는 쪽이 승리하게 된다. 그것만 명심해라."

"정확하오." 내가 말했다. "앞으로 이상한 일들이 벌어질 거요. 하지만 재빨리 생각하고 올바로 판단하는 전략만 고수한다면 우리에겐 아무 일도 없을 거요."

"확신할 수 있나요?"

"당신이 전에 말한 것처럼 모든 게 상대적이오. 중요한 것은 조이보다 더 빨리 생각하는 것이오. 이미 까마득한 과거에 입증된 사실이오. 현생 인류가 네안데르탈인보다 오래 살아남았으니까."

"이상한 일들이 벌어질 거라는 게 무슨 뜻이죠?"

"상황이 우리의 예상과는 다른 방향으로 전개될 수 있다는 얘기요."

"아뇨. 내가 느끼기에는 좀 더 구체적인 의미가 있는 얘기였어요. 당신이 알고 있는 사실 중에 내게 말하지 않은 게 있죠?"

나는 대답하지 않았다.

베넷이 이번에는 직접 찾아왔다. 우리는 나이스의 방에서 그의 전화를 받았다. 로비에 있다고 했다. 점심을 살 테니 레스토랑에서 만나자고 했다. 나이스가 태블릿 PC의 전원을 껐다. 어느 정도 도움이 됐던 자료들이 다시 두 개의 비밀번호 뒤로 숨어버렸다. 우리는 엘리베이터를 타고 식당으로 올라갔다. 베넷은 이미 창가 테이블에 자리를 잡고 앉아 있었다. 우리가 마실 것까지 주문을 해놓은 상태였다. 나이스는 생수, 나는 커피. 순간 그가 이번에는 뭔가 커다란 꿍꿍이가 있어서 찾아왔다는 느낌이 들었다.

내 느낌이 맞았다.

행동심리위원회가 다시 소집되어 그날 아침 베넷이 제출한 보고서를 검토했다고 했다. 위원들 역시 롬포드 조직의 내분을 기대하고 있었다. 밀러나 톰슨이 꺼꾸러지면 당장 배분의 문제가 대두된다는 것이 그들의 분석이었다. 조직 순이익의 절반을 두목인 찰리 화이트가 챙기고 나머지 절반을 부두목 셋이 나눈다고 가정할 때 부두목 한 명이 사라지면 대략 15에서 20퍼센트의 지분이 공중에 뜨게 된다. 그걸 차지하기 위해 남아 있는 둘 사이에 분쟁이 일어나게 될 것은 불을 보듯 빤한 일이다. 영국 경찰로서는 바람직한 상황이 아닐 수 없었다.

하지만 행동심리위원회는 거기서 한 걸음 더 나갔다. 공중에 뜬 지분이 50퍼센트라면 그 결과는 더욱 바람직할 것이다. 즉, 찰리 화이트를 먼저 꺼꾸러뜨리면 부두목들 간에는 단순한 분쟁이 아니라 전쟁이 일어나게 될 것이다. 후계자 전쟁. 늙은 사자 두 마리 대 젊은 사자 한 마리. 늙은 사자들에게는 연륜이 있고 젊은 사자에게는 덩치와 힘이 있다. 놈들은 서로 물어뜯고 싸우느라 한 가지 중요한 임무를 깜빡하게 될 것이다. 찰리가 그동안 교도소 근처에도 가지 않을 수 있었던 비법, 관할 경찰서와 지역 정치계에 몸담고 있는 친구들에 대한 뇌물과 향응. 놈들은 최소한 한두 주쯤은 그걸 빼먹게 될 것이다. 그 틈을 이용해 베넷의 특수 팀이 덮치면 그들의 연줄이 제대로 움직여주지 않을 것이고 따라서 검찰의 기소까지 충분히 가능할 터였다. 결국 위원회가 결정한 표적은 조직의 우두머리, 찰리 화이트였다.

계획 변경, 표적 상향 조정.

내가 말했다. "방탄유리에 대한 정보는 어떻게 돼가고 있소?"

베넷이 말했다. "지금 준비 중입니다."

"언제쯤 받아볼 수 있겠소?"

"많이 급한가요?"

"당신이 입수하자마자 바로 보내주면 고맙겠소. 그리고 당신이 빨리 입수했으면 하고."

베넷이 고개를 끄덕였다. "이제 우리가 찰리 화이트를 처리할 방법을 의논합시다."

"우리?"

"알았습니다. 당신들로 정정하죠."

내가 말했다. "그가 어디에 살고 있소?"

"롬포드. 거기서 태어나서 거기서만 살아왔습니다. 언젠가부터는 자신이 롬포드의 수호자라는 환상에 빠져 살고 있습니다."

"한 가구 주택이오?"

"그게 무슨 뜻이죠?"

"단독주택이냐고요." 나이스가 말했다. 통역사처럼.

"물론입니다." 베넷이 말했다. "건물 자체는 크기도 외양도 평범합니다만 담장은 조이네 것처럼 아주 웅장하고 견고합니다. 롬포드의 수호자가 숭배자들의 방문을 사양하고 있는 셈이죠."

"경호시스템은?"

"경호원 여섯 명과 운전기사 한 명."

"일류급?"

"그렇겠죠."

"화이트는 외출이 잦소?"

베넷이 말했다. "오늘 밤에 외출할 겁니다."

"목적지는?"

"세르비아 패거리들의 본거지..문상을 가는 겁니다."

"조직폭력배들 간의 예의를 차리기 위해서?"

"가장 기본적이면서도 가장 중요한 예의지요. 동업자 패거리의 조직원이 죽었으니까요. 어젯밤에는 세르비아 조직의 수뇌부가 롬포드를 방문했습니다. 같은 목적으로요. 목이 부러져서 죽은 롬포드 조직원 때문에."

"앞으로 한 시간 내에 행동심리위원회가 다시 소집되겠군. 그 결론은 우리가 세르비아 패거리들까지 처치해야 한다는 내용이겠고."

"그래주면 너무나 고맙겠습니다만 당신들이 그놈들 모두를 한꺼번에 처리한다는 건 현실적으로 불가능한 일 아니겠습니까?"

내가 말했다. "무슨 말씀. 우린 롬포드 패거리를 처리한다는 약속조차 한 적이 없소."

"위원회가 당신들에게 한 가지 메시지를 전해달라고 내게 부탁했습니다. 밀러와 톰슨의 경호시스템이 과소평가됐을 수도 있다는 내용입니다. 실제로는 우리가 판단했던 것보다 우수한 시스템입니다. 그 둘 중에 한 놈을 치는 거나 화이트를 치는 거나 난이도는 큰 차이가 없다는 게 위원회의 분석 결과입니다."

"헛소리. 화이트를 치는 게 별로 어렵지 않은 일이라는 말이오?"

"천만에요. 화이트를 치는 건 아주 어려운 일입니다."

"위원회의 책상귀신들이 심리적으로 우리를 부추기는 전략을 선택하셨군."

"그들로서는 상당한 효과를 기대하고 있을 겁니다."

"잔대가리 굴리지 말고 실질적인 분석이나 열심히 하라고 전해주시오. 그나저나 당신 혹시 나와 나이스 양의 인사 파일을 봤소?"

베넷이 웃으며 말했다. "힌트를 제대로 드렸죠? 암호 말입니다. 사실은 오데이에게서 두 분의 파일을 건네받았습니다."

"그가 왜?"

"우리가 요청했으니까요."

"옛날 같았으면 콧방귀도 안 뀌었을 사람인데."

"이제는 더 이상 옛날의 오데이가 아닙니다. 한마디로 지는 별이죠. 몇 년 전부터 그래왔습니다."

"켄킨도 파리에서 같은 말을 했소."

"요청만 하시면 우리가 얼마든지 도와드리겠습니다. 찰리의 경호원 여섯 명 가운데 넷은 언제나 경호 차량에 탑승합니다. 우리가 그 경호 차량을 따돌릴 수 있습니다. 도로 봉쇄나 그 비슷한 방법을 통해서 얼마든지 가능합니다. 그럼 당신은 단 두 놈만 처리하면 됩니다. 그러면 운전기사와 찰리만 남는 거죠."

"경호원 한 명은 조수석에 타고 다른 한 명은 찰리와 함께 뒷좌석에 타는 거요?"

"그게 원칙입니다."

"차종은?"

"롤스로이스."

"검정색?"

"물론입니다."

"카렐 리보의 레인지로버처럼 방탄차요?"

"뒤쪽 문 두 짝과 뒤 유리창들만 방탄입니다. 하지만 권총 정도만 막아낼 수 있습니다. 우발적 암살 기도 방어 사양이라던가? 아무튼 차 옆을 지나가면서 권총으로 저격하는 경우에 대비한 옵션입니다."

"경호 차량은 재규어 맞소?"

"네. 롬포드 패거리가 보유한 재규어가 수십 대입니다."

나는 아무 말도 하지 않았다.

베넷이 말했다. "도로 봉쇄는 그 비용이 엄청납니다. 단순히 금전적인 비용만이 아닙니다. 법적 책임을 추궁당할 위험이 늘 도사리고 있습니다. 산통이 시작된 임산부가 제시간에 병원에 닿지 못하게 되거나, 도로가 봉쇄된 상황이 두려워진 노인네가 심장 발작을 일으키게 되는 경우, 문제가 심각해집니다. 따라서 상당한 결과에 대한 확신이 없이는 함부로 결행할 수 없는 모험입니다."

이제 내가 웃을 차례였다. "참 당신들도 수고가 많소. 선의만 가지고는 세계를 다스릴 수 없다는 선조들의 교훈대로 살아가는군. 잔머리 돌아가는 소리가 생생하게 들리는 것 같으니 말이오. 당신 얘기를 한번 정리해 봅시다. 나와 나이스가 찰리 화이트를 친다면 엄청난 대가를 각오하면서까지 경호 차량을 따돌려 주겠다, 하지만 우리가 밀러나 톰슨을 표적으로 선택하면 그런 도움은 줄 수 없다, 찰리의 경호원 둘과 싸울 것이냐 아니면 부두목 한 놈의 경호원 넷과 싸울 것이냐, 찰리의 경호원들이 실력은 더 낫다고 평가됐지만 위원회의 조사 결과 부두목들의 경호원들도 만만치 않으니 찰리를 쳐라, 그거 아니오?"

"우리는 서로 도우려고 여기 모인 겁니다. 그래야만 이번 임무를 성공적으로 완수할 수 있습니다."

"방탄유리에 관한 정보는 언제쯤 받을 수 있소?"

"내가 입수하자마자."

"그게 언제요?"

"이제 곧."

"찰리가 문상을 위해 출발하는 시간은?"

"꽤 늦은 시간일 겁니다. 일단 해가 져야겠죠. 암흑세계 나름의 관습 같은 겁니다. 찰리가 이용할 확률이 높은 노선을 포함해서 구체적인 자료는 이미 마련되어 있습니다. 그리고 경호 차량을 따돌리기에 가장 적합한 지점도 물색해 두었습니다. 그 모든 정보를 새로운 컴퓨터에 담아서 보내겠습니다."

베넷이 떠났다.

케이시 나이스가 물었다. "이게 당신이 말했던 그 이상한 일들 가운데 하나인가요?"

내가 말했다. "아니, 이건 예상했던 일이오."

43

새로운 컴퓨터가 도착했다. 지난번의 남녀가 이번에도 배달을 했다. 그들은 컴퓨터에 새로운 암호가 걸려 있다고 했다. 나이스의 암호는 모친의 건강보험회사 고객번호, 내 암호는 내가 쏘아 죽이는 장면을 슈메이커가 목격했던 두 번째 사내의 이름. 두 남녀가 떠났다. 우리는 먼젓번처럼 컴퓨터를 들고 나이스의 객실로 올라갔다. 차례로 암호를 입력하고 나자 파일과 폴더 목록이 화면을 가득 채웠다.

여러 해에 걸쳐서 공들여 그러모은 정보들이었다. 그것들을 다양한 방법으로 전산화시켜서 소수점 이하 한 자리까지 경우수의 비율을 계산해 놓은 수고가 놀라웠다. 찰리 화이트는 동쪽에서 서쪽으로 이동할 경우 지금까지 단 한 번도 M25고속도로를 타지 않았다. 대신 그는 주로 북부순환도로를 이용했다. 한때는 남부순환도로와 함께 런던의 외곽을 싸고돌았던 고속화도로. 하지만 지속적인 도시화 덕분에 현재는 그 너머 멀리까지 빌딩숲이 들어서 있다. 찰리가 그 도로를 타고 서쪽으로 넘어간 경우수의 비율은 85.7퍼센트였다. 나머지 14.3퍼센트의 경우, 그는 도심을 관통하는 간선도로를 이용했다. 답이 나왔다. 일주일에 6일은 복잡한 도심을 피해 우회로를 이용하고 일주일에 한 번, 즉 일요일에는 도심 도로를 이용하고 있는 것이다. 일주일은 7일이고 100을 7로 나누면 14.3이다. 물론 오늘날의 대도시에서는 일요일과 평일의 도심 교통량에 큰 차이는 없다. 하지만 찰리 화이트는 옛날 사람이다. 그리고 오래된 습관은 떨쳐버리기 어려운 법이다. 베넷의 말에 따르자면 그는 자신이 롬포드의 수호신이라는 착각

속에서 살아간다고 했다. 따라서 일요일이면 런던이 유령도시가 되고 M25 고속도로 부지가 농장이던 시절의 기억에 집착하고 있는지도 모른다.

내가 말했다. "오늘이 무슨 요일이오?"

나이스가 말했다. "금요일이에요."

베넷은 양다리 작전을 구상하고 있었다. 찰리가 도심을 관통하는 직선 도로를 타게 될 가능성은 옵션 2, 북부순환도로를 탈 가능성은 옵션 1. 하지만 그 구분은 사실상 의미가 없었다. 원호를 그리고 있는 순환도로와 직선도로가 서쪽 어딘가에서 반드시 교차할 것이기 때문이다. 교차 지점은 시계판으로 따졌을 때 대략 9시쯤일 게 확실했다. 그 지점은 또한 경호 차량을 따돌리기에 가장 적합한 포인트일 것이다. 일석이조. 베넷은 이미 구체적인 작전을 세워두고 있었다. 컴퓨터 파일 속에는 두 도로가 만나는 장소를 촬영한 항공사진도 있었다. 그 사진 속에는 아스팔트가 깔린 공간 이 나와 있었다. 엄청나게 넓은 교차로였다. 일반 사이즈의 교차로를 균등 한 비율로 부풀려 놓은 것 같았다. 조이의 집처럼.

찰리 화이트의 집은 지도 위에 그래픽 압정으로 표시가 되어 있었다. 그 리고 또 하나의 압정이 그의 목적지를 나타내고 있었다. 얼링에 있는 세르 비아 갱단 보스의 집. 정상회담이 개최될 그 집을 촬영한 사진도 한 장 첨 부되어 있었다. 교외에서 흔히 볼 수 있는 빨간 벽돌집이 아니었다. 웅장하 면서도 세련미가 풍기는 저택이었다. 치그웰과 거리는 멀었지만 느낌은 거 의 비슷했다. 다만 동네가 조성된 지 30년 이상은 된 것 같았다. 물론 부 자 동네였다. 런던 서쪽의 졸부들이 모여 사는 곳.

찰리의 최신형 롤스로이스에 관해서는 사진들이 첨부된 파일이 따로 마련되어 있었다. 차체가 컸다. 모양새는 흉측했다. 뒷문의 경첩이 뒤쪽에 달려 있어서 일반 차량과는 반대로 문짝이 뒤로 열어젖혀지는 차량이었 다. 어쨌든 인상적인 건 틀림없는 사실이었다. 찰리가 운전기사 바로 뒤에 앉는 경우수의 비율은 93.2퍼센트. 언제나 두 명의 경호원이 각각 조수석과 뒷좌석에 동승한다. 나머지 6.8퍼센트의 경우에는 찰리와 뒷좌석 경호원의 자리가 바뀐다. 경호원이 운전기사 바로 뒤에 앉는 것이다. 컴퓨터는 그 비율의 차이를 설명하지 못하고 있었다. 당연했다. 전자두뇌는 상식적으로 추론할 수 없기 때문이다. 하지만 우리는 추론할 수 있다. 찰리의 전용 운전기사는 분명 키가 작을 것이다. 여기는 영국이다. 핸들은 차의 오른쪽에 붙어 있다. 도로는 좌측 주행이다. 신호에 걸리거나 길이 막힐 때 찰리는 인도 쪽에 앉아 있고 싶지 않을 것이다. 그래서 중앙선 쪽, 그러니까 운전기사 뒤에 앉는 것이다. 운전기사의 키가 작으니 시야가 답답하지 않을 것이다. 하지만 운전기사도 쉬는 날이 있다. 그 날만 임시로 핸들을 잡는 운전기사는 분명 키가 클 것이다. 조수석의 경호원은 내내 고개를 수그리고 가도 그만이다. 하지만 운전기사는 그럴 수 없다. 찰리는 불안한 것보다 답답한 걸 더 싫어한다. 그래서 대각선으로 비껴 앉는다. 법정 최소 휴일인지는 몰라도 전용 운전사는 1년 365일 가운데 25일을 쉰다. 6.8퍼센트.

내가 나이스에게 말했다. "아주 잘 드는 칼을 사야겠소."

우리는 피커딜리 가를 열한 블록이나 걷고 본드 가를 처음부터 끝까지 훑었다. 생선요리용 은제 칼과 손잡이에 진주가 박힌 담배파이프용 주머니칼을 비롯해서 온갖 종류의 칼들을 구경할 수 있었다. 하지만 내가 찾고 있는 물건은 쉽게 눈에 띄지 않았다. 그러다 어느 대형 철물점에서 마침내 그걸 발견했다. 리놀륨으로 만든 칼, 예리한 칼날이 위협적으로 휘어 있었다. 나는 그걸 두 개 샀다. 은색 덕 테이프도 한 롤 샀다. 계산대의 직원이 그것들을 갈색 종이봉투에 담아주었다. 봉투 값은 공짜였다.

나이스가 새 옷을 사고 싶어 했다. 우리는 옥스퍼드 가에 자리 잡은 대형 쇼핑몰로 갔다. 그녀가 줄지어 늘어선 옷가게들 가운데 한 곳으로 들어갔다. 거기서 새 옷을 골랐다. 피팅룸으로 들어가면서 그녀가 내게 재킷을 맡겼다. 그녀가 말했다. "확인할 필요 없어요. 한 알이 그대로 남아 있으니까."

5분 뒤 새 옷으로 갈아입은 나이스가 다시 재킷을 걸쳤다. 상가를 나서기 전 남성복 코너로 올라가는 에스컬레이터 앞을 지나게 되었다. 그녀가 이끄는 대로 그걸 타고 올라갔다. 바지만 빼고 모두 새로 샀다. 바지는 내 사이즈가 없었다. 새 코트는 아칸소의 골프 재킷보다 훨씬 마음에 들었다. 특히 주머니가 커서 글록의 윤곽이 두드러지지 않았다. 업그레이드. 골프 재킷을 버릴 때는 영 찜찜했다. 친구를 땅에 묻는 것 같았다. 켄킨의 뇌 조각들이 한동안 묻어 있었고 나이스의 눈물이 스민 재킷이었다.

우리는 그로브너 스퀘어와 미 대사관을 차례로 지나 호텔로 돌아왔다.

내가 말했다. "베넷이 오늘 밤 우리에게 관용차를 제공할 거요. 물론 그걸 타고 나가긴 하겠지만 최대한 빨리 그 차를 버려야 하오."

"왜죠?"

"위치를 추적당하고 싶지 않으니까."

"그들이 우리를 추적할까요?"

"물론이오. 그들도 밥값은 해야 할 거 아니오. 내일 아침에 보고서를 제출하겠지. 차를 타고 다니는 동안 잭 리처가 머리를 긁적거린 경우수의 비율은 22.2퍼센트, 대충 그런 식으로 말이오."

"리놀륨 칼을 왜 두 개씩이나 샀죠?"

"당신도 하나 필요하니까."

"그 칼로 뭘 해야 하는 거죠?"

"내가 전에 말했듯이 이제 우리는 스스로 판단을 해야 하오. 우리가 따르지 말아야 할 명령이 있을 수도 있소."

그녀는 아무 말도 하지 않았다.

내가 말했다. "그게 양쪽 모두에게 최선이오. 임무를 수행하되 우리 방식대로 하는 것."

그녀가 말했다. "알았어요."

"오늘 밤 휴대폰을 두고 나가는 것도 우리 방식에 포함되오."

44

오후 4시가 막 지난 무렵 베넷이 다시 찾아왔다. 그가 우리에게 은색 박스홀 키를 건넸다. 두 도로가 만나는 지점을 내비게이션 시스템에 입력해 두었다고 했다. 그 교차로에서부터 서쪽으로 약간 떨어진 지점에서 대기하는 게 좋을 것 같다고 했다. 그래야 경호 차량을 따돌린 뒤에 롤스로이스를 덮치기 쉽다는 설명도 곁들였다. 경호 차량에 문제가 생겨도 찰리 화이트가 기다려주지 않을 것이며 동승한 부하들에게 도움을 지시하지도 않을 것이라는 게 베넷의 생각이었다. 일리가 있었다. 찰리로서는 얼렁에 늦을 수가 없었다. 그건 예의가 아니었다. 심지어 고의적인 도발로 받아들여질 수도 있었다. 암흑가의 인간들이었다. 그런 경우 말고는 격식을 차릴 일이 없었다. 그러니 더욱 철저할 수밖에.

도착 예정 시각은 밤 10시. 찰리가 한 시간 전에 집을 나설 확률은 84퍼센트였다. 길이 막히거나 그 비슷한 이유로 해서 지체될 20분의 여유를 감안해서이다. 길이 시원하게 뚫려 있어서 일찍 도착하게 되면 세르비아 두목의 집 근처에 차를 대고 기다릴 것이다. 중요한 약속이 있을 때마다 찰리는 늘 그렇게 해오고 있다. 예의를 지키는 건 너무나 중요하니까. 그들에게 10시는 10시 플러스마이너스 제로를 의미했다. 늦은 시간인 만큼 북부순환도로는 막히지 않을 것이다. 따라서 그의 차는 9시 30분이 되기 전에 교차로에 이를 것이다. 베넷은 부하들과 함께 9시부터 전면 태세를 갖추고 대기할 계획이라고 했다. 그는 우리도 그 시간을 맞추기를 원했다.

내가 말했다. "방탄유리에 관한 정보는 어떻게 돼가고 있소?"

베넷이 말했다. "손에 넣는 대로 보내드리겠습니다."

"그건 알겠는데, 대체 언제 입수한다는 거요?"

"늦어도 오늘 밤. 작전이 시작되는 9시 이전에 입수할 수 있을 겁니다. 그렇지 않으면 작전이 끝난 직후가 되겠죠."

"정보의 출처는?"

"말씀드릴 수 없다는 걸 잘 아실 텐데요."

"다른 사람에게 얘기했소? 혹시 메모 같은 걸 남겼소?"

"아무한테도 얘기하지 않았습니다. 메모 같은 건 남기지 않았고요. 비밀 유지를 위해 최선을 다하고 있는 중입니다. 그래서 시간이 이렇게 오래 걸리는 겁니다."

"알겠소." 내가 말했다. "그럼 긴장을 풀고 좀 쉬도록 하시오. 우리도 쉴 거요. 이따 밤에 봅시다. 혹시 우리가 눈에 보이지 않으면 어딘가 제대로 숨어 있다고 생각하시오. 실제로 그럴 테니까. 경호 차량만 깔끔하게 처리해 주시오. 나머진 우리가 알아서 하겠소."

베넷이 나를 빤히 쳐다보았다. 하지만 아무 말도 하지 않았다.

그가 떠났다.

스트레스 상황에서 인간의 소화 작용은 느려지는 법이다. 9시 전후에 최고의 컨디션을 유지하기 위해서는 저녁식사 시간을 앞당겨야 했다. 그래서 우리는 5시 반에 저녁을 먹었다. 나이스의 객실로 돌아온 뒤, 우리는 휴대폰 두 대를 창문턱에 나란히 세워놓았다.

나이스가 말했다. "오데이 장군에게는 영국 정보부의 해킹 때문이라고 둘러댈게요. 다른 구실은 통할 리가 없어요. 아무튼 나는 지금 항명죄를 저지르고 있는 거예요."

내가 말했다. "그렇게 하시오."

"그리고 이 변명이 통하는 것도 이번 한 번뿐일 거예요. 그들끼리 상호 해킹 허가 조약 같은 걸 맺을지도 몰라요. 그러면 변명거리가 없어지는 거예요. 따라서 기회는 단 한 번뿐이에요. 우리가 이렇게까지 해야 할 필요가 있을까요? 영국 사람들을 위해서?"

"이번 한 번이면 족하오. 이런 일은 두 번 다시 없을 거요."

"하지만 그게 왜 지금이죠?"

"지금이 가장 좋은 때니까."

"구체적으로 말해줄 순 없나요?"

"7시 30분에 출발합시다." 내가 말했다.

7시 30분에 우리는 힐튼의 승하차장에 주차돼 있는 은색 박스홀 옆에 서 있었다. 우리가 원하는 곳까지 갈 수 있는 방법은 두 가지였다. 하나는 이면도로를 타는 코스, 나머지 하나는 하이드 파크 코너를 통과하는 코스. 보안을 유지하기 위해 우리 둘만의 힘으로 어렵게 알아낸 코스들이었다. 하지만 선택이 쉽지 않았다. 두 코스 모두 문제가 있었기 때문이다. 이면도로들은 복잡하게 얽혀 있다. 따라서 길을 잃을 수도 있다. 그러면 시간을 맞추지 못하게 된다. 하이드 파크 코너는 교통이 혼잡하다. 따라서 접촉사고가 날 수도 있다. 역시 시간을 맞추지 못하게 된다. 한동안 고민한 끝에 나이스가 결정을 내렸다. 하이드 파크 코너 코스. 이유는 간단했다. 이면도로에서도 접촉사고는 날 수 있으니까. 나는 그녀의 의견에 동의했다. 하이드 파크 코너에서는 길을 잃을 위험은 없으니까. 내가 핸들을 잡겠다고 했다. 그녀는 자기가 잡겠다고 했다. 나는 그녀의 주장에 결국 동의했다. 그녀의 운전 실력이 나보다 나았으니까.

접촉사고는 없었다. 물론 길을 잃지도 않았다. 신중하면서도 대담한 그녀의 운전 실력 덕분에 우리는 혼잡한 하이드 파크 코너를 무사히 통과해서 그로스버너 광장으로 빠져나왔다. 그 도로를 따라 달리는 동안 나는 버킹엄 궁의 웅장한 자태를 실컷 구경할 수 있었다. 문득 궁전의 측벽이 윌리스 코트의 담장과 많이 닮았다는 생각이 들었다. 어쩌면 같은 사람의 솜씨일 수도 있었다. 200년 전에 명성을 떨쳤던 벽돌 구조물 전문가. 그는 정신없이 바빴을 것이다. 철도로부터 정원을 지키려 했던 영주가 윌리스 코트의 다비 한 사람만이 아니었을 테니까.

마침내 우리가 원하는 곳이 눈앞에 보였다.

세인트 제임스 파크 지하철역.

우리는 역에서 100미터 떨어진 주차 금지 구역에 차를 세웠다. 거기다 차를 버리면 추적자들은 우리의 행선지를 종잡을 수 없을 것이다. 버스가 많았고 택시도 지천이었다. 지하철 노선도 두 개였다. 그중에 하나는 순환노선이었다. 시카고의 루프처럼 도심을 도는 순환노선. 나머지 하나는 디스트릭트 노선이었다. 런던의 동쪽 끝과 서쪽 끝을 잇는 노선. 이미 친숙해진 우리의 친구는 이번에도 우리를 태워줄 것이다. 우리는 환하게 불이 밝혀진 부츠 더 케미스트에서 요금선납 휴대폰 두 대를 샀다. 물론 현금으로. 지하철 티켓은 사지 않았다. 교통카드가 있었으니까. 그걸로 개찰구를 통과한 뒤 플랫폼으로 내려가 열차를 기다렸다. 얼링으로부터, 대형 교차로로부터, 그리고 베넷으로부터 멀리 떨어진 동쪽으로 우리를 데려다줄 열차.

45

우리는 바킹 역에서 내려 바킹 콜택시 회사까지 걸어갔다. 나이스가 건물 앞 인도에 서서 새 휴대폰으로 택시 한 대를 예약했다. 길가에는 여러 종류의 세단들이 늘어서 있었다. 구형 포드와 폭스바겐도 있었고 스코다와 시트처럼 미국인들에게는 낯선 모델들도 있었다. 하지만 모두 콜택시 사업에 적합한 차량들인 것은 분명했다.

1분도 채 안 되어 어떤 사내가 밖으로 나왔다. 주머니 속에 쑤셔 넣은 손이 꼼지락거리고 있었다. 자동차 키를 찾는 모양이었다. 중년의 나이에 그 지역 토박이인 것 같았다. 심드렁한 얼굴 표정은 우리를 보고서도 전혀 변화가 없었다. 잠깐씩, 파트타임으로만 일하는 게 분명했다. 그래서 갱들이 내린 지명수배에 관해 전혀 모르고 있는 것이다.

그가 말했다. "어디로 가쇼?"

"퍼플릿." 내가 말했다. 다른 이유는 없었다. 단지 이정표에서 처음 보았을 때 발음이 마음에 들었기 때문이었다. 바킹의 동쪽에서 남쪽으로 조금만 내려가면 있을 것 같은 동네였다. 사내가 칙칙한 색깔의 흠집투성이 포드 몬데오를 가리키며 말했다. "타쇼."

우리는 뒷좌석에 나란히 앉았다. 사내가 운전석에 타고 차가 출발했다. 사내는 아주 능숙하게 핸들과 기어를 조작해 가며 이면도로들을 여러 차례 바꿔 탔다. 혼잡한 큰길을 피해서 갈 데까지는 가보려는 계산이 분명했다. 나로서는 고마운 일이었다. 마침내 내가 기다렸던 풍경이 차창 밖으로 펼쳐졌다. 잡초가 무성한 인도, 그 인도를 따라 늘어선 상점들은 창문마다 판자가 못질되어 있었다. 소규모 공장의 출입구들은 굳게 셔터가 내려져 있었다. 내가 총을 꺼내 들었다. 그리고 사내가 알아챌 때까지 백미러에 비추며 흔들었다. 그러고 나서 사내의 목 뒤에 총구를 살짝 가져다 댔다. 내가 말했다. "차 세우시오, 당장."

사내가 차를 세웠다. 어느새 땀범벅이 된 채 벌벌 떨면서 사내가 말했다. "난 가진 돈이 없어요."

내가 말했다. "강도를 당해본 적이 있소?"

사내가 말했다. "여러 번 당했습니다."

"이번엔 안심하시오. 우리는 강도짓을 하려는 게 아니오. 시간을 계산해서 보수를 지급하겠소. 분 단위까지 정확하게. 물론 팁도 드리리다. 하지만 지금부터는 우리가 운전하겠소. 당신은 뒷좌석으로 옮겨 타고. 알겠소?"

사내는 대답이 없었다.

내가 말했다. "양손을 좌석 뒤로 모으시오."

사내가 지시대로 따랐다. 나는 덕 테이프를 1미터가량 풀어가며 그의 손목을 묶었다. 양 팔꿈치를 묶는 데 다시 1미터. 미안하긴 했지만 그의 행동을 제압하기 위해서는 어쩔 수 없었다.

내가 물었다. "코로 숨 쉬는 데 문제없소?"

그가 말했다. "네?"

"코막힘이나 비중격 만곡증, 편도비대증 또는 현재 감기 증상 같은 게 없느냐는 말이오."

사내가 말했다. "없어요."

그 말을 마지막으로 사내의 입도 막혔다. 나는 이번엔 2미터가량을 풀어 사내의 코 아래 얼굴을 몇 차례 돌려 감은 뒤, 차에서 내려 운전석 문을 열었다. 이어서 레버를 당겨 등받이를 완전히 눕히고 사내의 두 무릎과 양 발목을 단단히 묶었다. 그다음엔 그의 두 발을 들어 올리면서 몸 전체를 뒤로 밀었다. 나이스가 머리부터 드밀어지는 그의 어깨를 잡고 방향을 잡아서 그를 뒷좌석 바닥에 눕혔다. 좁은 공간이었지만 견디지 못할 정도는 아니었다. 나는 그의 바지 주머니에 들어 있던 휴대폰을 인도 위로 던져버렸다. 그 대신 그의 셔츠주머니 속에 롬포드 보이즈의 50파운드짜리 지폐 두 장을 쑤셔 넣었다. 나이스가 조수석으로 자리를 바꿔 앉았고 내가 운전석에 올라탔다. 현재 시각은 8시 25분, 목적지와의 거리는 약 5킬로미터. 목적지는 롬포드.

택시를 타고 찾아간 적도 있었고 베넷이 두 번째로 보낸 컴퓨터 속의 지도도 기억 속에 조금은 남아 있었다. 우리는 그 기억들을 더듬는 한편 방향감각을 총동원해서 차를 몰았다. 그렇게 롬포드에 진입하고 나니 8시 40분, 아직 20분의 시간 여유가 있었다. 하지만 더 이상 기억과 감에만 의존해서 길을 찾는 건 무리였다. 그래서 첫 번째 신문 가판대가 눈에 띄자 나는 즉시 그 앞에 차를 세웠다. 나이스가 잽싸게 내려 롬포드의 모든 거리가 자세히 나와 있는 안내 책자를 사가지고 돌아왔다. 우리는 뒤쪽 바닥에서 끙끙대는 사내의 신음소리를 들으며 함께 책자를 뒤적였다. 찰리 화이트의 집. 그 동네로 가는 길은 두 페이지에 걸쳐 이어져 있었다. 계산 상으로는 대략 5분 거리. 저녁 러시아워는 이미 끝난 시점이었다. 하지만 예상했던 것만큼 도로가 시원하게 뚫려 있지는 않았다. 동네 입구에 도착하기까지 7분이 소요되었다.

리틀 조이의 동네처럼 산뜻하고 깨끗한 분위기는 없는 곳이었다. 하나같이 2,30년은 된 것 같은 저택들, 그 지붕들 위로 굴뚝들이 상대적으로 높게 솟아 있었고 벽돌 외벽들은 좀 더 반질거렸다. 하지만 규모 면에서는 별 차이가 없었다. 특히 진출입로마다 최신형 승용차들이 세워져 있는 풍경은 똑같았다.

검정색 롤스로이스와 검정색 재규어도 어느 집 담장 안쪽의 진출입로에 일렬로 주차돼 있었다. 골목 어귀에서 왼쪽으로 세 번째 집. 무릎 높이의 벽돌 기단 위에 역시 벽돌로 틀을 세우고 빈 공간에 검은색 철봉들을 세로로 촘촘히 꽂은 담장이었다. 조이의 집과 똑같았다. 담장에는 전기로 작동하는 두 개의 철문이 나 있었다. 들어가는 문과 나오는 문. 두 개 다 굳게 닫혀 있었다.

'찰리가 정확히 한 시간 전에 집에서 떠날 확률은 84퍼센트.'

앞으로 5분.

나는 책자를 보면서 말했다. "그들이 북부순환도로를 타려면 일단 저 문을 나와서 왼쪽으로 꺾어야 하오. 현재 우리 위치와는 반대 방향이오. 그러니 맞은편 끝에 가서 기다려야겠소."

나이스가 말했다. "들킬 위험을 감수하고 저 집 앞을 통과할 건가요, 아니면 동네를 반 바퀴 돌아갈 건가요?"

"콜택시를 탈취한 데에는 다 이유가 있소. 동네를 천천히 돌아다녀도 의심을 사지 않을 거요. 주소를 찾고 있는 택시로 보일 테니 말이오."

"이 동네 사람들이 콜택시를 부르겠어요? 다들 운전기사가 있을 텐데?"

"부자라고 해서 모두 운전기사를 두고 있는 건 아니오. 갑자기 돈방석에 앉은 사람들이나 갱단 보스들이라면 당연하겠지만."

나는 후진을 해서 방향을 튼 뒤, 차창 밖을 두리번거리며 천천히 차를 몰았다. 누가 봐도 주소를 찾고 있는 콜택시였다. 찰리의 집은 멋들어진 장식이 돋보이는 튼튼한 벽돌 건물이었다. 벽돌공의 품삯이 벽돌 값보다 더 쌌던 시절에 지어진 것 같았다. 앞에는 정원 대신 판석이 깔린 진출입로가 넓게 조성되어 있었다. 살짝 휘어진 진출입로 양쪽 가장자리로 자갈이 깔린 공간이 넓게 펼쳐져 있었다. 그 공간에는 시멘트 항아리들과 천사 상들이 늘어서 있었다. 천사 상들 가운데 어떤 것들은 물그릇을 머리 위로 치커들고 있었다. 찰리 화이트, 자칭 롬포드의 수호자는 그 하늘을 날아다니는 새들의 갈증까지 걱정하고 있는 모양이었다. 나는 찰리의 집을 지나친 뒤 두 집을 더 내려간 다음 차를 돌려 세우고 기다렸다.

갱 조직 사이에서는 예의가 가장 중요하다. 10시라고 하면 10시 플러스 마이너스 제로인 것이다. 따라서 한 시간 전은 정확히 9시를 말했다. 8시 59분, 현관문이 열렸다. 그리고 롬포드 보이즈의 보스가 드디어 내 눈앞에 나타났다. 파일에 첨부된 사진 속의 모습 그대로였다. 살집이 두둑하고 등이 약간 굽은 77세의 노인. 숱이 성긴 백발과 평범한 얼굴 한가운데에 자리 잡은 커다란 코. 검정 레인코트 아래 검정 양복과 검정 넥타이 차림. 뒤를 이어 찰리보다 훨씬 키가 작은 늙은이가 밖으로 나왔다. 운전기사가 분명했다. 운전기사 다음으로는 여섯 명의 젊은이들이 쏟아져 나왔다. 하나같이 스킨헤드에 검정색 정장 차림이었다. 덩치들도 상당했다. 그들 가운데 넷이 재규어를 향해 찢어져 나갔다. 나머지 둘은 찰리의 뒤에 바짝 붙어서 롤스로이스를 향해 걸어갔다. 운전기사는 이미 앞질러가서 뒷좌석 문손잡이를 잡고 서 있었다.

찰리의 롤스로이스 뒷문은 특수 사양으로서 경첩이 문짝 뒤쪽에 달려 있었고 따라서 문손잡이는 문짝 앞쪽에 달려 있었다. 찰리가 차에 타기 위해서는 운전기사를 지나친 뒤 멈춰 서서 문이 뒤로 젖혀 열리기를 기다려야 했다. 그렇게 낯설고 어색한 광경을 연출한 뒤 찰리가 뒷좌석에 몸을 실었다. 운전기사가 뒷문을 닫은 다음 운전석 문을 열고 작은 몸뚱이를 차 안으로 던져 넣었다. 뒤따라온 경호원 둘이 반대편 앞문과 뒷문을 열고 올라탔다.

잠시 후, 나오는 문이 열리기 시작했다. 정각 9시.

46

내 계획이 성공하기 위해서는 두 가지 결정적인 가정이 모두 맞아 떨어져야 했다. 첫 번째, 롤스로이스를 모는 키 작은 늙은이가 자신을 일종의 예술가로 생각하고 있어야 했다. 실제로 그는 어떤 상황에서도 운전이 가능한 달인으로서 왕년에는 운전 솜씨 하나로 암흑세계에서 이름 좀 날렸을 수도 있었다. 어쩌면 은행을 털고 나오는 동료들을 잽싸게 실어서 내뺐던 기억을 흐뭇하게 간직하고 있을지도 모른다. 그리고 현재 조직의 보스를 뒷자리에 태우고 다니는 걸 큰 영예로 여기고 있을 것이다. 특히 시간에 집착하는 주인의 마음을 헤아려 중요한 약속이 있을 때마다 운전 실력을 십분 발휘해 왔을 터, 이번 경우도 마찬가지일 것이다. 따라서 그는 문이 채 다 열리기 전에 액셀을 밟을 것이다. 롤스로이스가 진출입로를 달려 내려가는 동안 문틈은 계속 넓어져서 마침내 차가 바로 앞에 이르렀을 때에는 긁히지 않고 빠져나갈 정도의 공간이 벌어져 있을 것이다. 늙은 기사는 달려 내려오던 속도를 그대로 유지한 채 아주 깔끔하고 유연하게 그 공간 사이로 빠져나올 것이다. 그의 기계적인 정확성은 주인의 시간적인 정확성에 대한 존경과 찬사의 표현에 다름 아니다. 운전을 예술로 생각하는 사람이라면 마땅히 그래야 했다.

그렇다면 나는 그가 액셀을 밟는 시점을 예상하고 그보다 3초가량 먼저 액셀을 밟아야 했다. 찰리의 문 앞에서 그만큼 떨어져 있었기 때문이다. 일러서도 안 되고 늦어서도 안 된다. 그래서 나는 천천히 차를 몰기 시작했다. 콜택시 운전사라면 본격적인 주행에 들어가기 전에 메모를 할 시간이 필요하다. 따라서 전혀 수상한 움직임이 아니었다. 문이 3분의 2쯤 열리자 드디어 롤스로이스가 움직이기 시작했다. 처음엔 부드럽게 구르는 것 같더니 점점 속도가 빨라졌다. 늙은 운전기사는 내 기대대로 예술가였다. 문 앞에서 정지하지 않고 곧장 도로로 꺾어져 나오려는 의도가 분명했다.

나는 문과 롤스로이스의 속도, 인도의 폭, 그리고 우리 차와 내 목표 지점 사이의 거리를 눈여겨보면서 침착하게 기다렸다. 마침내 내 두뇌 뒷부분이 명령을 내렸다. '액셀을 밟아!' 순간 흠집투성이 포드가 앞으로 돌진했다. 10미터, 20미터, 그때 다시 명령이 떨어졌다. '브레이크를 밟아!' 포드가 금속성의 비명을 올리며 덜컥 멈춰 섰다. 롤스로이스가 도로로 진입해야 할 바로 그 지점이었다. 예술적인 커브를 구사하려던 늙은 기사는 갑자기 앞을 가로막은 장애물에 기겁을 했을 것이다. 그가 브레이크를 있는 힘껏 밟았다. 롤스로이스는 둔중한 앞대가리로 케이시 나이스 쪽 문짝을 들이받기 직전, 겨우 60센티미터 거리를 남겨 두고서야 멈춰 섰다. 뒤따라오던 경호 차량도 롤스로이스의 뒤 범퍼와 60센티미터를 남겨 두고 멈춰 섰다.

다음 순간, 케이시 나이스가 좁은 틈새로 민첩하게 빠져나갔다. 그녀는 즉시 총을 빼들고 롤스로이스 운전석으로 다가갔다. 정말로 비밀 요원다웠다. 나도 잽싸게 차에서 내린 뒤, 총을 빼들고 경호원 둘이 일렬로 앉아 있는 쪽으로 다가갔다.

두 번째 가정, 그 문들의 잠금장치가 아직 작동하기 전이어야 했다. 일정한 속도에 도달하면 자동으로 잠기는 장치. 나는 롤스로이스의 그 일정 속도가 얼마인지 모른다. 특수 사양 덕분에 앞뒷문의 손잡이들은 나란히 붙어 있었다. 나는 권총을 손가락에 걸고 양손으로 앞뒷문의 손잡이들을 한 손에 하나씩 잡았다.

그리고 잡아당겼다.

양쪽 문이 모두 열렸다. 맞은편에서 나이스 역시 앞뒤 문짝을 열어젖혔
다. 두 가지 가정이 모두 맞아 떨어졌다.

경호 차량에서 날아오는 총알은 걱정할 필요가 없었다. '뒤 문짝 두 개
와 뒤쪽 유리창들만 방탄입니다.' 베넷은 특유의 단조로운 어조로 그렇게
말했었다. 경첩이 뒤쪽에 붙어 있는 뒷문을 완전히 열면 90도 각도로 펼
쳐진 날개 모양이 된다. 따라서 문짝들은 우리가 롤스로이스의 탑승객들
을 처리하는 동안 후방의 위험으로부터 우리를 지켜줄 것이다. '권총만 막
아낼 수 있습니다.' 베넷은 그런 얘기도 했었다. 하지만 그것도 걱정할 필
요가 없었다. 경호원들의 무기는 기껏해야 권총이었을 테니 말이다. 설사
그들이 더 강력한 무기를 지니고 있다고 해도 아무런 문제가 없었다. 그들
이 그걸 사용할 리가 없었다. 찰리가 맞게 될 위험이 너무나 컸기 때문이
다. 자동차 뒤 유리는 방탄이었다. 따라서 뒷좌석 승객의 머리는 안전할 수
도 있었다. 하지만 목, 등짝, 허리는 아니었다. 트렁크, 혹은 뒷바퀴 위쪽의
공간을 뚫고 들어온 총알에 얼마든지 맞을 수 있었다. 결국 그들은 네 가
지 반응을 차례차례 보일 것이다. 첫째, 갑작스러운 상황에 깜짝 놀라 잠
시 멍 때린다. 둘째, 총을 뽑는다. 셋째, 위험을 자각하고 총을 거둔다. 넷
째, 가장 먼저 취했어야 했던 행동을 그제야 취한다. 즉, 모두 차에서 내려
우리에게 달려든다. 따라서 나는 그들이 내게 달려들기 전에 롤스로이스
의 탑승객들을 처리할 수 있는 온전한 3초를 벌게 된다. 1천 초처럼 느껴
지는 1초들. 1천, 2천, 3천. 존 콧트의 총알이 파리의 허공을 외롭게 날았
던 그 시간만큼.

나는 왼손에 든 글록으로 찰리 화이트의 머리를 겨누고 오른손에 든

리놀륨 칼로 뒷좌석 경호원의 안전벨트 두 군데를 획획 베어서 끊었다. 이어서 상체를 왼쪽으로 비틀며 오른팔을 왼쪽 어깨 너머로 한껏 젖혔다가 강력한 백핸드 스윙으로 팔꿈치를 사내의 오른쪽 관자놀이에 정확히 꽂았다. 정신을 잃은 그의 상체가 왼쪽으로 기울어지면서 몸뚱이 전체가 차 밖으로 굴러 떨어졌다. 그 즉시, 나는 옆걸음으로 앞좌석 경호원에게 다가가 똑같은 행동을 반복했다. 획획, 퍽. 그의 몸뚱이가 차 밖으로 완전히 굴러 떨어지기도 전에 나는 다시 몸을 돌리고 바닥에 널브러져 있는 뒷좌석 경호원의 머리를 발길로 질러버렸다. 그러고 나선 또다시 돌아서서 앞좌석 경호원에게도 똑같은 행동을 반복했다. 그렇게 두 놈을 완전히 보내버린 뒤, 서둘러 포드로 돌아가서 롤스로이스의 앞길을 텄다. 다시 잽싸게 롤스로이스로 돌아왔을 때 네 명의 경호원들이 재규어에서 모두 내려섰다. 4초가 지난 것이다.

나는 계획대로 재규어를 향해 총을 쏘았다. 표적은 타이어가 아니었다. 각도도 맞지 않는데다가 총알이 튕겨 나가 원하지 않은 사상자가 생길 수도 있었다. 그 대신 라디에이터 그릴을 표적으로 삼았다. 총으로 자동차를 고장 내는 가장 좋은 방법이다. 그 그릴 안쪽에 전선과 컴퓨터 칩, 그리고 센서들이 모두 모여 있기 때문이다.

나는 방탄문 뒤에서 앉아쏴 자세로 네 발을 연사했다. 탕, 탕, 탕, 탕. 경호원들이 모두 자세를 낮추며 한 발짝씩 뒤로 물러섰다. 그 틈을 이용해 나는 한 걸음 넓게 뒤로 뛰어서 바닥에 누운 두 놈을 건넌 다음 앞문을 힘껏 닫고 다시 두 놈을 뛰어 넘어 돌아와 뒷좌석 찰리 옆에 내 몸을 던졌다. 내가 뒷문을 닫는 것과 동시에 롤스로이스는 도로를 향해 돌진했다. 물론 핸들을 잡은 건 나이스였다. 자신의 글록과 리놀륨 칼로 늙은 운전기사를 처리한 다음 운전석에 앉아 대기하고 있었던 것이다. 도로에 진입한 롤스로이스는 유연하게 방향을 틀고 곧장 전속력으로 달리기 시작했다. 뒤 유리 밖에서는 영화의 한 장면이 펼쳐졌다. 네 사내가 반 블록가량 쫓아오다가 멈춰 섰다. 숨을 고르며 차 꽁무니를 지켜보고 있는 그들의 모습이 아주 빠르게 작아져 갔다.

47

과연 롤스로이스였다. 엔진이 돌아가지 않는 것처럼 조용했다. 차가 달리고 있지 않은 것처럼 흔들림이 없었다. 뒷좌석은 깊고 넓고 부드러운 것이 마치 장교 클럽의 안락의자 같았다. 찰리 화이트는 여전히 안전벨트를 맨 채 내 옆에 앉아 있었다. 몸은 전면을 향하고 있었지만 고개는 내 쪽으로 꺾여 있었다. 그의 두 눈이 계속 나를 노려보고 있었다. 머리카락 한 오라기가 이마 위로 흘러내려와 있었다. 가까이서 보니 그의 코는 감자라기보다는 아보카도를 닮아 있었다. 하지만 온몸으로는 전형적인 갱단 두목의 포스를 뿜어내고 있었다. 권력, 힘, 자신감, 여유.

내가 말했다. "무기를 갖고 있나?"

그가 말했다. "이봐, 애송이. 지금 막 네 손으로 사망신고서를 접수한 걸 알고 있나? 설마 그것도 모르면서 이런 일을 저지르지는 않았겠지? 누구도 감히 내게 이럴 순 없어."

"하지만,"

"하지만은 없어. 넌 그냥 끝난 거야."

내가 말했다. "언제나 타협의 여지는 있는 법이지."

"네놈이 지금 얼마나 큰 곤경에 처해 있는지 알기나 해?"

"기회가 있을 때 당신 머리를 쏘고 도망가라는 말씀이신가?"

그가 말했다. "그래도 좋고. 아니면 네가 이 도시를 벗어날 때까지만 네놈의 사형집행을 연기해주마. 그게 내가 해줄 수 있는 전부다. 난 단 한 번만 제안할 거고 너는 단 한 번만 대답할 수 있다. 번복은 없다는 얘기지.

그러니 머리를 제대로 굴려야 할 거다, 애송이. 다음에 무슨 일이 벌어질지, 얼마나 힘들게 될지, 그리고 남은 인생 하루하루가 얼마나 괴로울지, 잘 생각해보라고."

"그렇게 해주는 대가로 우리에게 뭘 원하시나?"

"내 차에서 내려."

"대답이 틀렸어. 난 무기가 있냐고 물어봤는데?"

"나는 장례식에 가는 길이야. 무기가 있을 리가 있나?"

"갱단 간에 깍듯한 예의를 지키시려고?"

"그건 또 무슨 소리야?"

"호주머니에 휴대폰이 있나?"

"내가 내 손가락으로 직접 전화 걸 사람으로 보이나?"

내가 말했다. "내가 간단히 정리해주지. 당신은 장례식에 가려는 중이었어. 하지만 이제 당신은 다른 곳으로 가게 될 거야. 난 당신의 양 손목을 묶을 거야. 어쩔 수 없어. 당신 입도 테이프로 막고 싶지만 솔직히 그 코로 숨을 제대로 쉴 수 있을지 걱정하지 않을 수가 없군. 기분 나빴다면 사과하지."

"뭐가 걱정된다고?"

"당신 입을 테이프로 막았다가 질식할까 봐 걱정된다고."

"내 코는 아무 문제가 없어."

"알려줘서 고맙군. 덕분에 걱정을 덜었어."

찰리가 말했다. "대체 지금 뭐 하자는 거야?"

내가 말했다. "걱정 마. 당신에겐 괜한 불똥이 튄 것뿐이니까."

"어디서 불똥이 튄 거지? 나도 알 권리가 있어."

운전석의 케이시 나이스가 말했다. "아뇨. 당신은 알 권리가 없어요. 사실상 당신은 어떤 권리도 없어요. 법은 당신 편이 아니에요. 당신의 부하,

조셉 그런이 이 세상 모든 나라의 법정들이 테러리스트라고 판결을 내릴 범죄자들을 숨겨두고 있어요."

"조이가 누구를 숨겨 두었다고? 난 금시초문인데?"

"조이에게 손님들이 있어요."

"친구겠지."

"그가 저지른 일은 당신에게도 책임이 있어요."

"그 친구는 어떤 잘못도 저지르지 않았어."

내가 말했다. "앞으론 저지를 거다."

나이스가 차의 속도를 줄이며 방향을 꺾었다. 치그웰을 향해.

우리는 낯익은 식당 앞에 이르렀다. 베넷과 함께 왔을 때는 거기에 차를 대고 걸어갔었다. 하지만 이번엔 그 앞을 그냥 지나쳤다. 롤스로이스는 롬포드보다는 치그웰에 더 어울리는 것 같았다. 우리는 걸어갔던 기억에 의존해서 길을 찾았다. 마침내 그 판자 담장이 나타났다. 중간에 90센티 너비의 공간이 뚫려 있어 출입구 구실을 하는 담장. 나이스가 차를 세웠다. 나는 찰리 화이트가 안전벨트를 풀게 만든 다음 내게 등을 돌리고 앉으라고 지시했다. 그리고 그의 양 손목과 두 팔꿈치, 그리고 입까지 테이프로 둘둘 감았다. 그러고 나서 상체를 수그리고 그쪽 문을 열었다. 그를 차 밖으로 밀어낸 다음에는 나도 따라 내려서 그를 출입구 쪽으로 끌고 갔다.

나이스는 차를 100미터 남짓 떨어진 곳에 세워 놓고 뛰어서 돌아왔다. 긴장을 늦추지 않고 발끝으로 땅을 딛는 품새가 프로다웠다. 그녀가 이미 통로에 들어선 나와 찰리를 차례차례 옆 몸으로 통과해서 앞장섰다. 찰리는 힘들어서 나오는 신음인지 분통이 터져서 나오는 욕설인지 도무지 구분이 안 되는 소리를 계속해서 웅얼거렸다. 아무튼 정직한 인간이었다. 최소한 자신의 코에 문제가 없다는 얘기만큼은 진실이었다.

나이스가 조심스레 좌우를 살펴가며 자갈이 깔린 공터에 들어섰다. 나는 비척거리는 찰리를 앞세우고 사방을 경계했다. 나이스가 상체를 숙이고 돌멩이 하나를 들췄다. 그녀가 몸을 바로 세우고 나서 말했다. "열쇠가 없어요."

찰리 화이트는 코로 가쁘게 숨을 쉬며 서 있었다.

나는 아무 말도 하지 않았다.

그녀가 말했다. "돌멩이는 분명히 맞는데?"

내가 말했다. "그들이 자물쇠를 다시 바꿨을까?"

"그럴 리가 있을까요?"

나는 대답하지 않았다. 내가 태어나기 훨씬 전에 지어진 통나무집이었다. 베넷의 얘기에 따르자면 '50년 전에 죽은 목수'의 작품이었다. 목수의 솜씨는 훌륭했다. 하지만 전쟁 직후였기에 자재가 부실했을 것이다. 게다가 오랜 세월 더위와 추위에 고스란히 노출되어 온 건물이었다. 튼튼하긴 했지만 견고하다고까지는 말할 수 없었다. 나는 도움닫기로 세 걸음을 내딛은 다음 문짝의 잠금장치에 뒤꿈치를 박았다.

망원경들은 사라지고 없었다.

주방용 스툴도 사라졌다. 삼각대도 사라졌다. 창문 앞이 휑하니 비어 있었다.

케이시 나이스가 말했다. "당신이 예상했던 이상한 일들 가운데 하나가 일어난 건가요?"

내가 말했다. "아니, 이건 내가 예상했던 것보다 훨씬 더 이상한 일이오. 하지만 베넷의 말마따나 뭘 어쩌겠소? 상황을 받아들일 수밖에."

나는 찰리 화이트를 가장 깊은 구석으로 밀고 가서 클럽 용품이 담긴 가방에 기대 앉혀 놓았다. 이어서 내 휴대폰의 전원을 켜고 베넷의 번호를 눌렀다.

우리가 찰리 화이트를 잡고 있소.

그렇게 메시지를 보내고 곧장 전원을 껐다. 글로스터셔 카운티의 컴퓨터들이 정신없이 돌아가고 있는 모습이 눈에 훤했다.

나이스가 말했다. "이 방법이 통할까요?"

내가 말했다. "글쎄, 하지만 무슨 일이든 일어나긴 할 거요."

찰리 화이트가 우리를 지켜보고 있었다. 워낙에 특이하게 생긴 코 때문에 그의 눈매를 제대로 눈여겨본 사람은 많지 않았을 것이다. 하지만 자세히 보면 아름답다고까지 말할 수 있는 눈이었다. 그 눈길이 나이스와 내 얼굴을 분주히 오가고 있었다. 머릿속에서는 자신의 현실에 대한 두 가지 상반되는 해석이 바쁘게 오가고 있을 터였다. 첫 번째는 낙관적인 해석일 것이다. 나를 보는 눈길이 그랬다. '하룻강아지 범 무서운 줄 모르고 남의 구역에서 설쳐대는 덩치 큰 미국놈, 저놈은 반드시 죽고 나는 반드시 살아남을 것이다. 단지 시간문제일 뿐, 이 수모와 고통은 반드시 끝날 것이다. 내가 누군가? 나는 체스판의 폰이 아니다. 그러니 잠깐만 참고 견디자. 이보다 더한 일들도 겪지 않았던가.'

하지만 두 번째는 비관적인 해석일 것이다. 케이시 나이스를 보는 눈길이 그랬다. 일리노이 주 남부에서 태어나 예일 대학교에서 수학한 인재라는 사실을 그가 알 리 없었다. 늘 애완견들에 둘러싸여 자랐다는 사실은 더더욱 모를 것이다. 하지만 자신의 집 앞에서부터 볼링 클럽에 이를 때까지 나이스가 펼친 활약상으로 미루어 그녀가 보통 사람이 아니라는 사실은 충분히 짐작했을 것이다. 젊고 유능한 미국 여성이 런던에서 뭘 하고 있는 걸까? 찰리는 스스로를 결코 체스판의 폰 같은 존재로 인정할 수 없을 것이다. 하지만 비숍과 나이트도 킹을 위해서 얼마든지 희생될 수 있다. 그리고 킹은 곧 세계 각국의 정부이다. 그들에게는 알파벳 대문자 세 개로 대표되는 기관들이 있다. 그 밖에도 외부에 알려지지 않은 기관들이 수두 룩하다. 거기까지 생각이 미친 뒤 찰리는 나이스가 미국 특수기관의 정예 요원이라는 결론을 내렸을 것이다. 그러고 나선 본격적으로 불안해지기 시작했을 것이다. 그녀가 국제적 규모의 합동작전을 수행 중이며 따라서 그녀의 표적은 런던의 일개 범죄조직이 아니라는 사실을 비로소 깨달았을 테니 말이다. 롬포드 보이즈도, 그 보스인 자신도 궁극적인 표적이 아니 다? 그렇다면 자신은 체스판의 폰이었다. '저 덩치 큰 미국놈'도 말하지 않 았던가. 자신에게 괜한 불똥이 튄 것뿐이라고. 그리고 체스판의 폰은 작전 중에 얼마든지 희생될 수 있다.

"확인해 보세요." 나이스가 말했다. "지금쯤 베넷의 답신이 와 있을 거 예요."

나는 휴대폰의 전원을 다시 켰다. 받은 메시지는 단 하나, 베넷이 보낸 것이었다.

어디신지긴급상황신규정보반복초긴급상황신규정보즉시논의요망

쉼표도, 마침표도 없었다. 띄어쓰기도 없었다.

48

지금까지 추적을 따돌리기 위해 무진 애를 썼는데 이제 영국측 요원이 우리의 소재를 묻고 있었다. 케이시 나이스가 말했다. "알려줘야 할 것 같아요."

나는 아무 말도 하지 않았다.

그녀가 말했다. "방탄유리 때문에라도 그래야 해요. 당신은 그 정보가 필요하잖아요. 그래서 지금껏 베넷을 졸라댔고요. 이제 베넷이 그 정보를 입수한 거예요. 아주 중요한 내용인 게 분명해요. 그 화면을 보세요."

"거짓말일 수도 있소. 우리가 자신을 엿 먹였다고 생각한다면 충분히 그럴 수 있소. 베넷의 생각엔 이번 작전의 책임자는 그 자신이오. 실제로 그럴 수도 있겠지. 어쨌든 그로선 우리가 항명을 했다고 생각할 거요. 자신에 대한 도전으로 받아들일 수도 있소."

"그에게 느꼈던 전우애는 어디로 간 거죠? 화면을 다시 한 번 보세요. 설마 이렇게까지 거짓말을 하겠어요?"

"그는 영국인이오. 선의만 가지고서는 세상을 다스릴 수 없다는 철학이 그의 몸에 배어 있소."

"하긴 당신 일이니 당신이 결정하세요." 그녀가 말했다.

나는 손가락 하나를 종료 버튼 위에 댄 채 잠시 서 있었다. 결국 그걸 누르지는 않았다. 대신 휴대폰을 나이스에게 건넸다. 그녀의 엄지손가락들이 훨씬 더 작고 빨랐으니까. 내가 말했다. "혼자 오라고 하시오."

베넷이 그 교차로 근처에서 얼마나 오랫동안 잠복해 있었는지 나로선 확실히 알 수 없었다. 하지만 상황이 계획대로 돌아가지 않는다는 건 진즉에 깨달았을 것이다. 따라서 그는 이미 철수한 상태였을 수도 있다. 그랬을 경우, 빠르면 20분 만에 치그웰에 도착할 수 있을 것이다. 반면 내게 문자를 받을 때까지 그곳에 머물러 있었다면 40분이 걸릴 것이다. 20분에서 40분.

볼링 클럽으로 걸어서 올 수 있는 길은 단 하나, 90센티 폭으로 난 통로를 통하는 것뿐이다. 만일 잔디 깎는 기계를 타고 온다면 이웃집 마당들을 가로지를 수도 있을 것이다. 그리고 SWAT 팀과 함께 온다면 헬리콥터를 타고 클럽 잔디밭에 곧장 내릴 것이다. 하지만 베넷은 걸어올 게 분명했다. 혼자서.

찰리 화이트는 여전히 우리를 번갈아 쳐다보고 있었다. 그 눈길 역시 여전히 혼란스러웠다. 나는 주로 창밖을 보면서 시간을 보냈다. 하지만 야간 투시 망원경 없이는 보이는 게 거의 없었다. 어둑한 공터, 그림자처럼 서 있는 나무들, 360미터 떨어진 거리에서 깜빡거리는 리틀 조이 집 앞 도로의 불빛들. 대충 그 정도였다. 그의 집은 워낙 커서 윤곽으로나마 알아볼 수 있었다. 나이스는 울룩불룩한 마대자루 위에 앉아 있었다. 두 손을 양쪽 호주머니 속에 찔러 넣은 자세였다. 각각 권총자루와 약통을 쥐고 있을 게 분명했다. 오늘 같은 밤에는 특히 졸로프트가 필요할 거라고 말해주고 싶었다. 하지만 그 얘기를 입 밖에 꺼내지 않았다. 옳지 않은 습관을 내가 부추길 수는 없었다. 더구나 전혀 약 생각이 없었다가 내 얘기에 약통 뚜껑을 열게 해서는 안 될 일이었다. 어쩌면 손이 시렸는지도 모른다. 실제로 날씨가 쌀쌀했다. 낮에는 따뜻했지만 밤이 되자 기온이 뚝 떨어졌다.

그렇게 15분을 보낸 뒤 나는 밖으로 나왔다. 망가진 문을 조심해서 닫고 자갈밭을 가로질러 공터 가장 안쪽 구석까지 걸어갔다. 내가 그곳에서 기다리기로 마음먹은 데에는 이유가 있었다. 일단 골목 입구와 볼링 클럽 사이에서 일어나는 모든 움직임을 옆에서 지켜볼 수 있는 위치였다. 도망쳐야 할 경우에도 유리했다. 그 상황에서 도로를 따라 도주하는 건 잡아 달라는 얘기나 마찬가지였다. 그래서 나는 통로 입구나 도로변을 선택하지 않은 것이다. 나이스를 데리고 주변 저택들의 마당과 잔디밭들을 가로질러 도망가는 것이 유일한 방법이었다.

최악의 상황으로 총격전이 벌어졌을 때에도 역시 유리했다. 나이스는 오두막 현관 뒤에서 사격을 할 것이다. 그녀의 사격과 삼각포화를 이루려면 나는 오두막 현관과 90도 각도를 이루고 있는 지점에서 사격을 해야 한다. 공터의 가장 안쪽 구석은 오두막 현관과 정확히 직각을 이루고 있었다. 모든 걸 종합할 때 전략적 요충지라고 할 수 있었다. 다만 표적을 볼 수 없다는 게 문제였다. 볼링 클럽 운영위원회에서 외부 조명을 설치하지 않기로 가결한 것이 분명했다. 저택들의 불 켜진 창문들 몇 개와 낮은 구름에 반사된 도시의 불빛 정도로는 내 주변을 둘러싼 칠흑 같은 어둠을 전혀 밝힐 수 없었다. 하지만 그 어둠 속을 응시하는 동안 내 두뇌 뒷부분이 계산을 끝냈다.

'베넷은 보통 키, 따라서 그가 총을 쏘면 그 섬광 뒤쪽으로 92센티미터 떨어진 곳을 표적으로 삼아라.'

나는 기다렸다.

온몸으로 한기를 느끼면서 7분을 기다리고 나자, 베넷의 발소리가 들려왔다. 오두막 안에서의 15분을 더하면 22분. 따라서 베넷은 진즉에 도심으로 철수해서 어떤 식으로든 반드시 오게 될 연락을 기다리고 있었던 것이다. 베넷이 통로로 들어섰다. 양쪽의 판자 벽 때문에 그의 발소리가 실제와는 약간 다르게, 그리고 좀 더 크게 들렸다. 발소리가 점점 더 가까워졌다. 어느 순간, 갑자기 두두둑 하는 소리가 들려왔다. 고르지 않은 바닥 탓에 베넷이 잠시 중심을 잃었고 그의 손에 들려 있던 무언가가 판자벽을 긁은 것이 분명했다. 소리로 미루어 가죽 제품인 것 같았다. 마침내 베넷이 공터로 들어섰다. 그가 멈춰 섰다. 나는 흐릿하게나마 그의 얼굴 윤곽을 구분할 수 있었다. 하지만 그게 전부였다. 다른 부분은 전혀 볼 수가 없었다. 그의 손도 마찬가지였다.

나는 기다렸다.

그가 특유의 단조로운 목소리로 먼저 말을 꺼냈다. 같은 공간에서 얼굴을 맞대고 얘기하듯, 나직한 말투였다. "리처? 지금 내 왼쪽, 혹은 오른쪽으로 90도 각도가 되는 위치에 있죠? 내가 손전등을 가져왔어요. 일단 이걸로 당신이 아니라 나를 비출 겁니다. 그러고 나선 내 뒤쪽을 비출 거고. 그러면 내가 혼자라는 사실을 확인할 수 있을 겁니다."

나는 아무 말도 하지 않았다.

즉시, 빛줄기가 나타나더니 바닥에서 춤을 추었다. 베넷이 이내 손전등을 돌려 잡고 자신을 비추었다. 얼굴부터 시작해서 손끝 발끝까지 잽싸게 비춰대는 모습이 마치 불붙은 몸뚱이에 소화기 분말을 뿌려대는 것 같았다. 평소와 똑같은 차림이었다. 그리고 손에 든 건 서류가방이었다. 그가 손전등을 거꾸로 잡은 손을 머리 높이 들어올렸다. 빛줄기가 마치 샤워 물줄기처럼 그의 온몸으로 쏟아져 내렸다.

내가 말했다. "그만하면 됐소."

베넷이 원뿔 모양의 빛줄기 속에서 내 쪽을 쳐다보았다. 이어서 손전등을 아래로 내려잡더니 발끝과 전방을 비추면서 오두막 현관 앞으로 걸어갔다. 나도 그의 뒤를 따라갔다. 오두막 안으로 들어선 베넷이 바닥에 손전등을 세웠다. 위로 쏘아 올라간 빛줄기가 천장에 반사되어 실내에 빛의 그물을 내려덮었다. 베넷은 찰리 화이트를 한동안 뚫어져라 쳐다보고는 나를 향해 돌아섰다.

내가 그에게 물었다. "망원경은 어떻게 된 거요?"

베넷이 대답했다. "내가 치우라고 했습니다."

"이유는?"

"평범한 망원경이 아니잖습니까. 아시다시피 녹화 기능이 있습니다. 녹취된 기록 때문에 곤욕을 치른 경우들이 얼마나 많습니까."

"우리를 위해서 치웠다는 얘기로군."

"우리는 서로 도와야 하니까요."

"고맙소."

베넷이 찰리 화이트에게 눈길을 한 번 주고 나서 말했다. "나도 고맙습니다. 오늘 밤 서쪽에서 땀 좀 흘렸을 텐데, 당신들 덕분에 수고를 덜었습니다."

"내가 부탁했던 정보를 입수한 거요?"

베넷이 한 박자 쉬고 나서 말했다. "정보를 가지고 오긴 했습니다."

"하지만 내 정보는 아니다?"

"어떻게 보자면 이것도 당신 정보라고 할 수 있습니다. 그러니 꼭 보셔야 합니다. 많은 생각들이 당신 머리에서 나왔으니까요."

"어떤 생각들을 얘기하는 거요?"

"이번 사건에 관해 당신이 잘못 짚은 생각들."

그가 쪼그리고 앉아 서류 가방을 열고 그 안에서 사진 한 장을 꺼냈다. 흑백 사진이었다. 사진을 한 차례 불빛에 비춰 본 다음 그가 나와 나이스 사이의 공간에 마치 상장을 수여하듯 내밀었다. 나이스가 사진의 왼쪽 끝을 잡았고 나는 오른쪽 끝을 잡았다. 컴퓨터에서 뽑은 사진이었다. 얇은 종이의 테두리가 까맸다. 이메일에 첨부된 것을 사무실 프린터로 인쇄한 모양이었다.

병원용으로 보이는 침대 위에 한 사내가 죽어 누워 있는 사진이었다. 미국이나, 영국, 그 밖에 서방국가의 병원은 아닌 듯했다. 벽지가 이국적이었다. 무늬로 미루어 더운 지역인 것 같았다. 바닥은 나와 있지 않았지만 노란색 점토 타일이 아닐까 싶었다. 폭 좁은 흰색 철제 병상, 사내가 깔고 누운 시트는 깔끔하게 펴져 있었고 사내의 몸을 덮은 옅은 색 담요는 얼룩한 점 없었다. 실제로 관리가 철저한 병원일 수도 있고 사진 촬영을 위해 연출한 장면일 수도 있었다. 사망진단서에 첨부한 공식적인 사진이라는 사실을 감안할 때 아무래도 후자 쪽일 가능성이 높았다. 각도와 구도로 미루어 침대 발치에서 찍은 사진이었다. 하단에는 날짜와 시간이 찍혀 있었다. 시차가 빠른 지역이면 최근에 찍은 사진일 테고 시차가 늦은 지역이면 아주 최근에 찍은 사진이었다.

침대 위의 사내는 편안한 죽음을 맞이하지 못했다. 그건 분명했다. 사내의 이마에 총상처럼 보이는 상처가 나 있었다. 그 부위의 피부들이 걸레쪽처럼 너덜너덜했다. 총알이 들어간 자국이 아니었다. 총알이 빠져나온 자국도 아니었다. 길게 고랑이 파여 있었으니 절대로 관통상이 아니었다. 총알이 살을 찢고 머리뼈에 금을 가게는 했지만 뚫고 들어가지는 않은 상처, 빗맞은 총상이었다.

얼마 안 된 상처가 아니었다. 절대 아니었다. 나는 사진을 보면서 그 상처에서 풍겨 나오는 냄새까지도 느낄 수 있었다. 그런 상처는 전에도 여러 번 본 적이 있었다. 내가 판단하기로는 12일 내지 20일 전에 입은 상처였다. 아무는 과정은 없었을 것이다. 치유의 기미는 전혀 찾아볼 수 없었다. 총상을 입고 나서 얼마 지나지 않아 피부가 썩어 들어가기 시작했을 것이다. 피부괴사가 급격히 진행되면서 사내는 고열에 시달렸을 것이다. 진땀으로 목욕을 하면서도 온몸을 벌벌 떨다가 수시로 발작을 일으켰을 것이다. 몸무게는 급속히 줄어들고 안색 또한 시시각각으로 창백해져만 갔을 것이다. 불쑥 튀어나온 광대뼈 위에 번들거리는 가죽만 씌워 놓은 미라 상태로 간신히 숨만 이어가다가 마침내 심드렁한 공무원에 의해 사진이 찍히는 신세가 되었을 것이다. 숨을 거둔 땅이 어디가 됐든 편히 잠들기를. 그의 마지막 모습을 통해 그 3주 전의 생김새를 추측한다는 건 불가능한 일이었다. 보통 크기의 두개골을 가진 백인이라는 게 전부였다.

내가 말했다. "누구요?"

베넷이 말했다. "우리가 그동안 주시해왔던 예비역 저격수들 가운데 한 명입니다."

"그런데?"

"그는 의뢰인의 요구에 따라 베네수엘라로 날아갔습니다. 하지만 일이 틀어지고 말았어요. 당신도 잘 아시겠지만 배신을 밥 먹듯 하는 게 그 세계의 생리 아니겠습니까. 그래서 현지 경찰과 총격전을 벌이게 됐죠. 어찌어찌 빠져는 나왔지만 이마에 총상을 입고 말았습니다. 하지만 병원은 엄두도 내지 못했죠. 이미 수배령이 떨어졌으니까. 그래서 숨어 들어간 곳이 어느 양계장이었답니다. 상처가 아물 때까지 거기서 숨어 지낼 생각이었겠죠. 처음엔 밤중에라도 기어 나와서 날계란과 수돗물로 허기와 갈증을 달랬던 모양입니다. 하지만 상처가 급격히 썩어 들어가면서 그 짓도 더 이상 할 수가 없었겠죠. 결국 완전히 탈진한 채 의식을 잃고 있는 걸 어떤 여인네가 발견했답니다. 그녀는 즉시 이 친구를 픽업트럭 짐칸에 실어서 병원으로 데려갔습니다. 하지만 병원에서도 손을 쓸 수가 없었습니다. 부패가 너무나 심하게 진행되어서 혈액이 유독성 폐기물과 다름없었다고 하더군요. 결국 하루 만에 숨을 거두고 말았습니다. 신분증도 없고 이름도 알 수 없었겠죠. 하지만 외국인 같아 보였기에 채취한 지문을 인터폴 시스템으로 확인했답니다."

"그런데?"

"이자가 바로 윌리엄 카슨입니다."

49

베넷이 말했다. "이제 소재가 파악되지 않은 저격수는 콧트뿐입니다. 그 사실은 두 가지 상반된 가능성을 제시하고 있습니다. 그래서 상부에서는 골머리를 앓고 있습니다. 둘 중에 하나를 선택해야 하기 때문입니다. 첫째, 저격수가 둘이라는 당신의 판단이 틀렸고 따라서 파리의 아파트 베란다에는 콧트 한 명뿐이었다. 둘째, 당신이 부분적으로는 옳았고 따라서 우리가 존재를 모르는 또 다른 저격수가 있다. 과연 어느 쪽일까요?"

내가 말했다. "그들은 어느 쪽으로 기울고 있소?"

"감정적으로야 모든 걸 당신 탓으로 돌리고 싶은 마음이겠죠. 하지만 최소한 표면적으로는 이성적인 사람들입니다. 사실, 그들은 전혀 갈피를 잡지 못하고 있습니다."

"당신네 행동심리위원회조차도?"

"그들조차도."

"첫 번째가 맞소." 내가 말했다. "콧트 혼자 한 일이오."

"근거는?"

"아칸소의 촌뜨기가 말해줬소. 앞니 빠진 이웃 사내."

"당신이 잘못 판단했다는 걸 인정하는 겁니까?"

"내가 그런 판단을 내릴 수밖에 없었다는 걸 인정하는 거요."

"당신을 착각하게 만든 변수가 있었다는 얘긴가요? 그게 뭐죠?"

"그건 아직까지는 그리 중요하지 않소. 그리고 그게 무엇이든 우리의 다음 계획에는 아무런 변화가 없소."

"다음 계획이 뭐죠?"

"리틀 조이를 집에서 나오게 만드는 것."

"방법은?"

"그와 협상을 할 거요. 중요한 거래이니 놈도 우리를 직접 만나고 싶을 거요."

"중요한 거래라면?"

"찰리를 그에게 팔 거요."

"몸값을 요구한다는 말입니까?"

내가 고개를 가로저었다. "몸값이라기보다는 공정가격이라고 하는 게 더 적절하겠지. 현재 롬포드 보이즈 내부는 발칵 뒤집어져 있을 거요. 찰리가 납치됐으니까. 하지만 거기까지요. 그들은 누가 그를 납치했는지, 그리고 목적이 무엇인지 전혀 모르고 있소. 우리는 이 틈을 노려서 조이와 거래를 하는 거요. 조이로서는 절호의 기회가 아니겠소? 다른 2인자들 모르게 찰리로부터 모든 정보를 짜낼 수 있으니 말이오. 계좌번호와 금고번호, 그리고 시체들이 묻힌 위치들까지 전부. 그렇게 되면 후계자 전쟁은 시작도 하기 전에 끝나는 거요. 롬포드 보이즈의 새로운 보스, 리틀 조이."

"조이가 과연 그 거래에 응할까요?"

"당연히."

"조이 같은 인간이 득과 실을 이성적으로 계산할 수 있을까요?"

"이성은 개입할 여지가 없소. 배신과 욕심은 그런 놈들의 DNA 속에 박혀 있소. 마치 쥐새끼들처럼. 조이는 반드시 신나서 달려올 거요. 그 몸으로도 달릴 수 있다면 말이오."

"당신은 카슨이 죽었다는 소식이 그다지 놀랍지 않은 모양이더군요."

"어느 정도는 예상하고 있던 일이었소."

"근거는?"

"조이가 경비원을 두 배로 늘렸소. 세 배가 아니라. 과시하는 걸 좋아하는 성격인데도 말이오. 저 집 안에는 처음부터 단 둘뿐이었던 거요. 조이와 콧트."

"조이와 카슨일 수도 있잖습니까?"

"파리에서 사용된 총알은 콧트의 것이었소. 당신도 알다시피 화학 실험을 통해 이미 입증된 사실이오. 내 장담하리다. 이 모든 일의 중심에는 존 콧트가 있소."

"아니요. 중심은 G8의 각국 정상들입니다."

"그들은 절대로 안전하오. 그것도 장담할 수 있소."

"콧트가 검거되기 전까지는 그들의 안전을 장담할 수 없습니다. 그가 마지막 남은 저격수니까."

"G8은 놈의 표적이 아니었소. 처음부터 지금까지 단 한 순간도 그런 적은 없었소."

"그럼 뭐가 표적이라는 말입니까?"

"난 방탄유리에 관한 정보가 필요하오."

"그건 곧 받게 될 겁니다. 대체 표적이 뭡니까?"

"표적이 뭐든 우리가 다음에 해야 할 일은 변함이 없소."

"우리가 다음에 할 일은 아직 정해지지도 않았습니다. 그들이 현재 논의 중입니다."

"그들이라면?"

"우리 위원회들."

"존 콧트는 리틀 조이의 집 안에 있소. 그들이 알아야 할 건 그게 전부요. 그들에게 그렇게 전하시오."

"위원회는 더 이상 당신을 신뢰할 수 없다는 결론을 내릴 겁니다."

"그렇다면 내 어머니의 말씀대로 따라야겠군. 화가 치밀어 오를 때마다 셋까지 세라고 하셨소."

"그런데요?"

"당신, 셋까지 셀 수 있소?"

"물론입니다."

"세어 보시오."

"하나, 둘, 셋."

내가 말했다. "초침이 째깍거리는 소리처럼 세어 보시오."

그가 말했다. "1초, 2초, 3초."

"웨일스에서는 그렇게 세는 게 원칙이오?"

"어디서나 그렇게 셉니다."

"아니, 어디서나 그런 건 아니오. 우리는 1천, 2천, 3천. 이렇게 세거든."

"그거보다는 1초, 2초, 3초라고 세는 게 초침소리에 훨씬 더 가까운 것 같은데요. 할머니댁 응접실의 괘종시계 소리."

"할머니댁 응접실이라, 그 표현을 듣고 나니 마음이 편안해지는군."

"대체 무슨 얘길 하고 싶은 겁니까?"

내가 말했다. "존 콧트는 리틀 조이의 집 안에 있소."

베넷은 한 박자 쉬고 나서 오두막 안쪽 구석에 눈길을 던졌다. "이제 찰리 화이트를 둘러싸고 떠도는 소문들의 실체를 확인할 차례인 것 같군요."

그의 얘기가 떨어지자 찰리가 몸을 뒤로 뺐다. 롬포드 보이즈도 입을 열기를 거부하는 사람들을 대상으로 가끔씩 심문을 할 터, 그 수준은 단순히 괴롭히는 차원에서부터 치명상을 입히는 차원까지 다양할 것이다. 찰리는 기관 요원들의 심문 방법도 크게 다르지 않을 거라고 판단한 게 분명했다.

베넷이 찰리에게 다가가서 잠시 말없이 쳐다만 보더니 주머니에서 칼을 꺼냈다. 스위치블레이드. 베넷이 손잡이의 버튼을 누르자 둔탁한 소리와 함께 칼날이 튀어나왔다. 골동품이 분명했다. 오래전에 불법 무기로 분류된 탓에 새것은 보기도 힘들었고 옛날 것들 가운데 쓸 만한 걸 찾기도 힘들었다. 베넷이 수평으로 눕혀 쥔 칼을 찰리의 빰 가까이로 가져갔다. 면도를 시작하려는 이발사 같았다. 조금씩 뒤로 빠지던 찰리의 등이 나무 벽에 닿았다. 더 이상 물러날 곳이 없어지자 그가 벽에 뒷머리를 비벼댔다.

케이시 나이스가 말했다. "공식적인 절차도 밟지 않고 심문을 하는 건가요?"

베넷이 대답했다. "걱정하지 마십시오."

그가 찰리의 입을 막고 있는 테이프의 가장자리에 날을 위로 세운 칼끝을 살짝 밀어 넣었다. 이어서 그 틈새에 손톱 끝을 밀어 넣어 들어 올린 다음 칼을 쥔 손목을 가볍게 위로 튕겼다. 테이프가 4분의 1가량 베어졌다. 베넷은 같은 동작을 네 차례 반복했다. 밀어 넣고, 들어 올리고, 튕기고. 테이프를 끝까지 자르고 나자 이번에는 베어진 한쪽 단면 안으로 칼날을 밀어 넣은 다음 왼손 엄지와 검지로 들뜬 부분을 집고서 테이프를 완전히 잡아뗐다. 빠르지도 느리지도 않은 동작이었다. 환자의 붕대를 가는 간호사의 손길 같았다. 찰리는 몇 차례 쿨럭거리고 나서 고개를 옆으로 누이고 어깨에 입을 문질러 닦았다.

베넷이 찰리에게 물었다. "조이의 집에 누가 머물고 있지?"

찰리가 말했다. "난 모르는 일이야."

베넷의 손에는 여전히 칼날이 내밀어진 스위치블레이드가 들려 있었다. 찰리의 두 손은 여전히 등 뒤로 묶여 있었다.

베넷이 말했다. "당신은 이 나라 각지의 악당들에게 총을 팔아왔어. 헤로인과 코카인은 물론이고, 먹여 살려야 할 가족이 있는 사람에게 50파운드를 빌려 주고는 100파운드를 갚을 것도 강요해 왔어. 못 갚으면 다리를 부러뜨렸고. 라트비아와 에스토니아에서 10대 소녀들을 데려와서는 매춘을 시켰어. 쓸모없어지면 조이에게 보내고. 문제를 하나 내지. 내가 당신에게 하게 될 것에 대한 세상 사람들의 관심도를 알아보는 문제야. 그 정도에 따라 1부터 10까지가 있어. 답이 몇 번일 것 같나?"

찰리는 입을 열지 않았다.

베넷이 말했다. "대답해. 그래야 우리가 조금이라도 서로를 이해할 수 있을 테니. 자, 1부터 10까지. 10은 사람들이 대단히 신경을 쓴다, 1은 거의 신경을 쓰지 않는다. 숫자를 골라 봐."

찰리는 입을 열지 않았다.

"좋아." 베넷이 말했다. "정답을 찾을 수 없을 거야. 애초에 답이 없는 문제였으니. 1보다 낮은 숫자가 없으니 말이야. 이 세상 어느 누구도 신경을 쓰지 않을 거야. 단 한 사람도. 하기야 당신에게 무슨 일이 벌어졌는지 알 수도 없겠지. 내일이면 당신은 시리아나 이집트의 돼지우리 같은 감옥에 갇혀 있게 될 테니까. 관타나모의 철창 뒤가 될 수도 있고. 우리는 이번만큼은 쉽게 넘어가지 않을 거야. 당신네 조직이 영국 수상과 미국 대통령을 암살하려는 저격수를 숨겨주고 있는 한 절대 그럴 수 없어. 당신은 오사마 빈 라덴, 아니면 최소한 칼리드 셰이크 모하메드와 동급의 테러리스트가 된 거야."

찰리 화이트가 입을 열었다. "말도 안 되는 소리."

"어느 부분이?"

"전부. 난 우리 수상이 암살당하는 걸 바라지 않는 사람이야."

"이유는?"

"난 그 양반에게 한 표를 던졌어."

"조이의 집에 누가 머물고 있지?"

"나는 그가 누군지 정말 몰라."

"그리고 했나? 사내가 함께 있다는 건 알고 계시는구만."

"만난 적은 없어."

베넷이 말했다. "그자가 당신을 위해 카렐 리보를 죽였어. 당신에게 많은 돈도 주었고. 그자 덕분에 당신은 세르비아 패거리들과 동맹을 맺게 됐지. 대신 당신은 그자에게 은신처를 제공했고. 그리고 그곳을 24시간 지켜주고 있어. 엄청난 거래 아닌가? 그런데도 상대방의 얼굴을 보지 못했단 말이야?"

찰리는 아무 말도 하지 않았다.

베넷이 말했다. "당신은 그자와 많은 얘기를 나눴을 거야. 그러니 이번 일을 속속들이 알고 있는 게 틀림없어. 그자의 표적까지 포함해서 말이지."

찰리가 말했다. "내 변호사를 불러줘."

베넷이 말했다. "변호사? 관타나모로 직행할 수도 있다는 얘기 못 들었나?"

찰리는 아무 말도 하지 않았다.

베넷이 말했다. "자, 같이 한번 생각해보자고. 당신 같은 위치에 있는 어떤 사람이 있다고 쳐. 그리고 좀 전에 내가 말한 것과 같은 내용의 거래가 오갔다고 쳐. 당신 같은 위치에 있는 그 사람이 거래를 승인하기 전에 그 내용을 확인했을까, 하지 않았을까?"

"물론 확인했을 거야. 어디까지나 가정이니까 하는 말이지만."

"확인할 내용에 그 표적도 포함될까, 되지 않을까?"

"물론 포함되겠지."

"이유는?"

"허락할 수 있는 표적인지 확인해야 하니까."

"허락할 수 없는 표적은?"

"여자와 아이들, 그리고 왕족들."

"수상은?"

"수상을 표적으로 삼은 거래를 승인한다면 그건 암흑가 역사상 신기원이 될 거야. 지금껏 어느 조직의 보스도 그 정도까지 정치에 개입한 적은 없었으니까."

"수상이 표적이었다면 당신이 승인하지 않았을 거라는 말씀이신가?"

"내가 아니라 내 위치에 있는 어떤 사람의 입장을 가정하자면 그렇다는 얘기야."

"아무튼 표적은 여자도, 어린아이도, 왕족도, 그리고 수상도 아니야. 당신이 승인했으니 말이야."

묵묵부답.

베넷이 말했다. "질문 하나 더 할까? 신문지상에서 종종 다루는 시민의식 조사 같은 질문이야. 내일 해 뜰 무렵으로 폭발 시각이 맞춰진 시한폭탄을 오늘 밤 안에 찾아내야 한다면 당신은 법적으로, 그리고 윤리적으로 어느 수준의 수단까지 동원하겠나?"

묵묵부답.

"표적이 누구지?"

찰리는 아무 말도 하지 않았다. 그의 눈길이 베넷과 나 사이를 바쁘게 오갔다. 그 눈빛이 자신의 처지를 이해해 달라는 간절함을 담고 있었다. 베넷과 내가 함께 있는 공간에서는 결코 입 밖에 낼 수 없는 이름.

내가 말했다. "그쯤했으면 됐소. 그 이름을 안다고 해도 우리가 다음에 해야 할 일에 변화는 없소."

베넷의 눈길이 나와 찰리, 그리고 나이스를 차례로 훑었다. 이어서 어깨를 한 차례 으쓱거린 다음 원래 서 있던 창가를 향해 걸음을 옮겼다. 그가 창가에 거의 이르렀을 때 부서진 현관문이 요란한 소리와 함께 활짝 열리더니 총을 든 사내가 안으로 들어섰다. 그 뒤를 바짝 쫓아서 또 한 사내가 들어섰다. 갑자기 오두막이 열기에 휩싸이며 북적댔다. 우리 넷과 사내 둘. 하지만 그게 끝이 아니었다. 무릎에서 반쯤 접힌 나무 몸통만 한 한쪽 다리가 문 안으로 들이밀어지더니 엄청난 두께의 한쪽 어깨와 구부러진 등, 그리고 수그린 고개와 그 위에 얹힌 농구공만 한 머리통이 차례로 들어섰다. 마침내 나머지 부분까지 모두 들어오고 나자 접히고, 구부러지고, 수그려졌던 부분들이 모두 펴지면서 210센티의 거인으로 변신했다. 리틀 조이. 천장의 경사에 머리와 어깨를 짜 맞춘 듯, 딱 들어맞은 채 그가 처음으로 나와 마주섰다.

50

조이의 거대한 덩치에 밀려 먼저 들어온 두 사내가 나를 향해 바짝 다가섰다. 하지만 나에겐 물러날 공간이 없었다. 결국 클럽 안은 출퇴근길의 전철 칸처럼 변해버렸다. 나이스는 사내 하나에게 이미 제압당한 상태였다. 사내는 그녀의 팔꿈치를 등 뒤로 꺾어 잡고서 나를 향해 돌려세웠다. 눈에 보이진 않았지만 다른 손에 쥐고 있는 권총의 총부리가 그녀의 등에 박혀 있는 게 분명했다. 베넷 역시 똑같은 방법으로 제압당한 상태였다. 그 두 사람이 놈들의 엄폐물이 되고 만 것이다. 내 주머니 속에 장전된 글록이 들어 있었지만 어찌 해볼 도리가 없었다. 내 목 근육에 경련이 일고 있었다.

가까이에서 마주한 조이는 내가 걱정했던 것보다 훨씬 위협적이었다. 여러 해 전, 웨스트포인트를 방문한 적이 있었다. 그때 보았던 풋볼선수들이나 농구선수들과는 전혀 다른 종족이었다. 그 선수들 역시 덩치는 엄청났지만 전두엽의 통제에 순응하고 있었다. 절제된 차분함이 돋보였다는 얘기다. 하지만 조이는 전혀 달랐다. 그 큰 덩치가 왜소하고 신경질적인 사내들 특유의 병적 행동을 고스란히 재연하고 있었다. 얼굴을 씰룩거리면서 몸을 잠시도 가만두지 못했다. 심신박약을 의심할 만한 상태였다. 두 눈은 깊숙이 자리 잡았고 아랫입술은 턱을 가리고 늘어져 있었다. 치아들은 침에 젖어 있었고 오른발은 잠시도 쉬지 않고 바닥을 타닥거렸다.

조이가 찰리 화이트를 잠시 바라보다가 이내 케이시 나이스에게 눈길을 돌렸다. 그녀를 아래위로 훑어본 뒤, 내게로 눈길을 돌려 역시 아래위를 훑었다. 베넷은 아래위로 훑지 않았다. 대신 그의 눈을 똑바로 쳐다보며 말했다. "울타리 판자가 달아난 걸 내가 눈치 못 챘을 것 같아? 나무가 쓰러진 것도? 내가 그렇게 멍청해 보여? 첨단 망원경은 너희들만 살 수 있는 줄 알지? 우린 너희가 철수했다고 생각했어. 그래도 한번 확인해 봤더니 이렇게 판을 벌이고 있었군."

베넷은 대꾸하지 않았다. 나는 먼저 들어온 두 사내를 알아볼 수 있었다. 슈퍼마켓 주차장에 재규어를 타고 왔던 경호원 넷 중에 둘이었다. 조이의 경호원들은 실력은 물론 덩치로도 한 가닥 한다고 했다. 하지만 조이와 함께 서 있으니 너무나 왜소해 보였다. 나머지 두 놈은 공터에서 보초를 서고 있을 게 분명했다. 운전사는 골목 어귀에 세워 놓은 벤틀리에 앉아 있을 테고. 나는 두 손을 주머니에 쑤셔 넣었다. 오른쪽 주머니에는 글록이, 왼쪽 주머니에는 리놀륨 칼이 들어 있었다. 나는 창밖을 한 차례 흘 깃거렸다. 360미터 떨어진 거리에서 윤곽으로만 구분되는 조이의 집. 콧트의 라이플에 야간 투시 망원 렌즈가 달려 있지 않기만을 바랄 뿐이었다.

내 등 뒤에서 찰리 화이트가 말했다. "조이, 나를 풀어줘."

하지만 조이는 대답하지 않았다. 한 가닥 희망이 보였다. 상황이 우리에게 유리한 방향으로 전개될 수도 있었다.

'배신이라는 인자는 놈들의 DNA 속에 박혀 있다. 쥐새끼들처럼.'

내 등 뒤에서 다시 찰리가 말했다. "놈들에게 무기가 있어, 조이. 총과 칼이 있다고."

조이가 고개를 끄덕였다. 실제로는 2.5센티미터 폭으로 움직였지만 워낙 두꺼운 고개였기에 고작 몇 밀리미터를 움직인 것처럼 보였다. 베넷을 제압한 사내가 그의 팔꿈치를 놓고 주머니를 더듬기 시작했다. 사내가 스위치블레이드와 시그사우어 자동권총을 찾아냈다. P226모델인 것 같았다. 전 세계 특수부대원들이 가장 선호하는 모델. 케이시 나이스를 제압한 사내 역시 그녀의 팔꿈치를 놓고 주머니를 뒤졌다. 글록, 리놀륨 칼, 그리고 약통. 하나 남은 알약이 달그락거렸다. 조이가 휴지통 뚜껑만 한 손바닥을 내밀자 사내가 약통을 그 위에 올려놓았다. 조이가 거대한 엄지와 검지로 약통을 잡고 얼굴 가까이 가져갔다. 그가 말했다. "안토니오 루나가 누구야?"

케이시 나이스가 한 박자 쉬고 나서 말했다. "내 친구."

"너 약물 중독이야?"

나이스가 다시 한 박자 쉬고 말했다. "그렇게 안 되려고 노력 중이야."

조이가 골프공만 한 엄지손톱으로 뚜껑을 튕겨 열었다. 뚜껑이 아예 멀리로 떨어져 나가버렸다. 조이가 손바닥에 대고 약통을 털었다. 그의 손바닥 위로 떨어진 알약이 좁쌀만해 보였다.

조이가 말했다. "먹고 싶어?"

케이시 나이스는 대답하지 않았다.

"먹고 싶냐고?"

묵묵부답.

"먹고 싶지, 그렇지?"

묵묵부답.

조이가 손바닥을 입 근처로 가져가더니 그대로 약을 털어 넣었다.

그가 빈 약통을 바닥에 던졌다.

찰리 화이트가 말했다. "조이, 빨리 날 풀어줘."

조이가 통나무 같은 팔을 왼쪽, 오른쪽으로 휘저어 부하들의 옆구리를 차례로 밀어젖혔다. 나이스를 제압한 사내가 이번에는 팔로 그녀의 목을 감고 그녀를 유리창 맞은편 벽 앞으로 끌고 갔다. 베넷을 제압한 사내 역시 똑같은 자세로 그를 유리창 앞으로 끌고 갔다. 권총들이 모습을 드러냈다. 벨기에산 브라우닝 하이파워, 두 자루 모두 나를 겨누고 있었다. 나는 주머니에서 손을 뺐다.

조이가 부하들이 물러난 공간 사이로 한 걸음을 내딛고서 나와 얼굴을 맞대고 섰다. 아니, 정확히 말해서 얼굴과 쇄골을 맞대고 섰다. 나보다 15센티미터가 더 컸다. 어깨 폭도 그만큼 더 넓었다. 엄청난 덩치였지만 보디빌더 같은 몸매는 아니었다. 보통 체격이되 모든 부분이 똑같은 비율로 부풀어 올라 있었다. 온몸에서는 시큼한 땀 냄새가 역겹게 풍겨났고 목에서는 수도관만 한 굵기의 경동맥이 벌떡거리고 있었다. 그 모든 게 내 두뇌 뒷부분, 그중에서도 가장 오래된 본능을 관장하는 부분을 통렬하게 자극했다. 700만 년 동안 인류의 생존을 지켜온 본능. 그 본능이 내게 소리 없는 고함을 질러대고 있었다. '어서 도망가!' 하지만 나는 그럴 수 없었다. 빠져나갈 곳이 없었다. 뒤에는 벽, 왼쪽에도 벽, 오른쪽에도 벽, 앞에는 조이. 나는 그의 눈을 올려다보았다. 깊숙이 자리 잡은 두 눈동자의 크기가 달랐다. 달라도 너무나 달랐다. 한쪽이 크고 한쪽이 작은 게 아니었다. 한쪽은 10센트짜리만큼 작았고 다른 쪽은 그냥 바늘구멍이었다.

내가 말했다. "약이라고 생긴 거면 뭐든 털어 넣는군, 조이."

조이가 말했다. "닥쳐."

그가 양손을 들어 올렸다. 길고 두꺼운 손가락들. 소시지 같다고 하면 잘못된 표현이었다. 그렇게 두껍고 단단한 소시지는 없으니까. 음료수 캔 같다는 표현이 더 적절할 것이다. 길이가 각기 다른 음료수 캔 열 개가 손가락이 있어야 할 자리에 매달려 있었다. 그 끝은 내 것보다 두 배는 두꺼웠고 손톱도 두 배만 했다.

그가 그 두꺼운 손가락들을 내 재킷 양쪽 주머니에 10센티 정도 쑤셔 넣었다. 그가 내 얼굴을 향해 고개를 약간 수그리면서 한 차례 숨을 내뿜었다. 그가 다시 고개를 세우면서 내 주머니들을 찢어버렸다. 내 총과 칼이 소리를 내며 바닥에 떨어졌다. 조이가 그것들을 짓밟은 뒤, 뒤로 차버렸

다. 그가 천천히 몸을 돌리고서는 성큼 한 걸음을 내딛어 문 앞으로 돌아
갔다.

찰리 화이트가 말했다. "조이, 나를 여기 버려두지마."

조이가 한쪽 발을 들었다 내려놓으며 무게중심을 찰리 쪽으로 옮겼다.
그 진동에 바닥에 세워둔 손전등이 쓰러져 굴렀다. 사람들의 발목마다 빛
그림자가 너울거렸다. 찰리 화이트가 온몸을 들썩거리며 등 뒤로 묶인 양
손목을 비틀어댔다. 나는 1.5초 동안만 조이가 찰리를 모른척하기를 바랐
다. 설사 그 후에 조이가 찰리를 구한다고 해도 그 1.5초의 망설임은 늙은
보스에게 많은 생각을 하게 만들 것이다. 부하의 머릿속에 배신의 그림자
가 스쳐지나갔던 그 시간을 찰리는 결코 잊지 않을 것이다. 결국 둘 사이
의 신뢰관계는 완전히 깨지는 것이고 그러면 우리에게 희망은 있었다. 그
리고 조이가 끝내 찰리를 외면한다면 그 희망은 승산으로 바뀔 것이다.

1.5초.

조이가 선택을 했다. 우리의 희망과 승산을 물거품으로 만든 선택.

그가 농구공만 한 머리를 문 밖을 향해 돌리고 소리쳤다. "들어와서 보
스를 댁에 모셔다드려!"

하지만 그의 거대한 몸집이 문 앞을 가로막고 있는 상황에서는 수행할
수 없는 명령이었다. 조이의 몸이 다시 줄어들기 시작했다. 고개, 어깨, 등
짝, 무릎이 수그러지고, 움츠러들고, 구부러지고, 접혔다. 그가 옆으로 돌아
서서 연체동물처럼 흐느적거리며 오른쪽 다리, 몸통, 마지막으로 왼쪽 다
리까지 밖으로 뺐다. 그의 모습이 어둠 속으로 사라졌다.

나이스와 베넷을 제압하고 있는 사내들은 여전히 긴장을 늦추지 않았
다. 각자 인질의 목을 한쪽 팔로 단단히 휘어감은 채 다른 손으로는 브라
우닝을 나와 자신들의 중간쯤 되는 허공을 향해 사선으로 치켜들고 있었

다. 내가 베넷을 보며 말했다. "당신은 이번 임무를 위해 새로 구성된 팀에 차출됐소, 베넷. 당신네 팀 이름이 뭐요?"

베넷을 제압하고 있는 사내가 말했다. "닥쳐!"

내가 말했다. "닥치게 만들어 보시지."

사내는 어떤 행동도 취하지 않았다. 아주 긴박한 상황을 제외하고는 마음대로 움직이지 말라는 지시를 단단히 받은 게 틀림없었다. 우리의 운명은 나중에 두목 급들의 회의에서 결정지어질 것이다.

베넷이 말했다. "이름 같은 건 없습니다. 아직은 정해지지 않았어요. 현재로서는 모든 게 대단히 유동적입니다."

"공군에서도 팀원을 차출했소?"

베넷이 고개를 끄덕였다. "종합선물세트나 마찬가집니다."

"우리를 데려다줄 비행기 편을 주선해줄 수 있겠소?"

"미국으로?"

"그렇소. 정확하게는 포트 브래그."

"언제요?"

"당장 떠날 수 있다면 너무나 좋겠지만 이 상황을 해결해야 하니 두 시간쯤 뒤가 될 거요."

"정말 낙관적이군요."

"가능하면 즐겁게 살려고 노력하는 편이오."

"오데이가 비행기를 보낼 텐데요, 아닙니까?"

"나는 영국 공군기를 타고 싶소." 내가 말했다. "그래주면 여왕과 만난 걸로 치겠소."

밖에 있던 두 사내가 허겁지겁 들어와서 찰리를 일으켜 세웠다. 그들의 능숙한 칼질 덕분에 찰리를 묶고 있던 테이프가 금세 깨끗이 잘려나갔다. 그가 어깨를 돌려가며 양팔을 번갈아 문질러댔다. 마침내 그가 똑바로 섰다. 더 이상 인질이 아니었다. 권력, 힘, 자신감, 여유, 그리고 부하의 신뢰까지 모두 되찾은 롬포드 보이즈의 진정한 보스. 그가 나를 바라보며 말했다. "자네가 졌어, 애송이. 안됐군. 이제 무덤 속으로 들어갈 일만 남았어."

나는 잔디로 덮인 볼링 구장 너머로 360미터 떨어져 있는 어둑한 거리에 한 차례 눈길을 주었다. 콧트가 지켜보고 있을까? 나는 일반 사이즈의 1.5배가 되는 복도 창문 뒤에서 벌어지고 있을지도 모르는 상황을 머릿속으로 그려보았다. 삼각대 위에 라이플, 그 옆에는 지지대 위에 야간 투시 망원경, 어느 군수 창고에서 빼돌린 장물을 인터넷을 통해 구입했을 것이다. 그 망원경의 고무링에 눈을 들이대고 앉은 콧트. 그가 판자때기가 떨어져 나간 담장 틈을 지나, 나무가 서 있던 땅 위를 넘어 클럽 내부의 모든 상황을 자세하게 지켜보고 있을까? 아니었다. 시야의 폭이 너무 좁았다. 이쪽에서는 집을 볼 수 있고 그쪽에서는 오두막을 볼 수 있었지만 거기까지였다. 피차간에 더 이상은 볼 수 없었다.

다행이었다.

그렇다면 그가 360미터 떨어진 거리에서 어떤 소리를 들을 수 있을까? 9밀리 브라우닝 하이파워는 벨기에 파브리크 나시오날 제품이 모두 그렇듯 엄격한 기준에 맞춰 제작된다. 그래서 격발시에도 필요한 만큼의 소음 이상으로 큰 소리가 나지 않는다. 그래도 콧트는 그 소리를 충분히 들을 수 있을 것이다. 밤이었다. 그리고 조용한 동네였다.

듣지 못할 수가 없었다.

하지만 반드시 듣는다는 보장도 없었다.

콧트의 라이플에 야간 투시 망원렌즈가 장착되어 있을까?

내가 말했다. "찰리, 잠깐만."

찰리가 걸음을 멈추고 돌아섰다. 나는 바닥을 단단히 디디고 서서 온몸의 힘을 끌어 모아 오른손 주먹에 실었다. 그리고 그 주먹을 그의 면상을 향해 날렸다. 내가 있는 힘껏 펀치를 날린 데에는 두 가지 이유가 있었다. 첫째, 나는 찰리 화이트가 싫었다. 둘째, 그를 한 방에 보내야만 나이스를 제압하고 있는 놈의 허를 찌를 수 있었다. 내 주먹은 정확히 찰리의 코에 꽂혔다. 하기야 그렇게 큼지막한 표적을 빗맞힐 수는 없었다. 찰리로서는 코가 뇌 속으로 밀려들어오는 것 같은 충격이었을 것이다. 그의 고개가 뒤로 완전히 꺾이면서 몸뚱이가 꼿꼿이 넘어갔다. 그의 뒤통수가 바닥에 채 닿기도 전에 나는 그 추진력을 고스란히 이용해서 나이스, 그리고 그 뒤에 있는 사내를 향해 오른쪽 어깨를 부딪혀갔다.

오두막 안에 있던 인원은 모두 여덟 명이었다. 조명은 바닥에서 뒹굴고 있는 손전등 불빛뿐이었다. 그렇게 비좁고 어두운 공간에서 벌이는 싸움에서는 정확한 펀치나 발차기보다는 밀치고 당기는 행동이 위주가 될 수밖에 없다. 놈들의 브라우닝은 걱정할 필요가 없었다. 누가 맞을 줄 알고 함부로 쏘아대겠는가. 더구나 보스까지 바닥에 누워 있으니 절대 그럴 수가 없었다. 베넷은 뒤에 있던 사내가 놀란 틈을 타서 그자의 팔을 풀어내고 본격적인 드잡이질에 들어갔다. 나이스 역시 뒤에 있던 사내의 팔에서 미꾸라지처럼 빠져나와 몸을 돌리고서는 그의 사타구니에 무릎을 찔러 박았다. 덕분에 내 수고가 한결 줄어들었다. 놈의 고개는 아래로 꺾인 반면, 내 접힌 팔꿈치는 그의 얼굴을 향해 어퍼컷으로 쳐올라갔기 때문이다. 당연히 충격이 두 배일 수밖에. 그렇게 한 놈을 보내버린 뒤 나는 즉시 찰리를 데리러 들어온 두 사내를 덮쳤다. 말이 길어서 그렇지 모든 게 순식간에 벌어진 일이었다. 따라서 그 두 사내는 문을 향해 막 돌아선 참이었다. 물론 찰리가 뒤따라오는 줄 알았을 것이다.

찰리의 뒤통수가 바닥에 부딪히는 소리를 듣고 나서야 두 사내가 다시 몸을 돌렸다. 물론 그들의 눈앞에는 찰리 대신 내가 서 있었다. 한 사내가 복싱 자세를 취했다. 하지만 양손을 너무 높이 들어 올린 게 그의 실수였다. 나는 무방비 상태로 노출된 사내의 복부에 내 주먹을 꽂았다. 헉 하고 바람 빠지는 소리와 함께 사내가 털썩 무릎을 꿇었다. 더 이상은 전투 병력이 아니었다. 최소한 당장에는 불가능했다. 나는 그의 턱주가리를 걷어차는 대신 남아 있는 사내를 향해 몸을 틀었다. 그가 마치 반가운 친구를 끌어안으려는 듯 두 팔을 활짝 벌리고 나를 덮쳐오고 있었다. 싸움을 아는 자였다. 비좁고 어두운 공간에서는 붙잡고 메치는 게 장땡이다. 하지만 그가 한 가지 깜빡한 사실이 있었다. 아무리 비좁은 공간이라도 고개를 까딱할 여유는 있다는 사실. 내가 고개를 뒤로 2.5센티가량 젖혔다. 이어서 목 근육을 총동원한 스냅을 이용해 사내의 면상을 이마로 내리찍었다. 그가 뒤로 나가떨어졌다. 나는 지체 없이 무릎을 꿇고 있는 사내에게 돌아섰다. 이번에는 적당하게 힘을 실은 한쪽 무릎을 그의 턱 밑에 꽂았다. 그가 쭉 뻗어버렸다. 찰리를 불러 세웠을 때부터 그 사내를 보내버릴 때까지 소요된 시간은 3초에 지나지 않았다. 밖에서 충분히 들릴 만큼 소란스럽기는 했을 것이다. 하지만 나는 조이가 달려 들어올 게 전혀 겁나지 않았다. 일단 조이는 일반 사이즈의 문을 달려 들어올 수 없는 덩치였다. 설사 그런다고 해도 당장에 그를 걱정할 필요는 없었다.

조이에 관해서 새롭게 알게 된 사실이 있었기 때문이다.

베넷은 제대로 해내고 있는 중이었다. 한쪽 엄지손가락을 상대의 눈에 찔러 박고 다른 손으로는 모가지를 찢어발기고 있었다. 찢어발긴다? 내 눈에 보이는 그대로의 표현이었다. 베넷이 날카롭게 세운 손가락 끝으로 상대의 후두 부위를 잡아 뜯고 있었기 때문이다. '선의만으로는 세계를 지배하지 못한다.' 그 철학을 실천한 선조들의 후예다운 모습이었다. 나는 손전등을 주워 들고 아주 오랜만에 남의 싸움을 구경하며 기다렸다. 잠시 후 베넷이 상대를 완전히 바닥에 누이고 나자 손전등 불빛에 의지해서 본격적인 수색에 들어갔다. 바닥을 살피고 옷자락들을 들춰서 우리 권총 세

자루와 놈들의 브라우닝 하이파워 네 자루를 찾아냈다. 모두 새것이었고 양손잡이용이었다. 총구를 들어 올리면 안전장치가 잠기고 아래로 내리면 풀리는 최신 모델. 탄창은 꽉 채워져 있었다. 하지만 하나같이 약실은 비어 있었다. 처음부터 그리 위험하지 않았던 상황이었다. 우리는 브라우닝을 한 자루씩 나눠 가졌다. 나는 네 번째 브라우닝의 탄창을 빼서 나이스에게 건넸다. 그녀가 그걸 주머니에 쑤셔 넣었다.

내가 말했다. "조이를 찾으러 갑시다."

내가 문을 향해 돌아섰다. 그때 베넷이 내 팔을 잡았다. 그가 말했다. "무작정 밖으로 나가서는 안 됩니다. 특히 손전등까지 들고서는 그냥 쏴달라는 얘기나 마찬가집니다."

내가 말했다. "지나친 걱정은 금물이오."

베넷이 나이스에게 눈길을 던졌다. '리처가 약간 미친 것 같은데 당신 생각에도 그렇지 않소?' 그 눈빛이 그렇게 얘기하고 있었다.

그녀가 말했다. 베넷이 원하는 대답은 아니었다. "괜찮을 거예요."

내 얼굴에 미소가 번지는 걸 나로선 어쩔 수가 없었다. 그녀도 보았던 것이다. 아마 약통이 등장했던 장면에서였을 것이다.

내가 말했다. "조이에겐 무기가 없소. 그건 확실하오."

베넷이 말했다. "그걸 어떻게 장담합니까?"

"조이가 어른이 되고 나서부터는 권총도, 장총도, 엽총도, 심지어 BB총까지도 쏴본 적이 없다는 것을 알기 때문이오."

"그걸 어떻게 안다는 거죠?"

"조이의 손가락이 들어갈 만한 방아쇠울은 없으니까. 특별 제작을 하지 않는 이상 그럴 수 없소. 절대로. 아마 일곱 살 이후로는 방아쇠를 만져보지 못했을 거요. 그때도 간신히 끼워 넣어야 했겠지. 조이는 지금 저 밖, 공터에 있소. 무장도 하지 않은 채. 하지만 우리에게는 백 발이 넘는 실탄과 손전등이 있소."

51

케이시 나이스가 손전등을 들었다. 나는 양손에 권총을 한 자루씩 들었다. 주머니가 모자랐기 때문이다. 베넷은 우리 뒤에서 좌우로 움직이며 후방과 양옆을 경계했다. 나이스가 밤공기를 색칠하듯 손전등을 빠르게 좌우로 흔들어댔다. 잔상을 남겨서 전방의 지형지물을 한 번에 보는 것 같은 효과를 연출하기 위해서였다.

처음엔 조이를 찾을 수 없었다. 90센티 폭의 통로를 멀리까지 비춰봤지만 그의 모습은 보이지 않았다. 만일 도망을 쳤다면 그 통로 어딘가에 있어야 했다. 시간상으로 그건 분명했다. 좁은 틈을 옆 몸으로 어기적거리며 빠져나가야 할 테니 말이다. 내가 베넷을 기다리며 서 있었던 공터 가장 안쪽 구석도 확인했다. 그곳에도 없었다. 그 맞은편 구석에도 없었다. 어디에도 없었다.

우리는 멈춰 서서 귀를 기울였다. 아무 소리도 들리지 않았다. 하늘에 비친 도시의 불빛은 더욱 침침해졌고 불 밝힌 창문은 더 이상 보이지 않았다. 사람들이 잠자리에 들어간 시간, 특히 아이들은 모두 꿈나라로 떠났을 것이다. 다만 창문 몇 개에서는 아직 푸르스름한 빛이 깜빡거리고 있었다. 올빼미족들이 TV를 보고 있는 것이다. 육체의 건강엔 해로운 습관. 영화든, 축구든, 다큐멘터리든, 그 내용이 정신건강에라도 도움이 되기를.

어둠 속에서의 거인사냥은 실패로 돌아간 것일까? 나는 다시 한 번 생각을 정리해 보았다. 내가 조이라면?

'총도 없다. 경호원도 없다. 운전기사는 너무나 멀리 떨어져 있다. 어기적거리다 곧 붙잡힐 테니 비좁은 통로를 통해 도망칠 수도 없다. 물론 도망칠 생각은 없다. 총도 필요 없다. 경호원도 필요 없다. 내가 누군가, 나는 리틀 조이 그런이다. 내 스스로 얼마든지 이 상황을 해결할 수 있다. 지금껏 그래오지 않았던가. 물론 이번에도 방법은 있다.'

그렇다면 그 방법은? 나는 이내 답을 찾을 수 있었다.

나는 케이시 나이스에게 손전등을 끄라는 수신호를 보냈다. 우리는 함께 오두막 앞쪽 모퉁이를 돌아서 옆벽을 타고 조심스럽게 전진했다. 뒤쪽 모퉁이에 이르러 세 사람 모두 고개를 빼고 전방을 살폈다. 오두막 창문을 통해서도 보았던 깔끔한 사각의 잔디밭, 그 한가운데에 리틀 조이가 서 있었다. 그냥 서 있는 게 아니었다. 춤을 추고 있었다. 엉덩이는 씰룩씰룩, 두 팔은 흐느적흐느적, 두 발은 왔다갔다, 머리는 까딱까딱.

거인의 춤. 나는 대번에 그 이유를 알아챌 수 있었다. 그의 DNA에 박혀 있는 또 다른 인자. 쥐새끼와 같은 본능적 잔대가리. 조이가 그 잔대가리를 굴린 것이다. 자신에겐 총이 없었고 우리에겐 총이 있었다. 맨몸으로 붙으면 얼마든지 우리를 제압할 자신이 있었다. 그렇다면 일단 우리가 총을 쏘지 못하게 만들어야 한다. 주변의 주택들은 모두 불이 꺼져 있다. 사람들 모두, 특히 어린아이들이 곤히 잠들어 있을 것이다. 그래서 조이는 춤을 추고 있는 것이다. 총알이 빗나갈 걸 두려워한 우리가 총을 쏘지 못하도록. 집은 벽돌로만 짓는 게 아니다. 판자로 된 부분도 있고 유리창도 있다. 조이를 빗맞힌 총알이 그런 곳을 뚫고 들어가 그 안에 잠들어 있는 무고한 생명들에게 피해를 줄 수도 있었다. 백 발 중에 한 발만 빗나가도 위험하다. 아니 백 발이 모두 명중한다고 해도 위험하다. 엄청난 덩치이긴 하지만 조이의 몸뚱이 역시 뼈와 살로 이루어져 있다. 가까운 거리에서 발사된 패러벨럼 9밀리 총알은 얼마든지 그 몸뚱이를 관통할 수 있다. 특히 목 부분을 뚫고 나간 총알은 추진력을 거의 잃지 않는다. 결국 빗맞힌 것과 같은 결과가 나올 수 있는 것이다.

'조이를 맞힐 수 있는가?' 물론 그렇게 가까운 거리에서 그렇게 큰 표적을 못 맞힐 수는 없었다. 하지만 중요한 질문은 그게 아니었다. 우리는 신문지상의 시민의식 조사 같은 질문을 이번에는 우리 자신에게 물어야 했다. '공공의 적을 처단하는 과정에서 무고한 시민이 치르는 희생은 어디까지 허용될 수 있는가?'

아이의 단잠을 깨울 수는 있다. 하지만 꿈나라에서 곧장 다른 세상으로 보낼 수는 없다. 그리고 올빼미족들의 TV 시청은 방해할 수 있다. 하지만 그들이 영화의 결말이나 축구경기의 최종 스코어, 혹은 다큐멘터리의 마지막 교훈을 영원히 모르게 만들 수는 없다.

우리는 다시 자세를 바로 하고 옆벽에 기대어 섰다. 조이는 몇 분 더 춤추게 만드는 게 나았다. 그가 지칠수록 내게 유리하니까. 그게 큰 도움이 될지는 모르겠지만.

잔디 구장의 맞은편 끝에는 그 테두리에 평행하게 자갈길이 조성되어 있었다. 나는 야외 볼링 게임의 규칙을 모른다. 그런 게임이 있다는 사실도 그때 처음 알았다. 그러니 심판이 있는지, 있다면 몇 명인지, 그리고 관중들이 어디에서 구경하는지 알 수 없었다. 하지만 지난번에 투시 망원경을 통해 자갈들이 반질반질하게 닳아 있는 것을 확인했다. 그래서 그 자갈길이 심판이나 관중들을 위한 공간이 아닐까 짐작했었다. 베넷과 나이스가 오두막 모퉁이를 벗어났다. 두 사람은 잔디 구장의 앞쪽 모서리를 돌아 살금살금 걸어 내려가서 뒤쪽 모서리를 돈 뒤, 그 자갈길로 들어섰다. 잠시 후 나이스가 멈춰 섰다. 베넷은 7미터쯤 더 걸어간 뒤 멈춰 섰다. 두 사람이 잔디밭 한가운데의 리틀 조이와 삼각구도를 이룬 것이다. 그들의 맞은편이자 조이의 뒤편에는 오두막이 버티고 있었다. 이제 그들이 쏜 총알이 빗나가더라도 피해를 입는 건 60년 된 통나무들뿐이었다.

나는 권총들을 바지 뒷주머니에 한 자루씩 찔러 넣었다. 재킷 주머니는 둘 다 조이가 찢어버렸으니까. 그런 다음 오두막 모퉁이를 걸어 나가 잔디 구장 위에 올라섰다. 한 걸음 한 걸음 신중하게 내디뎌야 했다. 거인의 춤 사위에는 또 다른 이유가 있었기 때문이다. 그는 우리 눈에는 보이지 않는 관중의 존재를 알고 있었다. 야간 투시 망원렌즈로 잔디 구장을 지켜보고 있는 단 한 사람의 관중.

존 콧트.

360미터 거리. 번쩍, 1천, 게임오버.

나는 조이의 집과 조이, 그리고 내 위치가 일직선이 되도록 왼쪽으로 몇 발짝 옮겼다. 그리고 거기서부터 조이를 향해 천천히 걸어갔다. 조이가 나를 바라보며 씩 웃었다. 어둠 속에서 그의 이가 순간 하얗게 반짝였다. 그가 잔디 구장 가장 안쪽 모서리를 향해 뒷걸음질 쳤다. 나는 일직선을 유지하기 위해 그를 따라 걸음을 옮겼다. 그는 멍청이가 아니었다. 뒤로 세 걸음을 물러나면서 나이스의 안전지대에서 벗어났다. 네 걸음 물러나면서는 베넷의 안전지대에서도 벗어났다. 나는 두 사람의 어깨가 처지는 것을 느낄 수 있었다. 그때 베넷의 전화기에서 메시지 도착을 알리는 벨소리가 들렸다. 방탄유리에 관한 정보? 흥미로운 내용일 것이다. 내가 살아남아 읽을 수 있다면.

조이가 어깨 너머를 한 차례 돌아보았다. 그가 자기 집과 자신의 몸뚱이, 그리고 나의 위치가 일직선을 이루고 있는 것을 확인하고는 멈춰 섰다. 그리고 다시 춤을 추기 시작했다. 그가 살집을 출렁거리며 좌우로 스텝을 밟았다. 그의 거대한 발밑에서 죄 없는 잔디가 짓이겨지고 패어나갔다. 볼링 클럽 운영위원회가 알게 되면 돌아버릴 것이다. 모쪼록 보험에 들어 있기를. 아니면 잔디 씨라도 넉넉히 갖고 있든지.

429

내가 말했다. "조이, 내 말 들어봐. 중요한 얘기야. 내가 네 집에 들어가야겠어. 넌 여기서 그냥 사라지고. 첫 번째 선택은 즉시 내 말에 동의하는 거야."

그가 말했다. "두 번째 선택은 뭐지?"

"잠깐 생각해 보고 나서 동의하는 거야."

"영국인에게 집은 성과 같다는 말도 몰라?"

"나도 알아, 조이. 알고말고. 하지만 나를 바이킹이라고 생각해. 아니면 반란군이나 약탈자라고 생각해. 난 네 성을 초토화시킬 거야. 다치지 않으려면 물러나 있는 게 좋지 않겠어?"

"다치는 게 너라면?"

"그럼 내가 다치지 않게 도와줘, 조이. 콧트는 어디 숨어 있지? 경호원들은? 그 밖에 다른 위험은 없는 거야? 미끄러운 양탄자는 없어? 발에 걸리는 가구는? 난 넘어지기 싫어, 친구."

"넌 뒈졌어."

"그래? 어떻게? 총을 갖고 있는 거야?"

그는 대답하지 않았다.

내가 말했다. "없을 걸. 그럼 부하들이 더 있는 거야? 뼈가 부러진 채 저 오두막 바닥에 자빠져 있는 네 놈 말고?"

그는 대답하지 않았다.

내가 말했다. "없을 걸."

조이는 여전히 춤을 추고 있었다. 동작은 처음처럼 크지 않았지만 좌우로 계속해서 스텝을 밟았다. 나는 그의 몸뚱이를 집과 나 사이에 두기 위해서 그를 따라 계속 움직였다. 그와 나 사이의 거리는 내 보폭으로 두 걸음, 따라서 그에겐 한 걸음이었다. 그가 얼마나 빠른지는 이미 슈퍼마켓 주차장에서 목격한 바 있었다. 조심해야 했다.

조이가 양복 윗도리 오른쪽 주머니에 손을 쑤셔 넣었다. 손도 크고 주머니도 컸다. 잠시 후 다시 나온 그의 손에는 휴대폰이 들려 있었다. 그가 그걸 입 근처로 가져갔다. 그리고 말했다. "게리에게 전화." 그러고 나선 일반 전화를 할 때처럼 휴대폰을 귀에 가져다 댔다. 음성인식기능 휴대폰. 그의 손가락으론 휴대폰 자판을 찍을 수 없으니까.

상대방이 전화를 받은 모양이었다. 조이가 말했다. "게리, 10분 뒤에 내게 전화해. 알겠어? 만일 내가 받지 않으면 즉시 그 집에서 철수해. 너희 모두. 각자 갈 길로 떠나는 거다. 알아들었어?"

알아들은 모양이었다. 조이가 전화를 끊었으니까. 그가 휴대폰을 다시 주머니에 넣었다. 그는 더 이상 춤을 추지 않았다. 그냥 가만히 서 있었다.

내 어머니는 싸움의 규칙을 정해 놓으셨다. 해병대 기지에서 두 아들을 키워야 했던 어머니였다. 싸움을 아예 금지할 수는 없었기에 빈도라도 줄이기 위해서였다. 규칙은 모두 세 가지였다.

첫째, 새 옷을 입고 싸워선 안 된다.

실용성에 입각한 규칙.

둘째, 먼저 싸움을 걸어선 안 된다.

윤리에 입각한 규칙.

셋째, 절대로 져선 안 된다.

명예에 입각한 규칙.

어린 시절, 나는 두 번째 규칙과 세 번째 규칙이 상충된다고 생각했다. 먼저 주먹을 날리지 않으면 이길 수 없는 경우도 있지 않은가. 최소한 내 경험에 따르면 그랬다. 그 규칙들은 우리 가족회의의 단골주제였다. 어머니는 당신의 규칙들을 고수하려 하셨다. 하지만 역시 유연한 사고방식을 중시하는 프랑스 분이었다. 결국 두 번째와 세 번째 규칙이 상충된다는 사실을 인정하셨다. 하지만 그 이후로 상황이 묘하게 전개되었다. 그 두 규칙이 마치 로르샤흐 테스트처럼 활용된 것이다. 우리 형제의 인성을 판단하는 하나의 기준이 됐다는 얘기다. 물론 조 형은 두 번째 유형, 나는 세 번째 유형이었다. 부모님이 우리 형제를 차별하기 시작한 게 바로 그때부터였다. 누구를 더 사랑하고 누구를 덜 사랑했다는 얘기가 아니다. 우리의 성격 차이를 인정하고 거기에 맞게 키우셨다는 얘기다. 우리 형제는 둘 중 어느 유형이 옳은 건지 알 수 없었다. 그건 어른이 되고 나서도 마찬가지였다. 부모님은 그 부분을 한 번도 정확히 짚어주지 않으셨다. 아마 당신들도 헷갈리셨던 것 같다. 점잖은 분들이셨다. 하지만 두 분도 결국 어쩔 수 없는 싸움꾼들이셨다.

그날 나는 잔디 구장 위에서 어머니의 규칙 두 가지를 어겨야 했다. 일단 새 옷을 입고 있었다. 그리고 먼저 주먹을 날릴 기회를 노리고 있었다. 하지만 세 번째 규칙만은 반드시 지키고 싶었다.

조이가 다시 입을 열었다. "난 롬포드 보이야."

내가 말했다. "그래서?"

"우리는 약속을 지킨다. 콧트를 잡으려면 나를 뚫고 가야 해."

"치과에 가는 것 같겠지만, 꼭 그래야 한다면 어쩔 수 없지."

"나와 상대가 될 것 같아?"

"그건 붙어봐야지."

조이가 말했다. "나는 콧트가 별로 맘에 안 들어."

내가 말했다. "나도 그래."

"하지만 난 롬포드 보이야. 약속은 지킨다."

"그래서?"

"그러니 한판 멋지게 붙어보자고."

조이가 얘기를 이어가려다 말고 잠시 생각에 잠겼다. 긴 설명을 간략하게 전달할 방법을 궁리하는 것 같았다. 그가 자기 주머니를 가리켰다. 그가 말했다. "내가 전화하는 거 들었지?"

내가 말했다. "들었어."

"게리는 오늘 밤 콧트의 경호 팀장이야. 내가 그에게 하는 얘기 들었을 거야. 내가 전화를 받으면 너는 이미 끝났다는 얘기야. 그러면 나는 계획대로 진행할 거고. 난 롬포드 보이야. 지금까지 한 번도 약속을 어긴 적이 없어. 하지만 만일 내가 너에게 진다면 그땐 얘기가 달라지는 거야. 난 내 부하들까지 이 엿 같은 일에 엮이게 만들고 싶지 않아. 그래서 만일 내가 전화를 받지 않는다면 내 부하들은 즉시 저 집을 비울 거야. 그러면 콧트는 네 차지가 되는 거고."

52

케임브리지 출신의 MI5요원들은 조이의 마지막 얘기에 담겨 있는 의미를 이해할 수도 없고 이해하고 싶지도 않을 것이다. 그 속에는 암흑세계 인간들의 절대적인 가치관이 담겨 있었다. 조직에 대한 충성과 부하들에 대한 의리. 하지만 조이가 그저 폼 나게 대사를 친 것일 수도 있었다. 오랜만에 몸 좀 풀게 생겼으니 신이 나서 말이다. 나로선 과연 어느 쪽인지 고민하고 있을 때가 아니었다. 그가 한 발짝 뒤로 물러서며 몸을 잔뜩 웅크렸기 때문이다. 종이 울리기를 기다리는 자세. 종소리는 그의 귀에 먼저 울린 모양이었다. 그가 어둠 속에서 내게 달려들었다. 슈퍼마켓 주차장에서보다 두 배는 빠른 속도였다. 크레인에 매달린 건물 철거용 쇠공이 나를 향해 전속력으로 날아오는 것 같았다. 팔꿈치 공격이었다. 내가 경찰을 가장했던 롬포드 행동대원의 목을 으스러뜨릴 때 구사했던 기술과 똑같았다. 하지만 훨씬 더 위협적이었다. 첫 방에 나를 보내버리려는 의도.

'갑자기 날아오는 팔꿈치는 몸을 뒤틀면서 앞으로 나아가 어깨 바로 밑, 살집 두둑한 위팔로 막아내야 한다.' 나는 그렇게 했다.

'때로는 감각이 마비될 만큼 충격이 크다.' 정말로 그랬다.

'그래야 쓰러지지 않고 버틸 수 있다.' 나는 버텼다.

하지만 잠시뿐이었다. 짓눌러 오는 140킬로그램의 무게를 힘으로는 밀어낼 도리가 없었다. 나는 자세를 낮추고 미끄러지듯 그의 옆으로 빠져 등 뒤로 돌아갔다. 조이가 나를 향해 돌아섰다. 이제 내 등이 그의 집을 향하게 되었다. 케이시 나이스가 손전등으로 2초가량 나를 비췄다. 미리 입을 맞춰둔 대로였다. 야간 투시경의 시야를 교란시키기 위해서. 조이의 정신이 분산된 건 보너스였다. 그 틈을 노려 내가 조이의 목에 레프트 훅을 날렸다. 오른주먹으로는 그의 신장을 짧은 스트레이트로 가격했다. 두 번 모두 내 온몸의 힘을 실은 공격이었다. 그리고 정확히 들어갔다. 나는 가볍게 스텝을 밟으며 다시 조이의 등 뒤로 돌아갔다. 이제 콧트가 방아쇠를 당겨도 총알에 맞는 건 내가 아니라 조이였다.

하지만 총알은 날아오지 않았다. 나는 조이의 상태를 확인했다. 끄떡없어 보였다. 나는 맥이 풀려버렸다. 싸움판에서 덩치는 생각보다 중요하지 않다. 그 자체로는 승부의 결정적인 변수가 아니라는 얘기다. 정말로 조심해야 할 건 극도로 흥분한 탓에 통증을 느끼지 못하는 상대다. 일종의 화학작용으로서 상처 부위가 보내오는 신호를 두뇌가 접수하지 못하는 것이다. 그다음에야 덩치가 말을 하는 것이다. 조이가 바로 그 경우였다. 나는 그에게 두 번씩이나 강펀치를 날렸다. 하지만 그는 꼿꼿이 서 있었다. 표정조차 변화가 없었다. 키는 나보다 15센티미터나 더 컸다. 몸무게는 30킬로그램이나 더 나갔다. 그런 덩치가 통증까지 느끼지 않고 있었다.

"10분이야." 조이가 말했다. "네 인생에서 남은 시간은 그게 전부라고. 이런, 이젠 거기서도 좀 줄었겠구만."

온 얼굴에 즐거운 표정이 가득했다. 찰스 디킨스의 소설 속에 나오는 런던의 싸움꾼 같았다. 내기 싸움판을 전전하는 19세기의 맨주먹 파이터가 21세기의 내 눈앞에 버티고 서 있었다. 나이로 치면 젊었다. 하지만 까마득한 시절의 캐릭터였다. 번번이 상대의 다리 하나는 분질러 놓는 싸움꾼. 내 두뇌 뒷부분이 내게 거듭해서 외쳤다. '계속해서 신장을 노려! 오른쪽 신장!' 최소한 그의 오른쪽 주머니에 들어 있는 휴대폰이라도 부숴버려야 했다. 나야 다리가 부러지든 목이 부러지든 나이스와 베넷을 위해서였다. 조이가 쓰러지든 휴대폰이 망가지든 게리는 그의 대답을 듣지 못할 것이다. 그래서 게리와 부하들이 철수해버리면 나이스와 베넷의 부담이 줄어드는 것이다.

조이가 다시 내게 덤벼들었다. 19세기의 파이터, 하지만 실제 주먹 실력은 그리 신통치 않았다. 그가 오른쪽 훅을 날렸다. 동작이 너무 컸다. 내눈에 궤적이 훤히 들어왔다. 나는 타이밍을 맞춰 쪼그려 앉았다가 다시 일어섰다. 그 사이에 그의 주먹이 내 머리 위로 바람을 일으키며 지나갔다. 그 추진력 때문에 조이의 몸통이 오른쪽으로 계속해서 돌아갔다. 그의 오른쪽 신장 부위는 당연히 무방비 상태. 나는 다시 한 차례 짧은 스트레이트로 그 부위에 내 오른쪽 주먹을 내질렀다. 허리, 그리고 어깨 아래의 모든 근육을 동원한 가공할 가격이었다. 작은 나무라면 부러졌을 테고 노새라면 즉사였다. 싸움판에서 내가 가장 선호하는 세 가지 결정타 가운데 하나. 이번엔 반응이 왔다. 조이는 엄청난 충격을 받은 게 분명했다. 그의 상체가 뒤로 젖혀졌다. 허파 뒤쪽까지 파고든 충격의 여파 때문에 그의 입에서 훅 하는 소리와 함께 숨이 뿜어져 나왔다. 그의 몸이 중심을 잃고 휘청거렸다. 다리도 뻣뻣해졌다.

이제 뒤로 나가떨어져서 고통에 겨워 끙끙거려야 했다. 하지만 그런 일은 일어나지 않았다. 보통 사람이라면 혼수상태에 빠졌을 것이다. 몸속의 모든 장기가 불이 붙은 듯 화끈거리고 등에서는 수백 개의 칼이 꽂힌 듯 찢어지는 아픔이 전해져 올 것이다. 숨이 막혀 비명조차 올리지 못할 것이다. 하지만 조이는 단지 한 차례 숨을 내뿜었을 뿐이었다. 잠깐 휘청거렸던 자세도 몸을 몇 차례 털더니 다시 꼿꼿해졌다. 어쩌면 졸로프트의 약효 때문일 수도 있었다. 나는 나중에 나이스에게 물어볼 질문을 머릿속에 새겼다. 졸로프트 복용 후의 육체적 자각증상.

나는 작전을 바꿨다. 이번엔 기동력이었다. 주먹으로 쓰러뜨릴 수 없다면 지쳐서 나가떨어지게 만들어야 했다. 그런 싸움은 둘 중 하나가 바닥에 뻗어야 끝이 난다. 그것만이 유일한 귀결이다. 나는 아이들이 잠들어 있음 직한 공간들이 사정권에 들지 않는 범위를 무대로 삼았다. 그 무대 위에서 이번에는 내가 춤을 추기 시작했다. 앞으로, 뒤로, 왼쪽으로, 오른쪽으로 스텝을 번갈아 밟으며 온몸을 이리저리 흔들어댔다. 나 혼자서, 혹은 보통 사람 앞에서 그랬다면 꼴사납도록 어눌한 몸동작이었을 것이다. 하지만 조이 앞에서는 달랐다. 평생 처음으로 나는 작고 민첩한 사내가 되어 있었다.

잔디는 푹신했다. 조이의 몸뚱이는 아주 무거웠다. 나를 쫓아다니면서 그는 세 번이나 넘어질 뻔했다. 나는 계속해서 잽싸게 스텝을 밟았다. 첫째, 콧트 때문이었다. 둘째, 덩치가 큰 쪽이 먼저 지친다는 이론 때문이었다. 물론 나로선 경험한 바 없었다. 하지만 다들 그렇다고 하니 기대를 걸어본 것뿐이었다. 춤추는 대치 상태는 한동안 계속됐다. 어느 순간, 그의 몸이 무게중심을 잃고 비틀거렸다. 0.5초 정도? 나는 그 틈을 노려 그의 목을 향해 내 팔꿈치를 휘둘렀다. 하지만 그는 나와 똑같은 방법으로 내 공격을 막아냈다. 그 반동으로 둘 다 뒤로 물러났다. 다시 춤추는 대치 상태가 이어졌다.

역시 경험하지 못한 이론에 대한 기대는 금물이었다. 조이는 지친 기색을 보이지 않았다. 스스로는 결코 쓰러지지 않을 것 같았다. 누군가의 도움이 있어야 쓰러질 것이다. 난 그를 너무나 돕고 싶었다. 갈수록 더.

'나와 상대가 될 것 같아?' 조이는 그렇게 말했었다.

'당신은 누가 도전해오는 상황을 견디지 못해요.' 스캐런젤로는 그렇게 말했었다. 그녀의 지적이 어느 정도 옳을 수는 있다. 하지만 정확한 지적은 아니다. 나는 싸움꾼이다. 하지만 상대방의 도전에 발끈해서 싸운 적은 단 한 번도 없었다. 상대방이 어떤 인간인지가 언제나 중요했다. 그 순간에도 마찬가지였다. 나는 조이라는 인간이 싫었다. 그 이유는 도덕적으로든 사회적으로든 너무나 명백했다. 라트비아와 에스토니아에서 납치당한 10대 소녀들. 고리대금에 등이 휘는 가난한 가장들. 반면에 원시적이고 야만적인 이유도 있었다. 인류는 지속적으로 계몽되어 왔다. 하지만 원시로 회귀하려는 본능은 우리 안에서 여전히 꿈틀거리고 있다. 리틀 조이와 마주하고 있던 그 순간, 내 모든 이성과 감정은 머리 뒷부분에 의해 장악된 상태였다. '우리 부족 전체가 살아남기 위해서는 네놈이 죽어줘야겠다. 너는 열성인자 덩어리에 불과하니까. 네 몸은 기형이야. 얼굴도 너무 못생겼어. 게다가 성격도 엿 같아.'

나는 다시 작전을 바꿨다. 그 작전에 따라 오른쪽, 왼쪽으로 분주하게 스텝을 밟았다. 조이 역시 나를 따라 스텝을 밟았다. 어느 순간, 내가 공격을 감행했다. 표적은 뒤처진 그의 한쪽 다리. 나는 그 무릎을 발꿈치로 내질렀다. 오두막 현관문을 부술 때와 같은 거리, 같은 각도. 하지만 그 발꿈치에 내 모든 힘을 실었다. 지금껏 내가 부셨던 문짝들, 그때마다 동원했던 힘 모두를 합친 느낌의 일격이었다.

조이의 통증 인식 시스템이 완전히 마비됐을 수도 있었다. 하지만 뼈는 정신이 아니라 육체에 속한다. 즉, 그가 통증을 느꼈든 못 느꼈든 부러진 건 부러진 것이다. 나는 신발 바닥을 통해 그의 슬개골이 부러진 것을 느낄 수 있었다. 하지만 슬개골은 인간의 기본 골격을 이루는 뼈가 아니다. 조이는 쓰러지지 않았다. 오히려 멀쩡한 다리로 한 걸음 내딛으며 내 가슴을 가격했다. 이번에도 오른쪽 훅이었다. 하지만 먼저 것보다 동작이 훨씬 깔끔했다. 속도 또한 훨씬 빨랐다. 나는 미처 피할 수가 없었다. 엄청난 충격이 가슴에서부터 온몸으로 퍼져나갔다. 뒤로 주춤주춤 물러나다가 나가 떨어졌다. 숨이 막혔다. 목구멍에서는 꺽꺽대는 소리가 저절로 새어나왔다. 하지만 그대로 자빠져 있을 수는 없었다. 조이의 거대한 발에 짓밟혀 머리통이 으스러질 판이었다. 그 발길질에 아예 목이 날아갈 수도 있었다. 간신히 몸을 뒤채서 네 팔다리로 엎드렸다. 그 자세로 벌벌 기어서 조이와의 거리를 벌렸다.

내가 쓰러지자 조이의 흥분은 정점마저도 넘어선 모양이었다. 그가 불편한 한쪽 다리를 끌고서도 엄청 빠른 속도로 나를 덮쳐왔다. 나는 잽싸게 일어나서 그의 공격을 피했다. 다시 대치 상태가 이어졌다. 이제는 짜낼 작전도 없었다. 시간은 6분도 채 남지 않았다. 나는 계속해서 왼쪽, 오른쪽으로 스텝을 밟았다. 360미터 전방의 창문에 완전히 노출되는 각도를 피해가면서.

어느 순간, 나를 따라 스텝을 밟던 조이의 상체가 완전히 꼬였다. 나는 그 틈을 이용해 그의 부러진 무릎을 다시 한 번 힘껏 걷어찼다. 발길질은 제대로 들어갔다. 하지만 그 대가를 치러야 했다. 그가 나를 향해 백핸드로 한 팔을 휘둘렀다. 화난 끝의 무의식적인 반응일 수도 있었다. 혹은 내 위치를 정확히 계산한 공격일 수도 있었다. 어쨌든 그의 시도는 성공했다. 그의 거대한 손등이 내 머리를 가격한 것이다. 전속력으로 달리다가 빨랫줄에 걸린 것 같은 충격이었다.

나는 다시 한 번 뒤로 나가떨어졌다. 다행히 얻어맞기 직전에 감행한 공격 덕분에 목숨은 구할 수 있었다. 그가 나를 향해 돌아서지 못했던 것이다. 두 차례의 공격에 의해 완전히 절단이 난 무릎 때문이었다. 모종의 화학작용으로 인해 통증을 느끼지 못할 수도 있다. 하지만 뼈들의 움직임은 엄연히 물리의 영역이다.

나는 발로 밀고 등으로 미끄러져서 조이와 거리를 벌렸다. 간신히 일어서기는 했지만 곧장 자세를 바로잡을 수는 없었다. 두 손으로 양 무릎을 짚은 채로 호흡을 가다듬기 위해 한동안 컥컥거려야 했다. 연신 눈을 껌뻑거렸지만 정신을 차릴 수가 없었다. 이마의 충격도 충격이었지만 도무지 이해가 가지 않았다. 나는 놈을 다섯 번 가격했다. 왼주먹 한 번, 오른주먹

두 번, 발차기 두 번. 그런데도 놈은 멀쩡히 서 있다. 인간이라면 내 오른주
먹이 두 번째로 작렬했을 때쯤엔 뻗었어야 했다. 인간이 아니라 말이라도
마찬가지였다. 고릴라, 혹은 코끼리라도.

한마디로 총체적 난국이었다.

그때, 올빼미족들이 시청하고 있을 축구경기가 머릿속에 번뜩 떠올랐
다. 나는 잔디 구장을 찬찬히 살펴보았다. 부드러웠다. 평평했다. 밤이슬 때
문에 미끄러웠다. 조이는 여전히 나를 등지고 서 있었다. 나는 한 발짝 뒤
로 물러났다가 앞으로 돌진했다. 도중에 몸을 뒤로 눕혔다. 엉덩이로 잔디
밭을 미끄러져 들어가면서 슬라이딩 태클. 제대로 각이 잡힌 내 정강이들
이 조이의 종아리들을 강타했다. 축구경기였다면 노골적인 파울. 최소한
옐로카드 감이었다. 고의가 인정되면 물론 레드카드. 그리고 내 파울은 고
의였다. 그것도 악의에 찬 고의.

나는 그의 종아리들과 양 발목, 그리고 두 뒤꿈치를 거의 동시에 훑으면
서 옆으로 미끄러져 나갔다. 조이가 허공으로 붕 떠올랐다. 이어서 잔디 구
장 위에 등으로 떨어졌다. 노련한 유럽리그 선수의 할리우드 액션을 방불
케 하는 장면이었다.

나는 벌떡 일어났다. 조이가 자빠져 있는 지점까지 짧은 거리를 잰걸음
으로 다가가면서 뒷주머니에서 글록을 꺼내들었다. 그다음엔 도약, 그리고
나선 착지. 신바람이 나서 두 무릎으로 눈 더미에 뛰어드는 아이처럼. 실제
로 신바람은 나지 않았다. 무릎으로 올라탄 곳도 눈 더미가 아니라 조이의
배 위였다. 그러면서 글록의 총구를 그의 명치에 찔러 박았다. 총구와 내
양 무릎이 정확히 삼각형을 이루었다. 나는 총구 끝에 내 온 체중을 실었
다. 110킬로그램의 무게. 그리고 나선 방아쇠를 당겼다.

나는 세 번째 유형이다.

그 상처의 병리학 용어를 나는 모른다. 다만 별모양이라는 표현은 틀림없이 들어갈 것이다. 9밀리 총구를 뱃살 깊숙이 찔러 박고 방아쇠를 당기면 당연히 총알이 가장 먼저 복부를 뚫고 들어간다. 그 자리에 직경 9밀리미터짜리 구멍이 깔끔하게 뚫리는 것도 당연하다. 하지만 그 깔끔한 상태는 오래가지 않는다. 총구에서 총알 다음으로 격발 가스가 뿜어져 나오기 때문이다. 여전히 총구가 복부에 밀착돼 있으니 가스는 고스란히 총알 구멍 속으로 들어갈 수밖에 없다. 하지만 총신처럼 쇠가 아니라 뼈와 살로 이루어진 사람의 뱃속이다. 따라서 농축돼 있던 가스는 순식간에 부풀어서 농구공 크기의 뜨거운 기포로 변한다. 그 기포에 의해 동그랗던 총상이 파열되는 것이다. 결국 가스가 모두 분출되고 난 뒤 총상은 다섯 개의 꼭짓점을 가진 별 모양으로 남게 된다.

나는 그 한 발의 사격으로 세 가지 득을 취할 수 있었다.

첫째, 조이가 즉사했다. 말 그대로 제로사거리였다. 그리고 몸통의 가장 중요한 부분이라고 할 수 있었다. 위, 심장, 폐, 등뼈, 그리고 그 사이사이에 복잡하게 얽혀 있는 동맥들이 즉시 파열됐을 테니 외마디 신음조차 남기지 못한 게 당연했다.

둘째, 총신을 수직으로 세우고 발사했으니 조이의 몸통을 관통한 총알은 땅속으로 파고들어갈 수밖에 없었다. 따라서 기껏해야 지렁이나 몇 마리 죽었을 것이다. 어쩌면 해충의 애벌레들도 죽었을 것이다. 그렇다면 볼링 클럽 운영위원회에서는 내게 고마워해야 할 것이다.

셋째, 조이의 흉강이 소음기 역할을 했다. 총신 끝에 실린 내 몸무게도 석유드럼통을 엎어놓은 것 같은 효과를 유발했다. 총성은 아주 작게 그것도 아주 먹먹하게 울렸다.

하지만 베넷은 안전에 관한 한 완벽주의자였다. 그가 내게로 다가와 말했다. "총소리를 들었습니다."

내가 말했다. "당연하잖소. 고작 15미터 떨어져 있었으니까."

"내 귀에 들렸다면 이웃사람들도 들었을 겁니다."

베넷이 휴대폰을 꺼내 들고 어딘가로 문자를 보냈다. 달랑 단어 하나뿐이었다.

내가 말했다. "지금 뭘 한 거요?"

"우리 쪽에서 발사한 총성이라고 했습니다. 이제 누가 경찰서에 신고전화를 해도 안심입니다. 지나가는 자동차의 머플러 소음이니 걱정 말라는 대답만 듣게 될 테니까요."

"지금부터 그런 내용의 문자를 보내겠다는 뜻이오?"

"아뇨. 방금 그 내용을 전송했습니다."

"한 단어로? 당신들끼리 미리 약속을 정해둔 거요? 그렇다면 언제부터?"

"이번 사건 초반에 장애물이 몇 개 제거되지 않았습니까? 물론 당신도 잘 알고 있을 테고. 그때부터입니다."

나는 아무 말도 하지 않았다.

리틀 조이의 주머니에서 전화벨이 울렸다.

계속해서 울렸다.

우리는 멈출 때까지 내버려 두었다.

내가 말했다. "서둘러야 하오. 콧트가 경호원들과 함께 도망치게 놓아둘 수는 없소. 저 집 앞을 지켜보고 있어야 하오. 여기보다 훨씬 가까운 위치에서."

케이시 나이스가 말했다. "두 지점 사이의 최단 거리는 직선이에요." 말을 끝내자마자 그녀가 앞장섰다. 우리도 그녀 뒤를 따라갔다. 앞집의 갓 베어진 나무 그루터기를 넘고, 다음 집의 담장 구멍을 통과해서.

53

내 기억엔 다섯 집의 정원을 무단으로 가로질렀던 것 같다. 조이의 집은 그 다섯 번째 집과 도로를 사이에 두고 마주 보고 있었다. 우리는 그 집의 낮은 장식담 뒤에 숨어서 길 건너편을 지켜보았다. 근거리에서의 감시, 어떤 망원경보다 훨씬 분명한 시야. 진출입로 위에 재규어 한 대가 서 있었다. 출입문은 굳게 닫혀 있었다. 거대한 현관문도 마찬가지였다. 하단에는 황동제 우편물 투입구, 중간에는 손잡이, 그리고 손잡이 아래의 놋쇠 판에는 열쇠구멍이 하나 나 있었다. 보험회사들이 권하는 정교하고 값비싼 내장형 잠금장치일 것이다. 물론 리틀 조이가 보험에 들진 않았을 것이다. 그게 누구의 집인지 아는 한 감히 그 잠금장치에 손을 댈 도둑은 없을 테니까.

어느 순간, 마치 큐 사인이라도 떨어진 듯, 출입문이 자동으로 열리기 시작하면서 동시에 현관문이 열어젖혀졌다. 낙하하는 공수부대원들처럼 네 명의 사내가 줄줄이 현관 밖으로 나왔다. 혼란스러운 분위기였다. 시선들이 이곳저곳으로 분주히 옮겨 다녔다. 내딛는 발길들에는 힘이 들어가 있지 않았다. 그제야 윗도리를 꿰입는 사내도 있었다. 헝클어진 머리를 손으로 매만지는 사내도 있었다. 마침내 그들 모두 재규어에 올라탔다. 차는 활짝 열린 출입문을 통해 도로로 진입했다. 이내 속력을 올리기 시작한 차의 뒷모습이 급속도로 작아지더니 마침내 시야에서 완전히 사라졌다.

콧트의 경호원들은 그렇게 조이의 집을 떠났다. 출입문을 활짝 열어둔 채.

존 콧트는 나오지 않았다.

1분이 지났다. 5분이 지났다. 10분이 지났다.

그는 나오지 않았다.

집 안에 남은 것이다. 끝장을 보기 위해서.

내가 베넷을 바라보며 말했다. "방탄유리에 관해 내가 부탁했던 정보를 입수했소?"

"불어로 적혀 있습니다." 그가 말했다.

그가 나를 위해 자기 휴대폰 스크린에 자료를 띄웠다. 기밀문서를 복사했거나 팩스로 받은 걸 다시 스캔한 것 같았다. 내용이 아주 길었다. 화면을 연신 밀어가며 읽어야 했다. 기밀문서라는 표식이 곳곳에 붙어 있었다.

내가 말했다. "5분 뒤에 연기가 나면서 파손되는 거요?"

베넷이 말했다. "아뇨. 하지만 그렇게 해드릴 수는 있습니다."

내가 말했다. "수고해줘서 고맙소."

그가 말했다. "수고는요. 모쪼록 쓸모가 있길 바랍니다."

베넷의 얘기대로 불어로 작성된 자료였다. 충분히 이해가 갔다. 프랑스에서 유리산업이 차지하는 비중은 상당하다. 프랑스의 가정용 및 산업용 유리제품들은 실용성과 내구성이 높기로 유명하다. 프랑스제 주방용 물컵은 야구공처럼 던져도 깨지지 않을 만큼 단단하다. 현대의 방탄 기술 또한 프랑스가 선도하고 있다. 그 중심은 파리에 있는 어느 연구 개발 전문 기업이다. 그들의 목표는 최고의 강도만이 아니라 최고의 투명성까지 갖춘 제품을 개발하는 것이다. 안전하다고 해서 대통령을 뿌연 방탄유리로 둘러쌀 수는 없다. 시각적인 면이 큰 변수로 작용하는 게 정치판이다. 나토 (NATO) 주요 회원국들의 안보기관에서는 모두 그 연구 기금을 지원하고 있다. 파리의 연구원들의 보수 역시 그 기금에서 충당된다.

계속해서 읽어 내려가는 동안 나는 그 제품에 관해 여러 가지 새로운 사실을 알게 되었다. '그 제품은 방탄유리(bulletproof glass)가 아니라 투명갑옷(transparent armour)으로 불린다.' 그리고 '실제 유리가 아니다. 그 제품엔 유리 성분은 단 한 점도 섞여 있지 않다' 등등.

기존의 방탄막은 간단히 말해서 여러 개의 판을 포개는 방식으로 제작되었다. 구체적으로 설명하자면 두 개의 유리판 사이에 연성 폴리카보네이트, 혹은 열가소성 물질들을 켜켜이 채워 넣고 앞뒤 표면에도 같은 소재로 거죽을 입히는 공정을 거치는 것이다. 유연성은 모델마다 차이가 있지만 실용성은 대부분 합격점 이상이었다. 하지만 두 가지 하자가 있었다. 첫 번째는 외관상의 하자였다. 여러 개의 판들을 켜켜이 포갠 탓에 특히 옆에서 보면 합판 같았다. 두 번째는 각 판마다 서로 다른 굴절률 때문에 야기된 하자였다. 특정한 각도에서는 높이로 쌓아올린 여섯 개의 투명한 수영장을 수직으로 내려다보고 있는 것 같은 느낌이 든다. 그래서는 연단에 선 인사들의 모습이 TV 카메라에 제대로 잡힐 리가 없다. 따라서 결정적인 하자였다.

그 아래로 투명갑옷의 연혁이라고 할 수 있는 내용이 길게 이어졌다.

유리 제품의 하자가 보완되지 않자 연구원들은 결국 유리 자체를 포기했다. 그들이 새롭게 선택한 소재는 알루미늄이었다. 나로선 알루미늄으로 투명한 방탄막을 만든다는 발상 자체가 놀라웠다. 이 세상 만물은 눈에 보이는 모습이 전부가 아니다. 그리고 화학은 사물의 끝없는 변화와 깊숙이 연관된 학문이다.

주재료인 알루미늄 옥시나이트라이드라는 물질을 설명하는 대목은 이해하기가 어려웠다. 그리고 꼭 필요한 정보도 아니었기에 대충 훑고 넘어갔다. 아무튼 내 해석에 따르면 알루미늄 옥시나이트라이드는 '알루미늄

과 산소, 질소로 이루어진 입방 스피넬 결정 구조의 투명한 다결정 세라믹 이다.'

그 아래에는 화학식이 적혀 있었다. 큼지막한 알파벳 철자들, 왜소한 숫 자들, 멋들어진 괄호들. 분자의 모습도 그려져 있었다. '알루미늄 옥시나이 트라이드라는 게 뉴햄프셔의 내 고모할머니댁 식당 샹들리에처럼 생겼군.'

이어서 시제품 제작 과정. 알루미늄 옥시나이트라이드 가루를 케이크 를 만들 때처럼 세심하게 반죽했다. 그 반죽을 건식 등방압 성형기라는 난해한 이름의 기계로 압축했다. 압축된 것을 초고온 오븐에서 구웠다. 구 워진 것을 유리보다 더 유리 같아 보일 때까지 갈고 또 갈았다. 윤을 내고 또 윤을 냈다. 그 과정을 거쳐 탄생한 제품들은 시각적으로 완벽했다. 상 대적으로 무겁긴 했지만 운반하는 사람들의 허리를 휘게 만들 정도는 아 니었다.

그리고 강했다. 디자인 개요에 따르면 연구진의 구체적인 목표는 50구 경 장갑탄을 막아내는 것이었다. 테스트 과정은 아주 엄정하면서도 광범 했다. 나는 앞선 내용들과는 달리 집중해서 읽어 내려갔다. 이따금씩 등장 하는 고난도 전문용어들을 제외하고는 대부분 쉽게 이해할 수 있었다. 숫 자가 많은 것도 상당한 도움이 되었다. 숫자는 만국 공통이니까. 특히 100 은 그 뒤에 '%' 표식을 매달고 빈번하게 등장했다. 투명갑옷 시제품은 초 기 테스트 과정에서 9밀리 권총 탄환들을 100% 막아냈다. 357매그넘 도 100%, 44매그넘도 100%였다. 사거리는 15미터에서부터 시작해서 점점 좁혀지다가 내가 조이를 쐈을 때처럼 접촉 사격에 이르러 마침표를 찍었다.

투명갑옷 시제품은 남프랑스의 드라기냥(Draguignan)으로 공수되어 거기서 또다시 테스트에 들어갔다. 내 외할아버지가 칼로 뱀의 대가리를 찌른 장소가 그 근처 어디인 것으로 알고 있다. 드라기냥에는 대규모 군사 시설이 들어서 있는 만큼 라이플 사격장이 많다. 그 가운데 한 곳에서 실시된 첫 번째 테스트, 90미터 사거리에서 투명갑옷은 223레밍턴을 100% 막아냈다. 7.62밀리 나토탄도 100%. 그 결과에 크게 고무된 연구소 측은 사정거리를 대폭으로 줄였다. 60미터. 그때까지의 상식으로 판단할 때 1차 테스트에서 사용된 것들보다 구경이 큰 총알들을 막아내기에는 너무나 짧은 거리였다. 거리만 줄인 게 아니었다. 그들은 308윈체스터와 303브리티시를 건너뛰고 곧장 44레밍턴 매그넘으로 2차 테스트를 실시했다. 44레밍턴 매그넘, 60미터. 함포로 방파제를 쏘는 격이었다. 상식적으로 무조건 깨질 수밖에 없었다.

깨진 건 상식이었다. 투명갑옷은 44레밍턴 매그넘을 100% 막아냈다.

이제 가장 중요한 순간이 다가왔다. 50구경 장갑탄. 60미터 거리. 상식을 따지기 전에 상상을 논해야 할 만큼 비현실적인 테스트.

하지만 투명갑옷의 테스트 결과란에는 또다시 100%가 기입되었다.

사거리는 점점 줄어들었다. 30미터, 15미터, 마지막엔 7.5미터까지.

모두 100%였다. 다만 60미터 이하의 테스트에서는 눈에 쉽게 띨 만큼 큼지막한 탄흔이 생겼다. 축배를 들어야 할 시간에 먼저 그 문제를 지적할 만큼 연구진들은 신중하고 겸손했다. 그들은 근거리 저격 사격이 일어날 때마다 흠집이 생긴 투명갑옷을 교체할 필요를 언급했다. 탄흔이 수두룩한 방탄막 뒤에 서는 게 정치인들의 이미지에 치명적이라는 사실을 알고 있었던 것이다. 순위 조사에서 죽이고 싶은, 혹은 죽어야 할 정치인 1위에 이름을 올리는 것과 마찬가지이기 때문이다.

막대한 해외 자본이 투입된 프로젝트였다. 각국 최고 지도자들의 안위가 그 결과에 달려 있다고 해도 과언이 아니기 때문이다. 당사국들은 참관인들을 파견해서 그들의 눈을 통해 테스트의 모든 과정을 지켜보았다. 참관인들은 부지런히 현장을 누볐다. 물론 가장 큰 이유는 조국이 부여한 사명을 완벽히 수행하기 위해서였다. 하지만 개인적인 이유도 있었다. 자료에 따르면 참관인들은 모두 과학적 지식을 갖춘 첩보 요원들이었다. 한때는 첩보 분야에서 이름을 날렸지만 이제는 한직으로 밀려나 방탄막 테스트나 참관하는 신세, 한마디로 지는 별. 하지만 그들 중에는 그 기회나마 재도약의 발판으로 삼으려고 노력한 사람들도 있었다. 물론 자료에 그렇게 적혀 있는 건 아니었다. 나 혼자 행간을 통해 짐작한 내용이었다. 나는 중간을 건너뛰고 화면을 밀어 올렸다. 내가 기대하던 정보, 이미 심증을 굳히고 있던 사실을 눈으로 확인하기 위해서였다. 오래 걸리진 않았다. E자 색인에서 그 정보를 찾을 수 있었기 때문이다.

Etats-Unis d''Amérique

미합중국.

펜타곤이 파견한 참관인, 톰 오데이.

54

나는 낮은 담 너머로 조이의 집을 한동안 지켜보았다. 정문은 여전히 열려 있었다. 불도 여전히 켜져 있었다. 하지만 움직임은 없었다. 내가 베넷에게 휴대폰을 돌려주면서 말했다. "잠깐 산책 좀 하고 오지 않겠소?"

베넷이 말했다. "왜 내가 산책을 해야 하는 거죠?"

"나이스 양과 단둘이 할 얘기가 있소."

"무슨 얘긴데요?"

"당신이 산책하는 동안에는 들을 수 없는 얘기."

베넷은 잠시 그대로 있다가 벌떡 일어섰다. 그가 어둠 속으로 사라졌다. 마술처럼. 파리의 아파트 발코니에서 그랬듯이.

나이스와 나는 벽에 등을 기대고 나란히 쪼그려 앉았다.

내가 말했다. "이번엔 정말로 내가 당신을 떨쳐내려는 장면이오."

나이스는 아무 대꾸도 없었다.

내가 말했다. "당신이 지금 생각하고 있는 이유 때문이 아니오. 나는 여러 모로 당신의 도움이 필요하오. 그리고 당신이 날 제대로 도와주리라는 것도 알고 있소. 하지만 이건 콧트와 나의 문제요. 그는 나를 죽이려 하고 있소. 그래서 나는 그를 죽여야 하오. 사사로운 싸움에 다른 사람이 끼어드는 것은 공평하지 않소. 베넷에게도 그렇게 얘기할 거요."

"어차피 베넷은 끼어들지 않을 거예요. 그에겐 지켜야 할 룰이 있으니까요. 하지만 내겐 뭐든 원하는 대로 할 수 있는 자유가 있어요."

"이건 나와 콧트의 문제요. 여기에도 규칙은 있소. 놈과 나. 일대일."

"그 얘긴 좀 전에도 했어요."

"진심이라 반복하는 거요."

"당신은 따뜻한 사람인 것 같아요."

"내 귀에 영 익숙지 않은 비난이군."

그녀가 말했다. "그자가 왜 내 약을 가로챘을까요?"

"가로챘다? 당신의 약통을 뺏은 거 말이오, 아니면 약을 삼킨 거 말이오?"

"내 약을 삼킨 거."

"조이는 약물 중독 상태였소. 그 덩치에 안 아픈 데가 없었겠지. 허리며 관절에 통증이 심했을 거요. 그래서 마취제나 진통제는 물론 마약까지 복용했을 테고. 그러다 보니 약이 눈에 띄기만 하면 무조건 털어 넣는 상태까지 이르게 됐던 거요. 내가 도와주지 않았어도 조만간 약물 과다 복용이나 그 후유증으로 사망했을 거요. 외길 수순이었소. 직업상 약이 주변에 널려 있으니까."

"이제 더 이상 약 같은 건 먹고 싶지 않아요. 약을 털어 넣을 때 조이의 입 보셨어요? 얼마나 역겹던지."

"지금은 먹고 싶어도 먹을 수 없지 않소."

"이유가 그건가요? 내가 초조해 하다가 일을 망칠까 봐?"

"지금 초조해 하고 있소?"

"불안증 때문에 그런 건 아니에요. 불안 증세는 전혀 느껴지지 않아요."

"우리에겐 아무 일 없을 거요."

"지금 우리라고 한 거 맞죠?"

"당신은 이곳에서, 나는 조이 집 안에서."

"나도 도와야겠어요."

"이건 나와 콧트의 문제요." 내가 다시 말했다. "그에게 떼로 덤빌 순 없소. 그러면 두고두고 찜찜할 거요."

정문은 여전히 열려 있었다. 하지만 그리로 들어가고 싶지는 않았다. 철저하게 노출된 진입로. '콧트가 집 앞을 지켜보며 보낸 시간은 전체의 61퍼센트.' MI5에서는 그렇게 비율을 계산해낼지도 모른다. 두 번째 진입로는 뒤뜰이었다. 세 번째와 네 번째는 양쪽 외벽의 창문들. 어느 쪽이 세 번째일까? 볼링 클럽에서 마주 보이는 벽일 것이다. 우리가 볼링 클럽을 떠나기 전까지 콧트는 그 벽 창문에서 잔디 구장을 지켜보고 있었을 것이다. 따라서 내 선택은 네 번째, 반대쪽 외벽이었다. 나는 야간 투시경을 의식하며 어둠 속에서 살금살금 다가갔다. 타고 넘기가 쉽지 않은 담장이었다. 하지만 쇠창살들이 받침대 구실을 해주었다. 나는 화단으로 내려섰다. 화단과 좁은 통로를 사이에 두고 외벽이 서 있었다. 1층에 난 창문은 모두 여덟 개였다. 어린아이의 크레파스 그림에는 작게 그려질 창문들이었다. 하지만 실제로는 내가 머리를 수그리지 않고도 통과할 수 있을만한 크기들이었다.

나는 가장 가까이에 있는 창문을 살폈다. 창문턱이 내 가슴 높이였다. 그 안은 작은 방이었다. 상대적으로 작았다는 얘기다. 서재나 사무실, 혹은 휴게실인 것 같았다. 나는 다음 창문 앞으로 다가갔다. 그 안쪽은 복도였다. 창에서 10미터가량 떨어진 지점에 계단 맨 아래 칸이 보였다. 그 계단 앞에서 복도가 오른쪽으로 90도 꺾인 뒤 현관으로 이어질 것이다. 나는 가만히 서서 심호흡을 했다. 들이쉬고 내쉬고. 다시 들이쉬고 내쉬고. 이어서 노획한 브라우닝을 꺼내들었다. 나는 그 개머리판으로 유리창을 깼다. 와장창, 쨍그랑, 쨍그랑, 쨍그랑. 내 손이 닿는 부분의 유리는 모두 깼다. 아직 붙어 있는 파편들은 총신으로 걸어냈다. 마침내 내가 들어갈 수 있을만한 공간이 확보되었다. 유리가 깨지는 소리를 들으면서 콧트는 유인

작전을 떠올릴 게 분명했다. 1층 복도 창문으로 달려오게 만든 다음 현관으로 들어가는 작전. 그래서 뒤에서 나를 덮치려는 계획. 따라서 그가 풋내기였다면 유리창을 무시하고 더욱 열심히 현관문을 지켜보았을 것이다. 하지만 콧트는 상대방의 속임수를 언제나 역으로 생각하는 전략 전문가이자 편집증 환자였다. 타고난 본성과 특수 훈련이 함께 빚어낸 결과였다. 따라서 그는 이중의 속임수라는 판단을 내리고 깨진 창문을 향해 복도를 걸어 나올 것이다. 나와 정면으로 마주치게 될 순간을 조심스럽게 기대하면서. 그래서 나는 삼중의 속임수를 구사했다. 즉시, 현관문을 향해 전속력으로 달려간 것이다. 문은 잠겨 있지 않은 게 분명했다. 그런 잠금장치는 밖에서 열쇠로 잠가야 한다. 하지만 게리 패거리들은 누구도 그런 행동을 취하지 않았다. 한 명이 윗도리를 챙겨 입고 다른 한 명이 머리 매무새를 다듬었을 뿐, 곧장 재규어를 타고 떠났다.

문손잡이에 으리으리하다는 표현을 사용하는 게 적절하지는 않을 것이다. 하지만 그 손잡이는 그랬다. 조지아 양식의 절제미가 돋보이는 물건이었다. 그리고 컸다. 길이만 75센티. 내가 잡고 돌린 부분은 어른 팔뚝 굵기였다. 문 안쪽은 로비였다. 검고 흰 대리석을 번갈아 깔아놓은 바닥, 사과나무만 한 샹들리에.

콧트는 보이지 않았다.

짐작대로였다. 나는 문을 활짝 열어젖혔다. 이제 전방 180도 전체가 사정권으로 확보되었다. 로비 뒤로 복도가 길게 나 있었다. 그 끝에 2층으로 올라가는 계단이 자리 잡고 있었다. 복도는 그 앞에서 왼쪽으로 90도 꺾여 있었다. 그 끝은 깨진 창문일 테고.

나는 집 안으로 들어섰다.

콧트는 보이지 않았다.

이중의 속임수. 그게 놈의 한계였다. 지금쯤 깨진 유리창을 노려보고 있을 것이다. 아니면 복도에 면한 방들을 수색하고 있을 것이다. 어느 쪽이 됐든 내 왼쪽으로 90도 되는 지점에 있는 건 분명했다.

나는 로비를 지나 복도로 들어섰다. 여느 복도와 마찬가지로 폭보다 길이가 훨씬 긴 직사각형 구조였다. 또한 여느 저택의 복도와 마찬가지로 복도에 어울리는 가구들이 놓여 있고 좌우로 방문이 나 있었다. 하지만 느낌이 달랐다. 내가 그때까지 보았던 저택들은 복도에 나 있는 문들의 간격이 일반 주택에 비해 넓었다. 당연했다. 방이 크니까. 그건 비율상 차등의 원칙이었다. 하지만 조이의 복도에 나 있는 문들의 간격은 일반 주택과 똑같았다. 그 안쪽의 공간들은 엄청나게 클 것이다. 하지만 느낌으로는 클 것 같지가 않았다. 왜? 비율상의 원칙을 무시하고 모든 부분을 정확히 똑같은 비율로 부풀려 놓았으니까. 나로선 이미 알고 있던 사실이었다. 하지만 막상 내부에 들어오고 나니 이상한 느낌이 드는 걸 어쩔 수가 없었다. 문짝 자체의 높이만 2.7미터가 넘었다. 문틀까지 합치면 3미터 이상. 따라서 문들 사이의 간격이 일반 주택과 같아 보이는 건 일종의 착시현상이었다.

정사각의 대리석 판석도 마찬가지였다. 일반 제품은 한 변의 길이가 60센티미터 남짓일 것이다. 조이의 집 판석은 90센티미터였다. 벽과 바닥이 맞닿는 부분에 둘러쳐진 몰딩도 그랬다. 빅토리아 양식의 초호화 저택의 경우, 30센티 높이가 보통일 것이다. 조이네 것은 45센티미터였다. 일반 사이즈의 방문 손잡이는 내 허벅지에 닿는다. 하지만 조이네 방문 손잡이는 내 갈비뼈 높이였다. 모든 것이 150퍼센트 더 크고, 더 길고, 더 넓고, 더 높았다. 따라서 나 자신이 아주 작은 몸집의 사내처럼 느껴졌다. 어떤 미치광이 과학자가 내 몸을 축소시켜 놓은 것 같았다. 어쩌면 그게 알루미늄 투명갑옷을 고안한 과학자들의 다음번 프로젝트일지도 모른다.

부풀어난 건 물건들만이 아니었다. 거리 또한 150퍼센트로 늘어나 있었다. 따라서 내 자신이 아주 느리게 움직이는 것 같은 느낌이 들었다. 일반 주택 같으면 세 걸음 거리를 그곳에서는 네 걸음 반을 내디뎌야 했다. 슬로우 모션으로 걷는 것 같았다. 뒷걸음으로 걷는 것 같기도 했다. 분주하게 발을 놀리지만 목표 지점에 닿지 못하는 상황, 마치 하행 에스컬레이터를 거슬러 올라가고 있는 듯한 느낌마저 들었다. 전혀 다른 차원의 공간, 그에 따른 공간감 상실.

나는 복도가 꺾어진 모퉁이에서 180센티미터가량 못 미친 지점에 멈춰 섰다. 물론 270센티미터일 수도 있었다. 어쨌든 나는 가만히 서서 귀를 기울였다. 조용했다. 깨진 유리 조각이 발밑에서 으스러지는 소리는 들리지 않았다. 방문이 여닫히는 소리도 들리지 않았다. 나는 복도 모퉁이를 향해 조금 더 다가갔다. 나는 양손에 각각 브라우닝과 글록을 쥐고 있었다. 글록의 약실에는 총알이 한 발, 탄창에는 열두 발이 남아 있었다. 지금까지 사용한 총알은 모두 다섯 발. 네 발은 찰리 화이트 경호원들의 재규어 라디에이터 그릴을 뚫고 엔진 속에 박혔다. 나머지 한 발은 조이의 배를 뚫고 땅속에 박혔다.

콧트가 복도 모퉁이를 돌아 나오는 머리를 기다리고 있다면 그의 눈은 보통 사람의 눈높이에 해당하는 허공에 고정되어 있을 것이다. 그건 어쩔 수 없는 본능이다. 보통 사람의 눈높이는 대략 165센티미터, 일반 주택 안벽의 높이는 약 3미터, 따라서 바닥으로부터 55퍼센트쯤 올라온 지점에 해당한다. 콧트는 무의식적으로 벽면을 기준으로 높이를 어림했을 것이다. 하지만 조이의 복도 벽이었다. 55퍼센트 지점의 실제 높이는 165센티미터의 1.5배, 즉, 거의 250센티였다. 따라서 콧트의 초점은 내 머리 끝보다 훨씬 높은 허공에 모아져 있을 것이다. 그렇다고 해도 방심은 금물이었다. 나는 바닥에 무릎을 꿇고 앉은 다음 가슴이 바닥에 닿을 정도로 자세를 낮췄다. 몰딩의 상단이 내 눈높이와 수평을 이루었다. 그 자세에서 나는 모퉁이 너머로 머리를 내밀었다.

콧트는 보이지 않았다.

판석 바닥 위에 유리 조각들이 어지럽게 널려 있었다. 좌우의 방문들은 모두 굳게 닫혀 있었다. 콧트의 모습은 없었다. 닫힌 문 뒤에 숨어 있을까? 잠시 동안이라면 그럴 수도 있었다. 혹은 처음부터 움직이지 않았을 수도 있다. 초일류 저격수, 타의 추종을 불허하는 인내심의 소유자. 유리창이 깨지는 소리마저 아랑곳하지 않고 그 자리에서 그대로 기다리고 있을 가능성이 다분했다. 그렇다면 그 자리는? 2층 객실일 것이다. 탁자 위에는 배럿 50구경 라이플이 놓여 있을 것이다. 그리고 그 총구는 객실 출입문을 향하고 있을 것이다.

나는 나이스와 함께 훑어보았던 설계도면을 머릿속에 펼쳤다. 객실은 2층의 좌측 뒤편 사분면에 자리 잡고 있었다. 그리로 가려면 계단을 올라가서 오른쪽으로 꺾어져야 했다. 나는 바닥에서 일어섰다. 사방을 다시 한번 확인했다. 숨을 크게 한 차례 들이마셨다. 숨을 내뱉었다.

그리고 첫 번째 계단에 발을 얹었다.

　계단은 왼쪽에서 절반을 올라가다 층계참에서 180도로 방향이 바뀌어 오른쪽으로 나머지 절반을 올라가는 구조였다. 집 안에 있는 다른 모든 것들처럼 계단 역시 150퍼센트의 비율로 균등하게 부풀어 있었다. 따라서 한 칸을 오를 때마다 발을 1.5배 더 높이 들어야 한다. 상체도 1.5배 더 수그려야 한다. 한 칸, 한 칸을 그렇게 올라가야 한다. 게다가 왼쪽 절반을 올라가는 동안 내 뒤통수가 무방비 상태로 노출된다. 콧트가 2층 난간 사이로 총구를 겨누고 복도에 엎드려 있을 수도 있었다. 그렇다면 그는 내가 층계참에 올라서기 직전에 방아쇠를 당길 것이다. 사거리는 고작 4미터도 채 안 되는 거리. 그리고 내 몸은 알루미늄 옥시나이트라이드로 만들어지지 않았다.

　그래서 나는 벽에 바짝 붙어서 뒷걸음으로 올라갔다. 2층 복도가 보일 때까지 한 칸, 한 칸. 복도는 비어 있었다. 콧트는 보이지 않았다. 나는 자세를 바로 하고 나머지 계단을 부리나케 올라갔다. 2층 복도는 1층 것과 구조와 모양새가 똑같았다. 다만 바닥에 대리석 대신 카펫이 깔려 있었다. 갓 벌초한 초원만큼 넓은 카펫이었다. 문짝들도 똑같았다. 270센티미터. 다만 개수가 하나 더 많았다. 왼쪽에 두 개, 오른쪽에 두 개, 그리고 오른쪽 끝 벽에 하나. 객실 출입문이었다. 나는 그 문을 향해 다가가기 시작했다.

　거인의 집이라서 유리한 점도 있었다. 1.5배 넓은 조이의 복도에서는 좌우로도 공간의 여유가 있었다. 중앙은 위험했다. 콧트가 객실 문 안쪽에서 복도의 정중앙에 총구를 미리 맞춰 놓았을 수도 있었다. 나는 중앙을 피해 벽을 따라 걸음을 옮겼다. 방심은 금물이었다. 콧트가 적외선 빔이나 엑스레이 투시경 같은 첨단장비를 갖추고 있을 가능성도 있었다.

다행히 그런 장비는 없는 모양이었다. 나는 무사히 복도를 통과해서 문 옆 벽에 바짝 붙어 섰다. 그리고 브라우닝의 총신을 잡고서 그 개머리판으로 문을 두드렸다.

내가 말했다. "콧트, 안에 있나?"

대답이 없었다.

나는 다시 문을 두드렸다. 더 세게.

"콧트, 문 열어."

나는 콧트가 문을 열 수도 있다고 생각했다. 탄도학상으로는 어차피 문은 열려 있는 것이나 마찬가지였다. 우리 두 사람 모두 문을 사이에 두고도 얼마든지 사격을 할 수 있었다. 우리에게는 문짝은 물론 벽도 바닥도 장애물이 아니다. 우리는 소리만 들린다면 표적의 위치를 가늠할 수 있다.

하지만 콧트는 귀에만 의존하고 싶지 않았을 것이다. 내 사진을 침실 벽에 붙여두고 잠자리에 들면서도 보고 아침에 눈을 뜨면서도 보았던 놈이었다. 그는 내가 총알에 맞아서 쓰러지는 모습을 보고 싶었을 것이다. '성공한 미래의 모습을 눈앞에 그려보라.' 명상 수련을 할 때마다 내가 죽어가는 모습을 눈앞에 떠올렸을 것이다. 그 모습을 실제로 보기 위해 그는 16년을 기다려왔다. 문을 열 수도 있었다.

내가 말했다. "콧트, 일단 얘기부터 나누자."

대답이 없었다.

내가 말했다. "지난 일은 잊어. 날 아예 잊어버려. 나도 널 깨끗이 잊어버릴 테니. 그러곤 각자 갈 길을 가는 거다. 마음을 다스려라, 콧트. 괜히 일을 크게 벌이지마. 내가 감옥에 보낸 놈들은 너 말고도 많아. 하지만 너처럼 악착같이 복수를 노리는 놈은 없었어."

그때 삐걱 소리가 들렸다. 순간적으로 나는 객실 문이 열리는 소리라고 생각했다. 하지만 아니었다. 복도 맞은편에서 난 소리였다. 내 옆눈에 아이가 휙 지나가는 모습이 들어왔다. 계단 꼭대기에서 복도를 가로지르는 모습. 순식간에 나타났다 사라졌지만 작은 사내아이라는 것만은 분명했다. 이 집 안에 아이가 있다니? 베넷은 왜 아이의 존재에 대해서 언급하지 않았을까? 아이 엄마는 어디 있을까? 대체 무슨 일이 벌어지고 있는 걸까?

나는 글록의 방아쇠에서 손가락을 뗐다.

즉시 내 두뇌 뒷부분이 혼란스러운 생각을 정리해 주었다. '아이가 아니다. 통통하지도 않고 마르지도 않은 모습, 아이들 특유의 생기도 느껴지지 않았다. 경직되고, 지치고, 긴장한 어른의 모습이었다. 170센티미터 남짓되는 성인 남자가 4.5미터 높이의 천장 아래에서 150센티미터 높이의 난간을 지나 45센티미터 높이의 몰딩이 둘러쳐진 복도를 달음질로 가로지른 것이다.'

작은 사내아이가 아니었다.

존 콧트였다.

나는 설계도를 다시 한 번 머릿속에 펼쳤다. 이번에는 세세한 부분까지 확인해야 했다. 그 도면 위에서 2층 복도는 직사각형 건물의 전면과 후면을 잇는 짧은 세로줄과 양쪽 옆면을 잇는 긴 가로줄로 그려져 있었다. 세로줄은 직선이었고 가로줄은 왼쪽과 오른쪽으로 한 번씩 꺾여 있었다. 두 줄이 만나서 삼거리를 이루는 지점이 계단 꼭대기였다. 세로줄의 끝은 현관문 위의 아치형 장식유리창이었다. 가로줄의 한쪽 끝은 내가 서 있는 객실 문, 다른 쪽 끝은 조이의 침실 문이었다. 콧트는 내 쪽으로 오지 않았다. 장식유리창으로 가지도 않았을 것이다. 그 상황에서는 그리로 갈 이유가 없었다. 그렇다면 조이의 침실.

내가 결론을 내린 순간, 아래쪽에서 사내의 목소리가 들렸다. 1층 복도에서 베넷이 날 찾는 소리였다. "리처? 위에 아무 일 없습니까?"

내가 소리쳤다. "이 집에서 나가요! 당신이 끼어들 상황이 아니오!"

나는 귀를 기울이고 응답을 기다렸다. 하지만 더 이상은 아무 소리도 들리지 않았다.

나는 객실 문의 손잡이를 돌려보았다. 잠겨 있지 않았다. 나는 안으로 들어가서 내부를 둘러보았다. 내가 전에 묵었던 몇몇 호텔 객실들과 비슷한 구조였다. 하지만 규모는 상대가 되지 않았다. 모든 것이 갖춰진 주거 공간이었다. 거실과 주방에다가 여성 전용 화장실까지 따로 마련돼 있었다. 짧은 복도 양옆으로는 화장실이 딸린 침실이 하나씩 자리 잡고 있었다. 왼쪽에 있는 침실은 사용한 흔적이 없었다. 오른쪽 침실에는 콧트의 물건들이 있었다. 짐이라고 할 수 없을 만큼 단출했다. 아칸소에서 나이스가 짐작했던 대로였다. 침낭과 배낭. 침낭은 흔히 볼 수 있는 것이었다. 배낭은 검은 가죽 소재의 더플백이었다. 흠집투성이의 낡은 배낭 속에는 티셔츠와 속옷, 그리고 총알이 가득 들어 있었다.

탄약은 모두 9밀리 패러벨럼이거나 50구경 매치 그레이드였다. 두 총알은 용도는 물론 모양과 크기도 전혀 다르다. 패러벨럼은 권총용 실탄으로서 작고 앙증맞은 모양새가 마치 보석 같은 느낌을 준다. 라이플용인 50구경 매치 그레이드는 전투기 기관총탄처럼 큼지막했다. 탄피의 길이만 10센티미터.

뒤질만한 곳은 모두 뒤졌지만 권총은 찾을 수 없었다.

하지만 라이플은 찾아냈다.

주문제작한 케이스에 싸여 침대 아래에 숨겨져 있었다. 배럿 라이트50. 150센티미터가 넘는 길이에 14킬로그램에 육박하는 중량, 라이플계의 대물. 생산지는 테네시, 가격은 그곳 시세로 웬만한 중고 세단 한 대 값. 망원

렌즈가 부착된 콧트의 라이플은 장전된 상태였다. 나는 망원렌즈를 발로 차서 어긋나게 만들었다. 시간상, 그 정도로 만족해야 했다. 나는 서둘러 객실 앞 복도로 다시 나왔다.

나는 다시 머릿속에 설계도를 펼쳤다. 현재 내 위치에서 9미터 걸어간 뒤, 오른쪽으로 꺾어져서 다시 6미터 걸어간 다음 왼쪽으로 돌면 조이의 침실이다. 복도 끝이 곧장 침실 문으로 이어진 건 아니다. 복도보다 폭이 훨씬 넓은 정사각형 공간이 조성되어 있고 침실 문은 그 안쪽 벽에 나 있다. 나는 왼손과 오른손에 각각 브라우닝과 글록을 들고 있었다. 옛날 흑백영화 속, 백발백중의 쌍권총잡이. 영화니까 가능한 얘기다. 양손에 든 총을 동시에 정확히 조준한다는 건 불가능에 가까운 일이다. 그때까지 나는 그럴 수 있는 사람을 만난 적이 없었다. 따라서 브라우닝은 무시하고 글록에만 집중해야 했다. 물론 조준이 엉망이고 시간차가 있더라도 브라우닝이 함께 불을 뿜는 게 나쁠 건 없었다. 음향이나 시각적 효과가 상당할 것이다. 영화에서처럼.

나는 객실 문 앞을 떠났다. 9미터 남짓 걸어서 계단 꼭대기를 지나치자마자 복도가 오른쪽으로 꺾어졌다. 설계도대로였다. 나는 벽에 붙어서 모퉁이를 돌았다. 새로 뻗은 복도 끝에는 장식유리창이 나를 마주 보고 있었다. 아주 가까워 보였다. 하지만 실제로는 그렇게 가깝진 않았다. 6미터. 거인의 집이 유발하는 착시현상 탓에 엉망이 되었던 내 공간감이 설계도 덕분에 회복되어 가고 있었다. 나는 첫 번째 모퉁이에서보다 훨씬 더 조심스럽게 장식유리창 앞의 모퉁이를 돌았다. 글록의 총구로는 몰딩을 세 개 쌓아올린 높이, 그러니까 바닥에서 135센티쯤 되는 허공을 단단히 겨눴다. 콧트의 가슴 높이. 정사각형 공간의 안쪽 벽은 모퉁이에서 4.5미터 떨어져 있었다. 콧트가 문을 열고 나온다면 작고 빠른 패러벨럼 총알이 80

분의 1초 만에 그의 가슴에 박힐 것이다. 물론 나의 반응속도도 보태야 했다. 하지만 나는 거의 즉시 반응할 준비가 되어 있었다. 그건 분명했다.

콧트는 문을 열고 나오지 않았다. 나는 정사각형 공간으로 진입했다. 침실 문은 닫혀 있었다. 자체로만 270센티미터, 문틀까지 합치면 3미터, 내 갈비뼈 높이의 손잡이.

문 안쪽에서 여자의 목소리가 새어나왔다.

분명치 않았다. 하지만 다른 사람과 이야기하는 소리는 아니었다. 비명이나 신음도 아니었다. 절망에 겨워 혼자 중얼거리는 소리. 뭔가를 하고 싶거나, 혹은 뭔가를 갖고 싶거나 아니면 뭔가를 집고 싶은 마음, 하지만 마음대로 되지 않는 상황. 단순히 원하는 수준을 넘어 절실히 필요한 그 무언가를 얻지 못해서 여자는 괴로워하고 있었다.

나는 뒤로 물러서서 어깨 너머로 소리쳤다. "베넷? 아직 아래에 있소?"

대답이 없었다.

대신 안에서 새어나오던 여자의 목소리가 뚝 끊겼다.

나는 한 걸음 옆으로 비켜섰다. 콧트가 문에 대고 총을 쏠 수도 있었다.

콧트는 총을 쏘지 않았다.

'안에 있는 사람을 어떻게 하면 자발적으로 걸어 나오게 만들 수 있을까? 지금껏 누구도 그 방법을 찾아내지 못하고 있다.'

일반 주택이었다면 나는 옆벽에 등을 바짝 붙이고 선 뒤 팔을 쭉 뻗어서 문손잡이를 돌렸을 것이다. 하지만 조이의 침실 문은 너무 넓어서 그럴 수가 없었다. 그래서 나는 그 날 두 번째로 작고 민첩한 사내로 변신했다. 그 사내가 상체를 바짝 수그리고 침실 문으로 다가갔다. 잽싸게 손잡이를 돌렸다. 발로 문을 찼다. 다시 상체를 수그리고 뒤로 빠졌다. 글록을 겨눴다.

그리고 방아쇠를 당겼다. 작고 빠른 패러벨럼 총알이 콧트의 이마 한가운데를 뚫고 들어갔다. 하지만 콧트는 쓰러지지 않았다. 그냥 깨져 버렸다. 문 안쪽의 옆벽에 걸린 거울, 그 거울에 비친 콧트의 모습이었다.

총성의 여운이 사라지고 유리 파편이 모두 바닥에 떨어지자 주위는 다시 조용해졌다. 침실 안쪽에서 콧트가 말했다. "과거를 깨끗이 잊고 각자 갈 길로 가자던 얘기는 어떻게 된 거지?"

16년 만에 다시 듣는 목소리. 느릿느릿한 오자크 어조. 퉁명스러운 말투. 잇새로 갈아져 나오는 듯한 발음. 분명히 존 콧트였다.

내가 말했다. "자네가 대답을 안 했잖나."

"대꾸할 가치가 있어야 대답을 하지."

"같이 있는 게 누군가?"

"들어와서 직접 확인하시지."

나는 머릿속에 설계도를 다시 한 번 펼쳤다. 내가 말했다. "자네는 지금 층고가 아주 높은 주택의 2층에 있어. 방문 밖에는 내가 지키고 있고, 나는 방금 총을 쐈어. 여긴 런던이야. 5분 뒤면 경찰들이 수천 명은 몰려 올 거야. 3주 정도야 음식 없이도 버틸 수 있겠지. 하지만 그다음엔 어쩔 텐가?"

그가 말했다. "경찰은 오지 않아."

내가 말했다. "이유는?"

"베넷이 자기 부하가 쏜 거라고 말할 테니까."

"자네가 베넷에 대해서 알아?"

"많은 걸 알고 있지."

"같이 있는 게 누군가?"

"거울로 보여줄 수 있었을 텐데 당신이 깨버렸어. 들어와서 확인하는 수밖에 없겠는 걸."

나는 한 발짝 뒤로 물러서서 어깨 너머로 소리쳤다. "베넷? 아직 아래에 있소?"

대답이 없었다.

"나이스? 거기 있소?"

대답이 없었다.

나는 다시 침실 문으로 한 걸음 다가서면서 말했다. "조이가 아주 먼 곳으로 떠났다는 걸 자네도 알 거야. 그의 부하들이 모두 도망쳤다는 것도 알 테고. 그러니 나는 언제까지든 여기 버티고 있을 수 있어. 자네는 굶어 죽게 될 거야. 경찰이 출동하지 않아도 말이지."

"그러면 당신 손에 다시 한 번 선량한 사람의 피를 묻히는 거야. 내가 혼자가 아니라는 걸 당신도 알잖아, 안 그래?"

이어서 그가 뭔가를 중얼거렸다. 내게 하는 말이 아니었다. '어이, 저자한테 얘기해 봐.' 분명치는 않았지만 그 정도 대사인 것 같았다. 여자의 목소리가 다시 들렸다. 여전히 알아들을 수 없었다. 이번엔 절망에 겨운 탄식이 아니었다. 비명이었다. 하지만 먹먹했다. 입에 재갈을 물린 것이다. 그렇다면 손도 묶여 있을 것이다.

여자가 다시 한 번 먹먹한 비명을 올렸다.

내가 말했다. "내 마음을 흔들어 놓겠다는 건가?"

콧트가 말했다. "나야 그러면 좋지."

"내가 사회복지사라도 되는 줄 아나?"

여자가 비명을 질렀다. 세 번째. 이번에는 더 높고 더 길었지만 먹먹하기는 마찬가지였다. 비명은 흐느낌으로 이어졌다. 나는 그 흐느낌 속에서 고통과 상처, 그리고 참담함과 치욕을 느낄 수 있었다.

콧트가 말했다. "어이쿠. 나는 마음이 흔들리는 정도가 아니라 아예 무너져 내리는군."

설계도에 따르면 침실은 가로세로로 9미터 길이의 정사각형 구조였다. 문에서 봤을 때 화장실은 왼쪽, 드레싱룸(dressing-room, 화장을 위해 거울,

화장 용구 등을 갖춘 방-옮긴이)은 오른쪽에 붙어 있었다. 나는 총을 쐈던 자리에 그대로 서 있었다. 안쪽 옆벽의 거울은 더 이상 아무것도 비쳐주지 못했다. 보는 눈을 의식할 필요가 없었기에 더럽고 칙칙한 상태 그대로 거울 뒤에 감춰져 있던 나무 판때기만이 나를 마주 보고 있었다. 하지만 그 위에 유리가 끼워져 있었을 때는 내게 콧트의 모습을 비쳐주었다. 거울과 나 사이의 각도는 아주 좁았다. 따라서 콧트와 거울 사이의 각도 역시 아주 좁을 수밖에 없었다. 두 피사체의 동일한 각도. 중학교 물리. 광학의 기초.

글록의 총구는 그의 가슴 높이의 허공에 고정되어 있었다. 하지만 패러 벨럼은 거울 속 콧트의 이마를 뚫었다. 그렇다면 콧트는 침대에 걸터앉아 있는 것이다. 분명했다. 그 사실을 뒷받침할 증거는 또 있다. 입에 재갈을 물리고 손발을 묶은 여자를 놓아둘 곳이 침대 말고 어디겠는가. 침대머리가 거울 맞은편 벽에 놓여 있는 것도 틀림없었다. 내가 밖에서 마주 보고 있는 벽과 거울 맞은편 벽이 이루고 있는 구석자리. 거기까지는 물리적 법칙과 이치에 그대로 들어맞았다. 하지만 각도에 다시 생각이 미치자 모든 게 엉클어졌다. 콧트가 그렇게 놓인 침대 발치에 앉아 있다면 안쪽 벽에 바짝 붙어 있는 것이다. 그렇다면 거울에 비친 그의 모습이 내 눈에 보일 수가 없었다. 각이 나오질 않았다. 그와 나의 각도가 똑같을 수가 없었다. 절대로 그럴 수가 없었다. 그렇다면? 이번에도 내 두뇌 뒷부분이 나섰다. '조이의 침대는 일반 사이즈보다 1.5배, 그러니까 길이는 최소 3미터, 너비는 최소 2.5미터가 더 커. 멀찍이 앉았다면 각도가 들어맞는다.' 그제야 연결 고리가 완벽하게 이어졌다.

나는 문설주 앞으로 다가갔다. 나는 건자재에 관해 아는 게 없다. 하지만 내게도 눈이 있고 기억이라는 게 있다. 그래서 주택용 문짝에 사용되는 경첩에는 접히는 중앙 부위에 직경 1.2 내지 1.3센티짜리 원형막대가 있다는 사실을 알고 있었다. 그렇다면 조이네 경첩 막대의 직경은 2센티미터에 육박할 것이다. 나는 경첩의 역할도 알고 있었다. 문짝이 아래위의 문턱과 손잡이 쪽의 문틀은 벗어나되 문설주에는 고정된 상태에서 자유롭게 여닫히게 만드는 역할. 문이 열린 각도가 90도가 될 때 문짝과 문설주 사이가 최대한으로 벌어진다는 사실은 눈과 기억에 의존하지 않고도 알 수 있었다. 조이의 침실 문의 경우, 정확히 90도 각도로 열렸을 때 그 틈의 너비는 2.8센티에서 3센티 정도일 것이다. 하지만 문은 고작 30도 내지 32도로 열려 있었다. 그렇다면 문과 문설주 사이의 틈은 최대 너비의 3분의 1 남짓. 그러면 9밀리미터에서 10밀리미터 사이가 된다.

그리고 9밀리 패러벨럼의 직경은 9밀리미터 플러스마이너스 제로.

56

나는 경첩이 만들어낸 틈을 통해 안을 들여다보았다. 물론 어느 정도 떨어져서. 콧트는 원래부터 감각이 발달돼 있었다. 게다가 명상 수련만 15년 이상이었다. 이제 그의 오감은 극도로 예민해져 있을 것이다. 따라서 그가 문틈이 살짝 어두워지는 기미를 감지하거나 내 호흡을 느낄 수도 있었다. 그는 침대 발치에 걸터앉아 있었다. 얼굴을 비스듬히 문 쪽으로 향하고 있는 자세였다. 그 얼굴에 16년이라는 세월의 흔적이 고스란히 배어 있었다. 눈가에는 잔주름이 가닥가닥 잡혔고 입 주위에는 두 줄기 주름이 깊게 패어 있었다. 온갖 시련을 겪은 뒤 한층 더 현명해진 사람의 모습이었다. 그건 분명했다. 고동색 바지에 고동색 셔츠 차림이었다. 나도 골라잡았을 것 같은 싸구려였다. 양손은 무릎 위에 편안히 놓여 있었다. 한쪽 손에는 권총이 들려 있었다. 런던의 갱단이 가장 선호하는 브라우닝 하이파워.

침대 위, 콧트 옆에는 벌거벗은 여자가 앉아 있었다. 내겐 전혀 낯선 얼굴이었다. 금발에 흰 피부. 나이는 짐작하기 어려웠다. 대충 18세에서 40세 정도? 양팔이 등 뒤로 꺾인 채 양 손목이 묶여 있었다. 두 발목도 묶여 있었다. 입에는 헝겊이 물려 있었다.

등 뒤로 꺾인 그녀의 팔꿈치는 안쪽이 보이도록 뒤틀려 있었다. 퍼렇고 누런 멍 자국들, 길고 짧은 상처들, 엉겨 있는 피딱지들. 참고 보기 힘들 만큼 엉망진창이었다.

콧트가 주사기를 집어 들고서는 여자의 눈앞에 들이댔다. 이어서 그걸 그녀의 팔꿈치 안쪽 가까이로 가져갔다. 여자가 고개를 비틀고서 휘둥그레 뜬 눈으로 주사기를 바라보았다. 콧트가 주사기 바늘을 그녀의 살갗에 갖다 댔다. 그녀의 두 눈이 더욱 커졌다. 묶여 있는 상체가 앞뒤로 노를 저었다.

콧트가 다시 바늘을 뺐다.

제자리로 돌아온 여자의 고개가 이번에는 아래로 푹 꺾였다. 내가 처음에 들었던 탄식이 여자의 막힌 입에서 또다시 새어나왔다. 안타까움, 좌절, 고통. '절실히 필요한 것을 얻지 못하는 괴로움.'

나는 경첩이 만들어낸 틈과 일직선을 유지하며 뒤로 크게 한 걸음 물러섰다. 브라우닝을 뒷주머니에 찔러 넣었다. 두 발을 30센티미터 간격으로 벌리고 두 손으로 글록을 들어올렸다. 내겐 너무나 자연스러운 자세. 그때까지 천 번은 취했던 서서쏴 자세. 나는 앉아 있는 콧트를 향해 문틈을 통해서 총을 쏘았다. 거울에 비친 허상이 아니었다. 실제 존 콧트. 하지만 맞힌 부위는 똑같았다. 이마 한복판. 4.5미터의 사거리. 80분의 1초. 콧트의 이마에는 즉시 직경 9밀리짜리 검은색 구멍이 뚫렸다. 깔끔하게. 동시에 그의 뒤통수가 터져 나갔다. 그건 깔끔하지 않았다. 격발의 충격이 내 두 팔에 고스란히 전해졌다. 우레 같은 총성에 고막이 먹먹해졌다. 콧트는 제자리에 그대로 앉아 있었다. 마치 동상처럼. 그대로, 그대로, 그러다 마침내 옆으로 픽 쓰러지더니 바닥으로 굴러 떨어졌다.

나는 콧트의 상태를 확인하지 않았다. 얼굴을 바닥에 박고 널브러져 있었기에 그의 뇌 속이 훤히 들여다보였다. 그 정도면 충분했다. 하지만 그의 주머니들은 뒤졌다. 그래서 찾아낸 휴대폰은 내 것과 똑같은 기종이었다. 그걸 주머니에 쑤셔 넣고 난 뒤 나는 여자의 발목을 풀어주었다. 이어서 손목을 풀어주고 입에 물려 있던 헝겊도 잡아 뺐다. 그녀의 벌거벗은 몸을 가려줄 만한 것을 찾기 위해 몸을 반쯤 돌리는 찰나, 여자가 나를 밀쳐냈

467

다. 그녀가 덮치듯 주사기를 집어 들고 자신의 팔뚝에 바늘을 꽂았다.

그녀가 눈을 감고 압축 막대를 밀었다. 천천히, 천천히, 끝까지.

그리고 기다렸다.

전에 내가 들었던 것과는 차원이 전혀 다른 소리가 여자의 입에서 새어 나왔다. 황홀한 신음, 헤프게 낄낄대는 웃음, 행복에 겨운 하품.

여자가 바닥에 내려섰다. 천천히, 그리고 흔들흔들.

여자가 말했다. "여기서 나가고 싶어요." 정확히 그렇게 말한 것은 아니었다.

서툰 영어였다. 그리고 외국 억양이었다. 동유럽. 라트비아 혹은 에스토니아일 것이다. 'leave'의 장음과 'live'의 단음을 구분할 수 없는 모양이었다. 그래서 내 귀에는 '여기서 살고 싶어요'로 들렸다.

아니 어쩌면 정확하게 발음했는지도 모른다. 환각과 쾌락 속에 파묻혀 지내고 싶었다면 말이다.

내가 말했다. "주사 바늘을 팔에서 빼시오."

여자가 바늘을 빼고 주사기를 바닥에 던졌다.

내가 말했다. "옷은 어디 있소?"

여자가 말했다. "없어요."

나는 욕실로 가서 트윈베드 매트리스만 한 수건을 집어 들고 돌아왔다. 거인의 집에서는 손을 닦는 수건일 것이다. 나는 여자의 어깨 위에 수건을 둘러주었다. 내 의도를 알아차린 여자가 그걸로 가려야 할 부분들을 가렸다.

내가 말했다. "이름이 뭐요?"

여자가 말했다. "내 이름을 알고 싶으면 먼저 돈을 내세요."

여자가 비틀거리며 한 걸음을 뗐다. 나는 권총을 주머니에 쑤셔 넣고 여자의 두 팔꿈치를 잡았다. 내가 물었다. "걸을 수 있겠소?"

여자가 숨을 한 번 크게 몰아쉬었다. 입술 모양으로 미루어 그렇다는 대답을 하려는 것 같았다. 하지만 입을 여는 대신 눈동자가 위로 돌아가더니 황홀한 신음소리와 함께 그대로 기절해 버렸다. 나는 바닥을 향해 무너져 내리는 그녀의 몸뚱이를 낚아채서 두 팔로 안아 올렸다. 그녀를 안고 1층으로 내려가서 적당한 곳에 눕혀둘 요량이었다. 내가 나이스와 함께 떠난 뒤 베넷이 구급차를 부르면 그만이었다. 그 시간쯤은 기다려도 무방한 환자였다. 응급처치가 필요한 상황이 아니었다. 본인이 치료를 거부할 수도 있었다. 최소한 금단현상이 또다시 덮쳐오기 전까지는.

힘은 들지 않았다. 그녀도 편안했을 것이다. 나는 그녀를 안고 침실 문 앞의 정사각형 공간으로 나갔다. 이어서 복도로 이어지는 모퉁이를 돌았다. 그 순간 나는 찰리 화이트와 맞닥뜨렸다. 그의 손에는 권총이 들려 있었다. 브라우닝 하이파워. 그 총구가 내 머리를 정확히 겨누고 있었다.

57

찰리의 검은 예복 앞자락은 온통 피로 물들어 있었다. 코뼈는 분명히 부러졌거나 으스러져 있었을 것이다. 하지만 처음부터 크고 괴상한 모양이었기에 눈으로 봐서는 상태를 알 수가 없었다. 숱 없는 흰 머리는 산발이 되어 있었다. 그래도 그는 버티고 서 있었다. 77세라는 나이를 생각하면 대단한 강골이었다.

내가 말했다. "나에게 거짓말을 했군. 무기가 없다더니."

"거짓말한 적 없어." 그가 말했다. "이건 조이 거야. 난 그가 총들을 어디 두는지 알고 있었던 것뿐이고."

"그럼 이제 당신이 가져." 내가 말했다. "조이에게는 더 이상 아무것도 필요 없으니까."

"나도 알아. 그가 잔디밭에 쓰러져 있는 걸 봤어."

"그 덩치가 눈에 띄지 않으면 이상한 일일 테지."

"그년 내려놔."

고마운 말씀. 내심 바라던 바였다. 그래야 내 두 손이 자유로워질 테니까. 나는 여자를 카펫 위에 조심스럽게 눕혔다. 여자의 고개가 찰리를 향해 저절로 돌아갔다. 마치 그를 쳐다보기라도 하는 것처럼.

찰리가 말했다. "쓸 만한 계집이야. 몇 시간 데리고 놀기에 딱 좋아. 정말이야. 주사 한 방이면 뭐든지 다 하거든. 진짜로 뭐든지. 왜 사내들은 평소에 해보고 싶었던 게 있잖아. 말만 해봐. 이 계집이 소원을 풀어줄 거야. 직접 겪어보기 전엔 믿지 못할 걸."

찰리가 조준점을 낮췄다. 이번엔 내 가슴 정중앙이었다. 그와 나 사이의 거리는 2.5미터. 총알이 날아오는 시간은 100분의 1초도 되지 않는다. 그가 말했다. "두 팔을 벌려. 날개를 펼치는 것처럼."

절체절명의 위기. '손들어!', 혹은 '손 머리에 올려!' 아니면 '두 손을 모아서 앞으로 뻗어!'와 같은 명령들은 순순히 따르기만 하면 당장에는 목숨에 지장이 없다. 그런 명령들은 수갑을 채우거나 밧줄로 묶겠다는 신호와 마찬가지다. 최악의 경우라 할지라도 처분을 결정할 때까지 허튼 수작하지 말라는 경고 수준이다. 하지만 두 팔을 양옆으로 뻗으라는 건 즉결처분을 의미한다. 현장사살.

내가 그 위기를 모면하기 위해서는 다섯 가지의 연속동작이 필요했다. 그것도 신속하게.

두 팔을 내린다, 양손을 뒤로 가져간다, 권총들을 뽑는다, 양손을 들어 올린다, 나도 찰리에게 총을 겨눈다.

그 늙은이가 아무리 동작이 굼뜨고 정신이 혼미하다고 해도 내가 그 연속동작의 중반부에 이르기도 전에 그의 브라우닝에서 발사된 총탄이 내 가슴에 박힐 것이다. 2.5미터. 번쩍, 게임오버. 번쩍과 게임오버 사이에는 아무것도 없다. 그냥 곧바로 연결된다. 재고 자시고 할 만한 시간이 아니다. 순식간이라는 표현이 무색할 만큼 짧은 시간이다. 하지만 최소한 이론적으로는 그 시간 동안 내가 총구의 섬광을 보는 것이 가능하다. 빛의 속도가 총알의 속도보다 빠르니까. 총구를 빠져나온 총알이 20센티미터가량 나를 향해 날아온 뒤에 섬광이 총구에서 번쩍일 것이다. 하지만 그 불빛은 즉시 총알을 따라잡은 뒤 내 가슴에 구멍이 뚫리기 전에 내 눈에 도달할 것이다. 하지만 망막에 맺힌 섬광의 영상이 뇌로 전달되는 인지 과정까지 거치게 될지는 의문이다. 쉽게 말해서 '지금 총구에서 섬광이 번쩍이는구나'라는 생각이 머릿속에 일어날 시간적 여유가 있겠느냐는 얘기다.

없을 것이다.

찰리가 말했다. "팔 벌려."

찰리 뒤쪽에서 무언가가 움직였다. 그림자. 계단 위에 드리워진 그림자.

내가 말했다. "다시 생각해봐. 이제 은퇴할 때도 됐잖나."

그림자가 다시 움직였다. 계단 위에서 누군가가 천천히 움직이다가 멈추고 다시 천천히 움직인 것이다. 아주 조용하게. 아래층 복도의 어느 가구 위에 놓인 불 켜진 램프. 그 불빛에 의해 누구든 그 근처를 지나거나 계단을 타게 되면 사람보다 먼저 그림자가 길게 드리워지는 것이다. 아까 내가 올라올 때도 마찬가지였을 것이다. 다만 뒷걸음으로 올라오면서 2층 복도에만 정신을 쏟은 탓에 미처 알아차리지 못했을 뿐이었다. 만일 콧트가 2층 복도에 배를 깔고서 나를 기다리고 있었다면 그는 내 머리가 시야에 들어오기 훨씬 전에 내가 올라오고 있다는 사실을 알게 됐을 것이다.

내가 말했다. "이건 나이 든 양반이 할 일이 아니잖나. 그리고 이제 당신은 후계자까지 잃었어. 모든 게 변하고 있다고. 빠질 수 있을 때 빠져야 해."

그가 말했다. "모든 건 변하게 마련이야. 대개는 나쁜 쪽으로 변하지." 그가 손에 쥔 권총을 고갯짓으로 가리킨 뒤 말을 이었다. "이것들이 화끈한 주먹다짐을 대신하고 난 다음부터는 모든 게 예전같지 않아." 그림자가 다시 움직였다. 누군가 계단을 올라오고 있었다. 아주 조용하게. 한 칸을 오를 때마다 35센티미터씩 발을 들어올리며.

내가 말했다. "그러니 이제 그만 둘 때가 된 거잖나."

"상황이 비관적인 것만은 아닌데 내가 왜?" 찰리가 말했다. "조이를 잃은 게 그다지 큰 손실은 아니야. 어차피 우리는 조이가 도맡고 있는 사업들에서 손을 뗄 생각이었어. 컴퓨터 쪽에 주력하려고 말이지. 신용카드로 장난을 치는 게 훨씬 돈이 되거든."

그림자는 이제 머리 하나와 두 어깨로 형상화되어 다시 35센티만큼 자라났다. 나는 찰리에게서 두 눈을 떼지 않았다. 옆눈으로 비껴들어오는 영상들만 접수할 뿐, 눈동자를 전혀 굴리지 않았다. 그림자의 존재를 찰리가 눈치채서는 안 될 일이었다.

찰리가 말했다. "팔을 넓게 벌려."

내가 말했다. "조이의 가장 가까운 친척이 누구지?"

"그건 알아서 뭐하게?"

"이 집을 남에게 파는 게 쉽지 않을 것 같아서. 이 집처럼 모든 게 다 크고, 높은 저택을 원하는 사람들의 집단이 작을 것 같지 않나? 아니 크다고 해야 하나? 이런, 이 집에 오래 있다 보니 정말 헷갈리는군."

그림자는 계속 자라나고 있었다. 머리와 어깨에 이어 이제는 허리 위까지 형상화되었다. 그림자는 내가 옆눈으로 인식하고 있는 사이에도 두 번을 불쑥불쑥 솟아올랐다. 쥐와 고양이가 주인공인 만화가 있다. 그 만화의 한 장면이 거인의 집 계단 위에서 재연되고 있었다. 무거운 물건에 눌려 종잇장처럼 얇아진 몸뚱이로 고양이가 계단을 타는 장면. 계단 형태 그대로 꺾이고 꺾인 고양이의 몸뚱이. 그림자 역시 그렇게 몇 번을 굴절돼 있었다.

내가 말했다. "아, 세르비아 패거리에게 헐값에 팔면 되겠군. 어차피 그자들이 거저먹을 거, 그전에 한 푼이라도 받아내면 좋지 않겠어?"

내 옆눈에 머리카락이 들어왔다. 이어서 얼굴 상단까지. 금발머리. 녹색 눈. 심장 마크 윗부분 같은 이마. 그녀 역시 나처럼 층계참 아래쪽 계단을 뒷걸음으로 올라오고 있었다. 2층 복도를 주시하면서.

머리가 명석한 젊은 인재.

찰리가 말했다. "세르비아 친구들은 어떤 것도 거저먹지 않아. 그들은 서쪽을 벗어나지 않을 거야. 지금까지 그래왔던 것처럼."

내가 말했다. "리보의 옛 구역을 그들과 반씩 나눌 생각인가?"

그는 대답하지 않았다.

내 옆눈에 나이스의 상반신 전체가 들어왔다. 글록을 쥔 손을 어깨 높이까지 치켜들고 있었다.

내가 말했다. "대답이 없는 걸 보니 리보의 구역 절반을 떼어줄 생각이 없으신가 보군. 세르비아 패거리가 가만히 있을 것 같나?"

"먼저 터를 잡은 건 우리야."

"당신네 이전에 터를 잡았던 건 누구였지? 당신들이 그들의 구역을 뺏었어, 내 말이 틀렸나? 그들이 누구였든 말이야. 눈앞에 선하군. 야심차고 혈기왕성한 젊은이, 찰리 화이트. 당신도 그 시절에 벌였던 일들을 똑똑히 기억하고 있을 거야. 이젠 세르비아 패거리가 그 역할을 맡을 차례군. 떠날 수 있을 때 뭐라도 챙겨서 떠나."

나이스가 층계참에 올라섰다. 이제 180도 돌아서 나머지 절반의 계단을 올라와야 했다.

찰리가 말했다. "난 사업 얘기나 나누려고 여기 있는 게 아니야."

나이스가 다시 한쪽 발을 들어올렸다. 첫 계단. 35센티미터.

내가 말했다. "그럼 당신이 여기 있는 이유가 뭐지?"

다음 계단. 35센티미터.

찰리가 말했다. "우리에게도 규칙이 있어. 넌 거기서 한참을 벗어났어."

다음 계단.

내가 말했다. "난 당신을 돕고 있었던 것뿐이야. 열성인자를 솎아내는 작업. 따라서 다윈의 신념을 구현하고 있었던 셈이지. 당신 부하들 중에 모자란 친구들이 너무 많아, 찰리. 재능도 없고 머리도 없는 멍청이들. 번호도 제대로 외우지 못할 놈들을 데리고 카드 사업을 어떻게 하려고?"

"우리 애들은 잘하고 있어. 그러니 걱정 붙들어 매라고."

나이스가 2층 복도에 올라섰다. 손에 든 글록. 찰리와의 거리, 6미터.

두둑한 살집에 어깨가 굽은 찰리. 넓은 등짝. 나이스와의 거리, 6미터.

'사격술은 보통이고 육박전엔 소질이 없어요.'

내가 말했다. "그동안 당신이 이곳저곳에 뇌물을 먹여 왔던 사실은 공공연한 비밀이야. 당신이 그것을 멈추는 순간 당신네 조직은 공중분해될 거야."

나이스가 좀 더 가까이 다가왔다. 소리 없이. 대리석 대신 카펫. 그것도 갓 벌초한 초원만큼 넓은 카펫. 이제 거리는 5미터. 확실한 건 아니지만.

내가 머릿속으로 말했다. '계속 다가와. 그냥 등짝 한복판을 겨눠. 어렵지 않아. 굳이 머리를 맞힐 필요는 없어.'

찰리가 말했다. "내가 그걸 왜 그만둬? 난 계속해서 뇌물을 먹일 생각이야."

소리 없는 한 걸음. 4.5미터.

그녀가 멈춰 섰다.

'너무 멀어.'

그녀가 글록을 들어 올렸다.

내가 말했다. "총 쏴본 적 있나, 찰리?"

그녀가 숨을 멈췄다.

그가 말했다. "있든 말든, 그걸 왜 묻지?"

"FBI가 미국의 모 연구소에서 산출한 수치들을 공표했어. 권총을 사용한 근거리 전투에서 승리한 경우들을 분석한 결과 평균 사거리가 3.3미터라는 내용도 있었지."

그녀가 글록을 다시 내렸다.

그녀가 한 걸음 다가왔다.

찰리가 말했다. "너와 나 사이의 거리는 3.3미터보다 가까운 것 같은데?"

그녀가 또 한 걸음 다가왔다.

내가 고개를 끄덕였다. "그냥 그렇다는 얘기야. 총을 쏘는 건 물론 보기보다는 까다로운 일이야. 하지만 어려워할 건 없어. 사람들은 너무 복잡하게 생각하는 경향이 있거든. 그냥 편안하고 자연스럽게 방아쇠를 당기면 되는데 말이지. 손가락으로 뭘 가리킬 때처럼 말이야. 그 동작을 복잡하게 생각하는 사람은 없잖나. 그러면 절대로 빗맞힐 수가 없지."

그녀가 또 한 걸음 다가왔다.

찰리가 말했다. "난 빗맞히지 않아. 아니, 첫 발은 일부러라도 빗맞혀야겠는 걸? 그냥 부상만 입히는 거지. 그러면 너도 뭘 좀 배우게 될 거야. 인생의 교훈 같은 거."

그녀가 또 한 걸음 다가왔다. 이제 2.7미터.

내가 말했다. "난 배울 게 없어."

"넌 매너를 배워야 해."

또 한 걸음.

2.1미터.

내가 말했다. "내 걱정은 말게, 찰리. 난 잘하고 있으니까."

그가 말했다. "과거에는 그랬을지도 모르지. 하지만 지금은 그다지 잘하고 있지 않은 것 같은데?"

나이스가 팔을 곧게 뻗었다. 그녀의 총과 찰리의 등짝 사이의 거리는 1.2미터. 나는 걱정이 되기 시작했다. 그가 그녀의 냄새를 맡을 수도 있다. 총 냄새를 맡을 수도 있다. 주변 공기의 흐름에서 변화된 파장을 느낄 수도 있다. 유구한 진화의 역사에도 불구하고 여전히 인간의 깊은 곳에 내재하고 있는 본능의 작용.

그리고 그녀가 1.2미터 거리에서 총을 쏜다면 찰리의 몸통을 관통한 총알이 곧장 내 몸에 박힐 것이다. 그가 총을 쏜 것과 마찬가지다.

내가 그의 눈을 똑바로 쳐다보았다. 그리고 말했다. "지금으로부터 1초 뒤에 내가 바닥으로 쓰러질 거야."

그가 말했다. "뭐라고?"

나는 옷걸이에서 떨어지는 코트처럼 몸을 바닥을 향해 던졌다. 나이스가 1.2미터 거리에서 찰리의 등을 향해 총을 쏘았다. 나는 그의 앞가슴에서 살점들과 핏물이 터져 나오는 것을 보았다. 내 뒤편의 장식유리창이 박살이 났다. 내 몸이 수건을 두른 여자 옆에 안착했다. 잠결에도 기척을 느낀 그녀가 내 목에 한쪽 팔을 턱하니 감았다. 그녀가 내 귀에 입을 맞추며 말했다. "오, 베이비."

58

채 2분이 지나지 않은 시점, 우리는 민트그린 컬러의 박스홀 뒷좌석에 나란히 앉아 있었다. 운전석과 조수석에는 두 번에 걸쳐 컴퓨터를 배달했던 남녀가 타고 있었다. 과묵하고 신중하면서도 자신감이 배어 있는 태도. 배달만큼 사소하게 여겨질 수도 있는 이번 임무에도 여전히 싫은 기색이 없었다. 팀워크를 아는 베테랑들. 베넷은 조이의 집에 남았다. 그를 다시 보게 될 일은 없을 것이다.

치그웰을 벗어나는 즉시 우리는 이스트 앵글리아 고속도로에 올라탔다. 이정표에 적힌 명칭은 M11고속도로. 목적지는 호닝턴의 공군기지, 테프트 근처라고 했다. 나로선 처음 듣는 지명들이었다. 베넷은 90분 거리라고 했다. 하지만 그 전에 도착할 게 분명했다. 핸들을 잡은 여자가 엄청 밟아댔기 때문이다. 차창 밖으로는 평지가 끝없이 펼쳐져 있었다. 전략적으로 보자면 영국 영토는 유럽 해안에 영구 정박 중인 항공모함이나 마찬가지다. 끝없이 이어지는 평야지대. 비행장 부지가 지천으로 널려 있는 것이다.

상당한 규모의 호닝턴 공군기지에는 어둠이 짙게 깔려 있었다. 여자는 속도를 줄이지 않은 채 게이트를 통과했다. 맥코드 기지에서 네이비실 상사가 그랬던 것처럼. 불과 며칠 전이었다. 하지만 까마득한 과거처럼 느껴졌다. 박스홀은 활주로에 서 있는 비행기 한 대를 향해 곧장 달려갔다. 그 상사처럼 여자의 핸들 다루는 솜씨 역시 능숙했다. 그녀가 탑승 계단 발치 바로 옆에 차를 댔다. 우리는 차에서 내려 문을 닫았다. 민트그린 박스홀은 곧장 떠났다.

오데이의 걸프스트림과 비슷한 기종이었다. 짧은 동체, 뾰족한 앞머리, 탑승을 재촉하는 분위기. 페인트는 흰색이 아니었다. 동체 끝까지 이어진 황금색 장식선을 기준으로 위쪽은 군청색, 아래쪽은 연파랑색이었다. 색이 아주 선명했다. 창문들 위쪽에는 글씨도 쓰여 있었다.

Royal Air Force

영국 공군.

타원형 탑승구 안쪽에서 어떤 사내가 나타났다. 영국 공군복 차림이었다. 그가 말했다. "선생님, 그리고 숙녀분, 탑승해 주십시오."

객실 인테리어는 연갈색 가죽과 적갈색 베니어가 아니었다. 대신 검정색 가죽과 탄소섬유 베니어. 수수하면서도 스포티한 분위기. 최신형 벤틀리 같았다. 조이의 것처럼. 아무튼 오데이의 걸프스트림과는 전혀 달랐다. 공군복 차림의 사내는 우리 바로 전에 모셨던 VIP가 왕족이었다고 했다. 어디 공작부인이라던가. 아마 케임브리지였던 것 같다. MI6이 머릿속에 떠올랐다. 이어서 MI5, 그리고 같은 라인의 수많은 기관들도. 나이스와 나는 통로를 사이에 두고 앉았다. 하지만 정면으로 마주 보는 자세였다. 공군복 차림의 사내가 사라졌다. 1분 뒤, 비행기가 떠올랐다. 고도가 급속도로 높아져갔다. 기수는 서쪽을 향하고 있었다. 미국. 그건 분명했다.

우리에게 식사를 가져다 준 뒤, 공군복 차림의 사내가 다시 어딘가로 사라졌다. 객실에는 우리 둘만 남겨졌다. 내가 통로 맞은편, 손이 닿는 거리에 앉아 있는 나이스를 바라보았다. 내가 말했다. "고맙소."

나이스가 말했다. "천만에요."

"당신 괜찮은 거요?"

"찰리 화이트에 대해서요? 그렇기도 하고, 그렇지 않기도 하고."

내가 말했다. "괜찮다는 생각에만 집중하시오."

"사실 괜찮아요." 그녀가 말했다. "정말이에요. 그자가 그 어린애를 두고 지껄이는 소리를 다 들었어요. 아래층에서. 나쁜 자식들. 그녀를 고문하면서 즐기고 있었던 거예요."

"무기와 마약 밀거래, 그리고 고리대금업은 또 어떻고?"

"하지만 우리가 재판관과 배심원, 그리고 집행인의 역할까지 모두 도맡으려 해서는 안 돼요."

"안 되는 이유는?"

"우린 문명인이니까."

"우리가 문명인인 건 맞소." 내가 말했다. "그것도 고도로 문명화된 사람들이오. 공작부인이 탔던 비행기를 타고 있으니 말이오. 영국은 선의로만 세계를 지배하지 않았소. 미국 또한 마찬가지요. 우리 손에 힘이 쥐어지자 영국의 전철을 고스란히 밟았소."

나이스는 대꾸하지 않았다.

내가 말했다. "당신은 최소한 한 가지 사실은 스스로 입증했소. 당신이 현장에서도 훌륭한 활약을 보일 수 있는 존재라는 사실 말이오."

"약의 힘을 빌리지 않았다는 걸 얘기하고 싶은 거죠? 그러니 약을 끊으라는 얘기를 다시 하려고?"

"나는 당신에게 고맙다는 말 말고는 어떤 얘기도 하지 않을 거요. 당신은 내 생명을 구했소. 먹고 싶거든 무슨 약이든 맘껏 먹어요. 하지만 적어도 먹어야 하는 이유는 확실히 알아야 하오. 아주 단순한 논리요. 자신의 업무능력과 어머니 때문에 당신은 불안하오. 하지만 둘 중 한 가지만 근거 있는 불안이오. 당신은 어머니가 편찮으신 것 때문에 약을 먹는 것이오. 그 이유라면 얼마든지 좋소. 필요할 때까지 약을 먹어요. 하지만 당신의 능력을 의심하지는 마시오. 조금도 불안해할 필요가 없소. 당신은 잘하고 있소. 국가 안보는 안전하오. 안전하지 못한 건 당신 어머니고, 유감이지만 말이오."

나이스가 말했다. "나는 입대하지 않을래요. 지금 있는 곳에서 계속 일할 거예요."

"그래야 하오. 이제는 상황이 달라졌소. 당신은 이번 사건의 중심에서 뛰었소. 그래서 많은 걸 알게 되었소. 이제 당신은 풋내기가 아니오. 그들이 당신을 배신할 확률이 대폭으로 줄어든 거요."

우리의 비행은 계속됐다. 어느 만큼까지는 시간의 진행을 헤아렸지만 끝까지 그러지는 못했다. 포프 필드에 착륙하니 새벽 2시였다. 비행기는 활주로를 천천히 구르다가 '제47보급대 전략지원 사령부' 건물 가까이에 멈춰 섰다. 엔진이 꺼졌다. 공군복 사내가 탑승구를 열고 계단을 내렸다.

사내가 말했다. "선생님, 숙녀분. 안녕히 가십시오. 빨간 문인 걸로 알고 있습니다."

"고맙소." 내가 말했다. 내가 롬포드와 얼링에서 노획한 영국 지폐 다발을 꺼냈다. 아직도 꽤 두툼했다. 그걸 사내에게 건넸다. 내가 말했다. "다 함께 파티나 한번 하시오. 공작부인도 초대하고."

나는 나이스를 앞세우고 계단을 내려왔다. 우리는 어둠을 뚫고 빨간 문을 향해 걸어갔다.

그 앞에 이르기 2미터 전, 빨간 문이 열렸다. 안에서 걸어 나온 사람은 스캐런젤로였다. 그녀는 서류가방을 들고 있었다. 우리를 기다리고 있었던 게 분명했다. 하지만 그걸 인정할 마음은 없는 것 같았다. 우연을 가장하고 싶은 의도가 역력했다. 퇴근길, 건물을 나서다가 안으로 들어오려는 우리와 맞닥뜨린 우연.

그녀가 걸음을 멈췄다. 그녀가 나를 바라보며 말했다. "내가 했던 말을 취소할게요."

내가 말했다. "무슨 말?"

"당신은 대단한 활약을 했어요. 영국 정부가 공식적으로 사의를 표해 왔어요."

"뭐에 대해서?"

"당신이 도와준 덕분에 자기네 요원이 대단히 만족스러운 성과를 이뤘다더군요."

"베넷?"

"그가 당신이 없었다면 해낼 수 없었다고 보고서에 적었대요."

"우리가 몇 시간을 날아온 거요?"

"여섯 시간 오십 분."

"그런데 벌써 보고서를 제출했다는 말이오?"

"영국인이니까."

"내가 없었다면 뭘 해낼 수 없었다는 거요?"

"그가 갱 조직원의 집에 숨어 있던 콧트를 사살했어요. 그 집 안에는 자기 혼자 들어갔고요. 그 부분에서만큼은 당신의 조언을 받아들였다더군요. 그러니 고맙겠죠. 콧트를 처치하기 전에 베넷은 상당수의 조직원들을 죽이거나 생포했어요. 죽은 자들 가운데에는 런던 암흑가의 거물들도 둘씩이나 포함됐고요. 당신도 조금 거들었다더군요. 런던 경시청으로서는 너무나 고마울 수밖에 없어요. 앞으로 우리 요원들이 런던에서 활동하기가 훨씬 수월해질 거예요. 이제 이번 작전은 마무리만 남았어요. 대단히 성공적인 작전이었어요."

내가 말했다. "베넷의 얘기로는 그들이 당신네 교신을 모두 듣고 있다던데."

스캐런젤로가 말했다. "알고 있어요."

"정말로 그들이 듣고 있다는 얘기요?"

"그건 그들 생각이고."

"그게 무슨 뜻이오?"

"우리는 비밀리에 새로운 시스템을 구축했어요. 그건 기상 위성에서 정기적으로 보내오는 데이터 속에 숨겨져 있어요. 실제로 중요한 교신은 그 시스템을 통해 이루어지고 있죠. 하지만 예전 시스템도 여전히 가동 중이에요. 그들이 듣고 있는 게 바로 그거예요. 물론 자질구레한 정보들뿐이죠."

나는 아무 말도 하지 않았다.

그녀가 말했다. "멍청해서는 세상을 지배할 수 없어요."

그녀가 떠났다. 검정색 치마 정장, 검정색 스타킹, 멋진 구두, 흔들리는 서류가방. 나는 그녀가 30미터가량 멀어져갈 때까지 뒷모습을 지켜보았다. 하지만 빛이 비치는 범위는 거기까지였다. 그녀의 모습이 어둠 속에 묻혔다. 그러고 나서도 이어지던 구두 굽 소리도 잠시 후 완전히 사라졌다. 케이시 나이스가 빨간 문을 열고 안으로 들어갔다.

휴게실은 텅 비어 있었다. 사람도 없었고 음식도 없었다. 아침 출근시간이 되어야 탁자 위에 다시 커피와 패스트리가 쌓일 것이다. 우리는 2층으로 올라갔다. 계단을 오르는 게 무척 쉽고 빠르게 느껴졌다. 정상적인 공간이니까. 슈메이커의 사무실은 비어 있었다. 회의실도 비어 있었다. 하지만 오데이의 사무실에는 불이 밝혀져 있었다.

그는 책상 뒤에 앉아 있었다. 똑같은 블레이저, 똑같은 스웨터. 그는 책상 위에 두 팔꿈치를 괴고 상체를 수그린 자세로 책을 읽고 있었다. 그가 고개를 움직이지 않은 채 눈만 치켜뜨고 우리를 올려다보았다.

그가 말했다. "보고는 아침에 받겠네."

우리는 기다렸다.

그가 말했다. "하지만 그 전에 한 가지 물어볼 게 있네. 영국 공군기를 타고 돌아온 이유가 뭐지? 우리 비행기가 대기하고 있었는데 말일세."

내가 의자에 앉았다. 해군 보급품. 케이시 나이스도 내 옆에 앉았다. 내가 말했다. "우리도 미리 한 가지 물어도 되겠습니까?"

"서로 한 가지씩 묻는 게 공평하겠지."

"그냥 그러고 싶었습니다. 재미삼아서. 그들의 비행기는 어떤지 궁금하기도 했고요."

"그게 전부였나?"

"베넷에게 신세를 갚을 기회를 주고 싶었습니다."

나는 그의 몸에서 긴장이 풀리는 걸 느낄 수 있었다.

내가 말했다. "이제 우리가 질문하겠습니다. NSA나 GCHQ가 돈의 흐름을 잡아내지 못한 이유가 궁금합니다."

나는 그의 몸이 다시 긴장하는 걸 느낄 수 있었다.

그는 대답하지 않았다.

내가 말했다. "콧트의 1년치 집세, 생활비, 일을 하는 대가, 라이플과 연습탄 구입 비용, 이웃집 사내의 입을 막은 돈, 파리 행 전용기 임대비용, 베트남 조직의 수고비, 런던의 두 조직과의 계약금, 돌아오는 비행기 편 등등. 물론 수천만 달러까지는 아닙니다. 하지만 9·11 테러 준비 비용보다는 훨씬 큰 액수일 겁니다. 따라서 NSA와 GCHQ가 그 흐름을 놓쳤을 리가 없습니다. 똑똑한 친구들이잖습니까. 게다가 동기부여도 돼 있었고요. 강대국 정상들의 안위가 달린 사건입니다. 일이 잘못되면 자신들도 책임을 면하지 못한다는 사실을 잘 알고 있었겠죠. 모든 게 돈에서부터 시작하니 말입니다. 그런데 그들이 아직도 그 흐름을 잡아내지 못하고 있는 이유가 뭘까요?"

"나도 몰라."

"돈의 흐름이 없었으니 잡아내지 못한 겁니다."

"무슨 소린가? 돈은 있어야 해. 돈이 없으면 작전도 없는 거야."

"바로 그겁니다. 작전이 없었던 겁니다."

"머리에 총이라도 맞은 건가? 자네는 방금 전까지 작전 수행 중이었어. 현장에서 5킬로미터 떨어진 곳에서 콧트를 발견했고."

내가 말했다. "1차 사격의 표적은 방탄유리막이었습니다. 2차 사격의 표적은 프랑스 대통령이었고요. 하지만 2차 사격은 없었습니다."

"유리가 깨지지 않았으니까."

"그건 상관이 없습니다. 2차 사격을 해야 할 입장에서 생각해 보십시오. 유리가 깨지든 깨지지 않든 그건 미래에 발생할 상황입니다. 현장을 촬영한 비디오를 보셨을 겁니다. 총알이 방탄유리막에 맞은 다음 경호원들이 반응할 때까지·시간이 얼마나 걸렸죠?"

오데이가 말했다. "2초. 아주 신속한 반응이었어."

"이제 사거리를 생각해 보십시오. 1300미터. 총알이 3초 동안 공중을 날아가야 합니다. 기다릴 여유가 없는 겁니다. 만약 기다리면 어떻게 되겠습니까? 방아쇠를 당긴다, 3초를 기다린다, 방탄유리막이 깨진다, 다시 방아쇠를 당긴다, 그리고 다시 3초를 기다린다, 2차로 발사된 총알이 연단에 도착한다, 하지만 그때는 대통령 위로 인간 방패막이 완벽하게 둘러쳐져 있다. 결국 실패하고 마는 겁니다. 대통령을 맞히려면 1차 사격 후 곧바로 2차 사격을 하는 방법뿐입니다. 두 번째로 발사된 총알이 첫 번째 총알을 바짝 쫓아가는 거죠. 길어야 0.5초 간격을 두고 말입니다. 총알 두 개가 최소한 2초 동안 함께 공중을 날아가는 겁니다. 그러고 나서 첫 번째 총알이 방탄유리막을 부순다면 두 번째 총알은 대통령을 맞힐 수 있는 거죠. 경호원들은 물론 대통령조차 반응하기 전에 말입니다."

오데이는 아무 말도 하지 않았다.

"첫 번째 총알이 방탄유리막을 부수지 못할 경우에는 두 번째 총알도 유리막을 맞히겠죠. 0.5초 뒤에. 그러면 유리에는 두 개의 탄흔이 생겨납니다. 하나가 아니라."

오데이는 아무 말도 하지 않았다.

"두 번째 총알은 없었습니다. 처음부터 없던 겁니다. 콩트를 파리에 보낸 자는 그에게 단 한 발만 발사하라고 지시했습니다. 방탄유리막을 향해서. 방탄유리막은 깨질 수도 있고 깨지지 않을 수도 있습니다. 깨진다고 해도 총알은 산산조각이 나거나 탄도가 틀어집니다. 대통령을 맞힐 수가 없는 거죠. 정말로 대통령을 쓰러뜨릴 의도가 있었다면 두 발을 쏴야 합니다. 한 발은 전혀 의미가 없습니다. 그런데도 단 한 발만 발사됐다면 설명 역시 단 한 가지, 방탄유리막이 총알을 막아낼 것을 저격수가 알고 있었던 겁니다."

오데이가 말했다. "방탄유리막 업체에서 꾸민 짓일까? 홍보를 위해서?"

내가 말했다. "일종의 홍보인 건 맞습니다. 하지만 업체 측의 짓이라고 단정할 수는 없습니다. 그 사건 덕분에 혜택을 누리게 될 또 다른 사람, 그게 누굴까요? 수첩을 뒤져보십시오. 파리 저격 사건이 오디션이었다는 아이디어를 내놓은 사람을 찾으면 되는 겁니다."

"그게 누군지가 중요한가?"

"안보에 관련된 기관을 이끌고 있는 사람이 있습니다. 그 사람은 자신의 인지도를 대폭으로 끌어 올릴 방법을 절실하게 모색 중입니다. 그러던 중에 새로운 방탄유리막의 존재를 알게 됩니다. 그리고 완벽에 가까운 기능을 자기 눈으로 확인합니다. 그 사람은 쾌재를 부릅니다. 자기 분야의 1인자로 부상할 기회가 거기 있었으니까. 그 과정도 어려울 게 없습니다. 콩트가 한 발을 쏜다, 방탄유리막이 총탄을 막아낸다, 오디션이었다는 정보를 퍼뜨린다, 실제 표적은 정상회담에 참석할 다수의 정상들이라는 정보도 곁들인다, 이내 안보 분야 역사상 최대 규모의 범인 추적이 개시된다,

그 사람이 총사령관이자 선봉장이 된다. 회의 참가국 지도자들 모두가 그 사람의 눈치만 살핀다. 그 정도 위치에 오른 안보 기관 책임자가 몇이나 될 것 같습니까?"

"몰라서 묻나? 안보 기관의 책임자라면 누구나 꿈꾸는 일이지. 하지만 그냥 꿈에서 끝나는 게 대부분이야. 실제로 그 꿈을 실현한 사람은 고작 몇 명에 불과할 걸세."

"이제 그 숫자를 좀 더 줄여보기로 하죠. NSA와 GCHQ의 귀를 피해서 콧트 같은 그림자에게 기관의 비자금을 건넬 수 있는 인물이 누굴까요?"

"그건 수를 줄일 수 있는 조건이 아니야. 누구든 할 수 있는 일이니까."

"인지도를 높일 수 있는 방법이 가장 절실했던 인물은 누굴까요?"

"그건 객관적으로 평가할 수 없는 조건 아닌가? 지극히 개인적인 기준이니까."

"방탄유리막이 총알을 막아낼 것을 알고 있던 인물은?"

"테스트를 참관한 사람들 모두."

내가 말했다. "수가 줄어들질 않네요, 안 그렇습니까?"

오데이가 말했다. "그런 것 같군."

"존 콧트를 알고 있는 인물이 누구죠?"

오데이가 잠시 머뭇거리고 나서 말했다. "그자가 당국의 레이더에 수없이 잡혔었을 거야."

"그건 16년 전의 일이고."

오데이는 아무 말도 하지 않았다.

내가 물었다. "현재까지 16년 이상 자리를 보전하고 있는 안보 기관 책임자가 몇 명이나 되죠?"

오데이는 대답하지 않았다.

내가 말했다. "그건 숫자를 줄이는 조건에 해당되는 것 같군요. 16년 동안 자리를 지키고 있는 안보 기관 책임자로서 인지도를 높일 방법이 절실하고 방탄유리막이 깨지지 않을 것을 알고 있으며 재량껏 유용할 수 있는 비자금을 확보하고 있는 동시에 존 콧트를 알고 있는 인물, 그게 누굴까요?"

오데이는 아무 말도 하지 않았다.

"원하신다면 조목조목 짚어드릴 수도 있습니다. 고작 방탄유리막 테스트 참관인으로나 파견될 만큼 장군님의 인지도는 나락으로 떨어졌습니다. 위대한 오데이로서는 견딜 수 없는 수모였겠죠. 그 임무의 의미가 무엇인지 너무나 빤했기에 더욱 수치스러웠을 겁니다. 이제 그만 은퇴하라는 종용에 다름 아니었으니까요. 알 만한 사람은 다들 알고 있었습니다. 모스크바의 켄킨까지도 말이죠. SVR은 장군님을 퇴역한 경주마로 평가하고 있었습니다. 한때는 레이스를 휩쓸었지만 이제는 목장으로 은퇴해야 할 경주마. 하지만 마침내 장군님은 재기의 기회를 찾아냈습니다. 콧트가 만기 출소한 것이 신호탄이었습니다. 그동안 그를 쭉 지켜보고 있었을 겁니다. 16년 전에 콧트가 장군님을 위해서 일한 적이 있었을 수도 있겠고요. 그리고 장군님은 나에게 좋지 않은 감정을 품고 있습니다. 아니, 단순히 좋지 않은 감정이 아니라 앙심 수준일 수도 있겠죠. 콧트가 품고 있는 것만큼이나 깊은 원한. 그래서 콧트에게 제안을 한 겁니다. 파리로 날아가서 의미 없는 총알 한 방만 쏴 주면 조만간 나를 그의 총구 앞에 세워주겠다는 제안."

오데이는 아무 말도 하지 않았다.

내가 말했다. "처음부터 표적은 나 하나였던 겁니다. 원한도 풀고 욕심도 채우기 위해서 반드시 없애야 할 표적. G8, EU, G20, 다른 어떤 대상도 표적이 아니었습니다. 모두 다 눈속임이었던 거죠."

오데이가 말했다. "헛소리."

488

내가 말했다. "장군님은 콧트를 채찍질하기 위해 내 파일에서 발췌한 실패한 기록들을 넘겨주었습니다. 그 의도는 적중했습니다. 놈은 나에 대한 원한을 되새기면서 하루하루를 보냈습니다. 지역 경제를 위해서는 잘된 일이었죠. 특히 출력소 사장은 꼬박 1년 동안 아무 걱정 없이 지냈을 겁니다. 콧트가 사격 실력을 되찾은 뒤에는 파리로 날려 보냈습니다. 놈은 지시대로 임무를 수행했습니다. 장군님은 계획대로 오디션 시나리오를 퍼뜨렸습니다. 그리고 전성기 때보다 더 높은 위치에 올라섰습니다. 보상을 기다리고 있는 콧트에게는 조금만 기다리라고 다짐했겠죠. 신문에 낸 광고 얘기를 해주면서 말입니다. 예상했던 것보다 내가 훨씬 빨리 연락을 해왔을 때는 일이 척척 풀린다고 쾌재를 불렀을 겁니다. 콧트 역시 신이 났을 테고요. 그래서 장군님은 나를 파리로 보냈습니다. 그 아파트 발코니를 둘러볼 것은 이미 알고 있었습니다. 시간도 대충은 어림하고 있었겠고. 장군님 본인이 우리의 파리 방문을 계획했으니까요. 전화 통화로 파리 경찰청과 모든 일정을 협의했겠죠. 그래서 콧트에게 복수의 기회가 주어진 겁니다. 하지만 총알은 빗나가고 말았습니다."

"헛소리."

"결국 서커스는 런던으로 무대를 옮길 수밖에 없었습니다. 하지만 장군님은 걱정할 게 없었겠죠. 내 휴대폰에 GPS 칩을 삽입해 두었으니 말입니다. 시간의 문제일 뿐, 독 안에 든 쥐라고 생각했을 겁니다. 우리 계획을 사전에 보고받고 있었으니 콧트에게 일러주기만 하면 되는 일이었습니다. 장군님은 우리가 월리스 코트 주변을 답사할 것도 알고 있었습니다. 우린 실제로 그렇게 했습니다. 하지만 나이스 양이 미리 보고를 하지 않았습니다. 그래서 타이밍을 놓쳤던 거죠. 하지만 아쉽지 않았을 겁니다. 기회는 얼마든지 있었으니까요. 그동안 장군님은 세계를 주무르는 위치까지 올라갔습니다. 정치인들은 잔뜩 겁을 집어먹은 상태였습니다. 다들 장군님을 위해서는 뭐든 하겠다는 자세였습니다. 강대국들의 최고지도자들과 장군님 사이에 일종의 채권채무관계가 성립된 겁니다. 이제 어느 나라, 어느 도시에서든 오데이의 이름은 무소불위의 힘을 지니게 되었습니다. 런던 경시청까지도 위대한 오데이를 사랑하게 되었습니다. 이젠 은퇴를 종용하기는커녕 본인이 원해도 붙잡고 사정할 만큼 전세가 역전되었습니다. 당연히 그럴 수밖에요. 이번 작전에서 장군님은 반드시 성공할 수밖에 없었으니 말입니다. 콧트가 나를 쓰러뜨리면 그 즉시, 놈을 베넷에게 넘기면 됩니다. 모든 작전을 뒤에서 지휘하며 세계를 구한 영웅이 되는 거죠. 내가 콧트를 쓰러뜨릴 경우에도 결과는 마찬가집니다. 무명의 예비역 헌병을 내세운 대담한 전략을 통해서 세계를 구한 영웅. 결국 장군님은 다시 반짝이는 별이 되는 겁니다."

오데이는 아무 말이 없었다.

내가 말했다. "장군님은 콧트의 이웃 사내에게 직접 돈을 건넸습니다. 그렇지 않고서야 그의 앞니가 빠진 걸 어떻게 알고 있었겠습니까?"

묵묵부답.

"누군가 다른 사람이 알고 있다." 내가 말했다. "그건 비밀을 지키려는 입장에서는 가장 두려운 한마디입니다. 이번 작전의 비밀도 누군가 알고 있습니다. 바로 나, 그리고 나이스 양. 그래서 우리가 영국 공군기를 타고 돌아온 겁니다. 장군님이 준비해둔 비행기라면 어디에 착륙했을까요? 아마 관타나모였을 겁니다. 하지만 우린 그 비행기를 타지 않았습니다. 덕분에 무사히 미국으로 돌아올 수 있었습니다. 그리고 지금 이 자리에 말짱하게 앉아 있습니다. 그리고 우리 두 사람은 모든 걸 알고 있습니다. 나이스 양은 쉽게 망가뜨릴 수 있을 겁니다. 하지만 나는? 장군님은 나를 다시는 찾지 못할 겁니다. 하지만 나는 늘 어딘가에서 지켜보고 있을 겁니다. 장군님은 내가 어떤 사람인지 잘 알고 있을 겁니다. 나는 절대 용서하지 않을 겁니다. 결코 잊지도 않을 겁니다. 나로선 수고할 것도 없는 일입니다. 말 몇 마디면 충분할 수도 있으니까요. 켄킨이 살해된 게 장군님 때문이라는 사실을 알게 되면 SVR이 어떤 조치를 취할까요? 최소한 장군님과의 채무 계약서를 갈가리 찢어버릴 겁니다. 어쩌면 응분의 복수를 할 수도 있을 테고. 소문은 급속도로 퍼져나갈 겁니다. 불쌍한 톰 오데이가 너무도 절박했던 나머지 엿 같은 계략을 꾸몄다고 말이죠. 이 세상 구석구석에서 새까만 후배들이 장군님의 이름을 들먹이면서 낄낄대는 장면을 생각해 보십시오. 안보 세계의 역사 속에 톰 오데이라는 이름은 영원히 그 이미지로 남게 될 겁니다. 물론 어디까지나 가능성일 뿐 반드시 현실로 나타난다는 보장은 없습니다. 따라서 원한다면 그 부담을 안고 살아가십시오. 선택은 장군님의 몫입니다. 하지만 그 부담을 떨쳐버릴 생각은 하지 마십시오. 이건 장군님과 나 사이의 문제입니다. 결코 해피엔딩으로 끝날 수 없는 문제."

내가 자리에서 일어섰다. 그리고 오데이의 책상 위에 브라우닝을 올려놓았다. 찰리 화이트가 나를 겨눴던 권총. 나는 케이시 나이스를 따라 오데이의 사무실을 나왔다. 계단을 내려갔다. 빨간 문을 통해 건물 밖으로 나왔다. 나를 기다리고 있던 어둠 속으로 들어갔다.

나이스가 고철덩어리 브롱코로 5킬로미터 떨어진 교차로까지 태워다 주었다. 심야버스정류장. 도착할 때까지 둘 다 아무 말도 하지 않았다. 나이스가 차를 세웠다. 하지만 차에서 내리지는 못했다. 브레이크에서 발을 뗄 수가 없었기 때문이다. 런던에서의 묘한 포옹이 페이엣빌에서 재연되었다. 나는 슈메이커에게 작별인사를 전해달라고 부탁했다. 그리고 차에서 내렸다. 콘크리트 벤치로 걸어갔다. 그녀가 손을 흔들고 나서 떠났다. 콘크리트 벤치 위에 누웠다. 버스 소리가 들려올 때까지 그대로 누워서 하늘의 별만 바라보고 있었다.

그 뒤로는 더 이상 기억에 남아 있지 않은 여러 곳을 돌아다녔다. 하지만 한 달 뒤에 텍사스에 있었다는 건 뚜렷이 기억하고 있다. 포트 후드를 경유하는 버스 안이었다. 기지 앞에서 사병 하나가 하차했다. 그가 앉아 있던 자리에 『아미 타임스』가 놓여 있었다. 오데이의 얼굴이 1면에 나와 있었다. 그의 사망과 관련된 기사는 안쪽 면에 실려 있었다. 사망 당시의 기사를 정정하는 내용이었다.

알려졌던 바와는 달리 톰 오데이 장군의 사망 원인은 총기 오발 사고였다. 유럽에서 노획한 총기를 살펴보다가 일어난 사고. 부하들이 있었다면 문제의 총기를 그가 직접 다루지는 않았을 것이다. 늦은 시각까지 혼자 남아 본부를 지키는 평소 습관이 화를 부른 결과이기에 그의 죽음이 더욱 안타깝다. 한편 그 사고 시점에 조금 앞서서 영국 공군기가 착륙했다는 소문은 철저한 허위로 판명됐다.

오데이에게는 세 개의 훈장이 추서될 거라고 했다. 그리고 교량 하나가 그의 이름을 따라 명명될 거라고 했다. 노스캐롤라이나 어느 강 위를 가로지르고 있는 다리, 폭이 좁은 그 강물은 연중 대부분 메말라 있다.

www.jackreacher.com

하드보일드 액션스릴러의 진수, 리 차일드의 잭 리처 컬렉션

네버 고 백 Never Go Back   리 차일드 지음 | 정경호 옮김

폭행치사 혐의에 친부 확인 소송까지, 잭 리처 인생 최대의 위기가 찾아왔다!
톰 크루즈 주연 『잭 리처』속편으로 영화화 확정

원티드맨 A Wanted Man   리 차일드 지음 | 정경호 옮김

폐쇄된 펌프장에서 벌어진 의문의 살인 사건. 이를 해결하기 위해
CIA와 국무부에서도 특수 요원을 파견한다. 대체 살해당한 사람은 누구인가?

어페어 The Affair   리 차일드 지음 | 정경호 옮김

길가에 버려진 세 구의 시체. 민간인으로 위장하여 수사를 해나가던 리처는
살인 사건을 무마하려는 거대 권력과 마주하게 된다.

악의 사슬 Worth Dying For   리 차일드 지음 | 정경호 옮김

25년간 미제로 남은 한 소녀의 실종 사건과 맞닥뜨리게 된 리처는 마을 전체를
장악한 던컨 일가에게서 악의 기운을 감지하고 사건을 파헤쳐나간다.

61시간 61Hours 리 차일드 지음 | 박슬라 옮김

우연히 마약 거래 현장을 목격한 단 한 명의 증인을 보호하기 위해 리처가
나섰다! 사건 발생 61시간 전, 그 긴장감 넘치는 카운트다운이 지금 시작된다.

사라진 내일 Gone Tomorrow 리 차일드 지음 | 박슬라 옮김

군 출신 유명 정치인의 수많은 훈장 속에 숨겨진 테러 집단과의 경악할 만한 비밀.
수수께끼에 싸인 미녀와 리처의 만남, 그들에겐 어떠한 내일이 기다리고 있는가.

1030 Bad Luck And Trouble 리 차일드 지음 | 정경호 옮김

리처의 옛 동료가 고도 900미터 상공에서 산 채로 내던져졌다! 사건의 전모를
밝히기 위해 리처는 예전 부대원들을 모으고 죽은 동료의 복수를 거행한다.

하드웨이 The Hard Way 리 차일드 지음 | 전미영 옮김

아내와 딸이 납치되었다며 리처에게 사건 해결을 부탁한 의뢰인. 5년 전에
도 비슷한 납치 사건이 있었음을 알게 된 리처는 곧바로 수사에 나선다.

퍼스널

초판 1쇄 인쇄 2015년 10월 27일
초판 1쇄 발행 2015년 10월 30일

지은이 | 리 차일드
옮긴이 | 정경호
펴낸이 | 정상우
주간 | 정상준
편집 | 이민정 정희정 심슬기
디자인 | 박수연 이원재
관리 | 김정숙

펴낸곳 | 오픈하우스
출판등록 | 2007년 11월 29일 (제13-237호)
주소 | 서울시 마포구 동교로13길 34(121-896)
전화 | 02-333-3705   팩스 | 02-333-3745
openhousebooks.com
facebook.com/vertigo.kr

ISBN 979-11-86009-34-5 04840
       979-11-86009-19-2 (세트)

VERTIGO는 ㈜오픈하우스의 장르문학 시리즈입니다.

*잘못된 책은 구입처에서 교환해 드립니다.
*값은 뒤표지에 있습니다.

이 도서의 국립중앙도서관 출판예정도서목록(CIP)은 서지정보유통지원시스템 홈페이지
(http://seoji.nl.go.kr)와 국가자료공동목록시스템(http://www.nl.go.kr/kolisnet)에서 이용하실 수 있습니다.
(CIP제어번호: CIP2015028693)